全唐诗

第八卷

[清]彭定求等 编

中州古籍出版社
·郑州·

全唐诗卷七百九十七

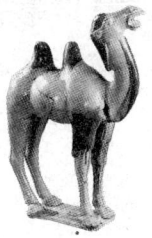

名媛

武后宫人

离别难

武后朝,有士人陷冤狱,妻配掖庭。善吹觱篥,乃撰《离别难》曲以寄情焉。初名《大郎神》,盖取良人第行也。即畏人知,遂三易其名,曰《悲切子》,终号《怨回鹘》。

此别难重陈,花飞复恋人。来时梅覆雪,去日柳含春。物候催行客,归途淑气新。剡川今已远,魂梦暗相亲。

开元宫人

袍中诗

开元中,赐边军纩衣,制自宫人。有兵士于袍中得诗,白于帅。帅上之朝,明皇以诗遍示六宫,一宫人自称万死。明皇悯之,以妻得诗者,曰:"朕与尔结今生缘也。"

沙场征戍客,寒苦若为眠。战袍经手作,知落阿谁边?蓄意多添线,含情更著绵。今生已过也—作看已过,结取—作愿结后生缘。

天宝宫人

题洛苑梧叶上

天宝末,洛苑宫娥题诗梧叶,随御沟流出。顾况见之,亦题诗叶上,泛于波中。后十余日,于叶上又得诗一首。后闻于朝,遂得遣出。

旧宠悲秋扇,新恩寄早春。聊题一片叶—作红叶上,将寄接流人。一作一入深宫里,年年不见春。聊题一片叶,寄与有情人。

又题

一叶题诗出禁城,谁人酬和独含情。自嗟不及波中叶,荡漾乘春取次行。

德宗宫人

德宗宫人，奉恩院王才人养女凤儿也。诗一首。

题花叶诗

贞元中，进士贾全虚于御沟得一花叶，上有诗句。悲想其人，裴回沟上，为街吏所获。金吾奏其事，德宗询之，知为凤儿所作。因召全虚，授金吾卫兵曹，遂以妻之。

一入深宫里，无由得见春，题诗花叶上，寄与接流人。

宣宗宫人

宣宗宫人，姓韩氏。诗一首。

题红叶

卢渥应举时，偶临御沟，得一红叶，上有绝句，置于巾箱。及出宫人，渥得韩氏。睹红叶，吁嗟久之。曰："当时偶题，不谓郎君得之。"

流水何太急，深宫尽日闲。殷勤谢红叶，好去到人间。

僖宗宫人

金锁诗 僖宗尝自内出袍千领，赐塞外吏士。神策军马真于袍中得锁及诗，主将奏闻。帝令真赴阙，以作诗宫人妻之。

玉烛制袍夜，金刀呵手裁。锁寄千里客一作锁情寄千里，锁心终不开。

李舜弦

李舜弦，梓州珍，珣之妹。蜀王衍纳为昭仪。诗三首。

随驾游青城

因随八马上仙山，顿隔尘埃物象闲。只恐西追王母宴，却忧难得到人间。

蜀宫应制

浓树禁花开后庭，饮筵中散酒微醒。蒙蒙雨草瑶阶湿，钟晓愁吟独倚屏。

钓鱼不得

尽日池边钓锦鳞，芰荷香里暗消魂。依稀纵有寻香饵，知是金钩不肯吞。

李玉箫

李玉箫，蜀王衍宫人。诗一首。

宫词 一作王建诗，又作花蕊夫人诗

鸳鸯瓦上瞥然声，昼寝宫娥梦里惊。元是我王金弹子，海棠花下打流莺。

金真德

金真德，新罗王金真平女也。平卒，无子，嗣立王。诗一首。

太平诗 永徽元年，真德大破百济之众。织锦作五言《太平诗》，遣其弟之子法敏以献。

大唐开鸿业，巍巍皇猷昌。止戈戎衣一作成大定，修一作兴文继百王。统天崇雨施，理物体含章。深仁谐日月，抚运迈时康。幡旗既赫赫，钲鼓何锽锽。外夷违命者，剪覆被天殃。和一作淳风凝宇宙一作幽显，遐迩竞呈祥。四时调玉烛，七曜巡万方。维岳降宰辅，维帝用一作任忠良。三五咸一德，昭我皇家唐一作唐家光。

宝历宫人

句

宝历间，浙东贡舞女二人，一名飞燕，一名轻凤。每歌如鸾凤音。敬宗琢玉芙蓉为舞台，舞罢，即置二女于金屋宝帐。由是宫中语云云。

宝帐香重重，一双红芙蓉。

全唐诗卷七百九十八

花蕊夫人徐—作费氏

徐氏，青城人。幼能文，尤长于宫词。得幸蜀主孟昶，赐号花蕊夫人。诗一卷。

宫词

五云楼阁凤城间，花木长新日月闲。三十六宫连内苑，太平天子住—作坐昆山。

会真广殿约宫墙，楼阁相扶倚太阳。净砌玉阶横水岸，御炉香气扑龙床。

龙池九曲远相通，杨柳丝牵两岸风。长似江南好风—作春景，画船来去—作往碧波中。

东内斜将紫禁通，龙池凤苑夹城中。晓钟声断严妆罢，院院纱窗海日红。

殿名新立号重光，岛上亭台尽改张。但是一人行幸处，黄金阁子—作内锁牙床。

夹城门与内门通，朝罢巡游到苑中。每日日高—作中官祗候处，满堤红艳立春风。

厨船—作盘进食簇时新，侍宴—作座无非列—作是近臣。日午殿头宣索脍，隔花催唤打鱼人。

立春日进内园花，红蕊轻轻嫩浅霞。跪到玉阶犹带露，一时宣赐与宫娃。

三面宫城尽夹墙，苑中池水白茫茫。直—作亦从狮子门前入，旋见亭台绕岸傍。

离宫别院绕宫城，金版轻敲合凤笙。夜夜月明花树底，傍池长有按歌声。

御制新翻曲子成，六宫才唱未知名。尽交臂策来抄谱，先按君王玉笛声。

旋移红—作花树斫新—作斯青苔，宣使龙池更—作再凿开。展得绿—作彩波宽似海，水心楼殿胜蓬莱。

太虚高阁凌虚—作临波殿，背倚城墙面枕池。诸院各分娘子位，羊车到处不教知。

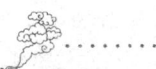

修仪承宠住龙池,扫地焚香日午时。等候大家来院里,看教鹦鹉念新诗。

才人出入每参—作相随,笔砚将行—作行将绕曲池。能向彩笺书大字,忽—作勿防御制写新诗。

六宫官职总新除,宫女安排入画图。二十四司分六局,御前频见错相呼。

春风一面晓妆成,偷折花枝傍水行。却被内监—作尴遥觑见,故将红豆打黄莺。

殿前排宴赏花开,宫女侵晨探几回。斜望花开—作苑门遥举袖,传声宣—作先唤近臣来。

小球场近曲池头,宣唤勋臣试打球,先向画楼—作廊排御幄,管弦声动立浮油。

供奉头筹不敢争,上棚等—作专,又作传唤近臣名。内人酌酒才宣赐,马上齐呼万岁声。

殿前宫女总纤腰,初学乘骑怯又娇。上得马来才欲走,几回抛鞚抱—作把鞍桥。

自教宫娥学打球,玉鞍初跨柳腰柔。上棚知是官家认,遍遍长赢第一筹。

翔鸾阁外夕阳天,树—作木影花光远—作水接连。望见内家来往处,水门斜过罨—作画楼船。

内家—作人追逐采莲时,惊起沙鸥两岸飞。兰棹把来齐拍水,并船相斗湿罗衣。

新秋女伴各相逢,罨画船飞别浦—作渚中。旋折荷花伴—作半歌舞,夕阳斜照满衣红。

少年相逐采莲回,罗帽—作袜罗衫—作衣巧制裁。每到岸头长拍水,竞提纤手出船来。

早春杨柳引长条,倚岸沿堤一面高。称与画船牵锦缆,暖风搓出采丝绦。

内家宣赐生辰宴,隔夜诸宫进御花。后殿未闻宫主入,东门先报下金车。

端午生衣进御床,赭黄罗帕覆金箱。美人捧入南薰殿,玉腕斜封彩缕长。

选进仙韶第一人,才胜罗绮不胜春。重教按舞桃花下,只踏残红作地裀。

侍女争挥玉弹弓,金丸飞入乱花中。一时惊起流莺散,踏落残花满地红。

七宝阑干白玉除,新开凉殿幸金舆。一沟泛碧流春水,四面琼钩搭绮疏。

山楼彩凤栖寒月,宴殿金麒吐御香。蜀锦地衣呈队舞,教头先出拜君王。

天外明河翻玉浪,楼西凉月涌金盆。香销甲乙床前帐,宫锁玲珑闭殿门。

细风敲叶撼宫梧,早怯秋寒著绣襦。玉宇无人双燕去,一弯新月上金枢。

夜寒金屋篆烟飞,灯烛分明在紫微。漏永禁宫三十六,燕回争踏月轮归。

晓吹翩翩动翠旗,炉烟千叠瑞雪飞。何人奏对偏移刻,御史天香隔绣衣。

金井秋啼络纬声,出花宫漏报严更。不知谁是金銮直,玉宇沉沉夜气清。

内庭秋燕玉池东,香散荷花水殿风。阿监采菱牵锦缆,月明犹在画船中。

东宫花烛彩楼新,天上仙桥上锁春。偏出六宫歌舞奏,嫦娥初到月虚轮。

纱幔薄垂金麦穗,帘钩纤挂玉葱条。楼西别起长春殿,香碧红泥透蜀椒。

翠华香重玉炉添,双凤楼头晓日暹。扇掩红鸾金殿悄,一声清跸卷珠帘。

金作蟠龙绣作麟,壶中楼阁禁中春。君王避暑来游幸,风月横秋气象新。

清晓自倾花上露,冷侵宫殿玉蟾蜍。擘开五色销金纸,碧锁窗前学草书。

翠钿贴靥轻如笑,玉凤雕钗袅欲飞。拂晓贺春皇帝阁,彩衣金胜近龙衣。

琐声金彻阁门环,帘卷珍珠十二间。别殿春风呼万岁,中丞新押散朝班。

鸡人报晓传三唱,玉井金床转辘轳。烟引御炉香绕殿,漏签初刻上铜壶。

　　御按横金殿腰红,扇开云表露天容。太常奏备三千曲,乐府新调十二钟。

　　宫女熏香进御衣,殿门开锁请金匙。朝阳初上黄金屋,禁夜春深昼漏迟。

　　三月金明柳絮飞,岸花堤草弄春时。楼船百戏催宣赐,御辇今年不上池。

　　内人稀见水秋千,争擘珠帘帐殿前。第一锦标谁夺得,右军输却小龙船。

　　夜色楼台月数层,金猊烟穗绕觚棱。重廊屈折连三殿,密上真珠百宝灯。

　　天门晏闭九重关,楼倚银河气象间。一点星球重绛阙,五云仙仗下蓬山。

　　禁里春浓蝶自飞,御蚕眠处弄新丝。碧窗尽日教鹦鹉,念得君王数首诗。

　　斗草深宫玉槛前,春蒲如箭荇如钱。不知红药阑干曲,日暮何人落翠钿。

　　太液波清水殿凉,画船惊起宿鸳鸯。翠眉不及池边柳,取次飞花入建章。

　　御座垂帘绣额单,冰山重叠贮金盘。玉清迢递无尘到,殿角东西五月寒。

　　春心滴破花边漏,晓梦敲回禁里钟。十二楚山何处是,御楼曾—作恍见两三峰。

　　博山夜宿沈香火,帐外时闻暖凤笙。理遍从头新上曲,殿前龙直未交更。

　　春殿千官宴却归,上林莺舌报花时。宣徽旋进新裁曲,学士争吟应诏诗。

　　钓线沈波漾彩舟,鱼争芳饵上龙钩。内人急捧金盘接,拨刺红鳞跃未休。

　　蕙炷香销烛影残,御衣熏尽辄更阑。归来困顿眠红帐,一枕西风梦里寒。

　　东宫降诞挺佳辰,少海星边拥瑞云。中尉传闻三日宴,翰林当撰洗儿文。

　　酒库新修近水傍,泼—作泼醅初熟五云浆。殿前供御频宣索,追—作进入花间一阵香。

　　白藤花限—作笼搞白银花,阁子门当寝殿斜。近被宫中知了事,每来随驾使煎—作烹茶。

　　西球场里打球回,御宴先于—作从苑内开。宣索教坊诸伎乐,傍池催唤入船来。

　　昭仪侍宴足精神,玉烛抽看记饮巡。倚赖识书为录事,灯前时复错瞒人。

　　从宫阿监裛罗巾,出入经过苑囿频。承奉圣颜忧误失,就中长怕内夫人。

　　管弦声急满龙池,宫女藏钩—作阁夜宴时。好是圣人亲捉得,便将浓墨扫—作珽双眉。

　　密室红泥地火炉,内人冬日晚传呼。今宵驾幸池头宿,排比椒房得暖无?

　　画船花舫总新妆,进入池心近岛傍。松柏楼—作楼窗楠木板,暖风吹过一团—作四围香。

　　三清台近苑墙东,楼槛层层映水红。尽日绮罗人度曲,管弦声在半天中。

　　安排诸院接行廊,外—作水槛周回十里强—作长。青锦地衣红绣—作线毯,尽铺龙脑郁金香。

　　安排竹栅与笆篱,养得新生鹁鸽儿。宣受内家专喂饲,花毛间—作闲看总皆知。

　　年初十五最风流,新赐云鬟便—作使上头。按罢霓裳归院去,画楼云阁总重—作新修。

　　金画香台出露盘,黄龙雕刻绕朱阑。焚修每遇三元节,天子亲簪白玉冠。

　　六宫一例鸡—作罗冠子,新样交镶白玉花。欲试淡妆兼道服,面前宣与唾盂家。

　　三月樱桃乍熟时,内人相引看红枝。回头索取黄金弹,绕树藏身打雀儿。

　　小小宫娥到内园,未梳云鬓脸如莲。自从配与夫人后,不使寻花乱入船。

　　锦城上起凝烟阁,拥殿遮楼一向高。认得

圣颜遥望见,碧阑干映赭黄袍。

　　水车踏水上宫城,寝殿檐头滴滴鸣。助得圣人高枕兴,夜凉长作远滩声。

　　平头船子小龙床,多少神仙立御旁。旋刺篙竿令过岸,满池春水蘸红妆。

　　苑东天子爱巡游,御岸花堤枕碧流。新教内人供射鸭,长将弓箭绕池头。

　　罗衫玉带最风流,斜插银篦慢裹头。闲向—作闻得殿前骑—作调御马,挥—作捍鞭横过小红楼。

　　沉香亭子傍池斜,夏日巡游歇翠华。帘畔玉盆盛净水,内人手里剖银瓜。

　　薄罗衫子透肌肤,夏日初长板阁虚。独自凭阑无一事,水风凉处读文书。

　　婕妤生长帝王家,常近龙颜逐翠华。杨柳岸长春日暮,傍池行困倚桃花。

　　月头支—作又给买花钱,满殿宫人近数—作尽十千。遇著唱名多不语—作应,含羞走—作急过御床前。

　　小雨霏微润绿苔,石楠红杏傍池开。一枝插向金瓶里,捧进君王玉殿来。

　　锦鳞跃水出浮萍,荇草牵风翠带横。恰似金梭撑碧沼,好题幽恨写闺情。

　　春天睡起晓妆成,随侍君王触处行。画得自家梳洗样,相凭女伴把来呈。

　　舞头皆著画罗衣,唱得新翻御制词。每日内庭闻教队,乐声飞上到龙墀。

　　春早寻花入内园,竞传宣旨欲黄昏。明朝驾幸游蚕市,暗使毡车就苑门。

　　半夜摇船载内家,水门红蜡一行斜。圣人正在宫中饮,宣使池头旋折花。

　　春日龙池小宴开,岸边亭子号流杯。沈檀刻作神仙女,对捧金尊—作杯水上来。

　　梨园子弟簇池头,小乐携来候宴游。旋—作试炙银笙先按拍,海棠花下合梁州。以下四十一首一作王珪诗。

　　慢梳鬟髻著轻红,春早争求芍药丛。近日承恩移住处,夹城里面占新宫。

　　别色官司御辇家,黄衫束带脸如花。深宫内院—作苑参承惯,常从金舆到日斜。

　　日高房里学围棋,等候官家未出时。为赌金钱争路数,专忧女伴怪来迟。

　　撸捕冷澹学投壶,箭倚腰身约画图。尽对君王称妙手,一人来射一人输。

　　慢揎—作揾红—作罗袖指纤纤,学钓池鱼傍水边—作弦。忍冷不禁还自去,钓竿常被别人牵。

　　宣城—作徽院约池南岸,粉壁红窗画不成。总是一人行幸处,彻宵闻—作长奏管弦声。

　　丹霞亭浸池心冷,曲沼门含水脚清。傍岸鸳鸯皆著对,时时出向浅沙行。

　　杨柳阴中引御沟,碧梧桐树拥朱楼。金陵城共滕王阁,画向丹青也合羞。

　　晚—作晓来随驾上城游,行到东西百子—作尺楼。回望苑中花柳色,绿阴红艳满池头。

　　牡丹移向苑中栽,尽是藩方进入来。未到末春缘地暖,数般颜色一时开。

　　明朝腊日官家出,随驾先须点内人。回鹘衣装回鹘马,就中偏称小腰身。

　　盘凤鞍鞯闪—作鞍鞯盘斗色妆,黄金压胯紫游—作油缰。自从拣得真龙种—作骨,别置东头小马坊。

　　翠辇每从城畔出—作去,内人相次簇—作立池隄—作边。嫩荷花里摇船去—作出,一阵香风逐水来—作仙。

　　高烧红烛点银灯,秋晚花池景色澄。今夜圣人新殿宿,后宫相竞觅祇承。

　　苑中排比宴秋宵,弦管挣拟各自调。日晚

阁门传圣旨,明朝尽放紫宸朝。

夜深饮散月初斜,无限宫嫔乱插花。近侍婕妤先过水,遥闻隔岸唤船家。

宫娥小小艳红妆,唱得歌声绕画梁。缘是太妃新进入,座前颁赐小罗箱。

池心小样钓鱼船,入玩偏宜向晚天。挂得彩帆教便放,急风吹过水门前－作边。

傍池居住有渔家,收网摇船到浅沙。预进活鱼供日料,满筐跳跃白银花。

秋晚－作晚红妆傍水行,竟将衣袖扑蜻蜓。回头瞥见宫中唤,几度藏身入画屏。

御沟春水碧于天,宫女寻花入内园。汗湿红妆行渐困,岸头相唤洗花钿。

亭高百尺立春－作当风,引得君王到此中。床上翠屏开六扇,折枝花－作槛花初绽牡丹红。

内人承宠赐新房,红纸－作锦泥窗绕画－作四廊。种得海柑才结子,乞求自送－作进与君王。

翡翠帘－作檐前日影斜,御沟春－作流水浸成霞。侍臣向晚随天步,共看池头满树花。

金碧阑干倚岸边,卷帘初听一声蝉。殿头日午摇纨扇,宫女争来玉座前。

嫩荷香扑钓鱼亭,水面文鱼作队行。宫女齐－作竞来池畔－作面看,傍帘呼唤勿高声。

新翻酒令著词章,侍宴初闻忆－作开意欲忙。宣使近臣传赐本,书家院里遍抄将。

寒食清明小殿旁,彩楼双夹斗鸡场。内人对御分明看,先赌红罗被十－作满担床。

寝殿门前晓色开,红泥药树间花栽。君王未起翠帘卷,又发宫人－作宫女更番上直来。

海棠花发盛春天,游赏无时引御筵。绕岸结成红锦帐,暖枝犹拂画楼船。

日晚－作晚日宫人外按回,自牵骢马出林限。御前接得高叉手,射－作时得山鸡喜进来。

朱雀门高花外开,球场空阔净尘埃。预排白兔兼苍狗,等候君王按辔来。

会仙观内玉清坛,新点宫人作女冠。每度驾来羞不出,羽衣初著怕人看。

老大初教学－作作道人,鹿皮冠子淡黄裙。后宫歌舞今抛掷,每日焚香事老君。

法云寺里中元节,又是官家诞降－作降诞辰。满殿香花争供养,内园先占得铺陈。

金章紫绶选高班,每每东头近圣颜。才艺足当恩宠别,只堪－作看供奉一场闲。

内人深夜学迷藏,遍绕花丛水岸傍。乘兴忽－作或来仙洞里,大家寻觅一时忙。

小院珠帘著地垂,院中排比不相知。羡他鹦鹉能言语,窗里偷教鹁鸪儿。

岛－作窗树高低约浪痕,苑－作岛中斜日欲黄昏。树头木刻双飞鹤,荡起－作远漾晴空映水门。

大臣承宠赐新庄,栀子园东柳岸傍。今－作每日圣恩亲－作新幸到,板桥头是读书堂。

树叶初成鸟护－作出窠,石榴花里－作底笑声多。众－作舞中遗却金钗子,拾得从他要赎－作赏么?以下二十一首一作王建诗。

小殿初成－作新装粉未－作欲干,贵妃姊妹自来看。为逢好日先移入,续向街－作阶西索牡丹。

内人相续报花开,准拟君王便看来。逢－作缝著五弦琴－作红绣袋,宜春院里按歌回。

巡吹慢遍不相和,暗数看谁－作看谁人曲校多。明日梨花园－作园花里见,先须逐－作直得内家歌。

黄金合里盛红雪,重结香罗四出花。一一傍边书敕字,中官－作分明送与大臣家。

宫人早起－作拍手笑相呼,不识阶－作庭前扫地夫。乞与金钱争借问,外头还似此间无?

小随阿姊—作不随阿妹学吹笙,见好—作好见君王赐—作乞与—作之赐名。夜拂玉床朝把镜,黄金殿外—作阶下不教行。

日高殿里有香烟,万岁声长动九天。妃子院中初—作新降诞,内人争乞—作分得洗儿钱。

宫花不共—作与外花—作边同,正月长生—作先一半—作朵红。供御樱桃看守别,直无鸦鹊到园中。

殿前铺设两边楼,寒食宫人步打球。一半走来争—作齐跪拜,上棚先谢得头筹。

大仪前日暖房来,嘱向朝—作昭阳乞药栽。敕赐一窠红踯躅,谢恩未了奏花开。

御—作床前新—作谢赐紫罗襦,步步—作不下金阶上软舆。宫局总来为喜乐,院中新拜内尚书。

鹦鹉谁教转舌关,内人手里养来奸。语多更觉—作近更承恩泽,数对君王忆陇山。

分朋—作明闲坐赌樱桃,收却投壶玉腕劳。各把沈香双陆子,局中斗累阿谁高。

禁寺红楼内里通,笙歌引驾夹城东—作香山引驾夹城中。裹头宫监堂—作蓍女帘前立,手把牙鞘竹弹弓。

舞来汗湿罗衣彻,楼上人扶下玉梯。归到院中重洗面,金花盆—作盆水里泼银—作红泥。

宿妆残粉未明天,总立—作在昭阳花树边。寒食内人长白打,库中先散与金钱。

众中偏—作爱得君王笑—作唤。偷把金箱笔砚开。书破红蛮隔子上,旋推—作催当直美—作内人来。

水中芹叶土中花,拾得还将避众家—作艾心芹叶初生小,只斗时新不斗花。总待别人—作大家般数尽,袖中拈出—作捻得郁金芽。

玉箫改调筝移柱—作移纤指,催换—作赴红罗绣舞筵。未戴—作著柘枝花帽子,两行宫监在帘前。

窗窗户户院相当,总有珠帘玳瑁床。虽道君王不来宿,帐中长是炷牙—作衙香—作帐中长下著香囊。

述国亡诗

君王城上竖降旗,妾在深宫那得知。十四万人齐解甲,宁—作更无一个是男儿!—作蜀臣王承旨诗。前二句云:蜀朝昏主出降时,衔璧牵羊倒系旗。

全唐诗卷七百九十九

名媛

杨容华

杨容华，华阴人，炯之侄女。诗一首。

新妆诗

啼—作宿，一作林鸟惊眠罢，房栊乘晓—作曙色开。凤钗金作缕，鸾镜玉为台。妆似临池出，人疑向月—作月下来。自怜终不见—作方未已，欲去复裴回。

魏氏

魏氏，求己之妹。诗一首。

赠外

浮萍依绿水，弱茑寄—作附青松。与君结大义，移天得所从。翰林无双鸟，剑水不分龙。谐和类琴瑟，坚固同胶漆。义重恩欲深，夷险贵如一。本自身不令，积多婴痛疾。朝夕倦床枕，形体耻巾栉。游子倦风尘，从官初解巾。束装赴南郢，脂驾出西秦。比翼终难遂，衔雌苦未因。徒悲枫岸远，空对柳园春。男儿不重旧，丈夫多好新。新人喜新聘，朝朝临粉—作宝镜。两鸳固无比，双蛾谁与竞？讵怜愁思人，衔啼嗟薄命。蕣华不足恃，松枝有余劲。所愿好—作存九思，勿令亏百行。

乔氏

乔氏，冯翊人，左司郎中知之妹。诗一首。

咏破帘

已漏风声罢—作摆，绳持也不禁。一从经落后—作节，无复有贞心。

七岁女子

女子，南海人。诗一首。

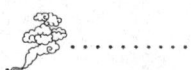

送兄 武后召见，令赋送兄诗，应声而就。

别路云初起，离亭叶正飞—作稀。所嗟人异雁，不作一行归—作飞。

林氏

林氏，济南人，隰城丞薛元暧妻也。元暧早卒，林博涉五经，有母仪令德。训其子彦辅、彦国、彦伟、彦云及侄据、摠、播，并登进士第，衣冠荣之。诗一首。

送男左贬诗—作送男彦辅左贬

他日初投杼，勤王在饮冰。有辞期不罚，积毁竟—作意许相仍。谪宦今何在，衔冤犹未胜。天涯分越徼，驿骑—作骤毗陵。肠断腹非苦，书传写岂能。泪添江水远，心剧海云蒸。明月珠难识，甘泉赋可称。但将忠报主，何惧点青蝇。

赵氏

赵氏，寇坦母也。诗三首。

古兴

郁蒸夏将半，暑气扇飞阁。骤雨满空来，当轩卷罗—作帘幕。度云开夕霁，宇宙何清廓。明月流素光，轻风换炎铄。孤鸾伤—作相对影，宝瑟悲别鹤。君子去不还，遥—作摇心欲何托。

金菊延清霜，玉壶多美酒。良人犹—作独不归，芳菲岂常有。不惜芳菲歇，但伤别离久。含情罢斟酌，凝怨对窗牖。

霙雪舒长野，寒云半幽—作伴秋谷。严风振枯条，猿啼—作啼猿抱冰木。所嗟游宦子，少小荷天禄。前程未云至，凄怆对车仆。岁寒成咏歌，日暮栖林朴—作曲。不惮行险道—作路险，空悲年运促。

郭绍兰

郭绍兰，长安人，巨商任宗妻也。诗一首。

寄夫 任宗贾湘中，数年不归。绍兰作诗，系于燕足。时宗在荆州，燕忽泊其肩，见足系书。解视之，乃妻所寄也，感泣而归。

我婿去重湖，临窗泣血书。殷勤凭燕翼，寄与薄情夫。

王韫秀

王韫秀，河西节度使忠嗣女，宰相元载妻也。诗三首。

同夫游秦 韫秀归载，岁久家贫。见轻妻族，因同夫入秦求举

路扫饥寒迹，天哀志气人。休零离别泪，携手入西秦。

夫入相寄姨妹 载拜相，韫秀衔宿恨，寄姨妹

相国已随麟阁贵，家风第一右丞诗。笄年解笑鸣机妇，耻见苏秦富贵时。

喻夫阻客 载相肃、代两朝，贵盛无比。宾客候门，或多间阻，复为诗喻之

楚竹燕歌动画梁，春兰—作更阑重换舞衣裳。公孙开阁—作馆招嘉—作住客，知道浮荣—作云不久长。

张夫人

张夫人，楚州山阳人，户部侍郎吉中孚妻也。诗五首。

古意

辘轳晓转素丝绠，桐声夜落苍苔砖。涓涓吹溜若时雨，濯濯佳蔬非用天。丈夫不解此中意，抱瓮当时徒自贤。

拜新月

拜新月，拜月出—作画堂前。暗魄初—作深笼桂，虚弓未引弦。拜新月，拜月妆楼上。鸾镜始—作未安台，蛾眉已相向。拜新月，—本无此三字。拜月不胜情，庭花—作前风露清。月临人自老，人望月长明—作望月更长生。东家阿母亦拜月，一拜一悲声断绝。昔年拜月逗容辉—作

仪,如今拜月双泪垂。回看众女拜新月,却忆红闺—作闺中年少时。

柳絮

霭霭芳春朝,雪絮起青条。或值花同舞,不因风自飘。过尊浮绿醑,拂幌缀红绡。那用持愁玩,春怀不自聊。

拾得韦—作华氏花钿以诗寄赠

今朝妆阁前,拾得旧花钿。粉污痕犹在,尘侵色尚鲜。曾经纤手里,拈向翠眉边。能助千金笑,如何忍弃捐?

诮喜鹊

畴昔鸳鸯侣,朱门贺客多。如今无此事,好去莫相过。

句

游蜂乍起惊落堁,黄鸟衔来却上枝。《柳絮》。

临风重回首,掩泪向庭花。《寄远》。

镜中春色老,枕前秋夜长。《咏泪》以上见《吟窗杂录》。

王氏

王氏,太原人,永福潘令之妻。诗一首。

书石壁

王氏随夫宰永福,任满祖饯,留连累日。王先解舟,泊五里汰王滩下。俟久不至,月夜登岸,题诗石壁,末署太原族望。岁久诗漫灭。独太原二字入石,邑人因以名其滩。

何事潘郎恋别筵,欢情木—作不断妾心悬。汰王滩下相思处,猿叫山—作空山月满船。

裴淑

裴淑,字柔之,元稹继室。诗一首。

答微之稹自会稽到京,未逾月,出镇武昌。裴难之,稹赋诗相慰,裴亦以诗答。

侯门初拥节,御苑柳丝新。不是悲殊命,唯愁别近亲。黄莺迁古木,朱—作珠履从清尘。

想到千山外,沧江正暮春。

赵—作刘氏

赵氏,洹水人,杜羔妻也。诗四首。

夫下第—作杜羔不第,将至家寄

良人的的有奇才,何事年年被放回。如今妾面羞君面,君若—作到来时近夜来。别本有代羔赠诗云:澹澹春风花落时,不堪惆望更相思。无金可买长门赋,有恨空吟团扇诗。

杂言寄杜羔

君从淮海游,再过兰杜—作杜兰秋。归来未—作不须臾,又欲向梁州。梁州秦岭西,栈道与云齐。羌蛮—作房万余落,矛戟自高低。已念寡侪侣,复房劳攀跻。丈夫重志气,儿女空悲啼。临邛滞游地,肯顾浊水泥。人生赋命有厚薄,君但—作自遨游我寂寞。

闻夫杜羔登第—作闻杜羔登第又寄

长安此去无多地,郁郁葱葱佳气浮。良人得意正年少,今夜醉眠何处楼。

杂言

上林园中青青桂,折得一枝好夫婿。杏花如雪柳垂丝,春风荡飏不同枝。

张氏

张氏,袁州人,评事彭伉妻。诗二首。

寄夫贞元中,伉登第,辟江西幕,不归,张以诗寄之。

久无音信到罗帏,路远迢迢遣问谁。闻君折得东堂桂,折罢那能不暂归。

驿使今朝过五湖,殷勤为我报狂夫。从来夸有龙泉剑,试割相思得断无。彭伉答妻诗云:莫讶相如献赋迟,锦书谁道泪沾衣。不须化作山头石,待我东堂折桂枝。

薛媛—作蕴

薛—作蒋媛,字馥,彦辅孙女也。诗三首。

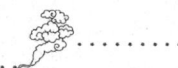

赠郑女郎 一作郑氏妹

艳阳灼灼河洛神,珠帘绣户青楼春。能弹箜篌弄纤指,愁杀门前少年子。笑开一面红粉妆,东园几树桃花死。朝理曲,暮理曲,独坐窗前一片玉。行也娇,坐也娇,见之令人魂魄 一作暗销。堂前锦褥红地炉,绿沈香垆倾屠苏。解佩时时歇歌管,芙蓉帐里兰麝满。晚起罗衣香不断,灭烛 一作烛灭 每嫌秋夜短。

古意

昨夜巫山中 一作云,失却阳台女。朝来香阁里 一作今朝香阁前,独伴楚王语。

赠故人

昔别容如玉,今来鬓若丝。泪痕应共见,肠断阿谁知?

句

寂寞相思处,雕梁落燕泥。《春闺曲》见《吟窗杂录》。

杨德麟

杨德麟,司农少卿敬之之小女也。诗一首。

题奉慈寺 寺本虢国夫人宅,后为驸马郭暧第。升平公主薨,追福置寺。德麟年十三,以六韵题之,今存警句二韵。

日月金轮动,旃檀碧树秋。塔分鸿雁翅,钟挂凤凰楼。

崔氏

崔氏,校书郎卢某妻。诗一首。

述怀 校书娶崔时,年已暮,崔微有愠色,赋诗述怀。

不怨卢郎年纪大,不怨卢郎官职卑。自恨妾身生较晚,不及卢郎年少时。

陈玉兰

陈玉兰,吴人王驾妻也。诗一首。

寄夫 一作王驾诗,题云古意。

夫戍边关妾在吴,西风吹妾妾忧夫。一行书信千行泪,寒到君边衣到无?

薛媛

薛媛,濠梁人,南楚材妻也。诗一首。

写真寄夫

南楚材旅游陈,受颍牧之眷,欲以女妻之,楚材许诺。因托言有访道行,不复返旧。薛媛善画,妙属文,微知其意,对镜图形,为诗寄之。楚材大惭,遂归偕老,里人为语称之。

欲下丹青笔,先拈宝镜寒。已经 一作惊 颜索寞,渐觉鬓凋残。泪眼描将 一作来 易,愁肠写出难。恐君浑忘却,时展画图看。里人语云:当时妇弃夫,今日夫弃妇。若不逞丹青,空房应独守。

孙氏

孙氏,乐昌 一作安 人,进士孟昌期妻也。善诗,每代夫作。一日忽曰:"才思非妇人事。"遂焚其集。诗三首。

闻 一作听 琴

玉指朱弦轧复清,湘妃愁怨最难听。初疑飒飒凉风劲 一作动,一作至,又似萧萧暮雨零。近比流泉来碧嶂,远如玄鹤下青冥。夜深弹罢堪惆怅,露湿丛兰月满庭。

白蜡烛诗 代夫赠人

景胜银釭香比兰 一作自占清香胜蕙兰,一条白玉逼人寒。他时紫禁春风夜,醉草天书仔细看。

谢人送酒 一作代谢崔家郎君送酒

谢将清酒寄愁人,澄澈甘香气味真。好是绿窗风 一作明月 夜,一杯摇荡 一作动 满怀春。

张立本女

草场官张立本女,少未读书,忽自吟诗,立本随口录之。诗一首。

诗

　　危冠广袖楚宫妆，独步闲庭逐夜凉。自把玉簪敲砌竹，清歌一曲月如霜。

侯氏

　　侯氏，边将张揆－作暌妻也。诗一首。

绣龟形诗揆为边将，防戍十余年不归。侯为回文诗，绣作龟形，诣阙上之。武宗览诗，敕揆还乡，并赐侯绢三百匹。

　　暌离已是十秋－作年强，对镜那堪重理妆。闻雁几回修尺素，见霜先为制衣裳。开箱叠练先垂泪，拂杵调砧更断肠。绣作龟形献天子，愿教征客早还乡。

慎氏

　　慎氏，毗陵儒家女也。适蕲春严灌夫，无子被出。慎以诗诀，灌夫感而留之。诗一首。

感夫诗－作与夫诀，一作留别。

　　当时心事已相关，雨散云飞－作收一饷间。便是孤帆从此去，不堪重上－作过望夫山。

薛瑶

　　薛瑶，东明国人，左武卫将军承冲之女，嫁郭元振为妾。诗一首。

谣－作返俗谣。薛氏年十五，剪发出家。六年为谣云云，遂返初服，归郭。

　　化云心兮思淑贞，洞寂灭兮不见人。瑶草芳兮思芬蒀－作氛氲，将奈何兮青春。

王霞卿

　　王霞卿，蓝田人，会稽宰韩嵩之妾。嵩死，霞卿流落会稽。尝题诗唐安寺，进士郑殷彝和诗求谒，霞卿答诗拒之。诗二首。

题唐安寺阁壁并序

琅邪王氏霞卿，光启三年阳春二月，登于是阁。临轩轸恨，睹物增悲。虽看焕烂之花，但比凄凉之色。时有轻绡捧砚，小玉看题。

　　春来引步暂寻游，愁见风光倚－作恨睹烟霄簇寺楼。正好开怀对烟月－作举目尽为停待景，双眉不觉自如钩。郑殷彝和诗云：题诗仙子此曾游，应是寻春别凤楼。赖得从来未相识，免教锦帐对银钩。

答郑殷彝

　　君是烟霄折桂身，圣朝方切用儒珍。正堪西上文场战，空向途中泥妇人。

窦梁宾

　　窦梁宾，夷门人，卢东表侍儿也。诗二首。

喜卢郎及第

　　晓妆初罢眼初睊，小玉惊人踏破裙。手把红笺书一纸，上头名字有郎君。

雨中看牡丹

　　东风未放晓泥干，红药花开不奈寒。待得天晴花已老，不如携手雨中看。

任氏

　　任氏，蜀尚书侯继图妻。诗一首。

书桐叶继图读书大慈寺。忽桐叶飘坠，上有诗句。后数年，卜婚任氏，方知桐叶句乃任氏在左绵书也。

　　拭翠敛蛾－作双眉，郁－作为郁心中事。搦管－作桐叶下庭除，书成－作我相思字。此字不书石，此字不书纸。书在桐一作向秋叶上，愿逐秋风起。天下有心人，尽解相思死。天下负心人，不识相思字。有心与负心，不知落何地。

黄崇嘏

　　黄崇嘏，临邛人。因事下狱，贡诗蜀相周庠。庠荐摄司户参军，政事明敏。庠爱其才，欲妻以女。嘏作诗辞婚，庠得诗大惊，问之，乃黄使君女也。诗二首。

下狱贡诗

　　偶辞－作离幽隐在－作住临邛，行止坚贞比涧松。何事政清如水镜，绊他野鹤在深笼。

辞蜀相妻女诗—作辞婚

一辞拾翠碧江湄,贫守蓬茅但赋诗。自服蓝衫居郡掾,永抛鸾镜画蛾眉。立身卓尔青松操,挺志铿然白璧姿。幕府若容为坦腹,愿天速变作男儿。

蒋氏

蒋氏,吴越时湖州司法参军陆蒙妻也。性耽酒,善属文。诗一首。

答诸姊妹戒饮 蒋以嗜酒成疾,姊妹劝其节饮加餐,应声吟答

平生偏好酒,劳尔劝吾餐。但得杯—作尊中满,时光度不难。

周仲美

周仲美,成都人,适李氏。诗一首。

书壁 仲美随夫金陵幕,夫因事弃官入华山,仲美求归未得。会舅从泗调任长沙,载之而南,因书所怀于壁。

爱妾不爱子,为问此何理。弃官更弃妻,人情宁可已。永诀泗之滨,遗言空在耳。三载无朝昏,孤帏泪如洗。妇人义从夫,一节誓生死。江乡感残春,肠断晚烟起。西望太华峰,不知几千里。

张文姬

张文姬,鲍参军妻也。诗四首。

溪口云

溶溶—作一片溪口云,才向溪中吐。不复归溪中,还作溪中—作头雨。

池上竹

此君临此池,枝低水相近。碧色绿波中,日日流不尽。

沙上鹭

沙头一水禽,鼓翼扬清音。只待高风便,非无云汉心。

双槿树

绿影竞扶疏,红姿相照灼。不学桃李花,乱向春风落。

程长文

程长文,鄱阳人。诗三首。

狱中书情上使君 长文为强暴所诬系狱,献诗雪冤。

妾家本住鄱阳曲,一片贞—作坚心比孤竹。当年二八盛容仪—作辉,红笺草隶恰如飞。尽日闲窗刺绣坐,有时极浦采莲归。谁道居贫守都邑,幽闺—作居寂寞无人识。海燕朝归衾枕—作枕席寒,山花夜落阶墀湿。强暴之男何所为,手持白刃向帷帏。一命任从刀下死,千金岂—作不受暗中欺。我心匪石情难转,志夺秋霜意不移。血溅罗衣终不恨,疮粘锦袖亦何辞。县僚曾未知情绪,即便教人絷囹圄。朱唇滴沥独衔冤,玉箸阑干叹非所。十月寒更堪思—作更愁人,一闻击柝—伤神。高髻不梳云已散,蛾眉罢—作淡扫月仍新。三尺严章难—作焉可越,百年心事向谁说。但看洗雪出圜扉,始信白圭无玷缺。

铜雀台怨

君王去后行人绝,箫筝—作筝不响歌喉咽。雄剑无威光彩沈,宝琴零落金星灭。玉阶寂寞—作寂坠秋露,月照当时歌舞处。当时歌舞人不回,化为今日西陵灰。

春闺怨

绮陌香飘柳如线,时光瞬息如—作惊流电。良人何处事功名,十载相思不相见。

全唐诗卷八百

名媛

柳氏

柳氏,李生姬也,天宝中,韩翃馆于李。柳曰:"韩夫子岂长贫贱者!"李即以赠翃。翃为淄青侯希逸所辟,柳留都下。遭乱,寄决灵寺为尼。为番将沙吒利所劫,虞候许俊以计取之,复归于翃。诗一首。

答韩翃

杨柳枝,芳菲节,可一作所恨年年赠离别。一叶随风忽报秋,纵使君来岂堪折。

程洛宾

程洛宾,长水人,京兆参军李华侍儿。安史乱后,失所在。华后为江州牧,登庾楼,见其在舟中鼓胡琴。问之,乃岳阳王氏舟也,赍币赎归。诗一首。

归李江州后寄别王氏

鱼雁回时写报音,难凭锉蘖数年心。虽然情断沙吒后,争奈平生怨恨深。

红绡妓

红绡,大历中勋臣家妓也。勋臣疾,崔生往省,勋臣令妓送出院。妓指镜隐语,家奴磨勒曰:"此可致也。"夜负生,逾重垣入其院。见妓独坐吟诗,遂负生与妓俱出,守御无有觉者。诗一首。

忆崔生 一作坐吟

深洞 一作谷 莺啼恨阮郎,偷来花下解珠珰。碧云飘断音书绝,空倚玉箫愁凤皇。崔生诗云:误到蓬莱顶上游,明珰玉女动星眸。朱扉半掩深宫月,应照琼枝雪艳愁。

晁采

晁采,小字试莺。大历时人。少与邻生文茂约为伉俪。戟及长,茂时寄诗通情,采以莲子达意,坠一于盆。逾旬,开花并蒂。茂以报采,乘间欢合。母得其情,叹曰:"才子佳人,自应有此。"遂以采归茂。诗二十二首。

寄文茂

花笺制叶寄郎边,的的寻鱼为妾传。并蒂已看灵鹊报,倩郎早觅买花船。文茂春日寄采诗云:美人心共石头坚,翘首佳期空黯然。安得千金遗侍者,一烧鹊脑绣房前。晓来扶病镜台前,无力梳头任鬓偏。消瘦浑如江上柳,东风日日起还眠。旭日瞳瞳破晓霾,遥知妆罢下芳阶。那能化作桐花凤,一集佳人白玉钗。孤灯才灭已三更,窗雨无声鸡又鸣。此夜相思不成梦,空怀一梦到天明。答采赠发诗云:几上金猊静不焚,匡床愁卧对斜曛。犀梳金镜人何处,半枕兰香空绿云。

秋日再寄

珍簟生凉夜漏余,梦中恍惚觉来初。魂离不得空成病,面见无由浪寄书。窗外江村钟响绝,枕边梧叶雨声疏。此时最是思君处,肠断寒猿定不如。茂答采诗云:忽见西风起洞房,卢家何处郁金香。文君未奔先成渴,颛顼初逢已自伤。怀梦欲寻愁落叶,忘忧将种恐飞霜。惟应分付春天月,共听床头漏渐长。

春日送夫之长安

思一作夫君远别妾心愁,踏翠江边送画舟。欲待相看迟此别,只忧红日向西流。

雨中忆夫

采家畜一白鹤,名素素。一日雨中,忽忆其夫。谓鹤曰:"昔王母青鸾,绍兰、紫燕,皆能寄书远达,汝独不能乎?"鹤延颈向采,若受命状。采即援笔直书二绝,系于鹤足,竟致其夫。

窗前细雨日啾啾,妾在闺中独自愁。何事玉郎久离别,忘忧总对岂忘忧。

春风送雨过窗东,忽忆良人在客中。安得妾身今似雨,也随风去与郎同。

子夜歌十八首

侬既剪云鬟。郎亦分丝发。觅向无人处,绾作同心结。

夜夜不成寐,拥被啼终夕。郎不信侬时,但看枕上迹。

何时得成匹,离恨不复牵。金针刺菡萏,夜夜得见莲。

相逢逐凉候,黄花忽复香。颦眉腊月露,愁杀未成霜。

明窗弄玉指,指甲如水晶。剪之特寄郎,聊当携手行。

寄语闺中娘,颜色不常好。含笑对棘实,欢娱须是枣。

良会终有时,劝郎莫得怒。姜蘖畏春蚕,要绵须辛苦。

醉梦幸逢郎,无奈乌哑哑。中山如有酒,敢借千金价。

信使无虚日,玉酝寄盈觥。一年一日雨,底事太多晴。

绣房拟会郎,四窗日离离。手自施屏障,恐有女伴窥。

相思百余日,相见苦无期。褰裳摘藕花,要莲敢恨池。

金盆盥素手,焚香诵普门。来生何所愿,与郎为一身。

花池多芳水,玉杯挹赠郎。避人藏袖里,湿却素罗裳。

感郎金针赠,欲报物俱轻。一双连素缕,与郎聊定情。

寒风响枯木,通夕不得卧。早起遣问郎,昨宵何以过?

得郎日嗣音,令人不可睹。熊胆磨作墨,书来字字苦。

轻巾手自制,颜色烂含桃。先怀侬袖里,然后约郎腰。

侬赠绿丝衣,郎遗玉钩子。郎欲系侬心,侬思著郎体。

崔莺莺

崔莺莺,贞元中随母郑氏寓居蒲东佛寺。有张生者,与之赋诗赠答,情好甚昵。诗三首。

答张生—作明月三五夜

待月西厢下,迎风户半开。拂墙花影动,疑是玉人来。

寄诗—作绝微之

自从销瘦减容光,万转千回懒下床。不为傍人羞不起,为郎憔悴却羞郎。

告绝诗

弃置今何道,当时且自亲。还将旧来意,怜取眼前人。

步非烟

步非烟,河南功曹武公业妾也。邻生赵象以诗诱之,非烟答以诗,象因逾垣相从。事露,笞死。诗四首。

答赵子—作寄诗答赵象

绿惨双蛾不自持,只缘幽恨在新诗。郎心应似琴心怨,脉脉春情更泥谁。

又答赵象独坐—作寄赠蝉锦香囊

无力严妆倚绣栊,暗题蝉锦思难穷。近来赢得伤春病,柳弱花攲怯晓风。

寄怀

画檐—作梁春燕须同宿,兰浦双鸳肯独飞。长恨桃源诸女伴,等闲花里送郎归。

答赵象

相思只恨难—作怕不相见—作识,相见还愁却别君。愿得化为松上鹤,一双飞去入行云。

赵象寄非烟诗云:一睹倾城貌,尘心只自猜。不随萧史去,拟学阿谁来。谢非烟诗云:珍重佳人惠好音,彩笺芳翰两情深。

薄于蝉翼难供恨,密似蝇头未写心。疑是落花迷碧洞,只思轻雨洒幽襟。百回消息千回梦,裁作长谣寄绿琴。无报音怀非烟诗云:绿暗红藏起暝烟,独将幽恨小庭前。沈沈良夜与谁语,星隔银河月半天。谢非烟赠连蝉锦香囊诗云:见说伤情为见春,想封蝉锦缕蛾颦。叩头与报卿卿道,第一风流最损人。欢会后赠非烟诗云:十洞三清虽路阻,有心还得傍瑶台。瑞香风引思深夜,知是蕊宫仙驭来。

崔紫云

崔紫云,尚书李愿妓也。愿在东都,时会朝士。杜牧以御史分司,轻骑径往。引满三爵,问曰:"闻有紫云者孰是?"愿指示之,牧曰:"名不虚传,宜以见惠。"复引满高吟,旁若无人。愿遂以赠。紫云临行,献诗而别。诗一首。

临行献李尚书

从来学制—作得斐然诗—作词,不料—作意霜台御史知。忽见便教随命去,恋恩肠断出门时。

姚月华

姚月华,尝梦月坠妆台,觉而大悟,聪慧过人。少失母,随父寓扬子江,见邻舟书生杨达诗,命侍儿乞其稿。达立缀艳诗致情,自后屡相酬和。会其父有江右之行,踪迹遂绝。诗六首。

怨诗效徐淑体

妾生兮不辰,盛年兮逢屯。寒暑兮心结,晨夜兮眉颦。循环兮不息,如彼兮车轮。车轮兮可歇,妾心兮焉伸。杂沓兮无绪,如彼兮丝棼。丝棼兮可理,妾心兮焉分。空闺兮岑寂,妾阁兮生尘。萱草兮徒树,兹忧兮岂泯。幸逢兮君子,许结兮殷勤。分香兮剪发,赠玉兮共珍。指天兮结誓,愿为兮一身。所遭兮多舛,玉体兮难亲。损餐兮减寝,带缓兮罗裙。菱鉴兮慵启,博炉兮焉熏。整袜兮欲举,塞路兮荆榛。逢人兮欲语,鞈匝兮顽嚚。烦冤兮凭胸,何时兮可论。愿君兮见察,妾死兮何瞋。

制履赠杨达

金刀剪紫绒，与郎作轻履。愿化双仙凫，飞来入闺里。

有期不至

银烛清尊久延伫，出门入门天欲曙。月落星稀竟不来，烟柳胧朣鹊飞去。

怨诗寄杨达—作古怨

春—作江水悠悠春草绿，对此思君泪相续。羞将离恨向东风，理尽秦筝—作瑶琴不成曲。

与君形影分吴越，玉枕经—作终年对离别。登台—作高北望烟雨深，回身泣向寥天月。

楚妃怨

梧桐叶下黄金井，横架辘轳牵素绠。美人初起天未明，手拂银瓶秋水冷。

孟氏

孟氏，本寿春妓，归维扬万贞为妻。诗二首。

独游家园 贞贾于外，孟氏春日独游家园，忽有美少年逾垣而入，赋诗赠答，遂私焉。逾年，夫归，少年曰："吾固知其不久也。"言讫，腾身而去。

可惜春时节，依前独自游。无端两行泪，长只—作祇对花流。

答少年

谁家少年儿，心中暗自欺。不道终不可，可即恐郎知。

赵氏

赵氏，南海人。房千里初第，游岭徼，举子韦滂自南海携赵来，拟为房妾。房倦于游，未得遽与赵偕。及后遣人访之，赵已从韦矣。诗一首。

寄情—作许浑代作

春风白马紫丝缰，正值蚕娘未采桑。五夜有心随暮雨，百年无节抱秋霜。重寻绣带朱藤合，却忍罗裙碧草长。为报西游减离恨，阮郎才去嫁刘郎。

李节度姬

李节度有宠姬，元夕，以红绡帕裹诗掷于路，约得之者来年此夕会于相蓝后门。宦子张生得之，如期而往，姬与生偕逃于吴。诗三首。

书红绡帕

囊裹真香谁见窃，鲛绡滴泪染成红。殷勤遗下轻绡意，好与情郎怀袖中。

金珠富贵吾家事，常渴佳期乃寂寥。偶用志诚求雅合，良媒未必胜红绡。张生和姬诗云：自睹佳人遗赠物，书窗终日独无聊。未能得会真仙面，时看香囊与绛绡。

会张生述怀

门前画戟寻常设，堂上犀簪取次看。最是恼人情绪处，凤皇楼上月华寒。

崔素娥

崔素娥，韦洵美妾。邺都罗绍威辟洵美为从事，素娥随行。绍威闻其姝丽，逼献之，素娥为诗以别。其夜，洵美独宿长吁，有同行者，问知其事，歘然而去。至三更，以皮囊贮素娥至，洵美遂挟以他遁。诗一首。

别韦洵美诗

妾闭闲房君路岐，妾心君恨两依依。神魂倘遇巫娥伴，犹逐朝云暮雨归。韦洵美答素娥诗云：别恨离群自古闻，此心难舍意难论。承恩必若颁时服，莫使沾濡有泪痕。

鲍家四弦

四弦，鲍生妾也。鲍多蓄声伎，外弟韦生，好乘骏马，遇于历阳。鲍置酒，酒酣，密遣四弦歌以送酒，韦牵紫叱拨酬之。诗二首。

送韦生酒

白露湿庭砌，皓—作素月临前轩。此时去

留恨，含思独无言。

送鲍生酒

风飐荷珠难暂圆，多情信有短姻缘。西楼今夜三更月，还照离人泣断弦。

韩续姬

南唐仆射韩续请韩熙载撰父神道碑，奉一歌妓润笔。文成，但叙谱系品秩。续乞改窜，熙载还其所赠，姬因题诗泥金双带而去。诗一首。

赠别

风柳摇摇无定枝，阳台云雨梦中归。他年蓬岛音尘绝，留取尊前旧舞衣。

全唐诗卷八百一

无考女子

郎大家宋氏 诗五首。

采桑

春来南雁归,日去西蚕远。妾思纷何极,客—作君游殊未返。

宛转歌 一作拟晋女刘妙容宛转歌二首一作崔液诗

风已清,月朗琴复鸣。掩抑非千态,殷勤是一声。歌宛转,宛转和且长。愿为双鸿一作黄鹄,比翼共翱翔。

日已暮,长檐鸟声度。此时一本无上二字望君君不来,此时一本无上二字思君君不顾。歌宛转,宛转那能异栖宿。原为形与影,出入恒相逐。

长相思

长相思,久离别。关山阻,风烟绝。台上镜文销,袖中书字灭。不见君形影,何曾有欢悦。

朝云引

巴西巫峡指一作连巴东,朝云触石上朝空。巫山巫峡高何已,行雨行云一时起。一时起,三春暮。若言来,且就阳台路。

梁琼 诗四首。

宿巫山寄远人

巫山云,巫山雨,朝云暮雨无定所。南峰忽暗北峰晴,空里仙人语笑声。曾侍荆一作君王枕席处,直至如今如有灵。春风澹澹白云闲,惊湍流水响千山。一夜此中对明月,忆得此中与君别。感物情怀如旧时,君今渺渺在天涯。晓看襟上泪流处,点点血痕犹在衣。

昭君怨

自古无和亲，贻灾—作天贻到妾身。朔风嘶去马，汉月出行轮。衣薄狼山雪，妆成虏塞春。回看父母国，生死毕胡尘。

铜雀台

歌扇向陵开，齐行奠玉杯。舞时飞燕列，梦里片云来。月色空余恨，松声莫更哀。谁怜未死妾，掩袂下铜台。

远意

脉脉长摅气，微微不离—作动心。叩头从此去，烦恼阿谁禁。

句

玉枕空流别后泪，罗衣已尽去时香。《古意》。

刘云 诗三首。

有所思

朝亦有所思，暮亦有所思。登楼望君处，霭霭萧关道。掩泪向浮云，谁知妾怀抱。—作霭霭浮云飞。浮云遮却阳关道，向晚谁知妾怀抱。玉井苍苔春院深，桐花落尽—作地无人扫。

婕妤怨

君恩不可见，妾岂如秋扇。秋扇尚有时，妾身永微贱。莫言朝花不复落，娇容几夺昭阳殿。

望月—作张瑛诗

天汉凉秋夜，澄澄一镜明。山空猿屡啸，林静鹊频惊。

崔萱 字伯容。诗三首。

古意

灼灼叶中花，夏萎春又芳。明明天上月，蟾缺圆复光。未如君子情，朝违夕已忘。玉帐枕犹暖，纨扇思何长。愿因西南风，吹上玳瑁床。娇眠锦衾里，展转双鸳鸯。

叙别

碧池漾漾春水绿，中有佳禽暮栖宿。愿持此意永相贻，只虑君情中反覆。

豪家子

年少家藏累代金，红楼尽日醉沈沈。马非蹀躞宁酬价，人不婵娟肯动心。

句

岂知一只凤钗价，沽得数村蜗舍人。《豪家妓》。

崔仲容 诗三首。

赠所思

所居幸接邻，相见不相亲。一似云间月，何殊镜里人。丹诚—作成空有梦，肠断不禁春。愿作梁间燕，无由变此身。

戏赠

暂到昆仑未得归，阮郎何事教人非。如今身佩上清箓，莫遣落花沾羽衣。

赠歌姬

水剪双眸雾剪衣，当筵一曲媚春辉—作时，潇湘夜瑟怨犹在，巫峡晓云愁不稀—作飞。皓齿乍分寒玉细，黛眉轻蹙远山微。渭城朝雨休重唱，满眼阳关客未归。

句

妾心合君心，一似影随形。《寄赠》。

梁燕无情困，双栖语此时。《春怨》。

不觉红颜去，空嗟白发生。《感怀》。

桐花落尽春又尽，紫塞征人犹未归。《古意》。

崔公远 —作达。诗一首。

独夜词

晴天霜落寒风急，锦帐罗帏羞更入。秦筝

不复续断弦,回身掩泪挑灯立。

句

看花独不语,裴回双泪潜。

君今远戍在何处,遣妾秋来长望天。

张琰 诗三首。

春词二首

垂柳鸣黄鹂,关关若求友。春情不可耐,愁杀闺中妇。日暮登高楼,谁怜小垂手。

昨日桃花飞,今朝梨花吐。春色能几时,那堪此愁绪。荡子游不归,春来泪如雨。

铜雀台 一作张瑛诗

君王冥漠不可见,铜雀歌舞空裴回。西陵喷喷悲宿鸟,高 一作空 殿沈沈闭青苔。青苔无人迹,红粉空自 一作相 哀。

句

年年人自老,日日水东流。

庭芳自摇落,永念结中肠。

裴羽仙 诗二首。

哭夫二首 时以夫征戍,轻入被擒。音信断绝,作诗哭之。

风卷平沙日欲曛,狼烟遥认犬羊群。李陵一战无归日,望断胡天哭塞云。

良人平昔逐蕃浑,力战轻行 一作生 出塞门。从此不归成万古,空留贱妾怨黄昏。

刘媛 一作瑗。诗三首。

长门怨

雨滴梧桐 一作长门秋夜长,愁心和雨到昭阳。泪痕不学 一作共 君恩断,拭却千行更万行。

学画蛾眉独出群,当时人道便承恩。经年不见君王面,花落黄昏空掩门。

送远

闻道瞿塘滟滪堆,青山流水近阳台。知君此去无还日,妾亦随波不复回。

句

春风报梅柳,一夜发南枝。

傍人那得知心事,一面残妆空泪痕。

葛鸦儿 诗三首。

怀良人 一云朱滔时河北士人作

蓬鬓荆钗世所稀,布裙犹是嫁时衣。胡麻好种无人种,正是归时不见 一作底不归。

会仙诗

彩凤摇摇下翠微,烟光 一作花 漠漠遍芳枝。玉窗仙会何人见,唯有春风仔细知。

烟霞迤逦接蓬莱,宫殿参差晓日开。群玉山前人别处,紫鸾飞起望仙台。

刘 一作裴 **瑶** 诗三首。

暗别离

槐花结子桐叶焦,单飞越鸟啼青霄。翠轩辗云轻遥遥,燕脂泪迸红线条。瑶草歇芳心耿耿,玉佩无声画屏冷。朱弦暗断不见人,风动花枝月中影。青鸾脉脉西飞去,海阔天高不知处。

古意曲

梧桐阶下月团团,洞房如水秋夜阑。吴刀剪破机头锦,茱萸花坠相思枕。绿窗寂寞背灯时,暗数寒更不成寝。

阖闾城怀古

五湖春水接遥 一作碧 连天,国破君亡不记 一作计 年。唯有妖娥曾舞处,古台寂寞起愁 一作寒 烟。

廉氏诗三首。

峡中即事

清秋三峡此中去,鸣一作啼鸟孤猿不可闻。一道水声多乱石,四时天色少晴云。日暮泛舟溪潋口,那堪夜永一作客思氤氲。

怀远

隙尘何微微,朝夕通其辉。人生各有托,君去独不归。青林有蝉响,赤日无鸟飞。裴回东南望,双泪空沾衣。

寄征人

凄凄北风吹鸳被,娟娟西月生蛾眉。谁知独夜相思处,泪滴寒塘蕙草时。

田娥诗三首。

寄远

忆昨会诗酒,终日相逢迎。今来成故事,岁月令人惊。泪流红粉薄,风度罗衣轻。难为子猷志,虚负文君名。

携手曲

携手共惜芳菲节,莺啼锦花满城阙。行乐逶迤念容色,色衰只恐君恩歇。凤笙龙管白日阴,盈亏自感青一作中天月。

长信宫

团圆手中扇,昔为君所持。今日君弃捐,复值秋风时。悲将入箧笥,自叹知何为。

句

春至偏无兴,秋来只是眠。《闲居》。

刘淑柔诗一首。

中秋夜泊武昌

两城相对峙,一水向东流。今夜素娥月,何年黄鹤楼。悠悠兰棹晚,渺渺荻花秋。无奈柔肠断,关山总是愁。

薛琼诗一首。

赋荆一作金门

黄鸟翻红树一作叶,青牛卧绿苔。渚宫歌舞地,轻雾锁楼台。

赵虚舟诗一首。

戏赠

砌下梧桐叶正齐,花繁雨后压枝低。报道不须鸦鸟乱,他家自有凤凰栖。

张瑛一作英。诗二首。

铜雀台一作张瑛诗

君王冥漠不可见,铜淮歌舞空裴回。西陵喷喷悲宿鸟,高一作空殿沈沈闭青苔。青苔无人迹,红粉空相一作自哀。

望月一作刘云诗

天汉凉秋夜,澄澄一镜明。山空猿屡啸,林静鹤频惊。

长孙佐转妻诗一首。

答外佐转戍边不归,寄书与妻。作诗答之。

征人去年戍边水,夜得边书字盈纸。挥刀就烛裁红绮,结作同心答千里。君寄边书书莫绝,妾答同心心自结。同心再解不心离,离字频看字愁灭。结成一衣和泪封,封书只在怀袖中。莫如书故字难久,愿学同心长可同。

刘元载妻诗一首。

早梅一作观梅女仙诗

南枝向暖北枝寒,一种春风有两般。凭仗高楼莫吹笛,大家留取倚阑干。

刘氏妇 诗二首。

明月堂

蝉鬓惊秋华发新，可怜红隙尽埃尘。西山一梦何年觉，明月堂前不见人。

玉钩风急响丁东，回首西山似梦中。明月堂前人不到，庭梧一夜老秋风。

葛氏女 诗一首。

和潘雍

九天天远瑞烟浓，驾鹤骖鸾意已同。从此三山山上月，琼花开处照春风。潘雍赠葛氏诗云：曾闻仙子住天台，欲结灵姻愧短才。若许随君洞中住，不同刘阮却归来。

李主簿姬 诗一首。

寄诗 李主簿，不知其名。秋游广陵，迨春未返，其姬以诗寄之。

去时盟约与心违，秋日离家春不归。应是维扬风景好，恣情欢笑到芳菲。李主簿答姬诗云：偶到扬州悔到家，亲知留滞不因花。尘侵宝镜虽相待，长短归时不及瓜。

京兆女子

唐末人，不详姓氏。诗一首。

题兴元明珠亭

寂寥满地落花红，独有离人万恨中。回首池塘更无语，手弹珠泪与一作背春一作东风。

湘驿女子 诗一首。

题玉泉溪

红叶一作树醉秋色，碧溪弹夜弦。佳期不可再，风雨杳如年。

若耶溪女子 诗一首。

题三乡诗并序

余家本若耶溪东，与同志者二三，纫兰佩蕙，每贪幽闲之境，玩花光于风一作松月之亭。竟昼绵宵，往往忘倦。洎乎初笄，五换星霜矣。自后不得已，从良人西入函关，寓居晋昌里第。其居迥绝尘嚣，花木丛翠。东西邻二佛宫，皆上国胜游之最。伺其闲寂，因游览焉，亦不辜一时之风月也。不意良人已矣，邈然无依。帝里方一作芳春，吊影一作光景东迈。涉浐水，历渭川；背终南，陟太华；经虢略，抵陕郊。把嘉祥之清流，面女几之苍翠。凡经过之所，皆曩昔燕笑之地。衔冤茹一作兴叹，举目魂销。虽残骸尚存，而精爽都失。假使潘岳复生，无以悼其幽思也。遂命笔聊题，终不能涤其怀抱，绝笔恸哭而去。时会昌壬戌岁仲春十九日。二九子，为父后。玉无瑕，弁无首。荆山石，往往有题。

昔逐良人西入关，良人身殁妾空还。谢娘卫女不相待，为雨为云归此山。《肜管遗编》云：若耶溪女，隐名不书。后李舒解之曰：二九十八，十加八木字。子为父后，木下子，李字也。玉无瑕，去其点也。弁无首，存其廾也。廾下廾，弄字也。荆山石，往往有者，荆山多玉，当是姓李名弄玉也。

谁氏女 诗一首。

题沙鹿门

昔逐良人去上京，良人身殁妾东征。同来不得同归去，永负朝云暮雨情。

光　威　裒 姊妹三人，失其姓。

联句

朱楼影直日当午，玉树阴低月已三光。腻粉暗销银镂合，错刀闲剪泥金衫威。绣床怕引乌龙吠，锦字愁教青鸟衔裒。百味炼来怜益母，千花开处斗宜男光。鸳鸯有伴谁能羡，鹦鹉无言我自惭威。浪喜游蜂飞扑扑，佯惊孤燕语喃喃裒。偏怜爱数蝤蛑掌，每忆光抽玳瑁簪光。烟洞几年悲尚在，星桥一夕帐空含威。窗前时节羞虚掷，世上风流笑苦谙裒。独结香绡偷饷送,暗垂檀袖学通参光。须知化石心难定,却是为云分易甘咸。看见风光零落尽,弦声犹逐望江南衷。

越溪杨女

杨女,越溪人。为诗不过两句。有谢生求婚,其父出女句,令续之。女览而叹曰:"天生吾夫也。"后七年,忽题二句示谢,谢讶其不祥。女曰:"君且续之。"谢应声就,女即以首枕其膝而逝。

联句

珠帘半床月,青竹满林风杨女。何事今宵景,无人解语同谢生。

春日

春尽花随尽,其如自是花杨女。从来说花意,不过此容华谢生。明月易亏轮,好花难恋春杨女。常将花月恨,并作可怜人谢生。

曹文姬

句

凿开天外长生地,炼出人间不死丹。《题梅仙山丹井》。

全唐诗卷八百二

妓女

关盼盼

关盼盼,徐州妓也,张建封纳之。张殁,独居彭城故燕子楼,历十余年。白居易赠诗讽其死,盼盼得诗,泣曰:"妾非不能死,恐我公有从死之妾,玷清范耳。"乃和白诗,旬日不食而卒。诗四首。

燕子楼三首

楼上残灯伴晓霜,独眠人起合欢床。相思一夜情一作知多少,地角天涯不一作未是长。

北邙松柏锁愁烟,燕子楼中思悄然。自埋剑履歌尘散,红袖一作襟香销一一作已十年。

适看鸿雁岳阳回,又睹玄禽逼社来。瑶瑟玉箫无意绪,任从蛛网任从灰。

和白公诗

自守空楼敛恨眉,形同春后牡丹枝。舍人不会人深意,讶道泉台不去随。

句

儿童不识冲天物,漫把青泥污雪毫。《临殁口吟》。

刘采春

刘采春,越州妓也。诗六首。

啰唝曲六首

不喜秦淮水,生憎江上船。载儿夫婿去,经岁又经年。

借问东园柳,枯来得岁年。自无枝叶分,莫怨太阳偏。

莫作商人妇,金钗当卜钱。朝朝江口望,错认几人船。

那年离别日，只道住桐庐。桐庐人不见，今得广州书。

昨日胜今日，今年老去年。黄河清有日，白发黑无缘。

昨日北风寒，牵船浦里安。潮来打缆断，摇橹始知难。

太原妓

欧阳詹游太原，悦一妓，约至都相迎。别后，妓思之，疾甚，乃刃髻作诗寄詹，绝笔而逝。诗一首。

寄欧阳詹

自从别后减容光，半是思郎半恨郎。欲识旧来云髻样，为奴开取缕金箱。

武昌妓

续韦蟾句

韦蟾廉问鄂州，及罢，宾僚祖饯，韦以笺书《文选》句，授坐客请续。有妓起，口占二句，无不嘉叹，蟾赠数十千纳之。

悲莫悲兮生别离，登山临水送将归。武昌无限新栽柳，不见杨花扑面飞。

舞柘枝女

舞柘枝女，韦应物爱姬所生也。流落潭州，委身乐部。李翱见而怜之，于宾僚中选士嫁焉。诗一首。

献李观察

湘江舞罢忽成悲，便脱蛮靴出绛帷。谁是蔡邕琴酒客，魏公怀旧嫁文姬。李观察翱答诗云：姑苏太守青娥女，流落长沙舞柘枝。满座绣衣皆不识，可怜红脸泪交垂。

常浩

常浩，妓也。诗二首。

赠卢夫人

佳人惜颜色，恐逐芳菲歇。日暮出画堂，下阶拜新月。拜月如一作仍有词，傍人那得知。归来投玉枕，一作玉台下。始觉泪痕垂。

寄远

年年二月时，十年期别期。春风不知信，轩盖独迟迟。今日无端卷珠箔，始见庭花复零一作见落。人心一往不复归，岁月来时未尝错。可怜荧荧玉镜台，尘飞幂幂几时开。却念容华非昔好，画眉犹自待君来。

襄阳妓

贾中郎与武补阙登岘山，遇一妓同饮，自称襄阳人。诗一首。

送武补阙

弄珠滩上欲销魂，独把离怀寄酒尊。无限烟花不留意，忍教芳草怨王孙。

王福娘

王福娘，字宜之，解梁人。北里前曲妓也。诗三首。

题孙棨诗后

棨赠福娘诗，俱题窗左红墙，后有数行未满，福娘因自题一绝。

苦把文章邀劝人，吟看好个语言新。虽然不及相如赋，也直黄金一二斤。

问棨一作题红笺卜诗

宜之每欢洽际，尝自惨然。一日忽以红笺题诗，授棨索和。

日日悲伤未有图，懒将心事话凡夫。非同覆水应收得，只问仙郎有意无？棨答福娘诗云：韶妙如何有远图，未能相为信非夫。泥中莲子虽无染，移入家园未得无。

谢棨一作掷红巾诗

棨自洛还京，上巳日，禊于曲水。闻邻棚丝竹，宜之在焉。诘旦，诣其里，其妹小福在门，团红巾掷棨，舒之，则宜之诗也。

久赋恩情欲托身，已将心事再三陈。泥莲既没移栽分，今日分离莫恨人。

杨莱儿

杨莱儿，字蓬仙。利口敏妙，进士赵光远

一见溺之,后为豪家所得。诗二首。

答小子弟诗

光远自恃俊才,莱儿大夸于客,指光远为一鸣先辈。放榜日,盛饰立门以俟。京师小子弟于马上念诗谑之,莱儿应声而答。

黄口小儿口莫一作没凭,逡巡看取第三名。孝廉持水添瓶子,莫向街头乱碗鸣。小弟子谑莱儿诗云:尽道莱儿口可凭,一冬夸婿好声名。适来安远门前见,光远何曾解一鸣。

和赵光远题壁

长者车尘每到门,长卿非慕卓王孙。定知羽翼难随凤,却喜波涛未化鲲。娇别翠钿粘去袂,醉歌金雀碎残尊。多情多病年应促,早办名香为返魂。

楚儿

楚儿,字润娘。诗一首。

贻郑昌图

楚儿后为捕贼官郭锻所纳。一日游曲江,遇郑,出帘招之。锻觉之,曳于中衢,击以马箠,郑惊去。明日,过其居侦之,已在临街窗下弄琵琶矣。楚儿贻郑诗,郑即于马上和之。

应是前生有宿冤,不期今世恶因缘。蛾眉欲碎巨灵掌一作手,鸡肋难胜子路一作石勒拳。只拟吓人传铁券,未应教我踏青莲。曲江昨日君相遇,当下遭他数十鞭。郑昌图答楚儿诗云:大开眼界莫言冤,毕世甘他也是缘。无计不烦干偃蹇,有门须是疾连拳。据论当道加严箠,便合披缁念法莲。如此兴情殊不减,始知昨日是蒲鞭。

王苏苏

王苏苏,南曲中妓。诗一首。

和李标

一作题李标诗后。进士李标,从王左谏弟侄诣苏苏。饮次,题诗于窗。苏苏先未识标,不甘其题。曰:"阿谁留郎君,莫乱道。"因取笔继和。

怪得犬惊鸡乱飞,羸童瘦马老麻衣。阿谁乱引闲人到,留住青蚨热赶归。李标题窗诗云:春暮花枝绕户飞,王孙寻胜引尘衣。洞中仙子多情态,留住刘郎不放归。

颜令宾

颜令宾,南曲妓也。诗一首。

临终召客

一作病中见落花。令宾举止风流,事笔砚,有词句,见举人尽礼祗奉。乞歌诗,常满箱箧。及病甚,值春暮,扶坐砌前,顾落花长叹数四。因为诗教小童持出,邀新第郎君及举人数辈,张乐欢饮至暮。涕泗请曰:"我不久矣,幸各制哀挽送我。"得诗数首。及死,有刘驰驰者,能为曲子词,因取其词,教挽柩者前唱之,声甚悲怆,瘗青门外。自是盛传于长安,挽者多唱焉。

气余三五喘,花剩两三枝。话别一尊酒,相邀无后期。挽歌云:昨日寻仙子,辂车忽在门。人生须到此,天道竟难论。客至皆连袂,谁来为鼓盆。不堪襟袖上,犹印旧眉痕。残春扶病饮,此夕最堪伤。梦幻一朝毕,风花几日狂。孤鸾徒照镜,独燕懒归梁。厚意那能展,含酸莫一觞。浪意何堪念,多情亦可悲。骏奔皆露胆,磨至尽齐眉。花坠有开日,月沉无出期。宁言掩丘后,宿草便离离。奄忽那如此,夭桃色正春。捧心无动我,掩面复何人。岱岳谁为道,逝川宁问津。临丧应有主,宋玉在西邻。

张窈窕

张窈窕,寓居于蜀,当时诗人雅相推重。诗六首。

寄故人一作杜羔妻诗

淡淡春风花落时,不堪愁望一作坐更相思。无金可买长门赋,有恨空吟团扇诗。

上成都在事一作成都即事

昨日卖衣裳,今日卖衣裳。衣裳浑卖尽,羞见嫁时箱。有卖愁仍缓,无时心转伤。故园有房一作多阻隔,何处事蚕桑。

春思二首

门前梅一作桃柳烂春辉,闭妾深闺绣舞衣。双燕不知肠欲断,衔泥故故傍人飞。

井上梧桐是妾移,夜来花发最高枝。若教

不向深闺种,春过门前争得知。

西江行
日下西塞山,南来洞庭客。晴空白鸟度,万里秋光碧。

赠—作别所思
与君咫尺长离别,遣妾容华为谁说。夕望层城眼欲穿,晓临明镜肠堪绝。

句
满院花飞人不到,含情欲语燕双双。《春情》,见《吟窗杂录》。

平康妓
裴思谦及第后,作红笺名纸十数幅,诣平康里宿焉。诘旦,一妓赋赠诗一首。

赠裴思谦—作裴思谦诗
银釭斜背解明珰,小语偷声贺玉郎。从此不知兰麝贵,夜来新惹桂枝香。

史凤
史凤,宣城妓也。诗七首。

迷香洞
洞口飞琼佩羽霓,香风飘拂使人迷。自从邂逅芙蓉帐,不数桃花流水溪。

神鸡枕
枕绘鸳鸯久与栖,新裁雾縠斗神鸡。与郎酣梦浑忘晓,鸡亦留连不肯啼。

锁莲灯
灯锁莲花花照叠,翠钿同醉楚台巍。残灰剔罢携纤手,也胜金莲送辙回。

鲛红被
肷被当年仅御寒,青楼惯染血猩纨。牙床舒卷鸂鶒共,正值窗棂月一转。

传香枕
韩寿香从何处传,枕边芳馥恋婵娟。休疑粉黛加铤刃,玉女旍檀侍佛前。

八分羊
党家风味足肥羊,绮阁留人漫较量。万羊亦是男儿事,莫学狂夫取次尝。

闭门羹
一豆聊供游冶郎,去时忙唤锁仓琅。入门独慕相如侣,欲拨瑶琴弹凤凰。

盛小丛
盛小丛,越妓。李讷为浙东廉使,夜登城楼,闻歌声激切。召至,乃小丛也。时崔侍御元范在府幕,赴阙。李饯之,命小丛歌饯,在座各赋诗赠之。小丛有诗一首。

突厥三台
雁门山上雁初飞,马邑阑中马正肥。日旰山西逢驿使,殷勤南北送征衣。

赵鸾鸾
赵鸾鸾,平康名妓也。诗五首。

云鬟
扰扰香云湿未干,鸦领—作翎蝉翼腻光寒。侧边斜插黄金凤,妆罢夫君带笑看。

柳眉
弯弯柳叶愁边戏,湛湛菱花照处频。妩媚不烦螺子黛,春山画出自精神。

檀口
衔杯微动樱桃颗,咳唾轻飘茉莉香。曾见白家樊素口,瓠犀颗颗缀榴芳。

纤指
纤纤软玉削春葱,长在香罗翠袖中。昨日琵琶弦索上,分明满甲染猩红。

酥乳
粉香汗湿瑶琴轸,春逗酥融绵雨膏。浴罢檀郎扪弄处,灵华凉沁紫葡萄。

莲花妓

莲花妓，豫章人也。陈陶隐南昌西山，镇帅严宇尝遣之侍陶。陶不顾，因求去，献诗一首。

献陈陶处士

莲花为号玉为腮，珍重尚书遣妾来。处士不生巫峡梦，虚劳神女—作云雨下阳台。

徐月英

徐月英，江淮间妓也。有集行世，今存诗二首。

叙怀

为失三从泣泪频，此身何用处人伦。虽然日逐笙歌乐，长羡荆钗与布裙。

送人

惆怅人间万事违，两人同去一人归。生憎平望亭前水，忍照鸳鸯相背—作对飞。

句

枕前泪与阶前雨，隔个窗儿滴到明。

韩襄客

汉南妓。

句

连理枝前同设誓，丁香树下共论心。

全唐诗卷八百三

薛涛

薛涛,字洪度。本长安良家女,随父宦,流落蜀中,遂入乐籍。辨慧工诗,有林下风致。韦皋镇蜀,召令侍酒赋诗,称为女校书。出入幕府,历事十一镇,皆以诗受知。暮年屏居浣花溪,著女冠服。好制松花小笺,时号薛涛笺。有《洪度集》一卷,今编诗一卷。

酬人雨后玩竹

南天春雨时,那鉴雪霜姿。众类亦云茂,虚心能自持。多留晋贤醉,早伴舜妃悲。晚岁一作岁晚君能赏,苍苍劲节奇。

春望 一作望春词 四首

花开不同赏,花落不同悲。欲问相思处,花开花落时。

揽一作槛草结同心,将以遗知音。春愁正断绝,春鸟复哀吟。

风花日将老,佳期犹渺渺。不结同心人,空结同心草。

那堪花满枝,翻作两相思。玉箸垂朝镜,春风知不知。

宣上人见示与诸公唱和

许厕高斋唱,涓泉定不如。可怜谯记室,流水满禅居。

风

猎蕙微风远,飘弦唳一声。林梢鸣浙沥,松径夜凄清。

月

魄依钩样小,扇逐汉机团。细影将圆质,人间几处看。

蝉 一作闻蝉

露涤清音远,风吹数一作故叶齐。声声似相接,各在一枝栖。

池上双鸟一作兔
双栖绿池上,朝暮共一作去暮飞还。更忆将雏日,同心莲叶间。

鸳鸯草
绿英满香砌,两两鸳鸯小。但娱春日长,不管秋一作春风早。

罚赴边有怀上韦令公二首一作陈情上韦令公,又作上元相公
闻道一作说边城苦,今来一作而今到始知。羞将门下曲,唱与陇头儿。

黠虏一作贼犹违命,烽烟直北愁。却教严谴妾,不敢向松州。

咏八十一颗
色比丹霞朝日,形如合浦贫筼一作圆珰。开时九九如一作知数,见处双双颔颔。

谒巫山庙
乱猿啼处访高唐,路入烟霞草木香。山色未能忘宋玉,水声犹是哭襄王。朝朝夜夜阳台下,为雨为云楚国亡。惆怅庙前多少柳,春来空斗画眉长。

牡丹
去春零落暮春时,泪湿红笺怨别离。常恐便同巫峡散,因何重有武陵期。传情每向馨香得,不语还应彼此知。只欲栏边安枕席,夜深闲共说相思。

贼平后上高相公
惊看天地白荒荒,瞥见青山旧夕阳。始信大一作天,一作火威能照映,由来日月借生光。

送友人
水国兼葭夜有霜,月寒山色共苍苍。谁言千里自今夕,离梦杳如关塞一作路长。

听僧吹芦管
晓蝉鸣咽暮莺愁,言语殷勤十指头。罢阅梵书聊一弄,散随金磬泥清秋。

酬郭简州寄柑子
霜规不让黄金色,圆质仍含御史香。何处同声情最异,临川太守谢家郎。

上川主武元衡相国二首一本无元衡二字
落日重城夕雾收,玳筵雕俎荐诸侯。因令朗月当庭燎,不使珠帘下玉钩。

东阁移尊绮席陈,貂簪龙节更宜春。军城画角三声歇,云幕初垂红烛新。

忆荔枝
传闻象郡隔南荒,绛实丰肌不可忘。近有青衣连楚水,素浆还得类琼浆。

斛石山晓望寄吕侍御
曦轮初转照仙扃,旋擘烟岚上窅冥。不得玄晖同指点,天涯苍翠漫青青。

寄词
菌阁芝楼杳霭中,霞开深见玉皇宫。紫阳天上神仙客,称在人间立世功。

斛石山书事
王家山水画图中,意思都卢粉墨容。今日忽登虚境望,步摇冠翠一千峰。

送姚员外
万条江柳早秋枝,裛地翻风色未衰。欲折尔来将赠别,莫教烟月两乡悲。

酬祝十三秀才
浩思蓝一作南山玉彩寒,冰囊敲碎楚金盘。诗家利器驰声久,何用春闱榜下看。

别李郎中一作中郎
花落梧桐凤别凰,想登秦岭更凄凉。安仁纵有诗将赋,一半音词杂悼亡。

送扶炼师
锦浦归舟巫峡云,绿波迢递雨纷纷。山阴

妙术人传久,也说将鹅与右军。

摩诃池赠萧中丞
昔以多能佐碧油,今朝同泛旧仙舟。凄凉逝水颓波远,惟有—作到碑泉—作前咽不流。

乡思 用前韵。此首补入。
峨嵋山下水如油,怜我心同不系舟。何日片帆离锦浦,棹声齐唱发中流。

和李书记席上见赠
翩翩射策东堂秀,岂复相逢豁寸心。借问风光为谁丽,万条丝柳翠烟深。

棠梨花和李太尉
吴均蕙圃移嘉木,正及东溪春雨时。日晚莺啼何所为,浅深红腻压繁枝。

酬文使君
延英晓拜汉恩新,五马腾骧九陌尘。今日谢庭飞白雪,巴歌不复旧阳春。

酬吴随—作使君
支公别墅接花肩,买得前山总未经。入户剡溪云水满,高斋咫尺蹑—作接青冥。

酬李校书
才游象外身虽远,学茂区中事易闻。自顾漳滨多病后,空瞻逸翮舞青云。

赋凌云寺二首
闻说凌云寺里苔,风高日近绝纤—作尘埃。横云点染芙蓉壁,似待诗人宝月来。

闻说凌云寺里花,飞空绕磴逐江斜。有时锁得嫦娥镜,镂出瑶台五色霞。

九日遇雨二首
万里惊飙朔气深,江城萧索昼阴阴。谁怜不得登山去,可惜寒芳色似金。

茱萸秋节佳期阻,金菊寒花满院香。神女欲来知有意,先令云雨暗池塘。

酬雍秀才贻巴峡图
千叠云峰万顷湖,白波分去绕荆吴。感君识我枕流意,重示瞿塘峡口图。

上王尚书
碧玉双幢白玉郎,初辞天帝下扶桑。手持云篆题新榜,十万人家春日长。

和刘宾客玉蕣
琼枝的皪露珊珊,欲折如披玉—作霞彩寒。闲拂朱房何所似,缘山偏映月—作日轮残。

江边
西风忽报雁—作燕双双,人世心形两自降。不为鱼肠有真诀,谁能梦梦—作夜夜立清江。

送卢员外
玉垒山前风雪夜,锦官城外—作北别离魂。信陵公子如相问,长向夷门感旧恩。

题竹郎庙
竹郎庙前多古木,夕阳沈沈山更绿。何处江村有笛声,声声尽是迎郎—作仙曲。

赠苏十三—作三十中丞
洛阳陌上埋轮气,欲逐秋空击隼飞。今日芝泥检征诏,别须台外振霜威。

和郭员外题万里桥
万里桥头独越吟,知凭文字写愁心。细侯风韵兼前事,不止为舟也作霖。

送郑眉—作资州
雨暗眉山江水流,离人掩袂立高楼。双旌千骑骈东陌,独有罗敷望上头。

江亭饯别—作宴饯,一作江亭宴
绿沼红泥物象幽,范汪兼倅李并州。离亭急管四更后,不见公车—作车公心独愁。

海棠溪
春教风景驻仙霞,水面鱼身总带花。人世

不思灵卉异,竞将红缬染轻沙。

采莲舟

　　风前一叶压荷渠,解报新秋又得鱼。兔走乌驰人语静,满溪红袂棹歌初。

菱荇沼

　　水荇斜牵绿藻浮,柳丝和叶卧清流。何时得向溪头赏,旋摘菱花旋泛舟。

金灯花

　　阑边不见襄襄叶,砌下惟翻艳艳丛。细视欲将何物比,晓霞初叠赤城宫。

春郊游眺寄孙处士二首

　　低头久立向—作白蔷薇,爱似零陵香惹衣。何事碧溪—作鸡孙处士,百劳东去燕西飞。

　　今朝纵目玩—作悦芳菲,夹缬笼裙绣地衣。满袖满头兼手把,教人识是看花归。

酬杨供奉法师见招

　　远水长流洁复清,雪窗高卧与云平。不嫌袁室无烟火,惟笑商山有姓名。

试新服裁制初成三首

　　紫阳宫里赐红绡,仙雾朦胧隔海遥。霜兔毳寒冰茧净,嫦娥笑指织星桥。

　　九气分为九色霞,五灵仙驭五云车。春风因过东君舍,偷样人间染百花。

　　长裾—作裙本是上清仪,曾逐群仙把玉芝。每到宫中歌舞会,折腰齐唱步虚词。

寄张元夫

　　前溪独立后溪行,鹭识朱衣自不惊。借问人间愁寂意,伯牙弦绝已无声。

酬辛员外折花见遗

　　青鸟东飞正落梅,衔花满口下瑶台。一枝为授殷勤意,把向风前旋旋开。

赠远二首

　　芙蓉新落蜀山秋,锦字开缄到是愁。闺阁不知戎马事,月高还上望夫楼。

　　扰弱新蒲叶—作绿又齐,春深花落塞前溪。知君未转秦关骑,月照千门掩袖啼。

秋泉

　　冷色初澄一带烟,幽声遥泻十丝弦。长来枕上牵情—作愁思,不使愁人半夜眠。

柳絮

　　二月杨花轻复微,春风摇荡惹人衣。他家本是无情物,一任—作向南飞又北飞。

续嘉陵驿诗献武相国

　　蜀门西更上青天,强为公歌蜀国弦。卓氏长卿称士女,锦江—作城玉垒献山川。

段相国游武担寺,病不能从题寄

　　消瘦翻堪见令公,落花无那恨东风。依心犹道青春在,羞看飞蓬石镜中。

赠段校书

　　公子翩翩说校书,玉弓金勒紫绡裾。玄成莫便骄名誉,文采风流定不如。

十离诗元微之使蜀,严司空遣涛往事。因事获怨,远之。涛作十离诗以献,遂复善焉。

犬离主

　　驯扰朱门四五年,毛香足净主人怜。无端—作只因咬著亲情客—作情亲脚,不得红丝毯上眠。涛因醉争令掷注子,误伤相公犹子去幕,故云。

笔离手

　　越管宣毫始称情,红笺纸上撒—作散花琼。都缘用久锋头尽,不得羲之手里擎。

马离厩

　　雪耳红毛浅碧蹄,追风曾到日东西。为惊玉貌郎君坠,不得华轩更一嘶。

鹦鹉离笼

　　陇西独自一孤身,飞去飞来上锦茵。都缘

出语无方便，不得笼中再唤人。

燕离巢
　　出入朱门未忍抛，主人常爱语交交。衔泥秽污一作污却珊瑚枕一作箪，不得梁间更垒巢。

珠离掌
　　皎洁圆明内外通，清光似照水晶宫。只一作都缘一点玷一作瑕相秽，不得终宵一作朝在掌中。

鱼离池
　　跳一作戏跃深一作莲池四五秋，常摇朱尾弄纶一作银钩。无端摆断芙蓉朵，不得清波更一游。

鹰离鞲
　　爪利如锋眼似铃，平原捉兔称高情。无端窜向青云外，不得君王臂上一作手里擎。

竹离亭
　　蓊郁新栽四五行，常将劲节负秋霜。为缘春笋钻墙破，不得垂阴覆玉堂。

镜离台
　　铸泻黄金镜始开，初生三五月裴回。为遭无限尘蒙蔽，不得华堂上玉台。

酬杜舍人
　　双鱼底事到侬家，扑手新诗片片霞。唱到白蘋洲畔曲，芙蓉空老蜀江花。

筹边楼
　　平临云鸟八窗秋，壮压西川四十州。诸将莫贪羌族马，最高层处见边头。

赠韦校书
　　芸香误比荆山玉，那似登科甲乙年。澹地鲜风将绮思，飘花散蕊媚青天。

江月楼 以下见《唐音统签》
　　秋风仿佛吴江冷，鸥鹭参差夕阳影。垂虹纳纳卧谯门，雉堞眈眈俯渔艇。阳安小儿拍手笑，使君幻出江南景。

西岩
　　凭阑却忆骑鲸客，把酒临风手自招。细雨声中停去马，夕阳影里乱鸣蜩。

罚赴边上武相公二首见《吟窗杂录》
　　萤在荒芜月在天，萤飞岂到月轮边。重光万里应相照，目断云霄信不传。

　　按辔岭头寒复寒，微风细雨彻心肝。但得放儿归舍去，山水屏风永不看。

寄旧诗与元微之 此首集不载
　　诗篇调态人皆有，细腻风光我独知。月下咏花怜暗淡，雨朝题柳为欹垂。长教碧玉藏深处，总向红笺写自随。老大不能收拾得，与君开似教男儿。

句
　　枝迎南北鸟，叶送往来风。涛八九岁知声律。一日，其父郑指井梧曰："庭除一古桐，耸干入云中。"涛应声云云，父愀然久之。后果入乐籍。
　　别本载田洙遇薛涛，有落花联句、夜月联句、四时回文折齿曲，皆后人附会，兹概不录。

全唐诗卷八百四

鱼玄机

鱼玄机,字幼微一字蕙兰,长安里家女。喜读书,有才思。补阙李亿纳为妾。爱衰,遂从冠帔于咸宜观。后以笞杀女童绿翘事,为京兆温璋所戮。今编诗一卷。

赋得江边柳一作临江树

翠一作草色连一作迷荒岸,烟姿入远楼。影一作叶铺秋水面,花落钓人一作矶头。根老藏鱼一作龙窟,枝低系一作拂客舟。萧萧风雨夜,惊梦复添愁。

赠邻女一作寄李亿员外

羞日遮一作障罗袖,愁春懒起妆。易求无价宝,难得有心郎。枕上潜垂泪,花间暗断肠。自能窥宋玉,何必恨王昌。

寄国香

旦夕醉吟身,相思又此春。一作何处申。雨中寄书使,窗下断肠人。山卷珠帘看,愁随芳草新。别来清宴上,几度落梁尘。

寄题炼师第三句缺一字,第四句缺一字。

霞彩剪为衣,添香出绣帏。芙蓉花叶□,山水帔□稀。驻履闻莺语,开笼放鹤飞。高堂春睡觉,暮雨正霏霏。

寄刘尚书

八座镇雄军,歌谣满路新。汾川三月雨,晋水百花春。囹圄长空锁,干戈久覆尘。儒僧观子夜,羁客醉红茵。笔砚行随手,诗书坐绕身。小材一作才多顾盼,得作食鱼人。

浣纱庙

吴越相谋计策多,浣纱神女已相和。一双笑靥才回面,十万精兵尽倒戈。范蠡功成身隐遁,伍胥谏死国消磨。只今诸暨长江畔,空有青山号苎萝。

卖残牡丹

临风兴叹落花频,芳意潜消又一春。应为价高人不问,却缘香甚蝶难亲。红英只称生宫里,翠叶那堪染路尘。及至移根上林苑,王孙方恨买无因。

酬李学士寄簟

珍簟新铺翡翠楼,泓澄玉水记方流。唯应云扇—作宿情相似,同向银床恨早秋。

情书—作书情寄李子安—本题下有补阙二字

饮冰食蘖志无功,晋水壶关在梦中。秦镜欲分愁堕—作坠鹊,舜琴将弄怨飞鸿。井边桐叶鸣秋雨,窗下银灯暗晓风。书信茫茫何处问,持竿尽日碧江空。

闺怨

蘼芜盈手泣斜晖,闻道邻家夫婿归。别日南鸿才北去,今朝北雁又南飞。春来秋去相思在,秋去春来信息稀—作迟。肩闭朱门人不到,砧声何事透罗帏。

春情寄子安

山路敧斜石磴危,不愁行苦—作路苦相思。冰销远涧怜清韵,雪远寒峰想玉姿。莫听凡歌春病酒,休招闲客夜贪棋。如松匪石盟长在,比翼连襟会肯迟。虽恨独行冬尽日,终期相见月圆时。别君何物堪持赠,泪落晴光一首诗。

打球作

坚圆净滑一星流,月杖争敲未拟休。无滞碍时从拨弄,有遮栏处任钩留。不辞宛转长随手,却恐相将不到头。毕竟入门应始了,愿君争取最前筹。

暮春有感寄友人

莺语惊残梦,轻妆改泪容。竹阴初月薄,江静晚烟浓。湿觜衔泥燕,香须采蕊蜂。独怜无限思,吟罢亚枝松。

冬夜寄温飞卿

苦思—作忆搜诗—作思灯下吟,不眠长夜怕寒衾。满庭木叶愁风起,透幌纱窗惜月沈。疏散未闲终遂愿,盛衰空见本来心。幽栖莫定梧桐处,暮雀啾啾空绕—作绕竹林。

酬李郢夏日钓鱼回见示

住处虽同巷,经年不一过。清词劝—作欢旧女,香桂折新柯。道性欺冰雪,禅心笑绮罗。迹登霄汉上,无路接烟波。

次韵西邻新居兼乞酒

一首诗来百度吟,新情—作清新字字又声金。西看已有登垣意,远望能无化石心。河汉期赊空极目,潇湘梦断罢调琴。况逢寒节添乡思,叔夜佳醪莫独斟。

和友人次韵

何事能销旅馆愁,红笺开处见银钩。蓬山雨洒千峰小,嶰谷风吹万叶秋。字字朝看轻碧玉,篇篇夜诵在衾裯。欲将香匣收藏却,且惜时吟在手头。

和新及第悼亡诗二首

仙籍人间不久留,片时已过十经秋。鸳鸯帐下香犹暖,鹦鹉笼中语未休。朝露缀花如脸恨,晚风敧柳似眉愁。彩云一去无消息,潘岳多情欲白头。

一枝月桂和烟秀,万树江桃带雨红。且醉尊前休怅望,古来悲乐与今—作君同。

游崇真观南楼,睹新及第题名处

云峰满目放春晴,历历银钩指下生。自恨罗衣掩诗句,举头空羡榜中名。

愁—作秋思

落叶纷纷暮雨和,朱—作冰丝独抚自清歌。放情休恨无心友,养性空抛苦海波。长者车音门外有,道家书卷枕前多。布衣终作云霄客,绿水青山时一过。

秋怨

　　自叹多情是足愁,况当风月满庭秋。洞房偏与更声近,夜夜灯前欲白头。

江行

　　大江横抱武昌斜,鹦鹉洲前户万—作万户家。画舸春眠朝未足—作犹未稳,梦为蝴蝶也寻花。

　　烟花已入鸬鹚港,画舸犹沿—作题鹦鹉洲。醉卧醒吟都不觉,今朝惊在汉江头。

闻李端公垂钓回寄赠

　　无限荷香染暑衣,阮郎何处弄船归。自惭不及鸳鸯侣,犹得双双近—作绕,又作傍钓矶。

题任处士创资福寺

　　幽人创奇境,游客驻—作寄行程。粉壁空留字,莲宫未有名。酱池泉自出,开径草重生。百尺金轮阁,当川豁眼明。

题隐雾亭

　　春花秋月入诗篇,白日清宵是散仙。空卷珠帘不曾下,长移一榻对山眠。

重阳阻雨

　　满庭黄菊篱边拆—作折,两朵芙蓉镜里开。落帽台前风雨阻,不知何处醉金杯。

早秋

　　嫩菊含新彩,远山闲—作闲夕烟。凉风惊绿树,清韵入朱弦。思妇机中锦,征人塞外天。雁飞鱼在水,书信若为传。

感怀寄人

　　恨寄朱弦上,含情意不任。早知云雨会,未起蕙兰心。灼灼桃兼李,无妨国士寻。苍苍松与桂,仍羡世人钦。月色苔阶净,歌声竹院深。门前红叶地,不扫待知音。

期友人阻雨不至

　　雁鱼空有信,鸡黍恨无期。闭户方笼月,褰帘已散丝。近泉鸣砌畔,远浪涨江湄。乡思悲秋客,愁吟五字诗。

访赵炼师不遇

　　何处同仙侣,青衣独在家。暖炉留煮药,邻院为煎茶。画壁灯光暗,幡竿日影斜。殷勤重回首,墙外数枝花。

遣怀

　　闲散身无事,风光独自游。断云江上月,解缆海中舟。琴弄萧梁寺,诗吟庾亮楼。丛篁堪作伴,片石好为俦。燕雀徒为贵,金银志不求。满杯春酒绿,对月夜窗幽。绕砌澄清沼,抽簪映细流。卧床书册遍,半醉起梳头。

寄飞卿

　　阶砌乱蛩鸣,庭柯烟露清。月中邻乐响,楼上远山明。珍簟凉风著,瑶琴寄恨生。嵇君懒书札,底物慰秋情。

过鄂州

　　柳拂兰桡花满枝,石城城下暮帆迟。折牌—作碑峰上三间墓,远火山头五马旗。白雪调高题旧寺,阳春歌在换新词。莫愁魂逐清江去,空使行人万首诗。

夏日山居

　　移得仙居此地来,花丛自遍不曾栽。庭前亚树张衣桁,坐上新泉泛酒杯。轩槛暗传深竹径,绮罗长拥乱书堆。闲乘画舫吟明月,信任轻风吹却回。

暮春即事

　　深巷穷门少侣俦,阮郎唯有梦中留。香飘罗绮谁家席,风送歌声何处楼。街近鼓鼙喧晓睡,庭闲鹊语乱春愁。安能追逐人间事,万里身同不系舟。

代人悼亡

　　曾睹夭桃想玉姿,带风杨柳认蛾眉。珠归龙窟知谁见,镜在鸾台话向谁。从此梦悲烟雨夜,不堪吟苦寂寥时。西山日落东山月,恨想无因有了期。

和人

茫茫九陌无知己,暮去朝来典绣衣。宝匣镜昏蝉鬓乱,博山炉暖—作冷麝烟微。多情公子春留句,少思文君昼掩扉。莫惜羊车频列载,柳丝—作舒梅绽正芳菲。

隔汉江寄子安

江南江北愁望,相思相忆空吟。鸳鸯暖卧沙浦,鸂鶒闲飞橘林。烟里歌声隐隐,渡头月色沈沈。含情咫尺千里,况听家家远砧。

寓言

红桃处处春色,碧柳家家月明。楼上新妆待夜,闺中独坐含情。芙蓉月—作叶下鱼戏,螮蛛天边雀—作鹊声。人世悲欢一梦,如何得作双成。

江陵愁望寄子安

枫叶千枝复万枝,江桥掩映暮帆迟。忆君心似西江水,日夜东流无歇时。

寄子安

醉别千卮不浣愁,离肠百结解无由。蕙兰销歇归春圃,杨柳东西绊客舟。聚散已悲—作愁云不定,恩情须学水长流。有花时节知难遇,未肯厌厌醉玉楼。

送别

秦楼—作层城几夜惬心期,不料仙郎有别离。睡觉莫言—作不嫌云去处,残灯一盏野蛾飞。

迎李近仁员外

今日喜时闻喜鹊,昨肖灯下拜灯花。焚香出户迎潘岳,不羡牵牛织女家。

送别

水柔—作流逐器知难定,云出无心肯再归。惆怅春风楚江暮,鸳鸯一只失群飞。

左名场自泽州至京,使人传语

闲居作赋几年愁,王屋山前是旧游。诗咏东西千嶂乱,马随南北一泉流。曾陪雨夜同欢席,别后花时独上楼。忽喜扣门传语至,为怜邻巷小房幽。相如琴罢朱弦断,双燕巢分白露秋。莫倦—作厌蓬门时一访,每春忙在曲江头。

和人次韵

喧喧朱紫杂人寰,独自清吟日—作月色间。何事玉郎搜藻思,忽将琼韵扣柴关。白花发咏惭称谢,僻巷深居谬学颜。不用多情欲相见,松萝高处是前山。

光、威、裒姊妹三人,少孤而始妍,乃有是作。精粹难俦,虽谢家联雪,何以加—作如之!有客自京师来者示予,因次其韵

昔闻南国容华少,今日东邻姊妹三。妆阁相看鹦鹉赋,碧窗应绣凤凰衫。红芳满院参差折,绿醑盈杯次第衔。恐向瑶池曾作女,谪来尘世未为男。文姬有貌终堪比,西子无言我更惭。一曲艳歌琴杳杳,四弦轻拨语喃喃。当台竞斗青丝发,对月争夸白玉簪。小有洞中松露滴,大罗天上柳烟含。但能为雨心长在,不怕吹箫事未谙。阿母几嗔花下语,潘郎曾向梦中参。暂持清句魂犹断,若睹红颜死亦甘。怅望佳人何处在,行云归北又归南。

折杨柳

朝朝送别泣花钿,折尽春风杨柳烟。愿得西山无树木,免教人作泪悬悬。

句

焚香登玉坛,端简礼金阙。

明月照幽隙,清风开短襟。《狱中作》。

绮陌春望远,瑶徽春兴多。

殷勤不得语,红泪一双流。

云情自郁争同梦,仙貌长芳又胜花。以上俱见《纪事》。

全唐诗卷八百五

李冶—作裕

李冶,字季兰,女冠也,吴兴人。存诗十六首。

湖上卧病喜陆鸿渐至

昔去繁霜月,今来苦雾时。相逢仍卧病,欲语泪先垂。强劝陶家酒,还吟谢客诗。偶然成一醉,此外更何之。

寄校书七兄—作送韩校书

无事乌程县,蹉跎岁月余。不知芸阁吏,寂寞竟何如。远水浮仙棹,寒星伴使车。因过大雷岸—作泽,莫忘八—作几行书。

寄朱放—作昉

望水—作远试登山,山高湖又阔。相思无晓夕,相望经年月。郁郁山木荣—作青,绵绵野花发。别后无限情,相逢一时说。

送韩揆之江西—作送阎伯钧往江州

相看指—作招折杨柳,别恨转依依。万里江西水,孤舟何处归。湓城潮不到,夏口信应稀。唯有衡—作随阳雁,年年来去飞。

道意寄崔侍郎

莫漫恋浮名,应须薄宦情。百年齐旦暮,前事尽虚盈。愁鬓行看白,童颜学未成。无过天竺国,依止古—作故先生。

从萧叔子听弹琴,赋得三峡流泉歌

妾家本住巫山云,巫山流泉常自闻。玉琴弹—作奏出转寥复,直是—作似当时梦里听。三峡迢迢—作流泉几千里,一时流入幽闺—作深闺里。巨石崩崖指下生,飞泉—作波走浪弦中起。初疑愤怒—作涌含雷风,又似呜咽流不通。回湍曲濑势—作意将尽,时复滴沥平沙中。忆昔阮公为此曲,能令仲容听不足。一弹既罢复—作还一弹,愿作—作与,一作比,一作似流泉镇相续。

4060

相思怨

人道海水深，不抵相思半。海水尚有涯，相思渺无畔。携琴上高—作酒楼，楼虚月华满。弹著—作得相思曲，弦肠一时断。

感兴

朝云暮雨镇相随，去雁来人有返期。玉枕只知长下泪，银灯空照不眠时。仰看明月翻含意，俯眄流波欲寄词。却忆初闻凤楼曲，教人寂寞复相思。

恩命追入，留别广陵故人

无才多病分龙钟，不料虚名达九重。仰愧弹冠上华发，多惭拂镜理衰容。驰心北阙随芳草，极目南山望旧峰。桂树不能留野客，沙鸥出浦谩相逢。

八至

至近至远东西，至深至浅清溪。至高至明日月，至亲至疏夫妻。

送阎二十六赴剡县

流水阊门外，孤舟日复西。离情遍芳草，无处不萋萋。妾梦经吴苑，君行到剡溪。归来重相访，莫学阮郎迷。

得阎伯钧书

情来对镜懒梳头，暮雨萧萧庭树秋。莫怪阑干垂玉箸，只缘惆怅对银钩。

结素鱼贻友人

尺素如残雪，结为双鲤鱼。欲知心里事，看取腹中书。

偶居

心远浮云知不远，心云并在有无间。狂风何事相摇荡，吹向南山复北山。

明月夜留别

离人无语月无声，明月有光人有情。别后相思人似月，云间水上到层城。

春闺怨

百尺井栏上，数株桃已红。念君辽海北，抛妾宋家东。

句

经时未架却，心绪乱纵横。季兰五六岁时，其父抱于庭，令咏蔷薇云云。父愠曰："必失行妇也。"后竟如其言。

已看云鬟散，更念木枯荣。《卧病》。

鞞鼓喧行选，旌旗拂座隅。《陷贼寄故人》。

不睹河阳一县花，空见青山三两点。《寄房明府》，以上俱见《吟窗杂录》。

元淳

元淳，女道士，洛中人。存诗二首。

寄洛中诸姊

旧国经年别，关河万里思。题诗—作书凭雁翼，望月想蛾眉。白发愁偏觉，归心梦独知。谁堪离乱处，掩泪向南枝。

秦中春望

凤楼春望好，宫阙一重重。上苑雨中树，终南霁后峰。落花行处遍，佳气晚来浓。喜见休明代，霓裳蹑道踪。

句

弟兄俱已尽，松柏问何人。《寄洛中姊妹》。

闻道茂陵山水好，碧溪流水有桃源。《寄杨女冠》。

赤城峭壁无人到，丹灶芝田有鹤来。《霍师妹游天台》。

三千宫女露娥眉，笑煮黄金日月迟。《寓言》，以上俱见《吟窗杂录》。

海印

海印，蜀慈光寺尼，唐末人。才思清峻。存诗一首。

舟夜一章

水色连天色,风声益浪声。旅人归思苦,渔叟梦魂惊。举棹云先到,移舟月逐行。旋吟诗句罢,犹见远山横。

全唐诗卷八百六

僧

寒山

寒山子,不知何许人。居天台唐兴县寒岩,时往还国清寺。以桦皮为冠,布裘弊履。或长廊唱咏,或村野歌啸,人莫识之。闾丘胤官丹丘,临行,遇丰干师,言从天台来。闾丘问彼地有何贤堪师,师曰:"寒山文殊,拾得普贤。在国清寺库院厨中著火。"闾丘到官三日,亲往寺中。见二人,便礼拜。二人大笑曰:"丰干饶舌,阿弥不识,礼我何为?"即走出寺,归寒岩。寒山子入穴而去,其穴自合。尝于竹木石壁书诗,并村野屋壁所写文句三百余首。今编诗一卷。

诗三百三首

凡读我诗者,心中须护净。悭贪继日廉,谄曲登时正。驱遣除一作除遣恶业,归依受真性。今日得佛身,急急如律令。

重岩我卜居,鸟道绝人迹。庭际何所有,白云抱幽石。住兹凡几年,屡见春冬易。寄语钟鼎家,虚名定无一作何益。

可笑寒山道,而无车马踪。联溪难记曲,叠嶂不知重。泣露千般草,吟风一样松。此时迷径处,形问影何从。

吾家好隐沦,居处绝嚣尘。践草成三径,瞻云作四邻。助歌声有鸟,问法语无人。今日婆娑树,几年为一春。

琴书须自随,禄位用何为。投辇从贤妇,巾车有孝儿。风吹曝麦地,水溢沃鱼池。常念鹪鹩鸟,安身在一枝。

弟兄同五郡,父子本三州。欲验飞凫集,须征白兔游。灵瓜梦里受,神橘座中收。乡国何迢递,同鱼寄水流。

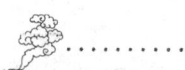

一为书剑客,二—作三遇圣明君。东守文不赏,西征武不勋。学文兼学武,学武兼学文。今日既老矣,余生不足云。

庄子说送终—作死,天地为棺椁。吾归此有时,唯须一番箔。死将喂青蝇,吊不劳白鹤。饿著首阳山,生廉死亦乐。

人问寒山道,寒山路不通。夏天冰未释,日出雾朦胧。似我何由届,与君心不同。君心若似我,还得到其中。

天生百尺树,剪作长条木。可惜栋梁材,抛之在幽谷。年多心尚劲,日久皮渐秃。识者取将来,犹堪柱马屋。

驱马度荒城,荒城动—作重客情。高低旧雉堞,大小古坟茔。自振孤蓬影,长凝拱木声。所嗟皆俗骨,仙史更无名。

鹦鹉宅西国,虞罗捕得归。美人朝夕弄,出入在庭帏。赐以金笼贮,扃哉损羽衣。不知鸿与鹤,飘扬入云飞。

玉堂挂珠帘,中有婵娟子。其貌胜神仙,容华若桃李。东家春雾合,西舍秋风起。更过三十年,还成甘蔗滓。

城中娥眉女,珠珮珂—作何珊珊。鹦鹉花前弄,琵琶月下弹。长歌三月响,短舞万人看。未必长如此,芙蓉不耐寒。

父母续经多,田园不羡他。妇摇机轧轧,儿弄口㗳㗳。拍手摧花舞,揩颐听鸟歌。谁当来叹赏,樵客屡经过。

家住绿岩下,庭芜更不芟。新藤垂缭绕,古石竖巉岩。山果猕猴摘,池鱼白鹭衔。仙书一两卷,树下读喃喃。

四时无止息,年去又年来。万物有代谢,九天无朽摧。东明又西暗,花落复花开。唯有黄泉客,冥冥去不回。

岁去换愁年,春来物色鲜。山花笑—作夹渌水,岩岫—作树舞青烟。蜂蝶自云乐,禽鱼更

可怜。朋游情未已,彻晓不能眠。

手笔太纵横,身材极瑰—作魁玮。生为有限身,死作无名鬼。自古如此多—作多如此,君今争奈何。可来白云里,教尔紫芝歌。

欲得安身处,寒山可长保。微风吹幽松,近听声逾好。下有斑白人,喃喃读黄老。十年归不得,忘却来时道。

俊杰马上郎,挥鞭指绿杨。谓言无死日,终不作梯航。四运花自好,一朝成萎黄。醍醐与石蜜,至死不能尝。

有一餐霞子,其居讳俗游。论时实萧爽,在夏亦如秋。幽涧常沥沥,高松风飕飕。其中半日坐,忘却百年愁。

妾在—作家邯郸住,歌声亦抑扬。赖我安居—作隐处,此曲旧来长。既醉莫言归,留连日未央。儿家寝宿处,绣被满银床。

快搒三翼舟,善乘千里马。莫能造我家,谓言最幽野。岩岫—作穴深嶂中,云雷竟日下。自非孔丘公,无能相救者。

智者君抛我,愚者我抛君。非愚亦非智,从此断—作继相闻。入夜歌明月,侵晨舞白云。焉能拱—作住口手,端坐鬓纷纷。

有鸟五色彣,栖桐食竹实。徐动合礼—作和仪,和鸣中音律—作鸣中施礼律。昨来何以至,为吾—作君暂时出。傥闻弦歌声,作舞欣今日。

茅栋野人居,门前车马疏。林幽偏聚鸟,溪阔本藏鱼。山果携儿摘,皋田共妇锄。家中何所有,唯有一床书。

登陟寒山道,寒山路不穷。溪长石磊磊,涧阔草蒙蒙。苔滑非关雨,松鸣不假风。谁能超世累,共坐白云中。

六极常婴困,九维徒自论。有才遗草泽,无艺闭蓬门。日上岩犹暗,烟消谷尚昏。其中长者子,个个总无裈。

白云高嵯峨,渌水荡潭波。此处闻渔父,

时时鼓棹歌。声声不可听,令我愁思多。谁谓雀无角,其如穿屋何?

杳杳寒山道,落落冷涧滨。啾啾常有鸟,寂寂更无人。碛碛—作渐渐风吹面,纷纷雪积身。朝朝不见日,岁岁不知春。

少年何所愁,愁见鬓毛白。白更何所愁,愁见日逼迫。移向东岱居,配守北邙宅。何忍出此言,此言伤老客。

闻道愁难遣,斯言谓—作会不真。昨朝曾—作始趁却,今日又缠身。月尽愁难尽,年新愁更新。谁知席帽下,元是昔愁人。

两龟乘犊车,蓦出路头戏。一盏—作盅从傍来,苦死欲求寄。不载爽人情,始载被沈累。弹指不可论,行恩却遭刺。

三月蚕犹小,女人来采花。隔—作隔墙弄蝴蝶,临水掷虾蟆。罗袖盛梅子,金鎞挑笋芽。斗论多—作争物色,此地胜—作是余家。

东家一老婆,富来三五年。昔日贫于我,今笑我无钱。渠笑我在后,我笑渠在前。相笑倘不止,东边复西边。

富儿多馽掌,触事难祇承。仓米已赫赤,不贷人斗升。转怀钩距意,买绢先拣绫。若至临终日,吊客有苍蝇。

余曾昔睹聪明士,博达英灵—作雄无比伦。一选嘉名喧宇宙,五言诗句越诸人。为官治化超先辈,直为无能继后尘。忽然富贵贪财色,瓦解冰消不可陈。

白鹤衔苦桃—作花,千里作一息。欲往蓬莱山,将此充粮食。未达毛摧落,离群心惨恻。却归旧来巢,妻子不相识。

惯居幽隐处,乍向国清中。时访丰干道—作老,仍来看拾公。独回上寒岩,无人话合同。寻究无源水,源穷水不穷。

生前大愚痴,不为今日悟。今日如许贫,总是前生作—作做。今生又不修,来生还如故。

两岸各无船,渺渺难济—作应难渡。

璨璨卢家女,旧来名莫愁。贪乘摘花马,乐傍采莲舟。膝坐绿熊席,身披青凤裘。哀伤百年内,不免归山丘。

低眼邹公妻,邯郸杜生母。二人同老少—作共老,一种好面首。昨日会客场,恶衣排在后。只为著破裙,吃他残䭃䭈。上菁口切,下郎斗切。

独卧重岩下,蒸云昼不消。室中虽瞹曖,心里绝喧嚣。梦去游金阙,魂归度石桥。抛除闹我者,历历树间瓢。

夫物有所用,用之各有宜。用之若失所,一缺复一亏。圆凿而方枘,悲哉空尔为。骅骝将捕鼠,不及跛猫儿。

谁家长不死,死事旧来均。始忆八尺汉,俄成一聚尘。黄泉无晓日,青草有时春。行到伤心处,松风愁杀人。

騮马珊瑚鞭,驱驰洛阳道。自矜—作怜美少年,不信有衰老。白发会应生,红颜岂长保。但看北邙山,个是蓬莱岛。

竟日常如醉,流年不暂停。埋著蓬蒿下,晓月—作日何冥冥。骨肉消散尽,魂魄儿凋零。遮莫咬铁口,无因读老经。

一向寒山坐,淹留三十年。昨来访亲友,太半入黄泉。渐减—作灭如残烛,长流似逝川。今朝对孤影,不觉泪双悬。

相唤采芙蓉,可怜清江里。游戏不觉暮,屡见狂风起。浪捧鸳鸯儿,波摇鸂鶒子。此时居舟楫,浩荡情无已。

吾心似秋月,碧潭清皎洁。无物堪比伦,教我如何说。

垂柳暗如烟,飞花飘似霰。夫居离妇州,妇住思夫县。各在天一涯,何时得—作复相见。寄语明月楼,莫贮双飞燕。

有酒相招饮,有肉相呼吃。黄泉前后人,

少壮须努力。玉带暂时华,金钗非久饰。张翁与郑婆,一去无消息。

可怜好丈夫,身体极棱棱。春秋未三十,才艺百般能。金羁逐侠客,玉馔集良朋。唯有一般恶,不传无尽灯。

桃花欲经夏,风月催不待。访觅汉时人,能无一个在。朝朝花迁落,岁岁人移改。今日扬尘处,昔时为大海。

我见东家女,年可有十一作十有八。西舍竞来问,愿姻夫妻活一作佸。烹羊煮众命,聚头作淫杀。含笑乐呵呵,啼哭受殃抉一作决。

田舍多桑园,牛犊满厩辙。肯信有因果,顽皮早晚裂。眼看消磨尽,当头各自活。纸袴瓦作裩,到头冻饿杀。

我见百十狗,个个毛挛挛。卧者渠自卧,行者渠自行。投之一块骨,相与唯喋上牛皆切,下士皆切争。良由为骨少,狗多分不平。

极目兮长望,白云四茫茫。鸱鸦饱腽腰,鸾凤饥彷徨。骏马放石碛,蹇驴能至堂。天高不可问,鷃鹩在沧浪。

洛阳多女儿,春日逞华丽。共折路边花,各持插高髻。髻高花匼匝,人见皆睥睨。别求醭醭怜,将归见夫婿。

春女衒容仪,相将南陌陲。看花愁日晚,隐树怕风吹。年少从傍来,白马黄金羁。何须久相弄,儿家夫婿知。

群女戏夕阳,风来满路香。缀裙金蛱蝶,插髻玉鸳鸯。角婢红罗缜,阉奴紫锦裳。为观失道者,鬓白心惶惶。

若人逢鬼魅,第一莫一作怕惊懅一作悷。捺硬莫采渠,呼名自当去。烧香请佛力,礼拜求僧助。蚊子叮铁牛,无渠下嘴处。

浩浩黄河水,东流长不息。悠悠不见清,人人寿有极。苟欲乘白云,曷由生羽翼。唯当鬒发一作鬓皤时,行住须努力。

乘兹朽木船,采彼纴婆子。纴音壬。佛经西国苦树名,其子、根、枝俱苦,喻众生之恶。行至大海中,波涛复不止。唯赍一宿粮,去岸三千里。烦恼从何生,愁哉缘苦起。

默默永无言,后生何所述。隐居在林薮,智日一作境何由出。枯槁非坚卫,风霜成夭疾。土牛耕石田,未有得稻日。

山中何太冷,自古非今年。沓嶂恒凝雪,幽林每吐烟。草生芒种后,叶落立秋前。此有沈迷客,窥窥不见天。

山客心悄悄,常嗟岁序迁。辛勤采芝术,搜斥讵成仙。庭廓云初卷,林明月正圆。不归何所为,桂树相留连。

有人兮山楹一作阼,云卷兮霞缨。秉芳兮欲寄,路漫漫兮难征。心惆怅兮狐疑,年老已无成。众喔咿斯一本无此九字,謇独立兮忠贞。

猪吃死人肉,人吃死猪肠。猪不嫌人臭,人反道猪香。猪死抛水内,人死掘土藏。彼此莫相啖,莲花生沸汤。

快哉混沌身,不饭复不尿。遭得谁钻凿,因兹一作之立九窍。朝朝为衣食,岁岁愁租调。千个争一钱,聚头亡命叫。

啼哭缘何事,泪如珠子颗。应当有别离,复是遭丧祸。所为在贫穷,未能了因果。冢间瞻死尸,六道不干一作忻我。

妇女慵经织,男夫懒耨田。轻浮耽挟弹,跕一作跐蹋上都牒,他协二切。跕,跟也。下所倚、所买二切。舞履也拈抹弦。冻骨衣应急,充肠食在先。今谁念于汝,苦痛一作痛苦哭苍天。

不行真正道,随邪号行婆。口惭神佛少,心怀嫉妒多。背后噇鱼肉,人前念佛陀。如此修身处,难应避奈何。

世有一等愚,茫茫恰似驴。还解人言语,贪淫状若猪。险巇难可测,实语却成虚。谁能共伊语,令教莫此居。

有汉姓懒慢,名贪字不廉。一身无所解,百事被他嫌。死恶黄连苦,生怜白蜜甜。吃鱼犹未止,食肉更无厌。

纵你居犀角,饶君带虎睛。桃枝将辟秽一作折,一作医,蒜壳取为璎。暖腹茱萸酒,空心枸杞羹。终归不免死,浪自觅长生。

卜择幽居地,天台更莫言。猿啼溪雾冷,岳色草门连。折叶覆松室,开池引涧泉,已甘休万事,采蕨度残年。

益者益其精,可名为有益。易者易其形,是名之一作为有易。能益复能易,当得上仙籍。无益复无易,终不免死厄。

徒劳说三史,浪自看五经。泊老检黄籍,依前住一作注白丁。筮遭连一作迤蹇卦,生主虚危星。不及河边树,年年一度青。

碧涧泉水清,寒山月华白。默知神自明,观空境逾寂。

我今有一襦,非罗复非绮。借问作何色,不红亦不紫。夏天将作衫,冬天将作被。冬夏递互用,长年只这一作者是。

白拂栴檀柄,馨香竟日闻。柔和如卷雾,摇拽似行云。礼奉宜当暑,高提复去一作祛尘。时时方丈内,将用指迷人。

贪爱有人求快活,不知祸在百年身。但看阳焰浮沤水,便觉无常败坏人。丈夫志气直如铁,无曲心中道自真。行密节高霜下竹,方知不枉用心神。

多少般数人,百计求名利。心贪觅荣华,经营图富贵。心未片时歇,奔突如烟气。家眷实团圆,一呼百诺至。不过七十年,冰消瓦解置。死了万事休,谁人承后嗣。水浸泥弹丸,方知无意智。

贪人好聚财,恰如枭爱子。子大而食母,财多还害己。散之即福生,聚之即祸起。无财亦无祸,鼓翼青云里。

去家一万里,提剑击匈奴。得利渠即死,失利汝即殂。渠命既不惜,汝命亦一作有何辜。教汝百胜术,不贪为上谟。

瞋是心中火,能烧功德林。欲行菩萨道,忍辱护真心。

汝为一作谓埋头痴兀兀,爱向无明罗刹窟。再三劝你早修行,是你顽痴心恍惚。不肯信受寒山语,转转倍加业汨汨。直待斩首作两段,方知自身奴贼物。

恶趣甚茫茫,冥冥无日光。人间八百岁,未抵半宵长。此等诸痴子,论情甚可伤。劝君求出离,认取法中王。

世有多解人,愚痴徒苦辛。不求当来善,唯知造恶因。五逆十恶辈,三毒以为亲。一死入地狱,长如镇库银。

天高高不穷,地厚厚无极。动物在其中,凭兹造化力。争头觅饱暖,作计相啖食。因果都未详,盲儿问乳色。

天下几种人,论时色数有。贾婆如许夫,黄老元无妇。卫氏儿可怜,钟家女极丑。渠若向西行,我便东边走。

贤士不贪婪,痴人好炉冶。麦地占他家,竹园皆我者。努膊觅钱财,切齿驱奴马。须看郭门外,垒垒松柏下。

啧啧买鱼肉,担归喂妻子。何须杀他命,将来活汝己。此非天堂缘,纯是地狱滓。徐六语破堆,始知没道理。

有人把椿树,唤作白栴檀。学道多沙数,几个得泥丸。弃金却担草,漫他亦自漫。似聚砂一处,成团也大难。

蒸砂拟作饭,临渴始掘井。用力磨碌砖,那堪将作镜。佛说元平等,总有真如性。但自审思量,不用闲争竞。

推寻世间事,子细总皆一作要知。凡事莫容易,尽爱讨便宜。护即弊成好,毁即是成非。

故知杂滥口,背面总由伊。冷暖我自量,不信奴唇皮。

蹭蹬诸贫士,饥寒成至极。闲居好作诗,札札用心力。贱他一作人言孰采,劝君休叹息。题安糊饼上,乞狗也不吃。

欲识生死譬,且将冰水比。水结即成冰,冰消返成水。已死必应生,出生还复死。冰水不相伤,生死还双美。

寻思少年日,游猎向平陵。国使职非愿,神仙未足称。联翩骑白马,喝兔放苍鹰。不觉大一作今流落,皤皤谁见矜。

偃息深林下,从生是农夫。立身既质直,出语无谄谀。保我不鉴璧,信君方得珠。焉能同泛滟,极目波上凫。

不须攻人恶,何用一作不须伐己善。行之则可行,卷之则可卷。禄厚忧积一作责大,言深虑交浅。闻兹若念兹,小子当自见。

富儿会高堂,华灯何炜煌。此时无烛者,心愿处其傍。不意遭排遣,还归暗处藏。益人明讵损,顿讶惜余光。

世有聪明士,勤一作教苦探幽文。三端自孤立,六艺越诸君。神气卓然异,精彩超众群。不识个中意,逐境乱纷纷。

层层山水秀,烟霞锁翠微。岚拂纱巾湿,露沾蓑草衣。足蹑游方履,手执古藤枝。更观尘世外,梦境复何为。

满卷才子诗,溢壶圣人酒。行爱观牛犊,坐不离左右。霜露入茅檐,月华明瓮一作户牖。此时吸两瓯,吟诗五百一作两三首。

施家有两儿,以艺干齐楚。文武各自备,托身为得所。孟公问其术,我子亲教汝。秦卫两不成,失时成龃龉。

止宿鸳鸯鸟,一雄兼一雌。衔花相共食,刷羽每相随。戏入烟霄里,宿归沙岸湄。自怜生处乐一作乐处,不夺凤皇池。

或有衒行人,才艺过周孔。见罢头兀兀,看时身侗侗。绳牵未肯行,锥刺犹不动。恰似羊公鹤,可怜生甂甀。上徒红切,下名孔切。

少小带经锄,本将兄共居。缘遭他辈责,剩被自妻疏。抛绝红尘境,常游好阅书。谁能借一作惜一斗水,活取辙中鱼。

变化计无穷,生死竟不止。三途鸟雀身,五岳龙鱼已。世浊作羖?,上女羖切。下奴沟切。胡羊也。时清为骆驷。前回是富儿,今度成贫士。

书判全非弱,嫌身不得官。铨曹被拗折,洗垢觅疮瘢。必也关天命一作保,今冬更试看。盲儿射雀目,偶中亦非难。

贫驴欠一尺,富狗剩三寸。若分贫不平,中半富与困。始取驴饱足,却令狗饥顿。为汝熟思量,令我也愁闷。

柳郎八十二,蓝嫂一十八。夫妻共百年,相怜情狡猾。弄璋字乌?,掷瓦名馆娪。上一九切,下奴答切。屡见枯杨荑,常遭青女杀。

大有饥寒客,生将兽鱼殊。长存磨石下一作庙下石,时哭一作笑路边隅。累日空思饭,经冬不识襦。唯赍一束草,并带五升麸。

赫赫谁甗肆,其酒甚浓厚。可怜高幡帜,极目平升斗。何意讶不售,其家多猛狗。童子欲一作若来沽,狗咬便是走。

吁嗟浊滥处,罗刹共贤人,谓是等一作荒流类,焉知道不新。狐假师子势,诈妄却称珍。铅矿入炉冶,方知金不知一作精。

田家避暑月,斗酒共谁欢?杂杂排山果,疏疏围酒樽。芦莦将代席,蕉叶且充盘。醉后揩颐坐,须弥小弹丸。

个是何措大,时来省南院。年可三十余,曾经四五选。囊里无青蚨,箧中有黄绢一作卷。行到食店前,不敢暂回面。

为人常吃用,爱意须悭惜。老去不自由,

渐被他推—作催斥。送向荒山头，一生愿虚掷。亡羊罢补牢，失意终无极。

浪造凌霄阁，虚登百尺楼。养生仍夭命，诱读讵封侯。不用从黄口—作石，何须厌白头。未能端似箭，且莫曲如钩。

云山叠叠连天碧，路僻林深无客游。远望孤蟾明皎皎，近闻群鸟语啾啾。老夫独坐栖青嶂，少室闲居任白头。可叹往年与今日，无心还似水东流。

富贵疏亲聚，只为多钱米。贫贱骨肉离，非关少兄弟。急须归去来，招贤阁未启。浪行朱雀街，踏破皮鞋底。

我见一痴汉，仍居三两妇。养得八九儿，总是随宜手。丁防—作户是新差，资财非旧有。黄蘗作驴鞦，始知苦在后。

新谷尚未熟，旧谷今已无。就贷一斗许，门外立踟蹰。夫出教问妇，妇出遣问夫。悭惜不救乏，财多为累愚。

大有好笑事，略陈三五个。张公富奢华，孟子贫轥轹。只取侏儒饱，不怜方朔饿。巴歌唱者多，白雪无人和。

老翁娶少妇，发白妇不耐。老婆嫁少夫，面黄夫不爱。老翁取老婆，一一无弃背。少妇嫁少夫，两两相怜态。

雍容美少年，博览诸经吏。尽号曰先生，皆称为学士。未能得官职，不解秉耒耜。冬披破布衫，盖是书误己。

鸟语—作弄情不堪，其时卧草庵。樱桃红烁烁，杨柳正毵毵。旭日衔青嶂，晴云洗渌潭。谁知出尘俗，驭上寒山南。

昨日何悠悠，场中可怜许。上为桃李径，下作兰荪渚。复有绮罗人，舍中翠毛羽。相逢欲相唤，脉脉不能语。

丈夫莫守困，无钱须经纪。养得一牸牛，生得五犊子。犊子又生儿，积数无穷已。寄语陶朱公，富与君相似。

之子何惶惶—作遑遑，卜居须自审。南方瘴疠多，北地风霜甚。荒陬不可居，毒川难可饮。魂兮归去来，食我家园葚。

昨夜梦还家—作乡，见妇机中织。驻梭如有思，擎梭似无力。呼之回面视，况复不相识。应是别多年，鬓毛非旧色。

人生不满百，常怀千载忧。自身病始可，又为子孙愁。下视禾根土，上看桑树头。秤锤落东海，到底始知休。

世有一等流，悠悠似木头。出语无知解，云我百不忧。问道道不会，问佛佛不求。子细推寻著，茫然一场愁。

董郎年少时，出入帝京里。衫作嫩鹅黄，容仪画相似。常骑踏雪马，拂拂红尘起。观者满路傍，个是谁家子？

个是谁家子，为人大被憎。痴心常愤愤，肉眼醉瞢瞢。见佛不礼佛，逢僧不施僧。唯知打大脔，除此百无能。

人以身为本，本以心为柄。本在心莫邪，心邪丧本命。未能免此殃，何言懒照镜。不念金刚经，却令菩萨病。

城北仲家翁，渠家多酒肉。仲翁妇死时，吊客满堂屋。仲翁自身亡，能无一人哭。吃他杯脔者，何太冷心腹。

下愚读我诗，不解却嗤诮。中庸读我诗，思量云甚要。上贤读我诗，把著满面笑。杨修见幼妇，一览便知妙。

自有悭惜人，我非悭惜辈。衣单为舞穿，酒尽缘歌啐。当—作常取一腹饱，莫令两脚儽。蓬蒿钻髑髅，此日君应悔。

我行经古坟，泪尽嗟存没。冢破压黄肠，棺穿露白骨。欹斜有瓮瓶，扰拨无簪笏。风至揽其中，灰尘乱坲坲。

夕阳赫—作下西山，草木光晔晔。复有朦

胧处,松萝相连接。此中多伏虎,见我奋迅鬣。手中无寸刃,争不惧慑慑。

　　出身既扰扰,世事非一状。未能舍流俗,所以相追访。昨吊徐五死,今送刘三葬。终一作日日不得闲,为此心凄怆。

　　有乐且须乐,时哉不可失,虽云一百年,岂满三万日。寄世是须臾,论钱莫啾唧。孝经末后章一作篇,委曲陈情异。

　　独坐常忽忽,情怀何悠悠。山腰云缦缦一作漫漫,谷口风飕飕。猿来树袅袅,鸟入林啾啾。时催鬓飒飒,岁尽老惆惆。

　　一人好头肚,六艺尽皆通。南见驱归一作趁向北,西风一作见趁向东。长漂如泛萍,不息似飞蓬。问是何等色,姓贫名曰穷。

　　他贤君即受,不贤君莫与。君贤他见容,不贤他亦拒。嘉善矜不能,仁徒方得所。劝逐子张言,抛却卜商语。

　　俗薄真成薄,人心个不同。殷翁笑柳老,柳老笑殷翁。何故两相笑,俱行谄诐中。装车竞蝤崄,翻载各泷冻。

　　是我有钱日,恒为汝贷将。汝今既饱暖,见我不分张。须忆汝欲得,似我今承望。有无更代事,劝汝熟思量。

　　人生一百年,佛说十二部。慈悲如野鹿,瞋忿一作怒似家狗。家狗趁不去,野鹿常好走。欲伏猕猴心,须听狮子吼。

　　教汝数般事,思量一作贤知我贤。极贫忍卖屋,才富须买田。空腹不得走,枕头须莫眠。此言期众见,挂在日东边。

　　寒山多幽奇,登者皆恒慑。月照水澄澄,风吹草猎猎。凋梅雪作花,杌木云充叶。触雨转鲜一作仙灵,非晴不可涉。

　　有树先林生,计年逾一倍。根遭陵谷变,叶被风霜改。咸笑外凋零,不怜内文采。皮肤脱落尽,唯有贞一作真实在。

　　寒山有裸虫,身白而头黑。手把两卷书,一道将一德。住不安釜灶,行不赍衣裓。常持智慧剑,拟破烦恼贼。

　　有人畏白首,不肯舍朱绂。采药空求仙,根苗乱挑掘。数年无效验,痴意瞋佛郁。猎师披袈裟,元非汝使物。

　　昔时可可贫,今朝一作日最贫冻。作事不谐和,触途成倥偬。行泥屡脚屈,坐社频腹痛。失却斑猫儿,老鼠围饭瓮。

　　我见世间人,堂堂好仪相。不报父母恩,方寸底模样。欠负他人钱,蹄穿始惆怅。个个惜妻儿,爷娘不供养。兄弟似冤家,心中长怅一作怏怏。忆昔少年时,求神愿成长。今为不孝子,世间多此样。买肉自家噇,抹嘴道我畅。自逞说喽啰,聪明无益当。牛头努目瞋,出去始时一作始觉时已晌。择佛烧好香,拣僧归供养。罗汉门前乞,趁却闲和尚。不悟无为人,从来无相状。封疏请名僧,尅钱两三样。云光好法师,安角在头上。汝无平等心,圣贤俱不降。凡圣皆混然,劝君休取相。我法妙难思,天龙尽回向。我今稽首礼,无上法中王。慈悲大喜舍,名称满十方。众生作依怙,智慧身金刚。顶礼无所著,我师大法王。一本无我法以下十句。

　　可贵天然物,独一一作立无伴侣。觅他不可见,出入无门户。促之在方寸,延之一切处。你若不信爱,相逢不相遇。

　　余家有一窟,窟中无一物。净洁空堂堂,光华明日日。蔬食养微躯,布裘遮幻质。任你千圣现,我有天真佛。

　　男儿大丈夫,作事莫莽卤。劲挺铁石心,直取菩提路。邪路不用行,行之枉辛苦。不要求佛果,识取心王主。

　　粤自居寒山,曾经几万载。任运遁林泉,栖迟观自在。寒岩人不到,白云常叆叇。细草作卧褥,青天为被盖。快活枕石头,天地任变改。

可重是寒山,白云常自闲。猿啼畅道内,虎啸出人间。独步石可履,孤吟藤好攀。松风清飒飒,鸟语声喑喑。

闲自访高僧,烟山万万层。师亲指归路,月挂一轮灯。

闲游华顶上,日朗昼—作朗月光辉。四顾晴空里,白云同鹤飞。

世有多事人,广学诸知见。不识本真性,与道转悬远。若能明实相,岂用陈虚愿。一念了自心,开佛之知见。

寒山有一宅,宅中无阑隔。六门左右通,堂中见天碧。房房虚索索,东壁打西壁。其中一物无,免被人来惜。寒到烧软火,饥来煮菜吃。不学田舍翁,广置牛—作田庄宅。尽作地狱业,一入何曾极。好好善思量,思量知轨则。

侬家暂下山,入到城隍里。逢见一群女,端正容貌美。头戴蜀样花,燕脂涂粉腻。金钏镂银朵,罗衣绯红紫。朱颜类神仙,香带氛氲气。时人皆顾盼,痴爱染心意。谓言世无双,魂影随他去。狗咬枯骨头,虚自舐唇齿。不解返思量,与畜何曾异。今成白发婆,老陋若精魅。无始由狗心,不超解脱地。

一自遁寒山,养命餐山果。平生何所忧,此世随缘过。日月如逝川,光阴石中火。任你天地移,我畅岩中坐。

我见世间人,茫茫走路尘。不知此中事,将何为去津。荣华能几日,眷属片时亲。纵有丁斤金,不如林下贫。

自闻梁朝日,四依诸贤士。宝志万回师,四仙傅大士。显扬一代教,作时如来使。造建—作建造僧伽蓝,信心归佛理。虽乃得如斯,有为多患累。与道殊悬远,折西补东尔。小达无为功,损多益少利—作矣。有声而无形,至今何处去—作是。

吁嗟贫复病,为人绝友亲。瓮里长无饭,甑中屡生尘。蓬庵不免雨,漏榻劣容身。莫怪今憔悴,多愁定损人。

养女畏太多,已生须训诱。捺头遣小心,鞭背令缄口。未解乘机杼,那堪事箕帚。张婆语驴驹,汝大不如—作知母。

秉志不可卷,须知我匪席。浪造山林中,独卧盘陀石。辩士来劝余,速令受金璧。凿墙植蓬蒿,若此非有益。

以我栖迟处,幽深难可论。无风萝—作藤自动,不雾竹长昏。涧水缘谁咽,山云忽自屯。午时庵内坐,始觉日头暾。

忆昔遇—作惜过逢处,人间逐胜游,乐山登万仞,爱水泛千舟。送客琵琶谷,携琴鹦鹉洲。焉知松树下,抱膝冷飕飕。

报汝修道者,进求虚劳神。人有精灵物,无字复无文。呼时历历应,隐处不居存。叮咛善保护,勿令有点痕。

去年春鸟鸣,此时思弟兄。今年秋菊烂,此时思发生。绿水千肠咽,黄云四面平。哀哉百年内,肠断忆咸京。

多少天台人,不识寒山子。莫知真意度,唤作闲言语。

一往寒山万事休,更无杂念挂心头。闲于石壁题诗句,任运还同不系舟。

可惜百年屋,左倒右复倾。墙壁分散尽,木植乱差横。砖瓦片片落,朽烂不堪停。狂风吹蓦榻,再竖卒难成。

精神殊爽爽,形貌极堂堂。能射穿七扎,读书览五行。经眠虎头枕,昔坐象牙床。若无一—作阿堵物,不啻冷如霜。

笑我田舍儿,头颊底絷涩—作湿。巾子未曾高,腰带长时急。非是不及时,无钱趁不及。一日有钱财,浮图顶上立。

买肉血澉澉—作聒,买鱼跳鲅鲅。君身招罪累,妻子成快活。才死渠便嫁—作捷死家去,他人谁敢遏。一朝如破床,两个当头脱。

客难一作叹寒山子，君诗无道理。吾观乎古人，贫贱不为耻。应之笑此言，谈何疏阔矣。愿君似今日，钱是急事尔。

从生不往来，至死无仁义。言既有枝叶，心怀便险诐。若其开小道，缘此生大伪。诈说造云梯，削之成棘刺。

一瓶铸金成，一瓶埏泥出。二瓶任君看，那个瓶牢实？欲知瓶有二，须知业非一。将此验生因，修行在今日。

摧残荒草庐，其中烟火蔚。借问群小儿，生来凡几日。门外有三车，迎之不肯出。饱食腹膨脝，个是痴顽物。

有身与无身，是我复非我。如此审思量，迁延倚岩坐。足间青草生，顶上红尘堕。已见俗中人，灵床施洒果。

昨见河边树，摧残不可论。二三余干在一作蕊卉，千万斧刀痕。霜凋萎疏一作黄叶，波冲枯朽根。生处当如此，何用怨乾坤。

余见僧繇性希奇，巧妙间生梁朝时。道子飘然为殊特，二公善绘手毫挥。逞画图真意气异，龙行鬼走神巍巍。饶邈虚空写尘迹，无因画得志公师。

久住寒山凡几秋，独吟歌曲绝无忧。蓬扉不掩常幽寂，泉涌甘浆长自流。石室地炉砂鼎沸，松黄柏茗乳香瓯。饥餐一粒伽陀药，心地调和倚石头。

丹丘迥耸与云齐，空里五峰遥望低。雁塔高排出青嶂，禅林古殿入虹蜺。风摇松叶赤城秀，雾吐中岩仙路迷。碧落千山万仞现，藤萝相接次连溪。

千生万死凡几生一作何时已，生死来去转迷情。不识心中无价宝，犹一作恰似盲驴信脚行。

老病残年百有余，面黄头白好山居。布裘拥质随缘过，岂羡人间巧样模。心神用尽为名利，百种贪婪进已躯。浮生幻化如灯烬，冢内埋身是有无。

世间何事最堪嗟，尽是三途造罪楂。不学白云岩下客，一条寒衲是生涯。秋到任他林落叶，春来从你树开花。三界横眠闲无一作无一事，明月清风一作清风明月是我家。

昔年曾到大海游，为采摩尼誓恳求。直到龙宫深密处，金关锁断主神愁。龙王守护安耳里，剑客星挥无处搜。贾客却归门内去，明珠元在我心头。

众星罗列夜明珠，岩点孤灯月未沈。圆满光华不磨莹，挂在青天是我心。

千年石上古人踪，万丈岩前一点空。明月照时常皎洁，不劳寻讨问西东。

寒山顶上月轮孤，照见晴空一物无。可贵天然无价宝，埋在五阴溺身躯。

我向前溪照碧流，或向岩边坐盘石。心似孤云无所依，悠悠世事何须觅。

我家本住在寒山，石岩栖息离烦缘。泯时万象无痕迹，舒处周流遍大千。光影腾辉照心地，无有一法当现前。方知摩尼一颗珠，解用无方处处圆。

世人何事可吁嗟，苦乐交煎勿底涯。生死往来多少劫，东西南北是谁家。张王李赵权时姓，六道三途事似麻。只为主人不了绝，遂招迁谢逐迷邪。

余家本住在天台，云路烟深绝客来。千仞岩峦深可遁，万重溪涧石楼台。桦巾木屐沿流步，布裘藜杖绕山回。自觉浮生幻化事，逍遥快乐实善一作奇哉。

怜底众生病，餐尝略不厌。蒸豚揾蒜酱，炙鸭点椒盐。去骨鲜鱼脍，兼皮熟肉脸。不知他命苦，只取自家甜。

读书岂免死，读书岂免贫。何以一作似好识字，识字胜他人。丈夫不识字，无处可安身。黄连揾蒜酱，忘计是苦辛。

我见瞒人汉，如篮盛水走。一气将归家，

篮里何曾有。我见被人瞒，一似园中韭。日日被刀伤，天生还自有。

　　不见朝垂露，日烁自消除。人身亦如此，阎浮是寄居。切一作慎莫因循过，且令三毒祛。菩提即烦恼，尽令无有余。

　　水清澄澄莹，彻底自然见。心中无一事，水清众兽现一作万境不能转。心若一作既不妄起，永劫无改变。若能如是知，是知无背面。

　　自从到此天台境，经今早度几冬春。山水不移人自老，见却多少后生人。此首一作拾得诗。

　　说食终不饱，说衣不免寒。饱吃须是饭，著衣方免寒。不解审思量，只道求佛难。回心即是佛，莫向外头看。

　　可畏轮回苦，往复似翻尘。蚁巡环未息，六道乱纷纷。改头换面孔，不离旧时人。速了黑暗狱，无令心性昏。

　　可畏三界轮，念念未曾息。才始似出头，又却遭沉溺。假使非非想，盖缘多福力。争似识真源，一得即永得。

　　昨日游峰顶，下窥千尺崖。临危一株树，风摆两枝开。雨漂即零落，日晒作尘埃。嗟见此茂秀，今为一聚灰。

　　自古多少圣，叮咛教自信。人根性不等，高下有利钝。真佛不肯认，置功一作力枉受困。不知清净心，便是法王印。

　　我闻天台山，山中有琪树。永言欲攀之一作上，莫晓石桥路。缘此生悲叹，幸居将已慕。今日观镜中，飒飒鬓垂素。

　　养子不经师，不及都亭鼠。何曾见好人，岂闻长者语。为染在薰莸，应须择朋侣。五月贩鲜鱼，莫教人笑汝。

　　徒闭蓬门坐，频经石火一作月迁。唯闻人作鬼，不见鹤成仙。念此那堪说，随缘须自怜。回瞻一作还看郊郭外，古墓犁为田。

　　时人见寒山，各谓是风颠。貌不起人目，身唯布裘缠。我语他不会，他语我不言。为报往来者，可来向寒山。

　　自在白云间，从来非买山。下危须策杖，上险捉藤攀。涧底松常翠，溪边石自斑。友朋虽阻绝，春至鸟喧喧一作关。

　　我在村中住，众推无比方。昨日到城下，却被狗形相。或嫌袴太窄，或说衫少长。拳一作撑却鹞子眼，雀儿舞堂堂。

　　死生元有命，富贵本由天。此是古人语，吾今非谬传。聪明好短命，痴骏却长年。钝物丰财宝，醒醒汉无钱。

　　国以人为本，犹如树因地。地厚树扶疏，地薄树憔悴。不得露其根，枝枯子先坠。决陂以取鱼，是取一作求一期利。

　　众生不可说，何意许颠邪。面上两恶鸟，心中三毒蛇。是渠作障碍，使你事烦拏。举手高一作高攀手弹指，南无佛陀耶。自乐平生道，烟萝石洞间。野情多放旷，长伴白云闲。有路不通世，无心孰可攀。石床孤夜坐，圆月上寒山。

　　大海水无边，鱼龙万万千。递互相食啖，冗冗痴肉团。为心不了绝，妄想起如烟。性月澄澄朗，廓尔照无边。

　　自见天台顶，孤高出众群。风摇松竹韵，月现海潮频。下望青山际，谈玄有白云。野情便山水，本志慕道伦。

　　三五痴后生，作事不真实。未读十卷书，强把雌黄笔。将他儒行篇，唤作贼盗律。脱体似蟫虫，咬破他书帙。

　　心高如山岳，人我不伏人。解讲围陀典，能谈三教文。心中无惭愧，破戒违律文。自言上人法，称为第一人。愚者皆赞叹，智者抚掌笑。阳焰虚空花，岂得免生老。不如百不解，静坐绝忧恼。

　　如许多宝贝，海中乘坏舸。前头失却柂，后头又无柁。宛转任风吹，高低随浪簸。如何得到岸,努力莫端坐。

我见凡愚人,多畜资财谷。饮酒食生命,谓言我富足。莫知地狱深,唯求上天福。罪业如毗富,岂得免灾毒。财主忽然死,争共当头哭。供僧读文疏,空是鬼神禄。福田一个无,虚设一群秃。不如早觉悟,莫作黑暗狱。狂风不动树,心真无罪福。寄语冗冗一作兀兀人,叮咛再三读。

劝你三界子,莫作勿道理。理短被他欺,理长不奈你。世间浊滥人,恰似黍粘子。不见无事人,独脱无能比。早须返本源,三界任缘起。清净入如流,莫饮无明水。

三界人蠢蠢,六道人茫茫。贪财爱淫欲,心恶若豺狼。地狱如箭射,极苦若为当。兀兀过朝夕,都不别贤良。好恶总不识,犹如猪及羊。共语如木石,嫉妒似颠狂。不自见己过,如猪在圈卧。不知自偿债,却笑牛牵磨。

人生在尘蒙,恰似盆中虫。终日行绕绕,不离其盆中。神仙不可得一作比,烦恼计无穷。岁月如流水,须臾作老翁。

寒山出此语,复似颠狂汉。有事对面说,所以足人怨。心真一作直出语直,直心无背面。临死度奈河,谁是喽啰汉。冥冥泉台路,被业相拘绊。

我见多知汉,终日用心神。岐路逞喽啰,欺谩一切人。唯作地狱滓,不修正直因。忽然无常至,定知乱纷纷。

寄语诸仁者,复以何为怀。达道见自性,自性即如来。天真元具足,修证转差回。弃本却逐末,只守一场呆。

世有一般人,不恶又不善。不识主人公一作翁,随客处处转。因循过时光,浑是痴肉脔。虽有一灵台,如同客作汉。

常闻释迦佛,先受然灯记。然灯与释迦,只论前后智。前后体非殊,异中无有异。一佛一切佛,心是如来地。

常闻国大臣,朱紫簪缨禄。富贵百千般,贪荣不知辱。奴马满宅舍,金银盈帑屋。痴福暂时扶,埋头作地狱。忽死万事休,男女当头哭。不知有祸殃,前路何疾速。家破冷飕飕,食无一粒粟。冻饿苦凄凄,良由不觉触。

上人心猛利,一闻便知妙。中流心清净,审思云甚要。下士钝暗痴,顽皮最难裂。直待血淋头一作满,始知自摧灭。看取开眼贼,闹市集人决。死尸弃如尘,此时向谁说。男儿大丈夫,一刀两段截。人面禽兽心,造作何时歇。

我有六兄弟,就中一个恶。打伊又不得,骂伊又不著。处处无奈何,耽财好淫杀。见好埋头爱,贪心过罗刹。阿爷恶见伊,阿娘嫌不悦。昨被我捉得,恶骂恣情挚。趁向无人处,一一向伊说。汝今须改行,覆车须改辙。若也不信受,共汝恶合杀。汝受我调伏,我共汝觅活。从此尽合同,如今过菩萨。学业攻炉冶,炼尽三山铁。至今静恬恬,众人皆赞说。

昔日极贫苦,夜夜数他宝。今日审思量,自家须营造。掘得一宝藏,纯是水精珠。大有碧眼胡,密拟买将去。余即报渠言,此珠无价数。

一生慵懒作,憎重只便轻。他家学事业,余持一卷轻。无心装褾轴,来去省人擎。应病则说药,方便度众生。但自心无事,何处不惺惺。

我见出家人,不入出家学。欲知真出家,心净无绳索。澄澄孤一作绝玄妙,如如无倚托。三界任纵横,四生不可泊。无为无事人,逍遥实快乐。

昨到云霞观,忽见仙尊士。星冠月帔横,尽云居山水。余问神仙术,云道若为比。谓言灵无上,妙药心神秘。守死待鹤来,皆道乘鱼去。余乃返穷之,推寻勿道理。但看箭射空,须臾还坠地。饶你得仙人,恰似守尸鬼。心月自精明,万象何能比。欲知仙丹术,身内元神是。莫学黄巾公,巾一云石。握愚自守拟。

余家—作乡有一宅,其宅无正主。地生一寸草,水垂一滴露。火烧六个贼,风吹黑云雨。子细寻本人,布裹真珠尔。

传语诸公子,听说石齐奴。僮仆八百人,水碓三十区。舍下养鱼鸟,楼上吹笙竽。伸头临白刃,痴心为绿珠。

何以长惆怅,人生似朝菌。那堪数十年,亲旧凋落尽。以此思自哀,哀情不可忍。奈何当奈何,托—作脱体归山隐。

缦缕关前业,莫诃今日身。若言由冢墓—作宅,个是极痴人。到头君作鬼,岂令男女贫。皎然易解事,作么无精神。

我见黄河水,凡经几度清。水流如急箭,人世若浮萍。痴属根本业,无明烦恼坑。轮回几许劫,只为造迷盲。

二仪既开辟,人乃居其中。迷汝即吐雾,醒汝即吹风。惜汝即富贵,夺汝即贫穷。碌碌群汉子,万事由天公。

余劝诸稚子,急离火宅中。三车在门外,载你免飘蓬。露地四衢坐,当天万事空。十方无上下,来去—作往任西东。若得个中意,纵横处处通。

可叹浮生人,悠悠何日了。朝朝无闲时,年年不觉老。总为求衣食,令心—作人生烦恼。扰扰百千年,去来三恶道。

时人寻云路,云路杳无踪。山高多险峻,涧阔少玲珑。碧嶂前兼后,白云西复东。欲知云路处,云路在虚空。

寒山栖隐处,绝得杂人过。时逢林内鸟,相共唱山歌。瑞草联溪谷,老松枕嵯峨。可观无事客,憩歇在岩阿。

五岳俱成粉,须弥一寸山。大海一滴水,吸入在—作其心田。生长菩提子,遍盖天中天。语汝慕道者,慎莫绕十缠。

无衣自访觅,莫共狐谋裘。无食自采取,莫共羊谋羞。借皮兼借肉,怀叹复怀愁。皆缘义失所—作所失,衣食常不周。

自羡山间乐,逍遥无倚托。逐日养残躯,闲思无所作。时披古佛书,往往登石阁。下窥千尺崖,上有云盘泊—作礴。寒月冷飕飕,身似孤飞鹤。

我见转轮王,千子常围绕。十善化四天,庄严多七宝。七宝镇随身,庄严甚妙好。一朝福报尽,犹若栖芦鸟。还作牛领虫,六趣受业道。况复诸凡夫,无常岂长保。生死如旋火,轮回似麻稻。不解早觉悟,为人枉虚老。

平野水宽阔,丹丘连四明。仙都最高秀,群峰耸翠屏。远远望何极,矻矻势相迎。独标海隅外,处处播嘉名。

可贵一名山,七宝何能比。松月飕飕冷,云霞片片起。匼匝几重山,回还多少里。溪涧静澄澄,快活无穷已。

我见世间人,生而还复死。昨朝犹二八,壮气胸襟士。如今七十过,力困形憔悴。恰似春日花,朝开夜落尔。

迥耸霄汉外,云里路岩峣。瀑布千丈流,如铺练一条。下有栖心窟,横安定命桥。雄雄镇世界,天台名独超。

盘陀石上坐,溪涧冷凄凄。静玩偏嘉丽,虚岩蒙雾迷。怡然憩歇处,日斜树影低。我自观心地,莲花出淤泥。

隐士遁人间,多向山中眠。青萝疏籙籙,碧涧响联联。腾腾且安乐,悠悠自清闲。免有染世事,心静如白莲。

寄语食肉汉,食时无逗遛。今生过去种,未来今日修。只取今日美,不畏来生忧。老鼠入饭瓮,虽饱难出头。

自从出家后,渐得养生趣。伸缩四肢全,勤听六根具。褐—作揭衣随春冬—作秋,粝食供朝暮。今日恳恳修,愿与佛相遇。

五言五百篇，七字七十九。三字二十一，都来六百首。一例书岩石，自夸云好手。若能会我诗，真是如来母。

世事绕—作何悠悠，贪生早晚—作未肯休。研尽大地石，何时得歇头。四时周—作调变易，八节急如流。为报火宅主，露地骑白牛。

可笑五阴窟，四蛇共同—作同苦居。黑暗无明烛，三毒递相驱。伴党六个贼，劫掠法财珠。斩却魔军辈，安泰湛如苏。

常闻汉武帝，爱及秦始皇。俱好神仙术，延年竟不长。金台既摧折，沙丘遂灭亡。茂陵与骊岳，今日草茫茫。

忆得二十年，徐步国清归。国清寺中人，尽道寒山痴。痴人何用疑，疑不解寻思。我尚自不识，是伊争得知。低头不用问，问得复何为。有人来骂我，分明了了知。虽然不应对，却是得便宜。

语你出家辈，何名为出家。奢华求养活，继缀族姓家。美舌甜唇嘴，谄曲心钩加。终日礼道场，持经置功课。炉烧神佛香，打钟高声和。六时学—作养客春，昼夜—作夜夜不得卧。只为爱钱财，心中不脱洒。见他高道人，却嫌诽谤骂。驴屎比麝香，苦哉佛陀耶。又见出家儿，有力及无力。上上高节者，鬼神钦道德。君王分辇坐，诸侯拜迎逆。堪为世福田，世人须保惜。下下低愚者，诈现多求觅。浊滥即可知，愚痴爱财色。著却福田衣，种田讨衣食。作债税牛犁，为事不忠直。朝朝行弊恶，往往痛臀脊。不解善思量，地狱苦无极。一朝著病缠，三年卧床席。亦有真佛性，翻作无明贼。南无佛陀耶，远远求弥勒。

寒岩深更好，无人行此道。白云高岫闲，青嶂孤猿啸。我更何所亲，畅志自宜老。形容寒暑迁，心珠甚可保。

岩前独静坐，圆月当天耀。万象影现中，一轮本无照。廓然神自清，含虚洞玄妙。因指见其月，月是心枢要。

本志慕道伦，道伦常获亲。时逢杜—作社源客，每接话禅宾。谈玄月明夜，探理日临晨。万机俱泯迹，方识本来人。

元非隐逸士，自号山林人。仕鲁蒙帻帛，且爱裹疏巾。道有巢许操，耻为尧舜臣。猕猴罩帽子，学人避风尘。

自古诸哲人，不见有长存。生而还复死，尽变作灰尘。积骨如毗富，别泪成海津。唯有空名在，岂免生死轮。

今日岩前坐，坐久烟云收。一道清溪冷，千寻碧嶂头。白云朝影静，明月夜光浮。身上无尘垢，心中那更忧。

千云万水间，中有一闲士。白日游青山，夜归岩下睡。倏尔过春秋，寂然无尘累。快哉何所依，静若秋江水。

劝你休去来，莫恼他阎老。失脚入三途，粉骨遭千捣。长为地狱人，永隔今生道。勉你信余言，识取衣中宝。

世间一等流，诚堪与人笑。出家弊己身，诳俗将为道。虽著离尘衣，衣中多养蚤。不如归去来，识取心王好。

高高峰顶上，四顾极无边。独坐无人知，孤月照寒泉。泉中且无月，月自在青天。吟此一曲歌，歌终—作中不是禅。

有个王秀才，笑我诗多失。云不识蜂腰，仍不会鹤膝。平侧不解压，凡言取次出。我笑你作诗，如盲徒咏日。

我住在村乡，无爷亦无娘。无名无姓第，人唤作张王。并无人教我，贫贱也寻常。自怜心的实，坚固等金刚。

寒山出此语，此语无人信。蜜甜足人尝，黄蘗苦难近—作吞。顺情生喜悦，逆意多瞋恨。但看木傀儡，弄了一场困。

我见人转经，依他言语会。口转心不转，心口相违背。心真无委曲，不作诸缠盖。但且自省躬,莫觅他替代。可中作得主,是知无内外。

寒山唯白云,寂寂绝埃尘。草座山家有,孤灯明月轮。石床临碧沼,虎鹿每为邻。自羡幽居乐,长为象外人。

鹿生深林中,饮水而食草。伸脚树下眠,可怜无烦恼。系之在华堂,肴膳极肥好。终日不肯尝,形容转枯槁。

花上黄莺子,喧喧—作关关声可怜。美人颜似玉,对此弄鸣弦。玩之能不足,眷恋在韶年。花飞鸟亦散,洒泪秋风前。

栖迟寒岩下,偏讶最幽奇。携篮采山茹,挈笼摘果归。蔬斋敷茅坐,啜啄食紫芝。清沼濯瓢钵,杂和煮稠稀。当阳拥裘坐,闲读古人诗。

昔日经行处,今复七十年。故人无来往,一作往来。埋在古冢间。余今头已白,犹守片云山。为报后来子—作者,何不读古言。

欲向东岩去,于今无量年。昨来攀葛上,半路困风烟。径窄衣难进,苔粘履不全。住兹丹桂下,且枕白云眠。

我见利智人,观者便知意。不假寻文字,直入如来地。心不逐诸缘,意根不妄起。心意不生时,内外无余事。

身著空花衣,足蹑龟毛履,手把兔角弓,拟射无明鬼。

群看叶里花,能得几时好。今日畏人攀,明朝待谁扫。可怜娇艳情,年多转成老。将世比于花,红颜岂长保。

画栋非吾宅,松—作青林是我家。一生俄尔过,万事莫言赊。济渡不造筏,漂沦为采花。善根今未种,何日见生芽。

出生三十年,当—作常游千万里。行江青

草合,入塞红尘起。炼药空求仙,读书兼咏史。今日归寒山,枕流兼洗耳。

寒山无漏岩,其岩甚济要。八风吹不动,万古人传妙。寂寂好安居,空空离讥诮。孤月夜长明,圆日常来照。虎丘兼虎溪,不用相呼召。世间有王傅,莫把同周邵。我自遁寒岩,快活长歌笑。

沙门不持戒,道士不服药。自古多少贤,尽在青山脚。一本连前作一首。

有人笑我诗,我诗合典雅。不烦郑氏笺,岂用毛公解。不恨会人稀,只为知音寡。若遣趁宫商,余病莫能罢。忽遇明眼人,即自流天下。

三字诗六首

寒山道,无人到。若能行,称十号。有蝉鸣,无鸦噪。黄叶落,白云扫。石磊磊,山隩隩。我独居,名善导。子细看,何相好。

寒山寒,冰锁石。藏山青,现雪白。日出照,一时释。从兹暖,养老客。

我居山,勿人识。白云中,常寂寂。

寒山深,称我心。纯白石,勿黄金。泉声响,抚伯琴。有子期,辨此音。

重岩中,足清风。扇不摇,凉冷—作气通。明月照,白云笼。独自坐,一老翁。

寒山子,长如是。独自居,不生死。

拾遗二首新添

我见世间人,个个争意气。一朝忽然死,只得一片地。阔四尺,长丈二。汝若会出来争意气,我与汝立碑记。

家有寒山诗,胜汝看经卷。书放屏风上,时时看一遍。已上寒山诗,除拾遗二首,老僧相传,其外切依古印本排比次第耳。

全唐诗卷八百七

拾得

拾得,贞观中,与丰干、寒山相次垂迹于国清寺。初丰干禅师游松径,徐步赤城道上,见一子,年可十岁。遂引至寺,付库院。经三纪,令知食堂,每贮食滓于竹筒。寒山子来,负之而去。一夕,僧众同梦山王云:"拾得打我。"旦见山王,果有杖痕。众大骇,及闾丘太守礼拜后,同寒山子出寺,沈迹无所。后寺僧于南峰采薪,见一僧入岩,挑锁子骨,云取拾得舍利,方知在此岩入灭,因号为拾得岩。今编诗一卷。

诗

诸佛留藏经,只为人难化。不唯贤与愚,个个心构架。造业大如山,岂解怀忧怕。那肯细寻思,日夜怀奸诈。

嗟见世间人,个个爱吃肉。碗楪不曾干,长时道不足。昨日设个斋,今朝宰六畜。都缘业使牵,非干情所欲。一度造天堂,百度造地狱。阎罗使来追,合家尽啼哭。炉子边向火,镬子里澡浴。更得出头时,换却汝衣服。

出家要清闲,清闲即为贵。如何尘外人,却入尘埃里。一向迷本心,终朝役名利。名利得到身,形容已憔悴。况复不遂者,虚用平生志。可怜无事人,未能笑得尔—作汝。

养儿与娶妻,养女求媒娉。重重皆是业,更杀众生命。聚集会亲情,总来看盘饤。目下虽称心,罪簿先注定。

得此分段身,可笑好形质。面貌似银盘,心中黑如漆。烹猪又宰羊,夸道甜如蜜。死后受波吒,更莫称冤屈。

佛哀三界子,总是亲男女。恐沈黑暗坑,示仪垂化度。尽登无上道,俱证菩提路。教汝痴众生,慧心勤觉悟。

佛舍尊荣乐,为愍诸痴子。早愿悟无生,

办集无上事。后来出家者,多缘无业次。不能得衣食,头钻入于寺。

嗟见世间人,永劫在迷津。不省这个意,修行徒苦辛。

我诗也是诗,有人唤作偈。诗偈总一般,读时一作者须子细。缓缓细披寻,不得生容易。依此学修行,大有可笑事。

有偈有千万,卒急述应难。若要相知者,但入天台山。岩中深处坐,说理及谈玄。共我不相见,对面似千山。

世间亿万人,面孔不相似。借问何因缘,致令遭如此。各执一般见,互说非兼是。但自修已身,不要言他已。

男女为婚嫁,俗务是常仪。自量其事力,何用广张施。取债夸人我,论情入骨痴。杀他鸡犬命,身死堕阿鼻。

世上一种人,出性常多事。终日傍街衢,不离诸酒肆。为他作保见,替他说道理。一朝有乖张,过咎全归你。

我劝出家辈,须知教法深。专心求出离,辄莫染贪淫。大有俗中士,知非不爱一作受金。故知君子志,任运听浮沈。

寒山住一作自寒山,拾得自拾得。凡愚岂见知,丰干却相识。见时不可见,觅时何处觅。借问有何缘,却道无为力。

从来是拾得,不是偶然称。别无亲眷属,寒山是我兄。两人心相似,谁能徇俗情。若问年多少,黄河几度清。

若解捉老鼠,不在五白猫。若能悟理性,那由锦绣包。真珠入席袋,佛性止蓬茅。一群取相汉,用意总无交。

运心常宽广,此则名为布。辍已惠于人,方可名为施。后来人不知,焉能会此义。未设一庸僧,早拟望富贵。

猕猴尚教得,人何一作可不愤发。前车既落坑,后车须改辙。若也不知此,恐君恶合杀。此一作比来是夜叉,变即成菩萨。

自从到此天台寺,经今早已几冬春。山水不移人自老,见却多少后生人。一作寒山诗。

君不见,三界之中纷扰扰,只为无明不了绝。一念不生心澄然,无去无来不生灭。一本以上二首合作一首。

故林又斩新,剡源溪上人。天姥峡关岭,通同次海津。湾深曲岛间,森森水云云。借问松禅客,日轮何处暾。

自笑老夫筋力败,偏恋松岩爱独游。可叹往年到今日,任运还同不系舟。

一入双溪不计春,炼暴黄精几许斤。炉灶石锅频煮沸,土甑久烝气味珍。谁来幽谷餐仙食,独向云泉更勿人。延龄寿尽招手石一作拍手去,此栖终不出山门。

踯躅一群羊,沿山又入谷。看人贪竹塞,且遭豺狼逐。元不出挚生,便将充口腹。从头吃至尾,呐呐无余肉。

银星钉称衡,绿丝作称纽。买人推向前,卖人推向后。不愿他心一作人怨,唯言我好手。死去见阎王,背后插扫帚。

闭门私造罪,准拟免灾殃。被他恶部童,抄得报阎王。纵不入镬汤,亦须卧铁床。不许雇人替,自作自身当。

悠悠尘里人,常道尘中乐一作常乐尘中趣。我见尘中人,心生多一作多生悯顾。何哉悯此流,念彼尘中苦。

无去无来本湛然,不居内外及中间。一颗水精绝瑕翳,光明透满出人天。

少年学书剑,叱驭到荆一作京州。闻伐匈奴尽,婆娑无处游。归来翠岩下,席草玩一作枕清流。壮士志未骋一作未织,猕猴骑土牛。

三界如转轮,浮生若流水。蠢蠢诸品类,贪生不觉死。汝看朝垂露,能得几时子。

闲入天台洞，访人人不知。寒山为伴侣，松下啖灵芝。每谈今古事，嗟见世愚痴。个个入地狱，早晚－作那得出头时。

古佛路凄凄，愚人到却迷。只缘前业重，所以不能知。欲识无为理，心中不挂丝。生生勤苦学，必定睹天－作吾师。

各有天真佛，号之为宝王。珠光日夜照，玄妙卒难量。盲人常兀兀，那肯怕灾殃。唯贪淫泆业，此辈实堪伤。

出家求出离，哀念苦众生。助佛为扬化，令教选路行。何曾解救苦，恣意乱纵横。一时同受溺，俱落大深坑。

常饮三毒酒，昏昏都不知。将钱作梦事，梦事成铁围。以苦欲舍苦，舍苦无出期。应须早觉悟，觉悟自归依。

云山叠叠几千重，幽谷路深绝人踪。碧涧清流多胜境，时来鸟语合人心。

后来出家子，论情入骨痴。本来求解脱，却见－作如何受驱驰。终朝游俗舍，礼念作威仪。博钱沽酒吃，翻成客作儿。

若论常－作无事闲快活，唯有隐居人。林花长似锦，四季色常新。或向岩间坐，旋瞻见桂轮。虽然身畅逸，却－作犹念世间人。

我见出家人，总爱吃酒肉。此合上天堂，却沈归地狱。念得两卷经，欺他道－作市鄽俗。岂知鄽俗士，大有根性熟。下五首与前长偈语句同。

我见顽钝人，灯心柱－作挂须弥。蚁子啃大树，焉知气力微。学咬两茎菜，言与祖师齐。火急求忏悔，从今辄莫迷。

苦见月光明，照烛四天下。圆晖挂太虚，莹净能萧洒。人道有亏盈，我见无衰谢。状似摩尼珠，光明无昼夜。

余住无方所，盘泊－作礡无为理。时陟涅盘山，或玩香林寺。寻常只是闲，言不干名利。东海变桑田，我心谁管你。

左手握骊珠，右手执慧剑。先破一作射无明贼，神珠自吐一作吐光焰。伤嗟愚痴人，贪爱那生厌。一堕三途间，始觉前程险。

般若酒泠泠，饮多人易醒。余住天台山，凡愚那见形。常游深谷洞，终不逐时情。无思变无虑，无辱也无荣。此下与寒山诗大同小异，语意相涉。

平生何所忧，此世随缘过。日月如逝波，光阴石中火。任他天地移，我畅岩中坐。

嗟见多知汉，终日柱用心。岐路逞喽啰，欺谩一切人。唯作地狱滓，不修来世因。忽尔无常到，定知乱纷纷。

迢迢山径峻，万仞险隘危。石桥莓苔绿，时见白一作片云飞。瀑布悬如练，月影落潭晖。更登华顶上，犹待孤鹤期。

松月一作风冷飕飕，片片云霞起。匼匝几重山，纵目千万里。溪潭水澄澄，彻底镜相似。可贵灵台物，七宝莫能比。

世有多解人，愚痴学闲文。不忧当来果，唯知造恶因。见佛不解礼，睹僧倍生瞋。五逆十恶辈，三毒以为邻。死去入地狱，未有出头辰。

人生浮世中，个个愿富贵。高堂车马多，一呼百诺至。吞并田地宅，准拟承后嗣。未逾七十秋，冰消瓦解去。

水浸泥弹丸，思量无道理。浮沤梦幻身，百年能几几。不解细思惟，将言长不死。诛剥垒千金，留将与妻子。

云林最幽栖，傍涧枕月溪。松拂盘陀石，甘泉涌凄凄。静坐偏佳丽，虚岩曚雾迷。怡然居憩地，日以下缺。

可笑是林泉，数里少人烟。云从岩嶂起，瀑布水潺潺。猿啼唱道曲，虎啸出人间。松风清飒飒，鸟语声关关。独步绕石涧，孤陟上峰峦。时坐盘陀石，偃仰攀萝沿。遥望城隍处，惟闻闹喧喧。此首系别本增入。

丰干

丰干禅师,居天台山国清寺。昼则舂米供僧,夜则扃房吟咏。一日骑虎松径来,入国清巡廊唱道,众皆惊怖。尝于京辇为闾丘太守救疾,闾丘之任台州,便到国清问丰干禅院所在,云在经藏后,无人住得。每有一虎,时来此吼。闾丘到师院,开房惟见虎迹。今存房中壁上诗二首。

壁上诗二首

余自来天台,凡（一作曾）经几万回。一身如云水,悠悠任去来。逍遥绝无闹,忘机隆佛道。世途岐路心,众生多烦恼。兀兀沈浪海,漂漂轮三界。可惜一灵物,无始被境埋。电光瞥然起,生死纷尘埃。寒山特相访,拾得常往来。论心话明月,太虚廓无碍。法界即无边,一法普遍该。

本来无一物,亦无尘可拂。若能了达此,不用坐兀兀。

全唐诗卷八百八

慧宣

慧宣,常州法师,与道恭同召。诗三首。

奉和窦使君同恭法师咏高僧二首竺佛图澄

大誓悯涂炭,乘机入生死。中州法既弘,葛陂暴亦止。乳孔光一室,掌镜彻千里。道盛咒莲华,灾生吟棘子。埋石缘虽谢,流沙化方始。

释僧肇

般若唯绝凿,涅槃固无名。先贤未始觉,之子唱希声。秦王嗟理诣,童寿揖词清。徽音闻庐岳,精难动中京。适验方袍里,奇才复挺生。

秋日游东山寺寻殊昙二法师

木落树萧槮,水清流潋寂。属此悲载气,复兹羁旅戚。冥用写烦忧,山泉恣游历。万丈窥深涧,千寻仰绝壁。傍岭竹参差,缘崖藤羃羃。行行极幽邃,去去逾空寂。果值息心侣,乔枝方挂锡。围绕悉栴檀,纯良岂沙砾。妙法诚无比,深经解怨敌。心欢即顶礼,道存仍目击。慧刀辛已逢,疑网于焉析。岂直却烦恼,方期拯沈溺。

句

如蒙一被服,方堪称福田。《咏赐玄奘衲袈裟》《三藏法师传》。

法宣

法宣,常州弘业寺沙门,隋末人。入唐,常敕召到东都,诗二首。

爱妾换马

朱鬣饰金镳,红妆束素腰。似云来蹀躞,如雪去飘摇。桃花含浅汗,柳叶带余娇。骋光将独立,双绝不—作难俱标。

和赵王观妓

桂山留上客,兰室命妖饶。城中画广黛,

宫里束纤腰。舞袖风前举,歌声扇后娇。周郎不须顾,今日管弦调。

慧侣

慧侣,晋陵曲阿人,姓汤,住蒋州大归善寺。诗二首。

听独杵捣衣

非是无人助,意欲自鸣砧。向月怜孤影,承风送迥音。疑捣双丝练,似奏一弦琴。令一作今君闻独杵,知妾有专心。

闻侯方儿来寇

羊皮赎去士,马革敛还尸。天下方无事,孝廉非哭时。

慧净

慧净,俗姓房氏,真定人。开皇、大业中,即擅道誉。贞观初,主纪国寺,房玄龄结为法友。高宗在东宫,复请为普光寺主。诗四首。

和琳法师初春法集之作

鹫岭光前选,祇园表昔恭。哲人崇踵武,弘道会群龙。高座登莲叶,尘尾振霜松。尘飞扬雅梵,风度引疏钟。静言澄义海,发一作丛论上词锋。心虚道易合,迹广席难重。和风动淑气,丽日启时雍。高才掞雅什,顾已滥朋从。因兹仰积善,灵华庶可逢。

与英才言聚赋得升天行

驭风过阆苑,控鹤下瀛洲。欲采三芝秀,先从千仞游。驾凤吟虚管,乘槎泛浅流。颓龄一已驻,方验大椿秋。

和卢赞府游纪国道场

日光通汉室,星彩晦周朝。法城从此构,香阁本嵩峣。林盘仰承露,刹凤俯摩霄。落照侵虚牖,长虹拖跨桥。高才暂骋目,云藻随一作遂飘摇。欲追千里骥,终是谢连镳。

冬日普光寺卧疾,值雪简诸旧游

卧疴苦留滞,辟户望遥天。寒云舒复卷,落雪断还连。凝华照书阁,飞素浣琴弦。回飘洛神赋,皎映齐纨篇。萦阶如鹤舞,拂树似花鲜。徒赏丰年瑞,沈忧终自怜。

杂言一作义净诗

观化祇山顶,流睇古王城。万载池犹洁,千年苑尚清。仿佛影坚路,摧残广胁楹。七宝仙台亡旧迹,四彩天花绝雨声。声华日以远,自恨生何晚。既伤火宅眩中门,还嗟宝渚迷长坂。步陟平郊望,心游七海上。扰扰三界溺邪津,浑浑万品忘真匠。唯有能仁独圆悟,廓尘静浪开玄路。创逢肌命弃身城,更为求人崩意树。持囊毕契戒珠净,被甲要心忍衣固。三祇不倦陵二车,一足忘劳超九数。定潋江清沐久结,智剑霜凝斩新雾。无边大劫无不修,六时愍生遵六度。度有流光功德收,金河示灭归常住。鹤林权唱演功周,圣德佳音传余响。龙宫秘典海中探,石室真言山处仰。流教在兹辰,传芳代有人。沙河雪岭迷朝径,巨海鸿崖乱夜津。入万死,求一生。投针偶穴非同喻,束马悬车岂等程。不徇今身乐,无祈后代荣。誓舍危躯追胜义,咸希毕契传灯情。劳歌勿复陈,延眺且周巡。东睇女峦留二迹,西驰鹿苑去三轮。北睆舍城池尚在,南睇尊岭穴犹存。五峰秀,百池分。粲粲鲜花明四曜,辉辉道树镜三春。扬锡指山阿,携步上祇陀。既睹如来叠衣石,复观天授进余峨。仁灵镇梵岳,凝思遍生河。金花逸掌仪前奉,芳盖陵虚殿后过。旋绕经行砌,目想如神契。回斯少福涧生津,共会龙华舍尘翳。

海顺

海顺,姓任氏,蒲坂人,隋代出家仁寿寺,武德初元示化。诗三首。

三不为篇

我欲偃文修武,身死名存。斫石通道,祈井流泉。君肝在内,我身处边。荆轲拔剑,毛遂捧盘。不为则已,为则不然。将恐两虎共斗,势不俱全。永□今好,长绝来怨。是以返迹荒径,息影柴门。第十三句缺一字。

我欲刺股锥刃,悬头屋梁。书临雪彩,牒映萤光。一朝鹏举,万里鸾翔。纵任才辩,游说君王。高车反邑,衣锦还乡。将恐鸟残以羽,兰折由芳。笼餐讵贵,钩饵难尝。是以高巢林薮,深穴池塘。

我欲衔才骛德,入市趋朝。四众瞻仰,三槐附交。标形引势,身达名超。箱盈绮服,厨富甘肴。讽扬弦管,咏美歌谣。将恐尘栖弱草,露宿危条。无过日旦,靡越风朝。是以还伤乐浅,非惟苦遥。

道恭

道恭,苏州法师,贞观中尝以高行召至京师。诗一首。

出赐玄奘衲、袈裟衣应制

福田资象德,圣种理幽薰。不持金作缕,还用彩成文。朱青自掩映,翠绮相氤氲。独有离离叶,恒向稻畦分。

辨才

辨才,唐初人,姓袁氏。居越州永钦寺,智永弟子。诗一首。

设缸面酒款萧翼,探得来字

何延之《兰亭记》云:太宗购右军书,独未得兰亭真迹。初此记在右军七代孙智永所,永传弟子,才凿梁上贮之,保惜甚至。太宗尝敕召之,面问数四,固以亡失对。帝知不可夺,以翼多权谋,令充使诡取。翼改服,称山东书生,携二王杂帖数通赴越州,径造才院。才一见欵密,留宿,设缸面酒。江东缸面,犹河北称瓮头,盖初熟酒也,各探韵赋诗。经旬朔,谈论翰墨,出所携帖示之。才云:"此未佳。"因言藏有《兰亭》于梁上。出视之,翼故疑为响搨,驳辨。留置几案。一日,伺其不在,径取之,乘驿归,上太宗报命。授翼员外郎,仍赐才物三千段,谷三千石。才惊惋,岁余卒。

初酝一缸开,新知万里来。披云同落寞,步月共裴回。夜久孤琴思,风长诱雁哀。非君

有秘术,谁照不然灰。

僧凤

僧凤,姓萧氏。少工文翰,师粲大师为僧。贞观中,召主普集、定水二寺。诗一首。

书遗文后

苦哉黑暗女,乐矣功德天。智者俱不受,愚夫纳二边。我奉能仁教,归依弥勒前。愿阐摩诃衍,成就那罗延。

利涉

利涉,西域婆罗门也,从玄奘三藏入中国。诗一首。

讥韦玎吟以韦字为韵

高僧本传:明皇开元初。秘校韦玎奏释道二教蠹政。欲与定胜负。帝集三教内殿,玎与涉辨理屈,涉复以韦字为韵,揭调土吟云云。帝忆阿韦之事,凛然变色,贬玎象州,以钱绢赍涉造寺。

我之佛法是无为,何故今朝得有为。无韦始得三数载,不知此复是何韦。

道会

道会,姓史氏。犍为武阳人,住益州严远寺。贞观中入京,被诬系狱,放归卒。诗一首。

别三辅诸僧

去住俱为客,分悲损性情。共作无期别,谁能访死生。

中寤

中寤,蜀州僧。诗一首。

赠王仙柯

《诗话总龟》云:仙柯,蜀人,住青城翠围山下,在仪凤中得道仙去,中寤于龙池山遇之,曰:"闻仙名已久,胡为在此?"仙柯曰:"吾等有灵药,止能飞步,今全家隐于后山,更修道法耳。"寤赠以诗。

瞻思不及望仙兄,早晚升霞入太清。手种一株松未老,炉烧九转药新成。心中已得黄庭

术，头上应无白发生。异日却归华表语一作柱，待教凡俗普闻名。

义净一作净义

义净，字文明，范阳人，俗姓张氏，咸亨初，往西域，遍历三十余国，经二十五年，求得梵本四百部，归译之。诗六首。

在西国怀王舍城一三五七九言

游，愁。赤县远，丹思抽。鹫岭寒风驶，龙河激水流。既喜朝闻日复日，不觉颓年秋更秋。已毕耆山本愿城难遇，终望持经振锡住神州。

与无行禅师同游鹫岭，瞻奉既讫，遐眺乡关，无任殷忧，聊述所怀为杂言诗一作慧净诗

观化祇山顶，流睇古王城。万载池犹洁，千年苑尚清。仿佛影坚路，摧残广胁嵁。七宝仙台亡旧迹，四彩天花绝雨声。声华日以远，自恨生何晚。既伤火宅昡中门，还嗟宝渚迷长坂，步陟平郊望，心游七海上。扰扰三界溺邪津，浑浑万品亡真匠，唯有能仁独圆悟，廓尘静浪开玄路。创逢肌命弃身城，更为求人崩意树。持囊毕契戒珠净，被甲要心忍衣固。三祇不倦陵二车，一足忘劳超九数。定潋江清沐久结，智剑霜凝斩新雾。无边大劫无不修，六时憨生遵六度。度有流光功德收。金河示灭归常住，鹤林权唱演功周，圣徒往昔一作圣得佳音传余响。龙宫秘曲海中探，石室真言山处仰。流教在兹辰，传芳代有人。沙河雪岭迷朝径，巨海鸿崖乱夜津。入万死，求一生。投针偶穴非同喻，束马悬车岂等程。不徇今身乐，无祈后代荣。誓舍危躯追胜义，咸希毕契传灯情。劳歌勿复陈，延眺且周巡。东睇女峦留二迹，西驰鹿苑去三轮。北睨舍城池尚在，南睎尊岭穴犹存。五峰秀，百池分。粲粲鲜花明四曜，辉辉道树镜三春。扬锡指山阿，携步上祇陀。既睹如来叠衣石，复观天授迸余峨。伫灵镇梵岳，凝思遍生河。金花逸掌仪前奉，芳盖陵虚

殿后过。旋绕经行砌，目想如神契。回斯少福涧生津，共会龙华舍尘翳。

玄逵律师言离广府，还望桂林，去留怆然，自述赠怀

标心之梵宇，运想入仙洲。婴痼乖同好，沈情阻若抽。叶落乍难聚，情离不可收。何日乘杯至，详观演法流。

余以咸亨元年在西京寻听，于时与并部处一法师、莱州弘祎论师，更有三二诸德同契鹫岭标心觉树，然而一公属母亲之年老，遂怀恋于并州，祎师遇玄瞻于江宁，乃叙情于安养玄逵既到广府，复阻先期，唯与晋州小僧善行同去。神州故友索尔分飞，印度新知冥焉未会。此时踯躅，难以为怀，戏拟四愁，聊题两绝

我行之数万，愁绪百重思。那教六尺影，独步五天陲。

上将可陵师，匹士志难移。如论惜短命，何得满长祇。

西域寺

众美仍罗列，群英已古今。也知生死分，那得不伤心。

道希法师求法西域，终于庵摩罗跋国，后因巡礼希公住房，伤其不幸，聊题一绝

百苦忘劳独进影，四恩在念契流通。如何未尽传灯志，溘然于此遇途穷。

宝月

宝月，开元时与无畏法师译经十余部。诗一首。

行路难

君不见，孤雁关外发，酸嘶度杨越。空城客子心肠断，幽闺思妇气欲绝。凝霜夜下拂罗衣，浮云中断开明月。夜夜遥遥徒相思，年年望望情不歇。取我匣中青铜镜，情人为我一作

君除白发。行路难,行路难,夜闻南城汉使度,使我流泪忆长安。

景云

景云,善草书,与岑参同时。诗三首。

老僧一作郑繁诗

日照西山雪,老僧门始一作未开。冻瓶粘柱础,宿火陷炉灰。童子病归去,鹿麛寒入来。斋钟知渐近一作远,枝鸟下一作上生台。

溪叟

溪翁居处静,溪鸟入门飞。早起钓鱼去,夜深乘月归。露香菰米熟,烟暖荇丝肥。潇洒尘埃外,扁舟一草衣。

画松

画松一似真松树,且待寻思记得无。曾在天台山上见,石桥南畔第三株。

理莹

理莹,与寇坦同时。诗一首。

送戴三征君还谷口旧居

岩穴多遗秀,弓一作公车屡远招。周王尊渭叟,颍客傲唐尧。出处天波洽,关河地势遥。瞻星吴郡夜,作雾华山朝。清论虚重席,闲居挂一瓢。渔歌思坐酌,宸渥宠行轺。春为荷裳

暖,霜因葛履消。层崖悬瀑溜,万壑振清飙。谷鸟犹一作还迁木,场驹正一作会食苗。谢安何日起,台鼎伫君调。

金地藏

金地藏,新罗国王子。至德初,航海居九华山。诗一首。

送童子下山

空门寂寞汝思家,礼别云房下九华。爱向竹栏骑竹马,懒于金地聚金沙。添瓶涧底休招月,烹茗瓯中罢弄花。好去不须频下泪,老僧相伴有烟霞。

怀素

怀素,京兆人,姓范一作钱。从玄奘法师出家。上元三年,诏住西太原寺,寻归西京。以草书名。诗二首。

题张僧繇醉僧图

人人送酒不曾沽,终日松间挂一壶。草圣欲成狂便发,真堪画入醉僧图。

寄衡岳僧

祝融高座对寒峰,云水昭丘几万重。五月衲衣犹近火,起来白鹤冷青松。

全唐诗卷八百九

灵一

灵一,姓吴氏,广陵人,居余杭宜丰寺。禅诵之暇,辄赋诗歌。与朱放、张继、皇甫曾诸人为尘外友。诗一卷。

酬皇甫冉西陵见寄—作西陵渡

西陵潮信满,岛屿没—作入中流。越客依风水,相思南渡头。寒光生极浦,落日—作暮雪映沧洲。何事扬帆去,空惊海—作江上鸥。

溪行即事

近夜山更碧,入林溪转清。不知伏牛事—作路,潭洞何从横。野—作曲岸烟初合,平湖月未生。孤舟屡失道,但听秋泉声。

栖霞山夜坐

山头戒坛路,幽映雪—作云岩侧。四面青石床,一峰苔藓色。松风—作风松静复起,月影开还黑。何独乘夜来,殊非昼—作书,一作画所得。

宿天柱观—作宿灵洞观

石室初—作因投宿,仙翁喜暂—作幸见容。花源隔—作随水见—作远,洞府过山逢。泉涌阶前地,云生户外峰。中宵自入定,非是欲降龙。

酬皇甫冉将赴无锡,于云门寺赠别

湖南通古寺,来往意无涯。欲识云门路,千峰到—作向若耶。春山子敬—作猷宅,古木谢敷家。自可长偕隐,那言—作云,一作堪相去赊。

宜丰新泉

泉源新涌出,洞澈映纤云。稍落芙蓉沼,初淹苔—作碧藓义。素将空意合—作了将空色净,净—作素与众流分。每到—作若对清宵月,泠泠—作然梦里闻。

静林精舍 寺即梁武帝未达时所居。寺中有钟、磬，皆古物，时时有声。在安吉州。精舍一作寺。

　　静林溪路一作精舍远，萧帝有遗踪。水击罗浮磬，山鸣于蒉钟。灯传三世一作际火，树老万一作五株松。无数一作复烟霞色，空闻昔卧龙。

江行寄张舍人

　　客程终日风尘苦，蓬转还家未有期。林色晓分残雪后，角声寒奏落帆时。月高星使东看远，云破霜鸿北一作逢欲度迟。流荡此心难共说，千峰澄霁隔琼枝。

送王颖悟归左绵一本无下三字。一作佐归州。

　　客意天南兴已阑，不堪言别向仙官。梦摇玉珮随旄一作旌节，心到金华忆杏坛。荒郊极望归云尽，瘦马空一作长嘶落日残。想得故山青霭里，泉声入夜独潺潺。

安公

　　弥天称圣哲，象法初綮赖。弘道识行藏，匡时知进退。秦王轻与举，习生重酬对。学文古篆中，义显心经内。法服应华夏，金言流海岱。西方浮云间，更陪龙华会。

林公

　　支公信高逸，久向山林住。时将孙许游，岂以形骸遇。幸辞天子诏，复览名臣疏。西晋尚虚无，南朝久沦误。因谈老庄意，乃尽逍遥趣。谁为竹林贤，风流相比附。

远公

　　远公逢道安，一朝弃儒服。真机久消歇，世教空拘束。誓入罗浮中，遂栖庐山曲。禅经初纂定，佛语新名目。钵帽绝朝宗，簪裾翻拜伏。东林多隐士，为我辞荣禄。

雨后欲寻一作往天目山，问元、骆二公溪路

　　昨夜云生天井一作日东，春山一雨一一作几回风。林花并逐溪流下，欲上龙池一作门通不通。

题僧院

　　虎溪闲月引相过，带雪松枝挂薜萝。无限青山行欲尽，白云深处老僧多。

宿静林寺

　　山寺门前多古松，溪行欲到已闻钟。中宵引领寻高顶，月照云峰凡几重。

再还宜丰寺

　　再寻一作过招隐地，重会息一作宿心期。樵客问归日，山僧记别时。野云阴远甸，秋雨涨前陂一作池。勿谓探形胜一作频未此，吾今不好奇。

春日山斋

　　野径东风起，山扉度日开。晴光拆红萼，流水长青苔。逋客殊未去，芳时已再来。非关恋春草，自是欲装回。

留别忠州故人一作惟审诗

　　一身无定处，万里独销魂。芳草迷归路，春流滴泪痕。几时休旅食，何夜宿江村。欲识相思苦，空山啼暮猿。

送别

　　凭高莫送远，看欲断归心。别恨啼猿苦，相思流水深。翠云南涧影，丹桂晚山阴。若未来双鹄，辽城何更寻。

送冽寺主之京迎禅和尚

　　禅门居此地，瞻望在虚空。水国月未上，苍生如梦中。上人知机士，瓶一作引锡慰樊笼。彼土诸梵众，嗟君扬道风。

送王法师之西川

　　旅游无近远，要自别魂销。官柳乡愁乱，春山客路遥。伴行芳草远一作绿，缘一作随兴野花飘。计日功成后，还将辅圣朝。

送范律师往果州

　　终南千古后，独尔继卿名。离障非今日，

修因是几生。乱峰寒影暮,深涧野流清。远客归心苦,难为此别情。

送明素上人归楚觐省

能将疏懒背时人,不厌孤萍任此身。江上昔年同出处,天涯今日共风尘。平一作小湖旧隐一作径应残雪,芳草归心未隔春。前路倍怜多胜事,到家知庆彩衣新。

项王庙一作栖一诗

缅想咸阳事可嗟,楚歌哀怨思无涯。八千子弟归何处,万里鸿沟属汉家。弓断阵前争日月,血流垓下定龙蛇。拔山力尽乌江水,今日悠悠空浪花。

酬陈明府舟中见赠

长溪通夜静,素舸与人闲。月影沈秋水,风声落暮山。稻花千顷外,莲叶两河间。陶令多真意,相思一解颜。

题东兰若

上人禅室路萦回,万木清阴向日开。寒竹影侵行径石,秋风声一作烟入一作天花香散诵经台。闲云不系从舒卷,狎鸟无机任往来。更惜片阳谈妙理,归时莫待瞑钟催。

送朱放

苦见人间世,思归洞里天。纵令山鸟语,不废野人眠。

归岑山过惟审上人别业一作归岑山留别

禅客无心忆薜萝,自然行径向山多。知君欲问人间事,始与浮云共一过。

于潜道中呈元八处士一本题上有自青山诣四字,道中下有作字

苔水滩行浅,潜州路渐深。参差远岫一作村色,迢递野人心。冻涧冰难释,秋山日易阴。不知天目下,何处是一作访云林。

送殷判官归上都

漾舟云路客,来过夕阳时。向背堪遗恨,逢迎宿未期。水容愁暮急,花影动春迟。别后王孙草,青青入梦思。

赠别皇甫曾

幽人从远岳,过客爱春一作青山。高驾能相送,孤游一作身且未还。紫苔封井石,绿竹掩一作映柴关。若到云峰外,齐心去住间。

送陈允初卜居麻园

欲向麻源隐,能寻谢客踪。空山几千里,幽谷第三重。茅一作岩宇宁须葺,荷衣不待缝。因君见往事,为我谢乔松。

秋题刘逸人林泉

凉飙乱黄叶,迟客橘阴清。萝径封行迹,云门闭野情。零林秋露响,穿竹暮烟轻。莫恋幽栖地,怀安却败名。

自大林与韩明府归郭中精舍

野客同舟楫,相携复一归。孤烟一作云生暮景,远岫带春晖。不道还山是,谁云向郭非。禅门有通隐,喧寂共忘机。

同使君宿大梁驿与清江喜皇甫大夫同宿大梁驿诗小异

旌旗江上出,花外卷帘空。夜色临城月,春寒度水风。虽然行李别,且喜语音同。若问匡庐事,终身愧远公。

题黄公陶翰别业一作处一诗,一作苏广文诗。题云:自商山宿陶令隐居。

闻说花源堪避秦,幽寻数月一作日不逢人。烟霞洞里无鸡犬,风雨林间一作中有鬼神。黄公石上三芝秀,陶令门前五柳春。醉卧白云闲入一作作梦,不知何物是吾身。

哭卫尚书

画戟重门楚水阴,天涯欲暮共伤心。南荆双戟痕犹在,北斗孤魂望已深。莲花幕下悲风起,细柳营边晓月临。有路茫茫向谁问,感君空有泪沾襟。

赠灵澈禅师

禅师来往翠微间,万里千峰到一作见剡山。

何时共到天台里,身与浮云处处闲。

将出宜丰寺留题山房

池上莲荷—作花不自开,山中流水偶然来。若言聚散定由我,未是回时那得回。

妙乐观—作题王乔观传傅道士所居

王乔所居空山观,白云至今凝不散。坛场月路几千年,往往吹笙下天半。瀑布西行过石桥,黄精采根还采苗。忽见一人擎茶碗,簌—作蓼花昨夜风吹满。自言家—作住处在东坡,白犬相随邀我过。松间石上有棋局,能使樵人烂斧柯。

与元居士青山潭饮茶

野泉烟火白云间,坐饮香茶爱此山。岩下维舟不忍去,青溪流水暮潺潺。

送人得荡子归倡妇—作行不归

垂涕凭回信,为语柳园人。情知独难守,又是一阳春。

句

滤泉侵月起,扫径避虫行。《丹铅录》。

全唐诗卷八百十

灵澈

灵澈,字源澄,姓汤氏,会稽人,云门寺律僧也。少从严维学为诗,后至吴兴,与僧皎然游。贞元中,皎然荐之包佶,又荐之李纾,名振辇下。缁流嫉之,造飞语激中贵人,贬徙汀州,会赦归乡。诗一卷,今存十六首。

听莺歌

新莺傍檐晓更悲,孤音清泠啭素枝。口边血出语未尽,岂是怨恨人不知。不食枯桑葚,不衔苦李花。偶然弄枢机,宛转凌烟霞。众雏飞鸣何局促,自觑游蜂啄枯木。玄猿何事朝夜啼,白鹭长在汀洲宿。黑雕黄鹤岂不高,金笼玉钩伤羽毛。三江七泽去不得,风烟日暮生波涛。飞去来,莫上高城头,莫下空园里。城头鸱鸟拾膻腥,空园燕雀争泥滓。愿当结舌含白云,五月六月一声不可闻。

归湖南作

山边水边待月明,暂向人间借路行。如今还向山边去,只有湖水无行路。

初到汀州

初放到沧洲,前心讵解愁。旧交容不拜,临老学梳头。禅室白云去,故山明月秋。几年犹在此,北户水南流。

九日和于使君思上京亲故

清晨有高会,宾从出东方。楚俗风烟古,汀洲草木凉。山情来远思,菊意在重阳。心忆华池上,从容鸳鹭行。

送道虔上人游方

律仪通外学,诗思入玄关。烟景随缘到,风姿与道闲。贯花留净室,咒水度空山。谁识浮云意,悠悠天地间。

送鉴供奉归蜀宁亲

林间出定恋庭闱,圣主恩深暂许归。双树欲辞金锡冷,四花犹向玉阶飞。梁山拂汉分清境,蜀雪和烟惹翠微。此去不须求彩服,紫衣全胜老莱衣。

天姥岑望天台山

天台众峰外,华顶当寒空。有时半不见,崔嵬在云中。

远公墓

古墓石棱棱,寒云晚景凝。空悲虎溪月,不见雁门僧。

宿东林寺 一作云门雪夜

天寒猛虎叫岩雪 一作穴,林 一作松下无人空有月。千年像教今不闻,焚香独为鬼神说。

简寂观

古松古柏岩壁间,猿攀鹤巢古枝折。五月有霜六月寒,时见山翁来取雪。

元日观郭将军早朝

欲曙九衢人更多,千条香烛照星河。今朝始见金吾贵,车马纵横避玉珂。

东林寺酬韦丹刺史

韦丹帅洪州时,灵澈居庐山。丹与为忘形之契,篇什倡和,月居四五。丹寄一诗,寓思归之意,澈答此诗。

年老心闲无外事,麻衣草座亦容身。相逢尽道休官好,林下何曾见一人。

东林寺寄包侍御

古殿清阴山木春,池边跂石一观身。谁能来此焚香坐,共作垆峰二十人。

西林寄杨公

日日爱山归已迟,闲闲空度少年时。余身定寄林中老,心与长松片石期。

答徐广叔四问

童子出家无第行,随师乞食遣称名。长沙岂敢论年几,绛老惟知甲子生。

闻李处士亡

时时闻说故人死,日日自悲随老身。白发不生应不得,青山长在属何人。

句

松树有死枝,冢上唯莓苔。石门无人入,古木花不开。《道边古坟》。

绿竹岁寒在,故人衰老多。《答范校书》。

月色静中见,泉声深处闻。《石帆山》。

古观茅山下,诸峰欲曙时。真人是黄子,玉堂生紫芝。《题李尊师堂》。

禅门至六祖,衣钵无人得。《题曹溪能大师奖山居》。

古墓碑表折,荒垄松柏稀。《伤古墓》。

秋深知气正,家近觉山寒。《登梨岭望越中》。

山僧不记重阳日,因见茱萸忆去年。《九日》。

今非古狱下,莫向斗边看。《宿延平怀古》。

海月生残夜,江春入暮年。

窗风枯砚水,山雨慢琴弦。见《雪浪斋日记》。

大易

大易,公安沙门。诗二首。

湘夫人祠 第三句缺一字

灵祠古木合,波扬大江渍。未□湘南雨,知为何处云。苔痕涩珠履,草色妒罗裙。妙鼓彤云瑟,羁臣不可闻。

赠司空拾遗

侍臣何事辞云陛,江上微云 一作吟见雪花。望阁 一作阙未承丹凤诏,掩 一作开门空对楚 一作野人家。陈琳草奏才还在,王粲登楼兴未赊。高馆更容尘外客,仍令归路待一作奉瑶华。

法照

法照,大历、贞元间僧。诗三首。

寄钱郎中

闭门深树里,闲足鸟来一作为经过。五一作驷马不复贵,一僧谁奈何。药一作稻苗家自有,香饭乞时多。寄语婵娟客,将心向薜萝。

送清江上人

越人僧体古,清虑洗尘劳。一国诗名远,多生律行高。见山援葛藟,避世著方袍。早晚云门去,依应逐尔曹。僧伽阁衣为方袍。

送无著禅师归新罗

万里归乡路,随缘不算程。寻山百衲弊,过海一杯轻。夜宿依云色,晨斋就水声。何年持贝叶,却到汉家城。

释泚

释泚,大历时人。诗二首。

游元象泊

空水潮色净,澹然湖上心。舳舻轻且进,汀洲如可寻。秋风泂溯险,落日波涛深。寂寞武陵去,中流方至今。

北原别业

野外车骑绝,古村桑柘阴。流莺出谷静,春草闭门深。学稼农为业,忘情道作心。因知上皇日,凿井在灵一作开松竹林。

庞蕴

庞蕴,字道玄,衡州衡阳县人。贞元初,谒石头迁有省。迁问曰:"子以缁耶,素耶?"蕴曰:"愿从所慕。"遂不剃染,世号庞居士。诗七首。

杂诗

未识龙宫莫说珠,识珠言说与君殊。空拳只是婴儿信,岂得将来诳老夫。

万法从心起,心生万法生。法生同日了,来去在虚行。寄语修道人,空生慎勿生。如能达此理,不动出深坑。

极目观前境,寂寞无一人。回头看后底,影亦不随身。

神识苟能无挂碍,廓周法界等虚空。不假坐禅持戒律,超然解脱岂劳功。

日用事无别,惟吾自偶偕。头头非取舍,处处勿张乖。朱紫谁为号,青山绝点埃。神通并妙用,运水及搬柴。

十方同聚会,个个学无为。此是选佛场,心空及第归。

焰水无鱼下底钩,觅鱼无处笑君愁。可怜谷隐老禅伯,被唾如何见亦羞。

全唐诗卷八百十一

护国

护国,江南人。工词翰,有声大历间。诗十二首。

归山作

喧静各有路,偶随心所安。纵然在—作好朝市,终不忘林峦。四皓将拂衣,二疏能挂冠。窗前隐逸传,每日三时—作时三看。靳尚那可论,屈原亦可叹。至今黄泉下,名及青云端。松牖见初月,花间礼古坛。何处论心怀,世上空漫漫。

题醴陵玉仙观歌—作灵—诗。—作题王乔观傅道士所得

王乔一去空仙观,白云至今凝不散。星—作苔垣松殿几千秋,—作坛场月露几千年往往笙歌下天半。瀑布西行过石桥,黄精采根还采苗。路逢—作忽见一人擎药—作茶碗,松—作萝花夜雨风吹满。自言家住—作住处在东坡,白犬相随邀我过。南山—作松间石上有棋局,曾—作能使樵夫—作人烂斧柯。

访云母山僧

森然古岩里—作碧,—作下,净行一番—作高僧。松下滤寒水,佛前挑—作烧夜灯。莲花国土异,贝叶梵书能。想到空王境—作所,无心问—作恋爱憎。

题王班水亭

湖上见秋色,旷然如尔怀。岂惟欢陇亩,兼亦外形骸。待月归山寺,弹琴坐暝斋。布衣闲自贵,何用谒天阶。

山中寄王员外

为问幽兰桂,空山复若何。芬芳终有分,采折更谁过。望在轩阶近,恩沾雨露多。移居傥得地,长愿接琼柯。

许州郑使君孩子 一作法振诗

毛骨贵天生,肌肤片玉明。见人空解笑,弄物不知名。国器嗟犹小,门风望益清。抱来芳树下,时引凤雏声。

怆故人旧居

惆怅至日暮,寒鸦啼—作青树林。破阶苔色厚,残壁雨痕深。命与时不遇,福为祸所侵。空余行—作竹径在,令我叹人吟。

逢灵道士

浮丘山上见黄冠,松柏森森登古坛。一茎青竹以为杖,数颗仙桃仍未餐。长安市里仍卖卜,武陵溪畔每烧丹。缩地往来无定所,花源到处路漫漫。

别盛安

情人取次几淹留,别后南州与北州。月色为怜今夜客,砧声那似去年秋。欲除豺虎论三略,莫对云山咏四愁。亲故相逢且借问,古来无种是王侯。

伤蔡处士

箧中遗草是琅玕,对此空令洒泪看。三径尚余行迹在,数萤犹是映书残。晨光不借泉门晓,暝色唯添陇树寒。欲问皇天天更远,有才无命说应难。

临川道中

出谷入谷路回转,秋风已至归期晚。举头何处望来踪,万仞千山鸟飞远。

赠张驸马斑竹柱杖

此君与我在云溪,劲节奇文胜杖藜。为有岁寒堪赠远,玉阶行处愿提携。

法振 一作震,一作贞

法振,大历、贞元间以诗名。诗十六首。

病愈寄友

哀乐暗成疾,卧中芳月移。西山有清士,孤啸不可追。捣药昼林静,汲泉阴涧迟。微踪与麋鹿,远谢求羊知。

程评事西园之作

谁向春莺道,名园已共知。檐前回水影,城上出花枝。摇拂烟云动,登临翰墨随。相招能不厌,山舍为君移。

陈九溪中草堂

溪草落溅溅,鱼飞入稻田。早寒临洞月,轻素卷帘烟。颁帻题新句,褰衣象古贤。曙花闲秀色,三十六峰前。

题天长阮少府湖上客归

孤棹移官舍,新农寄楚田。晴林渡海日,春草长湖烟。卧对闲鸥戏,谈经稚子贤。佳期更何许,应向啸台前。

题万山许炼师

道成人不识,流水响深山。花暗轩窗外,云随坐卧间。验图名已久,绝粒事长闲。更欲昆仑去,羞看绛节还。

河源破贼后赠袁将军

白羽三千驻,萧萧万里行。出关深汉垒,带月破蕃营。蔓草河原色,悲笳碎叶声。欲朝王母殿,前路驻高旌。

越中赠程先生

纱帽度残春,虚舟寄一身。溪边逢越女,花里问秦人。古塞连山静,阴霞落海新。有时城郭去,暗与酒家亲。

送常大夫赴朔方

关山今不掩,军候鸟先知。大汉嫖姚入,乌孙部曲随。高旌天外驻,寒角月中吹。归到长安第,花应再满枝。

送人游闽越

不须行借问,为尔话闽中。海岛阴晴日,江帆来去风。道游玄度宅,身寄朗陵公。此别何伤远,如今关塞通。

送褚先生海上寻封炼师

潮落风初定,天吴避客舟。近承三殿旨,欲向五湖游。不厌乌皮几,新缝鹤氅裘。明珠漂断岸,阴火映中流。华盖芝童引,神丹桂女收。悬知居缥缈,因为识浮丘。

送韩侍御自使幕巡海北

微雨空山夜洗兵,绣衣朝拂海云清。幕中运策心应苦,马上吟诗卷已成。离亭不惜花源醉,古道犹看蔓草生。因说元戎能破敌,高歌一曲陇关情。

张舍人南溪别业

新田绕屋半春耕,藜杖闲门引客行。山翠自成微雨色,溪花不隐乱泉声。渔家远到堪留兴,公府悬知欲厌名。入夜更宜明月满,双童唤出解吹笙。

别卢使君归故栅村

归风白马引嘶声,落日犹看楚客情。塞口竹缘空戍没,潮头沙拥慢冈成。松田且欲亲耕种,郡守何偏问姓名。东道宿程投故栅,依依渔父解相迎。

丹阳浦送客之海上

不到终南向几秋,移居更欲近沧洲。风吹雨色连村暗,潮拥菱花出岸浮。漠漠望中春自艳,寥寥泊处夜堪愁。如君岂得空高枕,只益天书遣远求。

月夜泛舟

西塞长云尽,南湖片月斜。漾舟人不见,卧入武陵花。

送友人之上都

玉帛征贤楚客稀,猿啼相送武陵归。湖头望入桃花去,一片春帆带雨飞。

句

画鼓催来锦臂襄,小娥双起整霓裳。《柘枝》,见《韵语阳秋》。

全唐诗卷八百十二

清江

清江,会稽人,善篇章。大历、贞元间,与清昼齐名,称为会稽二清。诗一卷。

早发陕州途中赠严秘书

此身虽不系,忧道亦劳生。万里江湖梦,千山雨雪行。人家依旧垒,关路闭层城。未尽一作绝交河房,犹屯细柳兵一作营。艰难嗟远客一作道,栖托赖深情。贫病一作苦吾将一作何有,精修许一作谢少卿。

早春书情寄河南崔少府

春一作日日春一作东风至,阳和似不均。病身一作安空益老,愁一作衰鬓不知春。宇宙成遗物,光阴促幻身。客游伤末路,心事向行一作何人。道薄犹怀土一作玉,时难欲厌贫。微才如可寄,赤县有乡亲。

春游司直城西鹧鸪溪别业

别墅军城下,闲喧未可齐。春深花蝶梦,晓隔柳烟鞞。韶景浮寒水,疏杨映绿堤。沿洄看竹色,来往听莺啼。久慢持生术,多亲种药畦。家贫知素行,心苦见清溪。越客初投分,南枝得寄凄。禅机空寂寞,雅趣赖招携。本寺重江外,游方二室西。裴回恋知己,日夕草萋萋。

夕次襄邑

何处戒一作成吾道,经年远路中。客心犹向北,河水自归东。古戍鸣寒角,疏林振夕风。轻舟惟载一作有月,那与故人同。

宿严维宅简章八元一作宿严秘书宅

佳期曾不远,甲第即南邻。惠爱偏相及,经过岂厌频一作贫。秋寒林一作光寒叶动,夕霁一作露月华新。莫话羁栖事,平原是主人。

赠淮西贾兵马使

破房攻成百战场,天书新拜汉中郎。映门旌旆春风起,对客弦歌白日长。阶下斗鸡花乍发—作折,营南试马柳初黄。由来吴楚—作楚蜀多同调,感激逢君共异乡。

送坚上人归杭州天竺寺

十年劳负笈,经论化中朝。流水知乡近,和风惜别遥。云山零夜雨,花岸上春潮。归卧南天竺,禅心更寂寥。

送赞律师归嵩山—作无可诗

禅意—作客归心急—作山意,山深定易安。清贫修道苦,孝友别家难。雪路侵溪转,花宫映岳看。到时瞻塔暮,松月向人寒。

上都酬章十八兄

每叹经年别,人生有几年。关河长问道,风雨独随缘。寓蝶成庄梦,怀人识祢贤。徽猷不及此,空愧白华篇。

登楼望月寄凤翔李少尹

陌上凉风槐叶凋,夕阳秋露湿寒条。登楼望月楚山上,月到楼南山独遥。心送秦人趋凤阙,月随阳雁极烟霄。轩车不重无名客,此地谁能访寂寥。

湘川怀古

潇湘连汨罗,复对九嶷—作疑河。浪势屈原冢,竹声渔父歌。地荒征骑少,天暖浴禽多。脉脉东流水—作去,古今同奈何。

七夕

七夕景迢迢,相逢只一宵。月为开帐烛,云作渡河桥。映水金—作花冠动,当风玉佩摇。惟—作预愁更漏促,离别在明朝。

长安卧病—作病起

身世足堪悲,空房卧病—作疾时。卷帘花—作槐雨滴,扫石竹阴移。已觉生如梦,堪嗟—作那堪寿不知。未能通法性,讵可免—作见支离。

送婆罗门—作可止诗

雪岭金河独向东,吴山楚泽意无穷。如今白首乡心尽,万里归程在梦中。

喜皇甫大夫同宿大梁驿 与灵一同使君宿大梁驿诗只差数字

江头旌旆去,花外卷帘空。夜色临城月,春声渡水风。也知行李别,暂喜话言同。若问庐山事,终身愧远公。

酬姚补阙南仲云溪馆中戏题随书见寄

寺溪临使府,风景借仁祠。补衮周官贵,能名汉主慈。卧云知独处,望月忆同时。忽枉缄中赠,琼瑶满手持。

喜严侍御蜀还赠严秘书

往年分首—作手出咸秦,木落花开秋又春。江客不曾知蜀路,旅魂何处访情人。当时望月思文友,今日迎骢见近臣。多羡二龙同汉代,绣衣芸阁共荣亲。

送韦—作车参军江陵—作戴叔伦诗

槐花落尽柳阴清,萧索凉天楚客情。海上旧山无的信,东门—作汴东归路不堪行。身随幻境劳多事,迹学禅心厌有名。公子道存知不弃,欲依刘表住南荆。

月夜有怀黄端公兼简朱孙二判官

月照疏林惊鹊飞,羁人此夜共无依。青门旅寓身空老,白首头陀力渐微。屡向曲池陪逸少,几回戎幕接玄晖。四科弟子称文学,五马诸侯是绣衣。江雁往来曾不定,野云摇曳本无机。修行未尽身将尽,欲向东山掩旧扉。

精舍遇雨—作可止诗

空门寂寂淡吾身,溪雨微微洗客尘。卧向白云情未尽,任他黄鸟醉芳春。

小雪—作可止诗

落—作江,一作花雪临—作随风不厌看,更多还恐蔽—作失林峦。愁人正在书窗下,一片飞来一片寒。

句

　　万木无一叶,客心悲此时。《秋日晚泊》,见《吟窗杂录》。

全唐诗卷八百十三

无可

无可,范阳人,姓贾氏,岛从弟。居天仙寺,诗名亦与岛齐。集一卷,今编为二卷。

送吕郎中赴沧—作海州

出守沧州去,西风送斾旌。路遥经—作过几郡,地尽到孤城。拜庙千山绿,登—作开楼遍海清—作晴。何人共东望,日—作月向积涛生。

书马如文石门居

别业逸高情,暮泉喧客亭。林回天阙近,雨过石门青。野果谁来拾,山禽独卧听。要迎文会友,时复扫柴扃。

送章正字秩满东归

朝衣登别席,春色满秦关。芸阁吏谁替,海门身又还。寻僧流水僻,见月远林闲。虽是忘机者,难齐去住间。

赋得望远山送客归

遥山寒雨过,正向暮天横。隐隐凌云出—作去,苍苍与—作共水平。何时凝厚地,几处映—作向孤城。归客秋风里,回看伤别情。

送宜春裴宰—作明府是将军旻之孙

垂白方为县,徒—作从知大父雄。山春南去棹,楚夜北飞鸿。叠嶂和云灭,孤城与岭通。谁知持惠化,一境动清—作秋风。

送朴山人归日本

海霁—作际晚帆开,应无乡信催。水从荒外积,人指日边回。望国乘风久,浮天绝岛来。倘因华夏使—作下梦,书札转悠哉。

送姚宰任吉州安福县—作送王明府之任安福

落絮满衣裳,携琴问酒—作水乡。挂帆南入楚,到县半浮湘。吏散翠禽下,庭闲斑竹长。人安宜—作知远泛,沙上蕙兰香—作芳。

适李少府之任临邛

邛南方作尉,调补一何卑。发论唯公干,承家乃帝枝。山长风衰栈,江荫石和溅。旧井王孙宅,还一作过寻独有期。

游一作庐山寺

千峰路盘一作盘磴尽,林寺昔何一作年名。步步入山影,房房闻水声。多年人迹断一作绝,残照一作日,一作月石阴一作冰清。自一作便可求居止,安闲过此生。

酬姚员外见过林下

扫苔迎五马,莳一作蔬药过申钟。鹤共林僧见,云随野客逢。入楼山隔水,滴笳露垂松。日暮题诗去,空知雅调重一作浓。

寄华州马戴一作秋中闻马戴游华山因寄

三峰待秋上,鸟外挂衣巾。犹一作独见无穷景,应非暂往一作住身。水寒仙掌路,山远一作静,一作云住华阳人。欲问坛边月,寻思阙复新。

秋夜寄青龙一作龙池寺空贞一作真空二上人

夜来思道侣,木叶向人飘。精舍池边古,秋山树一作月下遥。磬寒一作声彻几里,云白已经宵。未得同居止一作居名世,萧一作翛然自寂寥。

过杏一作石溪寺寄姚员外

门径众峰头,盘岩复转沟。云僧随树老,杏水落江流。峡狭有时到,秦人今日游。谢公多晚眺,此景一作境在南楼。

送僧归中条一作送觉法师往中条旧隐

夜叶动飘飘,寒来话数宵。卷经归鸟一作物外,转雪过一作下山椒。旧长一作坐松杉大,难行水石遥。元戎宗内学,应就白云招。

送人罢举东游

东堂今已负,况此远行难。兼雨风声过,连天草色干。鸿嘶荒垒闭,兵烧广川寒。若向龙门宿,悬知拭泪看。

金州冬月陪太守游池一作林下对雪,送僧归草堂寺

残腊雪纷纷,林间起送君。苦吟行迥野,投迹向寒云。绝顶晴多去,幽一作遥泉冻不一作未闻。唯应草堂寺,高枕脱人群。

寄青龙寺原一作源上人一作冬日寄僧友

敛屦一作履入寒竹,安禅过漏声。高杉残子一作叶落,深井冻痕生。罢磬风枝动,悬灯雪屋明。何当招我宿一作友,乘月上方行。

秋寄从兄贾岛一作秋夜宿西林寄贾岛

瞑一作暗虫喧一作分暮色,默思坐一作坐思西林。听雨寒更彻一作尽,开门落叶深。昔因京邑病,并起洞庭心。亦是吾兄事一作弟,迟回共一作直至今。

新年

燃灯朝复夕,渐作长年身。紫一作白阁未归日,青门又见一作直春。掩关寒过尽,开一作出定草生新。自有林中趣,谁惊岁去一作月频。

复日送崔秀才游南

南方山水地,念子为贫游。纵是一作便逢佳景一作境,那能缓一作免旅愁。夕阳行远道,烦暑在孤舟。莫向巴江一作山过,猿啼促一作麽,一作感泪流。

晚秋酬姚合一作侍御见寄

新命起高眠,江湖空浩然。木衰犹有菊,燕去即无蝉。分察千官内,孤怀远岳边。萧条人外寺,暌阻又一作复经年。

暮秋宿友人居

招我郊居宿,开门但苦吟。秋眠山烧尽,暮歇竹园深。寒浦鸿相叫,风窗月欲沉。翻嫌坐禅石,不在此松阴。

送李骑曹之武宁一作送咸武李骑曹之灵武宁省

一岁一归宁,凉天数骑行。河来当塞曲一作尽,一作断,山远与沙平。纵猎旗风卷,听笳帐月生。新鸿引寒色,回日满一作落京城。

秋日寄厉玄先辈

杨柳起秋色,故人犹未还。别离俱一作何自苦一作老,少壮岂能闲。夜雨吟残烛,秋城忆远山。何当一一作同相见,语默此林间。

冬晚与诸文士会太仆田卿宅

从容一作客启华馆,馔玉复烧兰。是岁兹旬尽,良一作青宵几刻一作客残。风一作灯回松竹动,人息斗牛寒。此一作别后思良一作吟集,须一作先期月再圆。

赠诗僧

寒山对水塘一作廊,竹叶影侵堂。洗药冰生岸,开门月满床。病多身又老,枕倦夜兼长。来谒吾曹者,呈诗问否臧。

寒夜过睿川师院

长生推献寿,法坐四朝登。问难无强敌,声名掩古僧。绝尘苔积地,栖竹鸟惊灯。语默俱忘寐,残窗半月棱。

送颢法师往太原讲兼呈一作谒李司徒一作空

近腊辞精舍,并州谒尚一作上公。路长山忽尽,寒广雪无穷。讲席开晴旦,禅衣涉远风。闻经诸弟子,应满此一作北门中。

冬日诸禅自商山礼正师真塔一作喜绪法师往岐阳礼塔回见访

久思今忽一作欲来,双屦污一作滑青苔。拂一作扫雪从山一作云起,过房礼塔回。偈一作句留闲夜作,禅请暂时开。欲作孤云去,赋诗一作此时余不才。

题青龙寺纵公房

从谁得一作传法印,不离上方传。夕磬城霜下,寒房一作窗竹月圆。烟一作灯残衰木畔一作落,客住一作往积一作碛云边。未隐沧洲去,时来于此禅。

赠圭峰禅师一作寄圭峰宗密师

绝壑禅床底,泉分落石层。雾交高一作露浇齐顶草,云一作雪隐下方灯。朝满倾心客,溪连一作通学道僧。半旬持一作时一食,此事一作行有谁能。

陪姚合游金州南池一作金州夏晚陪姚合员外游南池

柳暗清波涨,冲萍复漱苔。张筵一作帆白鸟起一作下,扫岸使君来。洲岛秋应没,荷花晚一作晓尽开。高城吹角绝一作罢,驺驭尚裴回。

金州别姚合

日日西亭一作台上,春留到夏残。言之离别易,勉以道途难。山出一千里,溪一作江行三百滩。松间楼里月一作月里,秋入五陵看一作寒。

夏日送田中丞赴蔡州

出守汝一作海南城,应多恋阙情。地遥人久望,风起旆初行。楚庙繁蝉断,淮田细雨生。赏心知有处,蒋宅古津一作松平。

菊

东篱摇落后,密艳被寒催。夹雨惊新拆,经霜忽尽开。野香盈客袖,禁蕊泛天杯。不共春兰并,悠扬远蝶来。

松

枝干怪鳞皴,烟梢出涧新。屈盘高极目,苍翠远惊人。待鹤移阴一作阴移过,听风落子一作子落频。青青寒木外,自与九霄邻。

兰

兰色结春光,氤氲掩众芳。过门阶露一作覆叶,寻泽径连香。晼静风吹乱,亭秋雨引长。灵均曾采一作寒撷,纫珮挂荷裳。

陨叶

绕巷夹一作隔溪红,萧条逐北风。别林遗宿鸟,浮水载鸣虫。石小埋初尽,枝长落未终。带霜书丽什,闲读白云中。

李常侍书堂

结构因坟籍,檐前竹未生。涂油一作铅窗日早,阅絷幌风轻。息架蚕惊客,垂灯雨过城。已应穷古史,师律孰齐名。

寄和蔡州田郎中一作寄和蔡州中丞题蒋亭

遗迹仍一作路惟留蔡,幽人出汉一作濮朝。门深荒径在,台迥数峰遥。岸石攲相倚一作对,窗松偃未凋。寻思方一去,岂待使君招。

经贞女祠

朝赛暮还祈,开唐复历隋。精诚山雨至,岁月庙松衰。窥穴龙潭黑,过门鸟道危。不同巫峡女,来往楚王祠。

行汉一作竹溪水晚次神滩阻风

惊风山半起,舟子忽停桡。岸荻吹先乱,滩声一作波落更跳。听松今欲暮,过岛或一作忽明朝。若尽平生趣,东浮看石桥。

送田中丞使西戎同用旗字

朝元下赤墀,玉节使西夷。关陇风一作烽回首,河湟雪洒旗。碛砂行几月,戎帐到何时,应尽平生志,高全大国仪。

送董正字归觐毗陵

暂辞雠校去,未发见新鸿。路入江波上,人归楚邑东。山遥晴出树,野极暮连空。何以念兄弟,应思洁膳同。

送邵锡及第归湖州

春关鸟罢啼一作啼罢,归庆浙烟西。郡守招一作邀延重,乡人慕仰一作美齐。橘青逃一作陶暑寺,茶长一作绿隔湖溪。乘暇知高眺,微应辨会稽。

送薛重中丞充太原副使

中司出华省一作中书华省外,副相晋阳行。书答偏州启,筹参上将营。踏沙夜一作寒马细,吹一作收雨晓笳清。正报胡尘灭,桃花汾水生。

送灵武李侍御

灵州天一涯,幕客似还家。地得江南壤,程分碛里砂。禁盐调上味一作盐调土味贡,麦穗结秋花。前席因筹画,清吟塞日斜。

冬夜姚侍御宅送李廓少府

王事圭峰下,将还禁漏余。偶欢新岁近,惜别后期疏。雪罢见来吏,川昏聊整车。独吟多暇日,应寄柏台书。

送喻凫及第归阳羡

姓字载科名,无过子最荣。宗中初及第,江上觌难兄。月向波涛没,茶连洞壑生。石桥高思在,且为看东坑。

送沅江宋明府即开府璟之孙

初闻从事日,鄂渚动芳菲。一遂钧衡荐,今为长吏归。人临沅水望,雁映楚山飞。唯有传声政,家风重发挥一作辉。

送薛秀才游河中兼投任郎中留后

诗古一作苦赋纵横,令人畏后生。驾言游禹迹,知己在蒲城。日一作月射云烟一作凝散,风吹草木一作未荣。孤吟临寇境,莫问一作欲请长缨。

寄姚谏议

鸣鞭静路尘,籍藉一作寂寞谏垣臣。函疏辞专一作封还密,炉香立独亲。箧多临水作,窗宿卧云人。危坐开寒纸,灯前起草频。

大理正任二十和江淹拟古诗二十章寄示

不啻回青眼,应疑似碧云。古风真往哲,雅道滥朝闻。活狱威豪右,销时赖典坟。如何经济意,未克致吾君。

寄殿院薛侍御

名高意本一作转闲,浮俗自一作墙仞日难攀。佐蜀连钱出,朝天獬豸还。回翔历清院,弹奏迥离班。休浣通玄旨,留僧昼掩关。一作僧到休挥翰,开轩复解颜。

禅林寺

台山朝佛陇,胜地绝埃氛。冷色石桥月,素光华顶云。远泉和雪溜,幽磬带松闻。终断游方念,炉香继此焚。

全唐诗卷八百十四

无可

奉和裴舍人春日杜城旧事

早晚辞纶绋,观农下杜西。草新池似镜,麦暖土如泥。鹎鷺依川宿—作息,骅骝向野嘶。春来诗更苦,松韵亦含凄。

酬厉侍御秋中思归树石所居见寄

三峰居接近,数里蹑云行。深去通仙境,思归厌宦名。月从高掌出,泉向乱松鸣。坐石眠霞侣,秋来短褐成。

奉和段著作山居呈诸同志三首次本韵

香花怀道侣,巾舄立双童。解印鸳鸿内,抽毫水石中。履温行烧地,衣赤动霞风。又似朝天去,诸僧不可同。

官辞中秘府,疏放野麋齐。偃仰青霄近,登临白日低。折腰窥乳窦,定足涉冰溪。染翰挥岚翠,僧名几处题。

暂收丹陛迹,独往乱山居。入雪知人远,眠云觉俗虚。足垂岩顶石,缨濯洞中渠。只见僧酬答,新归绝壑书。

春日送丽处士归龙山

爱弟直霜台,家山羡独回。出门时返顾,何日更西来。柳亦临关发,花应到越开。渔舟谁伴上,依旧恣沿洄。

寄兴善寺崔律师

沐浴前朝像,深秋白发师。从来居此寺,未—作应省有东池。幽石丛圭片,孤松动雪枝。顷曾听道话,别起远山思。

送清散—作物游太白山

卷经归太白,蹑藓别萝龛。若履浮云上,须看积翠南。倚身松入汉,瞑目月离潭。此境堪长往,尘中事可谙。

冬晚姚谏议宅会送元绪上人归南山

禅客诗家见,凝寒忽告—作过还。分题回谏笔,留偈在商关。盘径缘高雪,闲—作开房在半山。自知麋鹿性,亦欲离人间。

送契公自桂阳赴南海

南行登岭首,与俗洗烦埃。磬罢孤舟发,禅移积瘴开。中餐湘鸟下,朝讲海人来。莫便将经卷,炎方去不回。

冬中—作日与诸公会宿姚端公宅,怀永乐殷侍御

柱史静开筵,所思何地偏。故人为县吏,五老远峰前。宾榻寒侵树—作烧,公庭夜落泉。会当随假务,一就白云禅。

同刘秀才宿见赠

浮云流水心,只是爱山林。共恨多年别,相逢一夜吟。既能持苦节,勿谓少知音。忆就西池宿,月圆松竹深。

官池上

迥疏城阙内,寒泻出云波。岸广山鱼到,汀闲海鹭过。泛沟侵道急,流叶入宫多。移舸浮中沚,清宵彻晓河。

中秋—本有玩字月

蟾宜天地静,三五对阶蓂。照耀超诸夜,光芒掩众星。影寒池更澈,露冷树销—作梢青。枉值中秋半—作夜,长乖宿洞庭。

雪

松亚竹珊珊,心知万井欢。山明迷旧径,溪满涨新澜。客醉瑶台曙,兵防玉塞寒。红楼知有酒,谁肯学袁安。

宿西岳白石院

白石上嵌空,寒云西复东。瀑流悬住处,雏鹤失禅中。岳壁松多古,坛基雪不通。未能亲近去,拥褐愧相同。

送僧

四海无拘系,行心兴自浓。百年三事衲,万里一枝筇。夜减当晴影,春消过雪踪。白云深处去,知宿在何峰。

送赞律师归嵩山—作清江诗

禅意归心急,山深定易安。清贫修道苦,孝友别家难。雪路寻溪转,花宫映岳看。到时孤塔暮,松月向人寒。

春晚喜悟禅师自琉璃上方见过

琉璃师到城,谈性外诸经。下岭雪霜在,近人林木清。苔痕深草履,瀑布滴铜瓶。乐问山中事,宵言彻晓星。

秋暮与诸文士集宿姚端公所居

宵清月复圆,共集侍臣筵。独寡区中学,空论树下禅。风多秋晚竹,云尽夜深天。此会东西去,堪愁又隔年。

客中闻从兄岛游蒲绛因寄

遥遥行李心,苍野入寒深。吟待黄河雪,眠听绛郡砧。差期逢缺月,访信出空林。何处孤灯下,只闻嘹唳禽。

送李长吉之任东井

江盘栈转虚,候吏拜行车。家世维城后,官资宰邑初。市饶黄犊卖,田蹋白云锄。万里千山路,何因欲寄书。

宿安国简公院—作安国寺静居法师故院

雨后清凉境,因还—作过欲不回。井甘桐有露,竹迸地多苔。幡映宫墙动,香从御苑—作殿来。青龙旧经疏,德山著青龙疏钞。寥落有谁开。

京口别崔固

积雨晴时近,西风叶满泉。相逢嵩岳客,共听楚城蝉。宿馆横秋岛,归帆张远田。别君还寂寞,不似剡中年。

中秋夜陇州徐常侍座中咏月

陇城秋月满,太守待停歌。与鹤来松杪,

开烟出海波。气笼星欲尽,光满露初多。若遣山僧说,高明不可过。

中秋江驿示韦益

莫惜三更坐,难销万里情。同看一片月,俱在广州城。泪逐金波满,魂随夜鹊惊。支颐乡思断,无语到鸡鸣。

中秋台看月

海雨洗烟埃,月从空碧来。水光笼草树,练影挂楼台。皓耀迷鲸口,晶荧失蚌胎。宵分凭栏望,应合见蓬莱。

中秋夜南楼寄友人

海月出白浪,湖光射高楼。朗吟无绿酒,贱价买清秋。气冷鱼龙寂,轮高星汉幽。他乡此夜客,对酌经多愁。

吊从兄岛

尽日叹沉沦,孤高碣石人。诗名从盖代,谪宦竟终身。蜀集重编否,巴仪薄葬新。青门临旧卷,欲见永无因。

题崔驸马林亭

宫花野药半相和,藤蔓参差惜不科。纤草连门留径细,高楼出树见山多。洞中避暑青苔满,池上吟诗白鸟过。更买太湖千片石,叠成云顶绿嵯峨。

送韩校书赴江西

车马东门别,扬帆过楚津。花繁期到幕,雪在已离秦。吟落江沙月,行飞驿骑尘。猿声孤岛雨,草色五湖春。折苇鸣风岸,遥烟起暮蘋。鄱江连郡府,高兴寄何人。

送姚中丞赴陕州

二陕周分地,恩除左掖臣。门阑开幕重,枪甲下天新。夹道行霜骑,迎风满草人。河流银汉水,城赛铁牛神。意气思高谢,依违许上陈。何妨向红旆,自与白云亲。

送李使君赴琼州兼五州招讨使

分竹雄兼使,南方到海行。临门双旆引,隔岭五州迎。猿鹤同枝宿,兰蕉夹道生。云垂前骑失,山豁去帆轻。雨雾一作霜蒸秋岸,浪一作潮涛震夜城。政闲开迥阁,欹枕岛风清。

送姚明府赴招义县

濠梁古县城,结束赴王程。道路携家去,波涛隔月行。车临芳草下,吏踏落花迎。暮郭山遥见一作在,春洲鸟不惊。风烟谯国远,桑柘楚田平。何以书能化,长淮彻海清。

送杜司马再游蜀中

为客应非愿,愁成欲别时。还游蜀国去,不惜杜陵期。剑水啼猿在,关林转栈迟。日光低峡口,雨势出峨眉。山一作川迥逢一作迟残角,云开识远夷。勿令双鬓发,并向锦城衰。

赠王将军

勋高绝少年,分卫玉阶前。雄勇明王重,温恭执友贤。功书唐史满一作阙,名到房庭偏。剑彩浮龙影,衣香袭御烟。搜书秋霁阁,走马夕阳田。急兔投深草,瞑鹰下半天。野人盈一作迎邸第,朝客醉盘筵。位在一作立将军列,官随宪府迁。刻心思报国,呼气欲开边。选帅如公议,须知少比肩。

寄羽林卢大夫将军

将军一作焚香直禁闱,绣服耀一作黄金鞯。羽卫九天静,英豪四塞知。望云回朔雁,隔水射宫麋。一作听水入宫池。旧国无归思,秋堂梦战时。门风荀氏敌,剑艺霍家推。计日旌旄下,萧萧万马随一作里追。

书事寄万年厉员外

帝城皆剧县,令尹美居东。遂拜赵张下,暂离星象中。拥归从北阙,送上动南宫。举起盆中日,驱行草上风。不惊卢犬一作闻灵鹊吠,渐见夏台空。紫禁黄山绕,沧溟素浐通。封疆亲日月,邑里出王公。逐盗千门启,兴祥五稼丰。胥徒迎晓集，赋税共秋终。条教关天道，歌谣入圣聪。土膏寒麦覆，人海昼尘蒙。廨宇松连翠，朝街日一作火散红。文场新桂茂，粉署旧兰崇。留客把一作挥盈爵，抽毫咏早鸿。公与诸文士赋早鸿诗也。前驺潘岳贵，故里邵平穷。劝隐莲峰久，期耕树谷同。凫飞将去叶，剑气尚埋丰。何必华阴土，方垂拂拭功。

小雪

片片牙一作下玲珑，飞扬玉漏终一作露中。乍微全满地，渐密更无风。集物圆方别，连云远近同。作膏凝瘠土，呈瑞下深宫。气射重衣透，花窥小隙通一作透漏推窗隙，纷纭失药丛。飘秦增旧岭，发汉揽长空。回冒巢松鹤，孤鸣穴岛虫。过三知腊尽，盈尺贺年丰。委积休闻竹，稀疏渐见鸿。盖沙资澶漫，洒海助冲融。草木潜加润，山河更益雄。因知天地力，覆育有全功。

和宾客相国咏雪诗

近腊千岩白，迎春四气催。云阴连海起，风急度山来。尽日随堤絮，经冬赵岭梅。艳疑歌处散，轻似舞时回。道蕴诗传丽，相如赋骋才。霁添松筱媚，寒积蕙兰猜。暗涨宫池水，平封辇路埃。烛龙初照耀，巢鹤乍裴回。檐日琼先挂，墙风粉旋摧。五门环玉垒，双阙对瑶台。绮席陵寒坐，珠帘远曙开。灵芝霜下秀，仙桂月中栽。卷幌书千帙，援琴酒百杯。垂休编太史，呈瑞表中台。皓夜迷三径，浮光彻九垓。兹辰是丰岁，歌咏属良哉。

中秋夜君山脚下看月

汹涌吹苍雾，朦胧吐玉盘。雨师清滓秽，川后扫波澜。气射繁星灭，光笼八表寒。来驱云涨晚，路上碧霄宽。熠耀游何在，蟾蜍食渐难。棹飞银电碎，林映白虹攒。水魄连空合，霜辉压树干。夜深高不动，天下仰头看。

哭张籍司业

先生抱衰疾，不起茂陵间。夕临诸孤少，荒居吊客还。遗文禅东岳，留语葬乡山。多雨铭旌故，残灯素帐闲。乐章谁与集，垄树即堪攀。神理今难问，予将叫帝关。

寄题庐山二林寺

庐岳东南秀，香花惠远踪。名齐松一作高岭峻，气比沃州浓。积岫连何处，幽崖越几重。双流溢隐隐，九派棹幢幢。山限东西寺，林交旦暮钟。半天倾瀑溜，数郡见炉峰。岩并金绳道，潭分玉像容。江微匡俗路，日杲晋朝松。棕径新苞拆，梅篱故叶壅。岚光生叠砌，霞焰发高墉。窗籁虚闻狖，庭烟黑过龙。定僧仙峤起，通客虎溪逢。濩落垂杨户，荒凉种杏封。塔留红舍利，池吐白芙蓉。画壁披一作和云见，禅衣对鹤缝。喧经泉滴沥，没履草丰茸。翠窦歊攀乳，苔桥侧杖笻。探奇盈梦想，搜峭涤心胸。冥奥终难尽，登临惜未从。上方薇蕨满，归去养乖慵。

御沟水

鉴禁疏云数道开，垂风岸柳拂青苔。银波玉沫空池去，曾历千岩万壑来。

中秋月彩如昼，寄上南海从翁侍御

海静天高景气殊，鲸睛失彩蚌潜珠。不知今夜越台上，望见瀛洲方丈无？

全唐诗卷八百十五

皎然

皎然,名昼,姓谢氏,长城人,灵运十世孙也。居杼山。文章俊丽,颜真卿、韦应物并重之,与之酬倡。贞元中,敕写其文集,入于秘阁。诗七卷。

奉酬于中丞使君郡斋卧病见示一首

宿昔祖师教,了空无不可。枯槁未死身,理心寄行坐。仁公施春令,和风来泽我。生成一草木,大道无负荷。论入空王室,明月开心胸。性起妙不染,心行寂无踪。若作禅中侣,君为雷次宗。比闻朝端名,今贻郡斋作。真思凝瑶瑟,高情属云鹤。抉得骊龙珠,光彩曜掌握。若作诗中友,君为谢康乐。盘薄西山气,贮在君子衿。澄澹秋水影,用为字人心。君物如凫鹥,游翙爱清深。格居第一品,高步凌前躅。精义究天人,四坐听不足。伊昔柳太守,曾赏汀洲蘋。如何五百年,重见江南春。公每省往事,咏歌怀昔辰。以兹得高卧,任物化自淳。还因访禅隐,知有雪山人。

赠李中丞洪一首

深沉阃外略—作权,奕世当荣寄。地裂大将封—作军,家传介珪瑞。至今漳河俗,犹受仁人赐。公初镇惟邢—作淮荆,决胜无精兵。重围逼大敌,六月守孤城。政用仁恕立,恩繇赏罚明。遂令麾下士,感德不顾生。于时闻王师,诸将兵颇黩。天子狩南汉,烟尘满函谷。纯臣独耿介,下士多反覆。明公仗忠节,一言感万夫。物性如蒺藜,化作春兰敷。见说—作诛金被烁,终期玉有瑜。移官万里道,君子情何如。伊昔避事心,乃是方袍客。顿了空王—作心旨,仍高致君策。安知七十年,一朝值宗伯。言如及清风,醒然开我怀。宴息与游乐—作遂,不将衣褐乖。海底取明月,鲸—作冲波不可度。上有巨蟒吞,下有—作多毒龙护。一与吾师言,乃于中心悟。咄哉冥冥子,胡为自尘污—作尘自污。

杼山禅居寄赠东溪吴处士冯一首
　　青云何润泽，下有贤人隐。路入菱湖深，迹与黄鹤近。野风吹白芷，山月摇清轸。诗祖吴叔庠，致君名一作才不尽。身当青山秀，诗曰：家住青山下。青山有吴筠故宅，后改为吴筠山。文体多郢声。澄澈湘水碧，沈寥楚山一作天青一作清。时人格不同，至今罕知名。昔贤敦师友，此道君独行。既得庐霍趣，乃高雷远情。别时春风多，扫尽雪山雪。为君中夜起，孤坐石上月。悠然遗尘想，邈矣达性说。故人不在兹，幽桂惜未结。

妙喜寺高房期灵澈上人不至，重招之一首
　　晨起峰顶心，怀人望空碧。扫雪开寺门，洒水净僧席。言笑形外阻，风仪想中觌。驰心惊叶动，倾耳闻泉滴。岂虑咆虎逢，乍疑崩湍隔。前期或不顾，知尔躨常格。如今谁山下一作下山，秋霖步淅沥。吾亦聊自得，行禅荷轻策。松声畅幽情，山意导遐迹。举目无世人，题诗足奇石。贫山何所有，特此邀来客。

奉和薛员外谊赠汤评事衡反招隐之迹一作兼见寄十二韵
　　喜友称高儒，旷怀美无度。近为东田诱，遂耽西山趣。庭有介隐心，得无云泉误。府公中司贵，频贻咫尺素。郡佐仙省高，亦赠琼瑶句。逍兹长往志，纤彼独游步。禅子方外期，梦想山中路。艰难亲稼穑，晨夕苦烟雾。曷若孟尝门，日荣国士遇。铿锵聆绮瑟，攀折迩琼树。幽践随鹿麋，久期怨蟾兔。情同不系舟，有迹道所恶。

答黎士曹黎生前适越后之楚
　　楚木纷如麻，高松自孤直。愿得苦寒枝，与君比颜色。故乡眇天末，羁旅沧江隅。委质在忠信，苦心无变渝。何翳表名义，赠君金辘轳。何以美知才，投我悬黎珠。遽为千里别，南风思越绝。爱君随海鸥，倚棹宿沙月。不栖恶木上，肯蹈巴蛇穴。台人表朝逆命，故君不践其土。一上萧然峰，疑踪幽人辙。晨兴独西望，郢水期溯沿。夜到洞庭月，秋经云梦天。黎生知吾道，此地不潜然。欲寄楚人住，学挐渔子船。奈何北风至，搅我窗中弦。游子动归思，江蓠亦绵绵。箧中封禅书，欲献无由缘。岂乏晨风翼，翻飞到日边。

答豆卢次方
　　吾爱道交论，为高贵世名。昔称柴桑令，今闻豆卢生。彼生清淮气，独钟文中彩。近作公宴诗，如逢何柳在。吾用古人耳，采君四座珍。贤士胜朝晖，温温无冬春。朝晖烁我肌，贤士清我神。微尔与云鹄，幽怀何繇申。别采秋风至，独坐楚山碧。高月当清冥，禅心正寂历。增波徒相骇，人远情不隔。有书遗琼什，以代貂襜褕。风教凌越绝，声名掩吴趋。悬璧安可酬，徙倚还踟蹰。

答苏州韦应物郎中
　　诗教殆沦缺，庸音互相倾。忽观风骚韵，会我凤昔情。荡漾学海资，郁为诗人英。格将寒松高，气与秋江清。何必邺中作，可为千载程。受辞分虎竹，万里临江城。到日扫烦政，况今休黩兵。应怜禅家子，林下寂无营。迹窜世上华，心得道中精。脱略文字累，免为外物撄。书衣流埃积，砚石驳藓生。恨未识君子，空传手中琼。安可诱我性，始愿愆素诚。为无鹙鹭音，继公云和笙。吟之向禅薮，反愧幽松声。

答郑方回
　　独禅外念入，中夜不成定。顾我憔悴容，泽君阳春咏。词贞思且逸，琼彩何晖映。如聆云和音，况睹声名盛。琴语掩为去声闻，山心声宜听。是时寒光澈，万境澄以净。高秋日月清，中气天地正。远情偶兹夕，道胜增寥复。思君处虚空，一操不可更。时美城北徐，家承谷口郑。轩车未有辙，蒿兰且同径。庄生诚近名，夫子罕言命。是以一作时耕楚田，旷然殊独行。菱莪鸾凤彩，特达珪璋性。通隐嘉黄绮，高儒重荀孟。世污平声我未起,道塞吾犹病。逸翻思冥冥,潜鳞乐游泳。宗师许学外,恨不逢孔圣。说诗迷颓靡,偶俗伤趋竞。此道谁共一作共谁诠,因君情欲罄。

答俞校书冬夜

夜闲一作来禅用精,空界亦清迥。子真仙曹吏,好我如宗炳。一宿觌幽胜,形清烦虑屏。新声殊激楚,丽句同歌郢。遗此感予怀,沉吟忘夕永。月彩散瑶碧,示君禅中境。真思在杳冥,浮念寄形影。遥得四明心,答四明。何须蹈岑岭。诗情聊作用,空性惟一作复寂静。若许林下期,看君辞簿领。

妙喜寺达公禅斋寄李司直公孙、房都曹德裕、从事方舟、颜武康士骋四十二韵

我祖传六经,精义思朝彻。庄子曰:守之九日而后能外生,外生而后能朝彻。方舟颇周览,逸书亦备阅。墨家伤刻薄,墨流刻薄而不仁,可以理身,不可以济世。儒氏知优劣。弱植庶可雕,苦心未尝辍。中年慕仙术,永愿传其诀。岁驻若木景,日餐琼禾屑。婵娟羡门子,斯语岂徒设。天上生白榆,葳蕤信好折。实可反柔颜,花堪养玄发。求之性分外,业弃金亦竭。药化成白云,形凋辞素穴。素穴,山名。一闻西天旨,初禅已无热。第四禅中有天名无热,无三灾之患,故以为名。今初禅即得,盖诗人美已证超出常。涓子非我宗,然公有真诀。却寻丘壑趣,始与缨绂别。野饭敌膏粱,山櫺代藻棁。与君北岩侣,游寓日常昳。静对春谷泉,晴披阳林雪。境清觉神王,道胜知机灭。诣寂长杳冥,忘归暂采撷。物生岂有心,丽容俟予别。桂子何蓊苓,琪葩亦皎洁。此木生意高,亦与众芳列。赏墨识屡换,省躬悟弥切。微尚若不亏,足以全吾节。北风吹蕙带,萧寥闻蜻蛚。宿昔庐峰期,流芳已再歇。不有清屏鉴,使我商弦绝。愿寄千里心,月高不可掇。优游邦之直,远矣蹑前烈。立俗忘毁誉,遇物遗巧拙。真气独翛然,轩裳讵能绁。都曹风韵整,纲纪信明决。于交必倾写,立行岂矜伐。政与清渭同,分流自澄澈。裴侯资亮直,中诚岂徒说。古人比明义,清士愿交结。温温躬珪彩,终始声不缺。颜生炯介士,有志不可越。仗义冒险难一作艰,持操去淄涅。世论高二贤,即鲁公犹子也。贤贤继前哲。四子遭明盛,哀然皆秀杰。理名虽殊迹,悟道宁异辙。爱尔竹柏姿,为予寒不折。

遥酬袁使君高春暮行县,过报德寺见怀

江春行求瘼,偶与真境期。见说三陵下,前朝开佛祠。停舟仰丽刹,绣组发香墀。咫尺空界色,天人花落时。盛游限羸疾,悚踊瞻旌旗。峰翠羡闲步,松声入遥思。素高淮阳理,况负东山姿。追此一登览,深情见新诗。

冬日遥一作奉和卢使君幼平、綦毋居士游法华寺高顶临湖亭一作奉和卢使君幼平游朝阳山,寺临太湖,时在郭,不得往

仁坊一作祠标一作当绝境,廉守一作明牧蹑高一作灵踪。天晓才分刹,风传欲尽钟。一作欲到心凉地,初闻断续钟。城中归路远一作在,湖上碧山重。水照千花界,云开七叶峰。寒芳一作空艾绶满,空一作晴翠白纶浓。逸韵知难继,佳游恨不逢。仍闻抚禅石,为我久从容。

秋日遥和卢使君游何山寺,宿敭上人房,论涅槃经义

江郡当秋景,期将道者同。迹高怜竹寺,夜静赏莲宫。古磬清霜下,寒山晓月中。诗情缘境发,法性寄筌空。翻译推南本,何人继谢公。

酬秦山人系题赠

出斋步杉影,手自开禅扉。花满不污地,云多从触衣。思山石藓净,款客露葵肥。果得宗居士,论心到极微。

奉酬袁使君高寺院新亭对雨其亭即使君所创

兹亭迹素浅,胜事并随公。法界飘香雨,禅窗洒竹风。浮烟披夕景,高鹤下秋空。冥寂四山久,宁期此会同。

奉酬颜使君真卿见过郭中寺，寺无山水之赏，故予述其意以答焉

　　州西柳家寺，禅舍隐人间。证性轻观水，栖心不买山。履声知客贵，云影悟身闲。彦会前贤事，方今可得攀。

酬乌程杨明府华雨后小亭对月见呈

　　夜凉喜无讼，霁色摇闲情。暑退不因雨，陶家风自清。凝弦停片景，发咏静秋声。何事禅中隐，诗题忽记名。

自苏州访医回酬卢士关判官见赠

　　寻医初疾理，忽忆故山云。远访桑公子，还依柳使君。周旋承惠爱，佩服比兰薰。从事因高唱，秋风起处闻。

题沈—作雷道士新亭

　　何处好攀跻，新亭俯旧溪。坐中千里近，檐下四山低。小浦依林曲，回塘绕郭西。桃花春满地，归路莫相迷。

送卢仲舒移家海陵

　　世故多离散，东西不可嗟。小秦非本国，楚塞复移家。海岛无邻里，盐居少物华。山中吟夜月，相送在天涯。

陪卢使君登楼送方—作万巨之还京

　　万里汀洲上，东楼欲别难。春风潮水漫，正月柳条寒。旅逸逢渔浦，清高爱鸟冠。云山宁不起，今日向长安。

同裴录事楼上望—本此下有月字

　　退食高楼上，湖山向晚晴。桐花落万井，月影出重城。水竹凉风起，帘帏暑气清。萧萧独无事，因见苍人情。

寓兴

　　天下—作上生白榆，白榆直上连天根。高枝不知几万丈，世人仰望徒攀援。谁能上天采其子，种向人间笑桃李。因问老仙求种法，老仙咍我愚不答—作咍咍不我答。始知此道无所作终无成，还如瞽夫学长生。

寄常一上人

　　雁塞—作寒雁五山临汗漫，云州一路出青冥。何因请住嘉祥寺，内史新修湖上亭。

送秘上人游京

　　共君方异路，山伴与谁同。日冷行人少，时清古镇空。暖瓶和雪水，鸣锡带江风。撩乱终南色，遥应入梦中。

赋得—本此下有巴峡二字啼猿送客

　　万里巴江外—作水，三声月—作出峡深。何年有此路，几客共沾襟。断壁—作臂分垂—作连，—作重影，流泉入苦吟。凄凉离别后，—作凄凄别离处闻此更伤心。

南楼望月

　　夜月家家望，亭亭爱此楼。纤云溪上断，疏柳影中秋。渐映千峰出，遥分万派流。关山谁—作时复见，应独起边愁。

寻陆鸿渐不遇

　　移家虽—作唯带郭，野径入桑麻。近种篱边菊，秋来未著花。扣门无犬吠，欲去问西家。报道山中去—作出，归时每日斜—作归来日每斜。

怀旧山—作沧浩诗，题云留别嘉兴知己

　　一坐西林寺，从来未下山。不因寻长者，无事到人间。宿雨愁为客，寒花笑未还。空怀旧山月，童子念经闲。

宿吴匡山破寺

　　双峰百战后，真界满尘埃。蔓草缘空壁，悲风起故台。野花寒更发，山月暝还来。何事池中水，东流独不回。

九月十日

　　爱杀柴桑隐，名溪近讼庭。扫沙开野步，摇舸出闲汀。宿简邀诗伴，余花在酒瓶。悠然南望意，自有岘山情。

秋晚―作晚秋宿破山寺

秋风落叶满空山,古寺―作殿残灯石壁间。昔日经行人去尽,寒云夜夜自飞还。

青阳上人院说金陵故事

君说南朝全盛日,秣陵才子更多人。千―作十年秋色古池馆,谁见齐王西邸春。

送僧之京师

绵绵渺渺楚云繁,万里西归望国门。禅子初心易凄断,秋风莫上少陵原。

送许丞还洛阳

刻茗情来亦好斟,空门一别肯沾襟。悲风不动罢瑶轸,忘却洛阳归客心。

题湖上草堂

山居不买剡中山,湖上千峰处处闲。芳草白云留我住,世人何事得相关。

酬李司直纵诸公冬日游妙喜寺,题照、昱二上人房寄长城潘丞述

达贤贵贞隐,常惧迹不灭。遂与永公期,遗身坐林樾。华轩何辚辚,为我到幽绝。心境寒草花,空门青山月。潘生独不见,清景屡盈缺。林下常寂寥,人间自离别。何时解轻佩,来税丘中辙。

赠乌程李明府伯宜凋、沈兵曹仲昌

水国苦凋瘵,东皋岂遗黍。云阴无尽时,日出常带雨。昨夜西溪涨,扁舟入檐庑。野人同鸟巢,暴客若蜂聚。岁晏无斗粟,寄身欲何所。空羡鸾鹤姿,翩翩自轻举。

奉酬颜使君真卿、王员外圆宿寺兼送员外使回

鲁公邀省客,贫寺人过少。锦帐惟野花,竹屏有窗筱。朝行石色净,夜听泉声小。释事情已高,依禅境无扰。超遥长路首,怅望空林杪。离思从此生,还将此心了。

杼山上峰和颜使君真卿、袁侍御五韵,赋得印字,仍期明日登开元寺楼之会

道情寄远岳,放旷临千仞。香路延绛驺,华泉写金印。日欹诸天近,雨过三华润。留客云外心,忘机松中韵。灵嘉早晚期,为布东山信。

同薛员外谊喜雨诗兼上杨使君

积旱忽―作思飞澍―作洒,烝民心―作亦亦倾。郊云不待族,雨色飞江城。燋稼灌又发,败荷滋更荣。时随雾縠重,乍集柳丝轻。一宿恐鱼飞,数朝征鹳鸣。毒暑澄为冷,高尘涤还清。乃知阴骘数,制在造―作理化情。及此接欢贺,临风闻颂声。

南湖春泛,有客自北至,说友人岑元和见怀,因叙相思之志以寄焉

故人隔楚水,日夕望芳洲。春草思眇眇,征云暮悠悠。心期无形影,迹旷成阻修。有客江上至,知君佐雄州。铿锵佩苍玉,躞蹀驱绛驺。伊昔中峰心,从来非此流。资予长生诀,予尝授以胎息之诀希彼高山俦。此情今如何,宿昔师吾谋。别年谒禅老,更添石室筹。深见人间世,飘如水上沤。蝉号齐王邸,月苦隋帝楼。声华尽冥寞,麋鹿徒呦呦。我有一字教,坐然遗此忧。何烦脱珪组,不用辞王侯。只在名位中,空门兼可游。

同薛员外谊久旱感怀寄兼呈上杨使君

皇天鉴不昧,恓想何亢极。丝雨久愆期,绮霞徒相惑。阴云舒又卷,濩枝安可得。涸井不累瓶,干溪一凭轼。赤地芳草死,飙尘惊四塞。戎寇夜刺闺,民荒岁伤国。赖以王猷盛,中原无凶慝。杨公当此晨,省灾常旰食。独感下堂雨,自州南诸乡降甘泽,长城、顾渚平地雨一尺。水分流,泽数乡也。偏嘉越境域。秋郊天根见,我疆看稼穑。请回云汉诗,为君歌乐职。

兵后早春,登故郛南楼,望昆山寺白鹤观,示清道人并沈道士第十九句空一字

新阳故楼上,眇眇伤遐眷。违世情易忘,

鞿时得无倦。春归华柳发，世故陵谷变。扰扰陌上心，悠悠梦中见。苍林有灵境，杳映遥可羡。春日倚东峰，华泉落西甸。钟声在空碧，幡影摇葱蒨。缅想山中人，神期如会面。别离芳月积，岐路浮云偏。正□入空门，仙君依苦县。臞形舍簪绂，烹玉思精炼。事外宜我心，人间岂予恋。身遗世自薄，道胜名必贱。耳目何所娱，白云与黄卷。

酬乌程杨明府华将赴渭北对月见怀

释印及秋夜，身闲境亦清。风襟自潇洒，月意何高明。闻说武安君，万里驱妖精。开府集秀士，先招士林英。晋家用元凯，亦是鲁诸生。北望抚长剑，感君知已行。边尘昏玉帐，杀气凝金镫。大敌折齐俎，一书下聊城。翻飞青云路，宿昔沧洲情。答来诗云悠然顾山侣之句。

酬邢端公济春日苏台有呈袁州李使君兼书并寄辛阳王三侍御

大贤当佐世，尧时难退身。如何丹霄侣，却在沧江滨。柳色变又遍，莺声闻亦一作又频。赖逢宜春守，共赏南湖春。营道知止足，饰躬无缁磷。家将诗流近，迹与禅僧亲。放旷临海门，翱翔望云津。虽高一作多空王说，不久山中人。上句答端公学无为之句。

奉和裴使君清春夜南堂听陈山人弹白雪

春宵凝丽思，闲坐开南闱。郢客弹白雪，纷纶发金徽。散从天上至，集向琼台飞。弦上凝飒飒，虚中想霏霏。通幽鬼神骇，合道精鉴稀。变态风更入，含情月初归。方知阮太守，一听识其微。

答孟秀才

羸疾依小院，空闲趣自深。蹑苔怜静色，扫树共芳阴。物外好风至，意中佳客寻。虚名谁欲累，世事我无心。投赠荷君芷，馨香满幽襟。

酬崔侍御见赠

买得东山后，逢君小隐时。五湖游不厌一作未足，柏署迹如遗。市隐一作儒服何妨道，禅栖一作心不废诗。与君为此说，一从居士说。长破小乘疑。一本无前四句。

赠柳喜得嵩山法门自号嵩山老 一作赠柳先生

一见嵩山老，吾生恨太迟。问君年几许，曾出一作见上皇时。

酬李补阙纾

不住东林寺，云泉处处行。近臣那得识，禅客本无名。

湖南兰若示大乘诸公

未到无为岸，空怜不系舟。东山白云意，岁晚尚悠悠。

兵后经永安法空寺寄悟禅师 其寺贼所焚

常说人间法自空，何言出世法还同。微踪旧是香林下，余烬今成火宅中。后夜池心生素月，春天树色起悲风。吾知世代相看尽，谁悟浮生似影公。

春日杼山寄赠李员外纵

南山唯与北山邻，古树连拳伴我身。一作一闲禅门老此身。黄鹤有心多不住，白云无一作何事独相亲。闭持竹锡深一作时，一作行看水，懒系麻衣出见人。欲掇幽芳聊赠远，一作无限幽兰从欲寄。郎官那赏一作许石门春。

酬秦山人赠别二首

知君高隐占贤星，卷叶时时注佛经。姓被名公题旧里，秦君里诗将丽句号新亭。丽句亭来观新月依清室，欲潄香泉护触瓶。我有主人江太守，如何相伴住禅灵。江淹为宣城守，常会禅灵寺。

谁知卧病不妨禅，迹寄诗流性似偏。叶示黄金童了爱，书题青字古人传。时高独鹤来云外，每羡闲花在眼前。对此留君还欲别，应思石溺音四访春泉。

山居一作归示灵澈上人

晴明路出山初暖，行踏春芜看茗归。乍削

柳枝聊代札,时窥云影学裁衣。身闲始觉隳名是,心了方知苦行非。外物寂中谁似我,松声草色共无一作忘机。

遥和康录事李侍御萼小寒食夜重集康氏园林

习家寒食会何频,应恐流芳不待人。已爱治书诗句逸,更闻从事酒名新。庭芜暗积承双履,林花雷飞洒幅巾。谁见奈园时节共,还持绿茗赏残春。

释裴循春愁一作怨

蝶舞莺歌喜岁芳,柳丝袅袅蕙带长一作兰香。江南春色共君有一作看,何事君心独自伤。

西白溪期裴方舟不至

望君不见复何情,野草闲云处处生。应向秦时武陵路,花间寂历一人行。

劳山忆栖霞寺道素上人久期不至

远寺萧萧独坐心,山情自得趣何深。泉声稍滴芙蓉漏,月影才分鹦鹉林。满地云轻长碍屐,绕松风近每吹襟。贪闲不记前心偈,念别聊为出世吟。更待花开遍山雪,山山相似若为寻。

酬秦山人出山见呈

手携酒榼共书帏,回语长松我即归。若是出山机已息,岭云何事背君飞。

酬秦山人见寻

左右香童不识君,担簦访我领鸥群。山僧待客无俗物,唯有窗前片碧云。

宿法华寺简灵澈上人

至道无机但一作心与空林共杳冥,孤灯寒竹自青一作荧荧。不知何处小乘客,一夜风来一作前闻诵经。

潜别离

乌头虽黑白有一作有白时,唯有潜离与暗别,彼此甘心无后期。

全唐诗卷八百十六

皎然

奉酬袁使君高春游鹡鸰峰兰若见怀

鹡鸰中峰近,高奇古人遗。常欲乞此地,养松挂藤丝。昨闻双旌出,一川花满时。恨无翔云步,远赴关山期。跻险与谁赏,折芳应自怡。遥知忘归趣,喜得春景迟。已见郢人唱,新题石门诗。

答裴济从事

迟迟云鹤意,奋翅知有期。三秉纲纪局,累登清白资。应怀青塘居,蕙草没前墀。旧月照秋水,废田留故陂。至今高风在,为君吹桂枝。昨逢洞庭客,果得故人诗。何异王内史,来招道林师。欲携山侣出,难与白云辞。

白云上人精舍寻杼山禅师兼示崔子向何山道上人

望远涉寒水,怀人在幽境。为高皎皎姿,及爱苍苍岭。果见栖禅子,潺湲灌真顶。积疑一念破,澄息万缘静。世事花上尘,惠心空中境。清闲诱我性,遂使肠—作烦虑屏。许共林客游,欲从山王—作主请。木栖无名树,水汲忘机井。持此一日高,未肯谢箕颍。夕霁山态好,空月生俄顷。识妙聆细泉,悟深涤清茗。此心谁得失,笑向西林永。

酬薛员外谊苦热行见寄

六月金数伏,兹辰日在庚。炎曦烁—作曝肌肤,毒雾—作霭昏性情—作檐楹。安得奋轻—作翅翮,超—作迢遥出云征。不知天地心,如何匠生成。火德烧百卉,瑶草不及荣。省—作有客当此时,忽贻怀中琼。捧玩烦袂—作衿涤,啸歌美—作善风生。迟君佐元气,调使四序平。中令霜不被一作袄,大一作火余气常贞。江南诗骚客,休吟苦热行。

采实心竹杖寄赠李萼侍御

竹杖裁碧鲜,步林赏高直。实心去内矫,全节无外饰。行药聊自持,扶危资尔力。初生在榛莽,孤秀岂封殖。干雪不死枝,赠君期君识。

酬薛员外谊见戏一首

方知正始作,丽掩碧云诗。文彩盈怀袖,风规发咏思。遗弓逢大敌,摩垒怯偏师。频有移书让,多惭系组迟。浅才迂且拙,虚誉喜还疑。犹倚披沙鉴,长歌向子期。

奉酬李中丞洪湖州西亭即事见寄兼呈吴冯处士,时中丞量移湖州长史

爱君溪上住,迟月开前扃。山火照书卷,野风吹酒瓶。为谁留此物,意在眼中青。樵子逗烟墅,渔翁宿沙汀。主人非楚客,莫谩讥独醒。宿昔邢城功,道高心已冥。贪将到处士,放醉乌家亭。

苕溪草堂自大历三年夏新营,洎秋及春,弥觉境胜。因纪其事,简潘丞述、汤评事衡四十三韵

万虑皆可遗,爱山情不易。自从东溪住,始与人群隔。应物非宿心,遗身是吾策。先民崆峒子,沦景事金液。绮里犹近名,於陵未泯迹。吾师逆流教,禅隐殊古昔。僧传云:人皆隐于山,我独隐于禅。洗足临潺湲,销声寄松柏。细荷采堪服,柔草持可席。道心制野猿,法语授幽客。境净万象真,寄目皆有益。原上无情花,圣教意,草木等器世间,虽无情而理性通。又云:郁郁黄花,无非般若。是其义。山中听经石,高僧诠公诗曰:学徒数块石。生公有通经石。竹生自萧散,云性常洁白。却见羁世人,远高摩霄翮。达贤观此意,烦想遂冰蘖。伊予战苦胜,觉境情不溺。智以动念昏,功緣无心积。形骸尔何有,生死谁所戚。为与胜悟冥,不忧颓龄迫。春风自骀荡,禅地常阒寂。掷札成柳枝,僧传:北远法师作涅盘经疏毕,掷札于庭,柳枝生焉。溉瓶养泉脉。道人知止足,盥漱聊自适。学外见古贤,颇令我心惕。眇绵云官世,梦幻羽陵籍。鬼箓徒相矜,九原谁家宅。俗情封浅近,至理昧尧跖。蹈善嗟现冥,履仁伤堙阨。匠心圣亦尤,攻异天见责。世论谓尧圣德而嗣不肖,盗跖毁行而享长寿,无福仁祸淫之应。师心攻异之士,反怨天责圣,不知有昭昭之业,论空者又失性空之实。试以慧眼观,斯言谅可觑。外事非吾道,忘缘倦所历。中宵废耳目,形静神不役。色天夜清迥,花漏时滴沥。高僧远公刻莲花漏。东风吹杉梧,幽月到石壁。此中一悟心,可与千载敌。故交徒好我,筐中无咫尺。潘生入空门,祖师传秘赜。潘生曾受曹溪禅门。汤子自天德,精诣功不僻。放世与成名,两图在所择。远公谓刘处士云:世闻唯是想耳。苟放有世之见,心即道,岂有世外物来羁尔耶! 吾高鸥夷子,身退无瑕摘。吾嘉鲁仲连,功成弃珪璧。二贤兼彼才,晚节何感激。不然作山计,改服我下泽。君鵔元亮冠,我脱潜师屐。僧传:沙门法潜著山屐入朝。倚卧高松根,共逃金闺籍。

答裴集、阳伯明二贤各垂赠二十韵,今以一章用酬两作

知音如琼枝,天生为予有。攀折若无阶,何殊天上柳。裴生清通嗣,阳子盛德后。诗名比元长,二子诗比王融,俱为少年著纪。赋体凌延寿。赋如文考,亦俱盛年。珠生骊龙颔,或生灵蛇口。何以双琼章,英英曜吾手。白日不可污,清源肯容垢。持此山上心,待君忘情友。且伴丘壑赏,未随名宦诱。坐石代琼茵,制荷捐艾绶。清宵集我寺,烹茗开禅牖。发论教可垂,正文言不朽。白云供诗用,清吹生座右。不嫌逸令醉,莫试仙壶酒。皎皎寻阳隐,千年可为偶。一从汉道平,世事无纷纠。星文齐七政,天轴明二斗。召士扬弓旌,知君一作君今在林薮。莫学颍阳子,请师高山叟。出处藩我君,还来会厓阜。

答豆卢居士春夜游东园见怀

春意赏不足,承夕步东园。事表精虑远,

月中华木繁。开襟寄清景,遐想属空门。安得缅芳筵,看君幽径萱。

寄崔万芳夔

气杀高隼击,惜芳步寒林。风摇苍琅根,霜剪荍音翘蕙心。归思忽眇眇,佳气亦沉沉。我身岂遐远,如隔湘汉深。事迕智莫及,愿乖情不任。迟君忘言侣,一笑开吾襟。

访朱放山人

野人未相识,何处异乡隔。昨逢云阳信,教向云阳觅。空闻天上风,飘飘不可觌。应非罋牖翁,或是沧浪客。早晚从我游,共携春山策。

晚冬废溪东寺怀李司直纵

废溪无人迹,益见离思深。归来始昨日,恍惚惊岁阴。清想属遥夜,圆景当空林。宿昔月未改,何如故人心。游从间芳趾,摇落栖寒岑。眇眇湖上别,含情初至今。道流安寂寞,世路倦岖嵚。此意欲谁见,怀贤独难任。徽声反冥默,夕籁何哀吟。禅念破离梦,吾师诚援琴。耿耿已及旦,曷由开此襟。幽期谅未偶,胜境徒自寻。安得西归云,因之传素音。

兵后与故人别,予西上,至今在杨楚,因有是寄

日月不相待,思君魂屡惊。草玄寄杨子,作赋得芜城。温温独游迹,遥遥相望情。淮上春草歇,楚子秋风生。辟士天下尽,君何独屏营。运开应佐世,业就可成名。谁借楚山住,年年事耦耕。

因游支硎寺寄邢端公

大厦资多士,抡材得豫章。清门推问望,早岁骋康庄。作用方开物,声名久擅场。丹延分寒郡,宿昔领戎行。始驭屏星乘,旋阴蔽茇棠。始佐延州,俄典兹郡。朝端瞻鹗立,关右仰鹰扬。威令兼宁朔,英志重护羌。三军成父子,杂虏避封疆。身执金吾贵,时遭宝运昌。雍容持汉稍,肃穆卫周堂。排难知臣节,攻疑定国章。一言明大义,千载揖休光。践职勋庸列一作烈,修躬志行彰。优游应慕陆,止足定师张。中宸怀殊政,南州伫小康。仁为桂江雨,威是柏台霜。自桂州除侍御史。謇谔言无隐,公忠祸不防。谴深辞紫禁,恩在副朱方。左迁温州治中,量移润州长史。切玉锋休淬,垂天翅罢翔。论文征贾马,述隐许求羊。肘后看金碧,腰间笑水苍。诗题白羽扇,酒挈绿油囊。旷达机何有,深沉器莫量。时应登古寺,佳趣在春冈。止水平香砌,鲜云满石床。山情何寂乐,尘世自飞扬。已遇炉峰社,还思缉蕙房。外心亲地主,内学事空王。花会宜春浅,禅游喜夜凉。高明依月境,萧散蹑庭芳。得道殊秦佚,隳名似楚狂。余生于此足,不欲返韶阳。

同诸公奉侍祭岳渎使,大理卢幼平自会稽回经平望,将赴于朝廷,期过故林不至用题中韵

望祀崇周典,皇华出汉庭。紫泥颁会计,玄酒荐芳馨。圣虑多虔肃一作祈多祐,斋心合至灵。占祥刊史竹,筮日数尧蓂。礼秩加新命,朝章笃一作重理刑。敷诚通北一作九阙,遗爱在南一作西亭。一本此下有五袴歌仍咏,三碑石重铭。踟蹰问存殁,委曲向郊垌四句。苕水思曾泛,矶山忆重经。清风门客仰,佳颂国人听。攀桂留卿月,征文待使星。春郊回驷牡,遥识故林青。

早秋桐庐思归示道谚一作该上人

桐江秋信早,忆在故山时。静夜风鸣磬,无人竹扫墀。猿来触净水,鸟下啄寒梨。可即一作眼关吾事,归一作关心自有期。

劳劳山一作劳山居寄呈吴处士

山事由来别,只应中老身。寒园扫绽栗,秋浪拾干薪。楚人呼养乘为秋浪。领鹤闲书竹,夸云笑向人。俗家一作流相去远,野水作东邻。

寄报德寺从上人 鼓吹山在寺西

宗流许身子,物表养高闲。空色清凉寺,秋声鼓吹山。看心水磬后,行道雨花间。七叶

翻章句,时时启义关。

山中月夜寄无锡长官

湖上凉风早,双峰月色秋。遥知秣陵令,今夜在西楼。别叶萧萧下,含霜处处流。如何共清景,异县不同游。

奉贺颜使君真卿二十八郎隔绝自河北远归

相一作自失值氛烟,才应掌上年。久离惊貌长,多难喜身全。比信尚书重,如威太守怜。满庭看玉树,更有一枝连。

题湖上兰若示清会上人

峰心惠忍寺,嵊顶谢公山。何似南湖近,芳洲一亩间。意中云木秀,事外水堂闲。永日无人到,时看独鹤还。

秋宵书事寄吴凭处士 一本无处士二字

真一作禅性在一作爱方定,寂一作寥寥无四邻。秋天月色正,清夜道心真。大梦观前事一作遗迹,浮名悟一作误此身。不知庭树意,荣落感何人。

题山壁示道维上人

独居何意足,山色在前门。身野长无事,心冥自不言。闲行数乱竹,静坐照清源。物外从知少,禅徒不耐烦。

晚秋登佛川南峰怀裴例

登岭望落日,眇然伤别魂。亭皋秋色遍,游子在荆门。世故东西客,山空断续猿。此心谁复见,寂寞偶芳荪。

访陆处士羽 一作访陆羽处士不遇

太湖东西路,吴主一作王古山前。所思不可见,归鸿一作雁自翩翩。何山赏春茗,何处弄春泉。莫是沧浪子,悠悠一钓船。

酬李侍御萼题看心道场赋以眉毛肠心牙等五字昼得牙字

我法从谁悟,心师是贯花。三尘观种子,一雨发萌牙。定起轮灯缺,宵分印月斜。了空如藏史,始肯会禅家。《辩正论》亦有九流,一曰禅家者流。

酬姚补阙南仲云溪馆中戏题随书见寄 一作清江诗

寺溪临使府,风景借仁祠。补衮周官贵,能名汉主思。卧云知独处,望月忆同时。忽枉缄中赠,琼瑶满手持。

春夜期裴都曹济集心上人院不至

东林期隐吏,日月为虚盈。远望浮云隔,空怜定水清。逍遥方外侣,茌苒府中情。渐听寒鞞发,渊渊在郡城。

和裴少府怀京 一本有都字兄弟

宦游三楚外,家在五陵原。凉夜多归梦,秋风满故园。北书无远信,西候独伤魂。空念青门别,殷勤岐路言。

和阇士和望池月答人

片月忽临池,双蛾忆画时。光浮空似粉,影散不成眉。孤枕应惊梦,寒林正入帷。情知两处望,莫怨独相思。

遥和尘外上人与陆澧夜集山寺,问涅槃义兼赏陆生文卷 上人自号北山子

共是竹林贤,孙绰《僧史》以七人配德稚、阮,号竹林七僧。心从贝叶传。说经看月喻一作过,开卷爱珠连。清净遥城外,萧疏一作条古塔前。应随北山子,高顶枕云眠。

春日和卢使君幼平开元寺听妙奘上人讲 时上人将游五台

仁圣垂文在,虚空日月悬。陵迟追哲匠,宗旨发幽诠。法受诸侯请,心教四子传。春生雪山草,香下棘林天。顾我从今日,闻经悟宿缘。凉山万里去,应为教犹偏。

答李侍御问

入道曾经离乱前,长干古寺住多年。爱贫

唯制莲花足,取性闲书树叶篇。自笑不归看石髈,谁高无事弄苔泉。身外空名何足问,吾心已出第三禅。

奉酬李员外使君嘉祐苏台屏营居春首有怀

昔岁为邦初未识,今朝休沐一作宦始相亲。移家水巷贫一作贪依静,种柳风窗欲占春。诗思先邀乌府客,山情还访白楼人。登临许作一作接烟霞伴,高在方袍间幅巾。

和李舍人使君纾题云明府道室

许令如今道姓云,曾经西岳事桐君。流霞手把应怜寿,黄鹤心期拟作群。金篆时教弟子检,砂床不遣世人闻。桂阳亦是神仙守,分别无嗟两地分。

奉和陆中丞使君长源寒食日作

寒食江天气最清,庾公晨望动高情。因逢内火千家静,便睹行春万木荣。深浅山容飞雨细,萦纡水态拂云轻。腰章本郡谁相似,数日临人政已成。

奉酬袁使君送陆灞却回期道寺院

欲别湖上客,暮期西林还。高歌风音表,放舟月色间。更人莫报夜,禅阁本无关。

招一作赠韩武康章

山僧虽不饮,酤酒引陶潜。此意一作兴无一作少人别,多为俗士嫌。

秋居法华寺下院望高顶一作峰赠如献上人

峰色秋天见,松声静夜闻。影孤长不出,行道在寒云一作入深云。

赠韦早一作卓陆羽

只将陶与谢,终日可 作好忘情。不欲多相识,逢人懒道名。

戏呈薛彝

山僧不厌野,才子会须狂。何处销君兴,春风摆绿杨。

赠颜主簿

汉家仪礼盛,名教出诸颜。更见尚书后,能文在子山。

赠融上人

常爱西林寺,池中月出一作在时。芭蕉一片叶,书取寄吾师。

听寒更寄朱兵曹巨川

攲枕一作独自听寒更,寒更发还住。一夜千万声,几声到君处。

早春书怀寄李少府仲宣并序

予故里在长城下山。昔岁,属狂寇陷没江左,亲故离散。永望枌梓,不觉伤怀。因李使君长城,遂寄是诗,以见情也。

早年初问法,因悟目中花。忽值胡雏起,芟夷若乱麻。脱身投彼岸,吊影念生涯。迹与空门合,心将世路赊。东田已芜没,东部公有东田诗南涧益伤嗟。《秣陵记》曰:南涧竭,谢氏灭崇替惊人事,凋残感物华。知君过我里,惆怅旧烟霞。

赠和评事判官

廷评年少法家流,心似澄江月正秋。学究天人知远识,权分盐铁许良筹。春风忆酒乌家近,好月论禅谢寺幽。清白比来谁见赏,怜君独有富人侯。

酬秦系山人题一作戏赠

云林出空一作定乌一作鸟未归,松吹时飘雨浴一作沐衣。石语花愁一作悲徒自诧,吾心见境尽为非。

酬秦系山人戏赠

正论禅寂忽狂歌,莫是尘心颠倒多。白足行花曾不染,黄囊贮酒欲如何。

贻李汤

茅氏常论七真记,壶公爱一作好说三山事。宁知梅福在人间,独为苍生作仙吏。日服丹砂骨自清,肤如冰雪心更明。山中玉笋是仙药,袖里素书题养生。愿随黄鹤一轻举,仰望青霄独延伫。平生好骏君已知,何必山阴访王许。

述祖德赠湖上诸沈

我祖文章有盛名,千年海内重嘉声。雪飞梁苑操奇赋,_{梁苑出惠连公《雪赋》}。春发池塘得佳句。_{康乐云:池上楼诗,梦惠连,方得池塘生芳草之句}。世业相承及我身,风流自谓过时人。初看甲乙矜言语,对客偏能鸲鹆舞。_{尚公少年善焉}。饱用黄金无所求,长裾曳地干王侯。一朝金尽长裾裂,吾道不行计亦拙。岁晚高歌悲苦寒,空堂危坐百忧攒。昔时轩盖金陵下,何处不传沈与谢。_{田公与约俱是西邸八友}。绵绵芳藉至今闻,眷眷通宗有数君。谁见予心独飘泊,依山寄水似浮云。

舟行怀阎士和

二月湖南春草遍,横山渡口花如霰。相思一日在孤舟,空见归云两三片。

赠张道士

玉京真子名太一,因服日华心如日。此心不许世人知,只向仙宫未曾出。

戏呈吴冯

世人不知心是道,只言道在他方妙。还如瞽者_{一作老}望长安,长安在西向东笑。

宿山寺寄李中丞洪_{第五句缺三字}

偶来中峰宿,闲坐见真境。寂寂孤月心,亭亭圆泉影。□□□满山,花落始知静。从他半夜愁猿惊,不废此心长杳冥。

戏赠吴冯

予读古人书,遂识古人面。不是识古人,邪正心自见。贵义轻财求俗誉,一钱与人便骄倨。昨朝为火今为冰,此道非君独抚膺。

感兴赠乌程李明府伯宜兼简诸秀才

门前岘山近,无路可登陟。徒爱岘山高,仰之常叹息。不如松与桂,生在重岩侧。

晚秋宿李军道所居

清溪路不遥,都尉每相招。落日休戎马,秋风罢射雕。术花生野径,柏实满寒条。永夜依山府,禅心共寂寥。

送陆判官归杭州

芳草潜州路,乘轺忆再旋。余花故林下,残月旧池边。峰色云端寺,潮声海上天。明朝富春渚,应见谢公船。

全唐诗卷八百十七

皎然

奉和颜使君真卿与陆处士羽登妙喜寺三癸亭_{亭即陆生所创}

秋意西山多,列岑耸左次。缮亭历三癸,_{三癸以癸丑岁、癸卯朔、癸亥日立。}疏趾邻什寺。元化隐灵踪,始君启高诔_{一作致}。诛榛养翘楚,鞭草理芳穗。俯砌披水容,逼天扫峰翠。境新耳目换,物远风烟异。倚石忘世情,拨云得真意。嘉林幸勿剪,禅侣欣可庇。卫法大臣过,佐游君英萃。龙池护清澈,虎节到深邃。徒想嵊顶期,于今没遗记。

奉陪陆使君长源、裴端公柩春游东西武丘寺

云水夹双刹,遥疑涌平陂。入门见藏山,元化何由窥。曳组探诡怪,停骢访幽奇。情高气为爽,德暖春亦随。瑶草自的砾,蕙楼争蔽亏。金精落坏陵,剑彩沉古池。一览市天界,中峰步未移。应嘉_{一作喜}生公石,列坐援松枝。

奉和陆使君长源夏月游太湖_{此时公权领湖州}

庾公心旷远,府事同耳目。遂与南湖游,虚襟涤烦燠。始知皇天意,积水在亭育。细流信不让,动物欣所蓄。万顷合天容,洗然无云族。峭蒨瞩仙岭,_{《神仙传》:洞庭,神仙所居也}超遥随明牧。知公爱澄清,波静气亦肃。已见横流极,况闻长鲸戮。_{会北信至,王师已收长安。}中洲暂采蘋,_{即柳恽汀洲采白蘋之意也。}南郡思剖竹。_{公时改授信州}向夕分好风,飘然送归舳。

奉和崔中丞使君论李侍御萼,登烂柯山,宿石桥寺,效小谢体

常爱谢公郡,幽期愿相从。果回青骢骑,共蹑玄仙踪。灵境若仿佛,烂柯思再逢。飞梁丹霞接,古局苍苔封。往想冥昧理,谁亲冰雪容。蕙楼耸空界,莲宇开中峰。_{今为仙寺,晋是仙山,遗局、古桥、升仙之处见在。}昔化冲虚鹤,今藏护法龙。云窥香树沓,月见色天重。永夜寄岑寂,清言涤心胸。盛游千年后,书在岩中松。

同颜使君真卿、李侍御萼游法华寺,登凤翅山,望太湖

双峰开凤翅,秀出南湖州。地势抱郊树,山威增郡楼。正逢周柱史,来会鲁诸侯。缓步凌彩蒨,清铙发飕飗。披云得灵境,拂石临芳洲。积翠遥空碧,含风广泽秋。萧辰资丽思,高论惊精修。何似钟山集,征文及惠休。

奉陪陆使君长源诸公游支硎寺 寺即支公学道处

尝览高逸传,山僧有遗踪。佐游继雅篇,嘉会何由逢。尘世即下界,色天当上峰。春晖遍众草,寒色留高松。缭绕彩云合,参差绮楼重。琼葩洒巾舄,石濑清心胸。灵境若可托,道情知所从。

奉陪郑使君谔游太湖,至洞庭山,登上真观却望湖水

郡斋得无事,放舟下南湖。湖中见仙邸,果与心赏俱。不远风物变,忽如寰宇殊。背云视层崖,别是登蓬壶。突兀盘水府,参差沓天衢。回瞻平芜画,洪流豁中区。气吞江山势,色净氛霭无。灵长习水德,胜势当地枢。朝宗动归心,万里思鸿途。

奉和袁使君高,郡中新亭会张炼师昼会二上人

置亭隐城堞,事简迹易幽。公性崇俭素,雅才非广求。傍檐竹雨清,拂案杉风秋。不移府中步,登兹如远游。坐觉诗思高,俯知物役休。虚寂偶禅子,逍遥亲道流。更闻临川作,下节安能酬。

奉和陆使君长源水堂纳凉效曹刘体

柳家陶一作避暑亭,意远不可齐。烦襟荡朱弦,高步援绿荑。爱公满亭客,来是清风携。滢渟前溪上,旷望古郡西。六月正中伏,水轩气常凄。野香袭荷芰,道性亲凫鹥。禅子顾惠休,逸民重刘黎。乃知高世量,不以出处暌。

夏日奉陪陆使君长源公堂集

府中自清远,六月高梧间。寥亮泛雅瑟,逍遥扣玄关。岭云与人静,庭鹤随公闲。动息谅兼遂,兹情即东山。

九日和于使君思上京亲故

霁景满水国,我公望江城。碧山与黄花,烂熳多秋情。摇落见松柏,岁寒比忠贞。欢娱在鸿都,是日思朝英。

伏日就汤评事衡湖上避暑

大火方燥石,停云昼亦收。将从赏心侣,寸景难远游。拥几苦炎伏,出门望汀洲。回溪照轩宇,广陌临梧楸。释闷命雅瑟,放情思乱流。更持无生论,可以清烦忧。

奉和颜使君真卿修《韵海》毕,会诸文士东堂重校

外学宗硕儒,游焉从后进。恃以仁恕广,不学门栏峻。著书裨理化,奉上表诚信。探讨始河图,纷纶归海韵。亲承大匠琢,况睹颓波振。错简记铅椠音签,阅书移玉镇。曷由旌不朽,盛美流歌引。

喜义兴权明府自君山至,集陆处士羽青塘别业

应难久辞秩,暂寄君阳隐。已见县名花,会逢闻是粉。本自寻人至,宁因看竹引。身关白云多,门占春山尽。最赏无事心,篱边钓溪近。

夏日集李司直纵溪斋

修景属良会,远飙生烦襟。泄云收净绿,众木积芳阴。疏涤府中务,迢遥湖上心。习闲得招我,赏夜宜泛琴。山近资性静,月来寄情深。澹然若事外,岂藉隳华簪。

夏日题桐庐杨明府纳凉山斋

陶家无炎暑,自有林中峰。席上落山影,桐梢回水容。放怀凉风至,缓步清阴重。何事

亲堆按,犹多高世踪。

和杨明府早秋游法华寺

释事出县阁,初闻兹山灵。寺扉隐天色,影刹遥丁丁。碧峰委合沓,香蔓垂萋苓。清景为公有,放旷云边亭。秋赏石潭洁,夜嘉杉月清。诵空性不昧,助道迹又经。是以于物理,纷然若未形。移来字人要,全与此道冥。

宿道士观

古观秋木秀,泠然属鲜飙。琼葩被修蔓,柏实满寒条。影殿山寂寂,寥天月昭昭。幽期寄仙侣,习定至中宵。清佩闻虚步,真官方宿朝。

冬日天井一作日西峰张炼师所居

采薪逢野泉,渐见栖闲所。坎坎山上声,幽幽林中语。仙乡何代隐,乡服言亦楚。开水一作冰净一作洗药苗,扫雪候山侣。零叶聚败篱,幽花积寒渚。冥冥孤鹤性,天外思轻举。

奉同颜使君真卿开元寺经藏院会观树文殊碑

万国布殊私,千年降祖师。雁门传法至,龙藏立言时。故实刊周典,新声播鲁诗。六铢那更拂,劫石尽无期。

奉同卢使君幼平游精舍寺

影刹西方在,虚空翠色分。人天霁后见,猿鸟定中闻。真界隐青壁,春山凌白云。今朝石门会,千古仰斯文。

奉同颜使君真卿、袁侍御骆驼桥玩月

山中常见月,不及共游时。水上恐将缺,林端爱落迟。鸟惊宪府客,人咏鲍家诗。永夜南桥望,裴回若有期。

和邢端公登台春望句,句有春字之什

春日绣衣轻,春台别有情。春烟间草色,春鸟隔花声。春树乱无次,春山遥得名。春风正飘荡,春瓮莫须倾。

经仙人渚即沈山下古人沈义一作羲白日升仙处

日月人间短,何时此得仙。古山春已尽,遗渚事空传。不见腾云驾,徒临洗药泉。如今成逝水,翻使恨流年。

独游二首

性野趣无端,春晴路又干。逢泉破石弄,放鹤向云看。好僻谁相似,从狂我自安。芳洲亦有意,步上白沙滩。

临水兴不尽,虚舟可同嬉。还云与归鸟,若共山僧期。世事吾不预,此心谁得知。西峰有禅老,应见独游时。

游溪待月

溪色思泛月,沿洄欲未归。残灯逢水店,疏磬忆山扉。夜浦鱼惊少,空林鹊绕稀。可中才望见,撩乱捣寒衣。

西溪独泛

道情何所寄,素舸漫流间。真性怜高鹤,无名羡野山。经寒丛一作苦竹秀,入静片云闲。泛泛谁为侣,唯应共月还。

早秋陪韩明府泛阮元公溪公尝言:禅功可入,而宜情讵能忘?故诗中有此意戏之。

雨信清残暑,萧条古县西。早凉生浦溆,秋意满高低。前事虽堆案,闲情得溯溪。何言战未胜,空寂用还齐。

九日陪颜使君真卿登水楼

重阳荆楚尚,高会此难陪。偶见登龙客,同游戏马台。风文向水叠,云态拥歌回。持菊烦相问,扪襟愧不才。

与卢孟明别后宿南湖对月

五一作南湖生夜月,千里满寒流。旷望烟霞尽,凄凉天地秋。相思路渺渺,独梦一作望水悠悠。何处空江上一作里,裴回送一作娟娟伴客舟。

自义亭驿送李长史纵,夜泊临平东湖

长亭宾驭散,岐路起悲风。千里勤王事,驱车明月中。寒生洞庭水,夜度塞门鸿。处处堪伤别,归来山又空。

出游

少时不见山,便觉无奇趣。狂发从乱歌,情来任闲步。此心谁共证,笑看风吹树。

界石守风,望天竺、灵隐二寺

山顶东西寺,江中旦暮潮。归心不可到,松路在青霄。

奉和颜使君真卿修《韵海》毕,州中重宴

世学高南郡,身封盛鲁邦。九流宗韵海,七字揖文江。借赏云归堞,留欢月在窗。不知名教乐,千载与谁双。

晦日陪颜使君白蘋洲集

南朝分古郡,山水似湘东。堤月吴风在,湍裾楚客同。桂寒初结蕊,蘋小欲成丛。时晦佳游促,高歌听未终。

冬至日陪裴端公使君清水堂集

亚岁崇佳—作高宴,华轩照渌波。渚芳迎气早,山翠向晴多。推往知时训,书祥—作云辨政和。从公惜日短,留赏夜如何。

陪卢判官水堂夜宴

暑气当宵尽,裴回坐月前。静依山堞近,凉入水扉偏。久是栖林客,初逢佐幕贤。爱君高野意,烹茗钓沧涟。

新秋同卢侍御、薛员外白蘋洲月夜

隔暑蘋洲近,迎凉欲泛舟。荣从宪府至,喜会夕郎游。气夺沧浪色,风欺汗漫流。谁言三伏夜,独此月前秋。

夏日集裴录事北亭避暑

前林夏雨歇,为我生凉风。一室烦暑外,众山清景中。忘归亲野水,适性许云鸿。萧散都曹吏,还将静者同。

与王录事会张征君姊妹炼师院玩雪,兼怀清会上人

何意廉从事,还来会默仙。寒空惊雪遍,春意入歌偏。瑶草三花发,琼林七叶连。飘飘过柳寺,应满译经前。

和李侍御萼岁初夜集处士书阁 书阁即侍御所创

迟贤新置阁,高意此郊居。古径行春早,新窗见月初。放歌还倚瑟,讲道亦观书。为我留禅位,来逢此会疏。

汤评事衡水亭会觉禅师

山侣相逢少,清晨会水亭。雪晴松叶翠,烟暖药苗青。静对沧洲鹤,闲看古寺经。应怜叩—作疏关子,了义共心冥。

与朝阳山人张朝夜集湖亭,赋得各言其志

洞庭孤月在,秋色望无边。零露积衰草,寒螀鸣古田。茫茫区中想,寂寂尘外缘。从此悟浮世,胡为伤暮年。

晦夜李侍御萼宅集招潘述、汤衡、海上人饮茶赋

晦夜不生月—作可坐,琴轩犹为开。墙东隐者在,淇上逸僧来。茗爱传花饮,诗看卷素裁。风流高此会,晓景屡裴回。

寄昱上人上方居

厌向人间住,逢山欲懒归。片云闲似我,日日在禅扉。地静松阴遍,门空鸟语稀。夜凉疏磬尽,师友自相依。

夏日与綦毋居士、昱上人纳凉

为依炉峰住,境胜增道情。凉日暑不变,空门风自清。坐援香实近,转爱绿芜生。宗炳青霞士,如何知我名。

建元寺集皇甫侍御书阁

不因居佛里,无事得相逢。名重朝端望,

身高俗外踪。公爱讲佛经，尝云：慕刘处士深诣至理。机闲看净水，境寂听疏钟。宣室恩长在，知君志未从。

郭北寻徐主簿别业

近依城北住，幽远少人知。积雪行深巷，闲云绕古篱。竹花冬更发，橙实晚仍垂。还共岩中鹤，今朝下渌池。

题报德一作恩寺清幽上人西峰寺即陈文帝故乡

陈世凋亡后，仁祠识旧山。帝乡乔木在，空见白云还。双塔寒林外，三陵暮雨间。此中难一作虽战胜，君独启禅关。

题郑谷江畔桐斋郑生好琴，性达，兼寡欲

客斋开别住，坐占绿江渍。流水非外物，闲云长属君。浮荣未可累，旷达若为群。风起高梧下，清弦日日闻。

和阎士和李蕙冬夜重集

郡理日闲旷，洗心宿香峰。双林秋见月，万壑静闻钟。珮玉行山翠，交麾动水容。如何股肱守，尘外得相从。

春日陪颜使君真卿、皇甫曾西亭重会《韵海》诸生

为重南台客，朝朝会鲁儒。暄风众木变，清景片云无。峰翠飘檐下，溪光照座隅。不将簪艾隔，知与道情俱。

寒食日同陆处一本无此字士行报德寺，宿解公房

古寺一作欲问章陵下一作寺，潜一作支公住几年。安心生软草，灌顶引春泉。一作乱山春霭里，微径古松边。寂寂传灯地，寥寥禁火天。世间一作人多暗室，白日为谁悬。

兵马曹季良宅夜集

清景不可失，寻君趣有余。身高避事后一作外，道长问心初。出处名则异，游从迹何疏。吟看刻尽烛，笑卷读残书。露彩生笔砚，风音

入庭除。平明仙侣散，觳觫动回车。

同李侍御萼、李判官集陆处士羽新宅

素风千户敌，新语陆生能。借宅心常远，移篱力更弘。钓丝初种竹，衣带近栽藤。戎佐推兄弟，诗流得友朋。柳阴容过客，花径许招僧。不为墙东隐，人家到未曾。

题报恩寺惟照上人房

上界雨色干，凉宫日迟迟。水文披菌苔，山翠动罘罳。中有清真子，愔愔步闲墀。手紫颇黎缕，愿证黄金姿。旋草阶下生，看心当此时。亦名苾蒭草，枝叶皆右旋，故名旋草。草有五德。

寻天目徐君

常见仙翁变姓名，岂知松子号初平。逢人不道往来处，卖药还将鸡犬行。独鹤天边俱得性，浮云世上共无情。三花落地君犹在，笑抚安期昨日生。

同李著作纵题尘外上人院

百缘唯有什公瓶，万法但看一字经。纵遣鸟喧心不动，任教香醉境常冥。莲花天昼浮云卷，贝叶宫春好月停。禅伴欲邀何著作，空音宜向夜中听。

题周谏别业予寺与周生所居俱临苕水

隐身苕上欲如何，不著青袍爱绿萝。柳巷任疏容马入，水篱从破许船过。昂藏独鹤闲心远，寂历秋花野意多。若访禅斋遥可见，竹窗书幌共烟波。

同李中丞洪水亭夜集

佳人但一作且莫吹参差，正怜月色生酒厄。山公一作翁取醉不关我，为一作自爱尊前白鹭鹚。

题秦系山人丽句亭

独将诗教领诸生，但看青山不爱名。满院竹声堪愈疾，乱床一作林花片足忘情。

春夜集陆处士居一本无此字玩月

欲赏芳菲肯一作不待辰一作晨，忘情人访有

情人。西林可一作岂是无清景,只为忘情不记春。

寄题云门寺梵月无侧房时人相传是宝月道人后身也

越山千万云门绝,西僧貌古还名月。清朝扫石行道归,林下眠禅看松雪。

法华寺上方题江上人禅空

路入松声远更奇,山光水色共参差。中峰禅寂一僧在,坐对梁朝老桂枝。

冬日山行过一作遇薛征君

我行倦修坂,四顾无平陆。雨霁鸣鹰鹯,天寒聚麋鹿。幽人访名士,家在南冈曲。菜实紫小园,稻花绕山屋。深居寡忧悔,胜境怡耳目。征心尚与我,永言谢浮俗。

往丹阳寻陆处士不遇

远客殊未归,我来几惆怅。叩关一日不见人,绕屋寒花笑相问。寒花寂寂遍荒阡,柳色萧萧愁暮蝉。行人无数不相识,独立云阳古驿边。凤翅山中思本寺,鱼竿村口望归船。归船不见见寒烟,离心远水共悠然。他日相期那可定,闲僧著处即经年。

集汤评事衡湖上望微雨

苍凉远景中,雨色缘山有。云送满洞庭,风吹绕杨柳。萧萧解轻袂,尽日随林叟。

九日与陆处士羽饮茶

九日山僧院,东篱菊也黄。俗人多泛酒,谁解助茶香。

夜过康录事造会兄弟

爱君门馆夜来清,琼树双枝是弟兄。月在诗家偏足思,风过客位更多情。

题沈少府书斋

不下南昌县,书斋每日闲。野花当砌落,溪鸟逐人还。有兴常临水,无时不见山。千峰数可尽,不出小窗间。

春夜与诸公同宴呈陆郎中

南国宴佳宾,交情老倍亲。月惭红泪烛,花笑白头人。宝瑟絙一作垣余怨,琼枝不让春。更闻歌子夜,桃李艳妆新。

九日阻雨简高侍御时与高公近邻

江上重云起,何曾裛□尘。不能成落帽,翻欲更摧巾。素发闲依枕,黄花暗待人。且应携下价,芒屦就诸邻。第二句缺一字。

晚春寻桃源观

武陵何处访仙乡,古观云根路已荒。细草拥坛人迹绝,落花沈涧水流香。山深有雨寒犹在,松老无风韵亦长。全觉此身离俗境,玄机亦可照迷方。

同卢使君幼平郊外送阎侍御归台

留饯飞旌驻,离亭草色间。柏台今上客,竹使旧朝班。日落东西水,天寒远近山。古江分楚望,残柳入隋关。恋阙心常积,回轩日不闲。芳辰倚门道,犹得及春还。

全唐诗卷八百十八

皎然

送梁拾遗肃归朝

明主重文谏,才臣出江东。束书辞东山,改服临北风。万里望皇邑,九重当曙空。天开芙蓉阙,日上蒲桃宫。天子初未起,金闺籍先通。身逢轩辕世,名贵鸳鸾中。故人荣此别,何用悲丝桐。

奉陪杨使君頲送段校书赴南海幕

硕贤静广州,信为天下贞。屈兹大将佐,藉彼延阁英。声动柳吴兴,郊饯意不轻。吾知段夫子,高论关苍生。处以德为藩,出则道可行。遥知南楼会,新景当诗情。天高林瘴洗,秋远海色清。时泰罢飞檄,唯应颂公成。

送陆侍御士佳赴上京

长安三千里,喜行不言永。清路黄尘飞,大河沧流静。更怀西川府,主公昔和鼎。伊郁瑶瑟情,威迟花骢影。此时已难别,日又无停景。出饯阙相从,心随过前岭。

奉陪颜使君真卿登岘山,送张侍御严归台

岘首千里情,北辕自兹发。烟霞正登览,簪笔限趋谒。黄鹤望天衢,白云归帝阙。客心南浦柳,离思西楼月。留赏景不延(一作不延景),感时芳易歇。他晨有山信,一为访林樾。

酬元主簿子球别赠

故人方远适,访我陈别情。此夜偶禅室,一言了无生。觉君缄中宝,如擎清玉瑛。胡为蕴高价,岁晚徒营营。辞秩贫且病,何人见艰贞。出无黄金橐,空歌白苎行。威迟策驽马,独望故关树。渺渺千里心,春风起中路。近闻新拜命,鸾凤犹栖棘。劝君寄一枝,且养冥冥翼。甘泉多竹花,明年待君食。

答道素上人别

春色遍远道，寂寞闽中行。碧水何渺渺，白云亦英英。离人不可望，日暮芳洲情。黄鹤有逸翮，翘首白云倾。欲为山中侣，肯秘辽天声。蓝缕真子褐，葳蕤近臣缨。以兹夺尔怀，常恐道不成。吾门弟子中，不减惠休名。一性研已远，五言功更精。从君汗漫游，莫废学无生。忍草肯摇落，禅枝不枯荣。采采慰长路，知吾心不轻。幻情有去住，真性无离别。留取老桂枝，归来共攀折。

雪溪馆送韩明府章辞满归

洛令从告还，故人东门饯。惠爱三年积，轩车一夜远。晓月离馆空，秋风故山晚。荣君有嘉荐，愿我阻游衍。宿昔峰顶心，依依不可卷。

送穆寂赴举

天子锡玄纁，倾山礼隐沦。君抛青霞去，荣资观国宾。剑光既陆离，琼彩何璘玢。凤驾别情远，商弦秋意新。冥冥鸿鹄姿，数尺看苍旻。残寇近宋郊，西行恶飙尘。立身素耿介，处难思经纶。春府搜才日，高科得一人。

送张—本有仲字彝归长沙

早闻凌云彩，谓在鸳鹭傍。华发始相遇，沧江仍旅游。策名忘苟进，澹虑轻所求。常服远游诫，缅怀经世谋。片帆背风渚，万里还湘洲。别望荆云积，归心汉水流。兰若行采采，桂櫂思悠悠。宿昔无机者，为君动离忧。

秋日毗陵南寺送潘述之扬州

孤客秋易伤，嘶蝉静仍续。佳晨亦已屡，欢会常不足。禅地非路岐，我心岂羁束。情生远别时，坐恨清景促。望中千里隔，暮归西山曲。萧条月中道，彩蒨原上绿。不见同心人，幽怀增踯躅。

春日又送潘述之扬州

别渚望邗城，岐路春日遍。柔风吹杨柳，芳景流郊甸。日日东林期，今夕异乡县。文房旷佳士，禅室阻清盼。潘生曾受禅印。离恨夺赏心，不得谐所愿。莫忆山中人，碧云遥可见。

新秋送卢判官

故人念宿昔，欲别增远情。入座炎气屏，为君秋景清。由来空山客，不怨离弦声。唯有暮蝉起，相思碧云生。

奉送袁高使君诏征赴行在，效曹刘体

皇心亭毒广，螽贼皆陶甄。未刘蚩尤旗，方同轩后年。天子幸汉中，辇辂阻氛烟。玺书召幕—作英牧，名在列岳仙。国难倚长城，庙谋资大贤。清损休汝骑，仁留述职篇。遐路渺天末，繁笳思河边。饰徒促远期，祇命赴急宣。谀才岂足称，深仁顾何偏。那堪临流意，千里望旗旄。

奉送陆中丞长源诏征入朝

诏下郐侯幕，征贤宠上—作大勋。才当持汉典，道可致尧君。藩牧今荣饯，诗流此盛文。水从吴渚别，树向楚门分。宿寺期嘉月，看山识故云。归心复—作欲何奈—作托，怊怅在江濆。

奉送李中丞道昌入朝

文宪中司盛，恩荣外镇崇。诸侯皆取则，八使独推功。诏喜新衔凤，车看旧饰熊。去思今武子，余教昔文翁。清在—作白如江水，仁留是国风。光—作先征二千石，扫第望司空。

冬日—本有奉字送颜延之明府抚州觐叔父—作觐省

临川千里别，惆怅上津桥。日暮人归尽，山空雪未消。乡云心渺渺，楚水路遥遥。林下方欢会，山中独寂寥。天寒惊断雁，江信望回潮。岁晚流芳歇，思君在此宵—作紫宵。

送关小师还金陵

如何有归思，爱别欲忘难。白鹭沙洲晚，青龙水寺寒。蕉花铺净地，桂子落空坛。持此心为境—作镜，应堪月夜看。

岘山送裴秀才赴举

　　汉家招秀士,岘上送君行。万里见秋色,两河伤远一作别情。王师出西镐,虏寇避一作寝东平。天府登名后,回看楚水清。

酬别襄阳诗僧少微诗中答上人归梦之意

　　证心何有梦,示说梦归频。文字赞秦本,诗骚学楚人。兰开衣上色,柳向手中春。别后须相见,浮云是我身。

送契上人游扬州

　　西陵古江口,远见东扬州。渌水不同泛,春山应独游。寻僧白岩寺,望月谢家楼。宿昔心期在,人寰非久留。

送德清卫明府赴选时柳融陟有荐状

　　八使慎求能,东人独荐君。身犹千里限,名已九霄闻。远路翻喜别,离言暂惜分。凤门多士会,拥佩入卿云。

送郑孝廉淮西觐省

　　离袂翠华满,晨羞欲早行。春风生楚树,晓角发隋城。野霭一作山露湿衣彩,江鸿增客情。征途不用戒,坐见一作月白波清。

送沈秀才之闽中

　　越客不成歌,春风起渌波。岭重寒不到,海近瘴偏多。野戍桄榔发,人家翡翠过。翻疑此中好,君问定如何。

送清会上人游京

　　佳游限衰疾,一笑向西风。思见青门外,曾临素浐东。峰明云际寺寺名,日出露寒宫宫名。行道禅长在,香尘不染空。

送沈居士还太原

　　辞官一作乡因世难,家族盛南朝。名重郊居赋沈休文作《郊居赋》,才高独酌谣沈文子作。浪花飘一叶,峰色向三条。高逸虽成性,弓旌肯忘一作妄招。

同颜使君真卿岘山送李法曹阳冰西上献书,时会有诏征赴京

　　汉日中郎妙,周王太史才。云书捧日去,鹤版下天来。草见吴洲一作宫发,花思御苑开。羊公惜一作昔风景,欲别几迟回。

兵后送姚太祝赴选

　　两河兵已偃,处处见归舟。日夜故人散,江皋芳树秋。楚云伤远思,秦月忆佳游。名动春官籍,翩翩才少俦。

兵后送薛居士移家安吉

　　旧游经丧乱,道在复何人。寒草心易折,闲云性常真。交情别后见,诗句比来新。向我桃州住,惜君东岭春。

送鄩修之洪州觐兄弟

　　年少足诗情,西江楚月清。书囊山翠湿,琴匣雪花轻。久别经离乱,新正忆弟兄。赠君题乐府,为是豫章行。

送乾封李成

　　羽檄飞未息,离情远近同。感君谿泛瑟,关我是征鸿。眇默归人尽,疏芜夜渡空。还期当岁晚,独在路行中。

送崔判官还扬子

　　轻传祗远役,依依下姑亭。秋声满杨柳,暮色绕郊坰。烟水摇归思,山当楚驿青。

奉酬袁使君西楼饯秦山人,与昼同赴李侍御招三韵

　　秋风怨别情,江守上西城。竹署寒流浅,琴窗宿雨晴。治书招远意,知共楚狂行。

送清凉上人

　　何意欲归山,道高由境胜。花空觉性了,月尽知心证。永夜出禅吟,清猿自相应。

送李丞使宣州

　　结驷何翩翩,落叶暗寒渚。梦里春谷泉,

愁中洞庭雨。聊持剡山茗，以代宜城醑。

送至洪沙弥游越

知尔学无生，不应伤此别。相逢宿我寺，独往游灵越。早晚花会中，经行剡山月。

送皇甫侍御曾还丹阳别业

云阳别夜忆春耕，花发菱湖问去程。积水悠扬何处梦，乱山稠叠此时情。将离有月教弦断，赠远无兰觉意轻。朝右要君持汉典，明年北墅可须营。

白蘋洲送洛阳李丞使还

蘋洲北望楚山重，千里回韶止一封。临水情来还共载，看花醉去更相从。罢官风渚何时别，寄隐云阳几处逢。后会那应似畴昔，年年觉老雪山容。

送履霜上人还金陵西山

携锡西山步绿莎，禅心未了奈情何。湘宫水寺清秋夜，月落风悲松柏多。

送辨聪上人还广陵

莫学休公学远公，了心须—作还与我心同。隋家古柳数株在，看取人间万事空。

送清励上人游福建

禅子自衿禅性成，将来—作心拟照建溪清。南看闽树花不落，更取何缘—作情了妄情。

送顾道士游洞庭山

见说洞庭无上路，春游乱踏五灵芝。含桃风起花狼藉，正是仙翁棋散时。

送邢台州济—作送独孤使君赴岳州

海上仙山属使君，石桥琪树古—作此来闻。他时画出白团扇，乞取天台一片云。

送柳察谏议叔

东城南陌强经过，怨别无心亦放歌。明日院—作阮公应问我，闲云长在石门多。

送柳淡扶侍赴洪州 此子素少宦情，共予有西山之好

中林许师友，忽阴夙心期。自顾青绶好，来将黄鹤辞。少年轻远涉，世道得无欺。烟雨孤舟上，晨昏千里时。离魂渺天末，相望在江湄。无限江南柳，春风卷乱丝。

同李司直题武丘寺兼留诸公与陆羽之无锡

陵寝成香阜，禅枝出白杨。剑池留故事，月树即他方。应世缘须别，栖心趣不忘。还将陆居士，晨发泛归航。

夏日题郑谷江上纳凉馆

迢遥山意外，清风又对君。若为于此地，翻作路岐分。别馆琴徒语，前洲鹤自群。明朝天畔远，何处逐闲云。

太湖馆送殷秀才赴举

春风洞庭路，摇荡暮天多。衰疾见芳草，别离伤远波。诗名推首荐，赋甲拟前科。数日闻天府，山衣制芰荷。

送重钧上人游天台

渐看华顶出，幽赏意—作意尚随生。十里行松色，千重过水声。海容云正尽，山色雨—作态雪初晴。事事将心证，知君道可成。

早春送颜主簿游越东，兼谒元中丞

轻舸趣不已，东风吹绿蘋。欲看梅市雪，知赏柳家春。别意倾吴醑—作醿，芳声动越人。山阴三月会，内史得嘉宾。

同颜使君清明日游，因送萧主簿

谁知赏嘉节，别意忽相和。暮色汀洲遍，春情杨柳多。高城恋旌旆，极浦宿风波。惆怅支山月，今宵不再过。

送道琚上人还金陵

一与钟山别，山中得信稀。经年求法后，及夏问安归。野实充甘膳，池花当彩衣。慈亲莫返拜，外礼欲无为。

送裴邕之上京

辞山偶世清,挟策忽西行。帆过随江疾,衣沾楚雪轻。尚文须献赋,重道莫论兵。东观今多事,应高白马生。

送珍上人还天竺,兼寄广通上人、秦山人

江寺名天竺,多居蹑远踪。春帆依柳浦,轻履上莲峰。禅子兼三隐,空书共一封。因君达山信,应向白云逢。

送张孝廉赴举

名在诸生右,家经见素风。春田休学稼,秋赋出儒宫。别路残云湿,离情晚桂丛。明年石渠署,应继叔孙通。

送刘司法之越—本有州字

萧萧鸣夜角,驱马背城濠。雨后寒流急,秋来朔吹高。三山期望海,八月欲观涛。几日西陵路,应逢谢法曹。

送简栖上人之建州觐使君舅

乱峰江上色,羡尔及秋行。释氏推真子,郗家许贵甥。氎花新雨净,帆叶好风轻。海人以木叶为帆。千里依元舅,回潮亦有情。一作回桡有远情。

登开元寺楼送崔少府还平望驿

登望思虑积,长亭树连连。悠扬下楼日,杳映伤帆烟。入夜四郊静,南湖月待船。

送王居士游越

野性配云泉,诗情属风景。爱作烂熳游,闲寻东路永。何山最好望,须上萧然岭。

杂言重送皇甫侍御曾

人独归,日将暮。孤帆带孤屿,远水连远树。难作别时心,远看别时路。

送演上人之抚州觐使君叔

临川内史怜诸谢,尔在生缘比惠宗。远别应将秦本去,幽寻定有楚僧逢。停船夜坐亲孤月,把锡秋行入乱峰。便道须过大师寺,白莲池上访高踪。

送大宝上人归楚山

厌上乌桥送别频,湖光烂熳望行人。欲将夜舸陪嘉月,肯住空林伴老身。独鹤翩翩飞不定,归云萧散会无因。从何得道怀惆怅,莫是人间屡见春。

送侯秀才南游

芳草随君自有情,不关山色与猿声。为看严子滩头石,曾忆题诗不著名。

别一作送洞庭维谅上人

白云关我不关他,此物留君情最多。请一作忆著春风生橘树,归心不怕洞庭波。

康造录事宅送太祝侄之虔吉访兄弟

阮咸别曲四座愁,赖是春风不是秋。漫漫江行一作帆访兄弟,猿声几夜宿芦洲。

冬日梅溪送裴方舟宣州

平明匹一作走马上村桥,花发一作落梅溪雪未消。日短天寒愁送客,楚山无限路遥遥一作迢迢。

送韦向睦州谒独孤使君沨

才子南看多远情,闲舟荡漾任春行。新安江色长如此,何似新安太守清。

送至严山人归山一作送严上人

初到人间柳始阴,山书昨夜报春深。朝朝花落几株树,恼杀禅僧一作翁未证心。

送僧游一作之扬州

平明择钵一作环锡向风轻,正及隋堤柳色行。知尔禅心还似我,故宫春物一作草肯伤情。

对陆迅饮天目山茶,因寄元居士晟

喜见幽人会,初开野客茶。日成东井叶,露采北山芽。文火香偏胜,寒泉味转嘉。投铛涌作沫,著碗聚生花。稍与禅经近,聊将睡网赊。知君在天目,此意日无涯。

渡前溪
不意入前溪,爱溪从错落。清清鉴不足,非是深难度。

送灵澈
我欲长生梦,无心解伤别。千里万里心,只似眼前月。

寄路温州
欲问采灵药,如何学无生。爱鹤颇似君,且非求仙情。

浣纱女 一作王维诗,题云白石滩
清浅白沙滩,绿蒲尚堪把。家住水东西,浣纱明月下。

待山月
夜夜忆故人,长教山月待。今宵故人至,山月知何在。

杂兴
人生分已定,富贵岂妄来。不见海底泥,飞上成尘埃。

舂陵登望
西底空流水,东垣但聚云。最伤梅岭望,花雪正纷纷。

投知己
若为令忆洞庭春,上有闲云可隐身。无限白云山要买,不知山价出何人。

全唐诗卷八百十九

皎然

兵后余不亭重送卢孟明游江西

孟明常引支子元道人修习禅心,兼饵芝朮,遂与予有栖山之契。其宦情未遣,故劝勉之。

携手曾此分,怳如隔胡越。伦侯古封邑,荣盛风雨歇。饥鼯号空亭,野草生故辙。如何此路岐,更作千年别。冯轼望远道,春山无断绝。朝行入郢树,夜泊依楚月。佳士持操高,扬才日昭晰。离言何所赠,盈满有亏缺。时节伤蟪蛄,芳菲忌瀇㳞。予思鹿门隐,心迹贵冥灭。颓颜反芝朮,昔貌成冰雪。岁晏期尔来,销声坐岩穴。

别山诗

时因主人寄风溪兰若,与道士石胁峰相邻。禅僧仙师,时得道会。至秋中,值外缘有请,别山,怀旧,遂有是诗。

山翁亦好禅,借我风溪树。采药多近峰—作秋莲,汲泉有春渡。幽僧时相偶—作遇,仙子或与晤。自许战胜心,弥高独游步。如何区中事,夺我林栖趣。辞山下复上,恋石行仍顾。宿昔情或乖,庶几迹无误。松声莫相诮,此心冥去住。

同袁高使君送李判官使回

庾公欢此别,路远意犹赊。为出塘边柳,荣归府中花。驰阳照古堞,遥思凝寒笳。延步下前渚,溯舷流浅沙。湖光引行色,轻舸傍残霞。

陪颜使君饯宣谕萧常侍

江涛澒瀁后,远使发天都。昏垫宸心及,哀矜诏命敷。恤民驱急传,访旧枉征舻。外镇藩条最,中朝顾问殊。文皆正风俗,名共溢寰区。已事方怀阙,归期早戒途。繁笳咽水阁,高盖拥云衢。暮色生千嶂,秋声入五湖。离歌犹宛转,归驭已踟蹰。今夕庾公意,西楼月亦孤。

奉陪颜使君修《韵海》毕，东溪泛舟饯诸文士

诸侯崇鲁学，羔雁日成群。外史刊新韵，中郎定古文。鲁公著书，依《切韵》，起东字，跗皆列古篆。菁华兼百氏，缥—作雅素备三坟。国语思开物，王言欲致君。研精业已就，欢宴惜应分。独望西山去，将身寄白云。

今上初登极，岁送皇甫孝廉赴选 孝廉即故大夫之子

行应会府春，欲劝及芳辰。北极天文正，东风汉律新。少年逢圣代，欢笑别情亲。况是勋庸后，恩荣袭尔身。

同杨使君白蘋洲送陆侍御士佳入朝

久爱吴兴客，来依道德藩。旋师闻秋杜，归路忆辕辕。旧佩苍玉在，新歌白芷繁。今朝天地静，北望重飞翻。

雪夜送海上人往常州觐叔父，上人殷仲文后

继世风流在，传心向一灯。望云裁衲惯，玩雪步花能。交战情忘久，销魂别未曾。明朝阮家集，知有竹林僧。

送常清上人还舒州

灞徐林反人思尔法，楚信有回船。估客亲宵语，闲鸥偶昼禅。经声含石溆，尘尾拂江烟。常说归山意，诛茅庐霍前。

岘山送崔子向之宣州谒裴使君

楚思入诗清，晨登岘山情。秋天水西寺，古木宛陵城。琴匣应将往，书车亦共行。吾知江太守，一顾重君名。

送严明府入关谒黎京兆

春日异秋风，何为怨别同。潮回芳渚没，花落昼山空。旋候闻嘶马，残阳望断鸿。应思右内史，相见直城中。

送丘秀才游越

山情与诗思，烂熳欲何从。夜舸谁相逐，空江月自逢。春期越草秀，晴忆剡云浓。便拟将轻锡，携居入乱峰。

送杨校书还济源

妖烽昨日静，故里近嵩丘。楚月摇归梦，江枫见早秋。乡心无远道，北信减离忧。禅子还无事，辞君买沃州。

送杨遂初赴选

秋风吹别袂，客思在长安。若得临觞醉，何须减瑟弹。秉心凌竹柏，杖信越波澜。春会文昌府，思君每北看。

送赟上人还京

久游春草尽，还寄北船归。沙鸟窥中食，江云入—作满净衣。秦原山色近，楚寺磬声微。见说翻经馆，多闻似者—作尔稀。

送广通上人游江西

香炉七岭秀，秋色九江清。自古多禅隐，吾常爱此行。寻师经鄂渚，受请到青城。离别人间事，何关道者情。

送罗判官还寿州幕

君章才五色，知尔得家风。故里旋归驾，寿春思奉戎。天寒长蛇伏，飙烈文虎雄。定颂张征虏，桓桓戡难功。

送李秀才赴婺州招

山开江色上，孤赏去应迟。绿水迎吴榜，秋风入楚词—作祠。猿清独宿处，木落远行时。见说东阳守，登楼为尔期。

送薛逢之宣州谒废使—作谒裴使君

六月鹏尽化，鸿飞独冥冥。秋烽家不定，险路客频经。牛渚何时到，渔船几处停。遥知咏史夜，谢守月中听。

送德守二叔侄上人还国清寺觐师

道贤齐二阮，俱向竹林归。古偈穿花线，春装卷叶衣。僧墟回水寺，佛陇启山扉。爱别吾何有，人心强有违。

同明府章送沈秀才还石门山读书

身为郓—作邪令客,心许楚山云。文墨应经世,林泉漫诱君。欲随樵子去,惜与道流分。肯谢申公辈,治诗事汉文。

送吉判官还京赴崔尹幕

江南梅雨天,别思极春前。长路飞鸣鹤,离帆聚散烟。清晨趋九陌,秋色望三边。见说王都尹,山阳辟一贤。

送裴判官赴商幕

商洛近京师,才难赴幕时。离歌纷白纻,候骑拥青丝。会喜疲人息,应逢猾吏衰。看君策高足,自此烟霄期。

送李喻之处士洪州谒曹王

独思贤王府,遂作豫章行。雄镇庐霍秀,高秋江汉清。见闻惊苦节,艰故伤远情。西邸延嘉士,遗才得正平。

送唐赞善游越

田园临汉水,离乱寄随关。今日烟尘尽,东西又未还。长亭百越外,孤棹五湖间。何处游芳草,云门千万山。

送韦秀才

晨装行堕叶,万里望桑干。旧说泾关险,犹闻易水寒。黄云战后积,白草暮来看。近得君苗信,时教旅思宽。

送陈秀才赴举

诸侯惧削地,选士皆不羁。休隐脱荷芰,将鸣矜羽仪。甲科争玉片,诗句拟花枝。君实三楚秀,承家有清规。

乌程李明府水堂同卢使君幼平送奘上人游五台

身将刘令隐,经共谢公翻。有此宗师在,应知我法存。问心常寂乐,为别岂伤魂。独访华泉去,秋风入雁门。

送李季良北归

风吹残柳丝—作绿,孤客欲归时。掩抑楚弦绝,离披湘叶衰。前军犹转战,故国杳难期。北望雁门雪,空吟平子诗。

送淳于秀才兰陵觐省

欢言欲忘别,风信忽相惊。柳浦归人思,兰陵春草生。撷芳心未及,视枕恋常盈。此去非长路,还如千里情。

送至洪沙弥赴上元受戒 上元江中蔡州有梁戒坛

不肯资章甫,胜衣被木兰。今随秣陵信,欲及蔡州坛。野寺钟声远,春山戒足寒。归来次第学,应见后心难。

九日同卢使君幼平吴兴郊外送李司仓赴选

重阳千骑出,送客为踟蹰。旷野多摇落,寒山满路隅。晴空悬旆旃,秋色起菱湖。几日登司会,扬才盛五都。

送卢孟明还上都

江皋北风至,归客独伤魂。楚水逢乡雁,平陵忆故园。征骖嘶别馆,落日隐寒原。应及秦川望,春华满国门。

送李少宾赴举

岂谓江南别,心如塞上行。苦云摇阵色,乱木搅秋声。周谷雨未散,汉河流尚横。春司迟尔策,方用静妖兵。

留别阎士和

不惯人间别,多应忘别时。逢山又逢水,只畏—作却—作恐来迟。

送李道士

常随山上下,忽限江南北。共是忘情人,何由肯相忆。

送裴参军还下邳旧居

北望烟铺—作销骠骑营,房烽无火楚天晴。此时千里西—作思归客,泗上春风得及—作返耕。

送文会上人还富阳

悠悠渺渺属一作涉寒波，故寺思归意若何。长忆孤洲一作舟二三一作三二月，春山偏爱一作赏富春一作阳多。

送维谅上人归洞庭

从来湖上胜人间，远爱浮云独自还。孤月空天见心地，寥寥一水一作三境镜一作水中山。

九月八日送萧少府归洪州

明日重阳今日归，布帆丝雨望霏霏。行过鹤渚知堪住，家在龙沙意有违。

同颜鲁公泛舟送皇甫侍御曾

维舟若许暂从容，送过重江不厌重。霜简别来今始见，雪山归去又难逢。

送孙侍御游越

不知持斧客，吟会是何情。丹陛恩犹在，沧洲赏暂行。江桡随月泛，山策逐云行。佳句传零雨，诗流许盛名。

送颜处士还长沙觐省

西候风信起，三湘孤客心。天寒汉水广，乡远楚云深。服彩将侍膳，撷芳思满襟。归人忘一作志艰阻，别恨独何任。

送还本上人游江西

欲广分何教，心将江汉期。云招望寺处，月待溯杯时。真侣谁伤别，降猿汝自悲。多应过庐阜，幽赏却来迟。

送路少府使京兼觐侍御兄

国赋推能吏，今朝发贡湖。伫瞻双阙凤，思见柏台乌。树向秦关远，江分楚驿孤。荣君有兄弟，相继骋长途。

于武原从送卢士举

落日独归客，空山匹一作走马嘶。萧条古关外，岐路更东西。大泽云寂寂，长亭雨凄凄。君还到湘水，寒夜满猿啼。

送乌程李明府得陟状赴京

驿吏满江城，深仁见此情。士林推玉振，公府荐冰清。为政移风久，承恩就日行。仲容纶绋贵，南巷有光荣。

送裴秀才往会稽山读书

一身赍万卷，编室寄烟萝。砚滴穿池小，书衣种楮多。吟诗山响答，泛瑟竹声和。鹤板求儒术，深居意若何。

送崔詹事论之上都 崔尝典吴兴

金虎城池在，铜龙剑珮新。重看前浦柳，犹忆旧洲蘋。远思秦云暮，归心腊月春。青园昔游处，惆怅别离人。

京口送卢孟明还扬州

萧萧北风起，孤棹下江溃。暮客去来尽，春流南北分。萋萋御亭草，渺渺芜城云。相送目千里，空山独望君。

送沙弥大智游五台

童年随法侣，家世本儒流。章句三生学，清凉万里游。云归龙沼暗，木落雁门秋。长老应一作忆相问一作待，传予向祖州。

送稟上人游越

云泉谁不赏，独见尔情高。投石轻龙窟，临流笑鹭涛。折荷为片席，洒水净方袍。剡路逢禅侣，多应问我曹。

送潘秀才之舒州

楚水清风生，扬舲泛月行。荻洲寒露彩，雷岸曙潮声。东道思才子，西人望客卿。从来金谷集，相继有诗名。

送王山人游庐山

千里访灵奇，山资亦相随。叶舟过鹤市，花漏宿龙池。峰顶应闲散，人间足别离。白云将世事，吾见尔心知。

送道契上人之越觐大夫叔

楚僧推后辈，唐本学新经。外国传香氎，

何人施竹瓶。秋风别李寺,春日向柯亭。大阮今为郡,看君眼最青。

送沙弥长文游京

白版年犹小,黄花褐已通。若为诗思逸,早欲似休公。迈俗多真气,传家有素风。应须学心地,宗旨在关东。

秋日送择高上人往江西谒曹王

超然独游趣,无限别山情。予病不同赏,云闲应共行。斋容秋水照,香氎早风轻。曾被陈王识,遥知江上迎。

送如献上人游长安

关中四子教犹存,见说新经待尔翻。为法应过七祖寺,忘名不到五侯门。闲寻鄠杜看修竹,独上风凉望古原。高逸诗情无别怨,春游从遣落花繁。

日曜上人还润州

送君何处最堪思,孤月停空欲别时。露茗犹芳邀重会,寒花落尽不成期。鹤令先去看山近,云碍初飞到寺迟。莫倚禅功放心定,萧家陵树误人悲。

寺院听胡笳送李殷

一奏胡笳客未停,野僧还欲废禅听。难将此意临江别,无限春风葭菼青。

送僧一作李绎

斜日摇一作悠扬在柳丝,孤亭寂寂水透迤。谁堪别后行人尽,唯有春风起路岐。

答裴评事澄荻花间送梁肃拾遗

波一作江上荻花非雪花,风吹撩乱满袈裟。如今岁晏无芳草,独对离樽作物华。

送胜云小师

昨日雪山记一作知尔名,吾今坐石已三生。少年道性易流动,莫遣秋风入别情。

诮士和别

今日同,明日隔,何事悠悠久为客。君怜溪上去来云,我羡磷磷水中石。

送吴冯游京

北期何意促,蕙草夜来繁。清月思淮水,春风望国门。此时休旋逸,万里忽飞翻。若忆山阴会,孤琴为我援。

送僧游宣州一作宣城

楚山千里一僧行,念尔初缘道未成。莫向姑舒泉口泊,此中呜咽为一作易伤情。

宿支硎寺上房

上方精舍远,共宿白云端。寂寞千峰夜,萧条万木寒。山光霜下见,松色月中看。却与西林别,归心即欲阑。

答胡处士

西山禅隐比来闻,长道唯应我与君。书上无名心忘却,人间聚散似浮云。

答张乌程

莫道谪官无主人,秣陵才令日相亲。前溪更有忘忧处,荷叶田田间白蘋。

酬张明府

爱君诗思动禅心,使我休吟待鹤吟。更说郡中黄霸在,朝朝无事许招寻。

芴山居寄呈吴处士

官居鼎鼐古今无,名世才臣独一余。贤阁御题龙墨灿,诏归补衮在须臾。

全唐诗卷八百二十

皎然

从军行五首

候—作双骑出纷纷,元戎霍冠军。汉鞞秋聒地,羌火昼烧云。万里戈—作戌城合,三边羽檄分。乌孙驱未—作不尽,肯顾辽阳勋。

韩旆拂丹霄,汉军新破辽。红尘驱卤簿,白羽拥嫖姚。战苦军犹乐,功高将不骄。至今丁零塞,朔吹空萧萧。

百万逐呼韩,频年不解鞍。兵屯绝漠暗,马饮浊河干。破虏功未录,劳师力已殚。须防肘腋下,飞祸出无端。

飞将下天来,奇谋阃外裁。水心龙剑动,地肺雁山开。望气燕师锐,当锋虏阵摧。从今射雕骑,不敢过云堆。

黄纸君王诏,青泥校尉书。誓师张虎落,选将摆犀渠。雾暗津蒲—作浦失,天寒塞柳疏。横行十万骑,欲扫虏尘余。

陇头水二首

陇头—作西水—作心欲绝,陇水不堪闻。碎影摇枪垒,寒声咽幔军。素从盐海积,绿带柳城分。日落天边望,逶迤入塞云。

秦陇逼氐羌,征人去未央。如何幽咽水,并欲断君肠。西注悲穷漠,东分忆故乡。旅魂声搅乱,无梦到咸阳—作辽阳。

塞下曲二首

塞塞无因见落梅,胡人吹入笛声来。劳劳亭上春应度,夜夜城南战未回。

都护今年破武威,胡沙万里鸟空飞。旄竿瀚海扫云出,毡骑天山蹋雪归。

览史

黄绮皆皓发,秦时隐商山。嘉谋匡帝道,高步游天关。不爱珪组绁,却思林壑还。放歌长松下,日与孤云闲。

咏史

独负高世资,冥冥寄浮俗。卞子去不归,何人辩荆玉。鸑春意不浅,污迹身岂辱。鸾铩乐迍邅,虬蟠甘窘束。五噫谲且正,可以见心曲。

咏史

田氏门下客,冯公众中贱。一朝市义还,百代名独擅。始知下客不可轻,能使主人功业成。借问高车与珠履,何如卑贱一书生。

读张曲江集

相公乃天盖一作启,人文佐生成。立程正颓靡,绎思何纵横。春杼弄细绮,阳林敷玉英。飘然飞动姿,邈矣高简情。后辈惊失步,前修敢争衡。始欣耳目远,再使机虑清。体正力已全,理精识何妙。昔年歌阳春,徒推郢中调。今朝听鸾凤,岂独羡一作苏门啸。帝命镇雄州,待济寄上流。才兼荆衡秀,气助潇湘秋。逸荡子山匹,经奇文畅俦。沈吟未终卷,变态纷难数。曜耳代明珰,袭衣同芳杜。愔愔闻玉磬,窹寐在灵府。

奉酬陆使君见过,各赋院中一物,得江蓠

江蓠生古砌,花每落禅床。嘉客未采掇,空门自馨香。名因诗目见,色对道心忘。不遇陆内史,谁知殊众芳。

赋得谢墅送王长史 其墅即昼七代祖吴兴守旧居

世业西山一作州西墅,移家长我身。萧疏遗树老,寂寞废田春。车巷伤前辙,蓠沟忆旧邻。何堪再过日一作此,更送北归人。

夏日同崔使君论登城楼赋得远山

远山湖上小,青翠望依稀。才向窗中列,还从林表微。色浓春草在,峰起夏云归。不是蓬莱岛,如何人去稀。

咏敦探得七

邹子谭天岁,黄童对日年。求真初作传,炼魄已成仙。鹤驾迎缑岭,星桥下蜀川。逢君竹林客,相对弄清弦。

奉同颜使君真卿送李侍御萼,赋得荻塘路

落日车遥遥,客心在归路。细草暗回塘,春泉萦古渡。遗踪叹芜没,远道悲去住。寂寞荻花空,行人别无数。

赋颜氏古今一事,得《晋仙传》,送颜逸 梁湘东王国常侍颜协著《晋仙传》五篇

曾看颜氏传,多记晋时仙。却忆桐君老,俱还桂父年。青春留鬓发,白日向云烟。远别赍遗简,囊中有几篇。

赋得石梁泉送崔迥

架石通霞壁,悬崖散碧沙。天晴虹影渡,风细练文斜。举一作攀陟幽期阻,沿洄客意赊。河梁非此路,别恨亦无涯。

赋得夜雨滴空阶,送陆羽归龙山 同字

闲阶夜雨滴,偏入别情中。断续清猿应,淋漓候馆空。气令烦虑散,时与早秋同。归客龙山道,东来杂好风。

赋得灯心送李侍御萼 光字

灯心生众草,因有始知芳。彩妓窗偏丽,金桃动更香。花惊春未尽,焰喜夜初长。别后空离室,何人借末光。

赋得竹如意送详师赴讲 青字

缥竹湘南美,吾师尚毁形。仍留负霜节,不变在林青。每入杨枝手,因谈贝叶经。谁期沃州讲,持此别东亭。

听素法师讲《法华经》

法子出西秦,名齐漆一作七道人。才敷药草义,便见雪山春。护讲龙来远,闻经鹤下频。应机如一雨,谁不涤心尘。

咏敫上人座右画松

写得长松意,千寻数尺中。翠阴疑背日,寒色欲生风。真树孤标在,高人立操同。一枝

遥可折，吾欲问生公。

夏日—作微雨登观农楼和崔使君

片雨拂檐楹，烦襟四坐清。霏微过麦陇，萧散—作瑟傍莎城。静爱和花落，幽闻入竹声。朝观趣无限，高咏寄深—作闲情。

妙喜寺逵公院赋得夜磬送吕评事

一磬寒山至，凝心转清越。细和虚籁尽，疏绕悬—作寒泉发。在夜吟更长，停空韵难绝。幽僧悟深定，归客忘远别。寂历无性中，真声何起灭。

咏小瀑布

瀑布小更奇，潺湲二三尺。细脉穿乱沙，丛声咽危石。初因智者赏，果会幽人迹。不向定中闻，那知我心寂。

仙女台得仙字

寂寂—作寞旧桑田—作朱田，谁家—作何时女得仙。应无鸡犬在，空有子孙传。古木花犹发，荒台路未迁—作月尚悬。暮来云一片—作片云低不散，疑是欲—作却归年。

灵澈上人何山寺七贤石诗

七石配七贤，隐僧山上移。石性殊磊落，君子又高奇。跂禅服宜壤，坐客冠可欹。夜倚月树影，昼倾风竹枝。集质患追琢，表顽用磷缁。佚火玉亦害，块然长在兹。

潘丞孩子

爱子性情奇，初生玉树枝。人曾天上见，名向月中知。我识婴儿意，何须待佩觿。

南池杂咏五首并序

余草堂在池上洲，昔柳吴兴诗"汀洲采白蘋"，即此地也。左右云山满目，一坐遂有终焉之志。会广德中寇盗淮海骚动，宵人肆志，吾属不安，因赋南池五咏，聊以自适。

水月

夜夜池上观，禅身坐月边。虚无色可取，

皎洁意难传。若向空心了，长如影正圆。

溪云

舒卷意何穷，萦流复带空。有形不累物，无迹去随风。莫怪长相逐，飘然与我同。

虚舟

虚舟动又静，忽似去逢时。触物知无迕，为梁幸见遗。因风到此岸，非有济川期。

寒山

侵空撩乱色，独爱我中峰。无事负轻策，闲行蹋幽踪。众山摇落尽，寒翠更重重。

寒竹

袅袅孤生竹，独立山中雪。苍翠摇动—作劲风，婵娟带寒月。狂花不相似，还共凌冬发。

望远村

林杪不可分，水步遥难辨。一片山翠边，依稀见村远。

惜暮景

疏阴花不—作下动，片景松梢度。夏日旧来长，佳游何易暮。

效古天宝十四年

日出天地正，煌煌辟晨曦。六龙驱群动，古今无尽时。夸父亦何愚，竟走先自疲。饮干咸池水，折尽扶—作长桑枝。渴死化燧火，嗟嗟徒尔为。空留邓林在，折尽—作摧折令人嗤。

古别离代人答闾士和

太湖三山口，吴王在时道。寂寞千载心，无人见春草。谁识—作堪缄怨者，持此伤怀抱。孤舟畏狂风，一点宿烟岛。望所思兮若何，月荡漾兮空波。云离离兮北断，鸿—作作眇眇兮南多。身去兮天畔，心折兮湖岸。春风胡为兮塞路，使我归梦兮撩乱。

拟长安春词

春信在河源，春风荡妾魂。春歌杂鶗鴂，

春梦绕辕辕。春絮愁偏满,春丝闷更繁。春期不可定,春曲懒新翻。

效古

思君转战度交河,强弄胡琴不成曲。日落应愁陇底难,春来定梦江南数。万丈游丝是妾心,惹蝶萦花乱相续。

昭君怨

自倚婵娟望主恩,谁知美恶忽相翻。黄金不买汉宫貌,青冢空埋胡一作秦地魂。

铜雀妓

强开尊酒向陵看,忆得君王旧日欢,不觉余歌悲自断,非关艳曲转声难。

长门怨

春风日日闭长门,摇荡春心似一作自梦魂。谁一作若遣花开只笑妾,不如桃李正一作自无言。

哭吴县房耸明府

仁人迈厚德,可谓名实全。抚迹若疏旷,会心极精研。履危节讵屈,广德初,江南寇盗充斥,贼通名宰长城县,屡至害,而竟不就。著论识不偏。公著《道性论》一篇。恨以荣级浅,嘉猷未及宣。伊人期远大,志业难比肩。昭世既合并,吾君藉陶甄。奈何明明理,与善徒空诠,征教或稽圣,穷源反问天。一官自吴邑,六翻委江壖。始是牵丝日,翻成撤瑟年。金膏果不就,房公昔日就沈道士学长生之术,昼以佛理难之。玉珮长此捐。倚伏信冥昧,夭修惊后先。安知忘情子,爱网素已褰。为有深仁感,遂令真性迁。心悲空林下,泪洒秋景前。夫子寡兄弟,抚孤伤藐然。倾云为惨结,吊鹤共联翩。割念命归驾,诀词向空筵。树桃阴始合,爱客位常怅。幡然一作恍若远行时,崇望归朝旋。悟兹欢宴隔,哀被一作彼岁月延。书带变芳草,履痕移绿钱。冥期倘可逢,生尽会无缘。王坦之与生法师为冥期,前死者归报其罪福。幸愿示因业,代君运精专。沈约死后,冥中见十一作千,因师云:"师急为我造经,舍一作拔我苦难。"相思转寂寞,独往西林泉。欲见故人心,时阅所赠篇。素高陶靖节,今重楚先贤。芳躅将遗爱,可为终古传。

哭觉上人时绊剡中

忆君南适越,不作买山期。昨得耶溪信,翻为逝水悲。神交如可见,生尽杳难思。白日东林下,空怀步影时。

题余不溪废寺

武原离乱后,一作武陵雁乱后真界积尘埃。残月生秋水,悲风起故台。居人今已尽,栖鸽暝还来。不到无生理,应堪赋七哀。与《宿吴匡山破寺》诗略同。

同李洗马入余不溪经辛将军故城

惨惨寒城望,将军下世时。高埠暮草遍,大树野风悲。壁垒今惟一作犹在,勋庸近可思。苍然古溪上,川逝共凄其。

忆天台

筶溪朝雨散,云色似天台。应是东风便,吹从海上来。灵山游汗漫,仙石过莓苔。误到人间世,经年不早回。

万回寺

万里称逆化,愚蠢性亦全。紫绂拖身上,妖姬安膝前一作边。见他拘坐寂,故我是眠禅。吾知至人心,杳若青冥天。

禅诗

万法出无门,纷纷使智昏。徒称谁氏子,独立天地元。实际且何有,物先安可存。须知不动念,照出万重源。

哀教

本师不得已,强为我著书。知尽百虑遣,名存万象拘。如何工言了,终日论虚无。伊人独冥冥,时人以为愚。

闻钟

古寺寒山上,远钟扬好风。声余月树动,响尽霜天空。永夜一禅子,泠肰心境中。

溪上月

秋水月娟娟，初生色界天。蟾光散浦溆，素影动沧涟。何事无心见，亏盈向夜禅。

山雪

夕阳在西峰，叠翠萦残雪。狂风卷絮回，惊猿攀玉折。何意山中人，误报山花发。

江上风

江风西复东，飘暴忽何穷。初生虚无际，稍起荡漾中。应吹夏口樯竿折，定蹙溢城浪花咽。今朝莫怪沙岸明—作崩，昨夜声狂卷成雪。

山雨

一片雨，山半晴。长风吹落西山上，满树萧萧心耳清。云鹤惊乱下，水香凝不然。风回雨定芭蕉湿，一滴时时入昼禅。

问遥山禅老

天与松子寿，独饮日月精。复令颜子贤，胡为夭其生。吾将寻河源，上天问天何不平？吾将诘仙老，大道无私谁强名？仙老难逢天不近，世人何人解应尽。明朝欲向翅头山，问取禅公此义还。

禅思

真我性无主，谁为尘识昏。奈何求其本，若拔大木根。妄以一念动，势如千波翻。伤哉子桑扈，虫臂徒虚言。神威兴外论，宗邪生异源。空何妨色在，妙岂废身存。寂灭本非寂，喧哗曾未喧。嗟嗟世上禅，不共智者论。

支公诗

支公养马复养鹤，率性无机多脱略。天生支公与凡异，凡情不到支公地。得道由来天上仙，为僧却下人间寺—作世。道家诸子论自然，此公唯许逍遥篇。山阴诗友喧四座，佳句纵横不废禅。

述梦

梦中归见西陵雪，渺渺茫茫行路绝。觉来还在剡东峰，乡心缭绕愁夜钟。寺北禅冈犹记得，梦归长见山重重。

赤松—作赤松涧

缘—作绿岸蒙笼出见天，晴沙沥沥—作历历水溅溅。何处羽人长洗药，残花无数逐流泉。

戏题松树

为爱松声听不足，每逢松树遂忘还。翛然此外更何事，笑向闲云似我闲。

戏题二首

看饮逢歌日屡曛，我身何似系浮云。时人不解野僧意，归去溪头作鸟群。

喧喧共在是非间，终日谁知我自闲。偶客狂歌何所为，欲与人事强相关。

杂寓兴

嗟嗟号呹子，世称谪仙俦。媚俗被鲛绡，欺天荐昫修。奔景谓可致，驰龄言易流。燕昭昧往事，嬴政亡前筹。三山果不见，九仙忽悠悠。君看牛山乐，君见麋浦游。昨日千金子，联绵成古丘。吾将揽明月，照尔生死流。至乐享爱居，惭贻达者尤。冥冥光尘内，机丧成海沤。

杂兴六首

吾观谈天客，工言丧其精。万物资光庇，此中何有情。若为昧言跀，修短怨太清。高论让邹子，放词征屈生。请从象外推，至论尤明明。

短龄役长世，扰扰悟不早。嫔女身后空，欢娱梦中好。从教西陵树，千载伤怀抱。鹤驾何冥冥，鳌洲去浩浩。柔颜感三花，凋发悲蔓草。月中伐桂人是谁，翻使年年不衰老。

谁高齐公子，泣听雍门琴。死且何足伤，殊非达人心。

独高庭中鹤，意远贵氛埃。有时青冥游，顾我还下来。

白云琅玕色，一片生虚无。此物若无心，若何卷还舒。

疏散遂吾性，栖山更无机。寥寥高松下，独有闲云归。精意不可道，冥然还掩扉。

偶然五首

乐禅心似荡，吾道不相妨。独悟歌还笑，谁言老更狂。

偶然—作世寂无喧，吾了—作心心—作了性源。可嫌虫食木，不笑鸟能言。

隐心不隐迹，却欲住人寰。欠树移春树，无山看画山。居喧我未错，真意在其间。

虏语嫌不学，胡音从不翻。说禅颠倒是，乐杀金王孙。

真隐须无矫—作不须矫，忘名要似愚。只将两条事，空却汉潜夫。

问天

天公—作翁何时有，谈者皆不经。谁道贤人死，今为傅说星。

寓言

吾道本无我，未曾嫌世人。如今到城市，弥觉此心真。

前溪作

春歌已寂寂，古水自涓涓。徒误时人辈，伤心作逝川。

戏作

乞我百万金，封我异姓王。不如独悟时，大笑放清狂。

浮云三章

浮云，刺谗也。盖取夫盛明之时，为浮云所蒙，非不明也。小人比于君侧，谗言荧惑，亦如浮云之害明。予览古史，极观君臣之际，败亡之兆，生于谗愿，遂作是诗。

浮云浮云，集于扶桑。扶桑茫茫，日暮之光。非日之暮，浮云之污。嗟我怀人，忧心如蠹。

浮云浮云，集于咸池。咸池微微，日昃之时。非日之昃，浮云之惑。嗟我怀人，忧心如织。

浮云浮云，集于高舂。高舂蒙蒙，日夕之容。非日之夕，浮云之积。嗟我怀人，忧心如懑。

寓言

人生百年我过半，天生才定不可换。东海钓鳌鳌不食，南山坐石石欲烂。

若邪春兴

春生若邪—作溪水，雨后漫流通。芳草行无尽，清—作春源去不穷。野烟迷极—作急浦，斜日起微风。数处乘流望，依稀似剡中。

晨登乐游原，望终南积雪

凌晨拥弊裘，径上古原头。雪霁山疑近，天高思若浮。琼峰埋积翠，玉嶂掩飞流。曜彩含朝日，摇光夺寸眸。寒空标瑞色，爽气袭皇州。清眺何人得，终当独再游。

送商季皋

比来知尔有诗名，莫恨东归学未成。新丰有酒为我饮，消取故园伤别情。

全唐诗卷八百二十一

皎然

吊灵均词

昧天道兮有无,听泪音觅渚兮踌躇。期灵均兮若存,问神理兮何如。愿君精兮为月,出孤影兮示予。天独何兮有君,君在万兮不群。既冰心兮皎洁,上问天兮胡不闻。天不闻,神莫睹,若去冥冥兮雷霆怒,萧条杳眇兮余草莽。古山春兮为谁,今猿哀兮何思。风激烈兮楚竹死,国殇人悲兮雨飕飕。雨飕飕兮望君时,光茫荡漾兮化为水,万古忠贞兮徒尔为。

步虚词

予因览真诀,遂感西城—作域君。玉笙—作皇下青冥,人间未曾闻。日华炼精—作魂魄,皎皎无垢氛。谓我有仙骨,且令饵氤氲。俯仰愧灵颜,愿随鸾鹄群。俄然动风驭,缥渺归青云。

奉应颜尚书真卿观玄真子,置酒张乐,舞破阵,画洞庭三山歌

道流迹异人共惊,寄向画中观道情。如何万象自心出,而心澹然无所营。手援毫,足蹈节,披缣洒墨称丽绝。石文乱点急管催,云态徐挥慢歌发。乐音洛纵酒酣狂更好,攒峰若雨纵横扫。尺波澶漫意无涯,片岭崚嶒势将倒。盻睐方知造境难,象忘神遇非笔端。昨日幽奇湖上见,今朝舒卷手中看。兴余轻拂远天色,曾向峰东海边识。秋空暮景飒飒容,翻疑是真画不得。颜公素高山水意,常恨三山不可至。赏君狂画忘远游,不出轩墀坐苍翠。

答韦山人隐起龙文药瓢歌

野人药瓢天下绝,全如浑金割如月。彪炳文章智使然,生成在我不在天。若言有物不由物,何意中虚道性全。韦生能诗兼好异,获此灵瓢远相遗。仙侯玉帖人漫传,若士青囊世何秘。一捧一开如见君,药盛五色香氤氲。背一

作阶上骊龙蟠不睡,张鳞摆领生风云。世人强知金丹道,默仙不成秽仙老。年少纷如陌上尘,不见吾瓢尽枯槁。聊将系肘步何轻,便有三山孤鹤情。东方小儿乏此物,遂令仙籍独无名。

桃花石枕歌赠康从事

卞山幽石产奇璞,荆人至死采不著。何人琢枕持赠君,片片桃花开未落。剑工见兮可为剑,昆吾石铁可铸为剑。玉工辨兮知非石。至宝由来览一作鉴者稀,今君独鉴应欲惜。何辞售一作集与章一作韦天真,幸得提携近玉人。可中弃置君不顾,天生秀色徒璘玢。四座喧喧争目悦,巧过造化称一绝。莫言昨日因错磨,看取从来无点缺。六月江南暑未阑,一尺花冰试枕看。高窗正午风飒变,室中不减春天寒。主人所重重枕德,文章外饰徒相惑。更有坚贞不易心,与君天下为士则。

张伯英一作伯高草书歌

伯英死后生伯高,朝看手把山中毫。先贤草律我草狂,风云阵发愁钟王。须臾变态皆自我,象形类物无不可。阆风游云千万朵,惊龙蹴踏飞欲堕。更睹邓林花落一作落叶朝,狂风乱搅何飘飘一作飘飖,有时凝然笔空握,情在寥天独飞鹤。有时取势气更高,忆得春江千里涛。张生奇一作草绝难再遇,王小令草书,古今称草绝。草罢临风展轻素。阴惨阳舒如有道,鬼状魑容若可惧。黄公酒垆兴偏入,阮籍不嚬䐏亦顾。长安酒榜醉后书,此日骋君千里步。

寒栖子歌曾居庐山,欲有事罗浮之行。

君在庐山知不群,有疑是鹤又是云。生死尘埃污不得,眼前荣利徒纷纷。今日惠然来访我,酒垆书囊肩背荷。拂除衣上饵烟霞,昨夜胥门宿蔡家。天然不饮亦不食,抛名换姓觅不得。且向人间作酒仙,不肯将身生羽翼。停形为饵天地根,胎息道成。世人皆死我独存。洗虑因吞清明箓,世人皆贪我常足。栖子妙今道已成,手把玄枢心运冥。能令鬼哭神效灵,身如

飘风不可绊。朝游崆峒夕汗漫,向来坐客犹未散。忽忆罗浮欲去时,遥指孤云作路岐。海上仙游不可见,人间日落空桑枝。

翔隼歌送王端公

古人赏神骏,何如秋隼击。独立高标望霜翮,应看天宇如咫尺。低回拂地凌风翔,鹏雏敢下雁断行。晴空四顾忽不见,有时独出青霞傍。穷阴万里落寒日,气杀草枯增奋逸。云塞斜飞撩叶迷,雪天直上穿花疾。见君高情有所属,赠别因歌翔隼曲。离亭惨惨客散时,歌尽路长意不足。

白云歌寄陆中丞使君长源

一见西山云,使人情意远。凭高发咏何超遥,道妙如君一作有如一作君舒卷。紫空叠景多丽容,众峰峰上自为峰。洁白不由阴雨积,高明肯共杂烟重。万物有形皆有著,白云有形无一作难系缚。黄金被烁玉亦瑕,一片飘然污不著。或逢天上或人间,人自营营云自闲。忽尔飞来暂为侣,忽然飞去莫能攀。逸民对云效高致,禅子逢云增道意。白云遇物无偏颇,自是人心见同异。阊阖天门宜曙看,为一作华缨作盖拥千官。从龙合沓临清暑,殿名。就日透迤绕露寒。宫名。谁怜西山云,亭亭处幽绝。坐石长看非我羁,手中欲揽一作搅待君说。贞白先生那得知,只一作解向空山一作山中自怡悦。

裴端公使君清席,赋得青桂歌送徐长史

昔年攀桂为留人,今朝攀桂送归客。秋风桃李摇落尽,为君青青伴松柏。谢公南楼送客还,高歌桂树凌寒山。应怜独秀空林上,空赏敷华积雪间。昨夜一枝生在月,婵娟可望不可折。若为天上堪赠行,徒使亭亭照离别。

周长史昉画毗沙门天王歌

长史画神独感神,高步一作妙区中无两人。雅而逸,高且真,形生虚无忽可亲。降魔大戟缩在手,倚天长剑横诸绅。慈威示物虽凛凛,在德无秋唯有春。吾知真象本非色,此中妙用

君心得。苟能下笔合神造,误点一点亦为道。写出霜缣可舒卷,何人应—作能识此情远。秋斋清寂无外物,盥手焚香聊自展。忆昔胡兵围未解,感得此神天上下。至今云旗图我形,为君一顾烟尘清。

奉和颜鲁公真卿落玄真子舴艋舟歌楚章华台成影,愿与诸侯落之

沧浪子后玄真子,冥冥钓隐江之汜。刳木新成舴艋舟,诸侯落舟自兹始。得道身不系,无机舟亦闲。从水远逝兮任风还,朝五湖兮夕三山。停纶乍入芙蓉浦,击汰时过明月湾。太公取璜我不取,龙伯钓鳌我不钓。竹竿袅袅鱼筵筵,此中自得还自笑。汗漫一游何可期,后来谁遇冰雪姿。上古初闻出尧世,今朝还见在尧时。

郑容全成蛟形木机歌

万物贵天然,天然不可得。浑朴无劳剖劂工,幽姿自可蛟龙质。欲腾未去何翩翩,扬袂争前谁敢拂。可中风雨一朝至,还应不是池中物。苍山万重采一枝,形如器车生意奇。风号雨喷心不折,众木千丛君独知。广德中,郑生避贼吴兴畎山,于稠人之中遇予,独见称赏。高人心,多越格。有时就月吟春风,持来座右惊神客。爱君开阁江之滨,白云黄鹤长相亲。南郭子綦我不识,非君独是是何人。

奉同颜使君真卿清风楼,赋得洞庭歌送吴炼师归林屋洞

名山洞府到金庭,三十六洞称最灵。不有古仙启其秘,今日安知灵宝经。中山炼师栖白云,道成仙秩号元君。安之高仙者有元君,次有夫人。元君有秩,比左仙公。三千甲子朝玉帝,世上如今名始闻。吐纳青牙养肌发,花冠玉舄何高洁。不闻天上来谪仙,自是人间授真诀。吴兴太守道家流,仙师远放清风楼。应将内景还飞去,且分风光此间留。湖之山兮楼上见,山冥冥兮水悠悠。世人不到君自到,缥缈仙都谁与俦。黄鹤孤云天上物,物外飘然自天匹。一别千年未可期,仙家不数人间日。

夏铜碗为龙吟歌并序

唐故太尉房公琯,早岁尝隐终南山峻壁之下,往往闻龙吟,声清而静,涤人邪想。时有好事僧潜夏之,以三金写之,唯铜声酷似。他日房公偶至山寺,闻林岭间有此声,乃曰:"龙吟复迁于兹矣。"僧因出其器以告。公命夏之,惊曰:"真龙吟也。"大历十三祀,秦僧传至桐江。予使童儿夏金仿之,亦不减秦声也。缁人或有讥者,曰:"此达僧之事,可以嬉娱。尔曹无以琐行自拘。"因赋龙吟歌以见其意。

逸僧夏碗为—作闻龙吟,世上未曾闻此音。一从太尉房公赏,遂使秦人传至今。初夏徐徐声渐显,乐音不管何人辨。似出龙泉—作渊万丈底,乍怪声来近而远。未必全由夏者功—作工,真生虚无非碗中。寥亮掩清笛,萦回凌细风。遥闻不断在烟杪,万籁无声天境空。听专一境,则众音不闻,非万籁之无声也。乍—作昨向天台宿华顶,秋宵一吟更清回。能令听者易常性,忧人忘忧躁人静。今日铿鍠江上闻,蛟螭奔飞如得群。声过阴岭恐成雨,响驻晴天将起—作遇云。坐来吟尽空江—作江上碧,却寻向者听—作声无迹。人生万事将此同,暮贱朝荣动还寂。

饮茶歌诮崔石使君

越人遗我剡溪—作山茗,采得金牙爨金鼎。素瓷雪色缥—作飘沫香,何似诸仙琼蕊浆。一饮涤昏寐,情来—作思朗爽—作爽朗满天地。再饮清我神,忽如飞雨洒轻尘。三饮便得道,何须苦心破烦恼。此物清高世莫知,世人饮酒多—作徒自欺。愁—作好看毕卓瓮间夜,笑向陶潜篱下时。崔侯啜之意不已,狂歌一曲惊人耳。孰知茶道全尔真,唯有丹丘得如此。

买药歌送杨山人

华阴少年何所希,欲饵丹砂化骨飞。江南药少淮南有,暂别胥门上京口。京口斜通江水流,裴回应上青山头。夜惊潮没鸬鹚堰,朝看日出芙蓉楼。摇荡—作荡漾春风乱帆影,片云无数是扬州。扬州喧喧卖药市,浮俗无由识仙

子。河间姹女直千金,紫阳夫人服不死。吾于此道复何如,昨朝新得蓬莱书。

薛卿教长行歌 时量移湖州别驾

桂阳仙柳道家说,昔传苏君今是薛。聊将握槊偶时人,便—作却被人间称冠绝。黄杨文局龟螭蟠,琢成骰—作头子双琅玕。初疑月破云中堕,复怪星移指下攒。谁识兵奇势可保,坐看将军上—作占一道。长行有将军梁。有时彩王去声非所希,笑击单于出重围。凫惊隼击疾若飞,左顾右盼生光辉。家本联姻汉戚里,身是长安贵公子。名高艺绝何翩翩,几回决胜君王前。屡—作屡游长乐与祈年,人望青云白日边。谪宦江南岁阴晚,还将此道聊自遣。由来君子行最长,长行经有君子行,小人行。予亦知君寄心远。

桃花石枕歌送安吉康丞并序

安吉,古桃州也,今为吴兴右邑,士遐副焉。于南山获桃花石,异而重之,珍于席上。士遐将赴京师,故帅诗人以君所宝之物高歌赠行。

君吏桃州尚奇—作寄迹,桃州采得桃花石。烂疑朝日照已舒,含似春风吹未坼。珪璋特达世所珍,吾知此物亦其伦。应羡花开不凋悴,应嘉玉片无缁磷。立性坚刚平若砥,君子偏将交道比。何人亦秉坚刚姿,吾见君心得如此。君心所好我独知,别多见少长相思。从来赏玩安左右,万里提携君莫辞。

赋得吴王送女潮歌,送李判官之河中府

见说吴王送女时,行宫直到荆溪口。溪上千年送女潮,为感吴王至今有。乃知昔人由志诚,流水无情翻有情。平波忽起二三尺,此上疑与神仙宅。今人犹望荆之湄,长令望者增所思。吴王已殁女不返,潮水无情那有期。溪草何草号帝女,溪竹何竹号湘妃。灵涛旦暮自堪伤,的烁婵娟又争发。客归千里自兹始,览古高歌感行子。不知别后相见期,君意何如此潮水。

观李中丞洪二美人唱歌轧筝歌 时量移湖州长史

君家双美姬,善歌工筝人莫知。轧用蜀竹弦楚丝,清哇哇,音娃,歌声也宛转声相随。夜静酒阑佳月前,高张水引何—作仍渊渊。美人矜名曲不误,蹙响时时如迸泉。赵琴—作瑟素所嘉,齐讴世称绝。筝歌一动凡音辍,凝弦且莫停金罍。淫—无淫字声已阕雅声来,游鱼唅喁鹤裴回。主人高情始为开,高情放浪出常格。偶世有名道无迹,勋业先登上将科。文章已冠诸人籍,每笑石崇无道情,轻身重色祸亦成。君有佳人当禅伴,于中不废学无生。爱君天然性寡欲,家贫禄薄常知足。谪官无愠如古人,交道忘言比前躅。不意全家万里来,湖中再见春山绿。吴兴公舍幽且闲,何妨寄隐在其间。时议名齐谢太傅,更看携妓似东山。

陈氏童子草书歌

书家孺子有奇名,天然大草令人惊。僧虔老时把笔法,孺子如今皆暗合。飙挥电洒眼不及,但觉毫端鸣飒飒。有时作点险且能,太行片石看欲崩。偶然长掣浓入燥,少室枯松欹不倒。夏室炎炎少人欢,山轩日色在阑干。桐花飞尽子规思,主人高歌兴不至。浊醪不饮嫌昏沈,欲玩草书开我襟。龙爪状奇鼠须锐,水—作冰笺白皙越人惠。王家小令草最狂,为予洒出—作挥洒惊腾势。

饮茶歌送郑容

丹丘羽人轻玉食,采茶饮之生羽翼。《天台记》云:丹丘出大茗,服之羽化。名藏仙府世空—作莫知,骨化云宫人不识。云—作雪山童子调金铛,楚人茶经虚得名。霜天半夜芳草折,烂漫—作煜缃花啜又—作久生。赏君—作常说此茶祛我疾—作赏君茶,祛我疾,使人胸中荡忧栗。日上香垆情未毕,醉—作乱踏虎溪云,高歌送君出。

花石长枕歌答章居士赠

楚山有石郢人琢,琢成长枕知是玉。全疑冰片坐—作睡恐销,间发花丛惊不足。赠予比之金琅玕,琼花烂熳—作烂烂浮席端。吾师道—

作遣吾不执宝,今日感君因执看。试叩铿然应清律,纤尘不留蝇敢拂。万物皆因造化资,如何独负清贞质。南山有云鹄在空,长松为我生凉风。高友一作文朗咏乐其中,行住四仪皆道意。不学小乘一曲一作西竺士,唯将此物安座隅,取次闲眠有禅味。

观王右丞维沧洲图歌

沧洲误是真,萋萋忽盈视。便有春渚情,褰裳掇芳芷。飒然风至草不动,始悟丹青得如此。丹青变化不可寻,翻空作有移人心。犹言雨色斜拂座,乍似水凉来入襟。沧洲说近三湘口,谁知卷得在君手。披图拥褐临水时,儵然不异沧洲叟。

洞庭山维谅上人院阶前孤生橘树歌

洞庭仙山但生橘,不生凡木与梨栗。真子无私一作松自不栽,感得一株阶下出。细叶繁枝委露新,四时常绿不关春。若言此物无道性,何意孤生来就一作就来人。二月三月山初暖,最爱低檐数枝短。白花不用乌一作鸟衔来,自有风吹手中满。九月十月争破颜,金实离离色殷殷一作颜色殷,一夜天晴香满山。天一作山生珍木异于俗,俗士来逢不敢触。清阴独步禅起时,徙倚前看看不足。

春夜赋得漉水囊歌,送郑明府

吴缣楚练何白皙,居士持来遗禅客。禅客能裁漉水囊,不用衣一作良工秉刀尺。先师遗我式一作戒无缺,一滤一翻心敢赊。夕望东峰思潄盥,晓晾斜月悬灯纱。徙倚花前漏初断,白猿争啸惊禅伴。玉瓶徐泻赏一作尚涓涓,溅着莲衣水珠满。因识仁人为官情,还如漉水爱苍生。聊歌一曲与君别,莫忘寒泉见底情。

湛处士枸杞架歌

天生灵草生灵地,误生人间人不贵。独君井上有一根,始觉人间众芳异。拖线垂丝宜曙看,萦回满架何珊珊。春风亦解爱此物,袅袅时来傍香实。湿云缀叶摆不去,翠羽衔花惊畏失。肯羡孤松不凋色,皇天正气肃不得。我独全生异此辈,顺时荣落不相背。孤松自被斧斤伤,独我柔枝保无害。黄油酒囊石棋局,吾羡湛生心出俗。一作吾湛生心出世俗。撷芳生一作坐影风洒怀,其致翛然此中足。

观裴秀才松石障歌

谁工此松唯拂墨,巧思丹青营不得。初写松梢风正生,此中势与真松争。高柯细叶动飒飒,乍听幽飕如有声。左右双松更奇绝,龙鳞尘尾仍半折。经春寒色聚不散,逼座阴阴将下雪。荆门石状凌玗璠,蹙成数片倚松根。何年蒨蒨苔粘迹,几夜潺潺水击痕。裴生诗家后来客,为我开图玩松石。对之自有高世心,何事劳君上山屐。

送顾处士歌 吴兴丘司议之女婿,即况也

吴门顾子予早闻,风貌真古谁似君。人中黄宪与颜子,物表孤高将片云。性背时人高且逸,平生好古无俦匹。醉书在箧称绝伦,神画开厨怕飞出。谢氏檀郎亦可俦,道情还似我家流。安贫日日一作用晦读书坐,不见将名干五侯。知君别业长洲外,欲行秋田循一作修畎浍。门前便取觳觫乘,腰上还将鹿卢一作辘轳佩。禅子有情非世情,御莽贡余聊赠行。满道喧喧遇君别,争窥玉润与冰清。

水精数珠歌

西方真人为行密一作蜜,臂上记珠皎如日。佛名无着心亦空,珠去珠来体常一。谁道佛身千万身,重重只向心中出。

兵后西日溪行并序

沈羲《仙记》:"铜岘地肺,可以逃水。"又《圣桃源记》:"天地改,花源在。"即此地也。此一章,灵澈上人可以志之。

一从清气上为天,仙叟何年见乾海。黄河几度浊复清,此水如今未曾改。西寻仙人渚,误入桃花穴。风吹花片使我迷,时时问山惊踏雪。石梁丹灶意更奇,石梁、丹灶、铜岘、仙人渚,灵迹有四所。春草不生多故辙。我来隐道非隐身,

如今世上无风尘。路是武陵路,人非秦代人。饭松得高侣,濯足偶清津。数片昔贤磐石在,几回并坐戴纶巾。

姑苏行一作台

古台不见秋草衰一作凄,却忆吴王全盛时。千年月照秋草上,吴王在时几回望。至今月出君不还,世人空对姑苏山。山中精灵安可睹,辙迹人踪麋鹿聚。婵娟西子倾国容,化作寒陵一堆土。

短歌行

古人若不死,吾亦何一作有所悲。萧萧烟雨九原上,白杨青松葬者谁。贵贱同一尘,死生同一指。人生在世一作万代共如此,何异浮云与流水。短歌行,短歌无穷日已倾。邺宫梁苑徒有名,春草秋风伤我情。何为不学金仙侣,一悟空王无死生。

山月行一作关山月。末句缺一字。

家家望秋月,不及秋山望。山中万境长寂寥,夜夜孤明我山上。海人皆言生海东,山人自谓出山中。忧虞欢乐皆占月,月本无心同不同。自从有月山不改,古人望尽今人在。不知万世今夜时,孤月将□谁更待。一作孤月将谁更相待。

顾渚行寄裴方舟

我有云泉邻渚山,山中茶事颇相关。鹧鸪鸣时芳草死,山家渐欲收茶子。伯劳飞日芳草滋,山僧又是采茶时。簇来惯采无近远,阴岭长兮阳崖浅。大寒山下叶未生,小寒山中叶初卷。二山名。吴婉一作姹携笼上翠微,蒙蒙香刺罥春衣。迷山一作山迷乍被一作可落花乱,度水时惊啼鸟飞。家园不远乘露摘,归时露彩犹滴沥。初看怕一作抽出欺玉英,更取煎来胜金液。昨夜西峰雨色过,朝寻新茗复如何。女宫露涩青芽老,尧市人稀紫笋多。紫笋青芽谁得识,日暮采一作探之长太息。清泠真人待子元,仙傅:清泠真人裴君与道人支子元为友。贮此芳香思何极。

武源行赠丘卿岑

昔年群盗阻江东,吴山动摇楚泽空。齐人亦戴蜂虿毒,美稷化为荆棘丛。汹汹四顾多窟穴,浮云白波名不同。万人死地当虎口,一旦生涯悬彀一作鼓中。昨日将军徇死节,悉向生民陷成血。胸中豹略张阵云,握内蛇矛挥白雪。长洲南去接孤城,居人散尽鼓噪惊。三春不见芳草色,四面唯闻刁斗声。此时狂寇纷如市,君当要冲固深垒。纵横计出皆获全,士卒身先每轻死。扫平氛祲望吴门,人间岁美桑柘繁。比屋生全一作全生受君赐,连营罢战赖一作顶君恩。如何弃置功不一作未录,通籍无名滞江曲。灞亭不重李将军,汉爵犹轻苏属国。荒营寂寂隐山椒,春意空惊故柳条。野战攻城尽一作只如此,即今谁是霍嫖姚。

长安少年行

翠楼春酒虾蟆陵,长安少年皆共矜。纷纷半醉绿槐道,蹀躞花骢骄不胜。

风入松

西岭松声落日秋,千枝万叶风飕飕。美人援琴弄成曲,写得松间声断续。声断续,清我魂。流波坏陵安足论,美人夜坐月明里。含少商兮点一作照清徵,风何凄一作凄清兮飘飘一作何飘飘,搅寒松兮又夜起。夜未央,曲何长,金徽更促声泱泱。何人此时不得意,意苦弦悲闻客堂。

陪卢中丞闲游山寺 此首与《和阎士和李蕙冬夜宴集》诗略同

野寺出人境,舍舟登远峰。林开明见月,万壑静闻钟。拥烛明山翠,交麾动水容。如何股肱守,尘外得相逢。

湖南草堂读书招李少府

削去僧家一作中事,南池便隐居。为怜松子寿,还卜道家书。药院常无客,茶樽独对余。有时招逸史,来饭野中蔬。

答李季兰

天女来相试—作识，将花欲染衣。禅心竟不起，还捧旧花归。

酬郑判官湖上见赠

岁岁湖南隐已成，如何星使忽知名。沙鸥惯识无心客，今日逢君不解惊。

送旻上人游天台

真心不废别，试看越溪清。知汝机忘尽，春山自有情。月思华顶宿，云爱石门行。海近应须泛，无令鸥鹭惊。

送别

闻说情人怨别情，霜天淅沥在寒城。长宵漫漫角声发，禅子无心恨亦生。

与昂上人两字继合四句初字日

有一鸟雏，凌寒独宿。若逢云雨，两两相逐。

次日

野外有一人，独立无四邻。彼见是我身，我见是彼身。

全唐诗卷八百二十二

广宣

广宣,姓廖氏,蜀中人。与刘禹锡最善,元和、长庆两朝,并为内供奉,赐居安国寺红楼院,有《红楼集》。今存诗十七首,编为一卷。

皇太子频赐存问,并索唱和新诗,因有陈谢

望苑招延—作贤后,禅扉访道余。祇言俟文雅,何意及庸虚。率性多非学,缘情偶自书。清风闻寺响,白日见心初。重道逢轩后,崇儒过魏储。青宫列芳—作楸梓,玄圃积琼琚。郑鼠宁容者,齐竽久舍诸。空怀受恩感,含思几踌躇。

禁中法会应制

天上万年枝,人间不可窥。道场三教会,心地百王期。侍读沾恩早,传香驻日迟。在筵还向道,通籍许言诗。空愧陪仙列,何阶答圣慈。从今精至理,长愿契无为。

降诞日内庭献寿应制

庆寿千龄远,敷仁万国通。登霄欣有路,捧日愧无功。仙驾三山上,龙生二月中。修斋长乐殿,讲道大明宫。此地人难到,诸天事不同。法筵花散后,空界满香风。

寺中柿树一蒂四颗咏应制

珍木生奇亩,低枝拂梵宫。因开四界分,本自百花中。当夏阴涵绿,临秋色变红。君看药草喻,何减太阳功。

早秋降诞日献寿二首应制

秋蕣开六叶,元圣诞千年。绕殿祥风起,当空瑞日悬。道光中国主,人识大罗仙。敢赞无疆寿,香花上法筵。

万方瞻圣日,九土仰清光。磐地山河壮,弥天福寿长。瑞烟熏法界,真偈启仁—作人王。看献千秋乐,千秋乐未央。

驾幸天长寺应制

天界宜春赏,禅门不掩关。宸游双阙外,僧引—作隐百花间。车马喧长路,烟云净远山。观空复观俗,皇鉴此中闲。

九月菊花咏应制—作清江诗

可讶东篱菊,能知节候芳。细枝青玉润,繁蕊碎金香。爽—作浮气浮—作凝朝露,浓姿带夜霜。泛杯传寿酒,应共乐时康。

驾幸圣容院应制

大唐国里千年圣,王舍城中百亿身。却指容颜非我相,自言空色是吾真。深殿虔心随宝辇,广庭徐步引金轮。古来贵重缘亲近,狂客惭为侍从臣。

圣恩顾问,独游月磴阁,直书其事应制

禅居河畔无多地,来往寻春物正华。磴道上盘千亩竹,栏干低压—作数万人家。檐前施饭来飞鸟,林下行香踏落花。自解刹那知佛性,不劳更喻几尘沙。

安国寺随驾幸兴唐观应制

东林何殿是西邻,禅客垣墙接羽人。万乘游仙宗有道,三车引路本无尘。初传宝诀长生术,已证金刚不坏身。两地尽修天上事,共瞻銮驾—作鸾鹤重来巡。

贺王起—作贺王侍郎典贡放榜

从辞凤阁掌丝纶,便向青云领贡宾。再辟文场—作章无柱路,两开金榜绝冤人。眼看龙化门前水,手放莺飞谷口春。明日定归台席去,鹓鸰原上共陶钧。

贺幸普济寺应制

南方宝界几由旬,八部同瞻一佛身。寺压山河天宇静,楼悬日月镜光新。重城柳暗东风曙—作暖,复道花明上苑春。向晚銮舆归凤阙,曲江池上动青蘋。

红楼院应制—作沈佺期诗

红楼疑见白毫光,寺逼宸居福盛唐。支遁爱山情谩切,昙摩泛海路空长。经声夜息闻天语,炉气晨飘接御香。谁道此中难可到,自怜深院得徜翔。

再入道场纪事应制—作沈佺期诗

南方归去再生天,内殿今年异昔年。见辟乾坤新定位,看题日月更高悬。行随车—作香辇登仙路,坐近炉烟讲法筵。自喜恩深陪侍从,两朝长在圣人前。

寺中赏花应制

东风万里送香来,上界千花向日开。却笑霞楼紫芝侣,桃源深洞访仙才。

九月十五日夜宿郑尚书纲东亭,望月寄杜给事

霜天晴—作昨夜宿东斋,松竹交阴惬素怀。迥出风尘心得地,可怜三五月当阶。清光满院恩—作思情见,寒色临门笑语谐。霄汉路殊从道合,往来人事不相乖。

全唐诗卷八百二十三

含曦

含曦，元和、太和间长寿寺僧。诗一首。

酬卢仝见访不遇题壁—本无不遇题壁四字。卢仝有访含曦上人诗。

长寿寺石壁，卢公一首诗。渴读—作饮即不渴，饥读—作食即不饥。鲸吞海水尽，露出珊瑚枝。海神知贵不知价，留向人间光照夜。

善生

善生，贞元时僧。诗四首。

旅中答喻军事问客情

一自游他国，相逢少故人。纵然为客乐，争似在家贫。畜恨霜侵鬓，搜诗病入神。若非怜片善，谁肯问风尘。

赠卢逸人

高眠岩野间，至艺敌应难。诗苦无多首，药灵惟一丸。引泉鱼落釜，攀果露沾冠。已得嵇康趣，逢迎事每阑。

送玉禅师

飘然无定迹，迥与律乘违。入郭随缘住，思山破夏归。过夏不终，谓之破夏。盂擎数家饭，衲乞几人衣。洞了曹溪旨，宁输俗者机。

送智光之南值雨

结束衣囊了，炎州定去游。草堂方惜别，山雨为相留。又得一宵话，免生千里愁。莫辞重卜日，后会必经秋。

韬光

韬光，蜀人，卓锡灵隐之巢沟坞。白居易守郡时，题其堂曰法安。诗一首。

谢白乐天招

山僧野性好林泉，每向岩阿倚石眠。不解栽松陪玉勒，惟能引水种金莲。白云乍可来青嶂,明月难教下碧天。城市不能飞锡去,恐妨莺啭翠楼前。

知玄

知玄,字后觉,姓陈氏,眉州人。僖宗时,赐号悟达国师。歌诗二十余卷,今存诗三首。

五岁咏花

花开满树红,花落万枝空。唯余一孕在,明日定随风。

祝尧诗

生天本自生天业,未必求仙便得仙。鹤背倾危龙背滑,君王且住一千年。

答僧澈

观君法苑思冲虚,使我真乘刃有余。若使龙光时可待,应怜僧肇论成初。五车外典知谁敌,九趣多才恐不如。萧寺讲轩横淡荡,帝乡云树正扶疏。几生曾得阇瑜意,今日堪将贝叶书。一振微言冠千古,何人执卷问吾庐。

元孚

元孚,宣城开元寺僧,与许浑同时,或曰楚中僧。诗二首。

月夜怀刘秀才

独夜相思但自劳,阮生吟罢梦云涛。此时小定未禅寂,古塔月中松磬高。

送李四校书

朱丝写别鹤泠泠,诗满红笺月满庭。莫学楚狂璩姓字,知音还有子期听。

栖白

栖白,越中僧。前与姚合交,后与李洞、曹松相赠答。宣宗朝,尝居荐福寺,内供奉,赐紫。诗一卷,今存十六首。

边思

西北黄云暮,声声画角愁。阴山一夜雨,白草四郊秋。乱雁鸣寒渡,飞沙入废楼。何时番色尽,此地见芳洲。

八月十五夜玩月

寻常三五夜,不是不婵娟。及至中秋满,还胜别夜圆。清光凝有露,皓魄爽无烟。自古人皆望,年来又一年。

寻山僧真胜上人不遇

松下禅栖所,苔滋径莫分。青山春暮见,流水夜深闻。不坐看心石,应随出定云。猿猱非可问,岩谷自空曛。

赠李溟秀才

南居古庙深,高树宿山禽。明月上清汉,骚人动楚吟。数篇正始韵,一片补亡心。孤悄欺何谢,云波不可寻。

送石秀才

正是叹羁游,知音拜楚侯。何须辞远道,自可乐扁舟。倚棹江洲雨,闻猿岛岫秋。谢家山水兴,终日待诗流。

送造微上人游五台及礼本师

寒空金锡响,欲过渭阳津。极目多来雁,孤城少故人。与师虽别久,于法本相亲。又对清凉月,中宵语宿因。

送禅师宗极归玉峰

背郭去归宿,头陀意颇浓。鹤争栖远树,猿斗上孤峰。夜成经霜月,秋城过雨钟。由来无定止,何处访高踪。

送僧归旧山

谈空与破邪,献寿复荣家。白日一作百生得何偈,青天落几花。传灯皆有分,化俗独无涯。却入中峰寺,还知有聚沙。

送圆仁三藏归本国

家山临晚日,海路信归桡。树灭浑无岸,风生只有潮。岁穷程未尽,天末国仍遥。已入闽王梦,香花境外邀。

送王炼师归嵩岳

飘然绿毛节,杳去洛城端。隔水见秋岳,兼霜扫石坛。一溪松色古,半夜鹤声寒。迥与人寰别,劳生不可观。

寿昌节赋得红云表夏日

景候融融阴气潜,如峰云共火相兼。霞光捧日登天上,丹彩乘风入殿檐。行逐赤龙千岁出,明当朱夏万方瞻。微臣多幸逢佳节,得赋殊祥近御帘。

经废宫

终日河声咽暮空,烟愁此地昼蒙蒙。锦帆东去沙侵苑,玉辇西来树满宫。鲁客望津天欲雪,朔鸿离岸苇生风。那堪独立思前事,回首残阳雉堞红。

赠识古法师

重城深寺讲初休,却忆家山访旧游。对月与君相送夜,闻蛩教我独惊秋。云心杳杳难为别,鹤性萧萧不可留。遥想孤舟清渭上,飘然帆影起离愁。

月夜怀刘秀才 一作元孚诗

独夜相思但自劳,阮生吟罢梦云涛。此时小定未禅寂,古塔月中松磬高。

寄南山景禅师

一度林前见远公,静闻真语世情空。至今寂寞禅心在,任起桃花柳絮风。

哭刘得仁

为爱诗名吟至死一作此,风魂雪魄去难招。直须桂子落坟上,生得一枝冤始消。

应物

应物,大中时江南诗僧也。尝与罗邺唱酬,作《九华山记》。诗二首。

龙潭

石激悬流雪满湾,五龙潜处野云闲。暂收雷电九峰下,且饮溪潭一水间。浪引浮槎依北岸,波分晓日浸东山。回瞻四面如看画,须信游人不欲还。

题化城寺

平高选处创莲宫,一水萦流处处通。画阁昼开迟日畔,禅房夜掩碧云中。平川不见龙行雨,幽谷遥闻虎啸风。偶与游人论法要,真元浩浩理无穷。

智亮

智亮,大中中闽开元寺僧。尝袒膊行乞,号袒膊和尚。诗二首。

戴云山吟

人间漫说上天梯,上万千回总是迷。曾似老人岩上坐,清风明月与心齐。

又

戴云山顶白云齐,登顶方知世界低。异草奇花人不识,一池分作九条溪。

良乂

良乂,大中时僧。诗一首。

答卢邺 一本题上有秋山二字

风泉秖一作只向梦中闻,身外无余可寄君。当户一轮惟晓月,挂檐数片是秋云。

常达

常达,字文举,俗姓顾,发迹河阳大福山。大中中,居吴郡破山寺。诗八首。

山居八咏

身闲依祖寺,志僻性多慵。少室遗真旨,层楼起暮钟。啜茶思好水,对月数诸峰。有问山中趣,庭前是古松。

晚望虚庭物,心心见祖情。烟开分岳色,雨雾减泉声。远树猿长啸,层岩日乍明。更堪论的意,林下笋新生。

一室尘埃外，翛然祇么常。睡来开寝帐，钟动下禅床。溪浸山光冷，秋凋木叶黄。时提祖师意，敲石看斜阳。

西来真祖意，只在见闻中。寒雁一声过，疏林几叶空。心闲怜水石，身老怯霜风。为报参玄者，山山月色同。

真性寂无机，尘尘祖佛师。日明庭砌暖，霜苦药苗衰。汲水和烟酌，栽松带雪移。好听玄旨处，猿啸岭南枝。

古寺凭栏危，时闻举妙机。庭空月色净，夜迥磬声移。漏转寒更急，灯残冷焰微。太虚同万象，相谓话玄微。

胡僧论的旨，物物唱圆成。疏柳春来翠，幽窗日渐明。禅心清石室，蝶翅覆花英。好听谈玄处，乔松鹤数声。

祖祖唯心旨，春融日正长。霜轻莎草绿，风细药苗香。月满真如净，花开觉树芳。庭前莺啭处，时听语圆常。

僧鸾

僧鸾，少有逸才，不事拘检。谒薛能尚书，以其颠率，令之出家。后入京，为文章供奉，赐紫。或云即鲜于凤。诗二首。

苦热行

烛龙衔火飞天地，平陆无风海波沸。彤云叠叠耸奇峰，一作彤云叠挂奇峰长。焰焰流光热凝翠。烟岛抟鹏弹双翅，羲和赫怒强总辔。饮流夸父毙长途，如见当中印王字。明明夜西朝又东，古来有道仍再中。扶桑老叶蔽不得，辉华直欲一作上凌苍空。行一作万人挥汗翻成雨，口燥喉干嗌尘土。西郊云色昼冥冥，如何不救生灵苦。何山怪木藏蛟龙，缩鳞卷鬣为乖慵。不发滂泽注天下，欲使风雷何所从。旱苗原上枯成焰，岳灵徒祝无神验。豪家帘外唤清风，水纹明角铺长簟。玉扇画堂凝夜秋，歌艳绕梁催莫愁。阳乌落尽酒不醒，扶上西园当月楼。废田暍死非吾属，库有黄金仓有粟。

赠李粲秀才字辉用

陇西辉用真才子，搜奇探险无伦比。笔下铦磨巨阙锋，胸中静滟西江水。哀弦古乐清人耳，月露激寒哭秋鬼。苔地无尘到晓吟，杉松老叶风干起。十轴示余三百篇，金碧烂光烧蜀笺。雄芒逸气测不得，使我踯躅成狂颠。大郊远阔空无边，凝明淡绿收余烟。旷怀相对景何限，落日乱峰青倚天。又惊大舶帆高悬，行涛劈浪凌飞仙。回首瞥见五千仞，扑下香炉瀑布泉。何事古人夸八斗，焉敢今朝定妍丑。飙风驱雷暂不停，始向场中称大手。骏如健鹘鹗与雕，挐云猎野翻重霄。狐狸窜伏不敢动，却下双鸣当迅飙。愁如湘灵哭湘浦，咽咽哀音隔云雾。九嶷深翠转巍峨，仙骨寒消不知处。清同野客敲越瓯，丁当急响涵清秋。鸾雏相引叫未定，霜结夜阑仍在楼。高若太空露云物，片白激青皆仿佛。仙鹤闲从净碧飞，巨鳌头戴蓬莱出。前辈歌诗惟翰林，神仙老格何高深。鞭驰造化绕笔转，灿烂不为酸苦吟。梦乘明月清沈沈，飞到天台天姥岑。倾湖涌海数百字，字字不朽长扰金。此日多君可俦侣，堆珠叠玑满玄圃。终日并辔游昆仑，十二楼中宴王母。

神颖

神颖，咸通中僧。诗二首。

和王季文题九华山

众岳雄分野，九华镇南朝。彩笔凝空远，崔嵬寄青霄。龙潭古仙府，灵药今不凋。莹为沧海镜，烟霞作荒标。造化心数奇，性状精气饶。玉树郁玲珑，天籁韵萧寥。寂寂寻乳窦，兢兢行石桥。通泉漱云母，蘸草萦香苕。我住一作在幽且深，君赏昏复朝。稀逢发清唱，片片霜凌飙。

宿严陵钓台

寒谷荒台七里洲，贤人永逐水东流。独猿叫断青天月，千古冥冥潭树秋。

澹交

澹交，苏州昭隐寺僧，乾符中人也。诗三首。

效古

荣辱又荣辱，一何翻与覆。人生百岁中，孰肯死前足。玄鬓忽如丝，青丛不再绿。自古争名徒，黄金是谁禄。

病后作

未得忘-作亡身法，此身终未安。病肠犹可洗，瘦骨不禁寒。药少心情-作神饵，经无气力看。悠悠片云质-作下，独对-作坐夕阳残。

写真

图形期自见，自见却伤神。已是梦中梦，更逢身外身。水花凝幻质，墨彩染-作聚空尘。堪笑予兼尔，俱为未了人。

文秀

文秀，江南僧，居长安。以文章应制，与郑谷善。诗一首。

端午

节分端午自-作有谁言，万古传闻为屈原。堪笑楚江空渺渺-作浩浩，不能洗得直臣冤。

怀楚

怀楚，唐末僧，住安州白兆竺乾院。诗二首。

谢友人见访留诗

轩车谁肯到，泉石自相亲。暮雨涧残寺，秋风怅望人。庭新一片叶，衣故-作上十年尘-作春。赖有瑶华赠，清吟愈病身。

送新平故人

常听-作远得仓庚思旧友，又因蝴蝶梦生涯。一千余里河连-作边郭，三十六峰寒到家。阴岛直分东虢-作晓雁，晴楼高入上阳鸦。姜嫄庙北与君别，应笑薄寒悲落花。

耽章

耽章，俗姓黄，莆田人。出家于福州灵石，嗣法洞宗，慕曹溪六祖，乃名其山曰曹，世以曹山称之。后住仰山。诗一首。

辞南平钟王召

摧残枯木倚寒林，几度逢春不变心。樵客见之犹不采，郢人何事苦搜寻。

全唐诗卷八百二十四

子兰

子兰,昭宗朝文章供奉。诗一卷。

短歌行

日月何忙忙,出没住不得。使我勇壮心,少年如顷刻。人生石火光,通时少于塞。四季候往来,寒暑变为贼。偷人面上花,夺人头上黑。

饮马长城窟

游客长城下,饮马长城窟。马嘶闻水腥,为浸—作泛征人骨。岂不是流泉,终不成潺湲。一本无此二句。洗尽骨上土,不洗骨中冤。骨若比一作不,一作逐流水,四海有还魂。一本无此二字。空流呜咽声,声中疑是一作骨言。

夜直

大内隔重墙,多闻乐未央。灯明宫树色,茶煮禁泉香。凤辇通门静,鸡歌入漏长。宴荣陪御席,话密近龙章。吟步彤庭月,眠分玉署凉。欲粘朱绂重,频草白麻忙。笔力将群吏,人情在致唐。万方瞻仰处,晨夕面吾皇。

赠行脚僧

世界曾行遍,全无行可修。炎凉三衲共,生死一身休。片断云随体,稀疏雪满头。此门无所著,不肯暂淹留。

秋日思旧山

咸言上国—作天上繁华,岂谓帝城羁旅。十点五点残萤,千声万声秋雨。白云江上故乡,月下风前吟处。欲去不去迟迟,未展平生所伫。

寄乾陵杨侍郎

冷落官资不畏贫,司曹且共内官分。步量野色成公案,点检樵声入奏闻。陵庙路因朝去扫,御炉香每夜来焚。碑寒树古神门上,管得无穷空白云。

登楼忆友

物象远蒙蒙，周回极望中。带烟千井树，和磬一楼风。月色寒沈地，波声夜扬空。登临无限趣，恨不与君同。

华严寺望樊川

万木叶初红，人家树色中。疏钟摇雨脚，秋水浸云容。雪碛回寒雁，村灯促夜春。旧山归未得，生计欲何从。

与道侣同于水陆寺会宿

论道穷—作同心少有朋，此时清话昔年曾。柿涧红叶铺寒井，鹄—作鹘坠霜毛著定僧。风递远声秋涧水，竹穿深色夜房灯。出门尽是劳生者，只此长闲几个能。

城上吟

古冢密于草，新坟侵官—作古道。城外无闲地，城中人又老。

襄阳曲

为忆南游人，移家大堤住。千帆万帆来，尽过—作过尽门前去。

诫贪

多求待心足，未足旋倾覆。明知贪者心，求荣不求辱。

蝉二首

独蝉初唱古槐枝，委曲悲凉断续迟。雨后忽闻谁最苦，异乡孤馆忆家时。

衰柳蝉吟旁浊河，正当残日角声和。寻常不足—作是少愁思，此际闻时愁更多。

太平坊寻裴郎中故宅

不语凄凉无限情，荒阶行尽又重行。昔年住此何人—作此住人何在，满地—作空见槐花秋草生。

登楼

边邑鸿声一例秋，大波平日绕山流。故人千里同明月，尽夕无言空倚楼。

长安早秋

风舞槐花落御沟，终南山色入城秋。门门走马征兵急，公子笙歌醉玉楼。

对雪

密密无声坠碧空，霏霏有韵舞微风。幽人吟望搜辞处，飘入窗来落砚中。

鹦鹉

翠毛丹觜乍教时，终日无寥似忆归。近来偷—作倚解人言语，乱向金笼说是非。

晚景

池荷衰飒菊芬芳，策杖吟诗上草堂。满目暮云风卷尽，郡楼寒角数声长。

长安伤春

霜陨中春花半无，狂游恣饮尽凶徒。年年赏玩公卿辈，今委沟塍骨渐枯。

河梁晚望二首

水势滔滔不可量，渔舟容易泛沧浪。连山翠霭笼沙溆，白鸟翩翩下夕阳。

雨添一夜秋涛阔，极目茫茫似接天。不知龙物潜何处，鱼跃蛙鸣满槛前。

悲长安

何事天时祸未回，生灵愁悴苦寒灰。岂知万顷繁华地，强半今为瓦砾堆。

千叶石榴花

一朵花开千叶红，开时又不藉春风。若教移在香闺畔，定与佳人艳态同。

观棋

拂局尽消时，能因长路迟。点头初得计，格手待无疑。寂默亲遗景，凝神入过思。共藏多少意，不语两相知。

全唐诗卷八百二十五

可止

可止,姓马氏,范阳房山人。长近体律诗,乾宁中赐紫。后唐明宗令住持洛京长寿寺,署号文智大师。有《三山集》,今存诗九首。

山居

雪消春力展,花漫洞门垂。果长纤枝曲,岩崩直道移。重猿围浅井,斗鼠下疏篱。寒食微灯在,高风势彻陂。

赠樊川长老—作清尚诗

瘦颜颧骨见,满面雪毫垂。坐石鸟疑死,出门人谓痴。照身潭入楚,浸影桧生隋。太白曾经夏,清风凉四肢。

寄积麦山会如长老

默然如大道,尘世不相关。青桧行时静,白云禅处闲。贫高一生行,病长十年颜。夏满期游寺,寻山又下山。

送僧

四海无拘系,行心兴自浓。百年三事衲,万里一枝筇。夜减当晴影,春消过雪踪。白云深处去,知宿在何峰。

哭贾岛

燕生松雪地,蜀死葬山根。诗僻降今古,官卑误子孙。冢栏寒月色,人哭苦吟魂。墓雨滴碑字,年年添藓痕。

雪十二韵

落处咸过尺,翛然物象凄。瑞凝金殿上,寒甚玉关西。润比江河普,明将日月齐。凌雪花顶腻,锁径竹梢低。出谷樵童怯,归林野鸟迷。煮茶融破练,磨墨染成鹥。陷兔埋平泽,和鱼冻合溪。入楼消酒力,当槛写诗题。道路依凭马,朝昏委托鸡。洞深猿作族,松亚鹤移栖。及夏清岩穴,经春溜石梯。丰年兼泰国,天道育黔黎。

精舍遇雨
空门寂寂淡吾身,溪雨微微洗客尘。卧向白云情未尽,任他黄鸟醉芳春。

小雪
落雪临风不厌看,更多还恐蔽林峦。愁人正在书窗下,一片飞来一片寒。

送婆罗门僧
雪岭金河独向东,吴山楚泽意无穷。如今白首乡心尽,万里归程在梦中。

句
不知谁会喃喃语,必向王前报太平。中山节度王处直座咏白鹊,时诸侯兼并,王欲继好息民,故云。《高僧传》。

云表
云表,唐末于豫章讲法华慈恩大疏,法席称盛。诗一首。

寒食日
寒食悲看郭外春,野田无处不伤神。平原纍纍—作累累添—作伤新冢,半—作总是去年来哭人。

归仁
归仁,唐末江南僧,住京洛灵泉。诗六首。

自遣
日日为诗苦,谁论春与秋。一联如得意,万事总忘忧。雨堕花临砌,风吹竹近楼。不吟头也白,任白此生头。

酬沈先辈卷
一白八十首,清泠韵可敲。任从人不爱,终是我难抛。桂魄吟来满,蒲团坐得凹。先生声价在,寰宇几人抄。

题贾岛吟诗台
此台如可废,此恨有谁平。纵使迷青草,终难没旧名。天悲朝雨色,岳哭夜猿声。不是心偏苦,应关自古情。

悼罗隐
一著逸—作谢书未快心,几抽胸臆纵狂吟。管中窥豹我犹在,海上钓鳌君也沈。岁月尽能消愤懑,寰区那更有知音。长安冠盖皆涂地,仍喜先生葬碧岑。

题楚庙
羞容难更返江东,谁问从来百战功。天地有心归道德,山河无力为英雄。芦花尚认霜戈白,海日犹思火阵红。也是男儿成败事,不须惆怅对西风。

牡丹
三春堪惜牡丹奇,半倚朱栏欲绽时。天下更无花胜此,人间偏得贵相宜。偷香黑蚁斜穿叶,觑蕊黄蜂倒挂枝。除却解禅心不动,算应狂杀五陵儿。

卿云
卿云,唐末岭南僧。诗四首。

旧国里—作旧里
旧居梨—作黎岭下,风景近炎方。地暖生春早—作草,家贫觉岁长。石房云过湿,杉—作松径雨余香。日夕竟—作久觉无事,诗书聊自强。

秋日江居闲咏
寄居江岛边,闲咏见—作几秋残。草白牛羊瘦—作攫,风高猿鸟寒。检方医故疾,挑荠备中餐。时复停书卷,锄莎种木兰。

长安言怀寄沈彬侍郎
故园梨 作黎岭下,归路接天涯。生作长安草,胜为边地花。雁南飞不到,书北寄来赊。堪羡神仙客,青云早致家。

送人游塞
去去玉关路,省君曾未行。塞深多伏寇,

时静亦一作欲屯兵。雪每先秋降,花尝近夏生。闲陪射雕将,应到受降城。

隐峦

隐峦,唐末匡庐僧。诗五首。

逢老人

路逢一老翁,两鬓白如雪。一里二里行,四回五回歇。

牧童

牧童见人俱不识一作会,尽着芒鞋戴篛笠。朝阳未出众山晴,露滴蓑衣犹半湿。二月三月时,平原草初绿。三个五个骑羸牛,前村后村来放牧。笛声才一举,众稚齐歌舞。看看白日向西斜,各自骑牛又归去。

蜀中送人游庐山

居游正值芳春月,蜀道千山皆秀发。溪边十里五里花,云外三峰两峰雪。君上匡山我旧居,松萝抛掷十年余。君行试到山前问,山鸟只今相忆无。

琴

七条丝上寄深意,涧水松风生十指。自乃知音犹尚稀,欲教更入何人耳。

浮桥

横压惊波防没溺,当初元创是军机。行人到此全无滞,一片江云踏欲飞。

冷然

冷然,唐末僧。诗一首。

宿九华化成寺庄

佛寺孤庄千嶂间,我来诗境强相关。岩边树动猿下涧,云里锡鸣僧上山。松月影寒生碧落,石泉声乱喷潺湲。明朝更蹑层霄去,誓共烟霞到老闲。

大愚

大愚,邺都青莲寺沙门。诗一首。

乞荆浩画

六幅故牢健,知君恣笔踪。不求千涧水,止要两株松。树下留盘石,天边纵远峰。近岩幽湿处,惟藉墨烟浓。

怀濬

怀濬,秭归郡僧。诗二首。

上归州刺史代通状二首 怀濬能逆知未兆之事,东里人以神圣待之。刺史于公捕诘,乃以诗通状,于异而释之。

家在闽山西复西,其中岁岁有莺啼。如今不在莺啼处,莺在旧时啼处啼。

家在闽山东复东,其中岁岁有花红。而一作如今不在花红处,花在旧时红处红。

恒超

恒超,姓冯氏,范阳人,居棣州开元寺。终于后汉之乾祐。诗一首。

辞郡守李公恩命

虚著褐衣老,浮杯道不成。誓传经论死,不染利名生。厌树遮山色,怜窗向月明。他时随范蠡,一棹五湖清。

净显

净显,五代时洛阳首座沙门。诗一首。

题广爱寺楞伽山

灵异不能栖鸟雀,幽奇终不着猿猱。为经巢贼应无损,纵使秦驱也谩劳。珍重昔贤留像迹,陵迁谷变自坚牢。失二句。

修雅

修雅,唐法师。诗一首。

闻诵《法华经》歌

山色沈沈,松烟幂幂。空林之下,盘陀之石。石上有僧,结跏横膝。诵白莲经,从旦至夕。左之右之,虎迹狼迹。十片五片,异花狼藉。偶然相见，未深相识。知是古之人，今之人？是昙彦，是昙翼？我闻此经有深旨，觉帝称之有妙义。合目冥心子细听，醍醐滴入焦肠里。佛之意兮祖之髓，我之心兮经之旨。可怜弹指及举手，不达目前今正是。大矣哉，甚奇特，空王要使群生得。光辉一万八千土，土土皆作黄金色。四生六道一光中，狂夫犹自问弥勒。我亦当年学空寂，一得无心便休息。今日亲闻诵此经，始觉驴乘匪端的。我亦当年不出户，不欲红尘沾步武。今日亲闻诵此经，始觉行行皆宝所。我亦当年爱吟咏，将谓冥搜乱神定。今日亲闻诵此经，何妨笔砚资真性。我亦当年狎儿戏，将谓光阴半虚弃。今日亲闻诵此以，始觉聚沙非小事。我昔曾游山与水，将谓他山非故里。今日亲闻诵此经，始觉山河无寸地。我昔心猿未调伏，常将金锁虚拘束。今日亲闻诵此经，始觉无物为拳挛。师诵此经经一字，字字烂嚼醍醐味。醍醐之味珍且美，不在唇，不在齿，只在劳生方寸里。师诵此经经一句，句句白牛亲动步。白牛之步疾如风，不在西，不在东，只在浮生日用中。日用不知一何苦，酒之肠，饭之腑，长者扬声唤不回。何异聋，何异瞽，世人之耳非不聪，耳聪特向经中聋。世人之目非不明，目明特向经中盲。合聪不聪，合明不明。辘轳上下，浪死虚生。世人纵识师之音，谁人能识师之心。世人纵识师之形，谁人能识师之名。师名医王行佛令，来与众生治心病。能使迷者醒，狂者定，垢者净，邪者正，凡者圣。如是则非但天恭敬，人恭敬，亦合龙赞咏，鬼赞咏，佛赞咏。岂得背觉合尘之徒，不稽首而归命。

元寂

元寂，俗姓高，居升元寺。保大中，授左街僧录，内供奉，赐紫。坐饮酒狂歌落职，后醉死于石子冈。诗一首。

歌马令书云：寂日以狂歌为事，大醉则十数小儿随之。行歌于路，与群儿互相应和，旁若无人。

酒秃酒秃，何荣何辱。但见衣冠成古丘，不见江河变陵谷。

若虚

若虚，南唐僧。隐庐山石室，李主累征不就。诗三首。

怀庐山旧隐

九叠嵯峨倚着天，悔随寒瀑下岩烟。深秋猿鸟来心上，夜静松杉到眼前。书架想遭苔藓里，石窗应被薜萝缠。一枝筇竹游江北，不见炉峰二十年。

乐仙—作真观

乐氏骑龙上碧天，东吴遗宅尚依然。悟来大道无多事，真后丹元—作经，一作九不值钱。老树夜风虫咬叶，古垣春雨藓生砖—作毡。松倾鹤—作马死桑田变—作宅，华表归乡未有年。

古镜

轩后红—作洪炉独铸成，藓痕磨落月轮呈。万般物象皆能鉴，一个人心不可明。匣内乍开鸾凤活，台前高挂鬼神惊。百年肝胆堪将比，只怕看频素发生。

文益

文益，余杭人，姓鲁。住金陵清凉寺，世称法眼宗。诗一首。

睹木平和尚

木平山里人，貌古年—作言复少。相看陌路同，论心秋月皎。怀—作坏衲线非蚕，助歌声有鸟。城阙今日来，一讴—作沤曾已晓。

无则

无则，五代时人，为法眼文益禅师弟子。诗三首。

鸳鸯

白蘋红蓼碧江涯，日暖双双立睡时。愿揭金笼放归去，却随沙鹤斗轻丝。

百舌鸟二首

　　千愁万恨过花时,似向春风怨别离。若使众禽俱解语,一生怀抱有谁知。

　　长截邻鸡叫五更,数般名字百般声。饶伊摇舌先知晓,也待青天明即鸣。

谦光

　　谦光,金陵人。素有才辨,江南国主礼之。诗一首。

赏牡丹应教

　　拥衲对芳丛,由来事不同。鬓从今日白,花似去年红。艳异随朝露,馨香逐晓风。何须对零落,然后始知空。

全唐诗卷八百二十六

贯休

贯休,字德隐,俗姓姜氏,兰溪人。七岁出家,日读经书千字,过目不忘。既精奥义,诗亦奇险,兼工书画。初为吴越钱镠所重,后谒成汭荆南。汭欲授书法,休曰:"须登坛乃授。"汭怒,递放之黔。天复中,入益州,王建礼遇之,署号禅月大师,或呼为得得来和尚。终于蜀,年八十一。初有《西岳集》,吴融为序,极称之,后弟子昙域更名《宝月集》。其全集三十卷,已亡。胡震亨谓宋睦州刻本多载他人诗,不足信。其说亦不知何据。胡存诗仅三卷,今编十二卷。

善哉行伤古曲无知音

有美一人兮,婉如青扬。识曲别音兮,令姿煌煌。绣袂捧琴兮,登君子堂。如彼萱草兮,使我忧忘。欲赠之以紫玉尺,白银铛。久不见之兮,湘水茫茫。

读离骚经

湘江滨,湘江滨,兰红芷白波如银,终须一去呼湘君。问湘神,云中君,不知何以交灵均。我恐湘江之鱼兮,死后尽为人。曾食灵均之肉兮,个个为忠臣。又想灵均之骨兮,终不曲。千年波底色如玉,谁能入水少取得,香沐函题贡上国。贡上国,即全胜和璞悬璃,垂棘结绿。

阳春曲江东广明初作

为口莫学阮嗣宗,不言是非非至公。为手须似朱云辈,折槛英风至今在。男儿结发事君亲,须教前贤多慷慨。历数雍熙房与杜,魏公姚公宋开府。尽向天上仙宫闲处坐,何不却辞上帝下下土,忍见苍生苦苦苦。

白雪曲

列鼎佩金章,泪眼看风枝。却思食藜藿,身作屠沽儿。负米无远近,所希升斗归。为人无贵贱,莫学鸡狗肥。斯言如不忘,别更无光辉。斯言如或忘,即安用人为。

上留田

父不父,兄不兄。上留田,蟊贼生。徒陟冈,泪峥嵘。我欲使诸凡鸟雀,尽变为鹡鸰。我欲使诸凡草木,尽变为田荆。邻人歌,邻人歌。古风清,清风生。

胡无人—本有行字

霍嫖姚,赵充国,天子将之平朔漠。肉胡之肉,烬胡帐幄。千里万里,唯留胡之空壳。边风萧萧,榆叶初落。杀气昼赤,枯骨夜哭。将军既立殊勋,遂有胡无人曲。我闻之,天子富有四海,德被无垠。但令一物得所,八表来宾,亦何必令彼胡无人。

苦寒行

北风北风,职何严毒。摧壮士心,缩金乌足。冻云嚚嚚,碍雪一片下不得。声绕枯桑,根在沙塞。黄河彻底,顽直到海。一气抟束,万物无态。唯有吾庭前杉松树枝,枝枝健在。

蒿里—本有曲字

兔不迟,乌更急,但恐穆王八骏,著鞭不及。所以蒿里,坟出纍纍。气凌云天,龙腾凤集。尽为风消土吃,狐掇蚁拾。黄金不啼玉不泣,白杨骚屑,乱风愁月。折碑石人,莽秽榛没。牛羊塞窣,时见牧童儿,弄枯骨。

临高台

凉风吹远念,使我升高台。宁知数片云,不是旧山来。故人天一涯,久客殊未回。雁来不得书,空寄声哀哀。

杞梁妻

秦之无道兮四海枯,筑长城兮遮北胡。筑人筑土一万里,杞梁贞妇啼呜呜。上无父兮中无夫,下无子兮孤复孤。一号城崩塞色苦,再号杞梁骨出土。疲魂饥魄相逐归,陌上少年莫相非。

古离别

离恨如旨酒,古今饮皆醉。只恐长江水,尽是儿女泪。伊余非此辈,送人空把臂。他日再相逢,清风动天地。

战城南二首

万里桑干傍,茫茫古蕃壤。将军貌憔悴,抚剑悲年长。胡兵尚陵逼,久住亦非强。邯郸少年辈,个个有伎俩。拖枪半夜去,雪片大如掌。

碛中有阴兵,战马时惊蹶。轻猛李陵心,摧残苏武节。黄金锁子甲,风吹色如铁。十载不封侯,茫茫向谁说。

少年行

《纪事》作《公子行》。一本后二首作《公子行》。休入蜀,王建遇之甚厚,日召令诵近诗。一时贵戚皆坐,休欲讽之,乃称公子行。建善之,贵幸皆怨之。

锦衣鲜华手擎鹘,闲行气貌多轻忽。稼穑艰难总不知,五帝三皇—作王是何物。

自拳五色袰,进入他人宅。却捉苍头奴,玉鞭打一百。

面白如削玉,猖狂曲江曲。马上黄金鞍,适来新赌得。

梦游仙四首

梦到海中山,人个白银宅。逢见一道士,称是李八伯。

三四仙女儿,身著瑟瑟衣。手把明月珠,打落金色梨。

车渠地无尘,行至瑶池滨。森森椿树下,白龙来嗅人。

宫殿峥嵘笼紫气,金渠玉砂五色水。守阍仙婢相倚睡,偷摘蟠桃几倒地。

轻薄篇二首

绣林锦野,春态相压。谁家少年,马蹄蹋蹋。斗鸡走狗夜不归,一掷赌却如花妾。谁云一作惟言不颠不狂,其名不彰,悲夫!

木落萧萧,虫一作蛩鸣唧唧。不觉朱鬈脸红,霜劫鬓漆。世途多事,泣向秋日。方今少壮不努力,老大徒伤悲,如何?

长安道

憧憧合合,八表一辙。黄尘雾合,车马火热。名汤风雨,利辗霜雪。千车万驮,半宿关月。上有尧禹,下有夔卨。紫气银轮兮一本无兮字,常覆金阙。仙掌捧日兮一本无兮字,浊河澄澈。愚将草木兮有言,一本作有言有言。与华封人兮不别。一本作不别不别。

洛阳尘

昔时昔时洛城人,今作茫茫洛城尘。我闻富有石季伦,楼台五色干星辰。乐如天乐日夜闻,锦姝绣妾何纷纷。真珠帘中,姑射神人。文金线玉,香成暮云。孙秀若不杀,晋室应更贫。伊水削行路,冢石花磷磷。苍茫金谷园,牛羊龁荆榛。飞鸟好羽毛,疑是绿珠身。

富贵曲二首

有金张族,骄奢相续。琼树玉堂,雕墙绣毂。纨绮杂杂,钟鼓合合。美人如白牡丹花,半日只舞得一曲。乐不乐,足不足,争教他爱山青水绿。

如神若仙,似兰同雪。乐戒于极,胡不知辍。只欲更缀上落花,恨不能把住明月。太山肉尽,东海酒竭。佳人醉唱,敲玉钗折。宁知耕田车水翁,日日日炙背欲裂。

野田黄雀行

高树风多,吹尔巢落。深蒿叶暖,宜尔依泊。莫近鸦类,蛛网亦恶。饮野田之清水,食野田之黄粟。深花中睡,堋上里浴。如此即全胜啄太仓之谷,而更穿人之屋。

古意九首

一雨火云尽,闭门心冥冥。兰花与芙蓉,满院同芳馨。佳人天一涯,好鸟何嘤嘤一作嘤鸣。我有双白璧,不羡于虞卿。我有径寸珠,别是天地精。玩之室生白,潇洒身安轻。只应天上人,见我双眼明。

阳乌烁万物,草木怀春恩。茫茫尘土飞,培壅名利根。我本是蓑笠,幼知天子尊。学为毛氏诗,亦多直致言。不慕需臑一作蠕蠕类,附势同崩奔。唯寻桃李蹊,去去长者门。

美人如游龙,被服金鸳鸯。手把古刀尺,在彼白玉堂。文章深掣曳,珂佩鸣丁当。好风吹桃花,片片落银床。何妨学一作当举羽翰,远逐朱鸟翔。

乾坤有清气,散入诗人脾。圣贤遗清风,不在恶木枝。千人万人中,一人两人知。忆在东溪日,花开叶落时。几一作我拟以黄金,铸作钟子期。

莫轻白云白,不与风雨会。莫见守羊儿,或是初平辈。人生非日月,光辉岂常在。一荣与一辱,古今一作今古常相对。君一本无君字不见于公门,子孙好冠盖。

古交如真金,百炼色不回。今交如暴流,倏忽生尘埃。我愿君子气,散为青松栽。我恐荆棘花,只为小人开。伤心复伤心,吟上高高台。

常思谢康乐,文章有神力。是何清风清,凛然似相识。一种为顽嚚,得作翻经石。一种为枯槁,得作登山屐。永嘉为郡后,山水添鲜碧。何当学羽翰,一去观遗迹。

常思李太白,仙笔驱造化。玄宗致之七宝床,虎殿龙楼无不可。一朝力士脱靴后,玉上青蝇生一个。紫皇殿前五色麟,忽然掣断黄金锁。五湖大浪如银山,满船载酒挝鼓过。贺老成异物,颠狂谁敢和。宁知江边坟,不是犹醉卧。

忆在山中时,丹桂花葳蕤。红泉浸瑶草,白日一作日夕生华滋。箬屋开地炉,翠墙挂藤衣。看经竹窗边,白猿三两一作四枝。东峰有老人,眼碧头骨奇。种薤煮白石,旨趣如婴儿。月上来打门,月落方始归。授我微妙诀,恬淡一作然无所为。别来六七年,只恐白日飞。

酷吏词 唐末寇乱,休避地渚宫。荆帅高氏优待之,馆于龙兴寺。会有谒宿,话时政不治,乃作酷吏词以刺之。

　　霢雨濛濛,风吼如剧。有叟有叟,暮投我宿。吁叹自语,云太守酷。如何如何,掠脂斡肉。吴姬唱一曲,等闲破红束。韩娥唱一曲,锦段鲜照屋。宁知一曲两曲歌,曾使千人万人哭。不惟哭,亦白其头,饥其族。所以祥风不来,和气一作风不复。蝗乎一作今螟乎一作今,东西南北。

还举人歌行卷

　　厚于铁围山上铁,薄似双成仙体缊。蜀机凤雏动蹩躠,珊瑚枝枝撑著月。王恺家中藏难掘,颜回饥僝愁天雪。古松直笔雷不折,雪衣女啄蟠桃缺。佩入龙宫步迟迟,绣帘银殿何参差,即不知骊龙失珠知不知。

陈宫词

　　缅想当时宫阙盛,荒宴椒房愧尧圣。玉树花歌百花里,珊瑚窗中海日迸。大臣来朝酒未醒,酒醒忠谏多不听。陈宫因此成野田,耕人犁破宫人镜。

拟齐梁酬所知见赠二首

　　静只焚香坐,咏怀悲岁阑。佳人忽有赠,满手红琅玕。不独耀肌魄,将行为羽翰。酬如上青天,风雪空漫漫。

　　美如仙鼎金,清如纤手琴。孙登啸一声,缥缈不可寻。但觉神洋洋,如入三昧林。释手复在手,古意深复深。惭无英琼瑶,何以酬知音。

经古战场

　　茫茫凶荒,迥如天设。驻马四顾,气候迁结。秋空峥嵘,黄日将没。多少行人,白日见物。莫道路高低,尽是战骨。莫见地赤碧,尽是征血。昔人昔人既能忠尽于力,身縻戈戟,脂其风,膏其域。今人何不绳其塍,植其食。而使空旷年年,常贮愁烟。使我至此,不能无言。

村行遇猎

　　猎师纷纷走榛莽,女亦相随把弓矢。南北东西尽杀心,断烧残云在围里。鹘拂荒田兔成血,竿打黄茅雉惊起。伤嗟个辈亦是人,一生将此关身己。我闻天地之大德曰生,又闻万事皆天意,何遣此人又如此。犹更愿天公一丈雪,深山麋鹿尽冻死。

渔家

　　赤芦盖屋低压恰,沙涨柴门水痕叠。黄鸡青犬花蒙笼,渔女渔儿扫风叶。有叟相逢带秋醉,自拔船桩色无愧。前山脚下得鱼多,恶浪堆中尽头睡。但得忘筌心自乐,肯羡前贤钓清渭。终须画取挂秋堂,与尔为邻有深意。

田家作

　　田家老翁无可作,昼甑蒸梨香漠漠。只向阶前曝背眠,赤桑大叶时时落。古湮侵门桃竹密,仓囷峨峨欲遮一作蔽日。自云孙子解耕耘,四五年来腹多实。我闻此语心自悲,世上悠悠岂得知,稼而不穑徒尔为。

江边祠

　　松森森,江浑浑,江边古祠空闭门。精灵应醉社日酒,白龟咬断菖蒲根。花残泠红宿雨滴,土龙甲湿鬼眼赤。天符早晚下空碧,昨夜前村行霹雳。

苦热寄赤松道者

　　天云如烧人如炙,天地炉中更何适。蝉喘雷干冰井融,些子清风有何益。守羊真人聊之役,高吟招隐倚碧壁。紫气红烟鲜的的,涧茗园瓜曲尘色,骄冷奢凉合相忆。

偶作二首

　　新诗一千首,古锦初下机。除月与鬼神,

别未有人知。子期去不返,浩浩良不悲。不知天地间,知者复是谁?

门前数枝路,路路车马鸣。名埃与利尘,千里万里行。只见青山高,岂见青山平。朱门势峨峨,冠盖何光明。黄鸟在花里,青蝉夺其声。尔生非金玉,岂常贵复贞。寄言之子心,可以归无形。

夜一作秋夜曲
蟋蛄切切风骚骚,芙蓉喷香蟾蜍高。孤灯耿耿征妇劳,更深扑落金错刀。

春晚书山家一本有主人二字屋壁二首
柴门寂寂黍饭馨,山家烟火春雨晴。庭花蒙蒙水泠泠,小儿啼索树上莺。

水一作榷香塘黑蒲森森,鸳鸯鸂鶒如家禽。前村后垄桑柘深,东邻西舍无相侵。蚕娘洗茧前溪渌,牧童吹笛和衣浴。山翁留我宿又宿,笑指西坡瓜豆熟。

春晚闲居寄陈嵩伯
春霖闭门久,春色聚庭木。一梦辞旧山,四邻有新哭。菰蒲生白水,风篁擢纤玉。为忆湖上翁,花时独冥目。

长持经僧
唠唠长夜坐,唠唠早起。杉森森,不见长,人声续续如流水。扨金挣玉,吐宫咽徵。头低草木,手合神鬼。日消三两黄金争得止,佛言常持经者,可日食三两金。而槁木朽枝,一食而已。伤嗟浮世之人,善事不曾入耳。

茫茫曲
茫茫复茫茫,满眼皆埃尘。莫言白发多,茎茎是愁筋。未达苦雕伪,及达多不仁。浅深与高低,尽能生棘榛。茫茫四大愁杀人。

古镜词上刘侍郎
至宝不自宝,照古还照今。仙人手胼胝,寥沈秋沈沈。不是十二面,不是百炼金。若非八彩眉,不可辄照临。即归玉案头,为君整冠簪。即居吾君手,照出天下心。恭闻太宗朝,此镜当宸襟。六合悬清光,万里无尘侵。此镜今又出,天地还得一。

送姜道士归南岳缺二字
松品落落,雪格索索。眼有三角,头峭五岳。若不居岳,此处难著。药僮貌蛮名鄙彼,葫芦酒满担劣起。万里长风啸一声,九贞须拍黄金几。落叶萧萧□杳□,送师言了意未了。意未了,他时为我致取一部音声鸟。

了仙谣
海中紫雾蓬莱岛,安期子乔去何早。游戏多骑白骐骥,须发如银未曾老。亦留仙诀在人间,喵镞终言药非道。始皇不得此深旨,远遣徐福生忧恼。紫术黄精心上苗,大还小还行中宝。若师方术弃心师,浪似雪山何处讨。

全唐诗卷八百二十七

贯休

循吏曲上王使君

需宿需宿,炳烂光合。蒸蒸婺民,钟此多福。自东自西,自南自北。伊飞伊走,乳乳良牧。和气无形,春光自成。大信不信,贻厥无朕。需女需女,尔亦须语。使君为理,玄风震古。需女需女,尔亦须语。我愿喙长三千里,枕著玉阶奏明主。

古镜词

我有一面镜,新磨似秋月。上唯金膏香,下状骊龙窟。等闲不欲开,丑者多不悦。或问几千年,轩辕手中物。

怀张为、周朴

张周二夫子,诗好人太癖。更不过岭来,如今头尽白。人传禹力不到处,河声流向西。周又到处即闭户,逢君方展眉。张不知是不是,若是即大奇。我又闻二公,心与人不同,一生常在寂寞中。有时狂吟入僧宅,锦囊鸟啼荔枝红。有时冥搜海山脑,珊瑚枝动日杲杲。圣君在上知不知,赤面浊醪许多好。

题弘颉三藏院

仪清态淡雕琼瑰,卷帘潇洒无尘埃。岳茶如乳庭花开,信心弟子时时来。灌顶坛严伸疆塞,三十年功苦拘束。梵僧梦里授微言,雪岭白牛力深得。师曾受神僧真言于梦中。水精一索香一炉,红莲花舌生醍醐。初听喉音宝楼阁,如闻魔王宫殿拉一作掠金瓦落。次听妙音大随求,更觉人间万事深悠悠。四音俱作清且柔,爱河浊浪却倒流。却倒流兮无处去,碧海含空日初曙。

古意代友人投所知

青松虽有花,有花不如无。贫井泉虽清,且无金辘轳。客从远方来,遗我古铜镜。挂之玉堂上,如对轩辕圣。天龙睡坤腹,土蚀金鼍绿。因知燕赵佳人颜似玉,不得此镜终不缺一字。

闻知己入翰林

天骥头似鸟,倏忽四天下。南金色如棋,入火不见火。吾交二名士,邅立于帝左。风姿既出世,天意嘱在我。奇哉子渊颂,无可无不可。

上裴大夫二首

我有一端绮,花彩鸾凤群。佳人金错刀,何以裁此文。

我有白云琴,朴斫天地精。俚耳不使闻,虑同众乐听。指指法仙法_{应作指},声声圣人声。一弹四时和,再弹中古清。庭前梧桐枝,飒飒南风生。还希师旷怀,见我心不轻。

上刘商州

周邵呼嘘气,结为祯祥云。客从远方来,持此将赠君。时命偶不谬,授馆终南东。惜惜良吏师,不瘵如老农。丘轲文之天,代天有余功。代天复代天,后稷何所从。

闲居拟齐梁四首

夜雨山草滋,爽籁生古木。闲吟竹仙偈,清于嚼金玉。蟋蟀啼坏墙,苟免悲局促。道人优昙花,迢迢远山绿。

果熟无低枝,芳香入屏帷。故人久不来,萱草何离离。苦吟斋貌减,更被杉风吹。独赖湖上翁,时为烹露葵。

红藕映嘉鲂,澄池照孤坐。池痕放文彩,雨气增慵堕。山翁寄术药,幸得秋病可。终召十七人,云中备香火。

清气生沧洲,残云落林数。放鹤久不归,不知更归否。支策到江湄,江皋木叶飞。自怜为客远,还如鹊绕枝。南枝复北枝,玉露沾毛衣。

塞上曲二首

锦裀胡儿黑如漆,骑羊上冰如箭疾。蒲萄酒白雕腊红,苜蓿根甜沙鼠出。单于右臂何须断,天子昭昭本如日。一握膻髯一握丝,须知只为平戎术。

去年转斗阴山脚,生得单于却放却。今年深入于不毛,胡兵拔帐遗弓刀。男儿须_{一作贵}展平生志,为国输忠合天地。甲穿虽即_{一作则}失黄金,剑缺犹能生紫气。塞草萋萋兵士苦,胡房如今勿胡房。封侯十万始无心,玉关凯_{一作生}入君看取。

拟齐梁体寄冯使君三首

庭鸟多好音,相呼灌木中。竹房更何有,还如鸟巢空。赖逢富人侯,真东晋谢公。煌煌发令姿,珂珮鸣丁冬。故山有深霞,未如旌旗红。惭非卫霍松,何以当清风。

露益蝉声长,蕙兰垂紫带。清吟待明月,孤云忽为盖。伊余石林人,本是烧畬辈。频接谢公棋,输多未曾赛。

大道贵无心,圣贤为始慕。秋空共澄洁,美玉同贞素。伟哉桐江守,雌黄出金口。为文能废兴,谈道弭空有。雪林槁枯者,坐石听亦久。还疑紫磨身,成居灵运后。

书匡山老僧庵

筸杞红实好鸟语,银髯瘦僧貌如祖。香烟蒙蒙衣上聚,冥心缥缈_{一作渺渺}入铁围。白麈作梦枕藤屦,东峰山媪贡瓜乳。

读顾况歌行

雪泥露金冰滴瓦,枫柽火著僧留坐。忽睹逋翁况别号一轴歌,始觉诗魔辜负我。花飞飞,雪霏霏,三珠树晓珠累累。妖狐爬出西子骨,雷车掯破织女机。忆昔鄱阳寺中见一碣,逋翁词兮逋翁札。庾翼未伏王右军,李白不知谁拟杀。别,别,若非仙眼应难别。不可说,不可说,离乱乱离应打折。

冬末病中作二首

冬风吹草木，亦吹我病根。故人久不来，冷落如丘园。聃龙与摩诘，吁叹非不闻。顾惟年少时，未合多忧勤。风钟远孤枕，雪水流冻痕。空余微妙心，期空静者论。

胸中有一物，旅拒复攻击。向下还上来，唯疑是肺石。山童顽且小，用之复何益。教洗煮茶铛，雪团打邻壁。宛转无好姿，裴回更何适。庭前早梅树，坐见花尽碧。屋老多鼠窠，窗卑一本缺露山脊。近来胸中物，已似输药力。微吟复微吟，依稀似庄舄。

遇叶进士

文章拟真宰，仪冠冷如璧。山寺偶相逢，眼青胜山色。气隆多慷慨，语澹无他力。金绳残果落，竹阁凉雨滴。自愧龙钟人，见此冲天翼。

寄杜使君

清辰卷珠帘，盥漱香满室。杉松经雪后，别有精彩出。琅函芙蓉书，开之向阶日。好鸟常解来，孤云偶相失。有时作章句，气概还鲜逸。茫茫世情世，谁人爱真实。清高慕玄度，宴默攀道一。残磬隔风林，微阳解冰笔。亦知休明代，谅无经济术。门前九个峰，终拟为文乞。

寄高员外

冷冽苍黄风似劈，雪骨冰筋满瑶席。庭松流污相抵吃，霜絮重裘火无力。孤峰地炉烧白枥，庞眉道者应相忆。倏忽维阳岁云暮，寂寥不觉成章句。惟应将寄蕊珠宫一作人，禅刹云深一来否。

书陈处士屋壁二首

有叟傲尧日，发白肌肤红。妻子亦读书，种兰清溪东。处士有《种兰篇》。白云有奇色，紫桂含天风。即应迎鹤书，肯羡于洞洪。

高步前山前，高歌北山北。数载卖甘橙，山赀近云足。新诗不将出，往往僧乞得。唯云李太白，亦是偷桃贼。吟狂鬼神走，酒酣天地黑。青刍生阶除，撷之束成束。

对月作

今人看此月，古人看此月。如何古人心，难向今人说。古人求禄以及亲，及亲如之何？忠孝为朱轮。今人求禄唯庇身，庇身如之何？恶木多斜文。斜文复斜文，颠室何纷纷。

山茶花

风裁日染开仙囿，百花色死猩血谬。今朝一朵堕阶前，应有看人怨孙秀。

上孙使君三十九句缺一字

圣主得贤臣，天地方交泰。恭惟岳精粹，多出于昭代。君侯握文镜，独立尘埃外。王演俗容仪，崔陵小风概。馨香拥兰雪，峻秀高嵩岱。稽松领岁寒，庄剑无砮淬。威棱玉霜直，匠石金槌大。诗穿明月珠，道拍安期背。中兴鸾凤集，直道风云会。万卷似无书，三山如历块。德乎天所纵，清矣谁堪对。有法在朝端，无尘到冠盖。具瞻从密勿，旦夕调鼎鼐。为君整衢尊，为君戢蕃塞。岂知吾后意，忧此毗陵最。亲手赐彤弓，苍生是繁赖。下车邻寇散，是物冰壶内。龚遂爱廉平，次公太繁碎。袴襦砧动地，父母歌阛阓。□雪锁戈铤，非烟绕旌旆。宁思子产冰，肯羡任棠薤。忽如春再来，不独天重戴。昂藏海峤鹤，冷碧仙庭桧。物物动和气，家家有新态。芙蓉开帘幕，锦账无纤壒。鼓角穿冻云，恩波动耕耒。奸回改精魄，礼教书绅带。必于尧舜日，还似房杜辈。野人有章句，格力亦慷慨。若不入丘门，世间更谁爱。

哭灵一上人

一公何不在，空有远公名。共说岑山路，今时不可行。旧房松更老，新塔草初生。经论传缁侣，文章遍墨卿。禅林枝干折，法宇栋梁倾。谁俊修僧史，应知传已成。

行路难

君不见山高海深人不测,古往今来转青碧。浅近轻浮莫与交,地卑只解生荆棘。谁道黄金如粪土,张耳陈馀断消息。行路难,行路难,君自看。

不会当时—作初作天地,刚有多般愚与智。到头还用真宰心,何如上下皆清气。大道冥冥不知处,那堪顿得羲和辔。义不义兮仁不仁,拟学长生更容易。负心—作薪为垆复为火,缘木求鱼应且止。君不见烧金炼石古帝王,鬼火荧荧白杨里。

君不见道傍废井生古木,本是骄奢贵人屋。几度美人照影来,素绠银瓶濯纤玉。云飞雨散今如此,绣闼雕甍作荒谷。沸渭笙歌君莫夸,不应常—作长是西家哭。休说遗编行者几,至竟终须合天理。败他成此亦何功,苏张终作多言鬼,行路难,不在羊肠里。

九有茫茫共尧日,浪死虚生亦非一。清净玄音竟不闻,花眼酒肠暗如漆。或偶因片言只字登第光二亲,又不能献可替否航要津。口谭羲轩与周孔,履行不及屠沽人。行路难,行路难,日暮途远空悲叹。

君不见道傍树有寄生枝,青青郁郁同荣衰。无情之物尚如此,为人不及还堪悲。父归坟兮未朝—作期夕,已分黄金争田宅。高堂老母头似霜—作雪,心作数支—作枝泪常滴。我闻忽如负芒刺,不独为君空叹息。古人尺布犹可缝,浔阳义犬—作夫令人忆。寄言世上为人子,孝义团圆莫如此。若如此,不遄死兮更何俟。

泊秋江

岸如洞庭山似剡,船漾清溪凉胜簟。月白风高不得眠,枯苇丛边钓师魇。

嘲商客

苇萧萧,风撼撼,落日江头何处客。斜倚帆樯不唤人,五湖浪向心中白。

寄王涤

梅月多开户,衣裳润欲滴。寂寥虽无形,不是小仇敌。地虚草木壮,雨白桃李赤。永日无人来,庭花苦狼藉。吟高好鸟觑,风静茶烟直。唯思莱子来,衣拖五般色。

上冯使君五首

撑船碧江上,春日何迟迟。汀花最深处,拾得鸳鸯儿。

渔父无忧苦,水仙亦何别。眠在绿苇边,不知钓筒发。

樵叟无忧苦,地仙亦何别。茆屋岸花中,弄孙头似雪。

扣舷得新诗,茶煮桃花水。岿岿数片帆,去去殊未已。

仁政无不及,乳獭将子行。谁家苦竹林,中有读书声。

拟—本无拟字君子有所思二首

我爱正考甫,思贤作商颂。我爱扬子云,理乱皆如凤。振衣中夜起,露花香旖旎。扑碎骊龙明月珠,敲出凤皇五色髓。陋卷萧萧风枅枅—作渐渐。缅想斯人胜珪璧。寂寥千载不相逢,无限区区尽虚掷。君不见沈约道,佳人不在兹,春光为谁惜?

安得龙猛笔,点石为黄金。西岳龙猛大士,于砚中磨药,点笔成金。西天有龙猛金,其色紫。散为—作问,一作向酷吏家,使无贪残心。甘棠密叶成翠幄,款—作颖风不来天地塞。所以倾国倾城人,如今如今不可得。—作所以倾城人,如今不可得。

古塞下曲四首 一本无古字,亦无四首二字。第三首另一题。

古塞腥膻地,胡兵聚如蝇。寒雕中髑石,落在黄河冰。苍茫逻迤城,桠桠贼气兴。铸金祷秋旻,还拟相凭陵。

战—作白骨践成—作化黄尘,飞入征人目。

黄云一作尘忽变黑,战鬼作阵一作夜哭。阴风吼大漠,火号出不得。谁为天子前,唱此边城曲。

日向平沙出,还向平沙没。飞蓬落军一作阵营,惊雕去天末。帝乡青楼倚霄汉,歌吹掀天对花月。岂知塞上望乡人,日日双眸滴清血。

狼烟在阵云,匈奴爱轻敌。领兵不知数,牛羊复吞碛。严冬大河枯,嫖姚去深击。战血染黄沙,风吹映天赤。

鼓腹曲

我昔不幸兮遭百罹,苍苍留我兮到好时。耳闻钟鼓兮生丰肌,白发却黑兮自不知。东邻老人好吹笛,仓囷峨峨谷多赤。饼红鰕兮枿糜腊,有酒如浊醅兮呼我吃。往往醉倒潢污之水边兮人尽识,孰云六五帝兮四三皇。如夔如龙兮如龚黄,吾不知此之言兮是何之言兮。

经旷禅师院

吾师楞伽山中人,气岸古淡僧麒麟。曹溪老兄一与语,金玉声利,泥弃唾委。兀兀如顽云,骊珠兮固难价其价,灵芝兮何以根其根。真貌枯槁言朴略,衲衣烂黑烧岳痕。忆昔十四五年前苦寒节,礼师问师楞伽月。此时师握玉尘尾,报我却云非日月,一敲粉碎狂性歇。庭松无韵冷撼骨,摇窗擦檐数枝雪。迩来流浪于吴越,一片闲云空皎洁。再来寻师已蝉蜕,苍卜枝枯醴泉竭。水檀香火遗影在,甘露松枝月中折。师去世,有甘露降于庭松。宝师往日真隐心,今日不能堕双血。

边上作三一作二首一本缺第三首

山无绿兮水无清,风既毒兮沙亦腥。胡儿走马疾飞鸟,联翩射落云中声。

阵云忽向沙中起,探得胡兵过辽水。堪嗟护塞征戍儿,未战已疑身是鬼。

见说青冢穴,中有白野狐。时时出沙碛,向东而号呼。号呼复号呼,画师图得无。

送张拾遗赴施州司户

道之大道古太古,二字为名争莽卤。社稷安危在直言,须历尧阶挝谏鼓。恭闻吾皇至圣深无比,推席却几听至理。一言偶未合尧聪,贾生须看湘江水。君不见顷者百官排闼赴延英,阳城不死存令名。又不见仲尼遥奇司马子,珮玉垂绅合如此。公乎公乎施之掾,江上春风喜相见。畏天之命复行行,芙蓉为衣胜纻绢。好音入耳应非久,三峡闻猿莫回首。且啜千年羹,醉巴酒。

书倪氏屋壁三首

茶烹绿乳花映帘,撑沙苦笋银纤纤。窗中山色青翠粘,主人于我情无厌。

白桑红椹莺咽咽,面揉玉尘饼挑雪。将为数日已一月,主人于我特地切。

水娇草媚掩山路,睡槎鸳鸯如画作。春光霭霭忽已暮,主人刚地不放去。

续姚梁公坐右铭并序

愚尝览白太保所作《续崔子玉座右铭》一首,其词旨乃典乃文,再恩再切,实可警策未悟,贻厥将来。又见姚崇、卞兰、张说、李邕,皆有斯文,尤为奥妙。其于束勖婉娩,乃千古之鉴戒资腴矣。愚窃爱其文,惟恨世人不能行之,十得其二。一日抽毫,遂作续白氏之续,命曰《续姚梁公座右铭》一首。虽文经理纬,不逮于群公,而亦可书于屋壁云。

善为尔诸身,行为尔性命。祸福必可转,莫惑言前定。见人之得,如己之得,则美无克。见人之失,如己之失,是亨贞吉。反此之徒,天鬼必诛。福先祸始,好杀灭绝,不得不止。守谦寡欲,善善恶恶,不得不作。无见贵热,谄走蹩蹩。无轻贱微,上下相依。古圣著书,矻矻孳孳。忠孝信行,越食逾衣。生天地间,未或非假。身危彩虹,景速奔马。胡不自强,将升玉堂。胡为自坠,言虚行伪。艳姝尔寿须戒,酒腐尔肠须畏。励志须至,扑满必破。非莫非于饰非,过莫过于文过。及物阴功,子孙必封。无恃文学,是司奇薄。患随不忍,害逐无足。一此一彼,谐宫合徵。亲仁下问,立节求己。恶木之阴匪阴,盗泉之水匪水。世孚草草,能生几几。直须如冰如玉,种桃种李。嫉人之恶,酬恩报义。忽己之慢,成人之美。毋担虚誉,无背至理。恬和愁畅,冲融终始。天人之行,尽此而已。丁宁丁宁,戴发含齿。

上卢少卿觅千文

荆山有美玉,含华尚炳烂。堪为圣君玺,堪为圣君案。草木润不凋,烟霞覆不散。野人到山下,仰视星辰畔。倘或如栗黄,保之上霄汉。

谢卢少卿惠千文

庐山有石镜,高倚无尘垢。昼景分烟萝,夜魄侵星斗。苞含物象列,搜照鱼龙吼。寄谢天地间,毫端皆我有。

全唐诗卷八百二十八

贯休

大蜀皇帝寿春节进尧铭、舜颂二首

尧铭

金册昭昭,列圣孤标。仲尼有言,巍巍帝尧。承天眷命,罔厥矜骄。四德炎炎,阶蓂不凋,永孚于休,垂衣飘飖。吾皇则之,小心翼翼。秉阳亭毒,不遑暇食。土阶苔绿,茅茨雪滴。君既天赋,相亦天锡。德辂金镜,以圣继圣。汉高将将,太宗兵柄。吾皇则之,日新德盛。朽索六马,罔坠厥命。熙熙蓼萧,块润风调。舞擎干羽,囿入苳尧。既玉其叶,亦金其枝。叶叶枝枝,百工允釐。享国如尧,不疑不疑。

舜颂

高高历山,有黍有粟。皇皇大舜,合尧玄德。五典克从,四门伊穆。大道将行,天下为公。临下有赫,选贤用能。吾皇则之,无敖无逸。绥厥品汇,光光得一。千辐临顶,十在随跸。大哉大同,为光为龙。吾皇则之,圣谋隆隆。纳隍孜孜,考考切切。六宗是禋,五瑞斯列。排麟环凤,披香立雪。四夷纳赉,九围〔一作囿〕有截。昔救世师,降生竺乾。寿春亦然,万年万年。

大蜀高祖潜龙日献陈情偈颂

有叟有叟,居岳之室。忽振金汤,下彼巉崒。闻蜀风景,地宁得一。富人侯王,且奭摩诘。龙角日角,紫气盘屈。揭日月行,符汤禹出。天步孔艰,横流犯跸。穆穆蜀俗,整整师律。髽发垂雪,忠贞贯日。四人苏活,万里丰谧。无雨不膏,有露皆滴。有叟有叟,无实行实。一瓶一衲,既朴且质。幸蒙顾盼,词暖恩郁。轩镜光中,愿如善吉。

寄大愿和尚注内缺三字

　　道朗居太山,达磨住熊耳。手擎清凉月,灵光溢天地。尽骑金师子,去世久已矣。吾师隐庐岳,外念全刳削。掷孔圣之日月,相空王之櫜籥。曾升麟德殿,谭无著,赐衣三铢让不著。太平裴相公与师诗云:竟辞圣主宫中诏,来赴遗民社内期。唯思红泉白石阁,因随裴楷离京索。时裴公出守钟陵,与师同行。迩来便止于匡霍,瀑布千寻喷冷烟,旃檀一枝翘瘦鹤。岘首故人清信在,千书万书取不诺。裴公镇襄阳,频使迎取,师坚不往。微人昔为门下人,扣玄佩惠无边垠。自怜亦是师子子,未逾三载能嚬呻。江西三载诵《法华经》。一从散席归宁后,溪寺更有谁相亲。青山古木入白浪,赤松道士为东邻。焚香西望情何极,不及昙诜泪空滴。诜,远公弟子,常在左右。桐江太守社中人,还送郗超米千石。昔郗鉴送米入山与道安。宝书遽掩修章句,万里空函亦何益。终须一替辟蛇人,未解融神出空寂。匡山神为远公侍者□辟蛇人,大师曾□书□不知何缘得相见,惟冲融无相而会耳。

上顾大夫

　　碧海漾仙洲,骊珠外无宝。一岳倚青冥,群山尽如草。君侯圣朝瑞,动只关玄造。谁云倚天剑,含霜在怀抱。谁云青云险,门前是平道。洪民亦何幸,里巷清如扫。至化无经纶,至神无祝祷。即应炳文柄,孤平去浩浩。即应调鼎味,比屋堪封保。野人慕正化,来自海边岛。经传髻里珠,诗学池中藻。闭门十余载,庭杉共枯槁。今朝投至鉴,得不倾肝脑。斯文如未精,归山更探讨。

寒月送玄一本有道字士入天台

　　之子逍遥尘世薄,格淡干云语如鹤。相见唯谈海上山,碧侧青斜冷相沓。芒鞋竹杖寒冻时,玉霄忽去非有期。僮担赤笈密雪里,世人一作上无人留得之。想入红霞路深邃,孤峰纵啸仙飙起。星精聚观泣海鬼,月涌薄烟花点水。送君丁宁有深旨,好寻佛窟游银地。佛窟、银地,皆天台云境也。雪眉衲僧皆正气,伊昔贞白先生同此意。若得神圣之药,即莫忘远相寄。

上杜使君

　　为鱼须处海,为木须在岳。一登君子堂,顿觉心寥廓。右听青女镜,左听宣尼铎。政术似蒲卢,诗情出冲漠。从来苦清苦,近更加淡薄。讼庭何所有,一只两只鹤。烟霞色拥墙,禾黍香侵郭。严霜与美雨,皆从二天落。苍生苦疮痍,如何尽消削。圣君新雨露,更作谁恩渥。即捉五色笔,密勿金鸾角。即同房杜手,把乾坤櫜籥。休说卜圭峰,开门对林壑。

送僧入马头山

　　马头宝峰,秀塞寒空。有叟有叟,真隐其中。无味醍醐,亦非般若。白趾碧目,数百潇洒。苦竹大于杉,白熊卧如马。金钟撼壑,布水喷瓦。芙蓉堂开峰月入,岳精踏雪立屋下。伊余解攀缘,已是非常者。更有叟,独往来,与我语。情无刚强,气透今古。竹笠援补,芒鞋藤乳。北风倒人,干雪不聚,满头霜雪汤雪去。汤雪去,无人及,空望真气江上立。

上卢使君第二十四句缺一字

　　夔龙在庙堂,虽然有金议。苍生得父母,自是天之意。鄱阳气候正,文物皆鲜媚。金镜有余光,春风少闲地。膺门倚寒碧,到者宁容易。宾从皆凤毛,爪牙悉猿臂。楼台千万户,锦绣龙歌沸。大惠虫鸟全,至严龙虎畏。可怜召伯树,婆娑不胜翠。诗搜日月华,道咽神仙味。嘉树白雀来,祥烟甘露坠。中川一带香,□开幽邃地。逸少情有余,东山境不啻。恭闻圣天子,廊庙犹虚位。应知黎庶心,只恐征书至。

送颢雅禅师

　　霜锋擗石鸟雀聚,帆冻阴飙吹不举。芬陀利香释骊虎,幡幢冒雪争迎取。春光主,芙蓉堂窄堆花乳,手堤金桴打金鼓。天花娉婷下如雨,狻猊座上师子语。苦却乐,乐却苦,卢至黄金忽如土。

和杨使君游赤松山

为郡三星无一事,龚黄意外扳乔松。日边扬历不争路,云外苔藓须留踪。溪月未落漏滴滴,隼旟已入山重重。扪萝盖输山屐伴,驻旆不见朝霞浓。乳猿剧黠挂险树,露木翠脆生诸峰。初平谢公道非远,黯然物外心相逢。石羊依稀龁瑶草,桃花仿佛开仙宫。终当归补吾君衮,好山好水那相容。

送崔使君 缺二字

柳门柳门,芳草芊绵。日日日日,黯然黯然。子牟恋阙归阙,王粲下楼相别。食实得地,颇淹岁月。今朝天子在上,合雪必雪。况绛之牧,文行炳洁。释谓缘因,久昵清尘。王嘉迎安,远狎遗民。媲彼二子,厥或相似。论文不文,话道无涯。士有贵逼,势不可遏。麟步规矩,凤骛昂桥。岘首仁踪项频跋,商云乳麝香可撮,望尘□□连紫闼。吾皇必用整乾坤,莫忘江头白头达。白头达事见《高僧传》。

杜侯行并序

愚自江东兵荒之后,受杜氏兄弟深知。往曾见陈陶与抚州蔡京使君杂言,曰《蔡氏行》。今亦拟之,曰《杜侯行》云耳。

天目连天搏秀气,峥嵘作起新城地。德门钟秀光盛时,三虎八龙皆世瑞,顷者天厌乱下鲸翻海,烽火崩腾照行在。江表唯传君子营,剑冲牛斗疏真宰。金昆玉季轻三鼓,煮海悬鱼臣节苦。雁影参差入瑞烟,荆花灿烂开仙圃。我闻大中咸通真令主,相惟大杜兼小杜。但能致君活国济生人,亦何必须踏金梯、折桂树。宣宗懿宗调舜琴,大杜小杜来殷霖。出将入相兮功德深,生人受赐兮直至今。杜侯兄弟继之后,璞玉浑金美腾口。常言一呼百万何足云,终取封侯之印大如斗。恭闻吾皇似尧禹,搜索贤良皆面睹。杜侯杜侯,君倪修兮德,克有终,即必还为大杜兼小杜。人之戴兮天笔注,国之福兮天固祚。四海无波八表臣,如今而后君看取。

偶作五首

谁信心火多,多能焚大国。谁信鬓上丝,茎茎出蚕腹。尝闻养蚕妇,未晓上桑树。下树畏蚕饥,儿啼亦不顾。一春膏血尽,岂止应王赋。如何酷吏酷,尽为搜将去。蚕蛾为蝶飞,伪叶空满枝。冤梭与恨机,一见一沾衣。机生机,巧生巧,心镂烘烘日煎炒。闽蜀眉嚬游海岛,扶桑椹熟金乌饱。金乌饱,飞复飞,四天下人眼眙眙。

孰云我轻薄,石头如何唤作玉。孰云我是非,随邪逐恶又争得。古人终不事悠悠,一言道合死即休。岂不见大鹏点翼盖十洲,是何之物鸣啾啾。

君子食即食,何必在珍华。小人食不食,纵食如泥沙。清歌且莫唱,妙舞亦休夸。尔非凤炙麒麟肉,焉能一挂于齿牙。去来去来归去来,红泉正洒芙蓉霞。

君不见金陵凤台月榭烟霞光,如今五里十里野火烧茫茫。君不见西施绿珠颜色可倾国,乐极悲来留不得。君不见汉王力尽得乾坤,如何秋雨洒庙门。铜台老树作精魅,金谷野狐多子孙。几许繁华几更改,唯有尧舜周召丘轲似长在。坐看楼阁成丘墟,莫话桑田变成海。吾有清凉雪山雪,天上人间常皎洁。茫茫欲火欲烧人,惆怅无因为君说。

山中作

山为水精宫,藕花无尘埃。吟狂岳似动,笔落天琼瑰。伊余自乐道,不论才不才。有时鬼笑两三声,疑是大谢小谢李白来。

闻前王使君在泽潞居

为善无近名,窃名者得声不如心,诚哉是言也。使君圣朝瑞,乾符初刺婺。德变人性灵,笔变人风土。烟霞与虫鸟,和气将美雨。千里与万里,各各来相附。信哉有良吏,玄谶应百数。东阳古者相传有记云:刺史满一百,即有好刺史来,后有大寇至。使君来正当一百人,两年后,果有黄贼来,公避地远去。古人古人自古人,今日又见民歌六七袴。不幸大寇崩腾来,孤城势孤固难锢。攀辕既不及,旌旆冲风露。大驾已西幸,飘零何处去。婺人空悲哀,对生祠泣沾莓苔。忽闻暂寄河之北,兵强四百无尘埃。唯祝銮舆早归来,用此咎䚻仲虺才。使四野雾廓,八纮镜开。皇天无亲,长与善邻,宜哉宜哉。

将入匡山别芳昼二公二首 一作将入庐山别僧

喷岚堆黛塞寒碧,窗前古雪如白石。临岐约我来不来,若来须拨红霞觅。

红豆树 一作花 间滴红雨,恋师不得依师住。世情世界愁杀人,锦绣谷中归舍去。

送杨秀才

北山峨峨香拂拂,翠涨青奔势巉崒。赤松君宅在其中,紫金为墙珠作室。玻璃门外仙猕睡,幢节森林绛烟密。水精帘卷桃花开,文锦娉婷众非一。抚长离,坎答鼓。花姑吹箫,弄玉起舞。三万八千为半日,海涸鳌枯等闲睹。爱共安期棋,苦识彭祖祖。有时朝玉京,红云拥金虎。石桥亦是神仙住 一作柱,白凤飞来又飞去。五云缥缈羽翼高,世人仰望心空劳。

别杜将军

伊余本是胡为者,采蕡锄茶在穷野。偶披蓑笠事空王,余力为文拟何谢。少年心在青云端,知音满地皆龙鸾。遽逢天步艰难日,深藏溪谷空长叹。偶出重围遇英哲,留我江楼经岁月。旬限土帐香满衣,梦历金盆 金华山最高处 雨和雪。东风来兮歌式微,深云道人召来归。燕辞大厦兮将何为,蒙蒙花雨兮莺飞飞,一汀杨柳同依依。

送梦上人归京

伊余龙钟归海涯,千山万水情自怡。梦公别我还上国,江边惨怆行迟迟。向我道云中觅伴未得伴,又示我数首新诗尽是诗。只恐不如此,若如此如此,即须天子知。萧萧金吹荆门口,槐菊斗黄落叶走。前程胜事未可涯,但恐圭峰难入手。莲峰掌记韩拾遗,雁行雍穆世所稀。二十年前即别离,凭师一话吟朝饥。

问岳禅师疾

世病如山岳,世医皆拱手。道病如金锁,师遭锁锁否。大尘为世病,无为无事为道病,如金锁。伊昔芙蓉颊,谈经似主涉。苏合昼氤氲,天花似飞蝶。觉树垂实,魔辈刺疾。病也不问,终不皴膝。师常坐不卧也。春光冉冉,不上尔质。东风浩浩,谩入尔室。云何斯人,而有斯疾。

上荆南府主三让德政碑

明明赫赫中兴主,动纳诸隍冠前古。四海英雄尽戢兵,皆如圪圪 一作矻矻 天金柱。万姓多论政与德,请树丰碑似山岳。一从寇灭二十年,琬琰雕镂赐重叠。荆州化风何卓异,寡欲无为合天地。虽立贞碑与众殊,字字皆是吾皇意。君侯捧碑西拜泣,臣且何人恩洽及。凤皇 一作诏 衔下雕龙文,德昧政虚争敢立。函封三奏心匍匐,坚让此碑声盖国。我恐江淹五色笔,作不立此碑之碑文不得。

施万病丸

我闻昔有海上翁,须眉皓白尘土中。葫芦盛药行如风,病者与药皆惺憁。药王药上亲兄弟,救人急于己诸体。玉毫调御偏赞扬,金轮释梵咸归礼。贤守运心亦相似,不吝亲亲拘子子。曾闻古德有深言,由来大士皆如此。

甘雨应祈

春雨偶愆期,草木亦未觉。君侯不遑处,退食或闭阁。东海浪滔滔,西江波漠漠。得不愿身为大虬,金其角,玉其甲。一吸再唶,云平雾匝,华畅九有,清倾六合。使不苏者苏,不足者足。情通上玄,如膏绵绵。有叟有叟,鼓腹歌于道边。歌曰:麦苗芃芃兮鸲鹆飞,日出而作兮日入归,如彼草木兮雨露肥。古人三乐兮,我乐多之。天之成兮,地之平兮。柘系黄兮,瓠叶青兮。乳女啼兮,蒸黍馨兮。炙背扪虱兮,复何经营兮。

寄韩团练

真宰动洪炉,万物皆消息。唯有三珠树,不用东风力。君子天庙器,头骨何巉峛。海内久闻名,江西偶相识。谁不有诗机,麟龙不解织。谁不有心地,兰茝不曾植。多君二俱作,独立千仞壁。话道出先天,凭师动臻—作榛极。青霄雁行律,红露荆花滴。偶然成远别,别后长相忆。行至鄱阳郡,又见谢安石。留我遇残冬,身心苦恬寂。江上春又至,引颈山空积。何日再相逢,天香满瑶席。

春野作五首

闲步浅青平绿,流水征车自逐。谁家挟弹少年,拟打红衣啄木。

山花雨打尽,满地如烂锦。还寻鹁鸪雏,拾得一团葚。

大牛苦耕田,乳犊望似泣。万事皆天意,绿草头戢戢。

斜阳射破冢,髑髅半出地。不知谁氏子,独自作意气。

牛儿小,牛女少,抛牛沙上斗百草。钽陇老人又太老,薄烟漠漠覆桑枣,戴嵩醉后取次扫。

深山逢老僧二首

衲衣线粗心似月,自把短锄锄槲柮。青石溪边踏叶行,数片云随两眉雪。

山童貌顽名乞乞,放火烧畲采崖蜜。担头何物带山香,一箩白葚一箩栗。

道情偈

草木亦有性,与我将不别。我若似草木,成道无时节。世人不会道,向道却嗔道。伤嗟此辈人,宝山不得宝。

怀二三朝友

伤心复伤心,流光似飞电。有惠骊龙十斛珠,不如一见君子面。愁人复愁人,满眼皆埃尘。有惠黄金一万斤,不如一见于仁人。我昔读诗书,如今尽抛也。只记得田叔孟温舒,帝王满口呼长者。

偶作

君子称一善,馨香遍九垓。小人妒一善,处处生嫌猜。口如暴死人,铁尺拗不开。稂莠蚀田髓,积阴成冬雷。因知咋舌人,千古空悠哉。

义士行

先生先生不可遇,爱平不平眉斗竖。黄昏雨雹空似黳,别我不知何处去。

观怀素—本有上人二首草书歌

张颠颠后颠非颠,直至怀素之颠始是颠。师不谭经不说禅,筋力唯于草书朽—作妙。颠狂却恐是神仙,有神助兮人—作神莫及。铁石画兮墨须入,金尊竹叶数斗余。半斜—作欹半倾山衲湿,醉来把笔狞—作猛如虎。粉壁素屏不问主,乱擎乱抹无规矩。罗刹石上坐伍子胥,蒯通八字立对汉高祖。势崩腾兮不可止,天机暗转锋铓里。闪电光边霹雳飞,古柏身中澥—作早龙死。骇人心兮目眳音瞑荍音旭,顿人足兮神辟易。乍如沙场大战—作战败后,断枪橛—作断骹折骨皆—作何狼藉。又似深山朽—作怪石上,古病松枝挂铁锡。月兔笔,天灶墨,斜凿黄金侧锉玉,珊瑚枝长大束—作如束,天马骄狞不可勒。东却西,南又北,倒又—作还起,断复续。忽如鄂公喝—作捉住单雄信,秦王肩上剥—作搭著枣木槊。怀素师,怀素师,若不是星辰降瑞,即必是河岳孚灵。固宜须冷—作令笑逸少,争得不心醉伯英。天台古杉一千尺,崖崩劂—作岸折何峥嵘。或细微,仙衣半拆—作缝绽金线垂。或妍媚,姚花半红公子醉。我恐山为墨兮磨海水,天与笔兮书大地,—作海为水,天为笔兮书大地。乃能略展狂僧意。常恨与师不相识,一见此书空叹息。伊昔张渭—作谓任华叶季良,数子赠歌岂虚饰,所不足者浑未曾道著其神力。石桥被烧烧一作却,良玉土不一作不土蚀,锥画沙兮印印泥。世人世人争得测,知师雄名在世间,明月清风有何极。

送卢舍人三首

一曰:劝君不用登岘首山,读羊祜碑,男儿事业须自奇。此碑山头如日月,日日照人人不知。人不知,青山白云徒尔为。

二曰:劝君登商山,不用觅商山皓,云深雪深骡马倒。我愿终南太华变为金,吾后见之不为宝。我愿九州四海纸,幅幅与君为谏草。使蹑岛践夔,逢轩见皞。日环五色,是物得老,如此即商山皓。商山皓,君不用讨他,他必来相讨。

三曰:君不见释梵诸天寿亿垓,天上人间去复来。君又不见紫金为轮一千幅,宝洲□四皆臣伏。轮王释梵作何因,只是弘隆大乘福。自古皇王与贤哲,顶敬心师刻金玉。报通三世释迦言,莫将梁武为题目。君不见近代韦裴蒋与萧,韦处厚相国出入庙堂,礼佛如朝见君父。裴休相国师事空王,信敬无比。出将入相,偏重禅门。蒋□相国墙堑空门,为大檀越。中书藩镇,常事天王。萧仿相国清德冠世,白业常修。为佛骨碑,见行于当世文房书府师百僚。代天理物映千古,布发掩泥非一朝。大哉释梵轮王璞,已矣何人继先觉。行行珍重寄斯言,斯言不是寻常曲。缺一字。

宿深村

行行一宿深村里,鸡犬丰年闹如市。黄昏见客合家喜,月下取鱼屛塘水。

黄莺

一种为春禽,花中开羽翼。如何此鸟身,便是黄金色。黄金色,若逢竹实终不食。

送越将归会稽

面如玉盘身八尺,燕语清狞战袍窄。古岳龙腥一匣霜,江上相逢双眼碧。冉冉春光方婉娩,黯然别我归稽巇。他年必帅邯郸儿,与我杀轻班定远。

别仙客

巨鳌头缩翻仙翠,蟠桃烂落珊瑚地。浪溅霓旌湿鹏翅,略别千年太容易。

寒江上望

荒岸烧未死,白云痴不动。极目无人行,浪打取鱼笼。

读唐史

我爱李景伯,内宴执良规。君臣道昭彰,天颜终熙怡。大簸怕清风,糠秕缭乱飞。洪炉烹五金,黄金终自奇。大哉为忠臣,舍此何所之。

樵叟

樵父貌饥带尘土一作风雨,自言一生苦寒苦一作暑。担头担个赤瓷罂,斜阳独立一作入蒙笼坞。

全唐诗卷八百二十九

贯休

春山行

重叠太古色,蒙蒙花雨时。好峰—作山行恐尽,流水语相随。黑壤生红黍—作朮,黄猿领白儿。因思石桥月,曾与故—作道人期。

送谏官南迁

危行危言者,从天落海涯。如斯为远客,始是好男儿。瘴杂交州雨,犀揩马援碑。不知千万里,谁复识辛毗。

怀香炉峰道人

常思峰顶叟,石窟土为床。日日先见日,烟霞多异香。冥心同槁木,扫雪带微阳。终必相寻去,斯人不可忘。

观李翰林真二首

日角浮紫气,凛然尘外清。虽称李太白,知是那星精。御宴千钟饮,蕃书一笔成。宜哉杜工部,不错道骑鲸。

谁氏子丹青,毫端曲有灵。屹如山忽堕,爽似酒初醒。天马难拢勒,仙房久闭扃。若非如此辈,何以傲彤庭。

晚泊湘江作—作晚泊湘江怀古

烟浪濛—作蒙秋色,高吟似有—作得邻。一轮湘渚月,万—作千古独醒人。岸湿穿花远,风香祷庙频。只应谀佞者,到此不伤神。

淮上逢故人

故园离乱后,十载始逢君。长恨南熏奏,寻常只自闻。荒窗秋见岳,赤地夜生云。莫叹谋身晚,中兴正用文。

读《杜工部集》二首

造化拾无遗,唯应杜甫诗。岂非玄域橐—作橐,夺得古人旗。日月精华薄,山川气概卑。古今吟不尽,惆怅不同时。

甫也道亦丧,孤身出蜀城。彩毫终不撅,白雪更能轻。命薄相如命,名齐李白名。不知耒阳令,何以葬先生。

题简禅师院
机忘室亦空,静与沃洲同。唯有半庭竹,能生竟日风。思山海月上,出定印香终。继后传衣者,还须立雪中。

读刘得仁、贾岛集二首
二公俱作者,其奈亦迂儒。且有诸峰在,何将一第吁。句还如菡苕,谁复赠襜褕。想得重泉下,依前与众殊。

役思曾冲尹,多言阻国亲。桂枝何所直,陋巷不胜贫。马病唯一作难汤雪,门荒劣有人。伊余吟亦苦,为尔一眉嚬。

天台一本无上二字老僧
独住无人处,松龛岳色侵。僧中九十腊,云外一生心。白发垂不剃,青眸笑转深。犹能指孤月,为我暂开襟。

经费隐君旧宅
巉岩玉九株,秀湿掩苍梧。祥瑞久不出,羲轩消得无。雨和高瀑浊,烧爇大楮枯。到此思归去,迢迢隔五湖。

秋末怀旧山
昔住匡庐北,无人知姓名。侵云收谷粟,引蚁上柑橙。寒雨雪兼落,枯林虎独行。谁能将白发,共向此中生。

春过鄱阳湖
百虑片帆下,风波极目看。吴山兼鸟没,楚色入衣寒。过此愁人处,始知行路难。夕阳沙岛上,回首一长叹。

寄僧野和尚
鸟一作岛外更谁亲,诸峰即四邻。白头寒枕石,青衲烂无尘。橡栗堆行径,猿猴绕定身。傥然重结社,愿作扫坛人。

寄冯使君
端居碧云暮,好鸟啼红芳。满郭桃李熟,卷帘风雨香。清吟绣段句,默念芙蓉章。未得归山去,频升谢守堂。

寄紫阁隐者
积翠藏一叟,常思未得游。不知在岩下,为复在峰头。苔上枯藤笁,泉淋破石楼。伊余更何事,不学此翁休。

寄天台道友
大是清虚地,高吟到日晡。水声金磬乱,云片玉盘粗。仙有遗踪在,人还得意无。石碑文不直,壁画色多枯。冷立千年鹤,闲烧六一炉。松枝垂似物,山势秀难图。紫府程非远,清溪径不迂。馨香柏上露,皎洁水中珠。贤圣无他术,圆融只在吾。寄言桐柏子,珍重保之乎?

旅中怀孙路
暮尘微雨收,蝉急楚乡秋。一片月出海,几家人上楼。砌香残果落,汀草宿烟浮。唯有知音者,相思歌白头。

贻世
至理不误物,悠悠自不明。黄金烧欲尽,白发火边生。苦惑神仙谵,难收日月精。捕风兼系影,信矣不须争。

览李秀才卷
香沐整山衣,开君一轴诗。吟当秋景苦,味出雪林迟。经济几人到,工夫两鬓知。因嗟和氏泪,不是等闲垂。

怀方干、张为
冥搜入仙窟,半夜水堂前。百道只如此,古人多亦然。萤沈荒坞雾,月苦绿梧蝉。因忆垂纶者,沧浪何处边。

四皓图
何人图四皓,如语话唠唠。双鬓雪相似,

是谁年最高。溪苔连豹褥,仙酒污云袍。想得忘秦日,伊余亦合逃。

怀白阁道侣

寒思白阁层,石屋两三僧。斜雪扫不尽,饥猿唤得应。香然一字火,磬过数潭冰。终必相寻去,孤怀久不胜。

读孟郊集

东野子何之,诗人始见诗。清刬霜雪髓,吟动鬼神司。举世言多媚,无人师此师。因知吾道后,冷淡亦如斯。

怀四明亮公

孤峰含紫烟,师住此安禅。不下便不——作石下,如斯太可怜。坐侵天井黑,吟久海霞蔫。岂觉尘埃里,干戈已十年。

秋过钱塘江

巨浸东隅极,山吞大野平。因知吴相恨,不尽海涛声。黑气胜蛟窟,秋云入战城。游人千万里,过此白髭生。

上俞许二判官

近抛襄笠者,急善遇休明。未省亲宗伯,焉能识正声。病容经夏在,岳梦入秋并。无限林中意,今逢许郭倾。

怀刘得仁

诗名动帝畿,身谢亦因诗。白日只如哭,皇天得不知。旅坟孤蹢岳,嬴仆泣如儿。多少求名者,闻之泪尽垂。

归故林后寄二三知己

昨别楚江边,逡巡早数年。诗虽清到后,人更瘦于前。岸翠连乔岳,汀沙入坏——作瀼田。何时重一见,谈笑有茶烟。

春寄西山陈陶

搔首复搔首,孤怀草萋萋。春光已满目,君在西山西。埏水成文去,庭柯擎翠低。所思不可见,黄鸟花中啼。

秋末江行

四顾木落尽,扁舟增所思。云冲远烧出,帆转大荒迟。天际霜雪作,水边蒿艾衰。断猿不堪听,一听亦同悲。

送人归新罗

昨夜西风起,送君归故乡。积愁穷地角,见日上扶桑。蜃气生初霁,潮痕匝乱荒。从兹头各白,魂梦一相望。

思匡山贾匡——作寒夜思庐山贾生

山兄诗癖甚,寒夜更何为。觅句唯——作如顽坐,严霜打不知。石膏粘木屐——作履,崖蜜——作栗落冰池。近见禅僧说,生涯胜往时。

偶作

十载独扃扉,唯为二雅诗。道孤终不杂,头白更何疑。句冷杉松与,霜严鼓角知。修心对闲镜,明月印秋池。

赠方干

盛名与高隐,合近谢敷村。弟子已得桂,先生犹灌园。垂纶侵海介,拾句历云根。白日升天路,如君别有门。弟子谓李频也。

渔父

一叶一竿竹,眉须雪欲零。陆应无祖业,香必是伊腥。儿亦名鱼鹭,歌称我——作尔洞庭。回头深自愧,旧业近沧溟。

题友人山居

卜居邻坞寺,魂梦又相关。鹤本如云白,君初似我闲。月明僧渡水,木落火连山。从此天台约,来兹未得还。

寄宋使君

寺倚乌龙腹,窗中见碧棱。空廊人画祖,古殿鹤窥灯。风吼深松雪,炉寒一鼎冰。唯应谢内史,知此道心澄。

怀武夷红石子二首

常思红石子,独自住山椒。窗外猩猩语,

炉中妊妊娇。乳香诸洞滴,地秀众峰朝。曾见奇人说,烟霞恨太遥。

弋者终何慕,高吟坐绿鳌。烧侵姜芋窖,僧与水云袍。竹鞘畲刀缺,松枝猎箭牢。何时一相见,清话擘蟠桃。

送人征蛮

七纵七擒处,君行事可攀。亦知磨一剑,不独定诸蛮。树尽低铜柱,潮常沸火山。名须麟阁上,好去及瓜还。

怀周朴、张为

二子无消息,多应各自耕。巴江思杜甫,漳水忆刘桢。白发应全白,生涯作么生,寄书多不达,空念重行行。

寄令狐郎中

雨打繁暑尽,放怀步微凉。绿苔狂似人,入我白玉堂。堑鸟眠堪画,庭柽夜益香。唯应蕊宫子,时到虎溪傍。

鄱阳道中作

鄱阳古岸边,无一树无蝉。路转他山大,砧驱乡思偏。湖平帆尽落,天淡月初圆。何事尧云下,干戈满许田。

归故林别知己

别离无古今,柳色向人深。万里长江水,平生不印心。远书容北雁,赠别谢南金。愧勉青云志,余怀非陆沈。

送僧游天台

囊空心亦空,城郭去腾腾。眼作么是眼,僧谁识此僧。歇隈红树久,笑看白云崩。已有天台约,深秋必共登。

咏竹根珓子

出处惭林薮,才微幸一阳。不缘怀片善,岂得近馨香。节亦因人净,声从掷地彰。但令筋力在,永愿报时昌。

砚瓦

浅薄虽顽朴,其如近笔端。低心蒙润久,入匣更身安。应念研磨苦,无为瓦砾看。倪然仁不弃,还可比琅玕。

水壶子

良匠曾陶莹,多居笔砚中。一以亲几案,常恐近儿童。卓立澄心久,提携注意通。不应嫌器小,还有济人功。

笔

莫讶书绅苦,功成在一毫。自从蒙管录,便觉用心劳。手点时难弃,身闲架亦高。何妨成五色,永愿助风骚。

棋

棋信无声乐,偏宜境寂寥。著高图暗合,势王气弥骄。人事掀天尽,光阴动地销。因知韦氏论,不独为吴朝。

夜对雪作寄友生

皓彩中宵合,开门失所踪一作从。何年今夜意,共子在一作老孤峰。气射灯花落,光侵壁罅浓。唯君心似我,吟到五更钟。

题惠琮律师院

苦节兼青目,公卿话有余。唯传黄叶喻,还似白泉居。猿拨孤云破,钟撞众木疏。社坛踪迹在,重结复何如。

寄清泠山道人

常忆清泠子,深云种早禾。万缘虽不涉,一句子如何。踪迹诸峰匝,衣裳老虱多。江头无事也,终必到烟萝。

秋尽途中作

行行芳草歇,潭岛叶纷纷。山色路无尽,砧声客强闻。残阳曜极野,黑水浸空坟。那得无乡思,前程入楚云。

秋居寄王相公三首 首句缺一字

禅林蝉□落,地燥可生苔。好句慵收拾,

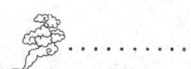

清风作么来。饼唯餐喜悦,社已得宗雷。还似山中日,柴门更不开。_{首句缺一字。}

　　松声高似瀑,药熟色如花。谁道全无病,时犹不在家。_{逐六尘名,不在家也。}山童春菝粉,园叟送银瓜。谁访孙弘阁,谈玄到日斜。

　　气与非常合,常人争得知。直须穷到底,始是出家儿。阁雀衔红栗,邻僧背古碑。只应王与谢,时有沃州期。

读《玄宗幸蜀记》

　　宋璟姚崇死,中庸遂变移。如何游万里,只为一胡儿。泣湿乾坤色,飘零日月旗。火从龙阙起,泪向马嵬垂。始忆张丞相,全师郭子仪。百官皆剽劫,九庙尽崩隳。尘扑银轮_{一作辇}暗,雷奔栈阁危。幸臣方赐死,野老不胜悲。_{时有群叟遮道,泣见于上。及雷飘沧日,行宫寂寞时。}人心虽未厌,天意亦难知。圣两归丹禁,承乾动四夷。因知纳谏诤,始是太平基。

全唐诗卷八百三十

贯休

闻征四处士

一诏群公起,移山四海闻。因知丈夫事,须佐圣明君。白酒全倾瓮,蒲轮半载云。从兹居谏署,笔砚几人焚。

送友人下第游边

失意穷边去,孤城值晚春。黑山霞不赤,白日鬼随人。角咽胡风紧,沙昏碛月新。明时至公在,回首莫因循。

寄匡山纪公

锦绣谷中人,相思入梦频。寄言无别事,琢句似终身。书卷须求旨,须根易得银。斯言如不惑,千里亦相亲。

闻无相道人顺世五首

一事不经营,孤峰长老情。唯餐橡子饼,爱说道君兄。池藕香狸掘,山神白日行。又闻行脚也,何处化群生。

自昔寻师日,颠峰绝顶头。虽闻不相似,特地使人愁。庭树雪摧残,上有白狖猴。大哉法中龙,去去不可留。

常思将道者,高论地炉傍。迂谈无世味,夜深山木僵。下山遭离乱,多病惟深藏。一别三十年,烟水空茫茫。

石霜既顺世,吾师亦不佇。杉桂有猩猩,糠秕无句句。土肥多孟蕨,道老如璎孺。莫比优昙花,斯人更难遇。

百千万亿偈,共他勿交涉。所以那老人,密传与迦叶。吾师得此法,不论劫不劫。玄矣不可留,无踪若为蹑。

苦热

松桂枝—作昼不动,阳乌飞半天。稻麻须—作倾,又作难结实,沙石欲生烟。毒气仍干扇,高枝不立蝉。旧山多积—作贮雪,归去是何年。

鄂渚赠祥公
寂寥堆积者,自为是高僧。客远何人识,吟多冷病增。松烟青透壁,雪气细吹灯。犹赖师于我,依依非面朋。

怀武昌栖一二首
常忆能吟一,房连古帝墟。无端多忤物,唯我独知渠。病愈囊空后,神清木落初。只因烽火起,书札自兹疏。

清风江上月,霜洒月中砧。得句先呈佛,无人知此心。师得句,只云堪供养佛。寂寥从鬼出,苍翠到门深。惟有双峰寺,时时独去寻。

寒食郊外
寒食将吾族,相随过石溪。冢花沾酒落,林鸟学人啼。白水穿芜疾,新霞出雾低。不堪回首望,家在赤松西。

送道士归天台
道高留不住,道去更何云。举世皆趋世,如君始爱君。径侵银地滑,瀑到石城闻。它日如相忆,金桃一为分。

经孟浩然鹿门旧居二首
孟子终焉处,游人得得过。樵深黄狖小,地暖白云多。孔圣嗟大谬,玄宗争奈何。空余岘山色,千古共嵯峨。

花落谷莺啼,精灵安在哉。青山不可问,永日独装回。冢穴应藏虎,荒碑只见苔。伊余亦惆怅,昨日郢城回。

春送禅师归闽中
春色满三湘,送师还故乡。穿霞逢黑鸩,乞食得红姜。大化宗门辟,孤禅海树凉。傥为新句偈,寄我亦何妨。

途中逢周朴
东西南北路,相遇共兴哀。世浊—作独无知己,子从何处来。菊衰芳草在,程远宿烟开。

傥遇中兴主,还应不用媒。

避寇山中作
山翠碧嵯峨,攀牵去者多。浅深俱得地,好恶未知他。有草皆为户,无人不荷戈。相逢空怅望,更有好时么?

避寇上唐台山
苍黄缘鸟道,峰胁见楼台。桂桂香皆滴,烟霞湿不开。僧高眉半白,山老石多摧。莫问尘中事,如今正可哀。

题峄桐—作择词律师院
律中麟角者,高谈出尘埃。芳草不曾触,几生如此来。窒风吹磬断,杉露滴花开。如结林中社,伊余亦愿陪。

上冯使君渡水僧障子
跣足挂巴藤,潺溪渡几曾。尽权无著印,不是等闲僧。熊耳应初到,牛头始去登。画来偏觉好,将寄柳吴兴。

秋夜玩月怀玉霄道士
光异磨砻出,轮非雕斫成。今宵刚道别,举世勿人争。征妇砧添怨,诗人哭到明。惟宜华顶叟,笙磬有余声。

上杭州令狐使君
颜冉德无邻,分忧浙水滨。爱山成大癖,求瘼似诸身。视事奸回尽,登楼海岳春。野人如有幸,应得见陶钧。

怀诸葛珏—作觉二首
诸葛子作者,诗曾我细看。出山因觅孟,踏雪去寻韩。遇孟郊、韩愈于洛下。谬独哭不错,诸葛云:思牵吴岫起,吟索剡云开。常流饮实难。诸葛曾为僧,名然。有诗云:到处自凿井,不能饮常流。知音知便了,归去旧江干。

羸马与羸童,微吟冒北风。店孤僧共歇,日落思无穷。囊草无非刺,魏人那识公。投魏,不遇而去。莺花五陵道,去去与谁同。

卷八百三十

怀钱唐罗隐、章鲁封

二子依公子,鸡鸣狗盗徒。青云十上苦,白发一茎无。风涩潮声恶,天寒角韵孤。别离千万里,何以慰荣枯。

送沈侍郎

从知无远近,木落去闽城。地入无诸俗,冠峨甲乙精。山多高兴乱,江直好风生。俭府清无事,唯应荐祢衡。

题宿禅师院

身闲心亦然,如此已多年。语淡不著物,茶香别有泉。古衣和藓衲,新偈几人传。时说秋归梦,孤峰在海边。

秋晚泊石头驿有寄

萧索漳江北,何人慰寂寥。北风人独立,南国信空遥。烧坞新云白,渔家众木凋。所思不可见,行雁在青霄。

别卢使君

杜宇声声急,行行楚水渍。道无裨政化,行处傲孤云。幸到膺门下,频蒙俸粟分。诗虽曾引玉,棋数中埋军。山好还寻去,恩深岂易云。扇风千里泰,车雨九重闻。晴雾和花气,危樯鼓浪文。终期陶铸日,再见信陵君。

秋夜吟

如愚复爱诗,木落即眠迟。思苦香消尽,更深笔尚随。饥童舂赤黍,繁露洒乌桸。看却龙钟也,归山是底时?

桐江闲居作十二首

木落雨翛翛,桐江古岸头。拟归仙掌去,刚被谢公留。猛烧侵茶坞,残霞照角楼。坐来还有意,流水面前流。

香刹通真观,楼台倚郡城。阴森古树气,粗淡老僧情。壁画连山润,仙钟扣月清。何须结西社,大道本无生。

静室焚檀印,深炉烧铁瓶。茶和阿魏暖,火种柏根馨。数只飞来鹤,成堆读了经。何妨似支遁,骑马入青冥。

不问瘘桑子,唯师妙吉祥。等闲眠片石,不觉到斜阳。独自收楮叶,教童探柏瓢。王孙莫指笑,淡泊味还长。

诗琢冰成句,多将大道论。人谁知此意,日日只关门。乳鼠穿荒壁,溪龟上净盆。因知无事贵,言外更无言。

红黍饭溪苔,清吟茗数杯。只应唯道在一作庇,无意俟时来。树叠藏仙洞,山蒸足爆雷。从他嫌复笑,门更不曾开。

蝉急野萧萧,山中信屡招。树香烹菌术,诗□□琼瑶。诸境教人认,荒榛引烧烧。吾皇礼金骨,谁□美南朝。<small>第四句、八句缺三字。</small>

露滴滴蘅茅,秋成爽气交。霜柟如蜜裹,□□似盐苞。浮藓侵蛩穴,微阳落鹤巢。还如山里日,门更绝人敲。<small>第四句缺一字。</small>

堑鸟毛衣别,频来似爱吟。萧条秋病后,斑驳绿苔深。珠翠笼金像,风泉洒玉琴。孰知吾所适,终不是心心。

芙蓉峰里居,关闭复何如。白獭兼花鹿,多年不见渠。红泉香滴沥,丹桂冷扶疏。唯有西溪叟,时时到弊庐。

忆在山中日,为僧鬓欲衰。一灯常到晓,十载不离师。水汲冰溪滑,钟撞雪阁危。从来多自省,不学拟何为。

囊非扑满器,门更绝人过。土井连冈冷,风帘迸叶多。村童顽似铁,山菜硬如莎。唯有前山色,窗中无奈何。

寄冯使君

山风与霜气,浩浩满松枝。永日烧杉子,无人共此时。为文攀讽谏,得道在毫厘。唯有桐江守,常怜志不卑。

经栖白旧院二首

竺卿何处去,触目尽凄凉。不见中秋月,

空余一炷香。残花飘暮雨,枯叶盖啼螀。谁礼新坟塔,萧条渭水傍。

国宝还亡一,时多李德林。故人卿相泣,承制渥恩深。旧藁谁收得,空堂影似吟。裴回不能去,寒日下西岑。

赠李祐道人一作赠道士

阘茸复埃尘,难亲复易亲。皆疑有仙术,问著却愁人。只是耽浮蚁,曾云见泣麟。相逢先合手,浑似有前因。

赠景和尚院

藏经看几遍,眉有数条霜。万境心都泯,深冬日亦长。窗虚花木气,衲挂水云乡。时说秋归梦,峰头雪满床。

上宋使君

折桂文如锦,分忧力若春。位高空倚命,诗妙古无人。有感禾争熟,无私吏尽贫。野人如有幸,应得见陶钧。

离乱后寄九峰和尚二首

乱后知深隐,庵应近石楼。异香因雪歇,仙果落池浮。诗老全抛格,心空未到头。还应嫌笑我,世路独悠悠。

萧洒复萧洒,松根独据梧。瀑冰吟次折,远烧坐来无。老玃寒披衲,孤云静入厨。不知知我否,已到不区区。

送黄宾于赴举第三句、第七句各缺一字

冬暮雨霏霏,行人喜可稀。二阶□夜雪,亚圣在春闱。马疾顽童远,山荒冻叶飞。□师无一事,应见丽龟归。

题灵溪畅公墅

境清僧格冷,新斫古林开。旧隐还如此,令人来又来。岚飞粘似雾,茶好碧于苔。但使心清净,从渠岁月催。

送高九经赴举

回也曾言志,明君则事之。中兴今若此,须去更何疑。志列秋霜好,忠言剧谏奇。志列、忠言,皆旧人也。陆机游洛日,文举荐衡时。虎迹商山雪,云痕岳庙碑。夫一作凭君将潦倒,一说向深知。

东西二林寺流水

水尔何如此,区区矻矻流。墙墙边沥沥,砌砌下啾啾。味不卑于乳,声常占得秋。崩腾成大瀑,落托出深沟。远历神仙窟,高淋竹树头。数家春碓硙,几处浴猿猴。共月穿峰罅,喧僧睡石楼。派通天宇一作井阔,雷入楚江浮。为润知何极,无边始自由。好归江海里,长负济川舟。

送王贞白重试东归

心苦酬心了,东归谢所知。可怜重试者,如折两三枝。雨毒逢花少,山多爱马迟。此行三可羡,正值倒戈时。

早秋即事寄冯使君

金脉火初微,开门竹杖随。此身全是病,今日更嗔谁。落叶峥嵘处,诸峰爽拔时。唯思棠树下,高论入圆伊。

赠景和尚院

貌古眉如雪,看经二十霜。寻常对诗客,只劝疗心疮。炭火邕湖滢,山晴紫竹凉。怡然无一事,流水自汤汤。

寄西山胡汾

待价欲要君,山前独灌园。虽然不识面,要且已消魂。鹿睡红霞影,泉淋白石门。伊余心更苦,何日共深论。

题师颖和尚院

师院清无敌,师心智不知。腊高清眼细,闲甚白云卑。煮茗然枫柿,泥墙札祖碑。爱师终不及,谩住许多时。

游云顶山晚望

云顶聊一望,山灵草木奇。黔南在何处,堪笑复堪悲。菊歇香未歇,露繁蝉不饥。明朝

又西去,锦水与峨眉。

刘相公见访

　　千骑拥朱轮,香尘岂是尘。如何补衮服,来看衲衣人。庄叟因先觉,空王有宿因。对花无俗态,爱竹见天真。攲枕松窗迥,题墙道意新。戒师惭匪什,都讲更胜询。桃熟多红颗,茶香有碧筋。高宗多不寐,终是梦中人。

寄赤松舒道士二首

　　不见高人久,空令鄙吝多。遥思青嶂下,无那白云何。子爱寒山子,歌惟乐道歌。会应陪太守,一日到烟萝。

　　余亦如君也,诗魔不敢魔。一餐兼午睡,万事不如他。雨阵冲溪月,蛛丝胃砌莎。近知山果熟,还拟寄来么?

鄂渚逢杨赞禹

　　流浪兵荒苦,相思岁月阑。理惟通至道,人或谓无端。烧猛湖烟赤,窗空雪月寒。知音不可见,始为一吟看。

别性空禅师

　　积翠进一瀑,红霞碧雾开。方寻此境去,莫问几时回。荡桨入檐石,思诗闻早雷。唯师心似我,欲近不然灰。

送胡处士

　　不名兼不利,相遇海西濆。白字未干发,清时错爱云。头巾多酒气,竹杖有苔文。久积希颜意,林中又送君。

寄澜公二首

　　小一头应白,孤高住歙城。不知安乐否,何以近无生。师常供养十六罗汉。罗汉,梵语,此云无生。烧逼鸿行侧,风干雪朕清。途中逢此信,珍重未精诚。

　　荒乱抛深隐,飘零远寓居。片云无定所,得力是逢渠。光洞山道人云:吾生独自在,处处得逢渠。瀑潗群公社,江崩古帝墟。终期再相见,招手复何如。

寄栖一上人

　　花埏接沧州,阴云闲楚丘。雨声虽到夜,吟味不如秋。古屋藏花鸽,荒园聚乱流。无机心便是,何用话归休。

送僧之湖南

　　湘水万余里,师游芳草生。登山乞食后,无伴入云行。宿雨和花落,春牛拥雾耕。不知今夜月,何处听猿声。

秋末寄张侍郎

　　静坐一作处黔城北,离仁半岁强。雾中红黍熟,烧后白云香。多病如何好,无心去始长。寂寥还得句,溪上寄三张。

古一作入塞曲三首

　　单于烽火动,都护去天涯。别赐黄金甲,亲临白玉除一作墀。塞垣须静谧,师旅审安危。定远条支宠,如今胜古时。

　　方见将军贵,分明带冕旒。圣恩如远被,狂虏不难收。臣节唯期死,功勋敢望侯。终辞修里第,从此出皇州。

　　百万精兵动,参差便渡辽。如何好白日,亦照此天骄。远树深疑贼,惊蓬迥似雕。凯歌何日唱,碛路共天遥。

古塞下曲七首

　　下营依遁甲,分帅把河隍。地使人心恶,风吹旗焰荒。搜山得一作见探卒,放火猎黄羊。唯有南飞雁,声声断客肠。

　　归去是何年,山连逻迤川。苍黄曾战地,空阔养雕天。旗插蒸沙堡,枪担泉槊卓。萧条寒日落,号令彻穷边。

　　房宼日相持,如龙马不肥。突围金甲破,趁贼铁枪飞。汉月堂堂上,胡云惨惨微。黄河冰已合,犹未送征衣。

　　南北惟堪恨,东西实可嗟。常飞侵夏雪,

何处有人家。风刮阴山薄，河推大岸斜。只应寒夜梦，时见故园花。

不是将军勇，胡兵岂易当。雨曾淋火阵，箭又中金疮。铁岭全无土，豺群亦有狼。因思无战日，天子是陶唐。

榆叶飘萧尽，关防烽寨重。寒来知马疾，战后觉人凶。烧逐飞蓬死，沙生毒雾浓。谁能奏明主，功业已堪封。

万战千征地，苍茫古塞门。阴兵为客祟，恶酒发刀痕。风落昆仑石，河崩苜蓿根。将军更移帐，日日近西蕃。

古塞上曲七首

幽并儿百万，百战未曾输。蕃界已深入，将军仍远图。月明风拔帐，碛暗鬼骑狐。但有东归日，甘从筋力枯。

中军杀白马，白日祭苍苍。号变旗幡乱，鼙一作沙干草木黄。朔云含冻雨，枯骨放妖光。故国今何处，参差近鬼方。

白雁兼羌笛，几年垂泪听。阴风吹杀气，永日在青冥。远戍秋添将，边烽夜杂星。嫖姚头半白，犹自看兵经。

久一作大雨始无尘，边声四散闻。浸河荒寨柱，吹角白头军。战一作牛马龁腥草，乌鸢识阵云。征人心力尽，枯骨更遭焚。

帐幕侵奚界，凭陵未可涯。擒生行别路，寻箭向平沙。赤落蒲桃叶，香微甘草花。不堪登陇望，白日又西斜。

地角天涯外，人号鬼哭边。大河流败卒，寒日下苍烟。杀气诸蕃动，军书一箭传。将军莫惆怅，高处是燕然。

山接胡奴水，河连勃勃城。数州今已伏，此命岂堪轻。碛吼旄头落，风干刁斗清。因嗟李陵苦，只得没蕃名。

古出塞曲三首

扫尽狂胡迹，回头一作戈望故关。相逢惟死斗，岂易得生还。纵宴参胡乐，收兵过雪山。不封十万户，此事亦应闲。

玉帐将军意，殷勤把酒论。功高宁在我，阵没与招魂。塞色干戈束，军容喜气屯。男儿今始是，谁出玉关门。

回首陇山头，连天草木秋。圣君应入梦，半路遣封侯。水不担阴雪，柴令倒戍楼。归来麟阁上，春色满皇州。

闻赤松舒道士下世东阳未乱前相别

地变贤人丧，疮痍不可观。一闻消息苦，千种破除难。阴鹫那虚掷，深山近始安。玄关评兔角，玉器琢鸡冠。傲野高难狎，融怡美不殚。冀迎新渥泽，时太守方录道业奏闻征出。遽逐逝波澜。蜕壳埋金隧，飞精驾锦鸾。倾摧千仞壁，枯歇一株兰一作难。仙庙诗虽继，苔墙篆必鞔。师善大小篆，尝有诗题赤松子庙。烟霞成片黯，松桂著行干。影拄溪流咽，堂局隙月寒。寂寥遗药犬，缥缈想琼竿。伊昔相寻远，留连几尽欢。论诗花作席，炙菌叶为盘。彭伉心相似，承祯趣一般。琴弹溪月侧，棋次砌云残。倏忽成千古，飘零见百端。荆襄春浩浩，吴越浪漫漫。已矣红霞子，空留白石坛。无弦亦须绝，回首一长叹。

赠抱麻刘舍人

郡政今良吏，门风古缙绅。万年唐社稷，一个哭麻人。愤烈身先死，敷扬气益贞一作真。天乎资大宝，泰矣见忠臣。得罪钟多故，投荒岂是迍。玉寒方重涩，松古更青皴。鹏鹃宁唯白，龙多岂止荀。道孤梳有雪，恩重泪盈巾。喻蜀须凭草，成周必仗仁。三峰宵旰切，万里渥恩新。赋鵩言无累，依刘德有邻。风期仁祖帽，鼠讶史云尘。禅叟知何幸，玄谈有宿因。双溪逢陆海，东阳见故浙西侍郎。荆渚遇平津。江陵见吏部相公。落日愁闻笛，何人为吐茵。生徒希匠化，寰海仰经纶。疾愈蝉声老，时公在荆州闲居，夏疾方可。年丰雨滴频。刘虬师弟子，时喜一相亲。

全唐诗卷八百三十一

贯休

夜寒寄卢给事二首

刻羽流商否,霜风动地吹。迩来唯自惜,知合是谁知。墀雪消难尽,邻僧睡太奇。知音不可得,始为一吟之。

心苦味不苦,世衰吾道微。清如吞雪雹,谁把比珠玑。作者相收拾,常人任是非。旧居沧海上,归去即应归。

送叶蒙赴举

年年屈复屈,惆怅曲江湄。自古身荣者,多非年少时。空囊投刺远,大雪入关迟。来岁还公道,平人不用疑。

闻王慥常侍卒三首

世乱君巡狩,清贤又告亡。星辰皆有角,日月略无光。金柱连天折,瑶阶被贼荒。令人转惆怅,无路问苍苍。

宗社运微衰,山摧甘井枯。不知千载后,更有此人无。政入龚黄甲,诗轻沈宋徒。受恩酬未得,不觉只长吁。

傥在扶天步,重兴古国风。还如齐晏子,再见狄梁公。棠树梅溪北,_{公为婺州大理。梅溪,婺之亭名。}佳城舜庙东。谁修循吏传,对此莫匆匆。

秋晚野步

藤屦兼闽竹,吟行一水傍。树凉蝉不少,溪断路多荒。烧岳阴风起,田家浊酒香。登高吟更苦,微月出苍茫。

闻大愿和尚顺世三首

王室今如毁,仍闻丧我师。古容图得否,内院去无疑。_{大师行高德广,必生弥勒内院。}岳鬼月中哭,松龛雪次隳。直须文五色,始可立高碑。

邺卫松杉外,芝兰季孟间。尽希重诏出,

只待六龙还。不疾成千古,令焚动四山。感恩终有泪,遥寄水潺潺。

师禀尽名卿,孤峰老称情。若游三点外,争把七贤平。苦雾埋空室,啼猿有咽声。今朝益惆怅,曾沐下床迎。愚常念《法华经》,师见,即下床迎,云:吾不敢以众人相待也。

闻叶蒙及第
忆昨送君诗,平人不用疑。吾徒若不得,天道即应私。尘土茫茫晓,麟龙草草骑。相思不可见,又是落花时。

送僧之灵夏
旧识为边帅,师游胜事兼。连天唯白草,野饼有红盐。蕃近风多教,河浑碛半淹。因知心似月,处处有人瞻。

书无相道人庵
造化太茫茫,端居紫石房。心遗无句句,顶处有霜霜。白鹿眠枯叶,清泉洒氁囊。寄言疑未决一作已,须道雪溪旁。

明进士北斋避暑
相访多冲雨,由来德有邻。卷帘繁暑退,湿树一蝉新。道在谁为主,吾衰自有因。只应江海上,还作狎鸥人。

晚春寄吴融、于竞二侍郎
白头为远客,常忆白云间。只觉老转老,不知闲是闲。花含宜细雨,室冷是深山。唯有霜台客,依依是往还。

喜不思上人来
沃州那不住,一别许多时。几度怀君夜,相逢出梦迟。瓶担千丈瀑,偈是七言诗。若向罗浮去,伊余亦愿随。

秋怀赤松道士
仙观在云端,相思星斗寒一作阑。常怜呼鹤易,却恨见君难。石罅青蛇湿,风榧白菌干。终期花月下,坛上听君弹。

送刘遂赴闽辟
离乱生涯尽,依刘是见机。从来吟太苦,不得力还稀。路入闽山熟,江浮瘴雨肥。何须折杨柳,相送已依依。

苦雨中作
通宵复连夕,其状只如倾。却遣思山者,忽然嫌水声。好花飘草尽,古壁欲云生。不奈天难问,迢迢远客情。

送僧归日本
焚香祝海灵,开眼梦中行。得达即便是,无生可作轻。流黄山火著,碇石索雷鸣。想到夷王礼,还为上寺迎。有僧游日本,云彼只有三寺,上寺名兜率,国王供养;中寺名浮上,极品官人供养;下寺名祇上寺,风俗供养,有德行即渐迁上也。

赠信安郑道人
貌古似苍鹤,心清如鼎湖。仍闻得新义,便欲注阴符。点化金一作默坐诗常有,闲行影渐无。杳兮中便是,应不食菖蒲。

送吏部刘相公除东川
帝念梓州民,年年战伐频。山川无草木,烽火没烟尘。政乱皆因乱,安人必藉仁。皇天开白日,殷鼎辍诚臣。一日离君侧,千官送渭滨。酒倾红琥珀,马控白骐驎。渥泽番番降,壶浆处处陈。旌幢山色湿,邛僰鸟啼新。帘幕还名俭,良医始姓秦。军雄城似岳,地变物含春。白必侵双鬓,清应诫四邻。吾皇重命相,更合是何人。

送智光禅伯
万事归一衲,曹溪初去寻。从来相狎辈,尽不是知音。乞食林花落,穿云翠巇深。终希重一见,示我祖师心。

夜对雪寄杜使君第十四句缺一字
片片含天意,纷纷势莫拘。洒于诸瑞后,时有柏树再生,甘露频降。忧恐一冬无。鹤潄声偏密,风焦片益粗。冷牵人梦转,清逼瘴根徂。

扫径僧倾笠,为诗士弃炉。桥高银蟒蛛,峰峻玉浮图。盈尺何须问,丰年已可□。遥思鄅中曲,句句出冰壶。

送王毂及第后归江西

太宗罗俊彦,桂玉比光辉。难得终须得,言归始是归。风帆天际吼,金鹗月中飞。五府如交辟,鱼书莫便稀。

送卢瞻罢庐陵幕归阌乡

文行成身事,从知贵得仁。归来还寂寞,何以慰交亲。芳草色似动,胡桃花又新。昌朝有知己,好作谏垣臣。

避寇白沙驿作 第五句缺三字

避乱无深浅,苍黄古驿东。草枯牛尚齘,霞湿烧微红。□□时时□,人愁处处同。犹逢好时否,孤坐雪蒙蒙。

闻李频员外卒

苍苍难可问,问答亦难闻。落叶平津岸,愁人李使君。文章应力竭,茅土始天分。又逐东风去,迢迢隔岭云。

江陵寄翰林韩偓学士

久住荆溪北,禅关挂绿萝。风清闲客去,睡美落花多。万事皆妨道,孤峰谩忆他。新诗旧知己,始为味如何。

闲居作

闲门微雪下,慵惰计全成。默坐便终日,孤峰只此清。身心闲少梦,杉竹冷多声。唯有西峰叟,相逢眼最明。

和韦相公见示闲卧

刻形求得相,事事未尝眠。霖雨方为雨,非烟岂是烟。童收庭树果,风曳案头笺。仲虺专为诰,何充雅爱禅。静嫌山色远,病是酒杯偏。蜩响初穿壁,兰芽半出砖。堂悬金粟像,相公常供养维摩居士。门枕御沟泉。且沐虽频握,融帷孰敢褰。德高群彦表,善植几生前。修补

乌皮几,深藏子敬毡。扶持千载圣,潇洒一声蝉。棋阵连残月,僧交似大颠。韩吏部重大颠禅师。常知生似幻,维重直如弦。饼忆莼羹美,茶思岳瀑煎。只闻温树誉,堪鄙竹林贤。脱颖三千士,馨香四十年。宽平开义路,淡泞润清田。哲后知如子,空王夙有缘。对归香满袖,吟次月当川。休说惭如捷,尧天即梵天。

寄山中伉禅师

举世遭心使,吾师独使心。万缘冥目尽,一句不言深。野火烧禅石,残霞照栗林。秋风溪上路,终愿一相寻。

秋寄栖一

一别一公后,相思时一吁。眼中疮校未,盘若偈持无。公时有眼疮,因为之念《多心经》。卷句冰团大,炉烟枥橛粗。劝君君记取,不用更他图。

怀匡山山长二首

白石峰之半,先生好在么?卷帘当大瀑,常恨不如他。杉鏬龙涎溢,潭坳石发多。吾皇搜草泽,争奈谢安何。

见说面前峰,寻常醉亦登。雨余多菌出,烧甚古崖崩。觅句曾冲虎,耕田半为僧。闻名多岁也,常恨不飞腾。

怀高真动二首

知尔今何处,孤高独不群。论诗唯许我,穷易到无文。贳酒儿穿雪,寻僧月照云。何时再相见,兵寇尚纷纷。

久别无消息,今秋忽得书。诸孤婚嫁苦,求己世情疏。乱甚无乔木,溪多不钓鱼。只应金一作全岳色,如尔复如余。

秋末入匡山船行八首

楚国茱萸月,吴吟梨栗船。远游无定所,高卧是何年。浪卷纷纷叶,樯冲澹澹烟。去心还自喜,庐岳倚青天。

芦苇深花里,渔歌一曲长。人心虽忆越,

帆态似浮湘。石獭衔鱼白,汀茅浸浪黄。等闲千万里,道在亦无妨。

岛上离家化,茅茨竹户开。黄桑双鹊喜,白日有谁来。担浪浇秋芋,缘滩取净苔。回头深自愧,旧业本蒿莱。

匡阜层层翠,修江叠叠波。从来未曾到,此去复如何。水庙寒鸦集,沙村夕照多。谁如垂钓者,孤坐鬓皤皤。

晚泊苍茫浦,风微浪亦粗。估喧如亥合,樯密似林枯。地峻湖无□,潮寒蚌有珠。东西无定所,何用问前途。第五句缺一字

岛香思贾岛,江碧忆清江。囊橐谁相似,馋慵世少双。鼍惊入窟月,烧到系船桩。谩有归乡梦,前头是楚邦。

南北虽无适,东西亦似萍。霞根生石片,象迹坏沙汀。莽莽蒹葭赤,微微蜃蛤腥。因思范蠡辈,未免亦飘零。

晓色千樯去,长江八月时。雨淙山骨出,桴擿岸形卑。野水畲田黑,荒汀独鸟痴。如今是清世,谁道出山迟。

送僧归华山

心枯衲亦枯,归岳揭空盂。七贵留不住,孤云出更一作便孤。烧灰犹汤足,雪片似粘须。他日如相觅,还应道到吴。

送友人之岭外 第七句缺一字

五岭难为客,君游早晚回。一囊秋课苦,万里瘴云开。金柱根应动,风雷舶欲来。明时好□进,莫滞长卿才。

送卢舍人朝觐

膻行无为日,垂衣帝道亨。圣真千载圣,明必万年明。重德须朝觐,流年不可轻。洪才传出世,清甲得高名。罕玉藏无映,秸松画不成。起衔轩后敕,醉别亚夫营。烧阔荆州熟,霞新岘首晴。重重尧雨露,去去汉公卿。白发应从白,清贫但更清。梦缘丹陛险,春傍彩衣

生。既握钟繇笔,须调傅说羹。倘因星使出,一望问支铿。

上冯使君山水障子

忆山归未得,画出亦堪怜。崩岸全隳路,荒村半有烟。笔句冈势转,墨抢烧痕颠。远浦深通海,孤峰冷倚天。柴棚坐逸士,露茗煮红泉。绣与莲峰竞,威如剑阁牵。石门关尘鹿,气候有神仙。茅屋书窗小,苔阶滴瀑圆。松根击石朽,桂叶蚀霜鲜。画出欺王墨,擎将献惠连。新诗宁妄说,旧隐实如然。愿似窗中列,时闻大雅篇。

送令狐焕赴阙

渚宫遥落日,相送碧江湄。陟也须为相,天乎更赞谁。风高樯力出,霞热鸟行迟。此去多来客,无忘慰所思。

送吴融员外赴阙

汉文思贾傅,贾傅遂生还。今日又如此,送君非等闲。云寒犹惜雪,烧猛似烹山。应笑无机者,腾腾天地间。

送姚洎拾遗自江陵幕赴京

捧诏动征轮,分飞楚水滨。由来真庙器,多作伏蒲人。舍鲁知非愿,朝天不话贫。沙头千骑送,岛上一蝉新。莫使身侵贵,无矜贵逼身。玉阶凝正色,兰苑涨芳尘。銮辂方离华,车书渐似秦。流年飘倏忽,书札莫因循。凉雨鸣红叶,非烟闭紫宸。凭将西社意,一说向荀陈。

送僧入石霜 注内缺五字

举世只堪吁,空知与道俱。论心齐至圣,对镜破凡夫。业王如云合,头低似箭驱。牛头大师云:犹妄心起,业业如云。《俱合论》云:入地狱人,头向下也。三清徒妄想,千载亦须臾。唯我流阳叟,深云领毳徒。尽骑香白象,皆握月明珠。寂寞排松榻,斓斑半雪须。苔侵长者论,岚蚀祖师图。翠巇金钟晓,香林宝月孤。燊燊齐白趾,赫赫共洪炉。山色锄难尽,松根踏欲无。难评

传的的，须到不区区。撩舍新罗瘦，炉烟榾柮粗。烧畬平虎窟，分瀑入香厨。师去情何切，人间事莫拘。穿林宿古冢，踏叶揭空盂。无事终无事，令枯便合枯。_{乌窠和尚云：无事无事为法道，云学向上事不入，即须如枯木，好也。}他年相觅在，亦不是生苏。

送僧归南康

壳壳学得律，还乡见苦情。远思芳草盛，不入楚山行。帆入汀烟健，经吟戍月清。到乡同学辈，应到赣江迎。

送陈秀才赴举兼寄韩舍人

主圣臣贤日，求名莫等闲。直须诗似玉，不用力如山。草白兵初息，年丰驾已还。凭将安养意，一说向曾颜。_{昔西社群公，尽生安养。安养，西方也。}

送友人及第后归台州

得桂为边辟，翩翩颇合宜。嫖姚留不住，昼锦已归迟。岛侧花藏虎，湖心浪撼棋。终期花顶下，共礼渌身师。_{天台石桥有白道猷坐化身渌也。}

晚春寄张侍郎

遐想涪陵岸，山花半已残。人心何以遣，天步正艰难。_{时昭宗在岐下。}鸟听黄袍小，_{黄袍，禽也。}城临白帝寒。应知窗下梦，日日到江干。

寄景判官兼思州叶使君

独住西峰半，寻常欲下难。石多桐屐蹩，香甚药花干。荏苒新莺老，穷通亦自宽。髯参与短簿，始为一吟看。

送卢秀才应举

几载阻兵荒，一名终不忘。还冲猛风雪，如画冷朝阳。_{时名画李白、王昌龄、常建、冷朝阳冒风雪入京。}句好慵将出，囊空却不忙。明年公道日，去去必穿杨。

闻新蝉寄桂雍

新蝉终夜叫，嘎嘎隔溪渍。杜宇仍相杂，故人闻不闻？卷帘花动月，冥目砌生云。终共谢时去，西山鸾鹤群。

寄怀楚和尚二首

吾师师子儿，而复貌瑰奇。何得文明代，不为王者师。铁盂汤雪早，石炭煮茶迟。谩有参寻意，因循到乱时。

跳踯诸峰险，回翔万里空。争将金锁锁，那把玉笼笼。印缺香崩火，窗疏蝎吃风。永怀今已矣，吟坐雪蒙蒙。

和韦相公话婺州陈事

昔事堪惆怅，谈玄爱白牛。_{《法华经》以白牛喻大乘。}千场花下醉，一片梦中游。耕避初平石，烧残沈约楼。无因更重到，且副济川舟。

全唐诗卷八百三十二

贯休

遇五天僧入五台五首

十万里到此,辛勤讵可论。唯云吾上祖,见买给孤园。一月行沙碛,三更到铁门。白头乡思在,回首一销魂。

雪岭顶危坐,乾坤四顾低。河横于阗北,日落月支西。水石香多白,猿猱老不啼。空余忍辱草,相对色萋萋。

远礼清凉寺,寻真似善才。身心无所得,日月不将来。白叠还图象,沧溟亦泛杯。唐人亦何幸,处处觉花开。

涂足油应尽,乾陀帔半隳。辟支迦状貌,刹利帝家儿。结印魔应哭,游心圣不知。深嗟头已白,不得远相随。

送迎经几国,多化帝王心。电激青莲目,环垂紫磨金。眉根霜入细,梵夹蠹难侵。必似陀波利,他年不可寻。

经普化禅师影院

大一今何处,登堂似昔时。曾蒙金印印,得异野干儿。影束龙神在,门荒桐竹衰。谁云续僧史,别位著吾师。

秋寄李频使君二首

为郎须塞诏,当路亦驱驱。贵不因人得,清还似句无。烧烟连野白,山药拶阶枯。想得征黄诏,如今已在途。

务简趣难陪,清吟共绿苔。叶和秋蚁落,僧带野香—作风来。留客朝尝酒,忧民夜画灰。终期冒风雪,江上见宗雷。

上东林和尚

让紫归青壁,高名四海闻。虽然无一事,得不是要君。道只传伊字,诗多笑碧云。应怜门下客,余力亦为文。

江边道士

独住大江滨,不知何代人。药垆生紫气,肌肉似红银。酒酽竹屋烂,符收山鬼仁。何妨将我去,一看武陵春。

送僧之湖外

去旨趣非常,春风尔莫狂。惟擎一铁钵,旧亦讲金刚。午饭孤烟里,宵禅大石旁。羡师终不及,湘浪渌茫茫。

怀谬独一

常忆兰陵子,瑰奇敏渴才,思还如我苦,时不为伊来。岳霞猱掷雪,湖月浪翻杯。未闻沾寸禄,此事亦堪哀。

送庐山衲僧

飞锡下腔峨,清高世少双。冻天方筛雪,别我去何邦。烧绕赤乌亥,云漫白蚌江。路人争得识,空仰鬓眉庞。

寄西山胡汾、吴樵

带经锄陇者,何止手胼胝。觅句句句好,惭予筋力衰。云塭临案冷,鹿队过门迟。相忆空回首,江头日暮时。

休粮僧

不食更何忧—作求,自由中—作终自由。身轻嫌衲重,天旱为民愁。应—作供器谁将去,生台—作灵蚁不游。会须传此术,相共—作去老山丘。

送杜使君朝觐 第十六句缺一字

借寇借不得,清声彻帝聪。坐来千里泰,归去一囊空。遗爱封疆熟,扳辕草木同。路遥山不少,江静思无穷。花舸冲烟湿,朱衣照浪红。援毫两岸晓,鼓枕满旗风。道罕将人合,心难与圣通。从兹林下客,应□代天功。

送人之岭外

见说还南去,迢迢有侣无。时危须早转,亲老莫他图。小店蛇羹黑,空山象粪枯。三间遗庙在,为我一乌呼。

题弘式和尚院兼呈杜使君

二雅兼二密,愔愔只自怡。腊高云屦朽,貌古画师疑。蛩蚁缘金锡,垆烟惹雪眉。仍闻有新作,只是寄相思—作丘迟。

湖头别墅三首

梨栗鸟啾啾,高歌若自由。人谁知此意,旧业在湖头。饥鼠掀—作欢菱壳,新蝉避栗皱。不知江海上,戈甲几时休。

桑柘参桐竹,阴阴一径苔。更无他事出,只有衲僧来。暂蚁争生食,窗经卷烧灰。可怜门外路,日日起尘埃。

南北如仙境,东西似画图。园飞青啄木,檐挂白蜘蛛。邻叟教修废,牛童与纳租。寄言来往客,不用问荣枯。

三峡闻猿

历历数声猿,寥寥渡白烟。应栖多月树,况是下霜天。万里客危坐,千山境悄然。更深仍不住,使我欲移船。

闻知闻赴成都辟请

文翁还化蜀,帘幕列鵷鸾。饮水临人易,烧山觅士难。锦机花正合,棕榈火初干。知己相思否,如何借羽翰。

题淮南惠照寺律师院

仪冠凝寒玉,端居似沃州。学徒梧有凤,律藏目无牛。茗滑香粘齿,钟清雪滴楼。还须结西社,来往悉诸侯。

秋末长兴寺作

荒寺古江滨,莓苔地绝尘。长廊飞乱叶,寒雨更无人。栗不和皱落,僧多到骨贫。行行行未得,孤坐更谁亲。

寄杭州灵隐寺宋震使君

罢郡归侵夏,仍闻灵隐居。僧房谢朓语,寺额葛洪书。晋道士葛洪与灵隐寺书额了去,至今在。

月树狖猴睡,山池菡萏疏。吾皇爱清静,莫便结吾庐。

送人归夏口

雁雁叶纷纷,行人岂易闻。千山与万水,何处更逢君。貌不长如玉,人生只似云。倘经三祖寺,一为礼禽坟。

送新罗僧归本国

忘身求至教,求得却东归。离岸乘空去,终年无所依。月冲阴火出,帆捎大鹏飞。想得还乡后,多应著紫衣。

避寇入银山

草草穿银峡,崎岖路未谙。傍山为店戍,永日绕溪潭。烧地生苞蕨,人家煮伪蚕。翻如归旧隐,步步入烟岚。

闻友人驾前及第

见心知命好,一别隔烟波。世乱无全士,君方掇大科。早随銮辂转,莫恋蜀山多。必贡安时策,忠言奈尔何。

避地毗陵上王慥使君 时黄贼陷东阳,公避地于浙右

至理至昭昭,心通即不遥。圣威无远近,吾道太孤标。辛苦苏氓俗,端贞答盛朝。气高吞海岳,贫甚似渔樵。庾亮风流澹,刘宽政事超。清须遭贵遇,隐已被谁招。栗坞修禅寺,仙香寄石桥。风雷巡稼穑,鱼鸟合歌谣。视事私终杀,忧民态亦凋。道高无不及,恩甚固难消。大寇山难隔,孤城数合烧。烽烟终日起,汤沐用心燋。勇义排千阵,诛锄拟一朝。誓盟违日月,时贼伪降,盟书终背。旌旆过寒潮。古驿江云入,荒宫海雨飘。仙松添瘦碧,天骥减丰膘。似在陈兼卫,终为宋与姚。已观云似鹿,即报首皆枭。尽愿回清镜,重希在此条。应怜千万户,祷祝向唐尧。

送崔尚书朝觐

至理契穹昊,方生甫与申。一麾歌政正,三相贺仁人。巨似卢怀慎,全如邵信臣。澄渟消宿蠹,煦爱剧阳春。对客烟花拆,焚香渥泽新。征黄还有自,今弟相公号当,公遂避贤路也。挽邓住无因。峡水全输洁,巫娥却讶神。宋均颜未老,刘宠骨应贫。大醉辞王蒉,含香望紫宸。三峰初有雪,万里正无尘。伊昔林中社,多招席上珍。终期仙掌下,香火一相亲。

寒夜有怀同志

永夜殊不寐,怀君正寂寥。疏钟寒遍郭,微雪静鸣条。南省雁孤下,西林鹤屡招。终当谢时去,与子住山椒。

寄新定桂雍

独自住乌龙,应怜是衲僧。句须人未道,君此事偏能。坞湿云埋观,溪寒月照一作在罾。相思不可见,江上立腾腾。

赠灵鹫山道润禅师院

常根烟波隔,闻名二十年。结为清气引,来到法堂前。薪拾纷纷叶,茶烹滴滴泉。莫嫌来又去,天道本泠然。

干霄亭晚望怀王荣侍郎

霜打汀岛赤,孤烟生池塘。清吟倚大树,瑶草何馨香。久别青云士,常思白石房。谁能共归去,流水似鸣珰。

海边见罗邺

清世诗声出,谁人得似君。命通须有日,天未丧斯文。楚木寒连寺,修江碧入云。相思喜相见,庭叶正纷纷。

送僧之东都

之子之东洛,囊中有偈新。红尘谁不入,独鹤自难亲。定鼎门连岳,黄河冻过春。凭师将远意,说似社中人。

送于竞补阙赴京

乱离吾道在,不觉到清时。得句下雪岳,送君登玉墀。冷惊蝉韵断,凉触火云隳。倘遇南来使,无忘问所之。

送郑准赴举

两河兵火后,西笑见吾曹。海静三山出,天空一鹗高。赁居槐挼一作椰屋,行卷雪埋袍。他日如相觅,栽桃近海涛。

寄拄杖上王使君

拄杖邻一作林僧与,殊常不可名。一条黧玉重,百两紫金轻。有乳盘春力,无心合道情。惟宜高处著,将寄谢宣城。

秋望寄王使君

静蹑红兰径,凭高旷望时。无端求句苦,永日壑风吹。大月生峰角,残霞在树枝。只应刘越石,清啸正相宜。

送缘有禅师与雷处士入武夷山

师与雷居士,寻山道入闽。应将熊耳印,别授武夷君。崖碑仙棺出,江垠毒草分。他年相觅在,莫若入深云。

送友生入越投知己

才大终难住,东浮景渐暄。知将刖足恨,去击李膺门。宿雾开花坞,春潮入苎村,预思秋荐后,一鹗出乾坤。

寄乌龙山贾泰处士

庭果色如丹,相思夕照残。云边踏烧云,月下把书看。涧水仙居共,窗风漆树寒。吾君方侧席,未可便怀安。

题大安寺通禅师院

应行诸岳遍,象屦半无纲。一法寻常说,此机仍未忘。窗闲藤影老,衲厚瀑痕荒。寄语迷津者,来兹不问妨。

春晚寄卢使君

满郭春如画,白堂心自澄。禅抛金鼎药,诗和玉壶冰,白雨飘花尽,晴霞向阁凝。寂寥还得句,因寄柳吴兴。

武昌县与昼公兼寄邑宰

小一何人识,腾腾天地间。寻常如一鹤,亦不爱青山。铁钵年多赤,麻衣带藓斑,只闻寻五柳,时到月中还。

别东林僧第三句缺二字

大士宅里宿,芙蓉凫畔游。芙蓉,道人坐处。自怜□□在,子莫苦相留。燥叶飘山席,孤云傍茗瓯。裴回不能去,房在好峰头。

避地寄高蟾

荒寺雨微微,空堂独掩扉。高吟多忤俗,此貌若为饥。旅梦遭鸿唤,家山被贼围。空余老莱子,相见独依依。

怀武夷山禅师

万叠仙山里,无缘见有缘。红心蕉绕屋,白额虎同禅。古木苔封菌,深崖乳杂泉。终期还此去,世事只如然。

秋末闲居作

幽居山不别,落叶与阶平。尽日吟诗坐,无端个病成。径苔因旱赤,池水入冬清。惟有东峰叟,相寻月下行。

赠许征君

昼公友秦奚,来往踏溪云。如今又到我,还爱许征君。落花鸟衔来,永日香氤氲。终期将尔曹,归去麋鹿群。

秋夜作因怀天台道者

万事何须问,良时即此时。高秋半夜雨,落叶满前池。静怕龙神识,贫从草木欺。平生无限事,只有道人知。

偶作因怀大同道友

蛮木叶不落,微吟漳水滨。二毛空有雪,万事不如人。溋水平芳草,山花落净巾。天童好真伴,何日更相亲。

边上行

黑松一作白榆林外路,风角远嚶嚶。朔气生荒堡,秋尘满病容。豺搯沙底骨,人上月边烽。休作西行计,西行地渐凶。

江西再逢周琏

六七年不见,相逢鬓已苍。交情终淡薄,诗语更清狂。未得丹霄便,依前四壁荒。但令吾道在,晚达亦何妨。

登鄱阳寺阁

寺楼闲纵望,不觉到斜晖。故国在何处,多年未得归。寒江平楚外,细雨一鸿飞。终教於陵子,吴山有绿薇。

秋晚野居

僻居人不到,吾道本来孤。山色园中有,诗魔象外无。霜禾连岛赤,烟草倚桥枯。何必求深隐,门前似画图。

酬杜使君见寄

轧轧复轧轧,更深门未关。心疼无所得,诗债若为还。露洒一鹤睡,钟余万象闲。惭将此时意,明日寄东山。

湖上作

我竟胡为者,唠唠但爱吟。身中多病在,湖上往年深。山雷穿苔壁,风钟度雪林。近来心更苦,谁复是知音。

送僧归天台寺

天台四绝寺,归去见师真。莫折枸杞叶,令他十一作拾得嗔。天空闻圣磬,瀑细落花巾。必若云中老,他时得一作德有邻。天台国清寺有拾得花巾,即波罗巾也。

全唐诗卷八百三十三

贯休

寿春节进—本注武成元年作

圣运关天纪,龙飞古帝基。振摇三蜀地,耸发万年枝。出震同中古,承乾动四夷。恩颁新命广,泪向旧朝垂。大宝归玄谶,殊祥出远池。时有黄龙见于嘉州之野。法天深罔测,休圣妙难知。俭德为全德,无思契十思。丕图非力致,英武悉天资。正直方亲切,回邪岂敢窥。将排颇与牧,相得稷兼夔。盐出符真主,盐涌并野。麟来合大规。麒麟见。赓歌随羽籥,奕叶敩伊祁。寡欲情虽泰,忧民色未怡。盛如唐创业,宛胜晋朝仪。旰食宫莺啭,宵衣禁漏迟。多于汤土地,还有禹胼胝。视物如伤日,胜残去杀时。守文情的的,无逸戒孜孜。轩顼风重振,皇唐鼎创移。始闻呈瑞石,又报产灵芝。瑞石放光,灵芝生野。覆帱高缘大,包容妙在卑。兄呼春赫日,师指佛牟尼。大梵天王、帝释,以佛为师也,今上皇帝亦然。佳气宸居合,淳风乐府吹。急贤彰帝业,解网见天慈。粟赤千千窖,军雄万万儿。八蛮须稽颡,四海仰昌期。玉辇嫔嫱拥,宫花锦绣攲。尧云同暖靉,汉祖太驱驰。氛祲根株尽,浇讹朕兆隳。山河方有截,野逸诏无遗。境静消锋镝,田香熟稻穄。梦中逢傅说,殿上见辛毗。金镜悬千古,彤云起四维。盛行唐典法,再睹舜雍熙。祝寿乾文动,郊天太一随。煌煌还宿卫,亹亹叶声诗。饮醴和甘雨,非烟绕御帷。银轮随宝马,玉沼见金龟。金色龟见。杳杳闻韵濩,重重降抚绥。魏徵须却出,葛亮更何之。简约逾前古,升平美不疑。触邪羊唅唅,鼓腹叟嘻嘻。迈五方云大,超三始见奇。锦霞连紫极,仙鸟下峨眉。谢傅还为傅,周师又作师。纳隍为永仕,从谏契无为。子子寰瀛主,孙孙日月旗。寿春嗟寿域,万国尽虔祈。捧日三车子,恭思八彩眉。愿将七万岁,匍匐拜瑶墀。拜当作进。

送僧之安南

安南千万里，师去趣何长。鬓有炎一作沃州雪，心为异国香。退牙山象恶，过海布帆荒。早作归吴计，无忘父母乡。

送僧归剡山

远逃为乱处，寺与石城连。木落归山路，人初刈剡田。荒林猴咬栗，战地鬼多年。好去楞伽子，精修莫偶然。

送僧入幽州

高士高无敌，腾腾话入燕。无人知尔意，向我道非禅。栗径穿蕃冢，狼声隔远烟。槃山多道侣，应未有归年。

送僧游五台

羡师游五顶，乞食值年丰。去去谁为侣，栖栖力已充。浊河高岸拆，衰草古城空。必到华严寺，凭师问辨公。

送僧入五洩

五洩江山寺，禅林境最奇。九年吃菜粥，此事少人知。山响僧担谷，林香豹乳儿。伊余头已白，不去更何之。

题令宣和尚院

轩窗领岚翠，师得世情忘。惟爱谈诸祖，曾经宿大荒。泉声淹卧榻，云片犯炉香。寄语题门者，看经在上方。

寄四明闾丘道士二首

淮海兵荒日，分飞直至今。知担诸子出，却入四明深。衣必编仙草，僧应共栗林。秋风溪上路，应得一相寻。

三千功未了，大道本无程。好共禅师好，常将药犬行。石门红藓剥，柘坞白云生。莫认无名是，无名已是名。

经士马中作

偷儿成大寇，处处起烟尘。黄叶满空宅，青山见俗人。妖星芒刺越，鬼哭势连秦。惆怅还惆怅，茫茫江海滨。

士马后见赤松舒道士

满眼尽疮痍，相逢相对悲。乱阶犹未已，一柱若为支。堰茗蒸红枣，看花似好时。不知今日后，吾道竟何之。

题方公院寄夏侯明府

银地有余光，方公道益芳。谁分修藏力，顶有剃头霜。经勘松风燥，檐垂坞茗香。终须结西社，此县似柴桑。

与刘象正字

独居三岛上，在观中住。花竹映柴关。道广群仙惜，名成万事闲。病多唯纵酒，静极不思山。唯有逍遥子，时时自往还。

怀智体道人

栖碧思一作把笔怀吾友，庭莺百啭时。唯应一处住，方得不相思。云水淹门阃，春雷在一作折树枝。平生无限事，不独白云知。

赠晦公禅人

流阳为役者，相访叶纷纷。有句虽如我，无心未似君。枸林青及竹，茆屋暖于云。何日相将去，千山麋鹿群。

寄静林别墅胡进士兄弟

见说山居好，书楼被翠侵。烧禽汀岛境，月色弟兄吟。犬吠黄榉落，牛归红树深。仍闻多白菌，应许一相寻。

怀赤松故舒道士

可惜复可惜，如今何所之。信来堪大恸，余复用生为。乱世今交斗，玄宫玉柱欹。春风五陵道，回首不胜悲。

偶作

无端为五字，字字鬓星星。只觉人情薄，空余鹤眼青。砌莎葳坠果，窗雪浸残经。只有归山计，茫茫何所营。

春日许征君见访

龙钟多病后,日望遇升平。远念穿嵩雪,前林啭早莺。厨香烹瓠叶,道友扣门声。还似青溪上,微吟踏叶行。

经先主庙作

古庙积烟萝,威灵及物多。因知曹孟德,争奈此公何。树古雷痕剥,碑荒篆画讹。今朝冥祷祝,只望息干戈。

寄中条道者

柏梯杉影里,头白药山孙。今古管不得,是非争肯论。虎须悬瀑滴,禅衲带苔痕。常恨龙钟也,无因接话言。

夏日晚望

登临聊一望,不觉意愤然。陶侃寒溪寺,如今何处边。汀沙生旱雾,山火照平川。终事东归去,干戈满许田。

送僧归山 第六句缺一字

眼青禅帔赤,气岸出尘埃。霞外终须去,人间作么来?崖香泉吐乳,坞燥浇□雷。他日终相觅,山门何处开。

览皎然《渠南乡集》

学力不相敌,清还仿佛同。高于宝月月,谁得射雕弓。至鉴封姚监,良工遇鲁公。如斯深可羡,千古共清风。

览姚合《极玄集》第四句缺一字

至览如日月,今时即古时。发如边草白,谁念射声□。好鸟挨花落,清风出院迟。知音郭有道,始为一吟之。

大驾西幸秋日闻雷

军书日日催,处处起尘埃。黎庶何由泰,銮舆早晚回。夏租方减食,秋日更闻雷。莫道苍苍意,苍苍眼甚开。

诗 《纪事》题作言诗

经天纬地物,动必计一作是仙才。几处觅不得,有时还自来。真风含素发,秋色入灵台。吟向霜蟾下,终须神鬼哀。

秋末江上望

莽莽古江滨,纷纷坠叶频。烟霞谁是主,丘陇自伤神。吞并宁唯汉,凄凉莫问陈。尽随流水去,寂寞野花春。

乞食僧

擎钵貌清羸,天寒出寺迟。朱门当大路,风雪立多时。似月心常净,如麻事不知。行人莫轻诮,古佛尽如斯。

寒望九峰作

九朵碧芙蕖,王维图未图。层层皆有瀑,一一合吾居。雨歇如争出,霜严不例枯。世犹多事在,为尔久踟蹰。

蓟北寒月作

蓟门寒到骨,战碛雁相悲。古屋不胜雪,严风欲断髭。清吟得冷句,远念失佳期。寂寞谁相问,迢迢天一涯。

新猿 一作新蝉

寻常看不见,花落树多苔。忽向高枝发,又从何处来。风清声更揭,月苦意一作思弥哀。多少求名者,年年被尔催。

怀南岳隐士二首 一作赠隐者

千峰映碧湘,真隐此中藏。饼不煮石吃,眉应似发长。风榍一作棍支酒瓮,鹤虱落琴床。虽一作谁教忘机者,期人尚未忘。

见说祝融峰,擎天势似腾。藏千寻瀑布,出十八高僧。古路无人迹,新霞出石棱。终期将尔叟,一一月中登。

追忆冯少常

盛德方清贵,旋闻逐逝波。令人翻不会,积善合如何。直道登朝晚,今忧及物多。至今新定郡,犹咏袴襦歌。

闻闵廷言周珽下第
前榜年年见,高名日日闻。常因不平事,便欲见吾君。兄弟居清岛,园林生白云。相思空怅望,庭叶赤纷纷。

寄景地判官
渚宫江上别,倏忽十余年。举世唯攻说,多君即不然。浦珠为履重,园柳助诗玄。勉力酬知己,昌朝正急贤。

读贾区、贾岛集
区终不下岛,岛亦不多区。冷格俱无敌,贫根亦似愚。青云终叹命,白阁久围炉。今日成名者,还堪为尔吁。

送衲僧之江西
索索复索索,无凭却有凭。过溪遭恶雨,乞食得干菱。只有山相伴,终无事可仍。如逢梅岭旦,向道只宁馨。

故林偶作
朗吟无一事,孤坐濑江渍。媚世非吾道,良图有白云。蠹鱼开卷落,啄木隔花闻。唯寄壶中客,金丹许共分。

寄栖白大师二首
流浪江湖久,攀缘岁月阑。高名当世重,好句逼人寒。月苦蝉声嘎,钟清柿叶干。龙钟千万里,拟欲访师难。

苍苍龙阙晚,九陌杂香尘。方外无他事,僧中有近臣。青门玉露滴,紫阁锦霞新。莫话三峰去,浇风正荡淳。

送人之渤海
国之东北角,有国每朝天。海力浸不尽,夷风常宛然。山藏罗刹宅,水杂巨鳌涎。好去吴乡子,归来莫隔年。

寄李道士
常见高人说,犹来不偶然。致身同槁木,话道出忘诠。长啸仙钟外,眠楂海月边。倘修阴妣妣,一望寄余焉。

秋送夏郢归钱塘
归客指吴国,风帆几日程。新诗陶雪字,玄发有霜茎。微月生沧海,残涛傍石城。从兹江岛意,应续子陵名。

送僧归翠微
只衲一个衲,翠微归旧岑。不知何岁月,即得到师心。径绕千峰细,庵开乱木深。倘然云外老,他日亦相寻。

经友生坟
多君坟在此,令我过悲凉。可惜为人好,刚须被数将。白云从冢出,秋草为谁荒。不觉频回首,西风满白杨。

怀洛下卢缙云
一减三张价,幽居少室前。岂应贫似我,不得信经年。木落多时藁,山枯见墨烟。何时深夜坐,共话草堂禅。

送李铡赴举
诗业务经纶,新皆意外新。因知登第榜,不著不平人。句得孤舟月,心飞九陌尘。明年相贺日,应到曲江滨。

宝禅师见访
山兄心似我,岸谷亦难交。不见还相忆,来唯添寂寥。茶烟粘衲叶,云水透蘅茆。因话流年一作阳事,斯须不可抛。

观棋
逸格格难及,半先相遇稀。落花方满地,一局到斜晖。褚胤死不死,将军飞已飞。今朝惭一行,无以造玄微。

题一上人经阁
鸟外何须去,衣如薛亦从。但能无一事,即是住孤峰。雨歇云埋阁,月明霜洒松。师心多似我,所以访师重。

和毛学士舍人早春

　　陋巷冬将尽，东风细杂篮。解牵窗梦远，先是涧梅谙。茶癖金铛快，_{舍人有《茶谱》。}松香玉露含。书斋山帚撅，盘馔药花甘。雅得琴中妙，_{舍人妙于七弦。}常挪脸似酣。雪消闻苦蛰，气候似宜蚕。密勿须清甲，朝归绕碧潭。丹心空拱北，新作继周南。竹杖无斑点，纱巾不著簪。大朝名益重，后进力皆覃。至理虽亡一，臣时亦说三。不知门下客，谁上晏婴骖。

全唐诗卷八百三十四

贯休

寿春进祝圣七首

千载降祥

九天宫上圣,降世共昭回。万汇须亭毓,群仙送下来。承乾当否极,庶事尽康哉。只有羲轩比,其余不可陪。

文有武备

武宿与文星,常如掌上擎。孙吴机不动,周邵事多行。旰食炉烟细,宵衣隙月明。还闻夔进曲,吹出泰阶平。

从谏如流

及雷龙鳞动,君臣道义深。万年轩后镜,一片汉高心。北狄皆输款,南夷尽贡琛。从兹千万岁,枝叶玉森森。

搜扬草泽

俟时兼待价,垂棘出尘埃。仄席三旌切,移山万里来。烟霞衣上落,闾阖雪中开。寿酒今朝进,无非出世才。

守在四夷

天将兴大蜀,有道遂君临。四塞同诸子,三边共一心。阇婆香似雪,回鹘马如林。曾读前皇传,巍巍冠古今。

大兴三教

瞳瞳悬佛日,天俣动云韶。缝掖诸生集,麟洲羽客朝。非烟生玉砌,御柳吐金条。击壤翁知否,吾皇即帝尧。

山呼万岁

声教无为日,山呼万岁声。隆隆如谷响,合合似雷鸣。翠拔为天柱,根盘倚凤城。恭唯千万岁,岁岁致升平。

早秋夜坐
　　微凉砧满城,林下石床平。发岂无端白,诗须出世清。邻僧同树影,砌月浸蛩声。独自更深坐,无人知此情。

早起
　　夜坐还早起,寂寥多病身。神清寻梦在,香极觉花新。树露繁于雨,溪云动似人。又知何处客,轧轧转征轮。

秋晚野步
　　闲步不觉远,萧萧木落初。诗情抛阃阈,江影动襟裾。阁北鸿行出,霞西雨脚疏。金峰秋更好,乞取又何如。

晚望
　　旷望危桥上,微吟落照前。烟霞浓浸海,川岳阔连天。白鸟格不俗,孤云态可怜。终期将尔辈,归去旧江边。

寄翰林陆学士
　　颜冉商参甲,鸾凰密勿才。帘垂仙鸟下,吟次圣人来。宝辇千官捧,宫花九色开。何时重一见,为我话蓬莱。

赠造微禅师院
　　薝卜气雍雍,门深圣泽重。七丝奔小蟹,五字逼雕龙。药转红金鼎,茶开紫阁封。圭峰争去得,卿相日憧憧。

南海晚望
　　海上聊一望,舶帆天际飞。狂蛮莫挂甲,圣主正垂衣。风恶巨鱼出,山昏群獠归。无人知此意,吟到月腾辉。

寄庐山大愿和尚
　　石上柱成丛,师庵在柱中。皆云习凿齿,未可扣真风。雪洗香炉碧,霞藏瀑布红。何时甘露偈,一寄剡山东。

怀薛尚书兼呈东阳王使君
　　得力未得力,高吟夏又残。二毛非自出,万事到诗难。蝉见木叶落,雷将雨气寒。何妨槌琢后,更献至公看。

上冯使君水晶数珠
　　泠泠瀑滴清,贯串有规程。将讽观空偈,全胜照乘明。龙神多共惜,金玉比终轻。愿在玄晖手,常资物外情。

送明觉大师兼寄郑山人
　　去去楞伽子,春深道路长。鸟啼青嶂险,花落紫衣香。此去非余事,还归内道场。凭师将老倒,一向说荥阳。

庐山寻灵纪不遇
　　久别稀相见,深山道益孤。叶全离大朴,君尚在新吴。钟嘎声飘驿,山顽气喷湖。留诗如和得,一望寄前途。

题曹溪祖师堂
　　皎洁曹溪月,嵯峨七宝林。空传智药记,岂见祖禅心。信衣非苎麻,白云无知音。大哉双峰溪,万古青沈沈。

怀匡山道侣
　　常忆将吾友,穿云过瀑西。有碑皆读彻,无处不相携。桎桂株株湿,猿猱个个啼。等闲成远别,窗月又如珪。

怀卢延让时延让新及第
　　冥搜忍饥冻,嗟尔不能休。几叹不得力,到头还白头。姓名归紫府,妻子在沧洲。又是蝉声也,如今何处游。

春晚访镜湖方干
　　幽居湖北滨,相访值残春。路远诸峰雨,时多擉鳖人。蒸花初酿酒,渔艇劣容身。莫讶频来此,伊余亦隐沦。

秋过相思寺
　　见说相思寺,今来似有期。瘴乡终有出,天意固难欺。昼雨先花岛,秋云挂戍旗。故人多在蜀,不去更何之。

全唐诗卷八百三十五

贯休

蜀王入大慈寺听讲 天复三年作

玉节金珂响似雷,水晶宫殿步裴回。只缘支遁谈经妙,所以许询都讲来。帝释镜中遥仰止,善法堂前有七宝镜,照四天下。魔军殿上动崔巍。千重香拥龙鳞立,五种风生锦绣开。上界天王欲下游行时,先有三种风生:一、开其楼台殿阁。二、香气芬馥。三、吹去萎花,更雨新者。宽似大溟生日月,秀如四岳出尘埃。一条紫气随高步,九色仙花落古台。谢太傅须同八凯,姚梁公可并三台。登楼喜色禾将熟,望国诚明首不回。驾驭英雄如赤子,雌黄贤哲贡琼瑰。六条消息心常苦,一剑晶荧敌尽摧。木铎声中天降福,景星光里地无灾。百千民拥听经座,始见重天社稷才。

蜀王登福感寺塔三首

天资忠孝佐金轮,香火空王有宿因。此世喜登金骨塔,前生应是育王身。佛记育王造四万八千塔。封疆岁暮笙歌合,襦裤正初锦绣新。释子沾恩无以报,只擎章句贡平津。

似圣悲增道不穷,忧民忧国契尧聪。两鬓有雪丹霄外,万里无尘一望中。南照微明连莽苍,峨媚拥秀接崆峒。林僧岁月知何幸,还似支公见谢公。

步步层层孰可陪,相轮边日照三台。喜欢烝庶皆相逐,惆怅銮舆尚未回。金铎撼风天乐近,仙花含露瑞烟开。一年一度常如此,愿见文翁百度来。

少监三首

器琢仙珪美有余,席珍国宝比难如。衔花乳燕看调瑟,衣锦佳人侍读书。荀氏门风龙变化,谢家庭树玉扶疏。即期寰海隆平日,归佐吾皇侍玉除。

益友相随益自强,趋庭问礼日昭彰。袍新宫锦千人目,马骏桃花一巷香。偏爱曾颜终必及,或如韩白亦无妨。八龙三虎森如也,万古千秋瑞圣唐。

具体而微太少年,凤毛五色带非烟。倚天长剑看无敌,绕树号猿已应弦。接士开襟清圣熟,分题得句落花前。即应出将传家法,圣泽恩波浩浩然。

再到钟陵作

六七年来到豫章,旧游知已半凋伤。春风还有花千树,往事都如梦一场。无限丘墟侵郭路,几多台榭浸湖光。只应唯有西山色,依旧崔巍上寺墙。

经弟妹坟 第五句缺二字

泪不曾垂此日垂,山前弟妹冢离离。年长于吾未得力,家贫抛尔去多时。鸿冲□□霜中断,蕙杂黄蒿冢上衰。恩爱苦情抛未得,不堪回首步迟迟。

到蜀与郑中丞相遇

深隐犹为未死灰,远寻知己遇三台。如保麋鹿群中出,又见鹓鸾天上来。剑阁霞粘残雪在,锦江香甚百花开。谩期王谢来相访,不是支公出世才。

别冯使君

瓦砾文章岂有媒,两三年只在金台。本师头白须归去,太守门清愿再来。皓皓玉霜孤雁远,萧萧松岛片帆开。从兹林下终无事,唯只焚香祝上台。

上新定宋使君

禅坐吟行谁与同,杉松共在寂寥中。碧云诗里终难到,白藕花经讲始终。水叠山层擎草疏,砧清月苦立霜风。十年勤苦今酬了,得句桐江识谢公。

和李判官见新榜为兄下第

失意荆枝滴泪频,陟冈何翅不知春。心中岐路平如砥,天上文章妙入神。休说宋风回鹡首,即看雷火燎龙鳞。从兹相次红霞里,留取方书与世人。

送罗邺赴许昌辟

方得论心又别离,黯然江上步迟迟。不堪回首崎岖路,正是寒风皴错时。美似郗超终有日,去依刘表更何疑。前程不少南飞雁,聊寄新诗慰所思。

酬韦相公见寄

盐梅金鼎美调和,诗寄空林问讯多。秦客弈棋抛已久,楞严禅髓更无过。万般如幻希先觉,一丈临山且奈何。日到天心,乃相公之日。老僧日去山,乃一丈耳。空讽平津好珠玉,不知更得及门么?

酬张相公见寄

周郎怀抱好知音,常爱山僧物外心。闭户不知芳草歇,无能唯拟住山深。感通未合三生石,骚雅欢擎九转金。但似前朝萧仿与蒋绅,老僧风雪亦相寻。

酬王相公见赠

孤拙将来岂偶然,不能为漏滴青莲。一从麟笔题墙后,常只冥心古像前。九德陶熔空有迹,六窗清净始通禅。今朝幸捧琼瑶赠,始见玄中更有玄。

酬周相公见赠

三界无家是出家,岂宜拊凤睹新麻。幸生白发逢今圣,曾梦青莲映玉沙。境陟名山烹锦水,睡忘东白洞平茶。喜擎绣段攀金鼎,谢朓余霞始是霞。

道情偈三首

崆峒老人专一一,黄梅真叟却无无。独坐松根石头上,四溟无限月轮孤。

非色非空非不空,空中真色不玲珑。可怜卢大担柴者,拾得骊珠囊篅中。

优钵罗花万劫春,频犁田地绝纤尘。道吾道者相招好,不是香林采叶人。

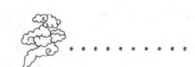

马上作
柳岸花堤夕照红,风清襟袖辔璁珑。行人莫讶频回首,家在凝岚一点中。

道中逢乞食老僧
赤棕桐笠眉毫垂,拄柳栗杖行迟迟。时人只施盂中饭,心似白莲那得知。

秋末寄武昌一公
见说武昌江上住,柏枯槐朽战时风。知师诗癖难医也,霜洒芦花明月中。

陋巷
坠叶如花欲满沟,破篱荒井一蝉幽。亦知希骥无希者,作么令人强转头。

终南僧
声利掀天竟不闻,草衣木食度朝昏。遥思山雪深一丈,时有仙人来打门。

听僧弹琴
家近吴王古战城,海风终日打墙声。今朝乡思浑堆积,琴上闻师大蟹行。

渔者
风恶波狂身似闲,满头霜雪背青山。相逢略问家何在,回指—作觑芦花满舍—作苍莽间。

大蜀皇帝潜龙日述圣德诗五首
岳渎殊祥日月精,入尧金镜佐休明。衣严黼黻皇恩重,剑折芙蓉紫气横。玉甃金汤山岳峻,花藏台榭管弦清。已闻图上凌烟阁,宠渥穹窿玉不名。

扶持社稷似齐桓,百万雄师贵可观。神智发中真莫测,贡输天下学应难。风清鼙角□□□,□肃神龙草木寒。堪羡蜀民恒有福,太平时节一般般。第五句缺三字,第六句缺一字。

珠履三千侍玉除,一作坐隅。宫—作棠花飘锦早莺初。虽然周孔心相似,其奈龚黄政不如。浩浩歌谣闻禁掖,重重襦袴满樵渔。若论朝野艰难日,第一之功美有余。

紫髯青眼代天才,韩白孙吴稍可陪。只见赤心尧日下,岂知真气梵天来。听经瑞雪时时落,登塔天花步步开。尽祝庄椿同寿考,人间岁月岂能催。

丈夫勋业正乾坤,麟凤龟龙尽在门。西伯最怜耕让畔,曹参空爱酒盈樽。心慈为受金仙嘱,发白缘酬玉砌恩。从此于门转高大,可怜子子与孙孙。

陈情献蜀皇帝
河北江东—作河南处处灾,唯闻全蜀勿—作少尘埃。一瓶一钵垂垂老,千水千山得得来。标菀—作秦苑幽栖多胜景,巴歈陈贡愧非才。自惭林薮龙钟者,亦得亲登郭隗台。

寿春节进大蜀皇帝五首
上玄大帝降坤维,箕尾为臣副圣期。岂比赤光盈室日,全同白象下天时。文经武纬包三古,日角龙颜遏四夷。今日降神天上会,愿将天福比须弥。

异香滴露降纷纷,紫电环枢照禁门。先冠百王临亿兆,后称十号震乾坤。羲轩之道方为道,草木沾恩始是恩。今以谀才歌睿德,犹如饮海妙难论。

茂祉遐宣胜事并,薰风微入舜弦清。四洲不必归王化,一统那能计圣情。合合鼓钟膏雨滴,峨峨宫阙瑞烟横。西逾昆岳东连海,谁不梯山贺圣明。

远人玉帛尽来归,及物天慈物物肥。春力遍时皆甲拆,王言闻者尽光辉。家家锦绣香醪熟,处处笙歌乳燕飞。为报蜀皇勤祷祝,圣明天子古今稀。

积劫修来似炼金,为皇为帝万灵钦。能当浊世为清世,始见君心是佛心。九野黎民耕浩浩,百蛮朝骑日骎骎。今朝献寿将何比,愿似庄椿一万寻。

对雪寄新定冯使君二首

仙掌空思归未能,梵香冥目对残灯。岂知瑞雪千山合,空觉春寒半夜增。翳月素云埋粉堞,堆巢孤鹤下金绳。因思太守忧民切,吟对琼枝喜不胜。

政化由来通上灵,丰年祥瑞满窗明。气严坐久灯凝焰,片大更深屋作声。飘掩烟霞何处去,敧斜杉竹向帘倾。雪林中客虽无事,还有新寺半夜成。

送刘相公朝觐二首

九苞仙瑞曜垂衣,一品高标百辟师。魏相十思常自切,曹溪一句几生知。<small>公深入禅理。</small>久交玉帐虽难别,须佐金轮去已迟。唯杜荆州最惆怅,柳门回首落花时。

急征只是再登庸,生意人心万国同。燮理久征殷傅说,谭真欲过李玄通。程穿岘首春光老,马速商於曙色红。从此龙颜又应瘦,寰瀛俱荷代天功。

避寇游成福山院

成福僧留不拟归,猕猴菌嫩豆苗肌。那堪蚕月偏多雨,况复衢城未解围。<small>时孙端国逼衢城数月。</small>翠拥槿篱泉乱入,云开花岛雉双飞。堪嗟大似悠悠者,只向诗中话息机。

别李常侍

楚水和烟海浪通,又擎杯锡去山东。道情虽拟攀孤鹤,诗业那堪至远公。梦入深云香雨滴,吟搜残雪石林空。朱门再到知何日,一片征帆万里风。

送郑阁赴闽辟

便便书腹德无邻,健笔从知又入闽。鹦鹉才须归紫禁,真珠履不称清贫。武夷山来仙霞薄,螺女潭通海树春。从此应多好消息,莫忘江上一闲人。

寄信州张使君

水坛怪殿地含烟,领鹤行吟积翠间。数阁凉飔终日去,满怀明月上方还。时来自有鹓鸾识,道在从如草木闲。唯羡灵溪贤太守,一麾清坐似深山。

春末寄周琏

暮角舍风雨气曛,寂寥莓翠上衣巾。道情不向莺花薄,诗意自如天地春。梦入乱峰仍履雪,吟看芳草只思人。手中孤桂月中在,来听泉声莫厌频。

读《吴越春秋》

犹来吴越尽须惭,背德违盟又信谗。宰嚭一言终杀伍,大夫七事只须三。功成献寿歌飘雪,谁爱扁舟水似蓝。今日雄图又何在,野花香径鸟喃喃。

春游灵泉寺

水蹴危梁翠拥沙,钟声微径入深花。嘴红涧鸟啼芳草,头白山僧自打<small>一作拌</small>茶。松色摧残遭贼火,水声幽咽落人家。<small>寺因泉得名,自经沙汰,其泉落在人家。</small>因寻古迹空惆怅,满袖香风白日斜。

归东阳临岐上杜使君七首

小谢清高大谢才,圣君令泰此方来。一从到后常无事,铃阁公庭满绿苔。

红锦帐中歌白雪,乌皮几畔抚青英。不知何物为心地,赛却澄江彻底清。

谁报田中有黑虫,一家斋戒减仙容。分忧若也皆如此,天下家家有剩春。

忧民心切出冲炎,禾稼如云喜气兼。林下闲人亦何幸,也随旌旆到银尖。<small>银尖去郭二十里。</small>

方恐狱中桃树出,忽闻枯木却生烟。<small>时有枯木再生。</small>褚祥为郡曾如此,却恐当时是偶然。

枯骨纵横遍水湄,尽收为冢碧参差。分明为报精灵辈,好送旌旗到凤池。

舍鲁依刘一片云,好风吹去远纤尘。犹期明月清风夜,来作西园第八人。

全唐诗卷八百三十六

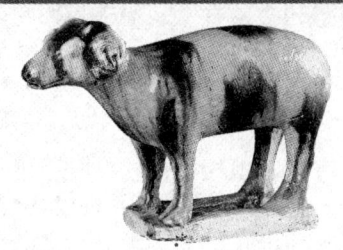

贯休

春

自来自去动洪炉，无象无私无处无。回雁不多消气力，染花应最费工夫。溟蒙便恨豪家惜，浓暖深为政笔驱。莫讶相逢只添睡，伊余心不在荣枯。

闻迎真身

四海无波八表臣，恭闻今岁礼真身。七重锁未开金钥，五色光先入紫宸。丹凤楼台飘瑞雪，岐阳草木亚香尘。可怜优钵罗花树，三十年来一度春。

灞陵战叟

剑刓秋水鬓梳霜，回首胡天与恨长。官竟不封右校尉，斗曾生挟左贤王。寻班超传空垂泪，读李陵书更断肠。今日灞陵陵畔见，春风花雾共茫茫。

遇道者

鹤骨松筋风貌殊，不言名姓绝荣枯。寻常藜杖九衢里，莫是商山一皓无。身带烟霞游汗漫，药兼神鬼在葫芦。只应张果支公辈，时复相逢醉海隅。

赠钟陵陈处士

否极方生社稷才，唯谭帝道鄙梯媒。高吟千首精怪动，长啸一声天地开。湖上独居多草木，山前频醉过风雷。吾皇厌席求贤久，莫待征书两度来。

怀邻叟

常思东溪庞眉翁，是非不解两颊红。桔槔打水声嘎嘎，紫芋白薤肥蒙蒙。鸥鸭静游深竹里，儿孙多在好花中。千门万户皆车马，谁爱如斯太古风。

赠轩辕先生
　　曾亲文景上金銮,语共容城语一般。久向红霞居不出,若非清世见应难。满炉药熟分仙尽,几局棋终看海干。略问先生真甲子,只言弟子是刘安。

偶作因怀山中道侣
　　是是非非竟不真,桃花流水送青春。姓刘姓项今何在,争利争名愁杀人。必竟输他常寂默,只应赢得苦深沦。深云道者相思否,归去来分湘水滨。

送新罗人及第归
　　捧桂香和紫禁烟,远乡程彻巨鳌边。莫言挂席飞连夜,见说无风即数年。衣上日光真是火,岛旁鱼骨大于船。到乡必遇来王使,与作唐书寄一篇。

送新罗衲僧
　　扶桑枝西真气奇,古人呼为师子儿。六环金锡轻摆撼,万仞雪峤空参差。枕上已无乡国梦,囊中犹擎石头碑。南岳石头大师,刘珂郎中作碑文也。多惭不便随高步,正是风清无事时。

春晚桐江上闲望作
　　江上车声落日催,纷纷扰扰起红埃。更无人望青山立,空有帆冲夜色来。沙鸟似云钟外去,汀花如火雨中开。可怜潇洒鸥夷子,散发扁舟去不回。

商山道者
　　五千言外得玄音,石屋寒栖隔一作得雪林。多傍松风梳绿发,只烧崖药点黄金。澄潭龙气来紫砌,月冷星精下听琴。曾梦先生非此处,碧桃溪上紫烟深。

闻许棠及第因寄桂雍
　　时清道合出尘埃,清苦为诗不仗媒。今日桂枝平折得,几年春色并将来。势扶九万风初极,名到三山花正开。更有平人居蛰屋,还应为作一声雷。

濑江秋居作
　　无事相关性自据,庭前拾叶等闲书。青山万里竟不足,好竹数竿凉有余。近看老经加澹泊,欲归少室复何如。面前小沼清如镜,终养琴高赤鲤鱼。

上缙云段使君
　　清畏人知人尽知,缙云三载得宣尼。活民刀尺虽无象,出世文章岂有师。术气芝香粘瓷榼,云痕翠点满旌旗。今朝暂到金台上,颇觉心如太古时。

春末兰溪道中作
　　山花零落红与绯,汀烟蒙茸江水肥。人担犁锄细雨歇,路入桑柘斜阳微。深喜东州云寇去,时黄连洞人出,烧劫处州却上。不知西狩几时归。清平时节何时是,转觉人心与道违。

野居偶作
　　高淡清虚即是家,何须须占好烟霞。无心于道道自得,有意向人人转赊。风触好花文锦落,砌横流水玉琴斜。但令如此还如此,谁羡前程未可涯。

再游东林寺作五首
　　台殿参差耸瑞烟,桂花飘雪水潺潺。莫疑远去无消息,七万余年始半年。传记尽云:安远持奘三车,尽生兜率天。人间四千年,彼天一昼夜。亦三十日为一月,十二月为一年。寿四千岁。

　　桓玄旧辇残云湿,取舍孤坟落照迟。昔桓玄入山礼远公,遂舍辇,至今在远公堂下。有个山僧倚松睡,恐人来取白猿儿。

　　玉像珠龛香阵横,锦霞多傍石墙生。辟蛇行者今何在,花里唯闻鸠一作鸠鸟声。

　　爱陶长官醉兀兀,送陆道士行迟迟。买酒过溪皆破戒,斯何人斯师如斯。远公高节,食后不饮蜜水,而将诗博绿醅与陶潜,别人不得。又送客不以贵贱,不过虎溪,而送陆静修道士过虎溪数百步。今寺门前有道士冈,送道士至此止此也。

白蘡卜花露滴滴,红一作碧蕊乌草香一作雨蒙蒙。田地更无尘一点,是何人合住其中。

题兰江言上人院二首时王謩先辈有诗二首题其院,因和题之。

一生只著一麻衣,道业还欺习彦威。手把新诗说山梦,石桥天柱雪霏霏。

只是危吟坐翠层,门前岐路自崩腾。青云名士时相访,茶煮西峰瀑布冰。

中秋十五夜月

噀雪喷霜满碧虚,王孙公子玩相呼。从来天匠为轮足,自是人心此夜余。静入万家危露滴,清埋众象叫鸿孤。坐来惟觉情无极,何况三湘与五湖。

鹭鸶有怀前东阳王慥使君养一鹭鸶,名瑶花。

粉魄霜华为尔枯,鸳鸯相伴更堪图。爱来沙岛遣银屋,终作金笼养雪雏。栖宿必多清濑梦,品流还次白猿徒。今朝不觉频回首,曾伴瑶花近玉壶。

东阳罹乱后怀王慥使君五首第三句缺一字

昨来只对汉诸侯,胜事消磨不自由。裂地鼓鼙军□急,连天烽火阵云秋。砍毛淬剑虽无数,歃血为盟不到头。谁为今朝奉明王,使君司户在隋州。时黄巢奔许,公点土勇散万御押于歃血连西。而渠魁诈降,都将连城为盟。违约,遂于戍地,当不与衢。睦,杭守同贬中也。

只报精兵过大河,东西南北杀人多。可怜白日浑如此,来似蝗虫争奈何。天意岂应容版乱,人心都改太雕讹。不胜惆怅还惆怅,一曲东风月胁歌。

为郡无如王使君,一家清冷似云根。货财不入崔洪口,俎豆尝闻夫子言。须发坐成三载雪,黎氓空负二天恩。不堪西望西风起,纵火昆仑谁为论。

魄慑魂飞骨亦销,此魂此魄亦难招。黄金白玉家家尽,绣闼雕甍处处烧。惊动乾坤常黯惨,深藏山岳亦倾摇。恭闻国有英雄将,拟把何心答圣朝。

不是龚黄覆育才,即须清苦远尘埃。无人与奏吾皇去,致乱唯因酷吏来。刳剥生灵为事业,巧通豪潜作梯媒。令人转忆王夫子,一片真风去不回。

秋夜怀嵩少因寄洛中旧知

炉蒸旃檀不称贫,霏霏玉露湿禅巾。紫金地上三更月,红藕香中一病身。少室少年偏入梦,多时多事去无因。如今憔悴头成雪,空想嵯峨羡故人。

避地毗陵,寒月上孙徽使君兼寄东阳王使君三首

一到毗陵心更劳,冷吟闲步拥云袍。岂缘思妙尘埃少,自是风清物态高。野色疏黄连楚甸,故山奇碧隔河桥。终须愚谷中安致,不是人间好羽毛。

常忆双溪八咏前,讲诗论道接清贤。文欺白凤真难及,药拈红藁岂偶然。花湿瑞烟粘玉磬,帘垂幽鸟啄苔钱。自怜不是悠悠者,吟嚼真风二十年。

□雷车雨滴阶声,寂寞焚香独闭扃。锦绣文章无路达,袴褥歌咏隔墙听。松声冷浸茶轩碧,苔点狂吞纳线青。唯有孤高江太守,不忘病客在禅灵。首句缺一字。

秋末寄上桐江冯使君

山东山色胜诸山,谢守清高不可攀。薄俗尽于言下泰,苦心唯到醉中闲。香凝锦帐抄书后,月转棠阴送客还。野客沾恩归未得,萧萧霜叶满柴关。

禅师

击鼓求亡益是非,木中生火更何为。吾师别是醍醐味,不是知心人不知。

道士

　　花岛相逢满袖云,藕花论道过金巾。腾腾又入仙山去,只恐是青城丈人。

风琴

　　至境心为造化功。一枝青竹四弦风。寥寥双耳更深后,如在缑山明月中。

庭橘

　　蚁踏金苞四五株,洞庭山上味何殊。不缘松树称君子,肯便甘人唤木奴。

落花

　　蝶醉蜂痴一簇香,绣葩红蒂堕残芳。因嗟好德人难得,公子王孙尽断肠。

孤云

　　将比鹭鸶还恐屈,始思残雪不如多。清风相引去更远,皎洁孤高奈尔何。

苦吟

　　河薄星疏雪月孤,松枝清气入肌肤。因知好句胜金玉,心极神劳特地无。

古战处

　　鬼气苍黄棘叶红,昔时人血此时风。相怜极目无疆地,曾落将军一阵中。

偶然作

　　蝉声引出石中蛩,寂寞门扃叶数重。谁道思山心不切,等闲尽出一作画作两三峰。

招友人宿

　　银地无尘金菊开,紫梨红枣堕莓苔。一泓秋水一轮月,今夜故人来不来。

全唐诗卷八百三十七

贯休

山居诗二十四首并序

愚咸通四五年中,于钟陵作《山居诗》二十四章。放笔,藁被人将去。厥后或有散书于屋壁,或吟咏于人口。一首两首,时时闻之,皆多字句舛错。洎乾符辛丑岁,避寇于山寺,偶全获其本。风调野俗,格力低浊,岂可闻于大雅君子!一日抽毫改之,或留之、除之、修之、补之,却成二十四首,亦斐然也,蚀木也,概山讴之例也。或作者气合,始为一朗吟之,可也。

休话喧哗事事难,山翁只合住深山。数声清磬是非处,一个闲人天地间。绿圃空阶云冉冉,异禽灵草水潺潺。无人与向群儒说,<small>一作为向君王道。</small>岩桂枝高亦<small>一作正</small>好扳。

难<small>一作谁</small>是言休即便休,清吟孤坐碧溪头。三间茆屋无人到,十里松阴<small>一作关</small>独自游。明月清风宗炳社,夕阳秋色庾公楼。修心未到无心地,万种千般逐水流。

好鸟声长睡眼开,好茶擎乳坐莓苔。不闻荣辱成番尽,只见熊罴作队来。诗里从前欺白雪,道情终遗似婴孩。由来此事知音少,不是真风去不回。

万境忘机是道华,碧芙蓉里日空斜。幽深有径通仙窟,寂寞无人落异花。掣电浮云真好喻,如龙似凤不须夸。君看江上英雄冢,只有松根与柏槎。

鞭后从他素发兼,涌清奔碧冷侵帘。高奇章句无人爱,澹泊身心举世嫌。白石桥高吟不足,红霞影暖卧无厌。居山别有非山意,莫错将予比宋纤。

鸟外尘中四十秋,亦曾高揖汉诸侯。如斯标致虽清拙,大丈夫儿合自由。紫术黄菁苗戢戢,锦囊香麝语啾啾。终须心到曹溪叟,千岁楮根雪满头。

慵甚嵇康竟不回,何妨方寸似寒灰。山精日作儿童出,仙者时将玉器来。筇帚扫花惊睡鹿,地垆烧树带枯苔。不行朝市多时也,许史金张安在哉!

心心心不住希夷,石屋-作室巉岩鬓-作白发垂。养-作惜竹不除当路笋,爱松留得碍人枝。焚香开卷霞-作云生砌,卷箔冥心月在池。多少-作无限故人头尽白,不知今日-作头白又何之。

龙藏琅函遍九垓,霜钟金鼓振琼台。堪嗟一句无人得,遂使吾师特地来。无角铁牛眠少室,生儿石女老黄梅。令人转忆庞居士,天上人间不可陪。

五岳烟霞连不断,三山洞穴去应通。石窗欹枕疏疏雨,水碓无人浩浩风。童子念经深竹里,猕猴拾虱夕阳中。因思往事抛心力,六七年来楚水东。

尘埃中更有埃尘,时复双眉十为颦。赖有年光飞似箭,是何心地亦称人。回贤参孝时时说,蜂虿狼贪日日新。天意刚容此徒在,不堪惆怅不堪陈。

翠窦烟岩-作霞画不成,桂华瀑沫杂芳馨。拨霞扫雪和云母,掘石移松得茯苓。好-作似鸟傍花窥玉磬,嫩苔和-作如水没-作汲金瓶。从他人说从他笑,地覆天翻也只宁。

腾腾兀兀步迟迟,兆朕消磨只自知。龙猛金膏虽未作,孙登土窟且相宜。薜萝山衩偏能绷,橡栗年粮亦且-作粗支。已得真人好消息,人间天上更无疑。

岚嫩风轻似碧纱,雪楼金像隔烟霞。葛苞玉粉生香坞,菌簇银钉溃净楂。举世只知嗟逝水,无人微解悟空花。可怜扰扰尘埃里,双鬓如银-作丝事似麻。

千岩万壑路倾敧,杉桧蒙蒙独掩扉。厮药童穿溪碡去,采花蜂冒晓烟归。闲行放意寻流水,静坐支颐到落晖。长忆南泉好言语,如斯痴钝者还稀。南泉大师云:学道之人,痴钝者难得。

一庵冥目在穹冥,菌枕松床藓阵青。乳鹿暗行栟径雪,瀑泉微溅石楼经。闲行不觉过天井,长啸深能动岳灵。应恐无人知此意,非凡非圣独醒醒。

慵刻芙蓉传永漏,休夸丽藻鄙汤休。且为小囮盛红粟,别有珍禽胜白鸥。拾栗远寻深涧底,弄猿多在小峰头。不能更出尘中也,百炼刚为绕指柔。

业薪心火日烧煎,浪死虚生自古然。陆氏称龙终妄矣,汉家得鹿更空焉。白衣居士深深说,青眼胡僧远远传。刚地无人知此意,不堪惆怅落花前。

露滴红兰玉满畦,闲拖象屣到峰西。但令心似莲花洁,何必身将槁木齐。古埂细烟红树老,半岩残雪白猿啼。虽然不是桃源洞,春至桃花亦满蹊。

自休自已-作了自安排,常愿居山事偶谐。僧采树衣临绝壑,金花山出树衣,僧多采为蔬菜,味极美也。狝争山果落空阶。闲担茶器缘青嶂,静衲禅袍坐绿崖。虚作新诗反招隐,出来多与此心乖。

石垆金鼎红蕖嫩,香阁茶棚绿崦齐。坞烧崩腾奔涧鼠,岩花狼藉斗山鸡。蒙庄环外知音少,阮藉途穷旨趣低。应有世人来觅我,水重山叠几层迷。

自左浮华能几几-作朝,逝波终日去滔滔。汉王废苑生秋草,吴主荒宫入夜涛。满屋黄金机不息,一头白发气犹高。岂知知足-作物外金仙子,霞外-作廿露天香满-作满氅袍。

如愚何止直如弦,只合深藏碧嶂前。但见山中常有雪,不知世上是何年。野人爱向庵前笑,赤玃频来袖畔眠。只有逍遥好知己,何须更问洞中天。

支公放鹤情相似,范泰论交趣不同。有念尽为烦恼相,无私方称水晶宫。香焚薝卜诸峰晓,珠掐金刚万境-作象空。若买山资言不及,恒河沙劫用无穷。

再逢虚中道士三首

天目西峰古坏坛,坛边相别雪漫漫。如今四十余年也,还共当时恰一般。

囊里灵龟小似钱,道伊年与我同年。壶中长挈天相逐,何处升天更有天。

吾道将君道且殊,君须全似老君须。寻常有语争堪信,爱说蟠桃似瓮粗。

上卢使君二首

一领彤弓下赤埛,惟将清净作藩篱。马卿山岳金相似,张绪风情柳不如。_{当作怨卑。}心染烟霞新句出,笔驱奸蠹宿根臞。鄱阳黎庶还堪羡,头有重天足在氂。

司马迁文亚圣人,三头九陌碾香尘。尽传棣萼麟兼凤,终作昌朝甫与申。楼耸娇歌疏雨过,风含和气满城春。因知寰海升平去,又见高宗梦里人。

陪冯使君游六首登干霄亭

拥翠扪萝山屐轻,飘飖红旆在青冥。仙科朱绂言非贵,溪鸟林泉癖爱听。古桂林边棋局湿,白云堆里茗烟青。因思庐岳弥天客,手把金书倚石屏。

游灵泉院

珂佩喧喧满路岐,乱泉声里扣禅扉。对花语合希夷境,坐石苔粘黼黻衣。鸟啄古杉云冉冉,风吹清磬露霏霏。惠岩亦有孤峰在,只恋繙经未得归。

过相思岭

誉自馨香道自怡,相思岭上却无机。荒渠叶覆深霞在,片石人吟一鸟飞。何处风砧传古曲,谁家冢树挂斜晖。因思往事真堪笑,鹤背渔竿未是归。

锦沙墩

临水登山兴自奇,锦沙墩上最多时。虽云发白孤峰好,其奈名清圣主知。草媚莲塘资逸步,云生松壑有新诗。悠然别是神仙趣,岂羡东山妓乐随。

钓晋潭

境静江清无事时,红旌画鹢动渔矶。心期只是行春去,日暮还应待鹤归。风破绮霞山寺出,人歌白雪岛花飞。自怜亦在仙舟上,玉浪翻翻溅草衣。

迎仙阁

涧香霞影绕楼台,卷箔凭阑耳目开。况从旌旗近鸾凤,可怜谈笑出尘埃。火云不入长松径,露茗何须白玉杯。谁道迎仙仙不至,今朝还有谢公来。

贺雨上王使君二首

一片丹心合万灵,应时甘雨带龙腥。驱尘煞烧连穷□,□电冲霓满穹冥。处处已知仓廪溢,家家皆歇管弦听。应须蚤勒南山石,黄霸清风满内庭。_{第三句、第四句各缺一字。}

由来天赞德唯馨,朋祷心期事尽行。玄妙久闻谈佛母,_{公久与东村大愿和尚谈般若。般若者,佛母也。}感通今日见神明。破除秋热飘萧尽,还似春时散漫倾。他日为霖亦如此,诸生无不沐经营。

感怀寄卢给事二首

绵绵远念近来多,喜鹊随函到绿萝。虽匪二贤曾入洛,忽惊六义减沈疴。童扳邻杏隳墙瓦,燕啄花泥落砌莎。好更因人寄消息,沃州归去已蹉跎。

常忆团圆绣像前,东归经乱独生全。孤峰已住六七处,万事无成三十年。每想苑墙危逼路,更思钵塔晓凌烟。如今憔悴荆枝尽,一讽来书一怆然。

贺郑使君

三衢蜂虿陷城池,八咏龙韬整武貔。才谕危亡书半幅,便思父母泪双垂。_{时公檄书才去,即便归降。来款云:思父母则血泪双垂,忆兄弟乃江山隔越。}

戈收甲束投仁境,汗浃魂飘拜虎旗。死地再生知德重,精兵连澈觉山移。人和美叶祯祥出,阵善深为典教推。仗信输诚方始是,执俘折馘欲何为。清威严令无纤垒,长路深山不拾遗。七邑恩波歌浩渺,一方云物自鲜奇。天文仰视同诸掌,剑术无前更数谁。战马闲眠汀草远,秋鏊干揭岳霞隮。义为土地精灵伏,仁作金汤铁石卑。龚遂刘宽同煦妪,张飞关羽太驱驰。笙歌席上偏怜客,刀剑林中亦念诗。穀渚美为长饮水,金山高作受降碑。时犹草草秋方尽,陈是堂堂孰敢窥。宠渥岂唯分节钺,勋庸须勒上钟彝。神资天赞谁堪比,名遂功成自不知。卷箔倚阑云欲雪,拥炉倾榼酒如饴。扶尧社稷常忧老,到郭汾阳亦未迟。释子沾恩无以报,只将荛菲贺阶墀。

送郑使君

刺婺廉闽动帝台,唯将清净作梯媒。绿沈枪卓妖星落,白玉壶澄苦雾开。仁爱久悬溪上月,恩光又发岭头梅。天资刘邵龚黄笔,神助韩彭卫霍才。古驿剑江分掩映,画旗花舫下喧豗。凤麟帘幕芙蓉垞,洞壑清威霹雳来。礼乐封疆添礼乐,尘埃时节勿尘埃。荔支花下驱千骑,菖蒲林中礼万回。<small>时八安大师在回院也。</small>视事蛮奴磨玉砚,邀宾海月射金杯。讴歌合合千门乐,鼙角雄雄一阁雷。君父恩深头早白,子孙荣袭日难陪。东阳缟素如何好,空向生祠祝上台。

赠杨公杜之舅

分尽君忧一不遗,凤书征入万民悲。风云终日如相逐,雨露前程即可知。画舸远盛江草石,秋山又看谢安棋。谈谐尽是经邦术,头角由来出世姿。天地事须归囊簏,文章谁得到罘罳。扣舷傍岛清吟健,问俗看渔晚泊迟。霞影满江摇枕簟,鸟行和月下涟漪。周秦汉魏书书在,麟凤龟龙步步随。金殿恩波将浩浩,圭峰意绪漫孜孜。郡中条令春常在,境外歌谣美更奇。道者药垆留要妙,林僧禅偈寄相思。王杨卢骆真何者,房杜萧张更是谁。应念衢民千万户,家家皆置一生祠。

游金华山禅院

兹地曾栖菩萨僧,旆檀楼殿瀑崩腾。因知境胜终难到,问著人来悉不曾。斜谷暗藏千载雪,薄岚常翳一龛灯。多惭不及当时海,又下嵯峨一万层。

寄郑道士二首

常忆苏耽好羽仪,信安山观住多时。不知玉质双栖处,两个仙人是阿谁?

谁带金轮髻里珠,何妨相逐去清都。旧山大有闲田地,五色香茆有子无?

送少年禅师二首

秀眉青目树花衣,一钵随缘智不知。佛与轮王嫌不作,世间刚有个痴儿。

万水千山一鹤飞,岂愁游子暮何之。古今此著无人会,王积新输更不疑。

古剑池

秋水莲花三四枝,我来慷慨步迟迟。不决浮云斩邪佞,真成龙去拟何为。

曹娥碑

高碑说尔孝应难,弹指端思白浪间。堪叹行人不回首,前山应是苎萝山。

比干传

昏王亡国岂堪陈,只见明诚不见身。想得先生也知自,欲将留与后来人。

送人游茆山

鸟啼花笑暖纷纷,路入青云白石门。君到前头好看好,老僧或恐是茆君。<small>一作茆真旧宅基犹在,药灶苔深土尚馨。君见道人凭与问,大话诳字苦为语。</small>

闻杜宇

咽雨哀风更不停,春光于尔岂无情。宜须唤得谢豹出,方始年年无此声。

听晓角
　　三会单于满阁风,五行无忒月朦胧。如何十万家休戚,只在呜呜咽咽中。

宿赤松山观题道人水阁兼寄郡守
　　珠殿香骈倚翠棱,寒栖吾道寄孙登。岂应肘后终无分,见说仙中亦有僧。云敛石泉飞险窦,月明山鼠下枯藤。还如华顶清谈夜,因有新诗寄郑弘。

春游凉泉寺
　　一到凉泉未拟归,迸珠喷玉落阶除。几多僧只因泉在,无限松如泼墨为。云堑含香啼鸟细,茗瓯擎乳落花迟。青山看著不可上,多病多慵争奈伊。

经吴宫
　　夫差昏暗霸图倾,千古凄凉地不灵。妖艳恩作宫露浊,忠臣心苦海山青。萧条陵陇侵寒水,仿佛楼台出杳冥。此是前车况非远,六朝何更不惺惺。

送薛侍郎贬峡州司马
　　得罪唯惊恩未酬,夷陵山水称闲游。人如八凯须当国,猿到三声不用愁。花落扁舟香冉冉,草侵公署雨修修。因人好寄新诗好,不独江东有沃州。

将入匡山宿韩判官宅
　　一宿兰堂接上才,白雪归去几裴回。黛青峰朵孤吟后,雪白猿儿必寄来。帘卷茶烟萦堕叶,月明棋子落深苔。明朝江上空回首,始觉清风不可陪。

送郑侍郎骞赴阙
　　文章国器尽琅玕,朝骑骎骎岁欲残。彩笔只宜天上用,绣衣偏称雪中看。休惊断雁离三楚,渐入祥烟下七槃。翰苑旧知凭与说,紫金轮畔寄书难。

上卢使君
　　一别旌旗已一年,二林真子劝安禅。常思双戟华堂里,还似孤峰峭壁前。步出林泉多吉梦,帆侵分野入祥烟。自怜酷似随阳雁,霜打风飘到日边。

寄匡山大愿和尚
　　一听玄音下竹亭,却思窗雪与囊萤。只将清净酬恩德,敢信文章有性灵。梦历山床闻鹤语,吟思海月上沙汀。不堪回首沧江上,万仞庐峰在杳冥。

别卢使君归东阳二首
　　雨气蒙蒙草满庭,式微吟剧更谁听。诗逢匠化唯贪住,日觉恩深不易铭。心苦只应消鬓黑,梦游频入倚天青。从兹还似归回首,唯祝台星与福星。

　　家在严陵钓渚旁,细涟嘉树拂窗凉。难医林薮烟霞癖,又出芝兰父母乡。孤帆好风千里暖,深花黄鸟一声长。终期金鼎调羹日,再近尼丘日月光。

溪寺水阁闲眺因寄宋使君
　　溪木萧条一凭阑,玉霜飞后浪花寒。钓鱼船上风烟螟,古木林中砧杵干。至竟道心方始是,空耽山色亦无端。谁如太守分忧外,时把西经尽日看。

春送赵文观送故合州座主神榇归洛
　　喜继于悲锦水东,还乡仙骑却寻嵩。再烧良玉尧云动,方报深恩绛帐空。远道灵辀春欲尽,乱山羸马恨无穷。他年必立吾君侧,好把书绅答至公。

謦光大师草书歌
　　雪压千峰横枕上,穷困虽多还激壮。看师逸迹两相宜,高适歌行李白诗。海上惊驱山猛烧,(一作海上风惊驱猛烧,)吹断狂烟著沙草。江楼曾见落星石,几回试发将军炮。别有寒雕掠绝壁,提上玄猿更生力。又见吴中磨角来,舞罢盘刀初触击。好文天子挥宸翰,御制本多推玉案。晨开水殿教题壁,题罢紫衣亲宠锡。僧家爱诗自拘束,僧家爱画亦局促。唯师草圣艺偏高,一掬山泉心便足。

题成都玉局观孙位画龙 位,东越人。僖宗南巡,随入蜀,后改名遇

我见苏州昆山佛殿中,金城柱上有二龙。老僧相传道是僧徭手,寻常入海共龙斗。又闻蜀国玉局观有孙遇迹,蟠屈身长八十尺。游人争看不敢近,头觑寒泉万丈碧。

观地狱图

峨峨非一作水剑阁,有树不堪攀。佛手遮不得,人心似等闲。周王应未雪,白起作何颜。尽日空弹指,茫茫尘世间。

赠雷卿张明府

任官征战后,度日寄闲身。封卷还高客,飞书问野人。废田教种谷,生路遣寻薪。若起柴桑兴,无先漉酒巾。

献钱尚父

钱镠自称吴越国王,休以诗投之。镠谕改为四十州,乃可相见。休曰:"州亦难添,诗亦难改。闲云孤鹤,何天不可飞?"遂入蜀。

贵逼人一作身来不自由,龙骧凤翥势难收。一作几年勤苦踏林丘。满堂花醉三千客,一剑霜寒十四州。鼓角揭天嘉气冷,风涛动地海山秋。东南永作金天柱一作莱子衣裳宫锦窄,谢公篇咏绮霞羞。他年名上凌烟阁,谁一作岂羡当时万户侯。

绣州张相公见访

德符唐德瑞通天,曾叱谗谀玉座前。千袭彩衣宫锦薄,敷床御札主恩偏。出师暂放张良箸,得罪惟撑范蠡船。未报君恩终必报,不妨金地礼青莲。

题某公宅

宅成天下借图看,始笑平生眼力悭。地占百湾多是水,楼无一面不当山。荷深似入苕溪路,石怪疑行雁荡间。只恐中原方鼎沸,天心未遣主人闲。

海觉禅师山院

人言海觉老宗师,隐绝层巅世莫知。青草不生行道迹,白云常护坐禅扉。六环金锡飞来后,一派银河泻落时。借问大心能济物,龙门风雹卷天池。

悼张道古 昭宗时,道古官拾遗,以直谏贬蜀中死

清河逝水大匆匆,东观无人失至公。天上君恩三载隔,鉴中鸾影一时空。坟生苦雾苍茫外,门掩寒云寂寞中。惆怅斯人又如此,一声蛮笛满江风。

月夕

霜月一作残夜裴回,楼中羌笛一作管催。晓风吹不尽,江上落残梅。

夜雨

夜雨山草湿,爽籁杂枯木。闲吟竺仙偈,清绝过于玉。

晚望

落日碧江静,莲唱清且闲。更寻花发处,借月过前湾。

早霜寄蔡大

昨夜楚钟鸣,飞霜下楚城。定知迁客鬓,先向鉴中生。一作荒郊昨夜雪,羸马又须行。四顾无人迹,鸡鸣第一声。

赠写经僧楚云

剥皮刺血诚何苦,为写灵山九会文。十指沥干终七轴,后来求法更无君。

寄题诠律师院 以下见《统签》

锦溪光里耸楼台,师院高凌积翠开。深竹杪闻残磬尽,一茶中见数帆来。焚香只是看新律,幽步犹疑损绿苔。莫讶题诗又东去,石房清冷在天台。

寄天台叶道士

负局高风不可陪,玉霄峰北置楼台。注参同契未将出,寻栖栗僧多宿来。飔槭松风山枣落,闲关溪鸟术花开。终须肘后相传好,莫便乘鸾去不回。

送道友归天台

藓浓苔湿冷层层,珍重先生独去登。气养三田传未得,药非八石许还曾。云根应狎玉斧子,月径多寻银地僧。太守苦留终不住,可怜江上去腾腾。

陶种柑橙,令山童买之

高步南山南,高歌北山北。数载买柑橙,山资近又足。

春送僧以下见汲古阁毛氏本

蜀魄关关花雨深,送师冲雨到江浔。不能更折江头柳,自有青青松柏心。

律师

苍卜花红径草青,雪肤冰骨步轻轻。今朝暂到焚香处,只恐床前有虱声。

书石壁禅居屋壁

赤旃檀塔六七级,白菡萏花三四枝。禅客相逢只弹指,此心能有几人知。

句

今日再三难更识,谶辞唯道待钱来。周宝莅丹阳,州人有事,辄云待钱来,后果以钱镠代之。此上钱镠句也。

雁荡经行云漠漠,龙湫宴坐雨蒙蒙。雁荡山今有经行台、宴坐峰,皆以休得名。

刻成筝柱雁相挨。

黄昏风雨黑如磐,别我不知何处去。《侠客》见《剑侠传》。

郭尚父休夸塞北,裴中令莫说淮西。《野客丛谈》。

万计交人买,华轩保惜深。《牡丹》,《吟窗杂录》。

如何忠为主,至竟不封侯。《即边将》。

但看千骑去,知有几人归。

一生不蓄买田钱,华屋何心亦偶然。客至多逢僧在坐,钓归惟许鹤随船。《锦绣万花谷》。

家为买琴添旧价,厨因养鹤减晨炊。同上。

粘粉为题栖凤竹,带香因洗落花泉。同上。

全唐诗卷八百三十八

齐己

齐己,名得生,姓胡氏,潭之益阳人。出家大沩山同庆寺,复栖衡岳东林。后欲入蜀,经江陵,高从诲留为僧正,居之龙兴寺,自号衡岳沙门。《白莲集》十卷,外编一卷。今编诗十卷。

夏日草堂作

沙泉带草堂,纸帐卷空床。静是真消息,吟非俗肺肠。园林坐清影,梅杏嚼红香。谁住原西寺,钟声送夕阳。

寄镜湖方干处士一作寄方干处士鉴湖旧居

贺监旧山川,空来近百年。闻君与琴鹤,终日在渔船。岛露深秋石,湖澄半夜天。云门几回去,题遍好林泉。

送人归吴第三联缺六字

比说归耕钓,迢迢向海涯。春寒游子路,村晚主人家。□□□□□,□山绿过茶。重寻旧邻里,菱藕正开花。

赠仰上人一本题缺,只一仰字

避地依真境,安闲似旧溪。干戈百里外,泉石乱峰西。草瑞香难歇,松灵盖尽低。寻应报休马,瓶锡向南携。

夜坐

百虫声里坐,夜色共冥冥。远忆诸峰顶,曾栖此性灵。月华澄有象,诗思在无形。彻曙都忘寝,虚窗日照经。

新栽松

野僧教种法,苒苒出蓬蒿。百岁催人老,千年待尔高。静宜兼竹石,幽合近猿猱。他日成阴后,秋风吹海涛。

期友人

早晚逐—作遥兹来,闲门日为开。乱蛩鸣白草,残菊藉苍苔。困卧谁惊起,闲行自欲回。何时此携手,吾子本多才。

和郑谷郎中看棋

个是仙家事,何人合用心。几时终一局,万木老千岑。有路如飞出,无机似陆沈。樵夫可能解,也此废光阴。

寄钱塘罗给事

愤愤呕谗书,无人诵子虚。伤心天祐末,搔首懿宗初。海树青丛短,湖山翠点疏。秋涛看足否,罗刹石边居。

戊辰岁湘中寄郑谷郎中

白发久慵簪,常闻病亦吟。瘦应成鹤骨,闲想似禅心。上国杨花乱,沧洲荻笋深。不堪思翠巘—作盖,西望独沾襟。

寓言

造化安能保,山川凿欲翻。精华销地底,珠玉聚侯门。始作骄奢本,终为祸乱根。亡家与亡国,云—作去此更何言。

寄王振拾遗 戊辰岁,第三联缺九字。

折槛意何如,平安信不虚。近来焚谏草,深去觅山居。□□□□□,□□□□余。分明知在处,难寄乱离书。

经贾岛旧居

先生居处所,野烧几为灰。若有吟魂在,应随夜魄回。地宁销志气,天忍罪清才。古木霜风晚,江禽共宿来。

送人游塞

槐柳野桥边,行尘暗马前。秋风来汉地,客路入胡天。雁聚河流浊,羊群碛草膻。那堪陇头宿,乡梦逐潺湲。

桃花

千株含露态,何处照人红。风暖仙源里,春和水国中。流莺应见落,舞蝶未知空。拟欲求图画,枝枝带竹丛。

闻雁

何处人惊起,飞来过草堂。丹心劳避弋,万里念随阳。影断风天月,声孤荻岸霜。明年趁春去,江上别鸳鸯。

送人游南

南国多山水,君游兴可知。船中江上景,晚泊早行时。子美遗魂地,藏真旧墨池。经过几销日,荒草里寻碑。

送益公归旧居

旧隐终牵梦,春残结束归。溪山无伴过,风雨有花飞。片石留题字,孤潭照浣衣。邻僧喜相接,扫径与开扉。

不睡

永夜不欲睡,虚堂闭复开。却离灯影去,待得月光来。落叶逢巢住,飞萤值我回。天明拂经案,一炷白檀灰。

新秋雨后

夜雨洗河汉,诗怀觉有灵。篱声新蟋蟀,草影老蜻蜓。静引闲机发,凉吹远思醒。逍遥向谁说,时注漆园经。

送刘蜕秀才赴举 首联缺五字

百发百中□,□□□□年。丹枝如计分,一箭的无偏。文物兵销国,关河雪霁天。都人看春榜,韩字在谁前。

留题仰山大师塔院

岚光叠杳冥,晓翠湿窗明。欲起游方去,重来绕塔行。乱云开鸟道,群木发秋声。曾约诸徒弟,香灯尽此生。

乱中闻郑谷、吴延保下世

小谏才埋玉,星郎亦逝川。国由—作犹多聚盗,天似不容贤。兵火焚诗草,江流涨墓田。长安已涂炭,追想更凄然。

送东林寺睦公往吴国

八月江行好,风帆日夜飘。烟霞经北固,禾黍过南朝。社客无宗炳,诗家有鲍昭。莫因贤相请,不返旧山椒。

除夜

夜久谁同坐,炉寒鼎亦澄。乱松飘雨雪,一室掩香灯。白发添新岁,清吟减旧朋。明朝待晴旭,池上看春冰。

送秘上人

谁喜老闲身,春山起送君。欲凭莲社信,转入洞庭云。道路长无阻,干戈渐不闻。秋来向何处,相忆雁成群。

寓居岳麓,谢进士沈彬再访

去岁来寻我,留题在藓痕。又因风雪夜,重宿古松门。玉有疑休泣,诗无主且言。明朝此相送,披褐入桃源。

对雪

松门堆复积,埋石亦埋莎。为瑞还难得,居贫莫厌多。听怜终夜落,吟惜一年过。谁在江楼望,漫漫堕绿波。

和岷公送李评事往宜春

兵火销邻境,龙沙有去人。江潭牵兴远,风物入题新。雪湛将残腊,霞明向早春。郡侯开宴处,桃李照歌尘。

送僧一本题缺

老忆游方日,天涯锡独摇。凌晨从北固,冲雪向南朝。鬓发泉边剃,香灯树下烧。双峰诸道友,夏满有书招。

过荆门

路出荆门远,行行日欲西。草枯蛮冢乱,山断汉江低。野店丛蒿短,烟村簇树齐。翻思故林去,在处有猿啼。

山中答人

谩道诗名出,何曾著苦吟。忽来还有意,已过即无心。夏月山长往,霜天寺独寻。故人怜拙朴,时复寄空林。

赠卢明府闲居

鬓霜垂七十,江国久辞官。满箧新风雅,何人旧岁寒。闲居当野水,幽鸟宿渔竿。终欲相寻去,兵戈时转难。

幽庭

不放生纤草,从教遍绿苔。还防长者至,未著牡丹栽。蛱蝶空飞过,鹡鸰时下来。南邻折芳子,到此寂寥回。

送休师归长沙宁觐

吾子此归宁,风烟是旧经。无穷芳草色,何处故山青。偶泊鸣蝉岛,难眠好月汀。殷勤问安外,湘岸采诗灵。

将游嵩华行次荆渚

莲峰映敷水,嵩岳压伊河。两处思归久,前贤隐去多。闲身应绝迹,在世幸无他。会向红霞峤,僧龛对薜萝。

远思

远思极何处,南楼烟水长。秋风过鸿雁,游子在潇湘。海面云生白,天涯堕晚光。徘徊古堤上,曾此赠垂杨。

寄勉二三子 第三联缺七字

不见二三子,悠然吴楚间。尽应生白发,几个在青山。□□□□□,□□莫放闲。君闻国风否,千载咏关关。

渚宫江亭寓目

津亭虽极望,未称本心闲。白有三江水,青无一点山。新鸿喧夕浦,远棹聚空湾。终遂归匡社,孤帆即此还。

蝴蝶

何处背繁红,迷芳到槛重。分飞还独出,成队偶相逢。远害终防雀,争先不避蜂。桃蹊牵往复,兰径引相从。翠裛丹心冷,香凝粉翅浓。可寻穿树影,难觅宿花踪。日晚来仍急,春残舞未慵。西风旧池馆,犹得采芙蓉。

送刘秀才往东洛

羡子去东周,行行非旅游。烟霄有兄弟,事业尽曹刘。洛水清奔夏,嵩云白入秋。来年遂鹏化,一举上瀛洲。

移竹

旧溪千万竿,风雨夜珊珊。白首来江国,黄金买岁寒。乍移伤粉节,终绕著朱栏。会得承春力,新抽锦箨看。

雉

角角类关关,春晴锦羽干。文呈五色异,瑞入九苞难。暮宿红兰暖,朝飞绿野寒。山梁从行者,错解仲尼叹。

怀轩辕先生

不得先生信,空怀汗漫秋。月华离鹤背,日影上鳌头。欲学孤云去,其如重骨留。槎程在何处,人世屡荒丘。

永夜感怀寄郑谷郎中

展转复展转,所思安可论。夜凉难就枕,月好重开门。霜杀百草尽,蛩归四壁根。生来苦章句,早遇至公言。

卖松者

未得凌云价,何惭所买真。自知桃李世,有爱岁寒人。瑟瑟初离涧,青青未识尘。宁同买花者,贵逐片时春。

丙寅岁寄潘归仁

九土尽荒墟,干戈杀害余。更须忧去国,未可守贫居。康泰终来在,编联莫破除。他年遇知己,无耻报褴褕。

尝茶

石屋晚烟生,松窗铁碾声。因留来客试,共说寄僧名。味击诗魔乱,香搜睡思轻。春风雪川上,忆傍绿丛行。

杨花

暖景照悠悠,遮空势渐稠。乍如飞雪远,未似落花休。万带都门外,千株渭水头。纷纭知近夏,销歇恐成秋。软著朝簪去,狂随别骑游。筛冲离馆驿,莺扑绕宫楼。江国晴愁对,池塘晚见浮。虚窗萦笔砚,深院藉苔幽。静堕王孙酒,繁粘客子裘。咏吟何洁白,根本属风流。向日还轻举,因风更自由。不堪思汴岸,千里到扬州。

咏影

万物患有象,不能逃大明。始随残魄灭,又逐晓光生。曲直宁相隐,洪纤必自呈。还如至公世,洞鉴是非情。

南归舟中二首

南归乘客棹,道路免崎岖。江上经时节,船中听鹧鸪。春容含众岫,雨气泛平芜。落日停舟望,王维未有图。

长江春气寒,客况棹声闲。夜泊诸村雨,程回数郡山。桑根垂断岸,浪沫聚空湾。已去邻园近,随缘是暂还。

送迁客

天涯即爱州,谪去莫多愁。若似承恩好—作宠,何如傍—作佞主休。瘴昏铜柱黑,草赤火山秋。应想尧阴—作阶下,当时獬豸头。

题中上人院

高房占境幽,讲退即冥搜。欠鹤同支遁,多诗似惠休。瓶澄孤井浪,案白小窗秋。莫道归山字,朝贤日献酬。

逢乡友

无况来江岛,逢君话滞留。生缘同一国,相识共他州。竹影斜青藓,茶香在白瓯。犹怜心道合,多事亦冥搜。

自勉

试算平生事,中年欠五年。知非未落后,

读易尚加前。分受诗魔役,宁容俗态牵。闲吟见秋水,数只钓鱼船。

寄诗友

天地有万物,尽应输苦心。他人虽欲解,此道奈何深。返朴遗时态,关门度岁阴。相思去秋夕,共对冷灯吟。

居道林寺书怀

花落水喧喧,端居信昼昏。谁来看山寺,自要扫松门。是事皆能讳,唯诗未懒言。传闻好时世,亦欲背啼猿。

经吴平观

中元斋醮后,残烬满空坛。老鹤心何待,尊师鬓已干。幡灯古殿夜,霜霰大椿寒。谁见长生路,人间事万端。

剑客

拔剑绕残樽,歌终便出门。西风满天雪,何处报人恩。勇死寻常事,轻雠不足论。翻嫌易水上,细碎动离魂。

白发

莫染亦莫镊,任从伊满头。白虽无耐药,黑也不禁秋。静枕听蝉卧,闲垂看水流。浮生未达此,多为尔为愁。

秋兴寄胤一作物公

风声吹竹健,凉气著身轻。谁有闲心去,江边看水行。村遥红树远,野阔白烟平。试裂芭蕉片,题诗问竺卿。

野步

城里无闲处,却寻城外行。田园经雨水,乡国忆桑耕。傍涧蕨薇老,隔村冈陇横。何穷此心兴,时复鹧鸪声。

残春

三月看无也,芳时此可嗟。园林欲向夕,风雨更吹花。影乱冲人蝶,声繁绕堑蛙。那堪傍杨柳,飞絮满邻家。

酬尚颜

取尽风骚妙,名高身倍闲。久离王者阙,欲向祖师山。幕府秋招去,溪邻日望还。伊余岂酬敌,来往踏苔斑。

苦热

云势崄于峰,金流断竹风。万方应望雨,片景欲焚空。毒害芙蓉死,烦蒸瀑布红。恩多是团扇,出入画屏中。

送欧阳秀才赴举

莫疑空手去,无援取高科。直是文章好,争如德行多。烟霄心一寸,霜雪路千坡。称意东归后,交亲那喜何。

放鹭鸶

洁白虽堪爱,腥膻不那何。到头从所欲,还汝旧沧波。

谢王秀才见示诗卷

谁见少年心,低摧向苦吟。后须离影响,得必洞精深。道院春苔径,僧楼夏竹林。天如爱才子,何虑未知音。

送徐秀才之吴

吴都霸道昌,才子去观光。望阙云天近,朝宗水路长,海门收片雨,建业泊残阳。欲问淮王信,仙都即帝乡。

独院偶作

风篁清一院,坐卧润肌肤。此境终抛去,邻房肯信无。身非王者役,门是祖师徒。毕竟伊云鸟,从来我友于。

酬元员外见寄

僻巷谁相访,风篱翠蔓牵。易中通性命,贫里过流年。且有吟情挠,都无俗事煎。时闻得新意,多是此忘缘。

寄文秀大师

皎然灵一时,还有屈于诗。世岂无英主,

天何惜大师。道终归正始,心莫问多岐。览卷堪惊立,贞风喜未衰。

夏雨

霢霂蔽穹苍,冥濛自一方。当时消酷毒,随处有清凉。著物声虽暴,滋农润即长。乍红紫急电,微白露残阳。应祷尤难得,经旬甚不妨。吟听喧竹树,立见涨池塘。众类声休出,群峰色尽藏。颓沱来洞壑,汗漫入潇湘。下叶黎甿望,高祛旱暵光。幽斋飘卧簟,极浦洒归樯。藓在阶从湿,花衰苑任伤。闲思济时力,歌咏发哀肠。

谢兴公上人寄山水簇子

半幅古澛颜,看来心意闲。何须寻鸟道,即此出人间。嶬暮疑啼狖,松深认掩关。知君远相惠,免我忆归山。

酬微上人

古律皆深妙,新吟复造微。搜难穷月窟,琢苦尽天机。晚桧清蝉咽,寒江白鸟飞。他年旧山去,为子远携归。

同光岁送人及第东归

西笑道何光,新朝旧桂堂。春官如白傅,内试似文皇。变化龙三十,升腾凤一行。还家几多兴,满袖月中香。

寄江居耿处士

野癖虽相似,生涯即不同。红霞禅石上,明月钓船中。醉倒芦花白,吟缘蓼岸红。相思何以寄,吾道本空空。

病起二首

一卧四十日,起来秋气深。已甘长逝魄,还见旧交心。撑拄筇犹重,枝梧力未任。终将此形陋,归死故丘林。

秋风已伤骨,更带竹声吹。抱疾关门久,扶羸傍砌时。无生即不可,有死必相随。除却归真觉,何由拟免之。

送中观进公归巴陵

一论破双空,持行大国中。不知从此去,何处挫邪宗。昼雨悬帆黑,残阳泊岛红。应游到澶岸,相忆绕茶丛。

全唐诗卷八百三十九

齐己

寄郑谷郎中 一作住襄州谒郑谷献诗

高名喧省闼,雅颂出吾唐。叠巘供秋望,无云到夕阳。自封修药院,别扫著僧床。几梦中朝事,依依一作久离鸳鹭行。

归雁

塞门春已一作亦暖,连影起蘋风。云梦千行去,潇湘一夜空。江人休一作空举网,房将又虚弓。莫失南来伴,衡阳树即红。

登大林寺观白太傅题版

九叠苍崖里,禅家凿翠开。清时谁梦到,白傅独寻来。怪石和僧定,闲云共鹤回。任兹休去者,心是不然灰。

赠曹松先辈

今岁赴春闱,达如夫子稀。山中把卷去,榜下注官归。楚月吟前落,江禽酒外飞。闲游向诸寺,却看白麻衣。

夏日江寺寄无上人

讲终斋磬罢,何处称真心。古寺高杉下,炎天独院深。燕和江鸟语,墙夺暮花阴。大府多才子,闲过在竹林。

夏日梅雨中寄睦公

梅月来林寺,冥冥各闭门。已应双履迹,全没乱云根。琢句心无味,看经眼亦昏。何时见清霁,招我凭岩轩。

伤郑谷郎中

钟陵千首作,笔绝亦身终。知落干戈里,谁家煨烬中。吟斋春长蕨,钓渚夜鸣鸿。惆怅秋江月,曾招我看同。

临行题友生壁

山衲宜何处,经行避暑深。峰西多古寺,日午乱松阴。鹤默堪分静,蝉凉解助吟。殷勤题壁去,秋早此相寻。

别东林后回寄修睦

昨夜从香社,辞君出薜萝。晚来巾舄上,已觉俗尘多。远路萦芳草,遥空共白波。南朝在天末,此去重经过。

古松

雷电不敢伐,鳞皴势万端。蠹依枯节死,蛇入朽根盘。影浸僧禅湿,声吹鹤梦寒。寻常风雨夜,应—作疑有鬼神看。

夏日西霞寺书怀寄张逸人

人中林下现,名自有闲忙。建业红尘热,栖霞白石凉。倚身桯几稳,洒面瀑流香。不似高斋里,花连竹影长。

访自牧上人不遇

然诺竟如何,诸侯见重多。高房度江雨,经月长寒莎。道本同骚雅,书曾到薜萝。相寻未相见,危阁望沧波。

题东林白莲

大士生兜率,空池满白莲。秋风明月下,斋日影堂前。色后群芳拆,香殊百和燃。谁知不染性,一片好心田。

寄怀江西徽岷二律师

乱后江边寺,堪怀二律师。几番新弟子,一样旧威仪。院影连春竹,窗声接雨池。共缘山水癖,久别共题诗。

东林作寄金陵知己

十八贤真在,时来拂榻—作藓看。已知前事远,更结后人难。泉滴胜清磬,松香掩白檀。凭君听朝贵,谁欲厌簪冠。

山寺喜道者至

闰年春过后,山寺始花开。还有无心者,闲寻此境来。鸟幽声忽断,茶好味重回。知住南岩久,冥心坐绿—作石苔。

再游匡山

紫霄兼二—作五老,相对倚空寒。久别成衰病,重来更上难。径危云母滑,崖旱瀑流干。目断岚烟际,神仙有石坛。

赠浙西李推官

他皆—作家恃勋贵,君独爱诗玄。终日秋光里,无人竹影边。东楼生倚月,北固积吟烟。闻说鸳行里,多才复少年。

题终南山隐者室

终南山北面,直下是长安。自扫青苔室,闲敧白石看—作坛。风吹窗树老,日晒窦云干。时向圭峰宿,僧房瀑布寒。

禅庭芦竹十二韵呈郑谷郎中

错错在禅庭,高宜与竹名。健添秋雨响,乾助夜风清。雀静知枯折,僧闲见笋生。对吟殊洒落,负气甚孤贞。密谢编栏固,齐由灌溉平。松姿真可敌,柳态薄难并。映带兼苔石,参差近画楹。雪霜消后色,虫鸟默时声。远忆沧洲岸,寒连暮角城。幽根狂乱迸,劲叶动相撑。避暑须临坐,逃眠必绕行。未逢仙手咏,俗眼见犹轻。

送孙凤秀才赴举

九重方侧席,四海仰文明。好把孤吟去,便随公道行。梁园浮雪气,汴水涨春声。此日登仙众,君应最后生。

落花

朝开暮亦衰,雨打复风吹。古屋无人处,残阳满地时。静依青藓片,闲缀绿莎枝。繁艳根枝在,明年向此期。

秋苔

独怜苍翠文,长与寂寥存。鹤静窥秋片,僧闲踏冷痕。月明疏竹径,雨歇败莎根。别有深宫里,兼花锁断魂。

老将

破虏与平戎,曾居第一功。明时不用武,白首向秋风。马病霜飞草,弓闲雁过空。儿孙已成立,胆气亦英雄。

城中示友人

久与寒灰合,人中亦觉闲。重城不锁梦,每夜自归山。雨破冥鸿出,桐枯井月还。唯君道心在,来往寂寥间。

送友人游湘中

怀才难自住,此去亦如僧。何处西风夜,孤吟旅舍灯。路沿湘树叠,山入楚云层。若有东来札,归鸿亦可凭。

经费征君旧居

高眠当圣代,云鸟未为孤。天子征不起,闲人亲得无。猿猱狂欲坠,水石怪难图。寂寞荒斋外,松杉相倚枯。

严陵钓台

夫子垂竿处,空江照古台。无人更如此,白浪自成堆。鹤静寻僧去,鱼狂入海回。登临秋值晚,树石尽多苔。

原上晚望

倚仗聊摅望,寒原远近分。夜来何处火,烧出古人坟。野势盘空泽,江流合暮云。残阳催百鸟,各自著—作看栖群。

送惠空上人归

尘中名利热,鸟外水云闲。吾子多高趣,秋风独自还。空囊随客棹,几宿泊湖山。应有吟僧在,邻居树影间。

酬章水知己

新吟忽有寄,千里到荆门。落日云初碧,残年眼正昏。已为难敌手,谁更入深论。后信多相寄,吾生重此言。

闲居

渐觉春光媚,尘销作土膏。微寒放杨柳,纤草人风骚。睡少全无病,身轻乍去袍。前溪泛红片,何处落金桃。

次韵酬郑谷郎中

林下高眠起,相招得句时。开门流水入,静话鹭鸶知。每许题成晚,多嫌雪阻期。西斋坐来久,风竹撼疏篱。

思游峨嵋寄林下诸友

刚有峨嵋念,秋来锡欲飞。会抛湘寺去,便逐蜀帆归。难世堪言善,闲人合见机。殷勤别诸友,莫厌楚江薇。

送刘秀才南游

南去谒诸侯,名山亦得游。便应寻瀑布,乘兴上峋嵝。高鸟随云起,寒星向地流。相思应北望,天晚石桥头。

示诸侄

莫问年将朽,加餐已不多。形容浑瘦削,行止强牵拖。死也何忧恼,生而有咏歌。侯门终谢去,却扫旧松萝。

荆渚病中,因思匡庐,遂成三百字,寄梁先辈

生老病死者,早闻天竺书。相随几汩没,不了堪欷歔。自理自可适,他人谁与祛。应当入寂灭,乃得长销除。前月已骨立,今朝还貌舒。披衣试步履,倚策聊踌躇。江月青睟冷,秋风白发疏。新题忆剡硾,旧约怀匡庐。张野久绝迹,乐天曾卜居。空龛掩薜荔,瀑布欹蟾蜍。古桧鸣玄鹤,凉泉跃锦鱼。狂吟树荫映,纵踏花蒢蒘。唇舌既已闲,心脾亦散摅。松窗有偃息,石径无趑趄。梦冷通仙阙,神融合太虚。千峰杳霭际,万壑明清初。长往期非晚,半生闲有余。依刘未是咏,访戴宁忘诸。稽古堪求己,观时好笑渠。埋头逐小利,没脚拖长裾。道种将闲养,情田把药锄。幽香发兰蕙,秽莽摧丘墟。敢谓囊盈物,那言庾满储。微烟动晨爨,细雨滋园蔬。薛乱珍

禽羽,门稀长者车。冥机坐兀兀,著履行徐徐。每许亲朱履,多怜奉隼旟。簪嫌红玳瑁,社念金芙蕖。海内竞铁马,箧中藏纸驴。常言谢时去,此意将何如。

竟陵遇昼公

高迹何来此,游方渐老身。欲投莲岳夏,初过竟陵春。锡影离云远,衣痕拂藓新。无言即相别,此处不迷津。

闻贯休下世

吾师诗匠者,真个碧云流。争得梁太子,重为文选楼。锦江新冢树,婺女旧山秋。欲去焚香礼,啼猿峡阻修。

金山寺

山带金名远,楼台压翠层。鱼龙光照像,风浪影摇灯。槛外扬州树,船通建业僧。尘埃何所到,青石坐如冰。

早秋雨后晚望

暑气时将薄,虫声夜转稠。江湖经一雨,日月换新秋。有景堪援笔,何人未上楼。欲承凉冷兴,西向碧嵩游。

过西塞山

空江平野流,风岛苇飕飕。残日衔西塞,孤帆向北洲。边鸿渡汉口,楚树出吴头。终入高云里,身依片石休。

溪斋二首

岂敢言招隐,归休喜自安。一溪云卧稳,四海路行难。瑞兽藏头角,幽禽惜羽翰。子猷何处在,老尽碧琅玕。

杉竹映溪关,修修共岁寒。幽人眠日晏,花雨落春残。道妙言何强,诗玄论甚难。闲居有亲一作新赋,搔首忆潘安。

新秋

始惊三伏尽,又遇立秋时。露彩朝还冷,云峰晚更奇。垅香禾半熟,原迥草微衰。幸好清光里,安仁谩起悲。

寄上荆渚,因梦庐岳,乃图壁赋诗

梦绕嵯峨里,神疏骨亦寒。觉来谁共说,壁上自图看。古翠松藏寺,春红杏湿坛。归心几时遂,日向渐衰残。

己卯岁值冻阻归有作

河水连地冻,朔气压春寒。开户思归远,出门移步难。湖云粘雁重,庙树刮风干。坐看孤灯焰,微微向晓残。

送卢说乱后投知己

兵寇残江墅,生涯尽荡除。事堪煎桂玉,时莫倚诗书。暮狖啼空半,春山列雨余。舟中有新作,回寄示慵疏。

读岘山碑

三载羊公政,千年岘首碑。何人更堕泪,此道亦殊时。兵火烧文缺,江云触藓滋。那堪望黎庶,匝地是疮痍。

过鹿门作

鹿门埋孟子,岘首载羊公。万古千秋里,青山明月中。政从襄沔绝,诗过洞庭空。尘路谁回眼,松声两处风。

题玉泉寺大师影堂

大化终华顶,灵踪示玉泉。由来负高尚,合向好山川。洞壑藏诸怪,杉松列瘦烟。千秋空树影,犹似覆长禅。

秋日钱塘作

秋光明水国,游子倚长亭。海浸一作漫吴白,山澄百越青。英雄贵黎庶,封土绝精灵。句践魂如在,应悬一作惭战血腥。

送人赴举

分有争忘得,时来须出山。白云终许在,清世莫空还。驿树秋声健,行衣雨点斑。明年从月里,满握度春关。

友人寒夜所寄

通宵亦孤坐,但念旧峰云。白日还如此,清闲本共君。二毛雕一半,百岁去三分。早晚寻流水,同归麋鹿群。

酬洞庭陈秀才

何必要识面,见诗惊苦心。此门从自古,难学至如今。青草湖云阔,黄陵庙木深。精搜当好景,得即动知音。

题鹤鸣泉八韵

嘹唳遗踪去,澄明物掩难。喷开山面碧,飞落寺门寒。汲引随瓶满,分流逐处安。幽虫乘叶过,渴狖拥条看。上有危峰叠,旁宜怪石盘。冷吞双树影,甘润百毛端。异早闻镌玉,灵终别建坛。潇湘在何处,终日自波澜。

登金山寺

四面白波声,中流翠峤横。望来堪目断,上彻始心平。鸟向天涯去,云连水国生。重来与谁约,题罢自吟行。

寄吴都沈员外彬

归休兴若何,朱绂尽休他。自有园林阔,谁争山水多。村烟晴莽苍,僧磬晚嵯峨。野醉题招隐,相思可寄么。

寄明月山僧

山称明月好,月出遍山明。要上诸峰去,无妨半夜行。白猿真雪色,幽鸟古琴声。吾子居来久,应忘我在城。

寄哭西川坛长广济大师

千万僧中宝,三朝帝宠身。还源未化火,举国葬全真。文集编金在,碑铭刻玉新。有谁于异代,弹指礼遗尘。

酬西川楚峦上人卷

玉垒峨嵋秀一作峻,岷江锦水清。古人搜不尽,吾子得何精。可信由前习,堪闻正后生。东西五千里,多谢寄无成。

览延栖上人卷

今体雕镂妙,古风研考精。何人忘律韵,为子辨诗声。贾岛苦兼此,孟郊清独行。荆门见编集,愧我老无成。

寄洛下王彝训先辈二首

贾岛存正始,王维留格言。千篇千古在,一咏一惊魂。离别无他寄,相思共此门。阳春堪永恨,郢路转尘昏。

北极新英主,高科旧少年。风流传贵达,谈笑取荣迁。洛水秋空底,嵩峰晓翠巅。寻常谁并马,桥上戏成篇。

酬岳阳李主簿卷

把卷思高兴,潇湘阔浸门。无云生翠浪,有月动清魂。倚槛应穷底,凝情合到源。为君吟所寄,难甚至忘筌。

寄怀江西僧达禅翁

长忆旧山日,与君同聚沙。未能精贝叶,便学咏杨花。苦甚伤心骨,清还切齿牙。何妨继余习,前世是诗家。

送吴守明先辈游蜀

凭君游蜀去,细为话幽奇。丧乱嘉陵驿,尘埃贾岛诗。未应过锦府,且合上峨嵋。即逐高科后,东西任所之。

寄普明大师可准

莲岳三征者,论诗旧与君。相留曾几岁,酬唱有新文。翠窦容闲憩,岚峰许共分。当年若同访,合得伴吟云。

还黄平素秀才卷

求己甚忘筌,得之经浑然。僻能离诡差,清不尚妖妍。冷澹闻姚监,精奇见浪仙。如君好风格,自可继前贤。

与张先辈话别 首句缺三字,第五句缺二字

为□□□者,各自话离心。及第还全蜀,

游方归二林。巴江□□涨,楚野入吴深。他日传消息,东西不易寻。

寄朱拾遗

一闻归阙下,几番熟金桃。沧海期仍晚,清资路渐高。研冰濡谏笔,赋雪拥朝袍。岂念空林下,冥心坐石劳。

荆门送兴禅师

洒落南宗子,游方迹似云。青山寻处处,赤叶路一作落纷纷。虎共松岩宿,猿和石溜闻。何峰一回首,忆我在人群。

过西山施肩吾旧居

大志终难起,西峰卧翠堆。床前倒秋壑,枕上过春雷。鹤见丹成去,僧闻栗熟来。荒斋松竹老,鸾鹤自装回。

喜夏雨

四郊云影合,千里雨声来。尽洗红埃去,并将清气回。潺湲浮楚甸,萧散露荆台。欲赋随车瑞,濡毫渴谀才。

酬元员外见寄八韵

旧隐梦牵仍,归心只似蒸。远青怜岛峭,轻白爱云腾。艳冶丛翻蝶,腥膻地聚蝇。雨声连洒竹,诗兴继填膺。访戴情弥切,依刘力不胜。众人忘苦苦,独自愧兢兢。处世无他望,流年有病僧。时惭大雅客,遗韵许相承。

浣口泊舟晓望天柱峰

根盘潜岳半,顶逼日轮边。冷碧无云点,危棱有瀑悬。秀轻毛女下,名与鼎湖偏。谁见扶持力,峨峨出后天。

寄楚萍上人

北面香炉秀,南边瀑布寒。自来还独去,夏满又秋残。日影松杉乱,云容洞壑宽。何峰是邻侧,片石许相安。

竹里作六韵

我一作偶来深处坐,剩觉有吟思。忽似潇湘岸,欲生风雨时。冷烟濛古屋,干箨堕秋墀。径熟因频入,身闲得遍敧。踏多鞭节损,题乱粉痕隳。犹见前山叠,微茫隔短篱。

寄江西幕中孙纺员外

簪履为官兴,芙蓉结社缘。应思陶令醉,时访远公禅。茶影中残月,松声里落泉。此门曾共说,知未遂终焉。

盆池

盆沼陷一作稻花边,孤明似玉泉。涵虚心不浅,待月底长圆。平稳承天泽,依微泛曙烟。何须照菱镜,即此鉴媸妍。

喜乾昼上人远相访

彼此垂七十,相逢意若何。圣明殊未至,离乱更应多。澹泊门难到,从容日易过。余生消息外,只合听诗魔。

全唐诗卷八百四十

齐己

过陈陶处士旧居
一室贮琴尊,诗皆大雅言。夜过秋竹寺,醉打老僧门。远烧来篱下,寒蔬簇石根。闲庭除鹤迹,半是杖头痕。

寄敬亭清越
敬亭山色古,庙与寺松连。住此修行过,春风四十年。鼎尝天柱茗,诗碾剡溪笺。冥目应思著,终南北阙前。

湘江渔父
湘潭春水满,岸远草青青。有客钓烟月,无人论醉醒。门前蛟蜃气,蓑上蕙兰馨。曾受蒙庄子,逍遥一卷经。

书古寺僧房
绿树深深处,长明焰焰灯。春时游寺客,花落闭门僧。万法心中寂,孤泉石上澄。劳生莫相问,喧默不相应。

湖西逸人
老隐洞庭西,渔樵共一溪。琴前孤鹤影,石上远僧题。橘柚园林熟,蒹葭径路迷。君能许邻并,分药瘱春畦。

潇湘二十韵
二水远难论,从离向坎奔。冷穿千嶂脉,清过几州门。阔去都凝白,傍来尽带浑。经游闻舜禹,表里见乾坤。浦静鱼闲钓,湾凉雁自屯。月来分夜底,云度见秋痕。暮气藏邻寺,寒涛舐近村。离骚传永恨,鼓瑟秦遗魂。雾拥鱼龙窟,槎敲岛屿根。秋风帆上下,落日树沈昏。柳少沙洲缺,苔多古岸存。禽巢依橘柚,獭径入兰荪。色自江南绝,名闻海内尊。吴头雄莫遏,汉口壮堪吞。寥泬晴方映,冯夷信忽翻。渡遥峰翠叠,汀小荻花繁。势接湖烟涨,声和瘴雨歕。急摇吟客舫,狂溅野人樽。疏凿谁穷本,澄鲜自有源。对兹伤九曲,含浊出昆仑。

江行早发

舟子相呼起,长江未五更。几看—作程星月在,犹带—作载梦魂行。鸟乱村林迥,人喧水栅横。苍茫平野外,渐认—作惭愧远峰名。

宜阳道中作

宜阳南面路,下岳又经过。枫叶红遮店,芒花白满坡。猿无山渐薄,雁众水还多。日落犹前去,诸村牧竖歌。

落日

晚照背高台,残钟残角催。能销几度落,已是半生来。吹叶阴风发,漫空暝色回。因思古人事,更变尽尘埃。

春兴

柳暖莺多语,花明草尽长。风流在诗句,牵率绕池塘。叫切禽名字,飞忙蝶姓庄。时来真可惜,自勉掇兰芳。

远山

天际云根破,寒山列翠回。幽人当立久,白鸟背飞来。瀑溅何州地,僧寻几峤苔。终须拂巾履,独去谢尘埃。

和郑谷郎中幽栖之什

谁知闲退迹,门径入寒汀。静倚云僧杖,孤看野烧星。墨沾吟石黑,苔染钓船青。相对唯溪寺,初宵闻念经。

勉道林谦光鸿蕴二侄

旧林诸侄在,还住本师房。共扫焚修地,同闻水石香。莫将闲世界,拟敌好时光。须看南山下,无名冢满冈。

渚宫自勉二首

晨午殊丰足,伊何挠肺肠。形容侵老病,山水忆韬藏。必谢金台去,还携铁锡将。东林露坛畔,旧对白莲房。

毕竟拟何求,随缘去住休。天涯游胜境,海上宿仙洲。梦好寻无迹,诗成旋不留。从他笑轻事,独自忆庄周。

谢湿湖茶

湿湖唯上贡,何以惠寻常。还是诗心苦,堪消蜡面香。碾声通一室,烹色带残阳。若有新春者,西来信勿忘。

寄归州马判官

郡带女婆名,民康境亦宁。晏梳秋鬓白,闲坐暮山青。赠客椒初熟,寻僧酒半醒。应怀旧居处,歌管隔墙听。

倦客

闭眼即开门,人间事倦闻。如何迎好客,不似看闲云。少欲资三要,多言让十分。疏慵本吾性,任笑早离群。

送灵罕上人游五台

此去清凉顶,期瞻大圣容。便应过洛水,即未上嵩峰。残照催行影,幽林惜驻踪。想登金阁望,东北极兵锋。

静坐

坐卧与行住,入禅还出吟。也应长日月,消得个身心。默论相如少,黄梅付嘱深。门前古松径,时起步清阴。

谢虚中上人寄示题天策阁诗

天策二首作,境幽搜亦玄。阁横三楚上,题挂九霄边。寺额因标胜,诗人合遇贤。他时谁倚槛,吟此岂忘筌。

荆门寄怀章供奉兼呈幕中知己

紫衣居贵上,青衲老关中。事佛门相似,朝天路不同。神凝无恶梦,诗澹老真风。闻道知音在,官高信莫通。

江令石

思量江令意,爱石甚悠悠。贪向深宫去,死同亡国休。两株荒草里,千古暮江头。若似黄金贵,随军也不留。

月下作
良夜如清昼,幽人在小庭。满空垂列宿,那个是文星。世界归谁是,心魂向自宁。何当见尧舜,重为造生灵。

游道林寺四绝亭,观宋杜诗版
宋杜诗题在,风骚到此真。独来终日看,一为拂秋尘。古石生寒仞,春松脱老鳞。高僧眼根静,应见客吟神—作频。

勉诗僧
莫把毛生刺,低佪谒李膺。须防知佛者,解笑爱名僧。道性宜如水,诗情合似冰。还同莲社客,联唱绕香灯。

谢人墨
珍重岁寒烟,携来路几千。只应真典诰,消得苦磨研。正色浮端砚,精光动蜀笺。因君强濡染,舍此即忘筌。

送人游玉泉寺
西峰大雪开,万叠向空堆。客贵犹寻去,僧高肯不来。潭澄猿觑月,窦冷鹿眠苔。公子将才子,联题兴未回。

寄郑谷郎中
诗心何以传,所证自同禅。觅句如探虎,逢知似得仙。神清太古在,字好雅风全。曾沐星郎许,终惭是裴然。

春雨
欲布如膏势,先闻动地雷。云龙相得起,风电一时来。霢霂农桑野,冥濛杨柳台。何人待晴暖,庭有牡丹开。

明月峰
明月峰头石,曾闻学月明。别舒长夜彩,高照一村耕。颇乱无私理,徒惊鄙俗情。传云遭凿后,顽白在峥嵘。

谢人惠紫栗拄杖
仙掌峰前得,何当此见遗。百年衰朽骨,六尺岁寒姿。雪外兼松凭,泉边待月敲。他时出山去,犹谢见相随。

送人游湘湖
君游南国去,旅梦若为宁。一路随鸿雁,千峰绕洞庭。林明枫尽落,野黑烧初经。有兴寻僧否,湘西寺最灵。

小松
发地才过膝—作盈尺,蟠根已有灵。严霜百草白,深院一林青。后夜萧骚动,空阶蟋蟀听。谁于千岁外,吟绕—作倚老龙形。

金江寓居
考槃应未永,聊此养闲疏。野趣今何似,诗题旧不如。春篁离箨尽,陂藕折花初。终要秋云是,从风恣卷舒。

晚夏金江寓居答友生
日日冲残热,相寻入乱蒿。闲中滋味远,诗里是非高。碧笋新生竹,红垂半熟桃。时难未可出,且欲淬豪曹。

寄李洞秀才
到处听时论,知君屈最深。秋风几西笑,抱玉但伤心。野水翻红藕,沧江老白禽。相思未相识,闻在蜀中吟。

过商山
叠叠叠岚寒,红尘翠里盘。前程有名利,此路莫艰难。云水—作木侵天老,轮蹄到月残。何能寻四皓,过尽见长安。

蝉八韵
咽咽复啾啾,多来自早秋。园林凉正好,风雨思相收。在处声无别,何人泪欲流。冷怜天露滴,伤共野禽游。静息深依竹,惊移瞥过楼。分明晴渡口,凄切暮关头。时节推应定,飞鸣即未休。年年闻尔苦,远忆所居幽。

鹭鸶二首

日日沧江去，时时得意归。自能终洁白，何处误翻飞。晚立银塘阔，秋栖玉露微。残阳苇花畔，双下钓鱼矶。

雪里曾迷我，笼中旧养君。忽从红蓼岸，飞出白鸥群。影照翘滩浪，翎濡宿岛云。鸳鸿解相忆，天上列纷纷。

送僧归南岳

浊世住终难，孤峰念永安。逆风眉磔磔，冲雪锡珊珊。石室关霞嫩，松枝拂藓干。岩猿应认得，连臂下句栏。

夏日林下作

烦暑莫相煎，森森在眼前。暂来还尽日，独坐只闻蝉。草媚终难死，花飞卒未蔫。秋风舍此去，满箧贮新篇。

村居寄怀

风雨如尧代，何心欲退藏。诸侯行教化，下国自耕桑。道挫时机尽，禅留话路长。前溪久不过，忽觉早禾香。

酬王秀才

相于分倍亲，静论到吟真。王泽曾无外，风骚甚少人。鸿随秋过尽，雪向腊飞频。何处多幽胜，期君作近邻。

赠无本上人

往年吟月社，因乱散扬州。未免无端事，何妨出世流。洞庭禅过腊，衡岳坐经秋。终说将衣钵，天台老去休。

寄华山司空图

天下艰难际，全家入华山。几劳丹诏问，空见使臣还。瀑布寒吹梦，莲峰翠湿关。兵戈阻相访，身老瘴云间。

题真州精舍

波心精舍好，那岸是繁华。碍目一作日无高树，当门即远沙。晨斋来海客，夜磬到渔家。石鼎秋涛静，禅回有岳茶。

怀道林寺因寄仁用二上人

名山知不远，长忆寺门松。昨晚登楼见，前年过夏峰。雨余云脚树，风外日西钟。莫更来东岸，红尘没马踪。

寻阳道中作

秋声连岳树，草色遍汀洲。多事时为客，无人处上楼。云疏片雨歇，野阔九江流。欲向南朝去，诗僧有惠休。

东林雨后望香炉峰

翠湿僧窗里，寒堆鸟道边。静思寻去路，急绕落来泉。暮雨开青壁，朝阳照紫烟。二林多长老，谁忆上头禅。

寄双泉大师师兄

清泉流眼底，白道倚岩棱。后夜禅初入，前溪树折冰。南凉来的的，北魏去腾腾。敢把吾师意，密传门外僧。

送人润州寻兄弟

君话南徐去，迢迢过建康。弟兄新得信，鸿雁久离行。木落空林浪，秋残渐雪霜。闲游登北固，东望海苍苍。

贻张生

日日见入寺，未曾含酒容。闲听老僧语，坐到夕阳钟。竹里行多影，花边偶过踪。犹言谢生计，随我去孤峰。

送人游雍京

君来乞诗别，聊与怆前程。九野未无事，少年何远行。商云盘翠险，秦甸下烟平。应见周南化，如今在雍京。

春草

处处碧萋萋，平原带日西。堪随游子路，远入鹧鸪啼。金谷园应没，夫差国已迷。欲寻兰蕙径，荒秽满汀畦。

怀华顶道人
华顶星边出,真宜上土家。无人触床榻,满屋贮烟霞。坐卧临天井,晴明见海涯。禅余石桥去,屐齿印松花。

寄自牧上人
五老回无计,三峰去不成。何言谢云鸟,此地识公卿。梦愧将僧说,心嫌触类生。南朝古山寺,曾忆共寻行。

静坐
日日只腾腾,心机何以兴。诗魔苦不利,禅寂颇相应。砚满尘埃点,衣多坐卧棱。如斯自消息,合是个闲僧。

送人游衡岳
荆楚腊将残,江湖苍莽间。孤舟载高兴,千里向名山。雪浪来无定,风帆去是闲。石桥僧问我,应寄岳茶还。

答知己自阙下寄书
故人劳札翰,千里寄荆台。知恋文明在,来寻江汉来。群机喧白昼,陆海涨黄埃。得路应相笑,无成守死灰。

新笋
乱迸苔钱破,参差出小栏。层层离锦箨,节节露琅玕。直上心终劲,四垂烟渐宽。欲知含古律,试剪凤箫看。

寄唐洙处士
行僧去湘水,归雁度荆门。彼此亡家国,东西役梦魂。多慵如长傲,久住不生根。曾问兴亡事,丁宁寄勿言。

谢人惠竹蝇拂
妙刮筼筜制,红柔玉柄同。拂蝇声满室,指月影摇空。敢舍经行外,常将宴坐中。挥谈一无取,千万愧生公。

新燕
燕燕知何事,年年应候来。却缘华屋在,长得好时催。花外衔泥去,空中接食回。不同黄雀意,迷逐网罗媒。

谢王先辈寄毡
深谢高科客,名毡寄惠重。静思生朔漠,和雪长蒙茸。摺坐资禅悦,铺眠减病容。他年从破碎,担去卧孤一作高峰。

寄还阙下高辇先辈卷
去岁逢京使,因还所寄诗。难留天上作,曾换月中枝。趣极僧迷旨,功深鬼不知。仍闻得名后,特地更忘疲。

和孙支使惠示院中庭竹之什
忆就江僧乞,和烟得一茎。剪黄憎旧本,科绿惜新生。护噪蝉身稳,资吟客眼明。星郎有佳咏,雅合此君声。

苦热中江上,怀炉峰旧居
旧寄炉峰下,杉松绕石房。年年五六月,江上忆清凉。久别应荒废,终归隔渺茫。何当便摇落,披衲玩秋光。

送僧游龙门香山寺
君到香山寺,探幽莫损神。且寻风雅主,细看乐天真。

江上值春雨
江皋正月雨,平陆亦波澜。半是峨嵋雪,重为泽国寒。农田淹寝尽,客棹往来难。愁杀骚人路,沧浪正渺漫。

七十作
七十去百岁,都来三十春。纵饶生得到,终免死无因。密理方通理,栖真始见真。沃洲匡阜客,几劫不迷人。

谢虚中寄新诗
旧友一千里,新诗五十篇。此文经大匠,不见已多年。趣极同无迹,精深合自然。相思把行坐,南望隔尘烟。

送彬座主赴龙安请讲

　　两论久研精,龙安受请行。春城雨雪霁,古寺殿堂明。白发老僧听,金毛师子声。同流有谁共,别著国风清。

夏日荆渚书怀

　　嵩岳去值乱,匡庐回阻兵。中途息瓶锡,十载依公卿。不那猿鸟性,但怀林泉声。何时遂情兴,吟绕杉松行。

春日西湖作

　　一水绕孤岛,闲门掩春草。曾无长者辙,枉此问衰老。

谢中上人寄茶

　　春山谷雨前,并手摘芳烟。绿嫩难盈笼,清和易晚天。且招邻院客,试煮落花泉。地远劳相寄,无来又隔年。

送节大德归阙

　　西京曾入内,东洛又朝天。圣上方虚席,僧中正乏贤。晨光金殿里,紫气玉帘前。知祝唐尧化,新恩异往年。

览清尚卷

　　李洞僻相似,得诗先示师。鬼神迷去处,风日背吟时。格已搜清竭,名还着紫卑。从容味高作,翻为古人疑。

荆门送昼公归彭泽旧居

　　彭泽旧居在,匡庐翠叠前。因思从楚寺,便附入吴船。岸绕春残树,江浮晓霁天。应过虎溪社,伫立想诸贤。

全唐诗卷八百四十一

齐己

登祝融峰

猿鸟共不到,我来身欲浮。四边空碧落,绝顶正清秋。宇宙知何极,华夷见细流。坛西独立久,白日转神州。

寄贯休

子美曾吟处,吾师复去吟。是何多胜地,销得二公心。锦水流春阔,峨嵋叠雪深。时逢蜀僧说,或道近游黔。

送唐禀正字归萍川

霜须芸阁吏,久掩白云扉。来谒元戎后,还骑病马归。烟村蔬饮淡,江驿雪泥肥。知到中林日,春风长涧薇。

寄怀江西栖公

龙沙为别日,庐阜得书年。不见来香社,相思绕白莲。江僧归海寺,楚路接吴烟。老病何堪说,扶羸寄此篇。

山中喜得友生书

柴门关树石,未省梦尘埃。落日啼猿里,同人有信来。自成为拙隐,难以谢多才。见说相思处,前峰对古台。

谢人惠扇子及茶

枪旗封蜀茗,圆洁制鲛绡。好客分烹煮,青蝇避动摇。陆生夸妙法,班女恨凉飙。多谢崔居士,相思寄寂寥。

寄监利司空学士

诗家为政别,清苦日闻新。乱后无荒地,归来尽远人。宽容民赋税,憔悴吏精神。何必河阳县,空传桃李春。

答陈秀才

万事皆可了,有诗门最深。古人难得志,吾子苦留心。野叠凉云朵,苔重怪木阴。他年

立名字,笑我老双林。

游橘洲

春日上芳洲,经春兰杜幽。此时寻橘岸,昨日在城楼。鹭立青枫杪,沙沈白浪头。渔家好生计,檐底系扁舟。

寄武陵道友

阮肇迷仙处,禅门接紫霞。不知寻鹤路,几里入桃花。晚树阴摇藓,春潭影弄砂。何当见招我,乞与片生涯。

谢人惠药

五金元造化,九炼更精新。敢谓长生客,将遗必死人。久餐应换骨,一服已通神。终逐淮王去,永抛浮世尘。

还族弟卷 第五句缺一字

岂要私相许,君诗自入神。风骚何句出,瀑布一联新。□若长如此,名须远逐身。闲斋舒复卷,留滞忽经旬。

送周秀游峡

又向夔城去,知难动旅魂。自非亡国客,何虑断肠猿。滟滪分高仞,瞿塘露浅痕。明年期此约,平稳到荆门。

荆门夏日寄洞山节公

湖光摇翠木,灵洞叠云深。五月经行处,千秋桧柏阴。山形临北渚,僧格继东林。莫惜相招信,余心是此心。

再经蒋山与诸长老夜话

远迹都如雁,南行又北回。老僧犹记得,往岁已曾来。话遍名山境,烧残黑栎灰。无因伴师往,归思在天台。

寄当阳张明府

玉泉神运寺,寒磬彻琴堂。有境灵如此,为官兴亦长。吏愁清白甚,民乐赋输忘。闻说巴山县,今来尚忆张。

游三觉山

白石路重重,紫纡势忽穷。孤峰擎像阁,万木蔽星空。世论随时变,禅怀历劫同。良宵正冥目,海日上窗红。

庭际晚菊上主人

九月将欲尽,幽丛始绽芳。都缘含正气,不是背重阳。采去蜂声远,寻来蝶路长。王孙归未晚,犹得泛金觞。

送赵长史归闽川

荆门与闽越,关戍隔三千。风雪扬帆去,台隍指海边。客情消旅火,王化似尧年。莫失春回约,江城谷雨前。

拟嵇康绝交寄湘中贯微

何处同嵇懒,吾徒道异诸。本无文字学,何有往来书。岳寺逍遥梦,侯门勉强居。相知在玄契,莫讶八行疏。

寄许州清古

北来儒士说,许下有吟僧。白日身长倚,清秋塔上层。言虽依景得,理要入无征。敢望多相示,孱微老不胜。

谢丁秀才见示赋卷

五首新裁剪,搜罗尽指归。谁曾师古律,君自负天机。圣后求贤久,明公得隽稀。乘秋好携去,直望九霄飞。

惊秋

褰帘听秋信,晚傍竹声归。多故堪伤骨,孤峰好拂衣。梧桐雕绿尽,菡苕堕红稀。却恐吾形影,嫌心与口违。

夏日雨中寄幕中知己

北风吹夏雨,和竹亚南轩。豆枕敧凉冷,莲峰入梦魂。窗多斜迸湿,庭遍瀑流痕。清兴知无限,晴来示一言。

夜次湘阴

风涛出洞庭,帆影入澄清。何处惊鸿起,

孤舟趁月行。时难多战地,野阔绝春耕。骨肉知存否,林园近郡城。

寄唐禀正字

疏野还如旧,何曾称在城。水边无伴立,天际有山横。落日云霞赤,高窗笔砚明。鲍昭多所得,时忆寄汤生。

宿舒湖希上人房

入寺先来此,经窗半在湖。秋风新菡萏,暮雨老菰蒲。任听浮生速,能消默坐无。语来灯焰短,嘈哜发高梧。

戊辰岁江南感怀

忽忽动中私,人间何所之。老过离乱世,生在太平时。桃李春无主,杉松寺有期。曾吟子山赋,何啻旧凌迟。

送林一作休上人归永嘉旧居

东越常悬思,山门在永嘉。秋光浮楚水,帆影背长沙。城黑天台雨,村明海峤霞。时寻谢公迹,春草有瑶花。

答友生山居寄示

嘉遁有新吟,因僧寄竹林。静思来鸟外,闲味绕松阴。兵寇凭凌甚,溪山几许深。休为反招隐,携取一相寻。

新秋霁后晚眺怀先公

雨霁湘楚晚,水凉天亦澄。山中应解夏,渡口有行僧。鸟列沧洲队,云排碧落层。孤峰磬声绝,一点石龛灯。

池上感兴

所向似无端,风前吟凭栏。旁人应闷见,片水自闲看。碧底红鳞鬣,澄边白羽翰。南山众木叶,飘著竹声干。

和昺域上人寄赠之什

百病煎衰朽,栖迟战国中。思量青壁寺,行坐赤松风。道寄虚无合,书传往复空。可怜禅月子,香火国门东。

吊双泉大师真塔

塔耸层峰后,碑镌巨石新。不知将一句,分付与何人。静坐云生衲,空山月照真。后徒游礼者,犹认指迷津。

暮冬送璘上人归华容

故园虽不远,那免怆行思。莽苍平湖路,霏微过雪时。全无山阻隔,或有客相随。得见交亲后,春风动柳丝。

秋夜听业上人弹琴

万物都寂寂,堪闻弹正声。人心尽如此,天下自和平。湘水泻秋碧,古风吹太清。往年庐岳奏,今夕更分明。

谢人惠丹药

别后闻餐饵,相逢讶道情。肌肤红色透,髭发黑光生。仙洞谁传与,松房自炼成。常蒙远分惠,亦觉骨毛轻。

荆门病中寄怀贯微上人

我衰君亦老,相忆更何言。除泥安禅力,难医必死根。梅寒争雪彩,日冷让冰痕。早晚东归去,同寻入石门。匡山远大师尝与诸贤游石门洞,玩锦绣谷。

答孔秀才

早向文章里,能降少壮心。不愁人不爱,闲处自闲吟。水国云雷阔,僧园竹树深。无嫌我衰飒,时此一相寻。

秋江

两岸山青映,中流一棹声。远无风浪动,正向夕阳横。岛屿蝉分宿,沙洲客独行。浩然心自合,何必濯吾缨。

船窗

孤舸凭幽窗,清波逼面凉。举头还有碍,低眼即无妨。瞥过沙禽翠,斜分夕照光。何时到山寺,上阁看江乡。

永夜

永日还欹枕,良宵亦曲肱。神闲无万虑,壁冷有残灯。香影浮龛象,瓶声著井冰。寻思到何处,海上断崖僧。

中春怆怀寄二三知己

眼暗心还白,逢春强凭栏。因闻积雨夜一作夜雨,却忆旧山寒。竹撼烟丛滑,花烧露朵干。故人相会处,应话此衰残。

自遣

了然知是梦,即觉更何求。死入孤峰去,灰飞一烬休。云无空碧在,天静月华流。免有诸徒弟,时来吊石头。

送陈霸归闽

凉风动行兴,含笑话临途。已得身名了,全忘客道孤。乡程过百越,帆影绕重湖。家在飞鸿外,音书可寄无。

寄孙辟呈郑谷郎中

衡岳去都忘,清吟恋省郎。淹留才半月,酬唱颇盈箱。雪长松怪格,茶添语话香。因论乐安子,年少老篇章。

荆门送人自峨嵋游南岳

峨嵋来已远,衡岳去犹赊。南浦悬帆影,西风乱荻花。天涯遥梦泽,山众近长沙。有兴多新作,携将大府夸。

谢主人石笋

西园罢宴游,东阁念林丘。特减花边峭,来添竹里幽。忆过阳朔见,曾记大湖求。从此频吟绕,归山意亦休。

经安公寺

大圣威灵地,安公宴坐踪。未知长寂默,不见久从容。塔影高群木,江声压暮钟。此游幽胜后,来梦亦应重。

秋夕寄诸侄

每到秋残夜,灯前忆故乡。园林红橘柚,窗户碧潇湘。离别身垂老,艰难路去长。弟兄应健在,兵火里耕桑。

谢炭

正拥寒灰次,何当惠寂寥。且留连夜向,未敢满炉烧。必恐吞难尽,唯愁拨易消。豪家捏为兽,红迸锦茵焦。

夏满日偶作寄孙支使其年闰五月

一百二十日,煎熬几不胜。忆归沧海寺,冷倚翠崖棱。旧扇犹操执,新秋更郁蒸。何当见凉月,拥衲访诗朋。

寄清溪道友

山门摇落空,霜霰满杉松。明月行禅处,青苔绕石重。泉声喧万壑,钟韵遍千峰。终去焚香老,同师大士踪。

谢重缘旧山水障子

敢望重缘饰,微茫洞壑春。坐看终未是,归卧始应真。已觉心中朽,犹怜四面新。不因公子鉴,零落几成尘。

寺居

邻井双梧上,一蝉鸣隔墙。依稀旧林日,撩乱绕山堂。难嘿吟风口,终清饮露肠。老僧加护物,应任噪残阳。

剃发

金刀闪冷光,一剃一清凉。未免随朝夕,依前长雪霜。夏林敧石腻,春涧水泉香。向老雕疏尽,寒天不出房。

谢高辇先辈寄新唱和集

敢谓神仙手,多怀老比丘。编联来鹿野,酬唱在龙楼。洛浦精灵慑,邛山鬼魅愁。二南风雅道,从此化东周。

送徐秀才游吴国

西江东注急,孤棹若流星。风浪相随白,云中独一作鹭过青。他时谁共说,此路我曾经。好向吴朝看,衣冠尽汉庭。

忆在匡庐日

忆在匡庐日,秋风八月时。松声虎溪寺,塔影雁门师。步碧葳蕤径,吟香菡萏池。何当旧泉石,归去洗心脾。

寄三觉山从益上人

山下人来说,多时不下山。是应终未是,闲得且须闲。海面云归窦,猿边月上关。寻思乱峰顶,空送衲僧还。

残秋感怆

日日加衰病,心心趣寂寥。残阳起闲望,万木耸寒条。楚寺新为客,吴江旧看潮。此怀何以寄,风雨暮萧萧。

寄南徐刘员外二首

竟陵兵革际,归复旧园林。早岁为官苦,常闻说此心。海边山夜上,城外寺秋寻。应讶嵩峰约,蹉跎直到今。

昼公评众制,姚监选诸文。风雅谁收我,编联独有君。余生终此道,万事尽浮云。争得重携手,探幽楚水濆。

贻王秀才

功到难搜处,知难始是诗。自能探虎子,何虑屈男儿。此道真清气,前贤早白髭。须教至公手,不惜付丹枝。

赠孙生

见君一作传家诗自别,君是继诗人。道出千途外,功争一字新。寂寥中影迹,霜雪里精神。待折东堂桂,归来更苦辛。

酬元员外

清洛碧嵩根,寒流白照门。园林经难别,桃李几株存。衰老江南日,凄凉海上村。闲来晒朱绂,泪滴旧朝恩。

与杨秀才话别

庾信哀何极,仲宣悲苦多。因思学文赋,不胜弄干戈。自古有如此,于今终若何。到头重策蹇,归去旧烟萝。

寄何崇丘员外

门底桃源水,涵空复映山。高吟烟雨霁,残日郡楼间。变俗真无事,分题是不闲。寻思章岸见,全未有年颜。

赠刘五经

往年长白山,发愤忍饥寒。扫叶雪霜湿,读书唇齿干。群经通讲解,八十尚轻安。今日江南寺,相逢话世难。

送游山道者

我亦游山者,常经旧所经。雪消天外碧,春晓海中青。可见乱离世,况临衰病形。怜君此行兴,独入白云屏。

舟中江上望玉梁山怀李尊师

残照玉梁巅,峨峨远棹前。古来传胜异,人去学神仙。白鹿老碧壑,黄猿啼紫烟。谁心共无事,局上度流年。

角

闻说征人说,鸣鸣何处边。孤城沙塞地,残月雪霜天。会转胡风急,吹长碛雁连。应伤汉车骑,名未勒燕然。

言诗

毕竟将何状,根元在正思。达人皆一贯,迷者自多岐。触类风骚远,怀贤肺腑衰。河桥送别者,二子好相知。

酬王秀才

离乱几时休,儒生厄远游。亡家非汉代,何处觅荆州。旅梦寒灯屋,乡怀昼雨楼。相逢话相杀,谁复念风流。

春居寄友生

莎径荒芜甚,君应共此情。江村雷雨发,竹屋梦魂惊。社过多来燕,花繁渐老莺。相思意何切,新作未曾评。

寄答武陵幕中何支使二首

十万雄军幕,三千上客才。何当谈笑外,远慰寂寥来。骚雅锵金掷,风流醉玉颓。争知江雪寺,老病向寒灰。

南州无百战,北地有长征。闲杀何从事,伤哉苏子卿。江楼联雪句,野寺看春耕。门外沧浪水,风波杂雨声。

浙江晚渡

去年曾到此,久立滞前程。岐路时难处,风涛晚未平。汀蝉含老韵,岸荻簇枯声。莫泥关河险,多游自远行。

送人下第东归再谒旧主人

一战偶不捷,东归计未空。还携故书剑,去谒旧英雄。楚雪连吴树,西江正北风。男儿艺若是,会合值明公。

寄谢高先辈见寄二首

穿凿堪伤骨,风骚久痛心。永言无绝唱,忽此惠希音。杨柳江湖晚,芙蓉岛屿深。何因会仙手,临水一披襟。

诗在混茫前,难搜到极玄。有时还积思,度岁未终篇。片月双松际,高楼阔水边。前贤多此得,风味若为传。

全唐诗卷八百四十二

齐己

寄仰山光昧长者
大仰禅栖处,杉松到顶阴。下来虽有路,归去每无心。鸟道峰形直,龙湫石影深。径行谁得见,半夜老猿吟。

贻庐岳陈沆秀才
为儒老双鬓,勤苦竟何如。四海方磨剑,空山自读书。石围泉眼碧,秋落洞门虚。莫虑搜贤僻,征君旧此居。

边上
汉地从休马,胡家白牧羊。都来销帝道,浑不用兵防。草上孤城白,沙翻大漠黄。秋风起边雁,一一向潇湘。

蟋蟀
声异螟蛄声,听须是正听。无风来竹院,有月在莎庭。虽不妨调瑟,多堪伴诵经。谁人向秋夕,为尔欲忘形。

寄西山郑谷神
西望郑先生,焚修在杳冥。几番松骨朽,未换鬓根青。石阙凉调瑟,秋坛夜拜星。俗人应抚掌,闲处诵黄庭。

读参同契
堪笑修仙侣,烧金觅大还。不知消息火,只在寂寥关。鬓白炉中术,魂飞海上山。悲哉五千字,无用在人间。

闻落叶
楚树雪晴后,萧萧落晚风。因思故国—作园夜,临—作流水儿株—作林空。煮茗烧干脆,行苔踏烂红。来年未离此,还见碧丛丛。

谢王先辈昆弟游湘中回各见示新诗
潇湘多胜异,宗社久裴回。兄弟同游去,幽奇尽采来。只应求妙唱,何以示寒灰。上国携归后,唯呈不世才。

寄酬高辇推官
道自闲机长,诗从静境生。不知春艳尽,但觉雅风清。竹腻题幽碧,蕉干裂脆声。何当九霄客,重叠记无名。

逢诗僧
禅玄无可并—作示,诗妙有何评。五七字中苦,百千年后清。难求方至理,不朽始为名。珍重重相见,忘机话此情。

话道
大道多大笑,寂寥何以论。霜枫翻落叶,水鸟啄闲门。服药还伤性,求珠亦损魂。无端凿混沌,一死不还源。

谢欧阳侍郎寄示新集
宫锦三十段,金梭新织来。殷勤谢君子,迢递寄寒灰。鸳鸯对鼓舞,神仙双裴回。谁当巧裁制,披去升瑶台。

西墅新居
渐渐见苔青,疏疏遍地生。闲穿藤屐起,乱踏石阶行。野鸟啼幽树,名僧笑此情。残阳竹阴里,老圃打门声。

酬孙鲂
幽人还爱云,才子已从军。可信鸳鸿侣,更思麋鹿群。新题虽有寄,旧论竟难闻。知已今如此,编联悉欲焚。

扫地
日日扫复洒,不容纤物侵。敢望来客口,道似主人心。蚁过光中少,苔依润处深。门前亦如此,一径入疏林。

书匡山隐者壁
红霞青壁底,石室薜萝垂。应有迷仙者,曾逢采药时。桃花饶两颊,松叶浅长髭。直是来城市,何人识得伊。

送乾康禅师入山过夏
由来喧滑境,难驻寂寥踪。逼夏摇孤锡,离城入乱峰。云门应近寺,石路或穿松。知在栖禅外,题诗寄北宗。

野鸭
野鸭殊家鸭,离群忽远飞。长生缘甚瘦,近死为伤肥。江海游空阔,池塘啄细微。红兰白蘋渚,春暖刷毛衣。

伤秋
旦暮余生在,肌肤十分无。眠寒半榻朽,立月一株枯。梦已随双树,诗犹却万夫。名山未归得,可惜死江湖。

怀东湖寺
铁柱东湖岸,寺高人亦闲。往年曾每日,来此看西山。竹径青苔合,茶轩白鸟还。而今在天末,欲去已衰颜。

寄岘山愿公三首
形影更谁亲,应怀漆道人。片言酬凿齿,半偈伏姚秦。榛莽池经烧,蒿莱寺过春。心期重西去,一共吊遗尘。

相思恨相远,至理那时何。道笑忘言甚,诗嫌背俗多。青苔闲阁闭,白日断人过。独上西楼望,荆门千万坡。

彼此无消息,所思江汉遥。转闻多患难,甚说远相招。老至何悲欢,生知便寂寥。终期踏松影,携手虎溪桥。

清夜作
不惜白日短,乍容清夜长。坐闻风露滴,吟觉骨毛凉。兴寝无诸病,空闲有一床。天明振衣起,苔砌落花香。

赠白处士
莘野居何定,浮生知是谁。衣衫同野叟,指趣似禅师。白发应无也,丹砂久服之。乃闻创行计,春暖向峨嵋。

崔秀才宿话

事转闻多事,心休话苦心。相留明月寺,共忆白云岑。薜壁残虫韵,霜轩倒竹阴。开门又言别,谁竟慰尘襟。

怀天台华顶僧

华顶危临海,丹霞里石桥。曾从国清寺,上看月明潮。好鸟亲香火,狂泉喷沉寥。欲归师智者,头白路迢迢。

送人赴官

年少作初官,还如行路难。兵荒经邑里,风俗久雕残。照砚花光淡,漂书柳絮干。聊应充侍膳,薄俸继朝餐。

水鹤

鸳鸯与鸂鶒,相狎岂惭君。比雪还胜雪,同群亦出群。静巢孤岛月,寒梦九皋云。归路分明过,飞鸣即可闻。

湘中感怀

渔翁那会我,傲兀苇边行。乱世难逸迹,乘流拟濯缨。江花红细碎,沙鸟白分明。向夕题诗处,春风斑竹声。

九日逢虚中虚受

楚后萍台下,相逢九日时。干戈人事地,荒废菊花篱。我已多衰病,君犹尽黑髭。皇天安罪得,解语便吟诗。

赠李明府

名家宰名邑,将谓屈锋铓。直是难苏俗,能消不下堂。冰痕生砚水,柳影透琴床。何必称潇洒,独为诗酒狂。

暮春久雨作

积雨向春阴,冥冥独院深。已无花落地,空有竹藏禽。檐溜声何暴,邻僧影亦沈。谁知力耕者,桑麦最关心。

渚宫莫问诗一十五首并序

予以辛巳岁蒙主人命居龙安寺,察其疏鄙,免以趋奉。爰降手翰,曰"盖知心不在常礼也"。予不觉欣然而作,顾谓形影曰:"尔本青山一衲,白石孤禅。今王侯构室安之,给俸食之,使之乐然。万事都外,游息自得。则云泉猿鸟,不必为狎。其放纵若是,夫何系乎!自是龙门墙仞,历稔不复瞻觊,况他家哉!"因创莫问之题,凡一十五篇,皆以莫问为首焉。

莫问疏人事,王侯已任伊。不妨随野性,还似在山时。静入无声乐,狂抛正律诗。自为仍自爱,清净里寻思—作敢望至公知。

莫问伊嵇懒,流年已付他。话通时事少,诗着野题多。梦外春桃李,心中旧薜萝。浮生此不悟,剃发竟如何。

莫问休行脚,南方已遍寻。了应须自了,心不是他心。赤水珠何觅,寒山偈莫吟。谁同论此理,杜口少知音。

莫问孱愚格,天应只与闲。合居长树下,那称众人间。迹绝为真隐,机忘是大还。终当学支遁,买取个青山。

莫问无求意,浮云喻可知。满盈如不戒,倚伏更何疑。乐矣贤颜子,穷乎圣仲尼。已过知命岁,休把运行推。

莫问闲行趣,春风野水涯。千门无谢女,两岸有杨花。好鹤曾为客,真龙或作蛇。踌蹰自回首,日脚背楼斜。

莫问真消息,中心只自知。清风含笑咏,明月混希夷。坏衲凉天拥,玄文静夜披。善哉温伯子,言望至公知—作言外认扬眉。

莫问休持钵,纵贫乞已疏。侯门叨月俸,斋食剩年储。簪履三千外,形骸六十余。旧峰呵练若,松径接匡庐。

莫问依刘迹,金台又度秋。威仪非上客,谭笑愧诸侯。礼许无拘检,诗推异辈流。东林未归得,摇落楚江头。

莫问无机性,甘名百钝人。一床铺冷落,长日卧精神。分已疏知旧,诗还得意新。多才碧云客,时或此相亲。

莫问关门意,从来寡往还。道应归淡泊,身合在空闲。四面苔围绿,孤窗雨洒斑。梦寻何处去,秋色水边山。

莫问□□□,□□逐性情。人间高此道,禅外剩他名。夏□松边坐,秋光水畔行。更无时忌讳,容易得题成。首联缺五字,第五句缺一字。

莫问多山兴,晴楼独凭时。六年沧海寺,一别白莲池。句早逢名匠,禅曾见祖师。冥搜与真性,清外认扬眉一作清净里寻思。

莫问衰残质,流光速可悲。寸心修未了,长命一作寿欲何为。坐卧身多倦,经行骨渐疲。分明说此苦,珍重竺乾师。

莫问野腾腾,劳形已不能。殷勤无上士,珍重有名僧。坐觉心心默,行思步步冰。终归石房里,一点夜深灯。

荆州新秋病起杂题一十五首

病起见王化

病起见王化,融融古帝乡。晓烟凝气紫,晚色作云黄。四野歌丰稔,千门唱乐康。老身仍未死,犹咏好风光。

病起见图画

病起见图画,云门兴似饶。衲衣棕笠重,嵩岳华山遥。命在斋犹赴,刀闲发尽雕。秋光渐轻健,欲去倚江桥。

病起见苔钱

病起见苔钱,规模遍地圆。儿童扫不破,子母自相连。润屋何曾有,缘墙漫可怜。虚教作铜臭,空使外人传。

病起见庭竹

病起见庭竹,君应悲我情。何妨甚消瘦,却称苦修行。每谢侵床影,时回傍枕声。秋来渐平复,吟绕骨毛轻。

病起见生涯

病起见生涯,资缘觉甚奢。方袍嫌垢弊,律服变光华。颇愧同诸俗,何尝异出家。三衣如两翼,珍重汝一作尔寒鸦。

病起见秋扇

病起见秋扇,风前悟感伤。念予当咽绝,得尔至清凉。沙鹭如摇影,汀莲似绽香。不同婕妤咏,托意怨君王。

病起见衰叶

病起见衰叶,飘然似我身。偶乘风有韵,初落地无尘。纵得红沾露,争如绿带春。因伤此怀抱,聊寄一篇新。

病起见庭柏

病起见庭柏,青青我不任。力扶干瘦骨,勉对岁寒心。韵谢疏篁合,根容片石侵。衰残想长寿,时倚就闲吟。

病起见庭莲

病起见庭莲,风荷已飒然。开时闻馥郁,枕上正缠绵。本在沧江阔,移来碧沼圆。却思香社里,叶叶漏声连。

病起见庭菊

病起见庭菊,见劳栽种工。可能经卧疾,相倚自成丛。翠萼低含露,金英尽亚风。那知予爱尔,不在酒杯中。

病起见庭石

病起见庭石,岂知经夏眠。不能资药价,空自作苔钱。翠忆蓝光底,青思瀑影边。岩僧应笑我,细碎种阶前。

病起见庭莎

病起见庭莎,绿阶傍竹多。绕行犹未得,静听复如何。蟋蟀幽中响,蟪蛄深处歌。不缘田地窄,剩种任婆娑。

病起见苔色

病起见苔色,凝然阵未枯。浅深围柱础,诘曲绕廊庑。碧翠文相间,青黄势自铺。为钱虚玷染,毕竟不如无。

病起见秋月

病起见秋月,正当三五时。清光应鉴我,幽思更同谁。惜坐身犹倦,牵吟气尚羸。明年七十六,约此健相期。

病起见闲云

病起见闲云,空中聚又分。滞留堪笑我,舒卷不如君。触石终无迹,从风或有闻。仙山足鸾凤,归去自同群。

夜坐闻雪寄所知

初宵飞霰急,竹树洒干轻。不是知音者,难教爱此声。渐凌孤烛白,偏激苦心清。堪笑同文友,忘眠坐到明。

怀洞庭

忆过巴陵岁,无人问去留。中宵满湖月,独自在僧楼。渔父真闲唱,灵均是谩愁。今来欲长往,谁借木兰舟。

欲游龙山鹿苑有作

龙山门不远,鹿苑路非遥。合逐闲身去,何须待客招。年华残两鬓,筋骨倦长宵。闻说峰前寺,新修白石桥。

再逢昼公

竟陵西别后,遍地起刀兵。彼此无缘著,云山有处行。久吟难敌句,终忍不求名。年鬓俱如雪,相看眼且明。

送人游武陵湘中

为子歌行乐,西南入武陵。风烟无战士,宾榻有吟僧。山绕军城叠,江临寺阁层。遍寻幽胜了,湘水泛清澄。

酬九经者

九经三史学,穷妙又穷微。长白山初出,青云路欲飞。江僧酬雪句,沙鹤识麻衣。家在黄河北,南来偶未归。

寄赠集滩二公

闻有难名境,因君住更名。轩窗中夜色,风月绕滩声。客好过无厌,禽幽画不成。终期一寻去,聊且寄吟情。

夏日作

燕雀语相和,风池满芰荷。可惊成事晚,殊喜得闲多。竹众凉欺水,苔繁绿胜莎。无惭孤圣代,赋咏有诗歌。

行路难

下浸与高盘,不为行路难。是非真险恶,翻覆作峰峦。漆愧同时黑,朱惭巧—作污处丹。令人畏相识,欲画白云看。

送玉泉道者回山寺

却忆西峰顶,经行绝爱憎。别来心念念,归去雪层层。石坞寻春笋,苔龛续夜灯。应悲尘土里,追逐利名僧。

谢王拾遗见访兼寄篇什

竹里安禅处,生涯一印灰。经年乞食过,昨日谏臣来。愧把黄梅偈,曾酬白雪才。因令识鸟迹,重叠在苍苔。

题张氏池亭

树石丛丛别,诗家趣向幽。有时闲客散,始觉细泉流。蝶到琴棋畔,花过岛屿头。月明红藕上,应见白龟游。

送人南游

且听吟赠远,君此去蒙州。瘴国频闻说,边鸿亦不游。蛮花藏孔雀,野石乱—作隐犀牛。到彼谁相慰,知音有郡侯。

题明公房

寺北闻湘浪,窗南见岳云。自然高日用,何要出人群。瓦滴残松雨,香炉匝印文。近年精易道,疑者晓纷纷。

寄顾处士

半年离别梦,来往即湖边。两幅关山雪,寻常在眼前。项容藏古翠,张藻卷寒烟。蓝淀图花鸟,时人不惜钱。

贻—作赠徐生

可能东海子,清苦在贫居。扫地无闲客,堆窗有古书。少年犹若此,向老合何如。去岁频相访,今来见亦疏。

谢虚中上人晚秋见寄

楚外同文在,荆门得信时。几重相别意,一首晚秋诗。日暮山沈雨,莲残水满池。登楼试南望,为子动归思。

齐己

寄东林言之禅子

闻思相送后,幽院闭苔钱。使我吟还废,闻君病未痊。听秋唯困坐,怕客但伴眠。可惜东窗月,无寥过一年。

寒节日寄乡友

岁岁逢寒食,寥寥古寺家。踏青思故里,垂白看杨花。原野稀疏雨,江天冷澹霞。沧浪与湘水,归恨共无涯。

闻西蟾从弟卜岩居岳西有寄末句缺一字

瀑布见高低,岩井岩壁西。碧云多旧作,红叶见新题。滴沥中疏磬,嵌空半倚梯。仍闻樵子径,□不到前溪。

寄怀西蟾师弟蟾师有"万里八九月,一身西北风"之句

万里八九月,一身西北风。自从相示后,长记在吟中。见说南游远,堪怀我姓同。江边忽得信,回到岳门东。

扑满子一作咏扑满

只爱满我腹,争如满害身。到头须扑破,却散与他人。

寄西川惠光大师昙域

禅月有名子,相知面未曾。笔精垂壁溜,诗涩滴杉冰。蜀国从栖泊,芙城几废兴。忆归应寄梦,东北过金陵。

忆别匡山寄彭泽乾昼上人

忆别匡山日,无端是远游。却回看五老,翻悔上孤舟。蹭蹬三千里,蹉跎二十秋。近来空寄梦,时到虎溪头。

又寄彭泽昼公

闻君彭泽住,结构近陶公。种菊心相似,尝茶味不同。湖光秋枕上,岳翠夏窗中。八月东林去,吟香菡萏风。

因览支使孙中丞看可准大师诗序有寄

一千篇里选,三百首菁英。玉尺新量出,金刀旧剪成。锦江增古翠,仙掌减元精。<small>准公曾以诗道访司空图于华下。自此为风格,留传诸后生。</small>

新秋病中枕上闻蝉

枕上稍醒醒,忽闻蝉一声。此时知不死,昨日即前生。更欲临窗听,犹难策杖行。寻应同蜕壳,重饮露华清。

寄云盖山先禅师

曾寻湘水东,古翠积秋浓。长老禅栖处,半天云盖峰。闲床饶得石,杂树少于松。近有谁堪语,浏阳妙指踪。

落叶

落多秋亦晚,窗外见诸邻。世上谁惊尽,林间独扫频。萧骚微月夜,重叠早霜晨。昨日繁阴在,莺声树树春。

次耒阳作

绕岳复沿湘,衡阳又耒阳。不堪思北客,从此入南荒。旦夕多猿狖,淹留少雪霜。因经杜公墓,惆怅学文章。

舟中晚望祝融峰

天际卓寒青,舟中望晚晴。十年关梦寐,此日向峥嵘。巨石凌空黑,飞泉照夜明。终当蹑孤顶,坐看白云生。

吊杜工部坟

鹏翅蹋于斯,明君知不知。域中诗价大,荒外土坟卑。瘴雨无时滴,蛮风有穴吹。唯应李太白,魂魄往来疲。

岳中寄殷处士

出岳与入岳,前题继后题。遍寻僧壁上,多在雁峰西。近说游江寺,将谁话石梯。相思立高巘,山下草萋萋。

送幽禅师

霜繁野叶飞,长老卷行衣。浮世不知处,白云相待归。磬和天籁响,禅动岳神威。莫便言长往,劳生待发机。

观烧

猎猎寒芜引,承风势不还。放来应有主,焚去到何山。焰入空濛里,烟飞苍莽间。石中有良玉,惆怅但伤颜。

咏茶十二韵

百草让为灵,功先百草成。甘传天下口,贵占火前名。出处春无雁,收时谷有莺。封题从泽国,贡献入秦京。嗅觉精新极,尝知骨自轻。研通天柱响,摘绕蜀山明。赋客秋吟起,禅师昼卧惊。角开香满室,炉动绿凝铛。晚忆凉泉对,闲思异果平。松黄干旋泛,云母滑随倾。颇贵高人寄,尤宜别匦盛。曾寻修事法,妙尽陆先生。

寄阳岐西峰僧

西峰残照东,瀑布洒冥鸿。闲忆高窗外,秋晴万里空。藤阴藏石磴,衣氎落杉风。日有谁来觅,层层鸟道中。

回雁峰

瘴雨过屠颜,危边有径盘。壮堪扶寿岳,灵合置仙坛。影北鸿声乱,青南客道难。他年思隐遁,何处凭阑干。

赠询公上人

威仪何贵重,一室贮水清。终日松杉径,自多虫蚁行。像前孤立影,钟外数珠声。知悟修来事,今为第几生。

秋兴

所见背时情，闲行亦独行。晚凉思水石，危阁望峥嵘。雨外残云片，风中乱叶声。旧山吟友在，相忆梦应清。

古寺老松

百岁禅师说，先师指此松。小年行道绕，早见偃枝重。月槛移孤影，秋亭卓一峰。终当因夜电，拏攫从云龙。

题无余处士书斋

闲地从莎藓，谁人爱此心。琴棋怀客远，风雪闭门深。枕外江滩响，窗西树石阴。他年衡岳寺，为我一相寻。

岁暮江寺住

山依枯槁容，何处见年终。风雪军城外，蒹葭古寺中。孤村谁认磬，极浦夜鸣鸿。坐忆匡庐隐，泉声滴半空。

新燕

栖托近佳人，应怜巧语新。风光华屋暖，弦管牡丹晨。远采江泥腻，双飞麦雨匀。差池自有便，敢触杏梁尘。

喻吟

日用是何专，吟疲即坐禅。此时还可喜，余事不相便。头白无邪里，魂清有象先。江花与芳草，莫染我情田。

过湘江唐弘书斋

四邻无俗迹，终日大开门。水晚来边雁，林秋下楚猿。一家随难在，双眼向书昏。沈近骚人庙，吟应见古魂。

读贾岛集

遗篇二百首，首首是遗冤。知到千年外，更逢何者论。离秦空得罪，入蜀但听猿。还似称沙祖，唯余赋鹏言。

寄山中诸友

自归城里寺，长忆宿山门。终夜冥心客，诸峰叫月猿。岚光生眼力，泉滴爽吟魂。只待游方遍，还来扫树根。

怀终南僧

扰扰一京尘，何门是了因。万重千叠嶂，一去不来人。鸟道春残雪，萝龛昼定身。寥寥石窗外，天籁动衣巾。

送二友生归宜阳

二生俱我友，清苦辈流稀。旧国居相近，孤帆秋共归。残阳沙鸟乱，疏雨岛枫飞。几宿多山处，猿啼烛影微。

怀从弟

孤窗烛影微，何事阻吟思。兄弟断消息，山川长路岐。日沈栖鹤坞，霜著叫猿枝。可想为怀抱，多愁多难时。

岳阳道中作

客思寻常动，未如今断魂。路岐经乱后，风雪少人村。大泽鸣寒雁，千峰啼昼猿。争教此时白，不上鬓须根。

赴郑谷郎中招游龙兴观，读题诗板，谒七真仪像，因有十八韵

何处陪游胜，龙兴古观时。诗悬大雅作，殿礼七真仪。远继周南美，弥旌拱北思。雄方垂朴略，后辈仰箴规。对坐茵花暖，偕行藓阵隳。僧缘初学结，朝服久慵披。到处琴棋傍，登楼笔砚随。论禅忘视听，谭老极希夷。照日江光远，遮轩桧影攲。触鞋松子响，窥立鹤雏痴。始贵茶巡爽，终怜酒散迟。放怀还把杖，憩石或搘颐。眺远凝清盱，吟高动白髭。风鹏心不小，蒿雀志徒卑。顾我专无作，于身忘有为。叨因五字解，每忝重言期。舍此应休也，何人更赏之。淹留仙境晚，回骑雪风吹。

书李秀才壁

干戈阻上日，南国寄贫居。旧里荒应尽，新年病未除。窗风连岛树，门径接邻蔬。我有闲来约，相看雪满殊。

闻尚颜下世

岳僧传的信,闻在麓山亡。郡有为诗客,谁来一影堂。梦休寻灞浐,迹已绝潇湘。远忆同吟石,新秋桧柏凉。

蔷薇

根本似玫瑰,繁英刺外开。香高丛有架,红落地多苔。去住闲人看,晴明远蝶来。牡丹先几日,销歇向尘埃。

送隆公上人

独携谭柄去,千里指人寰。未断生徒望,难教白日闲。空江横落照,大府向西山。好骋陈那孔,谁云劫石顽。

宿简寂观

万壑云霞影,千年松桧声。如何教下士,容易信长生。月共虚无白,香和沉瀣清。闲寻古廊画,记得列仙名。

遇元上人

七泽过名山,相逢黄落—作叶残。杉松开寺晚,泉月话心寒。祖遍诸方礼,经曾几处看。应怀出家院,紫阁近长安。

早梅

万木冻欲折,孤根暖独回。前村深雪里,昨夜一枝开。风递幽香去—作出,禽窥素艳来。明年如—作犹应律,先发映春台。

听泉

落石几万仞,泠—作远声飘远—作冷空。高秋初雨后,半夜乱山中。只有照壁月,更无吹叶风。几—作昔曾庐岳听,到晓与僧同。

送孙逸人归庐山

独自担琴鹤,还归瀑布东。逍遥非俗趣,杨柳谩春风。草绕村程绿,花盘石磴红。他时许相觅,五老乱云中。

听李尊师弹琴

仙子弄瑶琴,仙山松—作杉月深。此声含太古,谁听到无心。洒石霜千片,溃岸泉—作喷空瀑万寻。何人传指法,携向海中岑。

寄武陵微上人

善卷台边寺,松筠绕祖堂。秋声度风雨,晓色遍沧浪。白石同谁坐,清吟过我狂。近闻为古律,雅道更重光。

匡山寓居栖公

外物尽已外,闲游且自由。好山逢过夏,无事住经秋。树影残阳寺,茶香古石楼。何时定休讲,归漱虎溪流。

湘西道林寺陶太尉井

太尉遗孤井,寒澄七百年。未闻陵谷变,终与姓名传。影浸无风树,光含有月天。林僧晓来此,满汲洒金田。

寄松江陆龟蒙处士

万卷功何用,徒称处士休。闲敲太湖石,醉听洞庭秋。道在谁开口,诗成自点头。中间欲相访,寻便阻戈矛。

闭门

外事休关念,灰心独闭门。无人来问我,白日又黄昏。灯集飞蛾影,窗销进雪痕。中心自明了,一句祖师言。

看水

范蠡东浮阔,灵均北泛长。谁知远烟浪,别有好思量。故国门前急,天涯照—作棹里忙。难收上楼兴,渺漫正斜阳。

寄栖白上人

万国争名地,吾师独此闲。题诗招上相,看雪下南山。内殿承恩久,中条进表还。常因秋贡客,少得掩禅关。

自题

禅外求诗妙,年来鬓已秋。未尝将一字,容易谒诸侯。挂梦山皆远,题名石尽幽。敢言梁太子,傍采碧云流。

孙支使来借诗集，因有谢

冥搜从少小，随分得淳元。闻说吟僧口，多传过蜀门。相寻江岛上，共看夏云根。坐落迟迟日，新题互把论。

夏日言怀

苦被流年迫，衰羸老病情。得归青嶂死，便共白云生。树榾烧炉响，崖棱蹑屐声。此心人信否，魂梦自分明。

早秋寄友生

雨多残暑歇，蝉急暮风清。谁有闲心去，江边看水行。河遥红蓼簇，野阔白烟平。试折秋莲叶，题诗寄竺卿。

送王秀才往松滋夏课

松滋闻古县，明府是诗家。静理余无事，歌眠尽落花。江光摇夕照，柳影带残霞。君去应相与，乘船泛月华。

喜翚公自武陵至

已尽沧浪兴，还思相楚行。鬓全无旧黑，诗别有新清。暂憩临寒水，时来扣静荆。囊中有灵药，终不献公卿。

假山并序

假山者，盖怀匡庐有作也。往岁尝居东郭，因梦觉，遂图于壁，迄于十秋。而攒青叠碧于寤寐间，宛若扪萝挽树而升彼绝顶。今所作仿像一面，故不尽万壑千岩，神仙鬼怪之宅。聊得解怀，既而功就。乃激幽抱，而作是诗，终于一百八十言尔。

匡庐久别离，积翠杳天涯。静室曾图峭，幽亭复创奇。典衣酬土价，择日运工时。信手成重叠，随心作蔽亏。根盘惊院窄，顶耸讶檐卑。镇地那言重，当轩未厌危。巨灵何忍擘，秦政肯轻移。晚觉莎烟触，寒闻竹籁吹。蓝灰澄古色，泥水合凝滋。引看僧来数，牵吟客散迟。九华浑仿佛，五老颇参差。蛛网藤萝挂，春霖瀑布垂。加添双石笋，映带小莲池。旧说雷居士，曾闻远大师。红霞中结社，白壁上题诗。顾此诚徒尔，劳心是妄为。经营惭培楼，赏玩愧童儿。会入千峰去，闻踪任属谁。

谢西川可准上人远寄诗集

匡社经行外，沃洲禅宴余。吾师还继此，后辈复何如。江上传风雅，静中时卷舒。堪随乐天集，共伴白芙蕖。

秋空

已觉秋空极，更堪寥泬青。只应容好月，争合有妖星。耿耿高河截，翛翛一雁经。曾于洞庭宿，上下彻心灵。

与聂尊师话道

伯阳遗妙旨，杳杳与冥冥。说即非难说，行还不易行。药中迷九转，心外觅长生。毕竟荒原上，一盘蒿陇平。

送相里秀才自京至却回

夷门诗客至，楚寺闭萧骚。老病语言涩，少年风韵高。难于寻阆岛，险甚涉云涛。珍重西归去，无忘役思劳。

谢人寄南榴卓子

幸附全材长，良工斫器殊。千林文柏有，一尺锦榴无。品格宜仙果，精光称玉壶。怜君远相寄，多愧野蔬粗。

寄旧居邻友

别后知何趣，搜奇少客同。几层山影下，万树雪声中。晚鼎烹茶绿，晨厨爨粟红。何时携卷出，世代有名公。

送朱秀才归闽

荆门来几日，欲往又囊空。远客归南越，单衣背北风。近乡微有雪，到海渐无鸿。努力成诗业，无谋谒至公。

龙潭作

乍临毛发竖，双壁夹湍流。白日鸟影过，青苔龙气浮。蔽空云出石，应祷雨翻湫。四面耕桑者，先闻贺有秋。

依韵酬谢尊师见赠二首 师欲调举

南国搜奇久,偏伤杜甫坟。重来经汉浦,又去入嵩云。旧别人稀见,新朝事渐闻。莫将高尚迹,闲处傲明君。

岳顶休高卧,荆门访掩扉。新诗遗我别,旧约与谁归。贤路曾无滞,良时肯自违。明年窥日窟,仙桂露霏微。

送冰禅再往湖中

行心宁肯住,南去与谁群。碧落高空处,清秋一片云。穿林瓶影灭,背雨锡声分。应笑游方久,龙钟楚水濆。

喜表公往楚王城

已闻人舍地,结构旧基平。一面湖光白,邻家竹影清。应难寻辇道,空说是王城。谁信兴亡迹,今来有磬声。

春雪初晴喜友生至

数日不见日,飘飘势忽开。虽无忙事出,还有故人来。已尽南檐滴,仍残北牖堆。明朝望平远,相约在春台。

残春连雨中偶作怀故人

南邻阻杖藜,屐齿绕床泥。漠漠门长掩,迟迟日又西。不知何兴味,更有好诗题。还忆东林否,行苔傍虎溪。

送崔判官赴归倅

白首从颜巷,青袍去佐官。只应微俸禄,聊补旧饥寒。地说丘墟甚,民闻旱歉残。春风吹绮席,宾主醉相欢。

寒食日怀寄友人

万井追寒食,闲扉独不开。梨花应折尽,柳絮自飞来。梦觉怀仙岛,吟行绕砌苔。浮生已悟了,时节任相催。

怀巴陵旧游

洞庭云梦秋,空碧共悠悠。孟子狂题后,何人更倚楼。日西来远棹,风外见平流。终欲重寻去,僧窗古岸头。

招乾昼上人宿话

连夜因风雪,相留在寂寥。禅心谁指示,诗卷自焚烧。语默邻寒漏,窗扉向早朝。天台若长往,还渡海门潮。

荆门秋日寄友人

青溪知不远,白首要难归。空想烟云里,春风鸾鹤飞。谁论传法偈,自补坐禅衣。未谢侯门去,寻常即掩扉。

哭郑谷郎中

朝衣闲典尽,酒病觉难医。下世无遗恨,传家有大诗。新坟青嶂叠,寒食白云垂。长忆招吟夜,前年风雪时。

全唐诗卷八百四十四

齐己

题东林十八贤真堂

白藕花前旧影堂,刘雷风骨画龙章。共轻天子诸侯贵,同爱吾师一法长。陶令醉多招不得,谢公心乱入无方。何人到此思高躅,岚点苔痕满粉墙。谢灵运欲入社,远大师以其心乱,不纳。

题南岳般若寺

诸峰翠少中峰翠,五寺名高此寺名。石路险盘岚霭滑,僧窗高倚沴寥明。凌空殿阁由天设,遍地杉松是自生。更有上方难上处,紫苔红藓绕峥嵘。

寄庐岳僧

一闻飞锡别区中,深入西南瀑布峰。天际雪埋千片石,洞门一作前冰折几株松。烟霞明媚栖心地,苔藓萦纡出世踪。莫问江边旧居寺,火烧兵劫断秋钟。

游谷山寺

城里寻常见碧棱,水边朝暮送归僧。数峰云脚垂平地,一径松声彻上层。寒涧不生浮世物,阴岸犹积去年冰。此身有底难抛事,时复携筇信步登。

楚寺寒夜作

寒炉局促坐成劳,暗淡灯光照二毛。水寺闲来僧寂寂,雪风吹去雁嗷嗷。江山积叠归程远,魂梦穿沿过处高。毕竟忘言是吾道,袈裟不称揖萧曹。

送泰禅师归南岳

石龛闲锁白猿边,归去程途一作途程半在船。林簇晓霜离水寺,路穿新烧入山泉。已寻岚壁临空尽,却看星辰向地悬。有兴寄题红叶上,不妨收拾别为编。

山中寄凝密大师兄弟

一炉薪尽室空然,万象何妨在眼前。时有兴来还觅句,已无心去即安禅。山门影落秋风树,水国光凝夕照天。借问荀家兄弟内,八龙头角让谁先。

海棠花

繁于桃李盛于梅,寒食旬前社后开。半月暄和留艳态,两时风雨免伤摧。人怜格异诗重赋,蝶恋香多夜更来。犹得残红向春暮,牡丹相继发池台。

题赠湘西龙安寺利禅师

头白已无行脚念,自开荒寺住烟萝。门前路到潇湘尽,石上云归岳麓多。南祖衣盂曾礼谒,东林泉月旧经过。闲来松外看城郭,一片红尘隔逝波。

寄文浩百法_{间欲拥毳参禅}

当时六祖在黄梅,五百人中眼独开。入室偈闻传绝唱,升堂客谩恃多才。铁牛无用成真角,石女能生是圣胎。闻说欲抛经论去,莫教惆怅却空回。

谢人寄新诗集

所闻新事即戈矛,欲去终疑是暗投。远客寄言还有在,此门将谓总无休。千篇著述诚难得,一字知音不易求。时入思量向何处,月圆孤凭水边楼。

谢元愿上人远寄《檀溪集》

白首萧条居汉浦,清吟编集号檀溪。有人收拾应如玉,无主知音只似泥。入理半同黄叶句,遣怀多拟碧云题。犹能为我相思在,千里封来梦泽西。

寄道林寺诸友

吟兴终依异境长,旧游时入静思量。江声里过东西寺,树影中行上下方。春色湿僧巾屡腻,松花沾鹤骨毛香。老来何计重归去,千重湖浪渺茫。

赠智满三藏

灌顶清凉一滴通,大毗卢藏遍虚空。欲飞檐卜花无尽,须待陀罗尼有功。金杵力摧魔界黑,水精光透夜灯红。可堪东献明天子,命服新酬赞国风。

谢王先辈湘中回惠示卷轴

少小即怀风雅情,独能遗象琢淳精。不教霜雪侵玄鬓,便向云霄换好名。摧去湘江闻鼓瑟,袖来缑岭伴吹笙。多君百首贻衰飒,留把吟行访竺卿。

荆渚寄怀西蜀无染大师兄

大沩心付白崖前,宝月分辉照蜀天。圣主降情延北内,诸侯稽首问南禅。清秋不动骊龙海,红日无私罔象川。欲听吾宗旧山说,地边身老楚江边。

谢武陵徐巡官远寄五七字诗集

五字才将七字争,为君聊敢试悬衡。鼎湖菡萏摇金影,蓬岛鸾皇舞翠声。还是灵龟巢得稳,要须仙子驾方行。两边珍重遥相惠,何夕灯前尽此情。

重宿旧房与愚上人静话

曾此栖心过十冬,今来潇洒属生公。檀栾旧植青添翠,菡萏新栽白换红。北面城临灯影合,西邻壁近讲声通。不知门下趋筵士,何似当时石解空。

谢南平王赐山鸡

五色文章类彩鸾,楚人罗得半摧残。金笼莫恨伤冠帻,玉粒颁惭剪羽翰。孤立影危丹槛里,双栖伴在白云端。上台爱育通幽细,却放溪山去不难。

荆门病中雨后书怀寄幕中知己

病根翻作忆山劳,一雨聊堪浣郁陶。心白未能忘水月,眼青独得见秋毫。蝉声晚簇枝枝急,云影晴分片片高。还忆赤松兄弟否,别来应见鹤衣毛。

宿江寺

岛僧留宿慰衰颜,旧住何妨老未还。身共锡声离鸟外,迹同云影过人间。曾无梦入朝天路,忆有诗题隔海山。珍重来晨渡江去,九华青里扣松关。

谢贯微上人寄示古风今体四轴

四轴骚词书八行,捧吟肌骨遍清凉。谩求龙树能医眼,休问图澄学洗肠。今体尽搜初剖判,古风淳凿未玄黄。不知谁肯降文阵,暗点旌旗敌子房。

荆州贯休大师旧房

疏篁抽笋柳垂阴,旧是休公种境一作此吟。入贡文儒来请益,出官卿相驻过寻。右军书画神传髓,康乐文章梦授心。销得青城千嶂下,白莲标塔帝恩深。

寄谷山长老

游遍名山祖遍寻,却来尘世浑光阴。肯将的的吾师意,拟付茫茫弟子心。岂有虚空遮道眼,不妨文字问知音。沧浪万顷三更月,天上何如水底深。

寄黄晖处士

蒙氏艺传黄氏子,独闻相继得名高。锋铓妙夺金鸡距,纤利精分玉兔毫。濡染只应亲赋咏,风流不称近方刀。何妨寄我临池兴,妨使江淹役梦劳。

荆门勉怀寄道林寺诸友

荣枯得失理昭然,谁学离骚更问天。生下便知真梦幻,老来何必叹流年。清风不变诗应在,明月无踪道可传。珍重匡庐沃洲主,拂衣抛却好林泉。

答崔校书

雪色衫衣绝点尘,明知富贵是浮云。不随喧滑迷真性,何用潺湲洗污闻。北阙会抛红骏骁,东林社忆白氤氲。清吟有兴频相示,欲得多惭蠹蚀文。

乞樱桃

去年曾赋此花诗,几听南园烂熟时。嚼破红香堪换骨,摘残丹颗欲烧枝。流莺偷啄心应醉,行客潜窥眼亦痴。闻说张筵就珠树,任从攀折半离披。

寄南雅上人

曾得音书慰暮年,相思多故信难传。清吟何处题红叶,旧社空怀堕白莲。山水本同真趣向,侯门刚有薄因缘。他时不得君招隐,会逐南归楚客船。

寄欧阳侍郎 时在嘉州馈遗

又闻繁总在嘉州,职重身闲倚寺楼。大象影和山面落,两江声合郡前流。棋轻国手知难敌,诗是天才肯易酬。毕竟男儿自高达,从来心不是悠悠。

与崔校书静话言怀

同年生在咸通里,事佛为儒趣尽高。我性已甘披祖衲,君心犹待脱蓝袍。霜髭晓儿临铜镜,雪鬓寒疏落剃刀。出世朝天俱未得,不妨还往有风骚。

谢人惠拄杖

邛州灵境产修篁,九节材应表九阳。造化已能分尺度,保持争合与寻常。幽林剪破清秋影,高手携来绿玉光。深谢鲁儒怜潦倒,欲教撑拄绕禅床。

谢秦府推官寄《丹台集》

秦王手笔序丹台,不错褒扬最上才。凤阙几传为匠硕,龙门曾用振风雷。钱郎未竭精华去,元白终存作者来。两轴蚌胎骊颔耀,枉临禅室伴寒灰。

题画鹭鸶兼简孙郎中

曾向沧江看不真,却因图画见精神。何妨

金粉资高格,不用丹青点此身。蒲叶岸长堪映带,荻花丛晚好相亲。思量画得胜笼得,野性由来不恋人。

贺行军太傅得《白氏东林集》

乐天歌咏有遗编,留在东林伴白莲。百尺典坟随丧乱,一家风雅独完全。常闻荆渚通侯论,果遂吴都使者传。仰贺斯文归朗鉴,永资声政入薰弦。

韶阳微公

曲江晴影石千株,吾子思归梦断初。有信北来山叠叠,无言南去雨疏疏。祖师门接园林路,丞相家同井邑居。闲野老身留得否,相招多是秀才书。

将之匡岳过寻阳

帆过寻阳晚霁开,西风北雁似相催。大都浪后青堆没,五老云中翠叠来。此路便堪归水石,何门更合向尘埃。远公林下莲池畔,个个高人尽有才。

寄湘幕王重书记

抛掷澈江旧钓矶,日参筹画废吟诗。可能有事关心后,得似无人识面时。官好近闻加茜服,药灵曾说换霜髭。高才直气平生志,除却徒知即不知。

宿沈彬进士书院

相期只为话篇章,踏雪曾来宿此房。喧滑尽消城漏滴,窗扉初掩岳茶香。旧山春暖生薇蕨,大国尘昏惧杀伤。应有太平时节在,寒宵未卧共思量。

静院

花院相重点破苔,谁心肯此话心灰。好风时傍疏篁起,幽鸟晚从何处来。笔砚兴狂师沈谢,香灯魂断忆宗雷。浮生已问空王了,箭急光阴一任催。

送白处士游峨嵋

闲身谁道是羁游,西指峨嵋碧顶头。琴鹤几程随客棹,风霜何处宿龙湫。寻僧石磴临天井,斸药秋崖倒瀑流。莫为寰瀛多事在,客星相逐不回休。

寄顾蟾处士 好于山水

久闻为客过苍梧,休说摧家归镜湖。山水颠狂应尽在,鬓毛凋落免贫无。和僧抢入云中峭,带鹤驱成涧底孤。春醉醒来有余兴,因人乞与武陵图。

怀金陵知旧

海门相别住荆门,六度秋光两鬓根。万象倒心难盖口,一生无事可伤魂。石头城外青山叠,北固窗前白浪翻。尽是共游题版处,有谁惆怅拂苔痕。

喜得自牧上人书

吴都使者泛惊涛,灵一传书慰氄袍。别兴偶随云水远,知音本自国风高。身依闲淡中销日,发向清凉处落刀。闻著括囊新集了,拟教谁与序离骚。

惊秋

晓窗惊觉向秋风,万里心凝淡荡中。池影碎翻红菡萏,井声干落绿梧桐。破除闲事浑归道,销耗劳生旋逐空。妖杀九原狐兔意,岂知丘陇是英雄。

闻沈彬赴吴都请辟

长讶高眠得稳无,果随征辟起江湖。鸳鸯已列樽罍贵,鸥鹤休怀钓渚孤。白日不妨扶汉祚,清才何让赋吴都。可能更忆相寻夜,雪满诸峰火一炉。

寄江夏仁公

寺阁高连黄鹤楼,檐前槛底大江流。几因秋霁澄空外,独为诗情到上头。白日有余闲送客,紫衣何啻贵封侯。别来多少新吟也,不寄南宗老比丘。

中春林下偶作

净境无人可共携,闲眠未起日光低。浮生

莫把还丹续,万事须将至理齐。花在月明蝴蝶梦,雨余山绿杜鹃啼。何能向外求攀折,岩桂枝条拂石梯。

送刘秀才归桑水宁觐

归和初喜戢戈矛,乍捧乡书感去留。雁序分飞离汉口,鸰原骞翥在鳌头。家邻紫塞仍千里,路过黄河更几州。应到高堂问安后,却携文入帝京游。

寄曹松

旧制新题削复刊,工夫过甚琢琅玕。药中求见黄芽易,诗里思闻白雪难。扣寂颇同心在定,凿空何止发冲冠。夜来月苦怀高论,数树霜边独傍栏。

酬蜀国欧阳学士

因缘刘表驻经行,又听西风堕叶声。鹤发不堪言此世,峨嵋空约在他生。已从禅祖参真性,敢向诗家认好名。深愧故人怜潦倒,每传仙语下南荆。

寄荆幕孙郎中

珠履风流忆富春,三千鹓鹭让精神。诗工凿破清求妙,道伦研通白见真。四座共推操檄健,一家谁信买书贫。别来乡国魂应断,剑阁东西尽战尘。

谢王詹事垂访

鸟外孤峰未得归,人间触类是无机。方悲鹿麈栖江寺,忽讶轺车降竹扉。王泽乍闻谭涣汗,国风那得话玄微。应惊老病炎天里,枯骨肩横一衲衣。

题南平后园牡丹

暖披烟艳照西园,翠幄朱栏护列仙。玉帐笙歌留尽日,瑶台伴侣待归天。香多觉受风光剩,红重知含雨露偏。上客分明记开处,明年开更胜今年。

和李书记

繁极全分青帝功,开时独占上春风。吴姬舞雪非真艳,汉后题诗是怨红。远蝶恋香抛别苑,野莺衔得出深宫。君看万态当筵处,羞杀蔷薇点碎丛。

谢孙郎中寄示

一念禅余味国风,早因持论偶名公。久伤琴丧人亡后,忽有云和雪唱同。绳琢静闻罴象外,是非闲见寂寥中。时来日往缘真趣,不觉秋江度塞鸿。

爱吟

正堪凝思掩禅扃,又被诗魔恼竺卿。偶凭窗扉从落照,不眠风雪到残更。皎然未必迷前习,支遁宁非悟后生。传写曾逢精鉴者,也应知是咏闲情。

寄怀东林寺匡白监寺

南岳别来无约后,东林归住有前缘。闲搜好句题红叶,静敛霜眉对白莲。雁塔影分疏桧月,虎溪声合几峰泉。修心若似伊耶舍,传记须添十九贤。

谢人惠十色花笺并棋子

陵州棋子浣花笺,深愧携来自锦川。海蚌琢成星落落,吴绫隐出雁翩翩。留防桂苑题诗客,惜寄桃源敌手仙。捧受不堪思出处,七千余里剑门前。

夏日寓居寄友人

北游兵阻复南还,因寄荆州病掩关。日月坐销江上寺,清凉魂断剡中山。披缁影迹堪藏拙,出世身心合向闲。多谢扶风大君子,相思时到寂寥间。

中秋十四日夜对月上南平主人

今宵前夕皆堪玩,何必圆时始竭才。空说轮中有天子,不知何处是楼台。终忧明夜云遮却,且扫闲居坐看来。玉兔银蟾似多意,乍临棠树影装回。

谢人惠《十才子图》

丹青妙写十才人,玉峭冰棱姑射神。醉舞

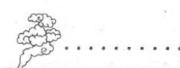

离披真鸑鷟,狂吟崩倒瑞麒麟。翻腾造化山曾竭,采掇珠玑海几贫。犹得知音与图画,草堂闲挂似相亲。

荆门病中寄怀乡人欧阳侍郎彬

谁会荆州一老夫,梦劳神役忆匡庐。碧云雁影纷纷去,黄叶蟾声渐渐无。口淡莫分餐气味,身羸但觉病肌肤。可怜馔玉烧兰者,肯慰寒偎雪夜炉。

送谭三藏入京

阿阇梨与佛身同,灌顶难施利济功。持咒力须资运祚,度人心要似虚空。东周路踏红尘里,北极门瞻紫气中。好进梵文沾帝泽,却归天策继真风。三藏住楚国天策寺。

寄酬秦府高推官辇

天台衡岳旧曾寻,闲忆留题白石林。岁月已残衰飒鬓,风骚犹壮寂寥心。缑山碧树遮藏密,丹穴红霞掩映深。争得相逢一携手,拂衣同去听玄音。

叙怀寄高推官

搜新编旧与谁评,自向无声认有声。已觉爱来多废道,可堪传去更沽名。风松韵里忘形坐,霜月光中共影行。还胜御沟寒夜水,狂吟冲尹甚伤情。

送朱侍御自洛阳归阆州宁觐

寻常西望故园时,几处魂随落照飞。客路旧萦秦甸出,乡程今绕汉阳归。已过巫峡沈青霭,忽认峨嵋在翠微。从此倚门休望断,交亲喜换老莱衣。

贻惠暹上人

经论功余更业诗,又于难里纵天机。吴朝客见投文去,楚国僧迎著紫归。已得声名先振俗,不妨风雪更探微。金陵高忆恩门在,终挂云帆重一飞。

酬西蜀广济大师见寄

犹得吾师继颂声,百篇相爱寄南荆。卷开锦水霞光烂,吟入峨嵋雪气清。楚外已甘推绝唱,蜀中谁敢共悬衡。应怜无可同无本,终向风骚作弟兄。

江寺春残寄幕中知己二首

谁遣西来负岳云,自由归去竟何因。山龛薜荔应残雪,江寺玫瑰又度春。早岁便师无学士,临年却作有为人。何妨夜醮时相忆,伴醉佯狂笑老身。

社莲惭与幕莲同,岳寺萧条俭府雄。冷淡独开香火里,殷妍行列绮罗中。秋加玉露何伤白,夜醉金缸不那红。闲忆遗民此心地,一般无染喻真空。

寄玉泉实仁上人

往岁曾寻圣迹时,树边三绕礼吾师。敢望护法将军记,且喜焚香弟子知。后会未期心的的,前峰欲下步迟迟。今来老劣难行甚,空寂无缘但寄诗。

荆渚感怀寄僧达禅弟三首

电击流年七十三,齿衰气沮竟何堪。谁云有句传天下,自愧无心寄岭南。晓漱气嫌通市井,晚烹香忆落云潭。邻峰道者应弹指,薜剥藤缠旧石龛。

十五年前会虎溪,白莲斋后便来西。干戈时变信虽绝,吴楚路长魂不迷。黄叶喻曾同我悟,碧云情近与谁携。春残相忆荆江岸,一只杜鹃头上啼。

鹤岭僧来细话君,依前高尚迹难群。自抛南岳三生石,长傍西山数片云。丹访葛洪无旧灶,诗寻灵观有遗文。莫将离别为相隔,心虚似空几处分。

寄孙鲂秀才

郡楼东面寺墙西,颜子生涯竹屋低。书案飞扬风落絮,地苔狼藉燕衔泥。吟窗晚凭春篁密,行径斜穿夏菜齐。别后相思频梦到,二年同此赋闲题。

送李评事往宜春

兰舟西去是通津,名郡贤侯下礼频。山遍寺楼看仰岫,台连城阁上宜春。鸿心夜过乡心乱,雪韵朝飞句韵新。别有官荣身外趣,月江松径访禅人。

中春感兴

春风日日雨时时,寒力潜从暖势衰。一气不言含有象,万灵何处谢无私。诗通物理行堪掇,道合天机坐可窥。应是正人持造化,尽驱幽细入炉锤。

早莺

何处—作事经年闷—作绝好音,暖风催出哢乔林。羽毛新刷陶潜菊,喉舌初调叔夜琴。藏—作怕雨并栖红杏密,避人双入绿杨深。晓来枝上千般语,应—作似共桃花说—作诉旧心。

酬尚颜上人

紫绶苍髭百岁侵,绿苔芳草绕阶深。不妨好鸟喧高卧,切忌闲人聒正吟。鲁鼎寂寥休辨口,劫灰销变莫宣心。还怜我有冥搜癖,时把新诗过竹寻。

寄倪署郎中

风雨冥冥春暗移,红残绿满海棠枝。帝乡久别江乡住,椿笋何如樱笋时。海内擅名君作赋,林间外学我为诗。近闻南国升南省,应笑无机老病师。

题郑郎中谷仰山居

檐壁层层映水天,半乘冈坡半民田。王维爱甚难抛画,支遁怜多不惜钱。巨石尽含金玉气,乱峰深锁栋梁烟。秦争汉夺虚劳力,却是巢由得稳眠。

全唐诗卷八百四十五

齐己

湘中寓居春日感怀

江禽野兽两堪伤,避射惊弹各自忙。头角任多无獬豸,羽毛虽众让鸳鸯。落苔红小樱桃熟,侵井青纤燕麦长。吟把离骚忆前事,汨罗春浪撼残阳。

潇湘

寒清健碧远相含,珠媚根源在极南。流古递今空作岛,逗山冲壁自为潭。迁来贾谊愁无限,谪过灵均恨不堪。毕竟输他老渔叟,绿蓑青竹钓浓蓝。

寄友生

风骚情味近如何,门底寒流屋里莎。曾摘园蔬留我宿,共吟江月看鸿过。时危苦恨无收拾,道妙深夸有琢磨。凉夜觳眠应得梦,平生心肺似君多。

酬答退上人

须鬓三分白二分,一生踪迹出人群。嵩丘梦忆诸峰雪,衡岳禅依五寺云。青衲几临高瀑濯,苦吟曾许断猿闻。荒村残腊相逢夜,月满鸿多楚水濆。

山中春怀

心魂役役不曾归,万象相牵向极微。所得或忧逢郢刃,凡言皆欲夺天机。游深晚谷香充鼻,坐苦春松粉满衣。何物不为狼藉境,桃花和雨更霏霏。

寄郑谷郎中

上国谁传消息过,醉眠醒坐对嵯峨。身离道士衣裳少,笔答禅师句偈多。南岸郡钟凉度枕,西斋竹露冷沾莎。还应笑我降心外,惹得诗魔助佛魔。

寄萍乡唐禀正字
　　新书声价满皇都,高卧林中更起无。春兴酒香薰肺腑,夜吟云气湿髭须。同登水阁僧皆别,共上渔船鹤亦孤。长忆前年送行处,洞门残日照菖蒲。

秋夕书怀
　　凉多夜永拥山袍,片石闲敧不觉劳。蟋蟀绕床无梦寐,梧桐满地有萧骚。平生乐道心常切,五字逢人价合高。破落西窗向残月,露声如雨滴蓬蒿。

乱后经西山寺
　　松烧寺破是刀兵,谷变陵迁事可惊。云里乍逢新住主,石边重认旧题名。闲临菡萏荒池坐,乱踏鸳鸯破瓦行。欲伴高僧重结社,此身无计舍前程。

题梁贤巽公房
　　吴王庙侧有高房,帘影南轩日正长。吹苑野风桃叶碧,压畦春露菜花黄。悬灯向后惟冥默,凭案前头即渺茫。知有虎溪归梦切,寺门松折社僧亡。

塘上闲作
　　闲行闲坐藉莎烟,此兴堪思二古贤。陶靖节居彭泽畔,贺知章在镜池边。鸳鸯著对能飞绣,菡萏成群不语仙。形影腾腾夕阳里,数峰危翠滴渔船。

江上望远山寄郑谷郎中 公时退居仰山
　　危碧层层映水天,半垂冈陇下民田。王维爱甚难抛画,支遁高多不惜钱。巨石尽含金玉气,乱峰闲锁栋梁烟。秦争汉夺空劳力,却是巢由得稳眠。

送人自蜀回南游
　　锦水东浮情尚郁,湘波南泛思何长。蜀魂巴狖悲残夜,越鸟燕鸿叫夕阳。烟月几般为客路,林泉四绝是吾乡。寻幽必有僧相指,宋杜题诗近旧房。

寄无愿上人
　　六十八去七十岁,与师年鬓不争多。谁言生死无消处,还有修行那得何。开士安能穷好恶,故人堪忆旧经过。会归原上焚身后,一阵灰飞也任他。

怀潇湘即事寄友人
　　浸野浮空澹荡和,十年邻住听渔歌。城临远棹浮烟泊,寺近闲人泛月过。岸引绿芜春雨细,汀连斑竹晚风多。可怜千古怀沙处,还有鱼龙弄白波。

谢橘洲人寄橘
　　洞庭栽种似潇湘,绿绕人家带夕阳。霜裹露蒸千树熟,浪围风撼一洲香。洪崖遗后名何远,陆绩怀来事更长。藏贮待供宾客好,石榴宜称映舟光。

自贻
　　心中身外更何猜,坐石看云养圣胎。名在好诗谁逐去,迹依闲处自归来。时添瀑布新瓶水,旋换旃檀旧印灰。晴出寺门惊往事,古松千尺半苍苔。

寄益上人
　　长想寻君道路遥,乱山霜后火新烧。近闻移住邻衡岳,几度题诗上石桥。古木传声连峭壁,一灯悬影过中宵。风骚味薄谁相爱,敧枕常多梦鲍昭。

行次宜春寄湘西诸友
　　幸无名利路相迷,双履寻山上柏梯。衣钵祖辞梅岭外,香灯社别橘洲西。云中石壁青浸汉,树下苔钱绿绕溪。我爱远游君爱住,此心他约与谁携。

送略禅者归南岳
　　林下钟残又拂衣,锡声还独向南飞。千峰令截冥鸿处,一径险通禅客归。青石上行苔片片,古杉边宿雨霏霏。劳生有愿应回首,忍著无心与物违。

咏怀寄知己

已得浮生到老闲,且将新句拟玄关。自知清兴来无尽,谁道淳风去不还。三百正声传世后,五千真理在人间。此心终待相逢说,时复登楼看暮山。

寄吴拾遗

新竹将谁权重轻,皎然评里见权衡。非无苦到难搜处,合有清垂不朽名。疏雨晚冲莲叶响,乱蝉凉抱桧梢鸣。野桥闲背残阳立,翻忆苏卿送子卿。

春晴感兴

连句阴翳晓来晴,水满圆塘照日明。岸草短长边过客,江花红白里啼莺。野无征战时堪望,山有楼台暖好行。桑柘依依禾黍绿,可怜归去是张衡。

谢道友拄杖

剪自南岩瀑布边,寒光七尺乳珠连。持来未入尘埃路,乞与应怜老病年。敲影夜归青石涧,卓痕秋过绿苔钱。他时携上嵩峰顶,把倚长松看洛川。

东林寄别修睦上人

行心乞得见秋风,双履难留去住踪。红叶正多离社客,白云无限向嵩峰。囊中自欠诗千首,身外谁知事几重。此别不能为后约,年华相似逼衰容。

夏日原西避暑寄吟友

热烟疏竹古原西,日日乘凉此杖藜。闲处雨声随霹雳,旱田人望隔虹霓。蝉依独树干吟苦,鸟忆平川渴过齐。别有相招好泉石,瑞花瑶草尽堪携。

怀匡阜

荆州连岁滞游方,拄杖尘封六尺光。洗面有香思石溜,冥心无挠忆山床。闲机但愧时机速,静论须惭世论长。昨夜分明梦归去,薜萝幽径绕禅房。

静坐

绳床数坐任崩颓,双眼醒醒闭复开。日月更无闲里过,风骚时有静中来。天真自得生难舍,世幻谁惊死不回。何处堪投此踪迹,水边晴去上高台。

寄湘中诸友

碧云诸友尽黄眸,石点花飞更说无。岚翠湿衣松接院,芙蓉薰面寺临湖。沃洲高卧心何僻,匡社长禅兴亦孤。争似楚王文物国,金镳紫绶让前途。

答无愿上人书

郑生驱蹇岘山回,传得安公好信来。千里阻修俱老骨,八行重叠慰寒灰。春残桃李犹开户,寻满松杉始上台。必有南游山水兴,汉江平稳好浮杯。

送胤公归阙

西朝归去见高情,应恋香灯近圣明。关令莫疑非马辩,道安还跨赤驴行。充斋野店蔬无味,洒笠平原雪有声。忍惜文章便闲得,看他趋竞取时名。

感时

忽忽枕前蝴蝶梦,悠悠觉后利名尘。无穷今日明朝事,有限生来死去人。终与狐狸为窟穴,漫师龟鹤养精神。可怜颜子能消息,虚室坐忘心最真。

湖上逸人

澹荡光中翡翠飞,田田初出柳丝丝。吟沿绿岛时逢鹤,醉泛清波或见龟。七泽钓师应识我,中原逐鹿不知谁。秋风水寺僧相近,一径芦花到竹篱。

怀巴陵

垂白堪思大乱前,薄游曾驻洞庭边。寻僧

古寺沿沙岸，倚杖残阳落水天。兰蕊鹢鷀骚客庙，烟波晴阔钓师船。此时欲买君山住，懒就商人乞个钱。

渚宫谢杨秀才自嵩山相访

嵩峰有客远相寻，尘满麻衣袖苦吟。花尽草长方闭户，道孤身老正伤心。红堆落日云千仞，碧撼凉风竹一林。惆怅雅声消歇去，喜君聊此暂披襟。

荆门寄沈彬

罢趋明圣懒从知，鹤氅褵褷遂性披。道有静君堪托迹，诗无贤子拟传谁。松声白日边行止，日影红霞里梦思。珍重两篇千里达，去年江上雪飞时。

读《阴符经》

绕窗风竹骨轻安，闲借阴符仰卧看。绝利一源真有谓，空劳万卷是无端。清虚可保升云易，嗜欲终知入圣难。三要洞开何用闭，高台时去凭栏干。

寄吴国知旧

淮甸当年忆旅游，衲衣棕笠外何求。城中古巷寻诗客，桥上残阳背酒楼。晴色水云天合影，晚声名利市争头。可怜王化融融里，惆怅无僧似惠休。

移居

上台言任养疏愚，乞与西城水满湖。吹榻好风终日有，趁凉闲客片时无。檀栾翠拥清蝉在，菡萏红残白鸟孤。欲问存思搜抉妙，几联诗许敌三都。

嘉彬上人见访

高吟欲断沃州师，千里相寻问课虚。残腊江山行尽处，满衣风雪到闲居。携来律韵清何甚，趣入幽微旨不疏。莫惜天机细捶琢，他时终可拟芙蕖。

荆州新秋寺居写怀诗五首上南平王

竹如翡翠侵帘影，苔学琉璃布地纹。高卧更无如此乐，远游何必爱他云。闲听谢朓吟为政，静看萧何坐致君。只恐老身衰朽速，他年不得颂鸿勋。

井梧黄落暮蝉清，久驻金台但暗惊。事佛未怜诸弟子，谈空争动上公卿。合归鸟外藏幽迹，敢向人前认好名。满印白檀灯一盏，可能酬谢得聪明。

金汤里面境何求，宝殿东边院最幽。栽种已添新竹影，画图兼列远山秋。形容岂合亲公子，章句争堪狎士流。虚负岷峨老僧约，年年雪水下汀洲。

汉江西岸蜀江东，六稔安禅教化中。托迹幸将王粲别，归心宁与子山同。尊罍岂识曹参酒，宾客还亲宋玉风。又见去年三五夕，一轮寒魄破烟空。

石龛闲锁旧居峰，何事膺门岁月重。五七诗中叨见遇，三千客外许疏慵。迎凉蟋蟀喧闲思，积雨莓苔没展踪。会待英雄启金口，却教担锡入云松。

送李秀才归湘中

词客携文访病夫，因吟送别忆湘湖。寒消浦溆催鸿雁，暖入溪山养鹧鸪。僧向月中寻岳麓，云从城上去苍梧。君归为问峰前寺，旧住僧房锁在无。

寄吴国西供奉

别来相忆梦多迷，君住东朝我楚西。瑶阙合陪龙象位，春山休记鹧鸪啼。承恩位与千官别，应制才将十子齐。几笑远公慵送客，殷勤只到寺前溪。

谢人惠端溪砚

端人凿断碧溪浔，善价争教惜万金。砻琢已曾经敏手，研磨终见透坚心。安排得主难移动，含贮随时任浅深。保重更求装钿匣，闲将濡染寄知音。

送吴先辈赴京

烟霄已遂明经第,江汉重来问苦吟。托兴偶凭风月远,忘机终在寂寥深。千篇未听常徒口,一字须防作者心。此日与君聊话别,老身难约更相寻。

和西蜀可准大师远寄之什

莫知何路去追攀,空想人间出世间。杜口已同居士室,传心休问祖师山。禅中不住方为定,说处无生始是闲。珍重希音远相寄,乱峰西望叠屏颜。

荆门暮冬与节公话别

漳河湘岸柳关头,离别相逢四十秋。我忆黄梅梦南国,君怀明主去东周。几程霜雪经残腊,何处封疆过旧游。好及春风承帝泽,莫忘衰朽卧林丘。

贺孙支使郎中迁居

别认公侯礼上才,筑金何啻旧燕台。地连东阁横头买,门对西园正面开。不隔红尘趋荣戟,只拖珠履赴尊罍。应逢明月清霜夜,闲领笙歌宴此来。

庭际新移松竹

三茎瘦竹两株松,瑟瑟悠悠韵且同。抱节乍离新涧雪,盘根远别旧林风。岁寒相倚无尘地,荫影分明有月中。更待阳和信催促,碧梢青杪看凌空。

荆门寄题禅月大师影堂

泽国闻师泥日后,蜀王全礼葬余灰。白莲塔向清泉锁,禅月堂临锦水开。西岳千篇传古律,大师著《西岳集》三十卷,盛传于世。南宗一句印灵台。不堪只履还西去,葱岭如今无使回。

贺雪

上清凝结下乾坤,为瑞为祥表致君。日月影从光外过,山河形向静中分。歌扬郢路谁同听,声洒梁园客共闻。堪想画堂帘卷次,轻随舞袖正纷纷。

荆州寄贯微上人

旧斋休忆对松关,各在王侯顾遇间。命服已沾天渥泽,衲衣犹拥祖斓斑。相思莫救烧心火,留滞难移压脑山。得失两途俱不是,笑他高卧碧屏颜。

送休师归长沙宁觐

高堂亲老本师存,多难长悬两处魂。已说战尘消汉口,便随征棹别荆门。晴吟野阔无耕地,晚宿湾深有钓村。他日更思衰老否,七年相伴琢诗言。

江上夏日

无处清阴似剡溪,火云奇崛倚空齐。千山冷叠湖光外,一扇凉摇楚色西。碧树影疏风易断,绿芜平远日难低。故园旧寺临湘水,斑竹烟深越鸟啼。

渚宫春日因怀有作

旧业树连湘树远,家山云与岳云平。僧来已说无耕钓,雁去那知有弟兄。客思莫牵蝴蝶梦,乡心自忆鹧鸪声。沙头南望堪肠断,谁把归舟载我行。

松化为石 近闻金华山古松化为石

盘根几耸翠崖前,却偃凌云化至坚。乍结精华齐永劫,不随凋变已千年。逢贤必用镌辞立,遇圣终将刻印传。肯似荆山凿余者,藓封顽滞卧岚烟。

寄澧阳吴使君

南客西来话使君,澧阳风雨变行春。四邻耕钓趋仁政,千里烟花压路尘。去兽未胜除狡吏,还珠争似复逋民。红兰浦暖携才子,烂醉连题赋白蘋。

湘江送客

湘江秋色湛如冰,楚客离怀暮不胜。千里碧云闻塞雁,几程青草见巴陵。寒涛响叠晨征橹,岸苇丛明夜泊灯。鹦鹉洲边若回首,为思前事一扪膺。

暮游岳麓寺

寺楼高出碧崖棱,城里谁知在上层。初雪洒来乔木暝,远禽飞过大江澄。闲消不睡怜长夜,静照无言谢一灯。回首何边是空地,四村桑麦遍丘陵。

林下留别道友

住亦无依去是闲,何心终恋此林间。片云孤鹤东西路,四海九州多少山。静坐趁凉移树影,兴随题处著苔斑。秋来洗浣行衣了,还尔邻僧旧竹关。

道林寺居寄岳麓禅师二首

门前石路彻中峰,树影泉声在半空。寻去未应劳上下,往来殊已倦西东。髭根尽白孤云并,心迹全忘片月同。长忆高窗夏天里,古松青桧午时风。

山袍不称下红尘,各是闲居岛外身。两处烟霞门寂寂,一般苔藓石磷磷。禅关悟后宁疑物,诗格玄来不傍人。月照经行更谁见,露华松粉点衣巾。

乱后江西过孙鲂旧居因寄

旧游重到倍悲凉,吟忆同人倚寺墙。何处暮蝉喧逆旅,此中山鸟噪垂杨。寰区有主权兵器,风月无人掌桂香。欲寄此心空北望,塞鸿天末失归行。

宜春江上寄仰山长老二首

水隔孤城城隔山,水边时望忆师闲。清泉白日中峰上,落日半空栖鸟还。云影触衣分朵朵,雨声吹磬散潺潺。传心莫学罗浮去,后辈思量待扣关。

雨晴天半碧光流,影倒残阳湿郡楼。绝顶有人经劫在,浮生无客暂时游。窗开万壑春泉乱,塔锁孤灯万木稠。欲为吾师拂衣去,白云红叶又新秋。

萤

透窗穿竹住还移,万类俱闲始见伊。难把寸光藏暗室,自持孤影助明时。空庭散逐金风起,乱叶争投玉露垂。后代儒生懒收拾,夜深飞过读书帷。

湘中送翁员外归闽

船满琴书与酒杯,清湘影里片帆开。人归南国乡园去,雁逐西风日夜来。天势渐低分海树,山程欲尽见城台。此身未别江边寺,犹看星郎奉诏回。

寄居道林寺作

岚湿南朝殿塔寒,此中因得谢尘寰。已同庭树千株老,未负溪云一片闲。石镜旧游临皎洁,岳莲曾上彻孱颜。如今衰飒成多病,黄叶风前昼掩关。

沙鸥

暖傍渔船睡不惊,可怜孤洁似华亭。晚来湾浦冲平碧,晴过汀洲拂浅青。翡翠静中修羽翼,鸳鸯闲处事仪形。何如飞入汉宫里,留与兴亡作典经。

和翁员外题马太傅宅贾相公井

飞尘不敢下相干,暗脉傍应润牡丹。心任短长投玉绠,底须三五映金盘。神工旧制泓澄在,天泽时加潋滟寒。太傅欲旌前古事,星郎属思久凭栏。

看云

何峰触石湿苔钱,便逐高风离瀑泉。深处卧来真隐逸,上头行去是神仙。千寻有影沧江底,万里无踪碧落边。长忆旧山青壁里,绕庵闲伴老僧禅。

对雪寄荆幕知己

猛势微开万里清,月中看似日中明。此时鸥鹭无人见,何处关山有客行。郢唱转高谁敢和,巴歌相顾自销声。江斋卷箔含毫久,应想梁王礼不经。

送相里秀才赴举

两上东堂不见春,文明重去有谁亲。曾逢少海尊前客,旧是神仙会里人。已遂风云催化羽,却将雷电助烧鳞。明年自此登龙后,回首荆门一路尘。

荆门疾中喜谢尊师自南岳来、相里秀才自京至

闲堂昼卧眼初开,强起徐行绕砌苔。鹤氅人从衡岳至,鹑衣客自洛阳来。坐闻邻树栖幽鸟,吟觉江云发早雷。西笑东游此相别,两途消息待谁回。

吟兴自述

前习都由未尽空,生知雅学妙难穷。一千首出悲哀外,五十年销雪月中。兴去不妨归静虑,情来何止发真风。曾无一字干声利,岂愧操心负至公。

送谢尊师自南岳出入京

曾听鹿鸣逢世乱,因披羽服隐衡阳。几多事隔丹霄兴,三十年成两鬓霜。芝术未甘销勇气,风骚无那激刚肠。中朝旧有知音在,可是悠悠入帝乡。

送司空学士赴京

弘文初命下江边,难恋沙鸥与钓船。蓝绶乍称新学士,白衫初脱旧神仙。龙山送别风生路,鸡树从容雪照筵。重谒往年金榜主,便将才术佐陶甄。

全唐诗卷八百四十六

齐己

春寄尚颜

含桃花谢杏花开,杜宇新啼燕子来。好事可能无分得,名山长似有人催。檐声未断前旬雨,电影还连后夜雷。心迹共师争几许,似人嫌处自迟回。

寄梁先辈

慈恩塔下曲江边,别后多应梦到仙。时去与谁论此事,乱来何处觅同年。陈琳笔砚甘前席,角里烟霞待共眠。爱惜麻衣好颜色,未教朱紫污天然。

荆渚偶作

无味吟诗即把经,竟将疏野访谁行。身依江寺庭无树,山绕天涯路有兵。竹瓦雨声漂永日,纸窗灯焰照残更。从容一觉清凉梦,归到龙潭扫石枰。

城中晚夏思山

葛衣沾汗功虽健,纸扇摇风力甚卑。苦热恨无行脚处,微凉喜到立秋时。竹轩静看蜘蛛挂,莎径闲听蟋蟀移。天外有山归即是,岂同游子暮何之。

忆旧山

谁请衰羸住北州,七年魂梦旧山丘。心清槛底潇湘月,骨冷禅中太华秋。高节未闻驯虎豹,片言何以傲王侯。应须脱洒孤峰去,始是分明个剃头。

寄体休

南州君去为寻医,病色应除似旧时。久别莫忘庐阜约,却来须有洞庭诗。金陵往岁同窥井,岘首前秋共读碑。两处山河见兴废,相思更切卧云期。

过陆鸿渐旧居 陆生自有传于井石。又云：行坐诵佛书。故有此句。

楚客西来过旧居，读碑寻传见终初。佯狂未必轻儒业，高尚何妨诵佛书。种竹岸香连菡萏，煮茶泉影落蟾蜍。如今若更生来此，知有何人赠白驴。 时太守赠白驴。

寄怀钟陵旧游因寄知己

洗井僧来说旧游，西江东岸是城楼。昔年淹迹因王化，长日凭栏看水流。真观上人栖树石，陈陶处士在林丘。终拖老病重寻去，得到匡庐死便休。

遣怀

病肠休洗老休医，七十能饶百岁期。不死任还蓬岛客，无生自有雪山师。浮云聚散俱关虑，明月相逢好展眉。既兆未萌闲酌度，不如中抱是寻思。

怀武陵因寄幕中韩先辈、何从事

武陵嘉致迹多幽，每见图经恨白头。溪浪碧通何处去，桃花红过郡前流。常闻相幕鸳鸿兴，日向神仙洞府游。凿井耕田人在否，如今天子正征搜。

赠樊处士

小子声名天下知，满簪霜雪白麻衣。谁将一著争先后，共向长安定是非。有路未曾迷日用，无贪终不乱天机。闲寻道士过仙观，赌得黄庭两卷归。

荆渚逢禅友

泽国相逢话一宵，云山偶别隔前朝。社思匡岳无宗炳，诗忆扬州有鲍昭。晨野黍离春漠漠，水天星粲夜遥遥。闲吟莫忘传心祖，曾立阶前雪到腰。

送僧归洛中

赤日彤霞照晚坡，东州道路兴如何。蝉离楚柳鸣犹少，叶到嵩云落渐多。海内自为闲去住，关头谁问旧经过。叮咛与访春山寺，白乐天真在也么。

道林寓居

秋泉一片树千株，暮汲寒烧外有余。青嶂这边来已熟，红尘那畔去应疏。风骚未肯忘雕琢，潇洒无妨更剃除。即问沃州开士僻，爱禽怜骏意何如。

仙掌

峭形寒倚夕阳天，毛女莲花翠影连。云外自为高出手，人间谁合斗挥拳。鹤抛青汉来岩桧，僧隔黄河望顶烟。晴露红霞长满掌，只应栖托是神仙。

中秋月

空碧无云露湿衣，群星光外涌清规。东楼一作林莫碍渐高势，四海待一作正看当午一作路时。还许分明吟皓魄，肯教幽暗取丹枝。可怜半夜婵娟影，正对五侯残酒池一作卮。

送禅者游南岳

忽随南棹去衡阳，谁住江边树下房。尘梦是非都觉了，野云心地更何妨。渐临瀑布听猿思，却背岣嵝有雁行。想到中峰上层寺，石窗秋霁见潇湘。

闻道林诸友尝茶因有寄

枪旗冉冉绿丛园，谷雨初晴叫杜鹃。摘带岳华蒸晓露，碾和松粉煮春泉。高人梦惜藏岩里，白硾封题寄火前。应念苦吟耽睡起，不堪无过夕阳天。

将归旧山留别错公

旧峰前昨下来时，白石丛丛间紫薇。章句不堪歌有道，溪山只合退无机。云含暖态晴犹在，鹤养闲神昼不飞。欲去更思过丈室，二年频此揖清晖。

闻尚颜上人创居有寄

麓山南面橘洲西，别构新斋与竹齐。野客已闻将鹤赠，江僧未说有诗题。窗临杳霭寒千嶂,枕遍潺湲月一溪。可想乍移禅一作吟榻处,松阴冷湿壁新泥。

庚午岁九日作

门底秋苔嫩似蓝,此中消息兴何堪。乱离偷过九月九,头尾算来三十三。云影半晴开梦泽,菊花微暖傍江潭。故人今日在不在,胡雁背风飞向南。

逢进士沈彬

欲话趋时首重骚,因君倍惜剃头刀。千般贵在能过达,一片心闲不那高。山叠好云藏玉鸟,海翻狂浪隔金鳌。时应记得长安事,曾向文场属思劳。

闻王员外新恩有寄

欲退无因贵逼来,少仪官美右丞才。青袍早许淹花幕,霜简方闻谢柏台。金诺静宜资讲诵,玉山寒称奉尊罍。西峰有客思相贺,门隔潇湘雪未开。

秋夕言怀寄所知

休问蒙庄材不材,孤灯影共傍寒灰。忘筌话道心甘死,候体论诗口懒开。窗外风涛连建业,梦中云水忆天台。相疏却是相知分,谁讶经年一度来。

答禅者

五老峰前相遇时,两无言语只扬眉。南宗北祖皆如此,天上人间更问谁。山衲静披云片片,铁刀凉削鬓丝丝。闲吟莫学汤从事,抛却袈裟负本师。

寄尚颜公受徐州薛尚书见知

莫向孤峰道息机,有人偷眼羡吾师。满身光化年前宠,几轴开平岁里诗。北阙故人随丧乱,南山旧寺在参差。清吟但忆徐方政,应恨当时不见时。

梓栗杖送人

禅家何物赠分襟,只有天台杖一寻。拄去客归青洛远,采来僧入白云深。游山曾把探龙穴,出世期将指佛心。此日江边赠君后,却携筇杖向东林。

寄朗陵二禅友

潇湘曾宿话诗评,荆楚连秋阻野情。金锡罢游双鬓白,铁盂终守一斋清。篇章老欲齐高手,风月闲思到极精。南望山门石何处,沧浪云梦浸天横。

灯

幽光耿耿草堂空,窗隔飞蛾恨不通。红烬自凝清夜朵,赤心长谢碧纱笼。云藏水国城台里,雨闭松门殿塔中。金屋玉堂开照睡,岂知萤雪有深功。

寄金陵幕中李郎中

龙门支派富才能,年少飞翔便大鹏。久待尊罍临铁瓮,又从幢节镇金陵。精神一只秋空鹤,骚雅千寻夏井冰。长忆相招宿华馆,数宵忘寝尽寒灯。

寄韩蜕秀才

松门高不似侯门,薜径鞋踪触处分。远事即为无害鸟,多闲便是有情云。那忧宠辱来惊我,且寄风骚去敌君。知伴李膺琴酒外,绛纱闲卷共论文。

湘中春兴

雨歇江明苑树干,物妍时泰恣游盘。更无轻翠胜杨柳,尽觉浓华在牡丹。终日去还抛寂寞,绕池回却凭栏干。红芳片片由青帝,忍向西园看落残。

送错公、栖公南游

洪偃汤休道不殊,高帆共载兴何俱。北京丧乱离丹凤,南国烟花入鹧鸪。明月团圆临桂水,白云重叠起苍梧。威仪本是朝天士,暂向辽荒住得无。

寄南岳诸道友

南望衡阳积瘴开,去年曾踏雪游回。漫为

楚客蹉跎过,却是边鸿的当来。乳窦孤明含海日,石桥危滑长春苔。终寻十八高人去,共坐苍崖养圣胎。

送韩蜕秀才赴举

槐花馆驿暮尘昏,此去分明吏部孙。才器合居科第首,风流幸是缙绅门。春和洛水清无浪,雪洗高峰碧断根。堪想都人齐指点,列仙相次上昆仑。

溪居寓言

秋蔬数垄傍潺湲,颇觉生涯异俗缘。诗兴难穷花草外,野情何限水云边。虫声绕屋无人语,月影当松有鹤眠。寄向东溪老樵道,莫催丹桂博青钱。

遣怀

诗病相兼老病深,世医徒更费千金。余生岂必虚抛掷,未死何妨乐咏吟。流水不迴一作回休叹息,白云无迹莫追寻。闲身自有闲消处,黄叶清一作秋风蝉一林。

自湘中将入蜀留别诸友

巾舄初随入蜀船,风帆吼过洞庭烟。七千里路到何处,十二峰云更那边。巫女暮归林淅沥,巴猿吟断月婵娟。来年五月峨嵋雪,坐看消融满锦川。

寄匡阜诸公二首

松头柏顶碧森森,虚槛寒吹夏景深。静社可追长往迹,白莲难问久修心。山围四面才容寺,月到中宵始满林。争学忘言住幽胜,吾师遗集尽清吟。

峰前林下东西寺,地角天涯来往僧。泉月净流闲世界,杉松深锁尽香灯。争无大士重修社,合有诸贤更服膺。曾寄邻房挂瓶锡,雨闻岩溜解春冰。

送人入蜀

何必闲吟蜀道难,知君心出崄巇间。寻常秋泛江陵去,容易春浮锦水还。两面碧悬神女峡,几重青出丈人山。文君酒市逢初雪,满贳新沽洗旅颜。

酬庐山张处士

发枯身老任浮沉,懒泥秋风更役吟。新事向人堪结舌,旧诗开卷但伤心。苔床卧忆泉声绕,麻履行思树影深。终谢柴桑与彭泽,醉游闲访入东林。

寄岘山道人

风门高对鹿门青,往岁经过恨未平。辩鼎上人方话道,卧龙丞相忽追兵。炉峰已负重回计,华岳终悬未去情。闻说东周天子圣,会摇金锡却西行。

送王处士游蜀

又挂寒帆向锦川,木兰舟里过残年。自修姹姹炉中物,拟作飘飘水上仙。三峡浪喧明月夜,万州山到夕阳天。来年的有荆南信,回札应缄十色笺。

怀金陵李推官僧自牧

秣陵长忆共吟游,儒释风骚道上流。莲暮少年轻谢朓,雪山真子鄙汤休。也应有作怀清苦,莫谓无心过白头。欲附别来千万意,病身初起向残秋。

寄寻萍公

闻在溢城多寄住,随时谈笑浑尘埃。孤峰恐忆便归去,浮世要看还下来。万顷野烟春雨断,九条寒浪晚窗开。虎溪桥上龙潭寺,曾此相寻踏雪回。

得李推官近寄怀

荆门前岁使乎回,求得星郎近制来。连日借吟终不已,一灯忘寝又重开。秋风漫作牵情赋,春草真为入梦才。堪笑陈宫诸狎客,当时空有个追陪。

对菊

蝶醉风狂半折时,冷烟清露压离披。欲倾

琥珀杯浮尔,好把茱萸朵配伊。孔雀毛衣应者是,凤凰金翠更无之。何因栽向僧园里,门外重阳过不知。

忆东林因送二生归

好向东林度此生,半天山脚寺门平。红霞嶂底潺潺色,清夜房前瑟瑟声。偶别十年成瞬息,欲来千里阻刀兵。可怜二子同归兴,南国烟花路好行。

渚宫西城池上居

城东移锡住城西,绿绕春波引杖藜。翡翠满身衣有异,鹭鸶通体格非低。风摇柳眼开烟小,暖逼兰芽出土齐。犹有幽深不相似,剡溪乘棹入耶溪。

中秋夕怆怀寄荆幕孙郎中

白莲香散沼痕干,绿篆阴浓藓地寒。年老寄居思隐切,夜凉留客话时难。行僧尽去云山远,宾雁同来泽国宽。时谢孔璋操檄外,每将空病问衰残。

酬湘幕徐员外见寄

东海儒宗事业全,冰棱孤峭类神仙。诗同李贺精通鬼,文拟刘轲妙入禅。珠履早曾从相府,玳簪今又别官筵。篇章几谢传西楚,空想雄风度十年。

寄蜀国广济大师

冰压霜坛律格清,三千传授尽门生。禅心尽入空无迹,诗句闲搜寂有声。满国繁华徒自乐,两朝更变未曾惊。终思相约岷峨去,不得携筇一路行。

答献上人卷

衲衣禅客袖篇章,江上相寻共感伤。秦甸乱来栖白没,杼山空后皎然亡。清留岛月秋凝露,苦寄巴猿夜叫霜。珍重南宗好才子,灰心冥目外无妨。

寄武陵贯微上人二首

知泛沧浪棹未还,西峰房锁夜潺潺。春陪相府游仙洞,雪共宾寮对玉山。诗里几添新菡苕,衲痕应换旧斓斑。莫忘一句曹溪妙,堪塞孙孙聘度关。

吴头东面楚西边,云接苍梧水浸天。两地别离身已老,一言相合道休传。风骚妙欲凌春草,踪迹闲思绕岳莲。不是傲他名利世,吾师本在雪山巅。

怀体休上人

仲宣楼上望重湖,君到潇湘得健无。病遇何人分药饵,诗逢谁子论功夫。杉萝寺里寻秋早,橘柚洲边度日晡。许送自身归华岳,待来朝暮拂瓶盂。

招湖上兄弟

去岁得君消息在,两凭人信过重湖。忍贪风月当年少,不寄音书慰老夫。药鼎近闻传秘诀,诗门曾说拥寒炉。汉江江路西来便,好傍扁舟访我无。

江居寄关中知己

多病多慵汉水边,流年不觉已皤然。旧栽花地添黄竹,新陷盆池换白莲。雪月未忘招远客,云山终待去安禅。八行书札君休问,不似风骚寄一篇。

中秋十五夜寄人

高河瑟瑟转金盘,欹露吹光逆凭栏。四海鱼龙精魄冷,五山鸾鹤骨毛寒。今宵尽向圆时望,后夜谁当缺处看。何事清光与蟾兔,却教才小少留难。

谢人自钟陵寄纸笔

故人犹忆苦吟劳,所惠何殊金错刀。霜雪剪裁新剡砒,锋铓管束本宣毫。知君倒箧情何厚,借我临池价斗高。问客分张看欲尽,不堪来处隔秋涛。

移居西湖作二首

火云阳焰欲烧空,小槛幽窗想旧峰。白汗此时流枕簟,清风何处动杉松。残更正好眠凉月,远寺俄闻报晓钟。只待秋声涤心地,衲衣新洗健形容。

　　官园树影昼阴阴,咫尺清凉莫浣心。桃李别教人主掌,烟花不称我追寻。蜩螗晚噪风枝稳,翡翠闲眠宿处深。争似出尘地行止,东林苔径入西林。

题玉泉寺
　　高韵双悬张曲江,联题兼是孟襄阳。后人才地谁称短,前辈经天尽负长。胜景饱于闲采拾,灵踪销得正思量。时移两板成尘迹,犹挂吾师旧影堂。

看金陵图
　　六朝图画战争多,最是陈宫计数论。若爱苍生似歌舞,隋皇自合耻干戈。

寄南岳泰禅师
　　江头默想坐禅峰,白石山前万丈空。山下猎人应不到,雪深花鹿在庵中。

片云
　　水底分明天上云,可怜形影似吾身。何妨舒作从龙势,一雨吹销万里尘。

寄清溪道者
　　万重千叠红霞嶂,夜烛朝香白石龛。常寄溪窗赁危槛,看经影落古龙潭。

病中勉送小师往清凉山礼大圣
　　丰衣足食处莫住,圣迹灵踪好遍寻。忽遇文殊开慧眼,他年应记老师心。

谢人惠拄杖
　　何处云根采得来,黑龙狂欲作风雷。知师念我形骸老,教把经行挂绿苔。

送楚云上人往南岳刺血写《法华经》
　　剥皮刺血诚何苦,欲写灵山九会文。十指沥干终七轴,后来求法更无君。

送胎发笔寄仁公
　　内唯胎发外—作内秋毫,绿玉新栽管束牢。老病手疼无那尔,却资年少写风骚。

谢西川昙域大师玉箸篆书
　　玉箸真文久不兴,李斯传到李阳冰。正悲千载无来者,果见僧中有个僧。

偶作寄王秘书
　　七丝湘水秋深夜,五字河桥日暮时。借问秘书郎此意,静弹高咏有谁知。

谢人惠纸
　　烘焙几工成晓雪,轻明百幅叠春冰。何消才子题诗外,分与能书贝叶僧。

答文胜大师清柱书
　　才把文章干圣主,便承恩泽换禅衣。应嫌六祖传空—作空传衲,只向曹溪求—作永息机。

寄怀曾口寺文英大师—本无曾口寺三字
　　著紫袈裟名已贵,吟红菡萏价兼高。秋风曾忆西游处,门对平湖满白涛。

怀道林寺道友—本无道友二字
　　四绝堂前万木秋,碧参差影压湘流。闲思宋杜题诗板,一日—作上凭栏到夜休。

辞主人绝句四首

放鹤
　　华亭来—作又复去芝田,丹顶霜毛性可怜。纵与乘轩终误主,不如还放却—作去辽天。

放猿
　　堪忆春云十二峰,野桃山杏摘香红。王孙可念愁金锁,从—作纵放断肠明月中。

放鹭鸶
　　白萍红蓼碧江涯,日暖双双立睡时。顾揭金笼放归去,却随沙鹤斗轻丝。

放鹦鹉
　　陇西苍巘结巢高,本为无人识翠毛。今日笼中强言语,乞归天外啄含桃。

齐己

猛虎行

磨尔牙,错尔爪。狐莫威,兔莫狡,饥来吞噬取肠饱。横行不怕日月明,皇天产尔为生狞。前村半夜闻吼声,何人按剑灯荧荧。

西山叟

西山中,多狼虎,去岁伤儿复伤妇。官家不问孤老身,还在前山山下住。

君子行

圣人不生,麟龙何瑞。梧桐不高,凤凰何止。吾闻古之有君子,行藏以时,进退求己。荣必为天下荣,耻必为天下耻。苟进不如此,退不如此,《乐府诗集》无此四字。亦何必用虚伪之文章,取荣名而自美?

善哉行

大鹏刷翮谢溟渤,青云万层高突出。下视秋涛空渺弥,旧处鱼龙皆细物。人生在世何容易,眼浊心昏信生死。愿除嗜欲待身轻,携手同寻列仙事。

日日曲

日日日东上,日日日西没。任是神仙容,也须成朽骨。浮云灭复生,芳草死还出。不知千古万古人,葬向青山为底物。

耕叟

春风吹蓑衣,暮雨滴箬笠。夫妇耕共一作且劳,儿孙饥对泣。田园高且瘦,赋税重复急。官仓鼠雀群,共一作只待新租入。

苦热行

离宫划开赤帝怒,喝出六龙奔日驭。下土熬熬若一作苦煎煮,苍生惶惶无处处。火云峥嵘焚沉寥,东皋老农肠欲焦。何当一雨苏我苗,为君击壤歌帝尧。

苦寒行
冰峰撑空寒矗矗,云凝水冻埋海陆。杀物之性,伤人之欲。既不能断绝蒺藜荆棘之根株,又不能展凤凰麒麟之拳跼。如此,则何如为和煦,为膏雨,自然天下之荣枯,融融于万户。

春风曲
春风有何情,旦暮来林园。不问桃李主,吹落红无言。

城中怀山友
春城来往桃李碧,暖艳红香断消息。吾徒自有山中邻,白昼冥心坐岚壁。

读李贺歌集
赤水无精华,荆山亦枯槁。玄珠与虹玉,璨璨李贺抱。清晨醉起临春台,吴绫蜀锦胸襟开。狂多两手掀蓬莱,珊瑚掇尽空土堆。

风琴引
挪吴丝,雕楚竹,高托天风拂为曲。一一宫商在素空,鸾鸣凤语翘梧桐。夜深天碧松风多,孤窗寒梦惊流波。愁魂傍枕不肯去,翻疑住处邻湘娥。金一作熏风声尽熏一作金风发,冷泛虚堂韵难歇。常恐听多耳渐烦,清音不绝知音绝。

夏云曲
红嵯峨,烁晚波,乖龙慵卧旱鬼多。爨爨万里压天塉,飑雷电光空闪闪。好雨不雨风不风,徒倚穹苍作岩险。男巫女觋更走魂,焚香祝天天不闻。天若闻,必能使尔为润泽,洗埃氛。而又变之成五色,捧日轮,将以表唐尧虞舜之明君。

读李白集
竭云涛,刳巨鳌,搜括造化空牢牢。冥心入海海神怖,骊龙不敢为珠主。人间物象不供取,饱饮一作饭游神向悬圃。锵金铿玉千余篇,胞吞炙嚼人口传。须知一一丈夫气,不是绮罗儿女言。

祈真坛
玉瓮瑶坛二三级,学仙弟子参差入。霓旌队仗下不下,松桧森森天露湿。殿前寒气束香云,朝祈暮祷玄元君。茫茫俗骨醉更昏,楼台十二遥昆仑。昆仑纵广一万二千里,中有五色云霞五色水。何当断欲便飞去,不要九转神丹换精髓。

黄雀行
双双野田雀,上下同饮啄。暖去栖蓬蒿,寒归傍篱落。殷勤避罗网,乍可遇雕鹗。雕鹗虽不仁,分明在寥廓。

石竹花
石竹花开照庭石,红藓自禀离宫色。一枝两枝初笑风,猩猩血泼低低丛。常嗟世眼无真鉴,却被丹青苦相陷。谁为根寻造化功,为君吐出淳元胆。白日当午方盛开,彤霞灼灼临池台。繁香浓艳如未已,粉蝶游蜂狂欲死。

寄南岳白莲道士能于长啸
猿猱休啼月皎皎,蟋蟀不吟山悄悄。大耳仙人满颔须,醉倚长松一声啸。

古剑歌
古人手中铸神物,百炼百淬始提出。今人不要强硎磨,莲锷星文未曾没。一弹一抚闻铮铮,老龙影夺秋灯明。何时得遇英雄主,用尔平治天下去。

湘妃庙
湘烟濛濛湘水急,汀露凝红裹莲湿。苍梧云叠九嶷深,二女魂飞江上立。相携泣,凤盖龙舆追不及。庙荒松朽啼飞狌,笋鞭迸出阶基倾。黄昏一岸阴风起,新月如眉生阔水。

巫山高
巫山高,巫女妖,雨为暮兮云为朝,楚王憔

悴魂欲销。秋猿嗥嗥日将夕,红霞紫烟凝老壁。千岩万壑花皆圻,但恐芳菲无正色。不知今古行人行,几人经此无秋情。云深庙远不可觅,十二峰头插天碧。

赠持《法华经》僧

众人有口,不说是,即说非。吾师有口何所为,莲经七轴六万九千字,日日夜夜终复始。乍吟乍讽何悠扬,风箧古松含秋霜。但恐天龙夜义乾闼众,鼺塞虚空耳皆耸。我闻念经功德缘,舌根可算—作等金刚坚。他时劫火洞燃后,神光璨璨如红莲。受持身心苟精洁,尚能使烦恼大海水枯竭。魔王轮幢自摧折,何况更如理行如理说。

刳肠龟

尔既能于灵,应久存其生。尔既能于瑞,胡得迷其死。刳肠徒自屠,曳尾复何累。可怜濮水流,一叶泛庄子。

赠岩居僧

石如麒麟岩作室,秋苔漫坛净于漆。袈裟盖头心在无,黄猿白猿啼日日。

观李琼处士画海涛

巨鳌转侧长鳍翻,狂涛颠浪高漫漫。李琼夺得造化本,都卢缩在秋毫端。一挥一画皆筋骨,澒漾崩腾大鲸桊。叶扑仙槎摆欲沉,下头应是骊龙窟。昔年曾要涉蓬瀛,唯闻撼动珊瑚声。今来正叹陆沉久,见君此画思前程。千寻万派功难测,海门山小涛头白。令人错认钱塘城,罗刹石底奔雷霆。

升天行

身不沉,骨不重。驱青鸾,驾白凤。幢盖飘摇—作飘入冷空,天风瑟瑟星河动。瑶阙参差阿母家,楼台戏闭凝彤霞。三五仙子乘龙车,堂前碾烂蟠桃花。回头却顾蓬莱顶,一点浓岚在深井。

还人卷

李白李贺遗机杼,散在人间不知处。闻君收在芙蓉江,日斗鲛人织秋浦。金梭札札文离离,吴姬越女羞上机。鸳鸯浴烟鸾凤飞,澄江晓映余霞辉。仙人手持玉刀尺,寸寸酬君珠与璧。裁作霞裳何处披,紫皇殿里深难—作相觅。

轻薄行

玉鞭金镫骅骝蹄,横眉吐气如虹霓。五—作玉陵春暖芳草齐,笙歌到处花成泥。日沉月上且斗鸡,醉来莫问天高低。伯阳道德何唾咦—作涕唾,仲尼礼乐徒卑栖。

浮云行

大野有贤人,大朝有圣君。如何彼浮云,掩蔽白日轮。安得东南风,吹散八表外。使之—本无之字天下人,共见尧眉彩。

煌煌京洛行

圣君垂夜裳,荡荡若朝旭。大观无遗物,四夷来率服。清晨回北极,紫气盖黄屋。双阙耸双鳌,九门如川渎。梯山航海至,昼夜车相续。我恐红尘深,变为黄河曲。

吊汨罗

落日倚阑干,徘徊汨罗曲。冤魂如可吊,烟浪声似哭。我欲考鼋鼍之心,烹鱼龙之腹。尔既唼大夫之血,食大夫之肉。千载之后,犹斯暗—作藏伏。将谓唐尧之尊,还如荒悴—作醉之君。更有逐臣,于焉葬魂。得以纵其噬,恣其吞。

赠念《法华经》僧

念念念兮入恶易,念念念兮入善难。念经念佛能一般,爱河竭处生波澜。言公少年真法器,白昼不出夜不睡。心心缘经口缘字,一室寥寥灯照地。沈檀卷轴宝函盛,苍卜香熏水精记。空山木落古寺闲,松枝鹤眠霜霰干。牙根舌根水滴寒,珊瑚捶打红琅玕。但恐莲花七朵一时折,朵朵似君心地白—作簇攒。又恐天风—作风紧吹天花,缤纷如雨飘袈裟。况闻此经甚微妙,百千诸佛真秘要。灵山说后始传来,闻者虽多持者少。更堪诵入陀罗尼,此云总持。唐音梵音相杂时。舜弦和雅熏风吹,文王武王弦更悲。如此争不遣碧空中有龙来听,有鬼来听。亦使人间闻者敬,见者敬。自然心虚空,性清净。此经真体即毗卢,_{此云种种光}。雪岭白牛君识无。

短歌寄鼓山长老_{第十一句缺一字}

雪峰雪峰高且雄,峨峨堆积青冥中。六月赤日烧不熔,飞禽瞥见人难通。常闻中有白象王,五百象子皆威光。行围坐绕同一色,森森影动旃檀香。于中一子最雄猛,称尊独踞鼓山顶。百千眷属阴□影,身照曜,吞秋景。裁闻岷国民归依,前王后王皆师资。宁同梁武遇达磨,过后弹指空伤悲。

渔父

夜钓洞庭月,朝醉巴陵市。却归君山下,鱼龙窟边睡。生涯在何处,白浪千万里。曾笑楚臣迷,苍黄汨罗水。

采莲曲

越溪女,越江莲。齐菡萏,双婵娟。嬉游向何处,采摘且同船。浩唱_{一作歌}发容与,清波生漪涟。时逢岛屿泊,几共鸳鸯眠。襟袖既盈溢,馨香亦相传。薄暮归去来,苎萝生碧烟。

啄木

啄木啄啄,鸣林响壑。贪心既缘,利嘴斯凿。有朽百尺,微虫斯宅。以啄去害,啄更弥剧。层崖豫章,耸干苍苍。无纵尔啄,摧我栋梁。

灵松歌

灵松灵松,是何根株。盘擗枝干,与群木殊。世眼争知苍翠容,薜萝遮体深朦胧。先秋瑟瑟生谷风,青阴倒卓寒潭中。八月天威行肃杀,万木凋零向霜雪。唯有此松高下枝,一枝枝在无摧折。痴冻顽冰如铁坚,重重锁到槎牙颠。老鳞枯节相把捉,踉跄立在青崖前。有时深洞兴雷霆,飞电绕身光闪烁。乍似苍龙惊起时,攫雾穿云欲腾跃。夜深山月照高枝,疏影细落莓苔矶。千年朽栫魍魉出,一株寒韵锵琉璃。安得良工妙图膜,写将偃蹇悬烟阁。飞瀑声中战岁寒,红霞影里擎萧索。

蠹

蠹不自蠹,而蠹于木心,蠹极木心,以丰尔腹。偶或成之,胡为勖人。人而不真,繇尔乱神。蠹兮蠹兮,何全其生。无托尔形,霜松雪柽。

行路难

行路难,君好看,惊波不在黵黜间,小人心里藏崩湍,七盘九折寒嶜崒。翻车倒盖犹堪出,未似是非唇舌危,暗中潜毁平人骨。君不见楚灵均,千古沉冤湘水滨。又不见李太白,一朝却作江南客。

谢徽上人见惠二龙障子,以短歌酬之

我见苏州昆山金城中,金城柱上有二龙。老僧相传道是僧繇手,寻常入海共龙斗。又闻蜀国玉局观有孙遇迹,盘屈身长八十尺。游人争看不敢近,头觑寒泉丈碧。近有五羊徽上人,闲工小笔得意新。画龙不夸头角及须鳞,只求筋骨与精神。徽上人,真艺者。惠我双龙不言价,等闲不敢将悬挂。恐是叶公好假龙,及见真龙却惊怕。

送人往长沙

荆门归路指湖南,千里风帆兴可谙。好听鹧鸪啼雨处,木兰舟晚泊春潭。

偶题

时事懒言多忌讳,野吟无主若纵横。君看三百篇章首,何处分明著姓名。

寄山中叟

青泉碧树夏风凉,紫蕨红粳午爨香。应笑晨持一盂苦,腥膻市上叫家常。

赠琴客

曾携五老峰前过,几向双松石上弹。此境

此身谁更爱,掀天羯鼓满长安。

勉吟僧
千一作万途万辙乱真源,白昼劳形夜断魂。忍者袈裟把名纸,学他低折五侯门。

送人归华下
莲花峰翠湿凝秋,旧业园林在下头。好束诗书且归去,而今不爱事风流。

夏日城中作二首
三面僧邻一面墙,更无风路可吹凉。他年舍此归何处,青壁红霞裏石房。

竹低莎浅雨蒙蒙,水槛幽窗暑月中。有境牵怀人不会,东林门外翠横空。

默坐
灯引飞蛾拂焰迷,露淋栖鹤压枝低。冥心坐满蒲团稳,梦到天台过剡溪。

水边行
身著袈裟手杖藤,水边行止不妨僧。禽栖日落犹孤立,隔浪秋山千万层。

寄郑谷郎中
人间近遇风骚匠,鸟外曾逢心印师。除此二门无别妙,水边松下独寻思。

翡翠
水边飞去青难辨,竹里归来色一般。磨吻鹰鹯莫相害,白鸥鸿鹤满沙滩。

与节供奉大德游京口寺留题
柳岸晴缘十里来,水边精舍绝尘埃。煮茶尝摘兴何极,直至残阳未欲回。

谢荆幕孙郎中见示《乐府歌集》二十八字
长吉才狂太白颠,二公文阵势横前。谁言后代无高手,夺得秦皇鞭鬼鞭。

谢《阴符经》勉送藏休上人二首
事遂鼎湖遗剑履,时来渭水掷鱼竿。欲知贤圣存亡道,自向心机反覆看。

一林霜雪未沾头,争遣藏休肯便休。学尽世间难学事,始堪随处任虚舟。

幽斋偶作
幽院才容个小庭,疏篁低短不堪情。春来犹赖邻僧树,时引流莺送好声。

赠念《法华经》僧
万境心随一念平,红芙蓉折爱河清。持经功力能如是,任驾白牛安稳行。

对菊
无艳无妖别有香,栽多不为待重阳。莫嫌醒眼相看过,却是真心爱淡黄。

闭门
正是闭门争合闭,大家开处不须开。还防朗月清风夜,有个诗人相访来。

勉送吴国三五新戒归
法王遗制付仁王,难得难持劫数长。努力只须坚守护,三千八万是垣墙。

夏日寄清溪道者
老病不能求药饵,朝昏只是但焚烧。不知谁为收灰骨,垒石栽松傍寺桥。

送惠空北游
君向岷山一作阳游圣境。我将何以记多才。叮咛堕泪碑前过,写取斯文寄我来。

寄怀归州马判官
三年为倅兴何长,归计应多事少忙。又见秋风霜裏树,满山椒熟水云香。

观荷叶露珠
霏微晓露成珠颗,宛转田田未有风。任器方圆性终在,不妨翻覆落池中。

苦热怀玉泉寺寄仁上人
火云如烧接苍梧,原野烟连大泽枯。漫费

葛衫葵扇力，争禁泉石润肌肤。

观盆池白莲
素萼金英欹露开，倚风凝立独徘徊。应思潋滟秋池底，更有归天伴侣来。

折杨柳词四首
凤楼高映绿阴阴，凝重多含雨露深。莫谓一枝柔软力，几曾牵破别离心。

馆娃宫畔响廊前，依托吴王养翠烟。剑去国亡台殿一作榭毁，却随红树噪秋蝉。

秾低似中陶潜酒，软极如伤宋玉风。多谢将军绕营种，翠中闲卓战旗红。

高僧爱惜遮江寺，游子伤残露野桥。争似著行垂上苑，碧桃红杏对摇摇。

答长沙丁秀才书
月月便一作使车奔帝阙，年年贡士过荆台。如何三度槐花落，未见故人携卷来。

戒小师
不肯吟诗不听经，禅宗异岳懒游行。他年白首当人问，将底言谈对后生。

题旧拄杖末句缺三字
亲采匡庐瀑布西，层崖悬壁更安梯。携行三十年吟伴，未有诗人□□□。

酬欧阳秀才卷第二句缺一字
三十篇多十九章，□声风力撼疏篁。不堪更有精搜处，谁见萧萧雨夜堂。

闻一作永雁
潇湘浦一作水暖全迷鹤，逦迤川寒只有雕。谁向孤舟忆兄弟，坐看连雁度横桥。

送高丽二僧南游
日边乡井别年深，中国灵踪欲遍寻。何处碧山逢长老，分明认取祖师心。

谢猿皮
贵向猎师家买得，携来乞与坐禅床。不知摘月秋潭畔，曾对何人啼断肠。

酬光上人
禅言难后到诗言，坐石心同立月魂。应记前秋会吟处，五更犹在老松根。

送僧归日本
日东来向日西游，一钵闲寻遍九州。却忆鸡林本师寺，欲归还待海风秋。

庚午岁十五夜对月
海澄空碧正团圆，吟想玄宗此夜寒。玉兔有情应记得，西边不见旧长安。

红蔷薇花
晴日当楼晓香歇，锦带盘空欲成结。莺声渐老柳飞时，狂风吹落猩猩血。

贻九华上人
一法传闻继老能，九华闲卧最高层。秋钟尽后残阳暝，门掩松边雨夜灯。

寄赓匡图兄弟
僧外闲吟乐最清，年登八十丧南荆。风骚作者为商确，道去碧云争几程。

句
春晴游寺客，花落闭门僧。见《西清诗话》。

香传天下口，□贵火前名，角开香满室，炉动绿凝铛。《咏茶》，缺一字。

园林将向夕，风雨更吹花。以下见《吟窗杂录》。

相思坐溪石，□□□山风。缺三字。

夕照背高台，残钟残角催。《落照》。

五老峰前相见时，两无言语各扬眉。

高人爱惜藏岩里，白甑封题寄火前。《咏茶》，见《三山老人语录》。

全唐诗卷八百四十八

尚颜

尚颜，字茂圣，欲姓薛，尚书能之宗人也。出家荆门，工五言诗。集五卷，今存诗三十四首。

言兴

矻矻被吟牵，因师贾浪仙。江山风月处，一十二三年。雅颂在于此，浮华致那边。犹惭功未至，谩道近千篇。

江上秋思 一作尚志诗

到来江上久，谁念旅游心。故国无秋信，邻家有夜砧。坐遥翻不睡，恐极却成吟。即恐髭连鬓，还为白所侵。

匡山居

无才加性拙，道理合藏踪。是处非深远，其山已万重。经时邻境战，独夜隔云春。昨日泉中见，常鱼亦化龙。

夷陵即事

不难饶白发，相续是滩波。避世嫌身晚，思家乞梦多。暑衣经雪着，冻砚向阳呵。岂谓临岐路，还闻圣主过。

紫阁隐者

天高紫阁侵，隐者信沈沈。道长年兼长，云深草复深。如非禅客见，即是猎人寻。北笑长安道，埃尘古到今。

与陈陶处士

钟陵城外住，喻似玉沈泥。道直贫嫌杀，禅清语亦低。雪深加酒债，春尽减诗题。记得曾邀宿，山茶独自携。

与王嵩隐

一生吟兴僻，方见业精微。事若终难得，乡应不易归。乱收西日叶，双掩北风扉。合国诸卿相，皆曾着布衣。

怀陆龟蒙处士

布褐东南隐,相传继谢敷。高谭夫子道,静看海山图。事免伤心否,棋逢敌手无。关中花数内,独不见菖蒲。

寄华阴司空侍郎

剑佩已深扃,茅为岳面亭。诗犹少绮美,画肯爱丹青。换笔修僧史,焚香阅道经。相邀来未得,但想鹤仪形。

送陆肱入关

舟行复陆行,始得到咸京。准拟何人口,吹嘘六义名。乱山遥减翠,业菊早含英。衣锦还乡日,他时有此荣。

送刘必先

力进凭诗业,心焦阙问安。远行无处易,孤立本来难。楚月船中没,秦星马上残。明年有公道,更以命推看。

寄方干处士

格外缀清诗,诗名独得知。闲居公道日,醉卧牡丹时。海鸟和涛望,山僧带雪期。仍闻称处士,圣主肯相违。

寄刘逸士

无愁无累者,偶向市朝游。此后乘孤艇,依前入乱流。高眠歌圣日,下钓坐清秋。道不离方寸,而能混俗求。

送独孤处士

万里去非忙,惟携贮药囊。山家消夜景,酒肆过年光。立鹤洲侵浪,喧蛩壁近床。谁人临上路,乞得变髭方。

早春送人归岳阳

久食主人鱼,春来复旧居。远无千里浪,轻有半船书。过片晴云淡,消残暮雪虚。岳阳多异境,搜思勿令疏。

冬暮送人

长安冬欲尽,又送一遗贤。醉后情浑可,言休理不然。射衣秦岭雪,摇月汉江船。亦过春兼夏,回期信有蝉。

送徐道人东游

长安人扰扰,独自有闲心。海上山中去,风前月下吟。引猿秋果熟,藏鹤晓云深。易姓更名数,难教弟子寻。

自纪

诸机忘尽未忘诗,似向诗中有所依。远境等闲支枕觅,空山容易杖藜归。清猿——居林叫,白鸟双双避钓飞。欲画净名居士像,焚香愿见陆探微。

怀智栖上人

临水登山自有期,不同游子暮何之。闲眠默坐身堪赏,已去还来事可知。林鸟隔云飞一饷,草虫和雨叫多时。思君最易令人老,倚槛空吟所寄诗。

峡中酬荆南郑准

山斋西向蜀江溃,四载安居复有群。风雁势高犹可见,雪猿声苦不堪闻。新诗写出难胜宝,破衲披行却类云。每喜溯流宾客说,元瑜刀笔润雄军。

寄荆门郑准

传衣传钵理难论,绮靡销磨二雅尊。不许姓名留县观,终携瓶锡去云门。窗间挂烛通宵在,竹上题诗隔岁存。珍重荆门郑从事,十年同受景升恩。

将欲再游荆渚留辞岐下司徒

竹锡铜瓶配衲衣,殷公楼畔偶然离。白莲几看从开日,明月长吟到落时。活计本无桑柘润,疏慵寻有水云资。今朝回去精神别,为得头厅宰相诗。

赠村公

绁衣木突此乡尊,白尽须眉眼未昏。醉舞神筵随鼓笛,闲歌圣代和儿孙。黍苗一顷垂秋日，茅栋三间映古原。也笑长安名利处，红尘半是马蹄翻。

秋夜吟

梧桐雨畔夜愁吟，抖擞衣裾藓色侵。枉道一生无系着，湘南山水别人寻。

读齐己上人集 一作栖蟾诗

诗为儒者禅，此格的惟仙。古雅如周颂，清和甚舜弦。冰生听瀑句，香发早梅篇。想得吟成夜，文星照楚天。

除夜 一作栖蟾诗

九冬三十夜，寒与暖分开。坐到四更后，身添一岁来。鱼灯延腊火，兽炭化春灰。青帝今应老，迎新见几回。

送人归乡

多才与命违，末路忆柴扉。白发何人问，青山一剑归。晴烟独鸟没，野渡乱花飞。寂寞长亭外，依然空落晖。

述怀

青门聊极望，何事久离群。芳草失归路，故乡空暮云。信回陵树老，梦断灞流分。兄弟正南北，鸿声堪独闻。

五城初罢构，海上忆闲行。触雪麻衣静，登山竹锡轻。天寒岳寺出，日晚岛泉清。坐与幽期遇，何湖心渺冥。

宿寿安甘棠馆

行人方倦役，到此似还乡。流水来关外，青山近洛阳。溪云归洞鹤，松月半轩霜。坐恐晨钟动，天涯道路长。

山空蕙气香，乳管折云房。愿值壶中客，亲传肘后方。三更礼星斗，寸匕服丹霜。默坐树阴下，仙经横石床。

送朴山人归新罗

浩渺行无极，扬帆但信风。云山过海半，乡一作椰树入舟中。波定遥天出，沙平远岸穷。

离心寄何处，目击曙霞东。

宿清远峡山寺

寺近朝天路，多闻玉佩音。鉴人开慧眼，归鸟息禅心。磬接星河曙，窗连夏木深。此中能宴坐，何必在云林。

松山岭

平生闲放久，野鹿许为群。居止邻西岳，轩窗度白云。斋心饭松子，话道接茅君。汉主恩情去，空山起夕氛。

句

浸浸三楚白，渺渺九江寒。《雪》，见《吟窗杂录》。

虚中

虚中，宜春人。客于马氏，住湘西粟城寺，与齐己、尚颜、栖蟾为诗友。《碧云集》一卷，今存诗十四首。

泊洞庭

槐柳未知秋，依依馆驿头。客心俱念远，时雨自相留。浪没货鱼市，帆高卖酒楼。夜来思展转，故里在南州。

善卷坛

耕荒凿原时，高趣在希夷。大舜欲逊国，先生空敛眉。五溪清不足，千古美无亏。纵遣亡淳者，何人投所思。

石城金谷

晋祚一倾摧，骄奢去不回。只应荆棘地，犹作绮罗灰。狐兔闲生长，樵苏静往来。踟蹰意无尽，寒日又西颓。

庾楼

郡楼名甚远，几换见楼人。庾亮魂应在，清风到白蘋。晴轩分楚汉，夜酒揖星辰。何必匡山上，独言无世尘。

经贺监旧居

不恋明皇宠，归来镜水隅。道装汀鹤识，

春醉钓人扶。逐朵云如吐,成行雁侣驱。兰亭名景在,踪迹未为孤。

献郑都官

早晚辞班列,归寻旧隐峰。代移家集在,身老诏书重。药秘仙都诀,茶开蜀国封。何当答群望,高蹑傅岩踪。

寄华山司空图二首

门径放莎垂,往来投刺稀。有时开御札,特地挂朝衣。岳信僧传去,仙—作天香鹤带归。他年二南化—作旨,无复更衰微。

逍遥短褐成,一剑动精灵。白昼梦仙岛,清晨礼道经。黍苗侵野径,桑椹污闲庭。肯要为邻者,西南太华青。

赠屏风岩栖蟾上人

岩房高且静,住此几寒暄。鹿嗅安禅石,猿啼乞食村。朝阳生树罅,古路—作道透云根。独我闲相觅,凄凉碧洞门。

赠秀才

筠阳多胜致,夫子纵游遨。凤鸟瑞不见,鲈鱼价转高。门开沙屿静,船系树根牢。谁解伊人趣,村沽对郁陶。

送迁客

倏忽堕鹓行,天南去路长。片信曾不谄,获罪亦何伤。象恋藏牙浦,人贪卖子乡。此心终合雪,去已莫思量。

哭悼朝贤

前昨回私第,旋闻寝疾终。四邻方响绝,二月牡丹空。冢已迁名境,碑仍待至公。只应遗爱理,长在楚南风。

悼方干处士

先生在世日,只向镜湖居。明主未巡狩,白头闲钓鱼。烟莎一径小,洲岛四邻疏。独有为儒者,时来吊旧庐。

听轩辕先生琴

诀妙与功精,通宵膝上横。一堂风冷淡,千古意分明。坐客神魂凝,巢禽耳目倾。酷哉商纣世,曾不遇先生。

芳草

绵绵芳草绿,何处动深思。金谷人亡后,沙场日暖时。龙鳞藏有瑞,风雨洒无私。欲采兰兼蕙,清香可赠谁?

句

喜鱼在深处,幽鸟立多时。《马侍中池亭》。《纪事》。

菖蒲花不艳,鹦鹉性多灵。《古今诗话》。

盘中是祥瑞,天下恰炎蒸。《卖冰者》。以下见《吟窗杂录》。

待暖还须去,门前有路岐。《夜坐》。

春雨无高下,花枝有短长。《春诗》。

老负峨眉月,闲看云水心。《赠齐己》,《五代史补》。

栖蟾

栖蟾,居屏风岩。诗十二首。

短歌行

蟾光堪自笑,浮世懒思量。身得几时活,眼开终日忙。千门无寿药,一镜有愁霜。早向尘埃—作云泥外,光阴任短长。

除夜—作尚颜诗

九冬三十夜,寒与暖分开。坐到四更后,身添一岁来。鱼灯延腊火,兽炭化春灰。青帝今应老,迎新见几回。

宿巴江

江声五十里,泻碧急于弦。不觉日又夜,争教人少年。一灯巫峡月,两岸子规天。山影似相伴,浓遮到晓船。

游边

边云四顾浓,饥马嗅枯丛。万里八九月,一身西北风。偷营天正黑,战地雪多红。昨夜东归梦,桃花暖色中。

居南岳怀沈彬

石房开竹扉,茗外独支颐。万木还无叶,百年能几时。隔云闻狖过,截雨见虹垂。因忆岳南客,晏眠吟好诗。

南中怀友生

荔枝江上立,望北几思量。隔海无书札,前年在汉阳。獐村人起早,铜柱象揩光。居此成何事,寻君过碧湘。

赠南岳玄泰布衲

曹溪入室人,终老甚难群。四十余年内,青山与白云。松和巢鹤看,果共野猿分。海外僧来说,名高自小闻。

寄问政山聂威仪

先生卧碧岑,诸祖是知音。得道无一法,孤云同寸心。岚光薰鹤诏,茶味敌人参。苦向壶中去,他年许我寻。

送迁客

谏频甘得罪,一骑入南深。若顺吾皇意,即无臣子心。织花蛮市布,捣月象州砧。蒙雪知何日,凭楼望北吟。

读齐己上人集—作尚颜诗

诗为儒者禅,此格的惟仙。古雅如周颂,清和甚舜弦。冰生听瀑句,香发早梅篇。相得吟成夜,文星照楚天。

牧童

牛得自由骑,春风细雨飞。青山青草里,一笛一蓑衣。日出唱歌去,月明抚掌归。何人得似尔,无是亦无非。

再宿京口禅院

滩声依旧水溶溶,岸影参差对梵宫。楚树七回凋旧叶,江人两至宿秋风。蟾蜍竹老摇疏白,菡萏池干落碎红。多病支郎念行止,晚年生计转如蓬。

全唐诗卷八百四十九

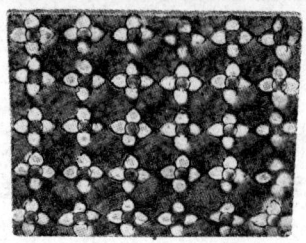

可朋

可朋,丹棱人。好酒,自号醉髡。《玉垒集》十卷,今存诗四首。

耕田鼓诗

农舍田头鼓,王孙筵上鼓。击鼓兮皆为鼓,一何乐兮一何苦。上有烈日,下有焦土。愿我天翁,降之以雨。令桑麻熟,仓箱富。不饥不寒,上下一般。

赋洞庭

周极八百里,凝眸望则劳。水涵天影阔,山拔地形高。贾客停非久,渔翁转几遭。飒然风起处,又是鼓波涛。

赠方干

盛名传出自皇州,一举参差便缩头。月里岂无攀桂分,湖中刚爱钓鱼休。童偷诗稿呈邻叟,客乞书题谒郡侯。独泛短舟何限景,波涛西接洞庭秋。

桐花鸟

五色毛衣比凤雏,深花丛里只如无。美人买得偏怜惜,移向金钗重几铢。

句

来多不似客,坐久却垂帘。见《纪事》。

虹收千嶂雨,潮展半江天。见《刘公诗话》。

诗因试客分题僻,棋为饶人下著低。

伤心尽日有啼鸟,独步残春空落花。《杜甫旧居》。

唯陪北楚三千客,多话东林十八贤。

乍当暖景飞仍慢,欲就芳丛舞更高。《蝶》,见《偶谈》。

昙域

昙域,贯休弟子也。诗集若干卷,今存诗

三首。

宿郑谏议山居

堂开星斗边,大谏采薇还。禽隐石中树,月生池上山。凉风吹咏思,幽语隔禅关。莫拟归城计,终妨此地闲。

怀齐己

鬓髯秋景两苍苍,静对茅斋一炷香。病后身心俱澹泊,老来朋友半凋伤。峨眉山色侵云直,巫峡滩声入夜长。犹喜深交有支遁,时时音信到松房。

赠岛云禅师

远庵枯叶满,群鹿亦相随。顶骨生新发,庭松长旧枝。禅高太白月,行出祖师碑。乱后潜来此,南人总不知。

栖一

栖一,武昌人,与贯休同时。诗二首。

垓下怀古

缅想咸阳事可嗟,楚歌哀怨思无涯。八千子弟归何处,万里鸿沟属汉家。弓指阵前争日月,血流垓下定一作走龙蛇。拔山力尽乌江水,今古悠悠空浪花。

武昌怀古

战国城池尽悄然,昔人遗迹遍山川。笙歌罢吹几多日,台榭荒凉七百年。蝉响夕阳风满树,雁横秋岛雨漫天。堪嗟世事如流水,空见芦花一钓船。

处默

处默,初与贯休同薙染,后入庐山,与修睦、栖隐游。诗一卷,今存诗八首。

圣果寺

路自中峰上,盘回出薜萝。到江吴地尽,隔岸越山多。古木丛青霭,遥天浸白波。下方城郭近,钟磬杂笙歌。

送僧游西域

一盂兼一锡,只此度流沙。野性虽为客,禅心即是家。寺披云峤雪,路入晓天霞。自说游诸国,回应岁月赊。

远烟

霭霭前山上,凝光满薜萝。高风吹不尽,远树得偏多。翠与晴云合,轻将淑气和。正堪流野目,朱阁意如何。

萤

熠熠与娟娟,池塘竹树边。乱飞如拽火,成聚却无烟。微雨洒不灭,轻风吹欲燃。昔时书案上,频把作囊悬。

忆庐山旧居

粗衣粝食老烟霞,勉把衰颜惜岁华。独鹤只为山客伴,闲云常在野僧家。丛生嫩蕨粘松粉,自落干薪带藓花。明月清风旧相得,十年归恨可能赊。

题栖霞寺僧房

名山不取买山钱,任构花宫近碧巅。松桧老依云里寺,楼台深锁洞中天。风经绝嶂回疏雨,石倚危屏挂落泉。欲结茅庵共师住,肯饶多少薜萝烟。

山中作

席帘高卷枕高敧,门掩垂萝蘸碧溪。闲把史书眠一觉,起来山日过松西。

织妇

蓬鬓蓬门积恨多,夜阑灯下不停梭。成缣犹自陪钱纳,未直青楼一曲歌。

句

太平时节无人看,雪刃闲封满匣尘。《剑》,见王正字《诗格》。

修睦

修睦,光化中为洪州僧正,与贯休、处默、

栖隐为诗友。诗二十首。

秋日闲居
是事不相关,谁人似此闲。卷帘当白昼,移榻对青山。野鹤眠松上,秋苔长雨间。岳僧频有信,昨日得书还。

宿岳阳开元寺
竟夕凭虚槛,何当兴叹频。往来人自老,今古月常新。风逆—作风送沈鱼唱,松疏露鹤身。无眠钟又动,几客在迷津。

送边将
人尽有离别,而君独可—作无嗟。言将身报国,敢望禄荣家。战思风吹野,乡心月照—作满沙。归期定何日,塞北树无花。

雪中送人北游
然知心去速,其奈雪飞频。莫喜—作叹无危道,虽平更陷人。远郊光接汉,旷野色通秦。此去迢遥极,却回应过春。

落叶
雨过闲田地,重重落叶—作尽红。翻思向春日,肯信有秋风。几处随流水,河边乱暮空。只应松自立,而不与君同。

落花
一片又一片,等闲苔面红。不能延数日,开亦是春风。公子歌声歇,诗人眼界空。遥思故山下,经雨两三丛。

题田道者院
入门空寂寂,真个出家儿。有行鬼不见,无心人谓痴。古岩寒柏对,流水落花随。欲别一何懒,相从所恨迟。

东林寺
欲去不忍去,徘徊吟绕廊。水光秋潋滟,僧好语寻常。碑古苔文叠,山晴钟韵长。翻思南岳上,欠此白莲香。

寄贯休上人
常语亦关诗,常流安得知。楚郊来未久,吴地住多时。立月无人近,归林有鹤随。所居浑不远,相识偶然迟。

喜僧友到
十年消息断,空使梦烟萝。嵩岳几时下,洞庭何时过。瓶干离涧久,衲坏卧云多。意欲相留住,游方肯舍么。

怀虚中上人
檐雨滴更残,思君安未安。湘川闻不远,道路去寻难。吟鬓霜应蚀,禅衣雪渐寒。倚松因独立,一鸟下江干。

简寂观
正同高士坐烟霞,思著闲忙又是嗟。碧岫观中人似鹤,红尘路上事如麻。石肥滞雨添苍藓,松老涵风落翠花。莫道此间无我分,遗民长在惠持家。

睡起作
长空秋雨歇,睡起觉精神。看水看山坐,无名无利身。偶吟诸祖意,茶碾去年春。此外谁相识,孤云到砌频。

卖松者
求利有何限,将松入市来。直饶人买去,也向柳边栽。细叶犹粘雪,孤根尚惹苔。知君用心错,举世重花开。

思齐己上人
同人与流俗,相谓好襟灵。有口不他说,长年自诵经。水声秋后石—作室,山色晚来庭。客问修何法,指松千岁青。

送玄泰禅师
去去去何住,一盂兼一瓶。水边寒草白,岛外晚峰青。宿处林闻虎,行时天有星。回期谁可定,浮世重看经。

三生石

圣迹谁会得,每到亦徘徊。一尚不可得,三从何处来。清宵寒露滴,白昼野云隈。应是表灵异,凡情安可猜。

题僧梦微房

东海日未出,九衢人已行。吾师无事坐,苔藓入门生。雨过闲花落,风来古木声。天台频说法,石壁欠题名。

秋台作

独上高楼上,客情何物同。孤云无定处,长日信秋风。兄弟多年别,关河此夕中。到头归去是,免使叹洪蒙。

怀故园

故园归未得,此日意何伤。独坐水边草,水流春日长。

无作

无作,字不用,姓司马氏。吴越四明山僧,善草隶诗歌,不谒王侯,自号逍遥子。诗一首。

谢武肃王

云鹤性孤单,争堪名利关。衔恩虽入国,辞命却归山。

清尚

清尚,与齐己同时。诗一首。

哭僧

道力自超然,身亡同坐禅。水流元在海,月落不离天。溪白葬时雪,风香焚处烟。世人频下泪,不见我师玄。

乾康

乾康,零陵人。诗二首。

投谒齐己

隔岸红尘忙似火,当轩青嶂冷如冰。烹茶童子休相问,报道门前是衲僧。

赋残雪

康谒永州守,睹其老丑,不信能诗。时积雪方消,命为题试之。守大惊曰:"其旨不浅。"待以殊礼。

六出奇花已住开,郡城相次见楼台。时人莫把和泥看,一片飞从天上来。

句

镜湖中有月,处士后无人。荻笋抽高节,鲈鱼跃老鳞。《经方千旧居》甚为齐己所称。

全唐诗卷八百五十

无考

昙翼 诗一首

招隐 第四句缺一字

连峰数千里,修林带平津。云起远山翳,风至□荒榛。茅茨隐不见,鸡鸣知有人。蹑磴践其迹,处处见遗薪。乃知百代下,固有上皇民。

隐求 一作隐丘。诗一首

石桥琪树

山上天将近,人间路渐遥。谁当云里见,知欲渡仙桥。

智远 诗一首

律僧

滤水与龛灯,长长护有情众生谓有情。自从青草出,便不下阶行。北阙应无梦,南山旧有名。将何喻浮世,惟指浪沤轻。

无闷 诗二首

暮春送人

折柳亭边手重携,江烟澹澹草萋萋。杜鹃不解一作顾离人意,更向落花枝上啼。

寒林石屏

草堂无物伴身闲,惟有屏风枕簟间。本向他山求得石,却于石上看他山。

尚志诗一首

江上秋志

到来江上久,谁念旅游心。故国无秋信,邻家有暮砧。坐遥翻不睡,愁极却成吟。即恐髭连鬓,还为白所侵。

玄宝诗一首

路

南北东西去,茫茫万古尘。关河无尽处,风雪有行人。险极山通蜀,平多地入秦。营营名利者,来往岂辞频。

怀浦诗二首

赠智舟三藏

壮岁心难伏,师心伏岂难。寻常独在院,行坐不离坛。岳雪当禅暝,松声入咒寒。更因文字外,多把史书看。

初冬旅舍早怀

枕上角声微,离情未息机。梦回三楚寺,寒入五更衣。月没栖禽动,霜晴冻叶飞。自惭行役早,深与道相违。

亚栖诗二首

对御书后一绝

通神笔法得玄门,亲入长安谒至尊。莫怪出来多意气,草书曾悦圣明君。

题英禅师

将知德行异寻常,每见持经在道场。欲识用心精洁处,一瓶秋水一炉香。

惟审诗三首

别友人

一身无定处,万里独销魂。芳草迷归路,春衣滴泪痕。见时休—作同旅食,向夜宿江村。欲识异乡苦,空山啼暮猿。

赋得闻晓莺—作黄鸟啼

卷帘清梦后,芳树引流莺。隔叶传春意,穿花送晓声。未调云路翼,空负桂枝情。莫尽关关—作西兴,羁愁正厌生。

春日旅怀呈知己

生涯万事有苍苍,应任流萍便越乡。春水独行人渐远,故园归梦—作路夜空长。一声隔浦猿啼处,数滴惊心泪满裳。不为知音皆鲍叔,信谁—作凭江上去茫茫。

慕幽诗六首

剑客

去住知—作如何处,空将一剑行。杀人虽取次,为事爱公平。戟立嗔髭鬓,星流忿眼睛。晓来湘市—作相共说,拂曙别辽城。

酬和友人见寄—作冬日淮上别文上人

劳歌好自看,终久偶齐桓。五字若教易,一名争得难。侵窗红树—作叶老,荫砌雪花残。莫效齐僚属,东归剪钓竿。

冬日淮上别文上人—作酬和友人见寄

家国各万里,同吟六七年。可堪随北雁,迢递向南天。水共—作与行人远,山将落日连。春淮有双鲤,莫忘尺书传。

柳

今古凭君一赠行,几回折尽复重生。五株斜傍渊明宅,千树低垂太尉营。临水带烟藏翡翠,倚风兼雨宿流莺。隋皇堤畔—作上依依在,曾惹当时歌吹声。

三峡闻猿

谁向兹来不恨生,声声都是断肠声。七千里外一家住,十二峰前独自行。瘴雨晚藏神女庙,蛮烟寒锁夜郎城。凭君且听—作莫哀吟好,会待青云道路平。

灯

钟断危楼鸟不飞,荧荧何处最相宜。香燃水寺僧开卷,笔写春帏客著诗。忽尔思多穿壁处,偶然心尽断缨时。孙康勤苦谁能念,少减余光借与伊。

释彪诗一首

宝琴

吾有一宝琴,价重双南金。刻作龙凤象,弹为山水音。星从徽里发,风来弦上吟。钟期不可遇,谁辨曲中心。

法轮诗一首

观大驾出叙事寄怀见《文苑英华》

紫台宵漏竭,青门曙鼓通。轻霞照复道,徐吹转相风。玉銮光万骑,金舆郁五戎。鸣笳犹度阙,清跸尚喧宫。云旗乱陌紫,羽旆杂尘红。百城归北丽,两汉久惭雄。吾曹陋薄技,余庆洽微躬。平原已起洛,印手亦还丰。得奉衣冠盛,仍观书轨同。犹言待封告,未忍向华嵩。

尚能诗一首

中秋旅怀

所畜惟骚雅,兼之得固穷。望乡连北斗,听雨带西风。稼穑村坊远,烟波路径通。冥搜清绝句,恰似有神功。

句

霜洲枫落尽,月馆竹生寒。见《万花谷》。

常雅诗一首

题伍相庙

苍苍古庙映林峦,漠漠烟霞覆古坛。精魄不知何处在,威风犹入浙江寒。

沧浩诗一首

怀旧山一作别嘉兴知己

一坐西林寺,从来未下山。不因寻长者,无事到人间。宿雨愁为客,寒花笑未还一作寒禽散未还。空怀旧山月,童子诵经闲。

若水诗一首

题慧山泉

石脉绽寒光,松根喷晓凉。注瓶云母滑,漱齿茯苓香。野客偷煎茗,山僧借净床。安禅何所问,孤月在中央。

文鉴诗一首

题马迹山

瀛洲西望沃洲山,山在平湖缥缈间。常说使君千里马,至今龙迹尚堪攀。

全唐诗卷八百五十一

慈恩寺沙门 高宗时

和御制游慈恩寺

皇风扇祇树,至德茂禅林。仙华曜日彩,神幡曳远阴。绮殿笼霞影,飞阁出云心。细草希慈泽,恩光重更深。

水心寺僧

赠贾松先辈

嵯峨山上石,岁岁色长新。若使尽成宝,谁为知己人。

无名释

古梅

火虐风饕水渍根,霜皴雪皱古苔痕。东风未肯随寒暑,又蘖清香与返魂。

南唐失名僧

月

徐徐东海出,渐渐上天衢。此夜一轮满,清光何处无。前二句一作团团离海峤,渐渐出云衢。

吴越僧

武肃王有旨,石桥设斋会进一诗,共六首

南有天台事可尊,孕灵含秀独超群。重重曲涧侵危石,步步层岩踏碎云。金雀每从云里现,异香多向夜深闻。当知此界非凡界,一道幽奇各自分。

仙源佛窟有天台,今古嘉名遍九垓。石磴嵌空神匠出,瀑泉雄壮雨声来。景强偏感高僧上,地胜能令远思开。一等翘诚依此处,自然灵贶作梯媒。

智泉福海莫能逾,亲自王恩运睿谟。感现

尽冥心境界,资持全固道根株。石梁低翥红鹦鹉,烟岭高翔碧鹧鸪。胜妙重重惟祷祝,永资军庶息灾虞。

凌晨迎请倍精诚,亲散鲜花异处清。罗汉攀枝呈梵相,岩僧倚树现真形。神幡双出红霞动,宝塔全开白气生。都为王心标意切,满空盈月瑞分明。

幡花宝盖满青川,祈祷迎来圣半千。莫道胜缘无影响,须知嘉会有因缘。空中长似闻天乐,岩畔常疑有地仙。何必更寻兜率去,重重灵应事昭然。

登云步岭涉烟程,好景随心次第生。圣者已符祥瑞事,地灵全副祷祈情。洞深重叠拖云湿,滩浅潺湲漱水清。愿满事圆归去路,便风相送片帆轻。

唐末僧

题户诗

枕有思乡泪,门无问疾人。尘埋床下履,风动架头巾。

神迥

临晋人,姓田。贞观间,流化岷峨,为道俗宗仰。

逸句

鸦鸣东牖曙,草秀南湖春。见《诗式》。

可隆

字了空,俗姓慕容,住福州东禅院,五代时人。

逸句

万般思后行,一失废前功。《观棋》。

尔鸟 唐末蜀沙门

逸句

鲸目光烧半海红,鳌头浪蹙掀天白。见《诗话总龟》。

元础 上都僧

逸句

寺隔残潮去。

采药过泉声。

林塘秋半宿,风雨作深来。

悟清 唐僧

逸句

鸟归花影动,鱼没浪痕圆。

契盈

闽中人,住杭州龙华禅寺。

逸句

三千里外一条水,十二时中两度潮。见《五代史补》。

淡然

逸句

到处自凿井,不能饮常流。

庭实 江南僧

逸句

吟中双鬓白,笑里一生贫。见《诗史》。

知业

吴越时湖州圣保寺僧,有诗名。

逸句 第二句缺一字

接岸桥通何处路,倚栏人□是谁家。见《葆

光录》。

云容

逸句

　　木末上明星。

元幽

逸句

　　一万莲经三十春,半生不蹋院门尘。

志定

逸句

　　惟有樽前今夜月,当时曾照堕楼人。

梧桐叶老蝉声死,一夜洞庭波上风。见《张为主客图》。

灵准

逸句

　　晴看汉水广,秋觉岘山高。

荆州僧

逸句

　　犬熟护邻房。

全唐诗卷八百五十二

道士

司马承祯

司马承祯,字子微,河内人。好学,工篆隶。居天台紫霄峰,则天、睿宗、明皇累召见,问道术。后居王屋山卒,赠真一先生。诗一首。

答宋之问

时既暮兮节欲春,山林寂兮怀幽人。登奇峰兮望白云,怅缅邈兮象欲纷。白云悠悠去不返,寒风飕飕吹日晚。不见其人谁与言,归坐弹琴思逾远。

张氲

张氲,一名蕴,字藏真,晋州人。神情秀逸,倜闲,学道不娶。尝寓李峤家十余年,栖息洪崖古坛,自号洪崖子。天后及明皇朝屡召不赴。诗三首。

醉吟三首

去岁无田种,今春乏酒材。从他花鸟笑,佯醉卧楼台。

下调无人睬,高心又被瞋。不知时俗意,教我若为人。

入市非求利,过朝不为名。有时随俗物,相伴且营营。

司马退之

司马退之,开元中道士。诗一首。

洗心

不践名利道,始觉尘土腥。不味稻粱食,始觉精神<small>一作神骨</small>清。罗浮奔走外,日月无短明。山瘦松亦劲,鹤老飞更轻。道遥此中客,翠发皆长生。草木多古色,鸡犬无新声。君有出俗志,不贪英雄名。傲然脱冠带,改换人间情。去矣丹霄路,向晓云冥冥。

裴儆然

裴儆然,楚州刺史思训之子。开元中为道士,好诗酒,善丹青。诗一首。

夜醉卧街 开元中,夜醉卧街犯禁,乃为此诗

遮莫冬冬动—作鼓,须倾满满杯。金吾如借问,但—作报道玉山颓。

轩辕弥明

轩辕弥明,元和中衡山道士。诗一首。

谒尧帝庙 桂州尧庙有开元二年弥明谒尧诗,自宋镌石

祖龙开国尽遐荒,庙建唐尧镇此邦。山卷白云朝帝座,林疏红日列仙幢。巍巍圣迹陵松峤,荡荡恩波洽桂江。瞻仰威灵共回首,紫霞深处锁轩窗。

陈寡言

陈寡言,字太初,暨阳人。从田良逸学道,元和中住桐柏山。诗二首。

山居

照水冰如鉴,扫雪玉为尘。何须问今古,便是上皇人。

醉卧茅堂不闭关,觉来开眼见青山。松花落处宿猿在,麋鹿群群林际还。

临化示弟子

我本无形暂有形,偶来人世逐营营。轮回债负今还毕,搔首儆然归上清。

李升

李升,字云举,江夏人。学炼气养形之术,与元、白善。年百余岁卒。诗一首。

元白席上作—作吕岩遇钟离先生作

生在儒家遇太平,悬缨垂带布衣轻。谁能世路趋名利,臣事玉皇归上清。

范尧佐

范尧佐,长庆、元和中道士。诗一首。

一字至七字诗 以题为韵,同王起诸公送白居易分司东都作

书

书。凭雁,寄鱼。出王屋,入匡庐。文生益智,道著清虚。葛洪一万卷,惠子五车余。银钩屈曲索靖,题桥司马相如。别后莫睽千里信,数封缄送到闲居。

徐灵府

徐灵府,自号默希子,钱塘人。居天台虎头岩上,以修炼自乐。武宗诏征之,力辞免。尝撰《天台山记》、《三洞要略》、《玄鉴》等书。诗三首。

言志献浙东廉访辞召

野性歌三乐,皇恩出九重。那烦紫宸命,远下白云峰。多愧书传鹤,深惭纸书龙。将何佐明主,甘老在岩松。

自咏二首

寂寂凝神太极初,无心应物等空虚。性修自性非求得,欲识真人只是渠。

学道全真在此生,何须待死更求生。今生不了无生理,纵复生知那处生。—作侯台闲吟

吴子来

吴子来,大中末道士。诗二首。

留观中诗二首

《云笈七签》云:子来自成都双流县兴唐观中,养气绝粒,时亦饮酒,他无所营。一日自写其真,并诗二章,留遗观中道士费玄真去。

终日草堂间,清风常往还。耳无尘事扰,心有玩云闲。对酒惟风月,餐松不厌山。时时吟内景,自合驻童颜。

此生此物当生涯,白石青松便是家。对月卧云如野鹿,时时买酒醉烟霞。

全唐诗卷八百五十三

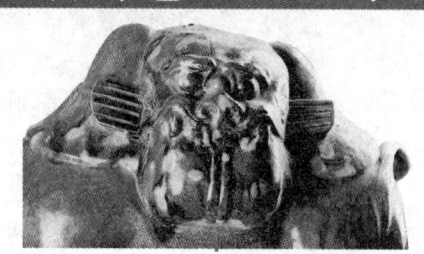

吴筠

吴筠,字贞节,华州华阴人。少通经,善属文。举进士不第,去入嵩山为道士。明皇闻其名,遣使征至,待诏翰林。天宝中,坚求还山。寻入会稽,隐剡中。大历中年卒,弟子私谥为宗玄先生。集十卷,今编诗一卷。

游仙二十四首

启册观往载,摇怀考今情。终古已寂寂,举世何营营。悟彼众仙妙,超然含至精。凝神契冲玄,化服凌太清。心同宇宙广,体合云霞轻。翔风吹羽盖,庆霄拂霓旌。龙驾朝紫微,后天保令名。岂如寰中士,轩冕矜暂荣。

鸾凤栖瑶林,雕鹗集平楚。饮啄本殊好,翱翔终异所。吾方遗喧嚣,立节慕高举。解兹区中恋,结彼霄外侣。谁谓天路遐,感通自无阻。

愍俗从迁谢,寻仙去沦没。三元有真人,与我生道骨。凌晨吸丹景,入夜饮黄月。百关弥调畅,方寸益清越。栖神合虚无,洞览周恍惚。不觉随玉皇,焚香诣金阙。

西龟初定箓,东华已校名。三官无遗谴,七祖升云軿。体妙尘累隔,心微玄化并。一朝出天地,亿载犹童婴。使我齐浩劫,萧萧宴玉清。

怡神在灵府,皎皎含清澄。仙经不吾欺,轻举信有征。畴昔希道念,而今果天矜。岂非阴功著,乃致白日升。焉用过洞府,吾其越朱陵。

高真诚寥邈,道合不我遗。孰谓姑射远,神人可同嬉。结驾从之游,飘飘出天垂。不理人自化,神凝物无疵。因知至精感,足以和四时。

碧海广无际,三山高不极。金台罗中天,羽客恣游息。霞液朝可饮,虹芝晚堪食。啸歌自忘心,腾举宁假翼。保寿同三光,安能纪千亿。

将过太帝宫,暂诣扶桑处。真童已相迓,为我清宿雾。海若宁洪涛,羲和止奔驭。五云结层阁,八景动飞舆。青霞正可把,丹椹时一遇。留我宴玉堂,归轩不令遽。

欲超洞阳界,试鉴丹极表。赤帝跃火龙,炎官控朱鸟。导我升绛府。长驱出天杪。阳灵赫重晖,四达何皎皎。为尔流飘风,群生遂无夭。

予因诣金母,飞盖超西极。遂入素中天,停轮太蒙侧。若华拂流影,不使白日匿。倾曦复亭午,六合无暝色。道化随感迁,此理谁能测。

九龙何蜿蜿,载我升云纲。临睍怀旧国,风尘混苍茫。依依远人寰,去去迩帝乡。上超星辰纪,下视日月光。倏已过太微,天居焕煌煌。

停骖太仪侧,整服金阙前。肃肃承上帝,锵锵会群仙。鸿炉发灵香一作音,广庑张钧天。玉醴洽中座,霞膏充四筵。良期无终极,俯仰移亿年。

峻朗妙门辟,澄微真鉴通。琼林九霞上,金阁三天中。飞虬跃庆云,翔鹤拊灵风。郁彼玉京会,仙期六合同。

予升至阳元一作源,欲憩明霞馆。飘飘琼轮举,晔晔金景散。结虚成万有,高妙咸可玩。玉山郁嵯峨,琅海杳无岸。暂赏过千椿,遐龄谁复算。

招携紫阳友,合宴玉清台。排景羽衣振,浮空云驾来。灵旛七曜动,琼障九光开。风舞龙璈奏,虬轩殊未回。

高升紫极上,宴此玄都岑。玉藻散奇香,琼柯流雅音。灵风生太漠,习习吹人襟。体混希微广,神凝空洞深。萧然宇宙外,自得乾坤心。

晨登千仞岭,俯瞰四人居。原野间城邑,山河分里闾。眇彼埃尘中,争奔声利途。百龄宠辱尽,万事皆为虚。自昔无成功,安能与尔俱。将期驾云影,超亦升天衢。

骨炼体弥清,鉴明尘已绝。恬夷宇宙泰,焕朗天光彻。羽服参烟霄,童颜皎冰雪。隐符千魔骇,鸣玉万帝悦。遂使区宇中,祅气永沦灭。

朝逾弱水北,夕憩钟山顶。巅顶清玄宫,禺强扫幽境。烛龙发神曜,阴野弥焕炳。导达三气和,驱除六天静。玉楼互相晖,烟客何秀颖。一举流霞津,千年在俄顷。

扬盖造辰极,乘烟游阆风。上元降玉闼,王母开琳宫。天人何济济,高会碧堂中。列侍奏云歌,真音满太空。千年紫柰熟,四劫灵瓜丰。斯乐异荒宴,陶陶殊未终。

整驾辞五岳,排烟凌九霄。纷然太虚中,羽旆更相招。且盼蓬壶近,谁言昆阆遥。悠悠竟安适,仰赴三天朝。

予招三清友,迥出九天上。挠挑绝漠中,差池遥相望。大空含常明,入外无隐障。鸾凤有逸翮,泠然恣飘扬。寥寥唯玄虚,至乐在神王。

纵身太霞上,眇眇虚中浮。八威先启行,五老同我游。灵影何灼灼,祥风正寥寥。啸歌振长空,逸响清且柔。遨嬉无迹赏,顾昐皆真俦。不疾而自速,万天俄已周。

返视太初先,与道冥至一。空洞凝真精,乃为虚中实。变通有常性,合散无定质。不行迅飞电,隐曜光白日。玄栖忘玄深,无得固无失。

览古十四首

圣人重周济,明道欲救时。孔席不暇暖,墨突何尝缁。兴言振颓纲,将以有所维。君臣恣淫惑,风俗日凋衰。三代业遽陨,七雄遂交驰。庶物坠涂炭,区中若梦丝。秦皇燎儒术,方册靡孑遗。大汉历五叶,斯文复崇推。乃验经籍道,与世同屯夷。弛张固天意,设教安能持。

兴亡道之运,否泰理所全。奈何淳古风,既往不复旋。三皇已散朴,五帝初尚贤。王业与霸功,浮伪日以宣。忠诚及狙诈,淆混安可甄。余智入九霄,守愚沦重泉。永怀巢居时,感涕徒泫然。

栋宇代巢穴,其来自三皇。迹生固为累,经始增百王。瑶台既灭夏,琼室复陨汤。覆车世不悟,秦氏兴阿房。继踵迷反正,汉家崇建章。力役弊万人,瑰奇殚八方。徇志仍未极,促龄已云亡。侈靡竟何在,荆榛生庙堂。

闲居览前载,恻彼商与秦。所残必忠良,所宝皆凶嚚。眤谀方自圣,不悟祸灭身。箕子作周辅,孙通为汉臣。洪范及礼仪,后王用经纶。

吾观采苓什,复感青蝇诗。谗佞乱忠孝,古今同所悲。奸邪起狡猾,骨肉相残夷。汉储殒江充,晋嗣灭骊姬。天性犹可间,君臣固其宜。子胥烹吴鼎,文种断越鈹。屈原沈湘流,厥戚咸自贻。何不若范蠡,扁舟无还期。

尝稽真仙道,清寂祛众烦。秦皇及汉武,焉得游其藩。情扰万机屑,位骄四海尊。既欲先宇宙,仍规后乾坤。崇高与久远,物莫能两存。矧乃恣所欲,荒淫伐灵根。金膏恃延期,玉色复动魂。征战穷外域,杀伤被中原。天鉴谅难诬,神理不可谖。安期返蓬莱,王母还昆仑。异术终莫告,悲哉竟何言。

鲁侯祈政术,尼父从弃捐。汉主思英才,贾生被一作亦排迁。始皇重韩子,及睹乃不全。武帝爱一作钦相如,既征复忘贤。贵远世咸尔,贱今理共然。方知古来主,难以效当年。

食其昔未偶,落魄为狂生。一朝君臣契,雄辩何纵横。运筹康汉业,凭轼下齐城。既以智所达,还为智所烹。岂若终贫贱,酣歌本无营。

晁错抱远策,为君纳良规。削彼诸侯权,永用得所宜。奸臣负旧隙,乘衅谋相危。世主竟不辨,身戮宗且夷。汉景称钦明,滥罚犹如斯。比干与龙逢,残害何足悲。

绛侯成大绩,赏厚位仍尊。一朝对狱吏,荣辱安可论。苏生佩六印,奕奕为殃源。主父食五鼎,昭昭成祸根。李斯佐二辟,巨衅钟其门。霍孟翼三后,伊戚及后昆。天人忌盈满,兹理固永存。方知得意者,何必乘朱轮。灭景栖远壑,弦歌对清樽。二疏返海滨,蒋诩归林园。萧洒去物累,此谋诚足敦。

至人顺通塞,委命固无疵。吾观太史公,可谓识道规。留滞焉足愤,感怀殄生涯。吾叹龚夫子,秉义确不移。晦迹一何晚,天年夭当时。薰膏自销铄,楚老空余悲。

达者贵量力,至人尚知几。京房洞幽赞,神奥咸发挥。如何嫉元恶,不悟祸所归。谋物暗谋己,谁言尔精微。以上二首一本作一首。

玄元明知止,大雅尚保躬。茂先洽闻者,幽赜咸该通。弱年赋鹪鹩,可谓达养蒙。晚节希鸾鹄,长飞戾曾穹。知进不知退,遂令其道穷。伊昔辨福初,胡为迷祸终。方验嘉遁客,永贞天壤同。

圣人垂大训,奥义不苟设。天道殃顽凶,神明佑懿哲。斯言犹影响,安得复回穴。鲧鮌诞英睿,唐虞育昏孽。盗跖何延期,颜生乃短折。鲁隐全克让,祸机遂潜结。楚穆肆巨逆,福柄奕赫烈。田常弑其主,祚国久网缺。管仲存霸功,世祖一作祀成诡说。汉氏方版荡,群阉恣邪谲。謇謇陈蕃徒,孜孜抗忠节。誓期区宇静,爰使凶丑绝。谋协事靡从,俄而反诛灭。古来若兹类,纷扰难尽列。道遐理微芒,谁为我昭晰。吾将询上帝,寥廓讵跻彻。已矣勿用言,忘怀庶自悦。自楚穆以下,一本分作二首。

步虚词十首

众仙仰灵范,肃驾朝神宗。金景相照曜,

逶迤升太空。七玄已高飞,火炼生珠一作朱宫。余庆逮天壤,平和王道融。八威清游气一作氛,十绝舞祥风。使我跻阳源一作原,其来自阴功。逍遥太霞上,真鉴靡不通。

　　逸辔登紫清,乘光迈奔电。阆风隔三天,俯视犹可见。玉闼摽敞朗,琼林郁葱蒨。自非挺金骨,焉得谐夙愿。真朋何森森,合景恣游宴。良会忘淹留,千龄才一眄。

　　三宫发明景,朗照同郁仪。纷然驰飙欻,上采空清蕤。令我洞金色,后天耀琼姿。心协太虚静,寥寥竟何思。玄中有至乐,淡泊终无为。但与正真友,飘飘散一作从遨嬉。

　　禀化凝正气,炼形为真仙。忘心符元宗,返本协自然。帝一集绛宫,流光出丹玄。元英与桃君,朗咏长生篇。六府焕明霞,百关一作阙罗紫烟。飙车涉寥廓,靡靡乘景迁。不觉云路远,斯须游万天。

　　扶桑诞初景,羽盖凌晨霞。倏欻造西域,嬉游金母家。碧津湛洪源,灼烁敷荷花。煌煌青琳宫,粲粲列玉华。真气溢绛府,自然思无邪。俯矜区中士,夭浊良可嗟。

　　琼台劫万仞,孤映大罗表。常有三素云,凝光自飞绕。羽幢泛明霞,升降何缥缈。鸾凤吹雅音,栖翔绛林标。玉虚无昼夜,灵景何皎皎。一睹太上京,方知众天小。

　　灼灼青华林,灵风一作凤振琼柯。三光无冬春,一气清且和。回首迹结灵,倾眸亲曜罗。豁落制六天,流铃威百魔。绵绵庆不极,谁谓椿龄多。

　　高情一作清无侈靡,遇物生华光。至乐无箫歌,金玉音琅琅一作玉音自琳琅。或登明真台,宴此羽景堂。含霭结宝云,霏微散灵香。大人诚遐旷,欢泰不可量。

　　爰从太微上,肆觐虚皇尊。腾我八景舆,威迟入天门。既登玉宸庭,肃肃仰紫轩。敢问龙汉末,如何辟乾坤。怡然辍云璈,告我希夷言。幸闻至精理,方见造化源。

　　二气播万有,化机无停轮。而我操其端,乃能出陶钧。寥寥大漠一作升天汉上,所遇皆清真。澄莹含元和,气同自相亲。绛树结丹实,紫霞流碧津。以兹保童婴,永用超形神。

登北固山望海

　　此一作北山镇京口,迥出沧海湄。跻览何所见,茫茫潮汐驰一作池。云生蓬莱岛,日出扶桑枝。万里混一色,焉能分两仪。愿言策烟驾,缥缈寻安期。挥手谢人境,吾将从此辞。

听尹炼师弹琴

　　至乐本太一,幽琴和乾坤。郑声久乱雅,此道稀能尊。吾见尹仙翁,伯牙今复存。众人乘其流,夫子达其源。在山峻峰峙,在水洪涛奔。都忘迩城阙,但觉清心魂。代乏识微者,幽音谁与论。

题龚山人草堂

　　世人负一美,未肯甘陆沉。独抱匡济器,能怀真隐心。结庐迩城郭,及到云木深。灭迹慕颍阳,忘机同汉阴。启户面白水,凭轩对苍岑。但歌考槃诗,不学梁父吟。兹道我所适,感君齐素襟。勖哉龚夫子,勿使嚣尘侵。

游庐山五老峰

　　彭蠡隐深翠,沧波照芙蓉。日初金光满,景落黛色浓。云外听猿鸟,烟中见杉松。自然符幽情,潇洒惬所从。整策务探讨,嬉游任从容。玉膏正滴沥,瑶草多芊茸。羽人栖层崖,道合乃一逢。挥手欲轻举,为余扣琼钟。空香清人心,正气信有宗。永用谢物累,吾将乘鸾龙。

登庐山东峰观九江合彭蠡湖

　　百川灌彭蠡,秋水方浩浩。九派混东流,朝宗合天沼。写心陟云峰,纵目还缥缈。宛转众浦分,差池群山绕。江妃弄明霞,仿佛呈窈窕。而我临长风,飘然欲腾矫。昔怀沧洲兴,斯志果已绍。焉得忘机人,相纵洽鱼鸟。

建业怀古

炎精既失御,宇内为三分。吴王霸荆越,建都长江滨。爰资股肱力,以静淮海民。魏后欲济师,临流遽旋军。岂惟限天堑,所忌在有人。惜哉归命侯,淫虐败前勋。衔璧入洛阳,委躬为晋臣。无何覆宗社,为尔含悲辛。俄及永嘉末,中原塞胡尘。五马浮渡江,一龙跃天津。此时成大业,实赖贤缙绅。辟土虽未远,规模亦振振。谢公佐王室,仗节扫伪秦。谁为吴兵孱,用之在有伦。荏苒宋齐末,斯须变梁陈。绵历已六代,兴亡互纷纶。在德不在险,成败良有因。高堞复于隍,广殿摧于榛。王风久泯灭,胜气犹氤氲。皇家一区域,玄化通无垠。常言宇宙泰,忽遘云雷屯。极目梁宋郊,茫茫晦妖氛。安得倚天剑,斩兹横海鳞。徘—作服徊江山暮,感激为谁申。

经羊角哀墓作

祇召出江国,路傍旌古坟。伯桃葬角哀,墓近荆将军。神道不相得,称兵解其纷。幽明信难知,胜负理莫分。长呼遂刎颈,此节古未闻。两贤结情爱,骨肉何足云。感子初并粮,我心正氤氲。迟回驻征骑,不觉空林醺。

过天门山怀友

举帆遇风劲,逸势如飞奔。缥缈凌烟波,崩腾走川原。两山夹沧江,豁尔开天门。须臾轻舟远,想象孤屿存。归路日已近,怡然慰心魂。所经多奇趣,待与吾友论。一日如三秋,相思意弥敦。

舟中遇柳伯存归潜山,因有此赠

浇风久成俗,真隐不可求。何悟非所冀,得君在扁舟。目击道已存,一笑遂忘言。况观绝交书,兼睹箴隐文。

见君浩然心,视世如浮空。君归潜山曲,我复庐山中。形间心不隔,谁能嗟异同。他日或相访,无辞驭冷风。

舟中夜行

榜人识江路,挂席从宵征。莫辨洲渚状,但闻风波惊。阴云正飘飖,落月无光晶。岂不畏艰险,所凭在忠诚。何时达遥夜,伫见初日明。

晚到湖口见庐山作呈诸故人

夜舟达湖口,渐近庐山侧。高高标横天,隐隐何峻极。石镜启晨晖,炉烟凝寒色。旅泊将休暇,归心已陟陟。虚名久为累,使我辞逸域。良愿道不违,幽襟果兹得。故人在云峤,乃复同晏息。鸿飞入青冥,虞氏一作人罢缯弋。

苦春霖作寄友

应龙迁南方,霖雨备—作漏江干。俯望失平陆,仰瞻隐崇峦。阴风敛暄气,残月凄已寒。时鸟戢好音,众芳亦微残。万流注江湖,日夜增波澜。数君旷不接,悄然无与欢。对酒聊自娱,援琴为谁弹。弹为愁霖引,曲罢仍永叹。此叹因感物,谁能识其端。写怀寄同心,词极意未殚。

酬叶县刘明府避地庐山言怀,诒郑录事昆季,苟尊师兼见赠之

明哲良罕遇,遇君辄思齐。挺生著天爵,自可析人珪。河洛初沸腾,方期扫虹霓。时命竟未合,安能亲鼓鼙。从此罢飞凫,投簪辞割鸡。驱车适南土,忠孝两不睽。庐岳镇江介,于焉惬林栖。入门披彩服,出谷杖红藜。隐令旧闾里,而今复成蹊。郑公解簪绂,华萼曜松溪。贤哉苟征君,灭迹为圃畦。顾已成非薄,悉兹忘筌蹄。相观对绿樽,逸思凌丹梯。道泰我长往,时清君勿迷。王孙且无归,芳草正萋萋。

高士咏有序

《易》称君子之道,或出、或处、或默、或语。盖出而语者,所以佐时致理。处而默者,所以居静镇躁。故虽无言,亦几于利物,岂独善其身而已哉。夫子曰:"隐居以求其志,行义以达其道。"所谓百虑一致,殊途

同归者也。夫好同恶异,人之常情。予自弱年,窃尚真隐。远览先达,实怡我心。虽不见古人,而余风可仰。是则是效,其唯嘉遁之士乎!故企慕之不足,则师友之;师友之不足,则咏歌之。聊乐我员,于是乎在。昔玄晏先生皇甫谧因其所美而著《高士传》,梁伯鸾有《高士颂》。愚今有《高士咏》,亦各一时之志耳。太初渺邈,难得而详。洪崖之流,无迹可纪。故始于混元皇帝,终于陶征君。学其绝伦,明其标的。为五十首,以吟讽其德音焉。

混元皇帝

玄元九仙主,道冠三气初。应物方佐命,栖真亦归居。贻篇训终古,驾景还太虚。孔父叹犹龙,谁能知所知。

广成子

广成卧云岫,缅邈逾千龄。轩辕来顺风,问道修神形。至言发玄理,告以从杳冥。三光入无穷,寂默返太宁。

许先生

大名贤所尚,宝位圣所珍。皎皎许仲武,遗之若纤尘。弃瓢箕山下,洗耳颍水滨。物外两寂寞,独与玄冥均。

樊先生

巢父志何远,潜精人莫知。耻闻让王事,饮犊方见移。不欲散大朴,焉能为尧师。炼真自轻举,浮世何足遗。

柏成子高

大禹受禅让,子高辞诸侯。退躬适外野,放浪夫何求。万乘造中亩,一言良见酬。俚俚耕不顾,斯情邈难俦。

臧丈人

臧叟隐中壑,垂纶心浩然。文王感昔梦,授政道斯全。一遵无为术,三载淳化宣。功成遂不处,遁迹符冲玄。

伯夷叔齐

夷齐互崇让,弃国从所钦。聿来及宗周,乃复非其心。世浊不可处,冰清首阳岑。采薇咏羲农,高义越古今。

南华真人

南华源道宗,玄远故不测。动与造化游,静合太和息。放旷生死外,逍遥神明域。况乃资九丹,轻举归太极。

冲虚真人

冲虚冥至理,体道自玄通。不受子阳禄,但饮壶丘宗。泠然竟何依,挠挑游大空。未知风乘我,为是我乘风。

洞灵真人

亢仓致虚极,潜迹依远岫。智去愚独留,日亏岁方就。乡人谋尸祝,不欲闻俎豆。尚贤非至理,尧舜固为陋。

通玄真人

通玄贵阴德,利物非市朝。悠然大江上,散发挥轻桡。已陈缁帷说,复表沧浪谣。灭迹竟何往,遗文独昭昭。

文始真人

文始通道源,含光隐关吏。遥欣紫气浮,果验真人至。玄诰已云锡,世荣何足累。高步三清境,超登九仙位。

荣启期

荣期信知止,带索无所求。外物非我尚,琴歌自优游。三乐通至道,一言醉孔丘。居常以待终,啸傲夫何忧。

长沮桀溺

贤哉彼沮溺,避世全其真。孔父栖栖者,征途方问津。行藏既异迹,语默岂同伦。耦耕长林下,甘与鸟雀群。

颜阖

世情矜宠誉,效节徼当时。颜阖遵无名,饭牛聊自怡。逃聘鄙束帛,凿坯欣茅茨。托聘嚣尘表,放浪世莫知。

老莱夫妻

莱氏道已远,懿妻德弥清。一遁嚣烦趣,永契云壑情。禄位非所重,拂衣遂遐征。杳然从我愿,岂为物所撄。

楚狂接舆夫妻

接舆耽冲玄,伉俪亦真逸。傲然辞征聘,耕绩代禄秩。凤歌诫文宣,龙德遂隐密。一游峨嵋上,千载保灵术。

郑商人弦高

卓哉弦高子,商隐独摽奇。效谋全郑国,矫命犒秦师。赏神（一作伸）义不受,存公灭其私。虚心贵无名,远迹居九夷。

柳下惠

展禽抱纯粹,灭迹和光尘。高情贵轩冕,降志救世人。百行既无点,三黜道弥真。信谓德超古,岂惟言中伦。

荷蓧晨门

荷蓧隐耕艺,晨门潜抱关。道尊名可贱,理惬心弥闲。混迹是非域,纵怀天地间。同讥孔宣父,匿景杳不还。

汉阴丈人

野哉汉阴叟,好古遂忘机。抱瓮诚亦勤,守朴全道微。子贡初不达,听言识其非。已为风波人,恍惘失所依。

於陵夫妻

皎皎於陵子,己贤妻亦明。安兹道德重,顾彼浮华轻。琴书不为务,禄位不可荣。逃迹终灌园,谁能达世情。

项橐

太项冥虚极,微远不可究。禀量合太初,返形寄童幼。孔父惭至理,颜生赖真授。泛然同万流,无迹世莫觏。

太伯延陵

太伯全至让,远投蛮夷间。延陵嗣高风,去国不复还。尊荣比蝉翼,道义侔崇山。元一作玄规与峻节,历世无能攀。

壶丘子

壶丘道为量,玄虚固难知。季咸曜浅术,御寇初深疑。至人忘祸福,感变靡定期。太冲杳无朕,元化谁能知。

段干木

干木布衣者,守道杜衡门。德光义且富,肯易王侯尊。魏主钦其贤,轼庐情亦敦。秦兵遂不举,高卧为国藩。

鲁仲连

仲连秉奇节,释难含道情。一言却秦围,片札降聊城。辞金义何远,让禄心益清。处世功已立,拂衣蹈沧溟。

颜歜

高哉彼颜歜,逸气陵齐宣。道尊义不屈,士重王来前。荣禄安可诱,保和从自然。放情任所尚,长揖归山泉。

周丰

周丰贵隐耀,静默尊无名。鲁侯询政体,喻以治道精。莅人在忠慤,疑叛由会盟。一言达至义,千载良为程。

师金

圣人贵素朴,礼义非玄同。师金告颜生,可谓达化宗。夫子饰刍狗,自然道斯穷。应物方矫行,俯仰靡不通。

南郭子綦

子綦方隐几,冥寂久灰心。悟来应颜游,清义杳何深。含响尽天籁,有言同彀音。是非不足辩,安用劳神襟。

黔娄先生

黔娄蕴雅操,守约遗代华。淡然常有怡,与物固无瑕。哲妻配明德,既没辩正邪。辞禄乃余贵,表谥良可嘉。

原宪
原生何淡漠，观妙自怡性。蓬户常晏如，弦歌乐天命。无财方是贫，有道固非病。木赐钦高风，退惭车马盛。

商山四皓
万方厌秦德，战伐何纷纷。四皓同无为，丘中卧白云。自汉成帝业，一来翼储君。知几道可尚，隐括成元勋。

河上公
邈邈河上叟，无名契虚冲。灵关畅玄旨，万乘趋道风。宠辱不可累，飘然在云空。独与造化友，谁能测无穷。

东方曼倩
东方禀易象，玩世隐廊庙。栖心抱清微，混迹秘光耀。玄览寄数术，纳规在谈笑。卖药五湖中，还从九仙妙。

严君平
汉皇举遗逸，多士咸已宁。至德不可拔，严君独湛冥。卜筮训流俗，指归畅玄经。闭关动元象，何必游紫庭。

司马季主
季主超常伦，沉迹寄卜筮。宋贾二大夫，停车试观艺。高谈哂朝列，洪辩不可际。终秉鸾凤心，翛然已遐逝。

郑子真张仲蔚
子真岩石下，仲蔚蓬蒿居。礼聘终不屈，清贫长晏如。心情在耕艺，养寿资玄虚。至乐非外物，道冥欢有余。

严子陵
汉后敦故友，物色访严生。三聘迨深泽，一来遇帝庭。紫宸同御寝，玄象验客星。禄位终不屈，云山乐躬耕。

向子平
子平好真隐，清净玩老易。探玄乐无为，观象验损益。常抱方外心，且纡人间迹。一朝毕婚娶，五岳遂长适。

韩康
伯休抱遐心，隐括自为美。卖药不二价，有名反深耻。安能受玄纁，秉愿终素履。逃遁从所尚，萧萧绝尘轨。

台佟管宁
吾嘉台孝威，乐道隐岩穴。吾尚管幼安，栖真养高节。采药聊自给，观书任所悦。风尘不可混，真素比松雪。

高凤
吾观时人趣，矫迹务驰声。独有高文通，讼田求翳名。公车徒见累，爵禄非所荣。隐身乐鱼钓，世网不可撄。

庞德公
庞公栖鹿门，绝迹远城市。超然风尘外，自得丘壑美。耕凿勤厥躬，耘锄课妻子。保兹永无患，轩冕何足纪。

玄晏先生
士安逾弱冠，落魄未修饰。一朝因感激，志学忘寝食。著书穷天人，辞聘守玄默。薄葬信昭俭，可为将来则。

孙公和
孙登好淳古，卉服从穴居。弹琴合天和，读易见象初。终日无愠色，恬然在玄虚。贻言诫叔夜，超迹安所如。

董威辇
董京依白社，散发咏玄风。心出区宇外，迹参城市中。嚣尘不能杂，名位安可笼。匿影留雅什，精微信难穷。

郭文举
郭生在童稚，已得方外心。绝迹遗世务，栖真入长林。元和感异类，猛兽怀德音。不忆固无情，斯言微且深。

陶征君

吾重陶渊明,达生知止足。怡情在樽酒,此外无所欲。彭泽非我荣,折腰信为辱。归来北窗下,复采东篱菊。

元日言怀,因以自励,诒诸同志

驰光无时憩,加我五十年。知非慕伯玉,读易宗文宣。经世匪吾事,庶几唯道全。谁言帝乡远,自古多真仙。余滓永可涤,秉心方杳然。孰能无相与,灭迹俱忘筌。安用感时变,当期升九天。

同刘主簿承介建昌江泛舟作

吾友从吏隐,和光心杳然。鸣琴正多暇,啸侣浮清川。风霁远澄映,昭昭涵洞天。坐惊众峰转,乃觉孤舟迁。崖屿非一状,差池过目前。徘徊白日暮,月色江中鲜。真兴殊未已,滔滔且溯沿。时歌沧浪曲,或诵逍遥篇。酣畅迷夜久,迟迟方告旋。此时无相与,其旨在忘筌。

缑山庙

朝吾自嵩山,驱驾遵洛汭。逶迟辕辕侧,仰望缑山际。王子谢时人,笙歌此宾帝。仙材凤所禀,宝位焉足系。为迫丹霄期,阙流苍生惠。高踪邈千载,遗庙今一诣。肃肃生风云,森森列松桂。大君弘至道,层构何壮丽。稽首环金坛,焚香陟瑶砌。伊余超浮俗,尘虑久已闭。况复清夙心,萧然叶真契。

胡无人行

剑头利如芒,恒持—作时照眼光。铁骑追骁虏,金羁讨黠羌。高秋八九月,胡地早风霜。男儿不惜死,破胆与君尝。

别章叟

平昔同邑里,经年不相思。今日成远别,相对心凄其。

题缙云岭永望馆

人惊此路险,我爱山前深。犹恐佳趣尽,欲行且沉吟。

题华山人所居

故人住南郭,邀我对芳樽。欢畅日云暮,不知城市喧。

全唐诗卷八百五十四

杜光庭

杜光庭,字圣宾,括苍人。喜读书,工辞章翰墨。应百篇举,不中,入天台山为道士。僖宗召见,赐以紫服,充麟德殿文章应制。后隐青城山白云溪,自称东瀛子,蜀主王建赐号广成先生。有《广成集》一百卷,《壶中集》三卷,今存诗一卷。

初月

始看东上又西浮,圆缺何曾得自由。照物不能长似镜,当天多是曲如钩。定无列宿敢争耀,好伴晴河相映流。直使奔波急于箭,只应白尽世间头。

题仙居观

往岁真人朝玉皇,四真三代住繁阳。初开九鼎丹华熟,继蹑五云天路长。烟锁翠岚迷旧隐,池凝寒镜贮秋光。时从白鹿岩前往,应许潜通不死乡。

题鸿都观

亡吴霸越已功全,深隐云林始学仙。鸾鹤自飘三蜀驾,波涛犹忆五湖船。双溪夜月明寒玉,众岭秋空敛翠烟。也有扁舟归去兴,故乡东望思悠然。

题都庆观

三仙一一驾红鸾,仙去云闲绕古坛。炼药旧台空处所,挂衣乔木两摧残。清风岭接猿声近,白石溪涵水影寒。二十四峰皆古隐,振缨长往亦何难。

赠将军首二句缺

□□□□□□,□□□□□□。八表顺风惊雨露,四溟随剑息波涛。手扶北极鸿图永,云卷长天圣日高。未会汉家青史上,韩彭何处有功劳。

题鹤鸣山

五气云龙下泰清,三天真客已功成。人间回首山川小,天上凌云剑佩轻。花拥石坛何寂寞,草平辙迹自分明。鹿裘高士如相遇,不待岩前鹤有声。

题空明洞

窅然灵岫五云深,落翩标名振古今。芝术迎风香馥馥,松柽蔽日影森森。从师只拟寻司马,访道终期谒奉林。欲问空明奇胜处,地藏方石恰如金。

题北平沼

桐柏真人曾此居,焚香厓下诵灵书。朝回时宴三山客,洞尽闲飞五色鱼。天柱一峰凝碧玉,神灯千点散红蕖。宝芝常在知谁得,好驾金蟾入太虚。

题平盖沼

势压长江空八阵,吴都仙客此修真。寒江向晚波涛急,深洞无风草木春。江上玉人应可见,洞中仙鹿已来驯。龙车凤辇非难遇,只要尘心早出尘。

题本竹观

楼阁层层冠此山,雕轩朱槛一跻攀。碑刊古篆龙蛇动,洞接诸天日月闲。帝子影堂香漠漠,真人丹涧水潺潺。扫空双竹今何在,只恐投波去不还。

题福唐观二首

盘空蹑翠到山巅,竹殿云楼势逼天。古洞草深微有路,旧碑文灭不知年。八州物象通檐外,万里烟霞在目前。自是人间轻举地,何须蓬岛访真仙。

曾随云水此山游,行尽层峰更上楼。九月登临须有意,七年岐路亦堪愁。树红树碧高低影,烟淡烟浓远近秋。暂熟炉香不须去,仵陪天仗入神州。

题莫公台

奇绝巍台峙浊流,古来人号小瀛洲。路通霄汉云迷晚,洞隐鱼龙月浸秋。举首摘星河有浪,自天图画笔无钩。将军悟却希夷诀,赢得清名万古流。

读书台

山中犹有读书台,风扫晴岚画障开。华月冰壶依旧在,青莲居士几时来。

赠人

静神凝思仰青冥,此夕长天降瑞星。海上昨闻鹏羽翼,人间初见鹤仪形。

赠蜀州刺史

再扶日月归行殿,却领山河镇梦刀。从此雄名压寰海,八溟争敢起波涛。

题剑门

谁运乾坤陶冶功,铸为双剑倚苍穹。题诗曾驻三天驾,碍日长含八海风。

题龙鹄山

抽得闲身伴瘦筇,乱敲青碧唤蛟龙。道人扫径收松子,缺月初圆天柱峰。

富贵曲 以下十一首,一作郑遨诗

美人梳洗时,满头间珠翠。岂知两片云,戴却数乡税。

咏西施

素面已云妖,更著花钿饰。脸横一寸波,浸破吴王国。

伤时

帆力劈开沧海浪,马蹄踏破乱山青。浮名浮利过于酒,醉得人心死不醒。

题霍山秦尊师

老鹤玄猿伴采芝,有时长叹独移时。翠娥红粉婵娟剑,杀尽世人人不知。

偶题

似鹤如云一个身,不忧家国不忧贫。拟将枕上日高睡,卖与世间荣贵人。

思山咏

因卖丹砂下白云,鹿裘惟惹九衢尘。不如将耳入山去,万是千非愁杀人。

景福中作

闷见戈鋋匝四溟,恨无奇策救生灵。如何饮酒得长醉,直到太平时节醒。

招友人游春

难把长绳系日乌,芳时偷取醉功夫。任堆金璧磨星斗,买得花枝不老无。

山居三首

闷见有人寻,移庵更入深。落花流涧水,明月照松林。醉观头陀酒,闲教孺子吟。身同云外鹤,断得世尘侵。

冥心栖太室,散发浸流泉。采柏时逢麝,看云忽见仙。夏狂冲雨戏,春醉戴花眠。绝顶登云望,东都一点烟。

不求朝野知,卧见岁华移。采药归侵夜,听松饭过时。荷竿寻水钓,背局上岩棋。祭庙人来说,中原正乱离。

纪道德 以下二首俱一言至十五言

道,德。清虚,玄默。生帝先,为圣则。听之不闻,抟之不得。至德本无为,人中多自惑。在洗心而息虑,亦知白而守黑。百姓日用而不知,上士勤行而必克。既鼓铸于乾坤品物,信充牣乎东西南北。三皇高拱兮任以自然,五帝垂衣兮修之不忒。以心体之者为四海之主,以身弯之者为万夫之特。有皓齿青娥者为伐命之斧,蕴奇谋广智者为盗国之贼。曾未若轩后顺风兮清静自化,曾未若皋陶迈种兮温恭允塞。故可以越圆清方浊兮不始不终,何止乎居九流五常兮理家理国。岂不闻乎天地于道德也无以清宁,岂不闻乎道德于天地也有逾绳墨。语不云乎仲尼有言朝闻道夕死可矣,所以垂万古历百王不敢离之于顷刻。

怀古今

古,今。感事,伤心。惊得丧,叹浮沈。风驱寒暑,川注光阴。始衔朱颜丽,俄悲白发侵。嗟四豪之不返,痛七贵以难寻。夸父兴怀于落照,田文起怨于鸣琴。雁足凄凉兮传恨绪,凤台寂寞兮有遗音。朔漠幽囚兮天长地久,潇湘隔别兮水阔烟深。谁能绝圣韬贤餐芝饵术,谁能含光遁世炼石烧金。君不见屈大夫纫兰而发谏,君不见贾太傅忌鹏而愁吟。君不见四皓避秦峨峨恋商岭,君不见二疏辞汉飘飘归故林。胡为乎冒进贪名践危途与倾辙,胡为乎怙权恃宠顾华饰与雕簪。吾所以思抗迹忘机用虚无为师范,吾所以思去奢灭欲保道德为规箴。不能劳神效苏子张生兮于时而纵辩,不能劳神效杨朱墨翟兮挥涕以沾襟。

句

铜壶滴滴禁漏起,三十六宫争卷帘。《月》。以下见《锦绣万花谷》。

斜阳古岸归鸦晚,红蓼低沙宿雁愁。

霜凋曲径寒芜白,雁下遥村落照黄。

恩威欲寄黄丞相,仁信先闻郭细侯。

兵气此时来世上,文星今日到人间。降因天下思姚宋,出为儒门继孔颜。

丹灶河车休矻矻,蚌胎龟息且绵绵。驭景必能趋日域,骑箕终拟蹑星躔。返朴还淳皆至理,遗形忘性尽真铨。《山居百韵》,见《鉴诫录》。

全唐诗卷八百五十五

郑遨

郑遨,字云叟,滑州白马人。昭宗时,举进士,不第,入少室山为道士。徙居华阴,种田自给,与道士李道殷、罗隐之友善,世目为三高士。唐明宗以左拾遗、晋高祖以谏议大夫召,皆不起。赐号逍遥先生,天福中卒。诗十七首。

山居—作杜光庭诗

闷见有人寻,移庵更入深。落花流涧水,明月照松林。醉劝头陀酒,闲教孺子吟。身同云外鹤,断得世尘侵。

冥心栖太室,散发浸流泉。采柏时逢麝,看云忽见山。夏狂冲雨戏,春醉戴花眠。绝顶登云望,东都一点烟。

不求朝野知,卧见岁华移。采药归侵夜,听松饭过时。荷竿寻水钓,背局上岩棋。祭庙人来说,中原正乱离。

茶诗

嫩芽香且灵,吾谓草中英。夜臼和烟捣,寒炉对雪烹。惟忧碧粉散,常见绿花生。最是堪珍重,能令睡思清。

哭张道古

曾陈章疏忤昭皇,扑落西南事可伤。岂使谏臣终屈辱,直疑天道恶忠良。生前卖卜居三蜀,死后驰名遍大唐。谁是后来修史者,言君力死正颓纲。

富贵曲—作杜光庭诗

美人梳洗时,满头间珠翠。岂知两片云,戴却数乡税。

伤农

一粒红稻饭,几滴牛领血。珊瑚枝下人,衔杯吐不歇。

咏西施—作杜光庭诗

素面已云妖,更著花钿饰。脸横一寸波,浸破吴王国。

思山咏—作杜光庭诗

因卖丹砂下白云,鹿裘惟惹九衢尘。不如将耳入山去,万是千非愁杀人。

招友人游春—作杜光庭诗

难把长绳系日乌,芳时偷取醉工夫。任堆金璧磨星斗,买得花枝不老无。

宿洞庭

月到君山酒半醒,朗吟疑有水仙听。无人识我真闲事,赢得高秋看洞庭。

题病僧寮

佛前香印废晨烧,金锡当门照寂寥。童子不知师病困,报风吹折好芭蕉。

题霍山秦尊师—作杜光庭诗

老鹤玄猿伴采芝,有时长叹独移时。翠娥红粉浑如剑,杀尽世人人不知。

偶题

似鹤如云一个身,不忧家国不忧贫。拟将枕上日高睡,卖与世间荣贵人。—作杜光庭诗

帆力劈—作冲开沧海浪,马蹄踏破乱山青。浮名浮利浓于酒,醉得人心死不醒。

景福中作—作杜光庭诗

闷见戈鋋匝四溟,恨无奇策救生灵。如何饮酒得长醉,直到太平时节醒。

题中条静观侯道华上升处

松顶留衣上玉霄,永传异迹在中条。不知揭遍诸仙否,欲请还丹问昨宵。道华有诗云:帖里大还丹,昨宵谩吃却。

虞有贤

虞有贤,唐末道士。诗一首。

送卧云道士—作鱼又玄。题云题柳公权书度人经后

卧云道士来相辞,相辞倏忽何所之。紫阁春深烟蔼蔼,东风花柳折枝枝。药成酒熟有时节,寒食恐失松间期。冥鸿一见伤弓翼,高飞展转心无疑。满酌数杯酒,狂吟几首诗。留不住,去不悲,醯鸡蟭蟟安得知。

程紫霄

程紫霄,唐末道士,后唐同光初,尝敕令入内殿讲论。诗一首。

示守庚申众

《避暑录话》云:道家言人身中有三尸,亦云三彭,记人过失,庚申日乘人睡,告之上帝,学道者是日不睡,谓守庚申。唐末朝士会终南太极观,守庚申。紫霄笑曰:此吾师托是以惧为恶者尔。据床求枕,作诗示众。投笔,鼻息如雷。

不守庚申亦不疑,此心常与道相依。玉皇已自知行止,任汝三彭说是非。

舒道纪

舒道纪,婺州人。为赤松山黄冠师,自号华阴子,与贯休友善。诗二首。

兰溪灵瑞观

澄心坐清境,虚白生林端。夜静笑声出,月明松影寒。绛霞封药灶,碧窦溅斋坛。海树几回老,先生棋未残。

题赤松宫 今兰溪县之赤松山。王初平亦称赤松子。

松老赤松原,松间庙宛然。人皆有兄弟,谁得共神仙。双鹤冲天去,群羊化石眠。至今丹井水,香满北山边。

彭晓

彭晓,字秀川,号真一子,永康人。昌利化飞鹤山道士也。孟蜀授朝散郎,守尚书祠部员外。诗二首。

参同契明镜图诀诗二首

晓尝注参同契,复约其义为明镜图。列八环而符

动静,明二象以定阴阳。为诀二篇云:

造化潜施迹莫穷,簇成真诀指蒙童。三篇秘列八环内,万象门开一镜中。离女驾龙为木婿,坎男乘虎作金翁。同人好道宜精究,究得长生路便通。

至道希夷妙且深,烧丹先认大还心。日爻阴耦生真汞,月卦阳奇产正金。女妊朱砂男孕雪,北藏荧惑丙含壬。两端指的铅金祖,莫向诸般取次寻。

鱼又玄

鱼又玄,道士。诗一首。

题柳公权书度人经后 一作虞有贤诗,题云送卧云道士。

卧云道士来相辞,相辞倏忽何所之。紫阁当春凝烟霭,东风吹岸花枝枝。药成酒熟有时节,寒食恐失松间期。冥鸿复见伤弓翼,高飞展转心无疑。满泻数杯酒,狂吟几首诗。留不住,去不悲,醯鸡蜉蝣可 一作安 得知。

全唐诗卷八百五十六

吕岩

吕岩,字洞宾,一名岩客。礼部侍郎渭之孙,河中府永乐—云蒲坂县人。咸通中举进士,不第,游长安酒肆,遇钟离权得道,不知所往。诗四卷。

呈钟离云房

生在儒家遇太平,悬缨重滞布衣轻。谁能世上争名利,臣事玉皇归上清。

献郑思远施真人二仙

万劫千生到此生,此生身始觉飞轻。抛家别国云山外,炼魄全魂日月精。比见至人论九鼎,欲穷大药访三清。如今获遇真仙面,紫府仙扉得姓名。

得火龙真人剑法

昔年曾遇火龙君,一剑相传伴此身。天地山河从结沫,星辰日月任停轮。须知本性绵多劫,空向人间历万春。昨夜钟离传一语,六天宫殿欲成尘。

七言

周行独力出群伦,默默昏昏亘古存。无象无形潜造化,有门有户在乾坤。色非色际谁穷处,空不空中自得根。此道非从它外得,千言万语漫评论。

通灵一颗正金丹,不在天涯地角安。讨论穷经深莫究,登山临水杳无看。光明暗寄希夷顶,赫赤高居混沌端。举世若能知所寓,超凡入圣弗为难。

落魄红尘四十春,无为无事信天真。生涯只在乾坤鼎,活计惟凭日月轮。八卦气中潜至宝,五行光里隐元神。桑田改变依然在,永作人间出世人。

独处乾坤万象中,从头历历运元功。纵横北斗心机大,颠倒南辰胆气雄。鬼哭神号金鼎结,鸡飞犬化玉炉空。如何俗士寻常觅,不达希夷不可穷。

谁信华池路最深,非遐非迩奥难寻。九年采炼如红玉,一日圆成似紫金。得了永祛寒暑逼,服之应免死生侵。劝君门外修身者,端念思惟此道心。

水府寻铅合火铅,黑红红黑又玄玄。气中生气肌肤换,精里含精性命专。药返便为真道士,丹还本是圣胎仙。出神入定虚华语,徒费功夫万万年。

九鼎烹煎九转砂,区分时节更无差。精神气血归三要,南北东西共一家。天地变通飞白雪,阴阳和合产金花。终期凤诏空中降,跨虎骑龙谒紫霞。

凭君子后午前看,一脉天津在脊端。金阙内藏玄谷子,玉池中坐太和官。只将至妙三周火,炼出通灵九转丹。直指几多求道者,行藏莫离虎龙滩。

返本还元道气平,虚非形质转分明。水中白雪微微结,火里金莲渐渐生。圣汞论时非有体,真铅穷看亦无名。吾今为报修行者,莫向烧金问至精。

安排鼎灶炼玄根,进退须明卯酉门。绕电奔云飞日月,驱龙走虎出乾坤。一丸因与红颜驻,九转能烧白发痕。此道幽微知者少,茫茫尘世与谁论。

醍醐一盏诗一篇,暮醉朝吟不记年。乾马屡来游九地,坤牛时驾出三天。白龟窟里夫妻会,青凤巢中子母圆。提挈灵童山上望,重重叠叠是金钱。

认得东西木与金,自然炉鼎虎龙吟。但随天地明消息,方识阴阳有信音。左掌南辰攀鹤羽,右擎北极别龟心。神仙亲口留斯旨,何用区区向外寻。

一本天机深更深,徒言万劫与千金。三冬大热玄中火,六月霜寒表外阴。金为浮来方见性,木因沈后始知心。五行颠倒堪消息,返本还元在己寻。

虎将龙军气宇雄,佩符持甲去匆匆。铺排剑戟奔如电,罗列旌旗疾似风。活捉三尸焚鬼窟,生擒六贼破魔宫。河清海晏乾坤净,世世安居道德中。

我家勤种我家田,内有灵苗活万年。花似黄金苞不大,子如白玉颗皆圆。栽培全赖中宫土,灌溉须凭上谷泉。直候九年功满日,和根拔入大罗天。

寻常学道说黄芽,万水千山觅转差。有畛有园难下种,无根无脚自开花。九三鼎内烹如酪,六一炉中结似霞。不日成丹应换骨,飞升遥指玉皇家。

四六关头路坦平,行人到此不须惊。从教犊驾轰轰转,尽使羊车轧轧鸣。渡海经河稀阻滞,上天入地绝欹倾。功成直入长生殿,袖出神珠彻夜明。

九六相交道气和,河车昼夜进金波。呼时一一关头转,吸处重重脉上摩。电激离门光海岳,雷轰震户动婆娑。思量此道真长远,学者多迷溺爱河。

金丹不是小金丹,阴鼎阳炉里面安。尽道东山寻汞易,岂知西海觅铅难。玄珠窟里行非远,赤水滩头去便端。认得灵竿真的路,何劳礼月步星坛。

古今机要甚分明,自是众生力量轻。尽向有中寻有质,谁能无里见无形。真铅圣汞徒虚费,玉室金关不解扃。本色丹瓢推倒后,却吞丸药待延龄。

浮名浮利两何堪,回首归山味转甘。举世算无心可契,谁人更与道相参。寸犹未到甘谈尺,一尚难明强说三。经卷葫芦并挂杖,依前担入旧江南。

本来无作亦无行,行着之时是妄情。老氏语中犹未决,瞿昙言下更难明。灵竿有节通天去，至药无根得地生。今日与君无吝惜，功成只此是蓬瀛。

解将火种种刀圭，火种刀圭世岂知。山上长男骑白马，水边少女牧乌龟。无中出有还丹象，阴里生阳大道基。颠倒五行凭匠手，不逢匠手莫施为。

三千余法论修行，第一烧丹路最亲。须是坎男端的物，取他离女自然珍。烹成不死砂中汞，结出长生水里银。九转九还功若就，定将衰老返长春。

欲种长生不死根，再营阴魄及阳魂。先教玄母归离户，后遣空王镇坎门。虎到甲边风浩浩，龙居庚内水温温。迷途争与轻轻泄，此理须凭达者论。

闭目存神玉户观，时来火候递相传。云飞海面龙吞汞，风击岩巅虎伏铅。一旦炼成身内宝，等闲探得道中玄。刀圭饵了丹书降，跳出尘笼上九天。

千日功夫不暂闲，河车搬载上昆山。虎抽白汞安炉里，龙发红铅向鼎间。仙府记名丹已熟，阴司除籍命应还。彩云捧足归何处，直入三清谢圣颜。

解匹真阴与正阳，三年功满结成霜。神龟出入庚辛位，丹凤翱翔甲乙方。九鼎先辉双瑞气，三元中换五毫光。尘中若有同机者，共住烟霄不死乡。

修生一路就中难，迷者徒将万卷看。水火均平方是药，阴阳差互不成丹。守雌勿失雄方住，在黑无亏白自乾。认得此般真妙诀，何忧风雨妒衰残。

才吞一粒便安然，十二重楼九曲连。庚虎循环餐绛雪，甲龙夭矫迸灵泉。三三上应三千日，九九中延九万年。须得有缘方可授，未曾轻泄与人传。

谁知神水玉华池，中有长生性命基。运用须凭龙与虎，抽添全藉坎兼离。晨昏点尽黄金粉，顷刻修成玉石脂。斋戒饵之千日后，等闲轻举上云梯。

九天云净鹤飞轻，衔简翩翩别太清。身外红尘随意换，炉中白石立时成。九苞凤向空中舞，五色云从足下生。回首便归天上去，愿将甘雨救焦氓。

婴儿迤逦降瑶阶，手握玄珠直下来。半夜紫云披素质，几回赤气掩桃腮。微微笑处机关转，拂拂行时户牖开。此是吾家真一子，庸愚谁敢等闲猜。

水得天符下玉都，三千日里积功夫。祷祈天地开金鼎，收拾阴阳锁玉壶。便觉凡躯能变化，深知妙道不虚图。时来试问尘中叟，这个玄机世有无。

谁识寰中达者人，生平解法水中银。一条拄杖撑天地，三尺昆吾斩鬼神。大醉醉来眠月洞，高吟吟去傲红尘。自从悟里终身后，赢得蓬壶永劫春。

红炉迸溅炼金英，一点灵珠透室明。摆动乾坤知道力，逃移生死见功程。逍遥四海留踪迹，归去三清立姓名。直上五云云路稳，紫鸾朱凤自来迎。

时人若要学长生，先是枢机昼夜行。恍惚中间专志气，虚无里面固元精。龙交虎战三周毕，兔走乌飞九转成。炼出一炉神圣药，五云归去路分明。

亦无得失亦无言，动即施功静即眠。驱遣赤牛耕宇宙，分张玉粒种山川。栽培不惮劳千日，服食须知活万年。今日示君君好信，教君见世作神仙。

不须两两与三三，只在昆仑第一岩。逢润自然情易伏，遇炎常恐性难降。有时直入三元户，无事还归九曲江。世上有人烧得住，寿齐天地更无双。

本末无非在玉都，亦曾陆地作凡夫。吞精食气先从有，悟理归真便入无。水火自然成既济,阴阳和合自相符。炉中炼出延年药,溟渤从教变复枯。

无名无利任优游,遇酒逢歌且唱酬。数载未曾经圣阙,千年唯只在仙州。寻常水火三回进,真个夫妻一处收。药就功成身羽化,更抛尘垒出凡流。

杳杳冥冥莫问涯,雕虫篆刻道之华。守中绝学方知奥,抱一无言始见佳。自有物如黄菊蕊,更无色似碧桃花。休将心地虚劳用,煮铁烧金转转差。

还丹功满未朝天,且向人间度有缘。拄杖两头担日月,葫芦一个隐山川。诗吟自得闲中句,酒饮多遗醉后钱。若问我修何妙法,不离身内汞和铅。

半红半黑道中玄,水养真金火养铅。解接往年三寸气,还将运动一周天。烹煎尽在阴阳力,进退须凭日月权。只此功成三岛外,稳乘鸾凤谒诸仙。

返本还元已到乾,能升能降号飞仙。一阳生是兴功日,九转周为得道年。炼药但寻金里水,安炉先立地中天。此中便是还丹理,不遇奇人誓莫传。

飞龙九五已升天,次第还当赤帝权。喜遇汞珠凝正午,幸逢铅母结重玄。狂猿自伏何须炼,野马亲调不着鞭。炼就一丸天上药,顿然心地永刚坚。

举世何人悟我家,我家别是一荣华。盈箱贮积登仙录,满室收藏伏火砂。顿饮长生天上酒,常栽不死洞中花。凡流若问吾生计,遍地纷纷五彩霞。

津能充渴气充粮,家住三清玉帝乡。金鼎炼来多外白,玉虚烹处彻中黄。始知青帝离宫住,方信金精水府藏。流俗要求玄妙理,参同契有两三行。

紫诏随鸾下玉京,元君相命会三清。使将金鼎丹砂饵,时拂霞衣驾鹤行。天上双童持珮引,月中娇女执幡迎。此时功满参真后,始信仙都有姓名。

修修修得到乾乾,方号人间一醉仙。世上光阴催短景,洞中花木任长年。形飞峭壁非凡骨,神在玄宫别有天。唯愿先生频一顾,更玄玄外问玄玄。

全唐诗卷八百五十七

吕岩

七言

金丹一粒定长生,须得真铅炼甲庚。火取南方赤凤髓,水求北海黑龟精。鼎追四季中央合,药遣三元八卦行。斋戒兴功成九转,定应入口鬼神惊。

功满_{一作得道}来来际会_{一作相见}难,又闻东去上仙坛。杖头春色一壶酒,顶上云攒五岳冠。饮酒龟儿人不识,烧山符子鬼难看。先生去后身须老,乞与贫儒换骨丹。_{送钟离云房赴天池会。}

碧潭深处一真人,貌似桃花体似银。鬓发未斑缘有术,红颜不老为通神。蓬莱要去如今去,架上黄衣化作云。任彼桑田变沧海,一丸丹药定千春。

炉养丹砂鬓不斑,假将名利住人间。已逢志士传神药,又喜同流动笑颜。老子道经分付得,少微星许共相攀。幸蒙上士甘捞摝,处世输君一个闲。_{赠人。}

谁解长生似我哉,炼成真气在三台。尽知白日升天去,刚逐红尘下世来。黑虎行时倾雨露,赤龙耕处产琼瑰。只吞一粒金丹药,飞入青霄更不回。

乱云堆里表星都,认得深藏大丈夫。绿酒醉眠闲日月,白蘋风定钓江湖。长将气度随天道,不把言词问世徒。山水路遥人不到,茅君消息近知无。

鹤为车驾酒为粮,为恋长生不死乡。地脉尚能缩得短,人年岂不展教长。星辰往往壶中见,日月时时衲里藏。若欲时流亲得见,朝朝不离水银行。

灵芝无种亦无根,解饮能餐自返魂。但得烟霞供岁月,任他乌兔走乾坤。婴儿只恋阳中母,姹女须朝顶上尊。一得不回千古内,更无冢墓示儿孙。

世上何人会此言。休将名利挂心田。等闲倒尽十分酒,遇兴高吟一百篇。物外烟霞为伴侣,壶中日月任婵娟。他时功满归何处,直驾云车入洞天。

玄门帝子坐中央,得算明长感玉皇。枕上山河和雨露,笛中日月混潇湘。坎男会遇逢金女,离女交腾嫁木郎。真个夫妻齐守志,立教牵惹在阴阳。

遥指高峰笑一声,红霞紫雾面前生。每於廛市无人识,长到山中有鹤行。时弄玉蟾驱鬼魅,夜煎金鼎煮琼英。他时若赴蓬莱洞,知我仙家有姓名。

堪笑时人问我家,杖担云物惹烟霞。眉藏火电非他说,手种金莲不自夸。三尺焦桐为活计,一壶美酒是生涯。骑龙远出游三岛,夜久无人玩月华。

九曲江边坐卧看,一条长路入天端。庆云捧拥朝丹阙,瑞气裴回起白烟。铅汞此时为至药,坎离今日结神丹。功能济命长无老,只在人心不是难。

玄门玄理又玄玄,不死根元在汞铅。知是一般真个术,调和六一也同天。玉京山上羊儿闹,金水河中石虎眠。妙要能生觉本体,勤心到处自如然。

公卿虽贵不曾酬,说著仙乡便去游。为讨石肝逢蜃海,因寻甜雪过瀛洲。山川醉后壶中放,神鬼闲来匣里收。据见目前无个识,不如杯酒混凡流。

曾邀相访到仙家,忽上昆仑宴月华。玉女控拢苍獬豸,山童提挈白虾蟆。时斟海内千年酒,惯摘壶中四序花。今在人寰人不识,看看挥袖入烟霞。

火种丹田金自生,重重楼阁自分明。三千功行百旬见,万里蓬莱一日程。羽化自应无鬼录,玉都长是有仙名。今朝得赴瑶池会,九节幢幡洞里迎。

因看崔公入药镜,令人心地转分明。阳龙言向离宫出,阴虎还于坎位生。二物会时为道本,五方行尽得丹名。修真道士如知此,定跨赤龙归玉清。

浮生不实为轻忽,衲服深藏奇异骨。非是尘中不染尘,焉得物外通无物。共语难分情兀兀,独自行时轻拂拂。一点刀圭五彩生,飞丹走入神仙窟。

莫怪爱吟天上诗,盖缘吟得世间稀。惯餐玉帝宫中饭,曾著蓬莱洞里衣。马踏日轮红露卷,凤衔月角擘云飞。何时再控青丝辔,又掉金鞭入紫微。

黄芽白雪两飞金,行即高歌醉即吟。日月暗扶君甲子,乾坤自与我知音。精灵灭迹三清剑,风雨腾空一弄琴。的当南游归甚处,莫交鹤去上天寻。

云鬟双明骨更轻,自言寻鹤到蓬瀛。日论药草皆知味,问著神仙自得名。簪冷夜龙穿碧洞,枕寒晨虎卧银城。来春又拟携筇去,为忆轩辕海上行。

龙精龟眼两相和,丈六男儿不奈何。九盏水中煎赤子,一轮火内养黄婆。月圆自觉离天网,功满方知出地罗。半醉好吞龙凤髓,劝君休更认弥陀。

强居此境绝知音,野景虽多不合吟。诗句若喧卿相口,姓名还动帝王心。道袍薜带应慵挂,隐帽皮冠尚懒簪。除此更无余个事,一壶村酒一张琴。

华阳山里多芝田,华阳山叟复延年。青松岩畔攀高干,白云堆里饮飞泉。不寒不热神荡荡,东来西去气绵绵。三千功满好归去,休与时人说洞天。

天生不散自然心,成败从来古与今。得路应知能出世,迷途终是任埋沈。身边至药堪攻炼,物外丹砂且细寻。咫尺洞房仙景在,莫随波浪没光阴。

自隐玄都不记春,几回沧海变成尘。玉京殿里朝元始,金阙宫中拜老君。闷即驾乘千岁鹤,闲来高卧九重云。我今学得长生法,未肯轻传与世人。

北帝南辰掌内观,潜通造化暗相传。金槌袖里居元宅,玉户星宫降上玄。举世尽皆寻此道,谁人空里得玄关。明明道在堪消息,日月滩头去又还。

日影元中合自然,奔雷走电入中原。长驱赤马居东殿,大启朱门泛碧泉。怒拔昆吾歌圣化,喜陪孤月贺新年。方知此是生生物,得在仁人始受传。

六龙齐驾得升乾,须觉潜通造化权。真道每吟秋月澹,至言长运碧波寒。昼乘白虎游三岛,夜顶金冠立古坛。一载已成千岁药,谁人将袖染尘寰。

五岳滩头景象新,仁人方达杳冥身。天纲运转三元净,地脉通来万物生。自晓谷神通此道,谁将理性欲修真。明明说向中黄路,霹雳声中自得神。

欲陪仙侣得身轻,飞过蓬莱彻上清。朱顶鹤来云外接,紫鳞鱼向海中迎。姮娥月桂花先吐,王母仙桃子渐成。下瞰日轮天欲晓,定知人世久长生。

四海皆忙几个闲,时人口内说尘缘。知君有道来山上,何似无名住世间。十二楼台藏秘诀,五千言内隐玄关。方知鼎贮神仙药,乞取刀圭一粒看。

割断繁华掉却荣,便从初得是长生。曾于锦水为蝉蜕,又向蓬莱别姓名。三住住来无否泰,一尘尘在世人情。不知功满归何处,直跨虬龙上玉京。

当年诗价满皇都,掉臂西归是丈夫。万顷白云独自有,一枝丹桂阿谁无。闲寻渭曲渔翁引,醉上莲峰道士扶。他日与君重际会,竹溪茅舍夜相呼。

金锤灼灼舞天阶,独自骑龙去又来。高卧白云观日窟,闲眠秋月擘天开。离花片片乾坤产,坎蕊翻翻造化栽。晚醉九岩回首望,北邙山下骨皑皑。

结交常与道情深,日日随他出又沈。若要自通云外鹤,直须勤炼水中金。丹成只恐乾坤窄,饵了宁忧疾患侵。未去瑶台犹混世,不妨杯酒喜闲吟。

因携琴剑下烟萝,何幸今朝喜暂过。貌相本来犹自可,针医偏更效无多。仙经已读三千卷,古法曾持十二科。些小道功如不信,金阶舍手试看么。

倾侧华阳醉再三,骑龙遇晚下南岩。眉因拍剑留星电,衣为眠云惹碧岚。金液变来成雨露,玉都归去老松杉。曾将铁镜照神鬼,霹雳搜寻火满潭。

铁镜烹金火满空,碧潭龙卧夕阳中。麒麟意合乾坤地,獬豸机关日月东。三尺剑横双水岸,五丁冠顶百神宫。闲铺羽服居仙窟,自著金莲造化功。

随缘信业任浮沈,似水如云一片心。两卷道经三尺剑,一条藜杖七弦琴。壶中有药逢人施,腹内新诗遇客吟。一嚼永添千载寿,一丸丹点一斤金。

琴剑酒棋龙鹤虎,逍遥落托永无忧。闲骑白鹿游三岛,闷驾青牛看十洲。碧洞远观明月上,青山高隐彩云流。时人若要还如此,名利浮华即便休。

紫极宫中我自知,亲磨神剑剑还飞。先差玉子开南殿,后遣青龙入紫微。九鼎黄芽栖瑞凤,一躯仙骨养灵芝。蓬莱不是凡人处,只怕遇人泄世机。

向身方始出埃尘,造化功夫只在人。早使亢龙抛地网,岂知白虎出天真。绵绵有路谁留我,默默忘言自合神。击剑夜深归甚处,披星戴月折麒麟。

春尽闲闲过落花,一回舞剑一吁嗟。常忧白日光阴促,每恨青天道路赊。本志不求名与利,元心只慕水兼霞。世间万种浮沉事,达理谁能似我家。

日为和解月呼丹,华夏诸侯肉眼看。仁义异如胡越异,世情难似泰衡难。八仙炼后钟神异,四海磨成照胆寒。笑指不平千万万,骑龙抚剑九重关。

别来洛沵六东风,醉眼吟情慵不慵。摆撼乾坤金剑吼,烹煎日月玉炉红。杖摇楚甸三千里,鹤耄秦烟几万重。为报晋成仙子道,再期春色会稽峰。

发头滴血眼如镮,吐气云生怒世间。争耐不平千古事,须期一诀荡凶顽。蛟龙斩处翻沧海,暴虎除时拔远山。为灭世情兼负义,剑光腥染点痕斑。 赠剑客

雨雪霏霏天已暮。金钟满劝抚焦桐。诗吟席上未移刻,剑舞筵前疾似风。何事行杯当午夜,忽然怒目便腾空。不知谁是亏忠孝,携个人头入坐中。 赠剑客

未炼还丹且炼心,丹成方觉道元深。每留客有钱酤酒,谁信君无药点金。洞里风雷归掌握,壶中日月在胸襟。神仙事业人难会,养性长生自意吟。

铁牛耕地种金钱,刻石时童把贯穿。一粒粟中藏世界,二升铛内煮山川。白头老子眉垂地,碧眼胡儿手指天。若向此中玄会得,此玄玄外更无玄。

箕星昴宿下长天,凡景宁教不愕然。龙出水来鳞甲就,鹤冲天气羽毛全。尘中教化千人眼,世上人知尔雅篇。自是凡流福命薄,忍教微妙略轻传。

闲来掉臂入天门,拂袂徐徐撮彩云。无语下窥黄谷子,破颜平揖紫霞君。拟登瑶殿参金母,回访瀛洲看日轮。恰值嫦娥排宴会,瑶浆新熟味氤氲。

曾随刘阮醉桃源,未省人间欠酒钱。一领布裘权且当,九天回日却归还。风茸袄子非为贵,狐白裘裳欲比难。只此世间无价宝,不凭火里试烧看。

因思往事却成憨,曾读仙经第十三。武氏死时应室女,陈王没后是童男。两轮日月从他载,九个山河一担担。尽日无人话消息,一壶春酒且醺酣。

垂袖腾腾傲世尘,葫芦携却数游巡。利名身外终非道,龙虎门前辨取真。一觉梦魂朝紫府,数年踪迹隐埃尘。华阴市内才相见,不是寻常卖药人。

万卷仙经三尺琴,刘安闻说是知音。杖头春色一壶酒,炉内丹砂万点金。闷里醉眠三路口,闲来游钓洞庭心。相逢相遇人谁识,只恐冲天没处寻。

曾战蚩尤玉座前,六龙高驾振鸣銮。如来一作指南车后随金鼓,黄帝一作皂蠹旗傍戴铁冠。醉捋黑须三岛黯,怒抽霜剑十洲寒。轩辕世代横行后,直隐深岩久觅难。

头角苍浪声似钟,貌如冰雪骨如松。匣中宝剑时频吼,袖里金锤逞露风。会饮酒时为伴侣,能行诗句便参同。来年定赴蓬莱会,骑个生狞九色龙。

神仙暮入黄金阙,将相门关白玉京。可是洞中无好景,可怜天下有众生。心琴际会闲随鹤,匣剑时磨待断鲸。进退两楹俱未应,凭君与我指前程。

九鼎烹煎一味砂,自然火候放童花。星辰照出青莲颗,日月能藏白马牙。七返返成生碧雾,九还还就吐红霞。有人夺得玄珠饵,三岛途中路不赊。

天生一物变三才,交感阴阳结圣胎。龙虎顺行阴鬼去,龟蛇逆往火龙来。婴儿日吃黄婆髓,姹女时餐白玉杯。功满自然居物外,人间

寒暑任轮回。

星辰聚会入离乡,日月盈亏助药王。三候火烧金鼎宝,五符水炼玉壶浆。乾坤反覆龙收雾,卯酉相吞虎放光。入室用机擒捉取,一丸丹点体纯阳。

真人行巴陵市,太守怒其不避,使案吏具其罪。真人曰:"须酒醒耳。"顷忽失之,但留诗曰

暂别蓬莱海上游,偶逢太守问根由。身居北斗星杓下,剑挂南宫月角头。道我醉来真个醉,不知愁是怎生愁。相逢何事不相认,却驾白云归去休。

仙乐侑席

曾经天上三千劫,又在人间五百年。腰下剑锋横紫电,炉中丹焰起苍烟。才骑白鹿过苍海,复跨青牛入洞天。小技等闲聊戏尔,无人知我是真仙。

题桐柏山黄先生庵门

吾有玄中极玄语,周游八极无处吐。云䡴飘泛到凝阳,一见君兮在玄浦。知君本是孤云客,拟话希夷生恍惚。无为大道本根源,要君亲见求真物。其中有一分三五,本自无名号丹毋。寒泉沥沥气绵绵,上透昆仑还紫府。浮沈升降入中宫,四象五行齐见土。驱青龙,擒白虎,起祥风兮下甘露。铅凝真汞结丹砂,一派火轮真为主。既修真,须坚确,能转乾坤泛海岳。运行天地莫能知,变化鬼神应不觉。千朝炼就紫金身,乃致全神归返朴。黄秀才,黄秀才,既修真,须且早,人间万事何时了。贪名贪利爱金多,为他财色身衰老。我今劝子心悲切,君自思兮生猛烈。莫教大限到身来,又是随流入生灭。留此片言,用表其意。他日相逢,必与汝决。莫退初心,善爱善爱。

全唐诗卷八百五十八

吕岩

五言

悟了长生理,秋莲处处开。金童登锦帐,玉女下香阶。虎啸天魂住,龙吟地魄来。有人明此道,立使返婴孩。

姹女住南方,身边产太阳。蟾宫烹玉液,坎户炼琼浆。过去神仙饵,今来到我尝。一杯延万纪,物外任翱翔。

顿悟黄芽理,阴阳禀自然。乾坤炉里炼,日月鼎中煎。木产长生汞,金□续命铅。世人明此道,立便返童颜。第六句缺一字。

宇宙产黄芽,经炉煅作砂。阴阳烹五彩,水火炼三花。鼎内龙降虎,壶中龟遣蛇。功成归物外,自在乐烟霞。

要觅长生路,除非认本元。都来一味药,刚道数千般。丹鼎烹成汞,炉中炼就铅。依时服一粒,白日上冲天。

姹女住瑶台,仙花满地开。金苗从此出,玉蕊自天来。凤舞长生曲,鸾歌续命杯。有人明此道,海变已千回。

古往诸仙子,根元占甲庚。水中闻虎啸,火里见龙行。进退穷三候,相吞用八纮。冲天功行满,寒暑不能争。

我悟长生理,太阳伏太阴。离一作阳宫生白玉,坎一作阴户产黄金。要主君臣义,须存子母心。九重神室内,虎啸与龙吟。

灵丹产太虚,九转入重炉。浴就红莲颗,烧成白玉珠。水中铅一两,火内汞三铢。吃了瑶台宝,升天任海枯。

姹女住离宫,身边产雌雄。炉中七返毕,鼎内九还终。悟了鱼投水,迷因鸟在笼。耄年服一粒,立地变冲童。

盗得乾坤祖,阴阳是本宗。天魂生白虎,地魄产青龙。运宝泥丸在,搬精入上宫。有人明此法,万载貌如童。

　　要觅金丹理,根元不易逢。三才七返足,四象九还终。浴就微微白,烧成渐渐红。一丸延万纪,物外去冲冲。

　　个个觅长生,根元不易寻。要贪天上宝,须去世间琛。炼就水中火,烧成阳内阴。祖师亲有语,一味水中金。

　　万物皆生土,如人得本元。青龙精是汞,白虎水为铅。悟者子投母,迷应地是天。将来物外客,个个补丹田。

　　二十四神清,三千功行成。寒云连地转,圣日满天明。玉子偏宜种,金田岂在耕。此中真妙理,谁道不长生。

　　妙妙妙中妙,玄玄玄更玄。动言俱演道,语默尽神仙。在掌如珠异,当空似月圆。他时功满后,直入大罗天。

绝句

　　捉得金晶固命基,日魂东畔月华西。于中炼就长生药,服了还同天地齐。

　　莫怪瑶池消息稀,只缘尘事隔天机。若人寻得水中火,有一黄童上太微。

　　混元海底隐生伦,内有黄童玉帝名。白虎神符潜姹女,灵元镇在七元君。

　　三亩丹田无种种,种时须藉赤龙耕。曾将此种教人种,不解铅池道不生。_{铅池一名营治。}

　　闪灼虎龙神剑飞,好凭身事莫相违。传时须在乾坤力,便透三清入紫微。

　　不用梯媒向外求,还丹只在体中收。莫言大道人难得,自是功夫不到头。_{此首一作张辞诗。}

　　饮酒须教一百杯,东浮西泛自梯媒。日精自与月华合,有个明珠走上来。

　　不负三光不岁人,不欺神道不欺贫。有人问我修行法,只种心田养此身。

　　时人若拟去瀛州,先过巍巍十八楼。自有电雷声震动,一池金水向东流。

　　瓶子如金玉子黄,上升下降续神光。三元一会经年净,这个天中日月长。

　　学道须教彻骨贫,囊中只有五三文。有人问我修行法,遥指天边日月轮。

　　我自忘心神自悦,跨水穿云来相谒。不问黄芽肘后方,妙道通微怎生说。

　　肘传丹篆千年术,口诵黄庭两卷经。鹤观古坛松影里,悄无人迹户生扃。

　　独上高峰望八都,黑云散后月还孤。茫茫宇宙人无数,几个男儿是丈夫。

　　天下都游半日功,不须跨凤与乘龙。偶因博戏飞神剑,摧却终南第一峰。

　　朝游北_{一作百}越_{一作鄂}暮苍梧,袖里青蛇胆气粗。三入岳阳人不识,朗吟飞过洞庭湖。

　　趯倒葫芦掉却琴,倒行直上卧牛岑。水飞石上迸如雪,立地看天坐地吟。

　　吾家本住在天齐,零落白云锁石梯。来往八千消半日,依前归路不曾迷。

　　莲峰道士高且洁,不下莲宫经岁月。星辰夜礼玉簪寒,龙虎晓开金鼎热。

　　东山东畔忽相逢,握手丁宁语似钟。剑术已成君把去,有蛟龙处斩蛟龙。

　　朝泛苍梧暮却还,洞中日月我为天。匣中宝剑时时吼,不遇同人誓不传。

　　偎岩拍手葫芦舞,过岭穿云拄杖飞。来往八千须半日,金州南畔有松扉。

　　养得儿形似我形,我身枯悴子光精。生生世世常如此,争似留神养自身。

　　精养灵根气养神,此真之外更无真。神仙不肯分明说,迷了千千万万人。

不事王侯不种田，日高犹自抱琴眠。起来旋点黄金买，不使人间作业钱。

天涯海角人求我，行到天涯不见人。忠孝义慈行方便，不须求我自然真。

莫道幽人一事无，闲中尽有静工夫。闭门清昼读书罢，扫地焚香到日晡。

先生先生貌狞恶，拔剑当空气云错。连喝三回急急去，欻然空里人头落。以下并赠剑客。

剑起星奔万里诛，风雷时逐雨声粗。人头携处非人在，何事高吟过五湖。

粗眉卓竖语如雷，闻说不平便放杯。杖剑当空千里去，一更别我二更回。

先生先生莫外求，山道要人传剑要收。今日相逢江海畔，一杯村酒劝君休。

庞眉斗竖恶精神，万里腾空一跃身。背上匣中三尺剑，为天且示不平人。

徽宗斋会

高谈阔论若无人，可惜明君不遇真。陛下问臣来日事，请看午未丙丁春。

七夕

宋元丰中，品惠卿守单州天庆观。七月七日，有异人过，书诗于纸。

四海孤游一野人，两壶霜雪足精神。坎离二物君收得，龙虎丹行运水银。

野人本是天台客，宾字。石桥南畔有旧宅。石桥者，洞也。父子生来有两口，吕也。多好歌笙不好拍。吟也。

赠李德成 德成善医

九重天子寰中贵，五等诸侯门外尊。争似布衣狂醉客，不教性命属乾坤。

牧童 一作令牧童答钟弱翁

草铺横野六七里，笛弄晚风三四声。归来饱饭黄昏后，不脱蓑衣卧月明。弱翁帅平凉，一方士通谒，有牧童牵黄犊随之，弱翁指牧童曰："道人颇能赋此乎？"方士笑曰："不烦我语，是儿能之。"牧童乃操笔大书云云。或云方士即吕公也。

潭州鹤会

这回相见不无缘，满院风光小洞天。一剑当空又飞去，洞庭惊起老龙眠。

绍兴道会

会稽山道会，有道人携凉笠挂于壁，无挂笠之物而不坠。

偶乘青帝出蓬莱，剑戟峥嵘遍九垓。我在目前人不识，为留一笠莫沉埋。

赠曹先生

鹤不西飞龙不行，露干云破洞箫清。少年仙子说闲事，遥隔彩云闻笑声。

海上相逢赵同

南宫水火吾须济，北阙夫妻我自媒。洞里龙儿娇郁律，山前童子喜徘徊。

题凤翔府天庆观

得道年来八百秋，不曾飞剑取人头。玉皇未有天符至，且货乌金混世流。

剑画此诗于襄阳雪中

岘山一夜玉龙寒，凤林千树梨花老。襄阳城里没人知，襄阳城外江山好。

洞庭湖君山颂

午夜君山玩月回，西邻小圃碧莲开。天香风露苍华冷，云在青霄鹤未来。

秦州北山观留诗

石池清水是吾心，刚被桃花影倒沉。一到邠山宫阙内，销闲澄虑七弦琴。

题永康酒楼

鲸吸鳌吞数百杯，玉山谁起复谁颓。醒时两袂天风冷，一朵红云海上来。

赠滕宗谅

华州回道人，来到岳阳城。别我游何处，

秋空一剑横。

赠江州太平观道士

落魄薛高—作道士，年高无白髭。云中闲卧—作卧看石，山里冷—作雪里去寻碑。夸我饮—作吃大酒，嫌人说—作念小诗。不知甚么汉，一任辈流嗤。

宋朝张天觉为相之日，有褴褛道人及门求施。公不知礼敬，因戏问道人有何仙术，答以能捏土为香。公请试为之，须臾烟罢，道人不见，但留诗于案上云

捏土为香事有因，世间宜假不宜真。皇朝宰相张天觉，天下云游吕洞宾。

赠陈处士

青霄一路少人行，休话兴亡事不成。金榜因何无姓字，玉都必是有仙名。云归入海龙千尺，云满长空鹤一声。深谢宋朝明圣主，解书丹诏诏先生。

哭陈先生

天网恢恢万象疏，一身亲到华山区。寒云去后留残月，春雪来时问太虚。六洞真人归紫府，千年鸾鹤老苍梧。自从遗却先生后，南北东西少丈夫。

化江南简寂观道士侯用晦磨剑—作磨剑赠侯道士

欲整—作淬锋铓敢—作不惮劳，凌晨开匣玉龙嗥。手中气概冰三尺，石上精神蛇一条。奸血默随流水尽，凶豪今逐渍痕消。削平—作除浮世不平事，与尔相将上九霄。一本作绝句，无中四句。

熙宁元年八月十九日过湖州东林沈山，用石榴皮写绝句于壁，自号回山人—作题沈东老壁

西邻已富忧不足，东老虽贫乐有余。白酒酿来缘好客，黄金散尽为收书。

大云寺茶诗

玉蕊一枪称绝品，僧家造法极功夫。兔毛瓯浅香云白，虾眼汤翻细浪俱。断送睡魔离几席，增添清气入肌肤。幽丛自落溪岩外，不肯移根入上都。

别诗二首

无心独坐转黄庭，不逐时流入利名。救老只存真一气，修生长遣百神灵。朝朝炼液归琼岭，夜夜朝元养玉英。莫笑老人贫里乐，十年功满上三清。

时人受气禀阴阳，均体乾坤寿命长。为重本宗能寿永，因轻元祖遂沦亡。三宫自有回流法，万物那无运用方。咫尺昆仑山上玉，几人知是药中王。

赠罗浮道士

罗浮道士谁同流，草衣木食轻王侯。世间甲子管不得，壶里乾坤只自由。数着残棋江月晓，一声长啸海山秋。饮余回首话归路，遥指白云天际头。

宿州天庆观殿门留赠符离道士

秋景萧条叶乱飞，庭松影里坐移时。云迷鹤驾何方去，仙洞朝元失我期。

题黄鹤楼石照

黄鹤楼前吹笛时，白蘋红蓼满江湄。衷情欲诉谁能会，惟有清风明月知。

答僧见

三千里外无家客，七百年来云水身。行满蓬莱为别馆，道成瓦砾尽黄金。待宾榼里常存酒，化药炉中别有春。积德求师何患少，由来天地不私亲。

与潭州智度寺慧觉诗并引。—作参智度觉呈绝句

余游韶郴，东下湘江，今见觉公，观其禅学精明，性源淳洁。促膝静坐，收光内照。一衲之外无余衣，一钵之外无余食。达生死岸，破烦恼壳。方今佛衣寂寂今无传，禅理悬悬今几绝。扶而兴者，其在吾师乎。

达者推心兼—作方济物，圣贤传法不离真。请师开说西来意，七祖如今未有人。

参黄龙机悟后呈偈 第二句缺一字

弃却瓢囊搣碎琴,如今不恋□中金。自从一见黄龙后,始觉从前错用心。

题僧房绝句

唐朝进士,今日神仙。足蹑紫雾,却返洞天。

赐齐州李希遇诗

少饮欺心酒,休贪不义财。福因慈善得,祸向巧奸来。

六言

春暖群花半开,逍遥石上徘徊。独携玉律丹诀,闲踏青莎碧苔。古洞眠来九载,流霞饮几千杯。逢人莫话他事,笑指白云去来。

明胎息

密室静存神,阴阳重一斤。炼成离女液,咽尽<small>一作方咽</small>坎男津。渐变逍遥体,超然自在身。更修功业满,旌鹤引朝真。

警世

二八佳人体似酥,腰间仗剑斩凡夫。虽然不见人头落,暗里教君骨髓枯。

通道

通道复通玄,名留四海传。交亲一拄杖,活计两空拳。要果逡巡种,思茶逐旋煎。岂知来混世,不久却回天。

为贾师雄发明古铁镜

手内青蛇凌白日,洞中仙果艳长春。须知物外烟霞客,不是尘中磨镜人。

题全州道士蒋晖壁

醉舞高歌海上山,天瓢承露结金丹。夜深鹤透秋空碧,万里西风一剑寒。

谒石守道

高心休拟凤池游,朱绂银章宠已优。欲待祸来名欲灭,林泉养法预为谋。

题广陵妓屏二首

嫫母西施共此身,可怜老少隔千春。他年鹤发鸡皮媪,今日玉颜花貌人。

花开花落两悲欢,花与人还事一般。开在枝间妨客折,落来地上请谁看。

题东都妓馆壁

一吸鸾笙裂太清,绿衣童子步虚声。玉楼唤醒千年梦,碧桃枝上金鸡鸣。

崔中举进士游岳阳,遇真人录《沁园春》词。诘其姓名,荐之李守,排户而入,惟见留诗于壁

腹内婴儿养已成,且居廛市暂娱情。无端措大刚饶舌,却入白云深处行。

题诗紫极宫

宫门一闲入,临水凭栏立。无人知我来,朱顶鹤声急。

闲题

独自行来独自坐,无限世人不识我。惟有城南老树精,分明知道神仙过。

山隐

松枯石老水萦回,个里难教俗客来。抬眼试看山外景,纷纷风急障黄埃。

绝句

息精息气养精神,精养丹田气养身。有人学得这般术,便是长生不死人。

斗笠为帆扇作舟,五湖四海任遨游。大千沙界须臾至,石烂松枯经几秋。

或为道士或为僧,混俗和光别有能。苦海翻成天上路,毗卢常照百千灯。

劝世

一毫之善,与人方便。一毫之恶,劝君莫

作。衣食随缘,自然快乐。算是甚命,问什么卜。欺人是祸,饶人是福。天眼昭昭,报应甚速。谛听吾言,神钦鬼伏。

塝头坯歌

塝头坯,随雨破,只是未曾经水火。若经水火烧成砖,留向世间住万年。棱角坚完不复坏,扣之声韵堪磨镱。凡水火,尚成功,坚完万物谁能同。修行路上多少人,穷年炼养费精神,不道未曾经水火。无常一旦临君身,既不悟,终不悔,死了犹来借精髓。主持正念大艰辛,一失人身为异类。君不见洛阳富郑公,说与金丹如盲聋。执迷不悟修真理,焉知潜合造化功。又不见九江张尚书,服药失明神气枯。不知还丹本无质,翻饵金石何太愚。又不见三衢赵枢密,参禅作鬼终不识。修完外体在何边,辩捷语言终不实。塝头坯,随雨破,便似修行这几个。大丈夫,超觉性,了尽空门不为证。伏羲传道至于今,穷理尽性至于命。了命如何是本元,先认坎离并四正。坎离即是真常家,见者超凡须入圣。坎是虎,离是龙,二体本来同一宫。龙吞虎啖居其中,离合浮沈初复终。剥而复,否而泰,进退往来定交会。弦而望,明而晦,消长盈虚相匹配。神仙深入水晶宫,时饮醍醐清更酽。饵之千日功便成,金筋玉骨身已轻。此个景象惟自身,上升早得朝三清。三清圣位我亦有,本来只夺乾坤精。饮凡酒,食膻腥,补养元和冲更盈。自融结,转光明,变作珍珠飞玉京。须臾六年肠不馁,血化白膏体难毁。不食方为真绝量,真气薰蒸肢体强。既不食,超百亿,口鼻都无凡喘息。真人以踵凡以喉,从此真凡两边立,到此遂成无漏身。胎息丹田涌真火,老氏自此号婴儿。火候九年都经过,留形住世不知春。忽尔天门顶中破,真人出现大神通。从此天仙可相贺,圣贤三教不异门,昧者劳心休恁么。有识自爱生,有形终不灭。叹愚人,空驾说。愚人流荡无则休,落趣循环几时彻。学人学人细寻觅,且须研究古金碧。金碧参同不计年,妙中妙兮玄中玄。

全唐诗卷八百五十九

吕岩

赠刘方处士

六国愁看沉与浮,携琴长啸出神州。拟向烟霞煮白石,偶来城市见丹丘。受得金华出世术,期于紫府驾云游。年来摘得黄岩翠,琪树参差连地肺。露飘香陇玉苗滋,月上碧峰丹鹤唳。洞天消息春正深,仙路往还俗难继。忽因乘兴下白云,与君邂逅于尘世。尘世相逢开口希,共论太古同流志。瑶琴宝瑟与君弹,琼浆玉液劝我醉。醉中亦话兴亡事,云道总无珪组累。浮世短景倏成空,石火电光看即逝。韶年淑质曾非固,花面玉颜还作土。芳樽但继晓复昏,乐事不穷今与古。何如识个玄玄道,道在杳冥须细考。壶中一粒化奇物,物外千年功力奥。但能制得水中华,水火翻成金丹灶。丹就人间不久居,自有碧霄元命诰。玄洲旸谷悉可居,地寿天龄永相保。鸾车鹤驾逐云飞,迢迢瑶池应易到。耳闻争战还倾覆,眼见妍华成枯槁。唐家旧国尽荒芜,汉室诸陵空白草。蜉蝣世界实足悲,槿花性命莫迟迟。珠玑溢屋非为福,罗绮满箱徒自危。志士戒贪昔所重,达人忘欲宁自期。刘方刘方审听我,流光迅速如飞过。阴淫果决用心除,尸鬼因循为汝祸。八琼秘诀君自识,莫待铅空车又破。破车坏铅须震惊,直遇伯阳应不可。悠悠忧家复忧国,耗尽三田元宅火。咫尺玄关若要开,凭君自解黄金锁。

寄白龙洞刘道人

玉走金飞两曜忙,始闻花发又秋霜。徒夸篯寿千来岁,也是云中一电光。一电光,何太疾,百年都来三万日。其间寒暑互煎熬,不觉童颜暗中失。纵有儿孙满眼前,却成恩爱转牵缠。及乎精竭身枯朽,谁解教伊暂驻颜。延年之道既无计,不免将身归逝水。但看古往圣贤人,几个解留身在世。身在世,也有方,只为时人误度量。竞向山中寻草药,伏铅制汞点丹阳。点丹阳,事迥别,须向坎中求赤血。取来离位制阴精,配合调和有时节。时节正,用媒人,金翁姹女结亲姻。金翁偏爱骑白虎,姹女常驾赤龙身。虎来静坐秋江里,龙向潭中奋身起。两兽相逢战一场,波浪奔腾如鼎沸。黄婆丁老助威灵,撼动乾坤走神鬼。须臾战罢云气收,种个玄珠在泥底。从此根芽渐长成,随时灌溉抱真精。十月脱胎吞入口,忽觉凡身已有灵。此个事,世间稀,不是等闲人得知。宿世若无仙骨分,容易如何得遇之。金液丹,宜便炼,大都光景急如箭。要取鱼,须结筌,何不收心炼取铅。莫教烛被风吹灭,六道轮回难怨天。近来世上人多诈,尽著布衣称道者。问他金木是何般,噤口不言如害哑。却云服气与休粮,别有门庭道路长。岂不见阴君破迷歌里说,太乙含真法最强。莫怪言词太狂劣,只为时人难鉴别。惟君心与我心同,方敢倾心与君说。

赠乔二郎

与君相见皇都里,陶陶动便经年醉。醉中往往爱藏真,亦不为他名与利。劝君休恋浮华荣,真须奔走烟霞程。烟霞欲去如何去,先须肘后飞金晶。金晶飞到上宫里,上宫下宫通光明。当时玉汞涓涓生,奔归元海如雷声。从此夫妻相际会,欢娱一作始终踊跃情无外。水火都来两半间,卦候翻成地天泰。一浮一沉阳炼阴,阴尽方知此理深。到底根元是何物,分明只是水中金。乔公乔公急下手,莫逐乌飞兼兔走。何如修炼作真人,尘世浮生终不久。人一作大道长生没得来,自古至今有有有。

鄂渚悟道歌

纵横天际为闲客,时遇季秋重阳节。阴云一布遍长空,膏泽连绵滋万物。因雨泥滑门不出,忽闻邻舍语丹术。试问邻公可相传,一言许肯更无难。数篇奇怪文入手,一夜挑灯读不了。晓来日早才看毕,不觉自醉如恍惚。恍惚之中见有物,状如日轮明突屼。自言便是丹砂精,宜向鼎中烹凡质。凡质本来不化真,化真

须得真中物。不用铅,不用汞,还丹须向炉中种。玄中之玄号真铅,及至用铅还不用。或名龙,或名虎,或号婴儿并姹女。丹砂一粒名千般,一中有一为丹母。火莫燃,水莫冻,修之炼之须珍重。直待虎啸折颠峰,骊龙夺得玄珠弄。龙吞玄宝忽升飞,飞龙被我捉来骑。一鬓上朝归碧落,碧落广阔无东西。无晓无夜无年月,无寒无暑无四时。自从修到无为地,始觉奇之又怪之。

又记

数载乐幽幽,欲逃寒暑逼。不求名与利,犹恐身心役。苦志慕黄庭,殷勤求道迹。阴功暗心修,善行长日积。世路果逢师,时人皆不识。我师机行密,怀量性孤僻。解把五行移,能将四象易。传余造化门,始悟希夷则。服取两般真,从头路端的。烹煎日月壶,不离乾坤侧。至道眼前观,得之元咫尺。真空空不空,真色色非色。推倒玉葫芦,迸出黄金液。紧把赤龙头,猛将骊珠吸。吞归脏腑中,夺得神仙力。妙号一黍珠,延年千万亿。同途听我吟,与道相亲益。未晓真黄芽,徒劳游紫陌。把住赤乌魂,突出银蟾魄。未省此中玄,常流容易测。三天应有路,九地终无厄。守道且藏愚,忘机要混迹。群生莫相轻,已是蓬莱客。

秘诀歌

求之不见,来即不见。不见不见,君之素面。火里曾飞,水中亦见。道路非遥,身心不恋。又不知有返阴之龟,回阳之雁。遇即遇真人,达即达其神。一刀二千甲子,这一壶流霞长春。流霞流霞,本性一家。饥餐日精,渴饮月华。将甲子丁丑之岁,与君决破东门之大瓜。

勉牛生、夏侯生

二秀才,二秀才兮非秀才,非秀才兮是仙才。中华国里亲遭遇,仰面观天笑眼开一作回。鹤形兮龟骨,龙吟兮虎颜。我有至言相劝勉,愿君兮勿猜勿猜。但煦日吹月,咽雨呵雷。火

寄冥宫,水济丹台。金木交而土归位,铅汞分而丹露胎。赤血换而白乳流,透九窍兮动百骸。然然卷,然然舒,哀哀哈哈。孩儿喘而不死,腹空虚兮长斋。酬名利兮狂歌醉舞,酬富贵兮麻褐莎鞋。甲子问时休记,看桑田变作黄埃。青山白云好居住,劝君归去来兮归去来。

题四明金鹅寺壁

方丈有门出不钥,见个山童露双脚。问伊方丈何寂寥,道是虚空也不著。闻此语,何欣欣,主翁岂是寻常人。我来谒见不得见,谒心耿耿生埃尘。归去也,波浩渺,路入蓬莱心杳杳。相思一上石楼时,雪晴海阔千峰晓。

谷神歌

我有一腹空谷虚,言之道有又还无。言之无兮不可舍,言之有兮不可居。谷兮谷兮太玄妙,神兮神兮真大道。保之守之不死名,修之炼之仙人号。神得一以灵,谷得一以盈。若人能守一,只此是长生。本不远离,身还不见。炼之功若成,自然凡骨变。谷神不死玄牝门,出入绵绵道若存。修炼还须夜半子,河车般载上昆仑。龙又吟,虎又啸,风云际会黄婆叫。火中姹女正含娇,回观水底婴儿俏。婴儿姹女见黄婆,儿女相逢两意和。金殿玉堂门十二,金翁木母正来过。重门过后牢关锁,点检斗牛先下火。进火消阴始一阳,千岁仙桃初结果。曲江东岸金乌飞,西岸清光玉兔辉。乌兔走归峰顶上,炉中姹女脱青衣。脱却青衣露素体,婴儿领入重帏里。十月情浓产一男,说道长生永不死。劝君炼,劝君修,谷神不死此中求。此中悟取玄微处,与君白日登一作到瀛洲。

修身诀

人命急如线,上下来往速如箭。认得是元神,子后午前须至炼。随意出,随意入,天地三才人得一。既得一,勿遗失,失了永求无一物。堪叹荒郊冢墓中,自古灭亡不知屈。一本无后二句。

长短句

落魄且落魄,夜宿乡村,朝游城郭。闲来无事玩青山,困来街市货丹药。卖得钱,不算度,酤美酒,自斟酌。醉后吟哦动鬼神,任意日头向西落。

直指大丹歌

三清宫殿隐昆颠,日月光浮起紫烟。池沼泓泓翻玉液,楼台叠叠运灵泉。青龙乘火铅为汞,白虎腾波汞作铅。欲得坎男求匹偶,须凭离女结因缘。黄婆设尽千般计,金鼎开成一朵莲。列女擎乌当左畔,将军戴兔镇西边。黑龟却伏红炉下,朱雀还栖华阁前。然后澄神窥见影,三周功就驾云軿。

渔父词一十八首

入定

闭目藏真神思凝,杳冥中里见吾宗。无边畔,迥朦胧,玄景观来觉尽空。

初九

大道从来属自然,空堂寂坐守机关。三田宝,镇长存,赤帝分明坐广寒。

玄用

日月交加晓夜奔,昆仑顶上定乾坤。真镜里,实堪论,暧暧红霞晓寂门。

神效

恍惚擒来得自然,偷他造化在其间。神鼎内,火烹煎,尽历阴阳结作丹。

沐浴

卯酉门中作用时,赤龙时蘸玉清池。云薄薄,雨微微,看取妖容露雪肌。

延寿

子午常餐日月精,玄关门户启还扃。长如此,过平生,且把阴阳子细烹。

瑞鼎
会合都从戊巳家，金铅水汞莫须夸。只此物，结丹砂，反覆阴阳色转华。

活得
位立三才属五行，阴阳合处便相生。龙飞踊，虎狉狩，吐个神珠各战争。

灿烂
四象分明八卦周，乾坤男女论绸缪。交会处，更娇羞，转觉情深玉体柔。

炼质
运本还元于此寻，周流金鼎虎龙吟。身不老，俗难侵，貌返童颜骨变金。

神异
还返初成立变童，瑞莲开处色辉红。金鼎内，迥朦胧，换骨添筋处处通。

知路
那个仙经述此方，参同大易显阴阳。须穷取，莫颠狂，会者名高道自昌。

朝帝
九转功成数尽乾，开炉拨鼎见金丹。餐饵了，别尘寰，足蹑青云突上天。

方契理
举世人生何所依，不求自己更求谁。绝嗜欲，断贪痴，莫把神明暗里欺。

自无忧
学道初从此处修，断除贪爱别娇柔。长守静，处深幽，服气餐霞饱即休。

作甚物
贪贵贪荣逐利名，追游醉后变欢情。年不永，代君惊，一报身终那里生。

疾瞥地
万劫千生得个人，须知先世种来因。速觉悟，出迷津，莫使轮回受苦辛。

常自在
闭目寻真真自归，玄珠一颗出辉辉。终日玩，莫抛离，免使阎王遣使追。

口占
洞宾游长沙，持小瓦罐乞钱。得钱无算，而罐常不满。有僧驱一车钱，戏曰："汝罐能容之否？"及推车入罐，戛戛有声，俄不见。僧曰："神仙耶，幻术耶？"

非神亦非仙，非术亦非幻。天地有终穷，桑田几迁变。身固非我有，财亦何足恋。盍不从吾游，骑鲸腾汗漫。

敲爻歌
汉终唐国飘蓬客，所以敲爻不可测。纵横逆顺没遮栏，静则无为动是色。也饮酒，也食肉，守定胭花断淫欲。行歌唱咏胭粉词，持戒酒肉常充腹。色是药，酒是禄，酒色之中无拘束。只因花酒误长生，饮酒带花神鬼哭。不破戒，不犯淫，破戒真如性即沈。犯淫坏失长生宝，得者须由道力人。道力人，真散汉，酒是良朋花是伴。花街柳巷觅真人，真人只在花街玩。摘花戴饮长生酒，景里无为道自昌。一任群迷多笑怪，仙花仙酒是仙乡。到此乡，非常客，姹女婴儿生喜乐。洞中常采四时花，时花结就长生药。长生药，采花心，花蕊层层艳丽春。时人不达花中理，一诀天机直万金。谢天地，感虚空，得遇仙师是祖宗。附耳低言玄妙旨，提上蓬莱第一峰。第一峰，是仙物，惟产金花生恍惚。口口相传不记文，须得灵根骨髓坚。骨髓炼灵根，片片桃花洞里春。七七白虎双双养，八八青龙总一斤。真父母，送元宫，木母金公性本温。十二宫中蟾魄现，时时地魄降天魂。铅初就，汞初生，玉炉金鼎未经烹。一夫一妇同天地，一男一女合乾坤。庚要生，甲要生，生甲生庚道始萌。拔取天根并地髓，白雪黄芽自长成。铅亦生，汞亦生，生汞生铅一处烹。烹炼不是精和液，天地乾坤日月精。黄婆匹配得团圆，时刻无差口付传。八卦三元全藉汞,五行四象岂离铅。铅生汞,汞生铅,夺得乾坤造化权。杳杳冥冥生恍惚,恍恍惚惚结成团。性须空,意要专,莫遣猿猴取次攀。花露初开切忌触,锁居上釜勿抽添。玉炉中,文火烁,十二时中惟守一。此时黄道会阴阳,三性元宫无漏泄。气若行,真火炼,莫使玄珠离宝殿。加添火候切防危,初九潜龙不可炼。消息火,刀圭变,大地黄芽都长遍。五行数内一阳生,二十四气排珠宴。火足数,药方成,便有龙吟虎啸声。三铅只得一铅就,金果仙芽未现形。再安炉,重立鼎,跨虎乘龙离凡境。日精才现月华凝,二八相交在壬丙。龙汞结,虎铅成,咫尺蓬莱只一程。坤铅乾汞金丹祖,龙铅虎汞最通灵。达此理,道方成,三万神龙护水晶。守时定日明符刻,专心惟在意虔诚。黑铅过,采清真,一阵交锋定太平。三车搬运珍珠宝,送归宝藏自通灵。天神佑,地祇迎,混合乾坤日月精。虎啸一声龙出窟,鸾飞凤舞出金城。朱砂配,水银停,一派红霞列太清。铅池进出金光现,汞火流珠入帝京。龙虎媾,外持盈,走圣飞灵在宝瓶。一时辰内金丹就,上朝金阙紫云生。仙桃熟,摘取饵,万化来朝天地喜。斋戒等候一阳生,便进周天参同理。参同理,炼金丹,水火薰蒸透百关。养胎十月神丹结,男子怀胎岂等闲。内丹成,外丹就,内外相接和谐偶。结成一块紫金丸,变化飞腾天地久。丹入腹,非寻常,阴阳剥尽化纯阳。飞升羽化三清客,各遂功成达上苍。三清客,驾琼舆,跨凤腾霄入太虚。似此逍遥多快乐,遨游三界最清奇。太虚之上修真士,朗朗圆成一物无。一物无,唯显道,五方透出真人貌。仙童仙女彩云迎,五明宫内传真诰。传真诰,话幽情,只是真铅炼汞精。声闻缘觉冰消散,外道修罗缩项惊。点枯骨,立成形,信道天梯似掌平。九祖先灵得超脱,谁羡繁华贵与荣。寻烈士,觅贤才,同安炉鼎化凡胎。若是悭财并惜宝,千万神仙不肯来。修真士,不妄说,妄说一句天公折。万劫尘沙道不成,七窍眼睛皆迸血。贫穷子,发誓切,待把凡流尽提接。同越

蓬莱仙会中,凡景煎熬无了歇。尘世短,更思量,洞里乾坤日月长。坚志苦心三二载,百千万劫寿弥疆。达圣道,显真常,虎兕刀兵更不伤。水火蛟龙无损害,拍手天宫笑一场。这些功,真奇妙,分付与人谁肯要。愚徒死恋色和财,所以神仙不肯召。真至道,不择人,岂论高低富与贫。且饶帝子共王孙,须去繁华锉锐分。嗔不除,憨不改,堕入轮回生死海。堆金积玉满山川,神仙冷笑应不采。名非贵,道极尊,圣圣贤贤显子孙。腰间跨玉骑骄马,瞥见如同隙里尘。隙里尘,石中火,何在留心为久计。苦苦煎熬唤不回,夺利争名如鼎沸。如鼎沸,永沉沦,失道迷真业所根。有人平却心头棘,便把天机说与君。命要传,性要悟,入圣超凡由汝做。三清路上少人行,畜类门前争入去。报贤良,休慕顾,性命机关须守护。若还缺一不芳菲,执著波查应失路。只修性,不修命,此是修行第一病。只修祖性不修丹,万劫阴灵难入圣。达命宗,迷祖性,恰似鉴容无宝镜。寿同天地一愚夫,权物家财无主柄。性命双修玄又玄,海底洪波驾法船。生擒活捉蛟龙首,始知匠手不虚传。

三字诀

　　这个道,非常道。性命根,生死窍。说著丑,行着妙。人人憎,个个笑。大关键,在颠倒。莫厌秽,莫计较。得他来,立见效。地天泰,为朕兆。口对口,窍对窍。吞入腹,自知道。药苗新,先天兆。审眉间,行逆道。滓质物,自继绍。二者余,方绝妙。要行持,令人叫。气要坚,神莫耗。若不行,空老耄。认得真,老还少。不知音,莫语要。些儿法,合大道。精气神,不老药。读作要,翁,晋人,方音如此。静里全,明中报。乘凤鸾,听天诏。

百字碑

　　养气忘言守,降心为不为。动静知宗祖,无事更寻谁。真常须应物,应物要不迷。不迷性自住,性住气自回。气回丹自结,壶中配坎离。阴阳生返复,普化一声雷。白云朝顶上,

甘露洒须弥。自饮长生酒,逍遥谁得知。坐听无弦曲,明通造化机。都来二十句,端的上天梯。

句

莫道神仙无学处,古今多少上升人。《景福寺题》。

全唐诗卷八百六十

仙

孙思邈

孙思邈,京兆华原人。隐太白山,通百家、阴阳、推步、医药。隋文帝以国子博士召,不就。太宗召诣京师,欲官之,亦不受。高宗上元初还山。

四言诗 缺一字

取金之精,合石之液。列为夫妇,结为魂魄。一体混沌,两精感激。河车覆载,鼎候无忒。洪铲烈火,烘焰翕赫。烟未及黔,焰不假碧。如畜扶桑,若藏霹雳。姹女气索,婴儿声寂。透出两仪,丽于四极。壁立几多,马驰一驿。宛其死矣,适然从革。恶黜善迁,情回性易。紫色内达,赤芒外射。熠若火生,乍疑血滴。号曰中环,退藏于密。雾散五内,川流百脉。骨变金植,颜驻玉泽。阳德乃敷,阴功□积。南宫度名,北斗落籍。

叶法善

叶法善,字道元,一字太素,家于松阳。遍历名山,得道术。高宗征之,驻景龙观。明皇朝,试法多灵验。开元八年,年一百七岁,化去,留三诗于座侧。

留诗

昔在禹余天,还依太上家。忝以掌仙箓,去来乘烟霞。暂下宛利城,渺然思金华。自此非久住,云上登香车。

适向人间世,时复济苍生。度人初行满,辅国亦功成。但念清微乐,谁忻下界荣。门人好住此,翛然云上征。

退仙时此地,去俗久为荣。今日登云天,归真游上清。泥丸空示世,腾举不为名。为报学仙者,知余朝玉京。

张果

张果,两当人。先隐中条山,后于鸳鸯山登真洞往来。天后召之,不起。明皇以礼致之,肩舆入宫,擢银青光禄大夫,赐号通玄先生。未几还山。

题登真洞

修成金骨炼归真,洞锁遗踪不计春。野草谩随青岭秀,闲花长对白云新。风摇翠篠敲寒玉,水激丹砂走素鳞。自是神仙多变异,肯教踪迹掩红尘。

许宣平

许宣平,新安歙人。景云中,隐城阳山南坞,结庵以居。时或负薪卖,担挂一花瓢及曲竹杖,每醉,挂之以归。尝于同华间题诗传舍,李白东游,览之,曰:"此仙诗也。"及新安,累访之不得。后咸通七年,郡人许明奴家有妪入山采樵,见一人坐石上,食桃甚大,自称明奴之祖,即宣平也。与一桃食妪,妪后却食轻健,入山不归。

负薪行

负薪朝出卖,沽酒日西归。路人莫问归何处,穿入白云行翠微。一作借问家何在,穿云入翠微。一作穿白云行入翠微。

庵壁题诗

隐居三十载,石室南山巅。静夜玩明月,清朝饮碧泉。樵人歌垄上,谷鸟戏岩前。乐矣不知老,都忘甲子年。

见李白诗又吟

白访宣平不得,乃题诗于庵壁曰:我吟传舍诗,来访仙人居。烟岭迷高迹,云林隔太虚。窥庭但萧索,倚杖空踌躇。应化辽天鹤,归当千载余。宣平归庵,见壁诗,作此。

一池荷叶衣无尽,两亩黄精食有余。又被人来寻讨著,移庵不免更深居。

成真人

成真人者,不知其名,亦不知所自。开元末,有中使自岭外回,谒金天庙神。莫祝毕,戏问巫曰:"大王在否?"对曰:"不在。"中使讶其所答,诘之,曰:"关外迎成真人耳。"中使遽使人于关候之。有一道士,弊衣负囊而来。问之,姓成。因延于传舍,以驿骑载归。馆于私第,密以其事奏之。明皇大异,召入内殿,诏问道术及所修之事,皆拱默不对。复恳乞归山,许之,挈囊而去。所司扫洒其居,见壁上题句,刮洗愈明。以事上闻,上默然良久。其后禄山起燕,明皇幸蜀,皆如其谶。

题壁

蜀路南行,燕师北至。本拟白日升天,且看黑龙饮渭。

朱子真

朱子真,明皇时人。居南山下,别墅甚盛。出游,尝以绣衣女子数人自随。长安少年赵颎造之求饮,令侍女及木凤歌舞侑酒,子真自歌。仍取一九丹赐颎。銮舆幸蜀,忽失子真家。颎服丹,得二百余岁。

对赵颎歌 第三句缺一字

人间几日变桑田,谁识神仙洞里天。短促共知有□异,且须欢醉在生前。

申欢 一作宗

申欢,不知何许人。开元中,前进士张佐尝遇之鄂杜逆旅。乘青驴,背鹿革囊。自言扶风人,生宇文周时。又云:有占梦者,言欢前生为梓潼薛君胄。好服食,多寻异书,日诵黄老一百纸。八月十五日,长啸独饮,忽觉两耳有车声,因颓然思寝。头才至席,遂有小车,朱轮青盖,驾赤犊,出耳中,各长二三寸。有二童子,绿帻青帔,亦长二三寸,谓君胄曰:"吾自兜玄国来。"君胄大骇曰:"君适出吾耳,何谓兜玄国来?"二童子曰:"兜玄国在吾耳中,君耳安能处我！"因倾耳示之,乃别有天地。俄从二童子谒蒙玄真伯,授为主箓大夫。即有黄帔三四人,引至一曹署。其中文簿,多所不识。每月亦无请受,但意有所念,左右必先知,当便供给。因暇登楼远望,忽有归思,赋诗一首。二童子见诗,怒曰:"以君质性冲寂,引至吾国。鄙俗余态,果乃未去！"遂逐之,复自童子耳中出。占梦者,前生即耳中童子也。言讫,吐朱绢尺余。令吞之,遂复童子形而灭。

兜玄国怀归诗

风软景和煦,异香馥林塘。登高一长望,信美非吾乡。

李遐周

李遐周,有道术。开元中,召入禁中。后求出,住玄都观。天宝末,安禄山跋扈,遐周一旦隐去,但于其所居壁上题诗,言禄山、哥舒翰及幸蜀之事,时人莫晓。后方验。诗一首。

题壁

燕市人皆去,函关马不归。若逢山下鬼,环上系罗衣。

赵惠宗

赵惠宗,硖州人,通晓法箓。天宝末,忽积薪自焚,坐火中,诵度人经。火既烬,其下草犹绿。得遗简,有诗二首。

遗简诗

生我于虚,置我于无。至精为神,元气为躯。散阳为明,合阴为符。形为灰土,神为仙居。众垢将毕,万事永除。

吾驾时马,日月为卫。洞耀九霄,上谒天帝。明明我众,及我门人。伪道养形,真道养神。懋哉懋哉,余无所陈。

栾清

栾清,字浑之。贞元时,与徐戬俱好道术。游江南,舟遇二客,问其姓名,客笑持二莲叶遗之,上各有诗。一叶题曰撼浩然,一叶题曰泛虚舟。有顷,遗浑之酒一卮,甚馨香。饮讫别去,失所在。浑之大醉,吐出数斗物。戬视之,皆五脏,烂黑在地。浑之欢然起,抚掌而歌,遂仙去。戬亦不知所之。

遇莲叶二客诗

得饮摅公酒,复登摅公舟。便得神体清,超遥旷无忧。_{清。}

附莲叶二客诗

行时云作伴,坐即酒为侣。腹以元化充,衣将云霞补。纠虐与尧仁,可惜皆朽腐。_{撼浩然。}

楫棹无所假,超然信萍查。朝浮旭日辉,夕荫清月华。营营功业人,朽骨成泥沙。_{泛虚舟。}

韩湘

韩湘,字清夫,愈之犹子也。落魄不羁,愈强之婚宦,不听,学道仙去。

言志

青山云水窟,此地是吾家。后夜流琼液,凌晨咀绛霞。琴弹碧玉调,炉炼白朱砂。宝鼎存金虎,元田养白鸦。一瓢藏世界,三尺斩妖邪。解造逡巡酒,能开顷刻花。有人能学我,同去看仙葩。

答从叔愈

愈谪蓝关,湘来逆,同传舍。愈仍留之,作诗云:才为世用古来多,如子雄文世孰过。好待功名成就日,却收身去卧烟萝。湘答此诗,竟去。

举世都为名利醉,伊予独向道中醒。他时定是飞升去,冲破秋空一点青。

侯道华

侯道华,蒲人,大中时仙去。

题院诗

河中永乐县道净院,有道士邓太玄练药贮院内。道华在院供给使,常好子史,手不释卷。众或问要此何为,答曰:"天上无愚懵仙人。"咸大笑之。一旦失之,亡所见,惟脱双履,衣挂松上,中留一诗,时大中五年五月也,方验道华窃太玄药仙去。节度郑公先以其事闻,诏赐名升仙观。

　　帖里大还丹,多年色不移。前宵盗吃却,今日碧空飞。惭愧深珍重,珍重邓天师。他年炼得药,留著与内芝。吾师知此术,速炼莫为迟。天清专相待,大罗的有期。下列细字,称去年七月一日,蒙韩君赐姓李,名内芝,配住上清善进院。

裴航

　　裴航,长庆中进士。

赠樊夫人诗

　　长庆中,航下第,游鄂渚,偶与樊夫人同载。航见其有国色,慕之,赂侍妾袅烟,以诗达意。夫人得航诗,若不闻,使袅烟持诗答航,航亦未达诗之旨趣。后经蓝桥驿,渴甚,向老妪求浆。妪呼女云英擎浆与航,英色芳丽。航忆夫人诗句,异之,愿纳聘焉。妪言已有灵丹,须玉杵臼捣之,有此当相与。航购得之,妪仍令航捣药百日,妪吞之,先入洞,告姻戚来迎。航及女就礼,引见诸宾,一仙妪谓航应相识否,航不省。曰:"不忆鄂渚同舟事乎?"航惊怛陈谢,始知夫人即云英之姊。后航及妻入玉峰洞为上仙。

　　向为胡越犹怀想,况遇天仙隔锦屏。倘若玉京朝会去,愿随鸾鹤入青冥。

附樊夫人答裴航

　　一饮琼浆百感生,玄霜捣尽见云英。蓝桥便是神仙窟,何必崎岖上玉清。

钟离权

　　钟离权,咸阳人。遇老人授仙诀,又遇华阳真人上仙王玄甫传道。入崆峒山,自号云房先生,后仙去。

题长安酒肆壁三绝句

　　坐卧常携一作将酒一壶,不教双眼识皇一作东都。乾坤许大一作世界无名姓,疏散人中一一作大丈夫。

　　得道高僧一作真仙不易逢,几时归去愿相从。自言住处连沧海,别是蓬莱第一峰。

　　莫厌追欢笑语频,寻思离乱好伤神。闲来屈指从头数,得见一作到清平有几人。

赠吕洞宾

　　知君幸有英灵骨,所以教君心恍惚。含元殿上水晶宫,分明指出神仙窟。大丈夫,遇真诀,须要执持心猛烈。五行匹配自刀圭,执取龟蛇颠倒诀。三尸神,须打彻,进退天机明六甲。知此三要万神归,来驾火龙离九阙。九九道至成真日,三界四府朝元节。气翱翔兮神烜赫,蓬莱便是吾家宅。群仙会饮天乐喧,双童引入升玄客。道心不退故传君,立誓约言亲洒血。逢人兮莫乱说,遇友兮不须诀。莫怪频发此言辞,轻慢必有阴司折。执手相别意如何,今日为君重作歌。说尽千般玄妙理,未必君心信么。子后分明说与汝,保惜吾言上大罗。

全唐诗卷八百六十一

马湘

马湘，字自然，杭州盐官人。貌丑，虬鼻、秃鬓、大口。饮酒石余，醉卧即以拳入口。游行处多题诗句。大中十年，归乡，忽死。明年，又于梓桐县白日上升。有司奏闻，敕浙西发冢视之，乃一竹杖而已。

登杭州秦望山

太乙初分何处寻，空留历数变人心。九天日月移朝暮，万里山川换古今。风动水光吞远峤，雨添岚气没高林。秦皇漫作驱山计，沧海茫茫转更深。

题龙兴观壁

晋陵道士朱含真，居龙兴观东轩，马自然常过之，含贞必竭力以奉。临别，与以三符，命版题庑下。后数年，自然飞升。含贞造以符术名江浙淮海间。

世有无穷事，生知遂百春。问程方外路，宜是上清人。

又诗一首

昔日曾一作尝随魏伯阳，无端醉卧紫金床。东君谓我多情赖，罚向人间作酒狂。

又诗二首

省悟前非一息间，更势闲事弃尘寰。徒夸美酒如琼液，休恋娇娥似玉颜。含笑漫教情面厚，多愁还使鬓毛斑。云中幸有堪归路，无限青山是我山。

何用烧丹学驻颜，闹非城市静非山。时人若觅长生药，对景无心是大还。

张辞

张辞，咸通初，进士下第，游淮海间。有道术，尝养气绝粒。好酒耽棋，后于江南上升。

题壁

人有以炉火药术为事者，辞大哂之，命笔题其壁。

争那金乌何,头上飞不住。红炉漫烧药,玉颜安可驻。今年花发枝,明年叶—作花落树。不如且饮酒,莫管流年度。一作朝暮复朝暮。

上盐城令述德诗

辞尝游盐城,非类乘其醉,与相竞力,令见而系之。既醒,为述德、陈情二律以献,令释之。今存述德一首。

门风常有蕙兰馨,鼎族家传霸国名。容貌静悬秋月彩,文章高振海涛声。讼堂无事调琴轸,郡阁何妨醉玉觥。今日东渐音尖桥下水,一条从此镇常清。

谢令学道诗

令欲传其道,辞以令方宰剧邑,未暇志玄,诗以开其意。

何用梯媒向外求,长生只合内中修。莫言大道人难得,自是行心不到头。

别令诗

张辞张辞自不会,天下经书在腹内。身即腾腾处世间,心即逍遥出天外。

陆禹臣

陆禹臣,字服休,河东人。避黄巢乱,入南岳。得仙术,隐宜州北山。后尸解,为紫府仙伯。尝寓吴生家,与语尘外理。

赠吴生

露下瑶簪湿,云生石室寒。星坛鸾鹤舞,丹灶虎龙蟠。

李真

李真,唐末仙人。

丈人山诗

春冻晓鞯露重,夜寒幽枕云生。岂是与山无素,丈人著帽相迎。

殷七七

殷七七,名天祥,又名道荃。尝自称七七,不知何所人。游行天下,不测其年寿。面光白,若四十许人。每日醉歌道上。周宝镇浙西,师敬之。尝试其术,于九月令开鹤林寺杜鹃花,有验。

醉歌

琴弹碧玉调,药炼—作炉养白硃砂。解酝顷刻酒,能开非时花—作能栽顷刻花。

阳春曲

七七有异术,过润州,与客饮,云:"某有一艺侑欢。"顾屏上画妇人,曰:"可歌《阳春曲》。"妇人应声而歌,其音清亮,似从屏中出。

愁见唱阳春,令人离肠结。郎去未归家,柳自飘香雪。

张令问

张令问,隐居天国山,自号天国山人。

寄杜光庭

试问朝中为宰相,何如林下作神仙。一壶美酒一炉药,饱听松风清昼眠。

吴涵虚

吴涵虚,字含灵,江西人。出家为道士,居南岳,俗呼为吴猱。好睡,经旬不饮食。常言曰:"人若要闲,即须懒。好勤,即不闲也。"清泰年羽化。宋乾祐中,有人于嵩山见之。

上升歌

玉皇有诏登仙职,龙吐云分凤著力。眼前蓦地见楼台,异草奇花不可识。我向大罗观世界,世界即如指掌大。当时不为上升忙,一时提向瀛洲卖。

李梦符

李梦符,开平初人。在洪州日,与布衣饮酒狂吟。尝以钓竿悬一鱼,向市肆唱《渔父引》,卖其词。好事者争买之,得钱便入酒家。或抱冰入水,及出,身上气如蒸。后不知所在。一云梦符游南昌时,钟传据其地。有桂州刺史李琼,遣人谓传曰:"梦符吾弟,请遣归。"钟令求于市郾,人曰:"夜来不归,不知所之。"

答常学士

罢修儒业罢修真,养拙藏愚春复春。到老不疏林里鹿,平生难见日边人。洞桃深处千林锦,岩雪铺时万草新。深谢名贤远相访,求闻难博凤为邻。

渔父引二首

村寺钟声度远滩,半轮残月落山前。徐徐拨棹却归湾,浪叠朝霞锦绣翻。

渔弟渔兄喜到来,波官赛却坐江隈。椰榆构子木瘤杯,烂煮鲈鱼满案堆。

察考取状答

插花饮酒何妨事,樵唱渔歌不碍时。

沈廷瑞

沈廷瑞,高安人,吏部侍郎彬之子。有道术,嗜酒。寒暑一单褐,数十年不易。常跣行,日数百里,林栖露宿,多在玉笥、浮云二山。老而不衰,化后,人犹常见之。

答高安宰

廷瑞尝直造县宰之坐,宰不快,戏之曰:"沈道士何时成道?"廷瑞应声成诗

何须问我道成时,紫府清都自有期。手握药苗人不识,体含金骨俗争知。一本此下后有四句云:书符解遣龙蛇走,动印还教海岳移。他日丹霄谁是侣,青童引驾紫霄随。

赠僧昭莹

廷瑞化于玉笥山,后二年,有阁皁山僧昭莹遇之,问所住,云暂寻知已。留诗别。昭莹后到玉笥山话及,方知其尸解而去。

南北东西路,人生会不无。早曾依阁皁,又却上玄都。云片随天阔,泉声落石孤。何期早相遇,乐共煮菖蒲。

寄袁州陈智周

廷瑞与智周相善,化后数年,有人于江筠路次见廷瑞,共语久之,令将诗寄智周。智周得诗甚讶,驰出门,求送诗者,已不知所在。

名山相别后,别后会难期。金鼎销红日,丹田老紫芝。访君虽有路,怀我岂无诗。休羡繁华事,百年能几时。

垄穴遗诗

《华盖山事实》云:昭莹遇廷瑞后,开垄视之,惟见空棺。穴旁得片纸,遗诗云:

虚劳营殡玉山前,殡后那知已脱蝉。应是元神归洞府,更无遗魄在黄泉。灵台已得修真诀,尘世空留悟道篇。堪叹浮生今古事,北邙山下草芊芊。

谭峭

谭峭,字景升,国子司业洙之子。博涉经史,属文清丽。洙训以进士业,而峭酷好黄老书。辞父远游,师嵩山道士,得辟谷养气之术。后入青城山仙去。

大言诗

线作一作大长江扇作一作大天,鞭鞋抛向一作在海东边。蓬莱信道无多路一作世间多少闲虫豸,只一作尽在谭生拄杖前。

句

云外星霜如走电,世间娱乐似抛砖。

伊用昌

伊用昌,不知何许人。与其妻乞食,多在江右庐陵、宜春诸郡。出语轻忽,常为人殴击,呼之为伊风子。爱作《望江南》词,与妻唱和,词皆有旨。妻有殊色。豪富子弟以言笑戏调,不可犯。夫妻至南城县,丐死牛肉,食之死。后人有见之者,夫妻皆蹑虚而行。发视所埋处,惟有烂牛肉,无别物。

望江南词咏鼓

江南鼓,梭肚两头栾。钉著不知侵骨髓,打来只是没心肝,空腹被人谩。

题茶陵县门

江南有芒草,茶陵民采之织履。用昌题此诗,县

官及胥吏怒,逐出界。

　　茶陵一道妇长街,两畔栽柳不栽槐。夜后不闻更漏鼓,只听锤芒织草鞋。

题酒楼壁

<small>用昌死后一年,有江西锁将丁,于其地见用昌夫妻,仍唱《望江南词》。</small>

　　此生生在此生先,何事从玄不复玄。已在淮南鸡犬后,而今便到玉皇前。

题游帷观真君殿后

<small>用昌渡江,至观后,题此诗,夫妻连臂入西山,自此更不出。其诗后题衔云:定亿兆恒沙军国主南方赤龙神王伊用昌。</small>

　　日日祥云瑞气连,侬家应作大神仙。笔头洒起风雷力,剑下驱驰造化权。更与戎夷添礼乐,永教胡房绝烽烟。列仙功业只如此,直上三清第一天。

留题阁皂观

　　花洞门前吠似雷,险声流断俗尘埃。雨喷山脚毒龙起,月照松梢孤鹤回。萝幕秋高添碧翠,画帘时卷到楼台。两坛诗客何年去,去后门关更不开。

湖南闯斋吟

<small>用昌入湖南,谒马氏。时方设斋,独不请。用昌自造之,据我坐。洎食毕,则大声吟诗。吟毕,拂衣而起。众讶异,乃逼问之,出门不见。</small>

　　谁人能识白元君,上士由来尽见闻。避世早空南火宅,植田高种北山云。鸡能抱卵心常听,蝉到成形壳自分。学取大罗些子术,免教松下作孤坟。

许坚

　　许坚,字介石,庐江人。

游溧阳霞泉寺限白字

　　近枕吴溪与越峰,前朝恩赐云泉额。<small>南唐以大唐为前朝。</small>竹林晴见雁塔高,石室曾栖几禅伯。荒碑字没莓苔深,古池香泛荷花白。客有经年别故林,落日啼猿情脉脉。

幽栖观

　　仙翁上升去,丹井寄晴壑。山色接天台,湖光照寥廓。玉洞绝无人,老桧犹栖鹤。我欲掣青蛇,他时冲碧落。

题茅山观

　　尝恨清风千载郁,洞天今得恣游遨。松楸一色古坛静,鸾鹤不来青汉高。茅氏井寒丹已化,玄宗碑断梦仍劳。分明有个长生路,休向红尘叹二毛。

题扇

　　哦吟但写胸中妙,饮酒能忘身后名。但愿长闲有诗酒,一溪风月共清明。

上徐舍人铉

<small>坚早年干李氏,人以其狂,不之礼。因上此诗于徐铉,竟拂衣归。</small>

　　几宵烟月锁楼台,欲寄侯门荐祢才。满面尘埃人不识,谩随流水出山来。

句

　　道既学不得,仙从何处来。

　　卧久似慵伸雪项,立迟犹未整霜衣。<small>《病鹤》见《吟窗杂录》。</small>

许碏<small>一作鹊</small>

　　许碏,高阳人。累举不第,学道于王屋。周游名山洞府,到处于石崖峭壁人不及处题云:许碏自峨嵋山寻偓月子到此。笔踪神异,竟莫详偓月子也。游庐江,醉吟一诗,人皆笑为风狂。后插花作舞,上酒楼醉歌,升仙去。

醉吟

　　阆苑花前是醉乡,踏<small>一作拈</small>翻王母九霞觞。群仙拍手嫌轻薄<small>一作脱</small>,谪向人间作酒狂。

题南岳招仙观壁上

<small>题此诗后数日上升。</small>

洪炉烹锻人性命,器用不同分皆定。妖精鬼魅斗神通,只自干邪不干正。黄口小儿初学行,唯知日月东西生。还为万灵威圣力,移月在南日在北。玉为玉兮石是石,蕴弃深泥终不易。邓通饿死严陵贫,帝王岂无人力。丈夫未达莫相侵,攀龙附凤捐精神。

张白

张白,衡州人。少应举不第。入道。常挑一铁葫芦,得钱便饮酒,自称白云子。忽一日死,葬武陵城西。经半载,有鼎州官扬州勾当公事,遇于酒肆,同酌数日。众闻之,开验其棺,一空。有武陵春色诗三百首,今存其一。

武陵春色

武陵春色好,十二酒家楼。大醉方回首,逢人不举头。是非都不采,名利混然休。戴个星冠子,浮沈农世流。

赠酒店崔氏

武陵城里崔家酒,地上应无天上有。南游道士饮一斗,卧向白云深洞口。

哭陆先生

六亲恸哭还复苏,我笑先生泪个无。脱履定归天上去,空坟留入武陵图。

段縠

段縠,累举进士不第,忽如狂,市中讴吟其诗。后死,及葬发视,但空棺耳。

市中狂吟

一间茅屋,尚自修治。任狂风吹,连檐破碎。科栱斜攲,看著倒也。墙壁作散土一堆,主人翁永不来归。

赵自然

赵自然,池州凤凰山道士。梦阴真君与柏叶,一枝九叠。食之,因不食,神气异常。

诗

常欲栖山岛,闲眠玉洞寒。丹哥时引舞,来去跨云鸾。

李浩

李浩,字太素,不知何许人。隐青城山牡丹坪,与仙人尔朱先生游,作《大丹诗》百首行世。或传举家仙去。

大丹诗四首

混沌未分我独存,包含四象立乾坤。还丹须向此中觅,得此方为至妙门。

煮石烹金炼太元,神仙不肯等闲传。人能认得其中理,夺尽乾坤造化权。

百首荒辞义亦深,因传同道决疑心。华池本是真神水,神水元来是白金。

取将白金为鼎器,鼎成潜伏汞来侵。汞入金鼎终年尽,产出灵砂似太阴。

徐钓者 一作徐钓

徐钓者,不知其名,自言东海蓬莱乡人。常棹舟泛于鄂渚,上及三湘,下经五湖。每将鱼市酒,人逐之,不可近。乃水仙也。

自吟

曾见秦皇架石桥,海神忙迫涨惊潮。蓬莱隔海虽难到,直上三清却不遥。

蓝采和

蓝采和,不知何时人。常衣破蓝衫,六銙黑木腰带。一脚著靴,一脚跣行。夏则衫内加絮,冬则卧于雪中,气出如蒸。每行歌城市乞索,持大拍板踏歌,似狂非狂,歌词极多,率皆仙意。以钱与之,或散失,亦不顾。见贫人,即与之,及与酒家。后踏歌于濠梁间酒楼,乘醉轻举,云中掷靴、衫、腰带、拍板,冉冉而去。

踏歌

踏歌踏歌蓝采和,世界能几何。红颜三春树,流年一掷梭。古人混混去不返,今人纷纷来更多。朝骑鸾凤到碧落,暮见桑田生白波。长景明晖在空际,金银宫阙高嵯峨。

全唐诗卷八百六十二

仙

清远道士

同沈恭子游虎丘寺有作

我本长殷周,遭罹历秦汉。四渎与五岳,名山尽幽窜。及此寰区中,始有近峰玩。近峰何郁郁,平湖渺弥漫。吟俯川之阴,步上山之岸。山川共澄澈,光彩交凌乱。白云翁欲归,青松忽消半。客去川岛静,人来山鸟散。谷深中见日,崖幽晓非旦。闻子盛游遨,风流足词翰。嘉兹好松石,一言常累叹。勿谓余鬼神,忻君共幽赞。

春台仙

游春台诗

贞元十一年,秦中秀才白幽求,从新罗王子过海。失风,至一高山,半腹一城,台阁壮丽。有大树枝,为风相磨,如人诵诗。详诗意,殆示之进。幽求疑未敢前。俄有朱衣人自城中出,传敕诸真君来。殿廊下玉女数百奏乐,白鹤孔雀盘舞应之。日晚出宴迎月殿,有四真君各为《迎月诗》,后一诗忘其下句。又有童女唱《步虚歌》。幽求问从者是何处,曰诸真君游春台也,主人是东岳真君,四时各随地分为游。幽求向诸真君乞归,许之。得随西岳真君后,操舟归,自明州返旧土。

玉幢亘碧虚,此乃真人居。裴回仍未进,邪省犹难除。<small>大树枝诵诗。</small>

日落烟水黯,骊珠色岂昏。寒光射万里,霜缟遍千门。<small>四真君《迎月诗》。</small>

玉魄东方开,嫦娥逐影来。洗心兼涤目,恍若游春台。

清波滔碧天,乌藏黯黮连。二仪不辨处,忽吐清光圆。

乌沈海西岸,蟾吐天东头。

凤凰三十六，碧天高太清。元君夫人蹋云语，冷风飒飒吹鹅笙。童女《步虚歌》。

酒肆布衣

醉吟

贞元末，有布衣于长安中游酒肆，吟咏丐酒，人以为狂。时当素秋，忽慨然四望，泪下沾襟。一老叟怪而问之，布衣曰："我来天地间一百三十春秋矣。每见春日煦和，不觉喜乐。至秋，未尝不伤而悲之也。非悲秋，悲人之生也。"因吟诗携手，同醉数日，不知所在。有于西蜀江边见之者。

阳春时节天气和，万物芳盛人如何。素秋时节天地肃，荣秀丛林立衰促。有同人世当少年，壮心仪貌皆俨然。一旦形羸又发白，旧游空使泪连连。

又吟

有形皆朽孰不知，休吟春景与秋时。争如且醉长安酒，荣华零悴总冥为。

嵩岳诸仙

嫁女诗

元和中，洛阳田璆、邓韶，博学有文。中秋，出建春门望月，遇二书生，邀至其庄。池馆台榭，牵陈设盘筵，若有待者。诘之，云："今夕上清神女嫁玉京仙郎，群仙会于兹岳。将藉君礼导升降耳。"言讫，花烛满空。有云母双车，偕群仙下，帏中坐者为西王母，相者为刘纲，侍者为茅盈，弹筝击筑者麻姑、谢自然。二书生，卫符卿、李八百也。顷之，汉武帝、唐明皇至。未顷，穆天子至。各为歌相劝酬。汉武帝又召丁令威歌，子晋吹笙和之。王母亦召叶静能歌明皇时事。于是黄龙持杯，于车前再拜，祝仙郎神女。刘纲、茅盈与巢父各有《催妆诗》。玉女引仙郎与神女入帐，璆、韶奉命相礼。礼毕，符卿、八百引之辞王母，各赐延寿酒一杯。曰："可增人间半甲子。"送出庄门四五步，失所在。惟嵩山嵯峨倚天，得樵径归，已岁余矣。于是二人弃家入少室山学道，不知所终。

劝君酒，为君悲且吟。自从频见市朝改，无复瑶池宴乐心。穆王把酒，请王母歌。

奉君酒，休叹市朝非。早知无复瑶池兴，悔驾骅骝草草归。王母持杯，穆天子歌。

八马回乘汗漫风，犹思往事憩昭宫。宴移玄圃情方洽，乐奏钧天曲未终。斜汉露凝残月冷，流霞杯泛曙光红。昆仑回首不知处，疑是酒酣魂梦中。穆天子重歌。

一曲笙歌瑶水滨，曾留逸足驻征轮。人间甲子周千岁，灵境杯觞初一巡。玉兔银河终不夜，奇花好树镇长春。悄知碧海一作穆满饶词句，歌向俗流疑误人。王母酬穆天子歌。

珠露金风下界秋，汉家陵树冷修修。当时不得仙桃力，寻作浮尘飘陇头。酒至汉武帝，王母又歌。

五十余年四海清，自亲丹药一作灶得长生。若言尽是仙桃力，看取神仙簿上名。汉武帝上王母酒歌。

月照骊山露泣花，似悲先帝早升遐。至今犹有长生鹿，时绕温泉望翠华。汉武帝召丁令威歌。

幽蓟烟尘别九重，贵妃汤殿罢歌钟。中宵扈从无全仗，大驾苍黄一作皇发六龙。妆匣尚留金翡翠，暖池犹浸玉芙蓉。荆榛一闭朝元路，唯有悲风吹晚松。王母召叶静能为明皇歌。

上清神女，玉京仙郎。乐此今夕，和鸣凤凰。凤凰和鸣，将翱将翔。与天齐休，庆流无央。黄龙祝辞。

玉为质兮花为颜，蝉为鬓兮云为鬟。何劳傅粉兮施渥丹，早出娉婷兮缥缈间。刘纲《催妆诗》。

水晶帐开银烛明，风摇珠佩连云清。休匀红粉饰花态，早驾双鸾朝玉京。茅盈《催妆诗》。

三星在天银河一作汉回，人间曙色东方来。玉苗琼蕊亦宜夜，莫一作来使一花冲晓开。巢父《催妆诗》。

芙蓉古丈夫　毛女

吟

古丈夫者，秦时骊山役夫。毛女，秦宫女殉葬骊山者。并以计得脱,入山,食木实。日久毛毛绀绿,能凌虚而翔。大中初,有陶太白、尹子虚者,采药入鞭蓉峰,遇之。自嫌貌丑怪,返穴易衣。一古服俨雅,一鬓髻彩衣。二子相与倾壶而饮,饮尽,古丈夫折松枝叩壶而吟,毛女和之。赠药而别。

饵柏身轻叠嶂间,是非无意到尘寰。冠裳暂备论浮世,一饷云游碧落间。古丈夫。

谁知古是与今非,闲蹑青霞与一作绕翠微。箫管秦楼应寂寂,彩云空惹薜萝衣。毛女。

希道

授灸毂子歌二首

灸毂子王睿,成疹积年,苦冷。游燕中,逢樱杖棕笠者,鹤貌高古,名曰希道。授以丹诀,并一歌。制丹饵之,周星得瘳。后竟仙去。

木津天魂,金液地魄。坎离运行无成,金木有数秦晋合。近效宜六旬,远期三载阔。

魄微入魂牝牡结,阳呴阴滋神鬼灭,千歌万赞皆未决,古往今来抛日月。

隐者

李泌庭黑石诗

神真炼形年未足,化为我子功相续。丞相瘗之刻玄玉,仙路何长死何促。

广陵道士

戏吟

道士于广陵城卖药,有灵效。彭城刘商弃官访道,遇而异之。携登酒楼,所谈秦汉历代事,皆如目睹。及暮归,道士下楼,俟不见。翼日,商欲城街访之,道士仍卖药。见商愈喜,复挈上酒楼,剧谈劝醉。出一小药囊赠商,戏吟一诗,别去,累寻不复见。商服药身轻,为地仙。

无事到扬州,相携上酒楼。药囊为赠别,千载更何求。

黄冠野夫

授马氏女诗

黄鹿真人马氏女者,幼好道。有黄冠野夫,年逾七十,颜如渥丹。传铅汞符箓要术。易其名为道兴,授诗而行。后结庵于庐江之东,复遇野夫。与镇坛金银,为黄鹿、白鹅之精。天祐末,盗欲取之,遂骖驾黄鹿,白鹅前引,腾空而逝,如所授诗之言。

女是寄生枝,男是冬青木。冬青驾白鹅,寄生跨黄鹿。若遇寇相凌,稳便抛家族。早早上三清,莫候丹砂熟。

蜀中酒阁道人

歌

蜀中有道人,饮于酒阁,歌此诗。有许仲源者,问其诗中班龙珠何物,云为鹿角。授仲源制服方,化一白鹤飞去。许后亦得仙。

尾闾不禁沧溟竭,九转神丹都谩说。惟有班龙顶上珠,能补玉堂关下穴。

章江书生

吟

金陵陈省躬,显德中,为临川宰。舟经章江,泊女儿浦。抵暮,有书生不通姓名,登舟求见。与省躬论语甚奇,问今晋朝第几帝。省躬具实对,微笑而已。生间高吟一诗,省躬疑是神仙,再拜叩问,终无言。出船,不见所之。

西去长沙东上船,思量此事已千年。长春殿掩无人扫,满眼梨花哭杜鹃。

萼岭书生

示边洞元

洛阳道士边洞元,于嵩山萼岭遇一书生,以木简负数册书,酒一大壶,同憩松下。倾壶中酒饮洞元,洞元醉。书生曰:"我有术可与师醒酒。"取木简摩拭化为剑,曰:"借师之肝脍之可乎?"洞元惧而醒,乞命,遂挥剑腾空去。掷下书一卷,有绝句云:

邂逅相逢萼岭边,对倾浮蚁共谈玄。拟将

剑法亲传授,却为迷人未有缘。

成都醉道士

示胡二郎歌

有胡二郎者,尝见一道士于成都,醉卧通衢。二郎怜之,每值其醉,辄取石支其首。道士一日醒,二郎在傍,感之。因劝修道,且歌以讽之。二郎问为何人,曰:"吾即尔朱先生也。"去不见,二郎后亦得仙。

欲究丹砂理,幽玄无处寻。不离铅与汞,无出水中金。金欲炼时须得水,水遇土兮终不起。但知火候不参差,自得还丹微妙旨。人世分明知有死,刚只留心恋朱紫。岂知光景片时间,将谓人生长似此。何不回心师至道,免逐年光虚自老。临樽只解醉醺醺,对镜方知渐枯槁。二郎切切听我语,仙乡咫尺无寒暑。与君说尽只如斯,莫恋娇奢不肯去。感君恩义言方苦,火急回心求出路。吟成数句赠君辞,不觉便成今与古。

樵夫

贻白永年诗

白椿夫,字永年,僖宗时湖南衡岳人。得惩妖祛疾之术。一日,有樵夫扣户曰:"西峰岩中有仙会话,师可造之。"永年疑其为妖,杖策随之,去至则瞑矣。但见崖壁有诗,翰墨犹湿。读讫,失其字。

清秋无所事,乘露出遥天。凭仗樵人语,相期白永年。

李公佐仆

留诗

李公佐举进士,后为钟陵从事,有仆夫自布衣执役勤瘁,昼夕恭谨,迨三十年,公佐不知其异人也。一旦,留诗一章,距跃凌空而去。

我有衣中珠,不嫌衣上尘。我有长生理,不厌有生身。江南神仙窟,吾当混其真。不嫌市井喧,来救世间人。苏子迹已往,注云:苏耽是也。颛蒙事可亲。公佐字颛蒙。莫言东海变,天地有长春。

木客

鄱阳山中有木客,秦时造阿房宫者。食木实,得不死,时下山就民间取酒。为诗云:

酒尽君莫沽,壶倾我当发。城市多嚣尘,还山弄明月。

许大

西山吟

自从明府归仙后,出入尘寰直至今。不是藏名混时俗,卖药沽酒要安心。

许学士

东洛货丹

三千功满去升天,一住人间数百年。华表他时却归日,沧溟应恐变桑田。

天关回到世吟

九霄云路奇哉险,曾把一作抱冲身入太和。今日东归浑似梦,望崖回首隔天波。

紫微孙处士

送青城丈人酒

深羡青城好洞天,白龙一觉已千年。铺云枕石长松下,朝退看书尽日眠。

送王懿昌酒

将知骨分到仙乡,酒饮金华玉液浆。莫道人间只如此,回头已是一年强。

青城丈人

送太乙真君酒

峨嵋仙府静沈沈,玉液金华莫厌斟。凡客欲知真一洞,剑门西北五云深。

太乙真君

送紫微处士酒

此中何必羡青城,玉树云栖不记名。闷即

乘龙游紫府,北辰南斗逐君行。

方壶居士

题法云寺双桧

谢郎双桧绿于云,昏晓浓阴色未分。若并亳宫仙鹿迹,定积高峭不如君。

隋堤词

尝忆江都大业秋,曾随銮跸戏龙舟。伤心一觉兴亡梦,堤柳无情识世愁。

太白山玄士

画地吟

学得丹青数万年,人间几度变桑田。桑田虽变丹青在,谁向丹青合得仙。

邻道场人

货丹吟

寻仙何必三山上,但使神存九窍清。炼得绵绵元气定,自然不食亦长生。

无名氏

灵响词

《云笈七签》序云:余慕道年久,窃览《三清经》,修炼士当须入静三关,炼气续命。大静三百日,中静二百日,小静一百日。遂发志愿试以小静,开成三年起正月一日闭户,克期百日方出。未逾月,神光照目,百灵集耳。则知仙经秘典,言不虚设。因创《灵响词》五篇,以纪玄深。

此响非俗响,心知是灵仙。不曾离耳里,高下如秋蝉。

入夜声则厉,在昼声则微。神灵斥众恶,与我作风威。

妙响无住时,昼夜常轮回。那是偶然事,上界特使来。

何以辨灵应,事须得梯媒。自从灵响降,如有真人来。

存念长在心,展转无停音。可怜清爽夜,静听秋蝉吟。

无名氏

度世古玄歌

《蜀志》:后周至真观小蛮桥下,扣得石碑,载此。

始青之下月与日,两半同升合为一。大如弹丸甘如蜜,出彼玉堂入金室,子若得之慎勿失。

刘道昌

鬻丹砂醉吟

心田但使灵芝长,气海常教法水朝。功满自然留不住,更将何物驭丹霄。

龟市告别

还丹功满气成胎,九百年来混俗埃。自此三山一归去,无因重到世间来。

李太玄

摘紫芝

偶游洞府到芝田,星月茫茫欲曙天。虽则似离尘世了,不知何处偶真仙。

玉女舞霓裳

舞势随风散复收,歌声似磬韵还幽。千回赴节填词处,娇眼如波入鬓流。

曲龙山仙

玩月诗

栖岩谒韦令公,经剑阁,失足坠深岩下。进一石室,乃太乙元君之居。值东皇君遣使迎元君会曲龙山玩月,元君挈栖岩跨鹿龙同往。至则酌醴,各为歌。会散,复归旧洞府。元君送栖岩归,已六十年矣。

曲龙桥顶玩瀛洲,凡骨空陪汗漫游。不假丹梯蹑霄汉,水晶盘冷桂花秋。栖岩。

月砌瑶阶泉滴乳,玉箫催凤和烟舞。青城丈人何处游,玄鹤唳天云一缕。青城丈人词,东皇命玉女歌之,送元君酒。

造化天桥碧海东,玉轮还过辗晴虹。霓襟似拂瀛洲顶,颢气潜消橐仑中。东皇。

危桥横石架云端,跨鹿登临景象宽。颢魄洗烟澄碧落,桂花低拂玉簪寒。元君。

陈复休

陈复休,号七了。贞元中,来举襄城。多变化之术,尝狂醉市中,襄帅怒而系于狱,不食而死。寻即臭烂,而复见于家。中和间,大驾还京,复休亦至阙下。田晋公问京国几年安宁,曰二十。果自问后二十日,再幸陈仓。后寄诗晋公,未详其意。及驾至梁洋,邠帅朱玫立襄王监国,寒梅两枝验矣。

句

夜坐空庭月色微,一树寒梅发两枝。

郑冠卿

句

不缘过去行方便,安得今朝会碧虚。栖霞洞遇日华月华君。

陈蓬

句

竹篱疏见浦,茅屋漏通星。题松山。

伊梦昌

句

惟有松杉空弄月,更无云鹤暗迷人。题攸县司空观仙台。

露凝金盏滴残酒,檀点佳人喷异香。题黄蜀葵。

全唐诗卷八百六十三

女仙

张云容

张云容,杨贵妃侍儿也。申天师与绛雪丹服之,教其死后为大棺通穴,百年后,遇生人交精气,再生,可为地仙。后死,如法葬兰昌宫。至元和末,有平陆尉金陵薛昭,以义气逸县囚,谪赴海东。至三乡,夜遁去,匿兰昌宫古殿傍。见三美女至,一则云容,其二则萧凤台、刘兰翘,向为九仙媛所毒杀,同藏云容穴侧者。云容向昭备说生前事及申天师语,昭叹异。二女送酒合卺,各为歌献酬,欢洽数夕。云容倏自言"吾体已苏"。昭为启椟,遂活,同归金陵。

与薛昭合婚诗

脸花不绽几含幽,今夕阳春独换秋。我守孤灯无白日,寒云陇上更添愁。凤台歌。送薛昭、云容酒。

幽谷啼莺整羽翰,犀沈玉冷自长叹。月华不向一作忍扃泉户,露滴松枝一夜寒。兰翘歌。送薛昭、云容酒。

韶光不见分成尘,曾饵金丹忽有神。不意薛生携旧律,独开幽谷一枝春。云容和。

误入宫垣漏网人,月华静洗玉阶尘。自疑飞到蓬莱顶,琼艳三枝半夜春。薛昭和。

崔少玄

崔少玄,汾州刺史崔恭小女。生而端丽,归卢陲,随宦闽中。过建溪武夷山,云中见紫霄元君、扶桑夫人。问陲曰:"玉华君来乎?"陲怪问之,云:"吾昔为玉皇左侍书,曰玉华君。为有欲想,谪居人世,为君妻。"后罢府,家洛阳,自言太上复召为玉皇左侍书,留诗一首遗陲而蜕。

留别卢陲

得之一元,匪受自天。太老之真,无上之仙。光含影藏,形于自然。真安匪求,神之久留。淑美其真,体性刚柔。丹霄碧虚,上圣之俦。百岁之后,空余坟丘。

戚逍遥

戚逍遥,冀州南宫人。幼好道,父以女诫授逍遥,逍遥曰:"此常人之事耳。"遂取老子仙经诵之。年二十余,适同邑蒯浮。不为尘俗事,惟独居一室,绝食静想,作歌云云。人悉以为妖。一夜,闻室内有人语声。又三日,忽闻屋裂声如雷,仰视天半,逍遥与仙众俱在云中,历历闻分别语。观望无不惊叹。

歌

笑看沧海欲成尘,王母花前别众真。千岁却归天上去,一心珍重世间人。

卓英英

卓英英,成都女郎(万首绝句采入宫闱,以与眉娘、玄士倡和,故载于此)。

锦城春望

和风装点锦城春,细雨如丝压玉尘。漫把诗情访奇景,艳花浓酒属闲人。

理笙

频倚银屏理凤笙,调中幽意起春情。因思往事成惆怅,不得缑山和一声。

游福感寺答少年

牡丹未及开时节,况是秋风莫近前。留待来年二三月,一枝和露压神仙。

答玄士

数载幽栏种牡丹,裹香包艳待神仙。神仙既有丹青术,携取何妨入洞天。

眉娘

眉娘,南海人,卢姓。生而眉长,称眉娘。神针善绣,顺宗召入宫中,号神姑。宪宗度为女道士,称逍遥大师,放归。后数年尸解。

和卓英英锦城春望

蚕市初开处处春,九衢明艳起香尘。世间总有浮华事,争及仙山出世人。

和卓英英理笙

但于闺阁熟吹笙,太白真仙自有情。他日丹霄骖白凤,何愁子晋不闻声。

附太白山玄士画地吟

学得丹青数万年,人间几度变桑田。桑田虽变丹青在,谁向丹青合得仙。

洛川仙女

答张郁歌

明皇时,燕人张郁客京洛,与豪贵子弟狂游。忽独步,沿洛川,睹风景恬和,沿步高吟。忽见临水翠帏,有一女郎出,邀郁命席谈笑,谓郁知人世不可居,好道,可与言。郁不能对,女郎歌此,遂与郁别,乘洛波而去。

彩云入帝乡,白鹤又回翔。久留深不可,蓬岛路遐长。

空爱长生术,不是长生人。今日洛川别,可惜洞中春。

附张郁洛川沿步吟

浮生如梦能几何,浮生复更忧患多。无人与我长生术,洛川春日且长歌。

南溟夫人

题玉壶赠元柳二子

元和初,衡山元彻、柳实赴岭外,渡海,舟漂抵一岛,见有五色芙蓉,高百余尺。双鬟自莲叶而来,二子向之求返人世。双鬟曰:"少顷玉虚尊师与南溟夫人会此,子但坚请之。"言讫,有道士乘白鹿降岛上。夫人衣五彩,玉肌流艳。二子拜恳,夫人命以百花桥渡二子。玉壶一枚,高尺余,题诗其上赠之。桥之尽所,即昔日维舟处。询之,已一十二年矣。中途馁,扣壶,有鸳鸯,语之,得饮食。后礼南岳太极先生为师,玉壶即先生贮玉液亡去者,随之诣祝融峰,二子自此得道。

来从一叶舟中来,去向百花桥上去。若到人间扣玉壶,鸳鸯自解分明语。

云台峰五女仙

会真诗

杨敬真,虢州阌乡天仙村田家女。十八嫁同村王清。性沈静,常凝神而坐。元和十二年五月十二日,忽辞其夫,沐浴焚香,居别室。村人闻天乐异香从西来。及明,视之,衣服委地,若蝉蜕去。村吏走告县令,寻逐无踪。十八日,复闻天乐异香自东来,敬真宛复在床,觉面目光采非常。问之,云仙师以云鹤来迎,有四女同夜成仙,会西岳云台峰。一马信真,宋州人。一徐湛真,幽州人。一郭修真,荆州人。一夏守真,青州人。相庆,各为诗道意,俄偕往蓬莱谒大仙伯茅君。敬真以王父年老,请归侍,因得还。遂谢绝其夫,服黄冠,居陕州紫极宫,宪宗尝召见内殿。终岁不食,容色转芳嫩云。

人世徒纷扰,其生似梦华。谁言今昔里,俯首视云霞。杨敬真。

几劫澄烦思,今身仅小成。一作几劫澄烦虑,思今身仅成。誓将云外隐,不向世间存。马信真。

绰约离尘世,从容上太清。云衣无绽日,鹤驾没遥程。徐湛真。

华岳无三尺,东瀛仅一杯。入云骑彩凤,歌舞上蓬莱。郭修真。

共作云山侣,俱辞世界尘。静思前日事,抛却几年身。夏守真。

吴清妻

仙诗五首

元和十二年,虢州湖城天仙乡吴清妻杨监真,因病不食,每静坐入定。四月十五夜,忽不见。十七日,县令自焚香祝请,四更,从牛屋上归。自云:"乘鹤到华山仙方台,见尊师。念父在,请归,一女冠乘鹤送来。"得受仙诗五首。

道启真心觉渐清,天教绝粒应精诚。云外仙歌笙管合,花间风引步虚声。一作天教绝粒应精诚,道启真心觉渐清。

□□□□□□□,□君隐处当一星。□□莲花山头饭,黄精仙人掌上经。首句缺,第二句缺一字,第三句缺二字。

飞鸟莫到人莫攀,一隐十年不下山。袖中短书谁为达,华山道士卖药还。

日落焚香坐醮坛,庭花露湿渐更阑。净水仙童调玉液,春宵羽客化金丹。

摄念精思引彩霞,焚香虚室对烟花。道合云宵游紫府,湛然真境瑞皇家。

上元夫人

赠封陟

宝历中,有封陟孝廉,居少室,志在典坟,性颇贞瑞。上元夫人忽自空而降,求偶。陟不知其为仙也,正色不从。留诗期七日更来。后七日,又至,陟复不从。留诗再期七日。又后七日至,曰:"从我能益君寿。"陟叱为妖,不从如初。诗以留别。三年,陟暴卒,追赴太山,路左遇前仙姝,曰:"不能于此人无情。"命冥府释归,始知为上元夫人也。陟苏,恸哭自咎。

谪居蓬岛别瑶池,春媚烟花有所思。为爱君心能洁白,愿操箕帚奉屏帏。

再赠

弄玉有夫皆得道,刘纲一作刚兼室尽登仙。君能仔细窥朝露,须逐云车拜洞天。

留别

萧郎不愿凤楼人,云涩回车泪脸新。愁想蓬瀛归去路,难窥旧苑碧桃春。

慈恩塔院女仙

题寺廊柱

太和三年,长安慈恩寺塔院月夕,忽见一美妇人,从三四青衣来,绕佛塔言笑,甚有风味。回顾侍婢,白院主借笔砚来。乃于北廊柱上题诗。院主执烛出视,悉变为白鹤,冲天去。

皇—作黄子陂头好月明,忘却华筵到晓行。烟收山低翠黛横,折得荷花远恨—作赠远生。

湖水团团夜如镜,碧树红花相掩映。北斗阑干移晓柄,有似佳期常不定。

蜀宫群仙

后土夫人
偶引群仙到世间,熏风殿里醉华筵。等闲贪赏不归去,愁杀韦郎一觉眠。

王母
沧海成尘几万秋,碧桃花发长春愁。不来便是数千载,周穆汉皇何处游。

麻姑
世间何事不潸然,得失—作人得人情命不延。适向蔡家厅上饮,回头已见一千年。

上元夫人
思量往事一愁容,阿母曾邀到汉宫。城阙不存人不见,茂陵荒草恨无穷。

弄玉
采凤飞来到禁闱,便随王母驻瑶池。如今记得秦楼上,偷见萧郎恼妾时。

太真
春梦悠扬生下界,一堪成笑一堪悲。马嵬不是无情地,自迈蓬莱睡觉时。

织女

赠郭翰二首
太原郭翰,少简贵,姿度美秀。盛暑,乘月卧庭中,一少女自空中冉冉而下,自称天上织女,愿托情契。后夜夜皆来。经一年,悲泣而别,约明年某日有书相问。至期,果有书致翰,书末有二诗。翰仕至侍御史。

河汉虽云阔,三秋尚有期。情人终已矣,良会更何时。

朱阁临清溪,琼宫衔—作御紫房。佳情期在此,只是断人肠。

附郭翰酬织女
人世将天上,由来不可期。谁知一回顾,更一作交作两相思。

赠枕犹香泽,啼衣尚泪痕。玉颜霄汉里,空有往来魂。

嵩山女

书任生案
任生隐嵩山读书,夜有一女子,可二十许,冶容艳美,二青衣侍前,开帘入。自云冥数合为姻,为诗书案上,求偶。生疑妖怪,拒之再。女子复赠别诗,冉冉飞空去。数月后,任病,梦女子语曰:"嵩山薄命汉,汝数尽,更与三年。"已而果然。所书诗亦为雷电取去。

我本籍上清,谪居游五岳。以君无俗累,来劝神仙学。

葛洪还有妇,王母亦有夫。神仙尽灵匹,君意合何如。

临去书赠
君子既执迷,无由达情—作诚素。明月海山上,—作上山。秋风独归去。—作女郎赠杨真伯诗。弘农杨真伯,幼耽经史,至忘寝食,父母不能禁止。或匿其卷帙脂烛,遂逃至洪饶间,僦屋肄习。中秋夜,忽有青衣入,告曰:"女郎久栖幽隐,知君至此,愿尽款曲。"真伯不应,既去。俄而报女郎且至,光彩射人。逡巡就坐。真伯殊不顾。久之,命笔题诗毕,怅然而去。

青童

与赵旭叩柱歌
天水赵旭,家广陵。忽见一女子,年可十四五,容范旷代,曰:"吾天上青童,因有世念,帝罚下人间,感配君子。"时叩柱作歌。

白云飘飘星汉斜,独行窈窕浮云车。仙郎独邀青童君,结情罗帐连心花。

观梅女仙

题壁

蜀州郡阁有红梅数株,方盛开。有二妇人,高髻大袖,倚栏而观,题诗于壁。

南枝向暖北枝寒,一种春花有两般。凭仗高楼莫吹笛,大家留取倚阑看。

吴彩鸾

歌

钟陵西山馆,中秋游女甚盛。太和末,有书生文萧,睹一姝甚妙,相盼不去,复为山歌。歌罢,穿大松径,扪山险上升。生蹑其踪,姝相引至绝顶。忽风雨,有仙童持天判云:"吴彩鸾私欲,谪为民妻一纪。"乃与生下山,归松陵。

若能相伴陟仙坛,应得文萧驾彩鸾。自有绣襦并甲帐,瑶台不怕雪霜寒。

王氏女

临化绝句

翰林王徽,有侄女寓居义兴桂岩山。幼好道,不嫁,持大洞经道德章句。乾符元年,小疾,于洞灵观修斋。归,坐门右片石上,题绝句,奄然而终。有二鹤栖止庭树,仙乐盈室。及葬,棺轻,发视之,衣舄而已。

玩水登山无足时,诸仙频下听吟诗。此心不恋居人世,唯见天边双鹤飞。

毛女正美

赠华山游人

药苗不满笥,又更上危巅。回首归去路,相将入翠烟。

曾折松枝为宝栉,又编栗叶代罗襦。有时问却秦宫事,笑拈山花望太虚。

桃花夫人

在紫霄夫人席上作

昔时训子西河上,汉使经过问妾缘。自到仙山不知老,凡间唤作几千年。

王仙仙

答孙玄照

鸳鸯相见不相随,笼里笼前整羽衣。但得他时人放去,水中长作一双飞。

附孙玄照琴中歌赠王仙仙

相如曾作凤兮吟,昔被文君会此音。今日孤鸾还独语,痛哉仙子不弹琴。

杨损

临刑赋

圣主何曾识仲都,可嗟社稷在须臾。市东便是神仙窟,何必乘舟泛五湖。

妙女

别遥见诗

宣州旌德县崔氏婢妙女,年十三。不食,颜色鲜华,说未来事有应。自言本是题头赖吒天王小女,为泄天门间事,谪堕人世,已两生。前生有一子,名遥见,依然相识。昨于金桥上与儿别,赋诗吟咏,悲不自胜。但记有两句:

手攀桥柱立,滴泪天河满。

全唐诗卷八百六十四

神

洞庭龙君

宴柳毅诗

洞庭龙君女,嫁泾川龙君之子。不得于夫,因遭斥辱。路遇儒生柳毅归乡,托其寓书于父。其叔钱塘龙君,性尤暴烈,闻而与泾川战,迎女归。宴毅,各为歌劝酬,后龙女至人间,与毅婚。仪凤中事也。

大天苍苍兮大地茫茫,人各有志兮何可思量。狐神鼠圣兮薄社依墙,雷霆一发兮其孰敢当。荷贞人兮信义长,令骨肉兮还故乡。永言惭愧兮何时忘。洞庭龙君歌,奉柳毅酒。

上天配合兮生死有途,此不当妇兮彼不当夫。腹心辛苦兮泾水之隅,风霜满鬓兮雨雪罗襦。赖明公兮引素书,令骨肉兮家如初,永言珍重兮无时无。钱塘君歌,奉柳毅酒。

碧云悠悠兮泾水东流,伤嗟美人兮雨泣花愁。尺书远达兮以解君忧,哀冤果雪兮还处其休。荷君和雅兮感甘羞,山家寂寞兮难久留,欲将辞去兮悲绸缪。柳毅歌,答二龙君。

龙护老人

铸镜歌

天宝三载,扬州进水心镜,纵横九寸,背有盘龙,势如生动。七载,秦中大旱,叶法善用镜龙祈雨,云从之出,甘霖大霈。初铸镜时,有老人自称龙护,同一小童名玄冥至炉所。经三日,失之。于炉前获素书一纸,并一歌。移炉于扬子江心,五月五日午时铸成焉。

盘龙盘龙,隐于镜中。分野有象,变化无穷。兴云吐雾,行雨生风。上清仙子,来献圣聪。

冥吏

示韦泛禄命

韦泛者,大历初,罢金坛尉客游。忽暴卒,再宿而苏,言见故人为冥官,检系误追,叱吏送归。因求其禄寿,令一吏书其左手。后调授阳曲县主簿,秩满,为扬子县巡官。后终于建中初六月,其日乃立秋日也。

前阳复后杨,后杨年年强,七月之节归玄乡。

滕传胤

赠僧

大历中,有郎子神降于桐庐女子王法智,自言姓滕名传胤,京兆万年人。县令郑锋者,好奇之士,尝呼法智至舍,令屈滕。久之,方至,其辨对言语,深有士风,每与词人谈经诵诗,欢言终日。有客僧法智乞丏,神赠诗云:

卓立不求名出家,长怀片志在青霞。今日英雄气冲盖,谁能久坐宝莲花。

赠人

平生才不足,立身信有余。自叹无大故,君子莫相疏。

郑锋宅神诗

锋尝集诸贤,与神献酬数百言,各为诗一章。神亦率然诵诗一首,曰:"众人莫厮笑。"又云:"此作亦颇蹀躞。"

浦口潮来初渺漫,莲舟摇扬采花难。春心不惬空归去,会待潮回更折看。

忽然湖上片云飞,不觉舟中雨湿衣。折得莲花浑忘却,空将荷叶盖头归。

水府君

与郑德璘奇遇诗

贞元中湘潭尉郑德璘,家居长沙。每岁省亲过江夏,多遇老叟鬻菱芡者。德璘挈松醪春饮之,叟亦不甚愧荷。有醝贾韦者女美艳,夜与邻舟女知诗者同泊。邻舟女闻江中有秀才吟所作拾芙蓉诗,取红笺写之,置韦女箧中。及旦,分舟去。德璘舟自江夏归,适与韦舟同宿洞庭。韦氏于水窗中垂钓,德璘窥见之,以红绡题诗投之,惹其钩。女收得,耻无所报,遂以夜来邻舟女所写红笺投之。德璘谓女所制,恨无计款曲,而韦舟遽张帆先去,殁于洞庭。德璘闻之悲惋,夜为诗吊而投之。遂感水神,持诣水府。府曰:"襄有义相及,不可不曲活此女。"召主者携韦氏返魂,送德璘舟,纳为室,后德璘调选巴陵,使人迎韦氏,舟至洞庭,值逆风挽舟,韦氏见一老篙工,即水府君也。韦氏拜谢,府君以诗付韦氏巾而去。后德璘详诗意,方悟即昔日鬻菱芡老叟。岁余,有秀才崔希周投诗卷于德璘,内有江上夜拾得芙蓉诗。因知韦氏所投德璘红笺诗,是希周所作耳。德璘官至刺史。

物触轻舟心自知,风恬烟一作浪静月光微。夜深江上解愁思,拾得红蕖香惹衣。崔希周秀才拾芙蓉诗。

纤手垂钩对水窗,红蕖秋色艳长江。既能解佩投交甫,更有明珠乞一双。郑德璘投韦氏诗

湖面狂风且莫吹,浪花初绽月光微。沈潜暗想横波泪,得共鲛人相对垂。此下二首德璘吊韦氏诗。

洞庭风软荻花秋,新没青娥细浪愁。泪滴白萍君不见,月明江上有轻鸥。德璘吊韦氏

昔日江头菱芡人,蒙君数饮松醪春。活君家室以为报,珍重长沙郑德璘。水府君题韦氏巾上。

李序

笑巫诗

元和四年,寿州霍丘县有李六郎神,自称御史大夫李序。与人言,不见其形,声如女人,吐词切要,宛转笑咏。

魍魉何曾见,头旋即下神。图他衫子段,诈道大王嗔。

水神

霅溪夜宴诗

霅溪蒋琛,常设网罟给食,一夕,风雨晦冥,见鱼鳖虾蟆波为城,蛟蜃嘘气为楼台宫殿。有松江、太湖、霅溪诸神为境会夜宴,同预者,湘江神、鸱夷君、范相国,及申屠狄、徐衍诸人。各有诗歌云。

浊波扬扬兮凝晓雾,公无渡河兮公竟渡。风号水激兮呼不闻,提衣看入兮中流去。浪排衣兮随步没,沈尸深入兮蛟螭窟。蛟螭尽醉兮

君血干,推出黄沙兮泛君骨。当时君死兮妾何适,遂就波澜兮合魂魄。愿持精卫衔石心,穷断河源塞泉脉。<small>诸神命丽玉唱公无渡河歌。</small>

悲风淅淅兮波绵绵,芦花万里兮凝苍烟。虬螭窟宅兮渊且玄,排波叠浪兮沈我天。所覆不全兮身宁全,溢眸恨血兮徒涟涟。誓将柔荑抉锯牙之喙,空水府而藏其腥涎。青娥翠黛兮沈江堧,碧云斜月兮空婵娟。吞声饮恨兮语无力,徒扬哀怨兮登歌筵。<small>命曹娥唱怨江波三叠。</small>

白露泠兮西风高,碧波万里兮翻洪涛。莫言天下至柔者,载舟覆舟皆我曹。<small>太湖神歌。</small>

君不见夜来渡口拥千艘,中载万姓之脂膏。当楼船泛泛于叠浪,恨珠贝又轻于鸿毛。又不见朝来津亭维一舠,中有一士青其袍。赴宰邑之良日,任波吼而风号。是知溺名溺利者,不免为水府之腥臊。<small>松江神歌。</small>

山势萦回水脉分,水光山色翠连云。四时尽入诗人咏,役杀吴兴柳使君。<small>溪神歌。</small>

渺渺烟波接九疑,几人经此泣江蓠。年年绿水青山色,不敢重华南狩时。<small>湘江神歌。</small>

浪阔波澄秋气凉,沈沈水殿夜初长。自怜休退五湖客,何幸追陪百谷王。香袅碧云飘几席,觥飞白玉艳椒浆。酒酣独泛扁舟去,笑入琴高不死乡。<small>范相国献境会夜宴诗。</small>

珠光龙耀火煌煌,夜接朝云宴渚宫。风管清吹凄极浦,朱弦间奏冷秋空。论心幸遇同归友,揣分惭无辅佐功。云雨各飞真境后,不堪波上起悲风。<small>徐处士衍献境会夜宴诗,并简范相国。</small>

凤骞骞以降瑞兮,患山鸡之杂飞。玉温温以呈器兮,因砆砆之争辉。当侯门之四辟兮,墫嘉谟之重扉。既瑞器而无庸兮,宜昏暗之相微。徒刓石以为舟兮,顾沿流而志违。将刻木而作羽兮,与超腾之理非。矜孑孑于空江兮,糜群援之可依。血淋淋而滂流兮,顾江鱼之腹而将归。西风萧萧兮湘水悠悠,白芷芳歇兮江蓠秋。日晼晼兮川云收,棹四起兮悲风幽。羁

魂泪没兮我名永浮,碧波虽涸兮厥誉长流。向使甘言盛行于曩昔,岂今日居君王之座头。是知贪名徇禄而随世磨灭者,虽正寝之死乎无得与吾俦。当鼎足之嘉会兮,获周旋于君侯。雕盘玉豆兮罗珍羞,金卮琼斝兮方献酬。敢写心兮歌一曲,无消余持杯以淹留。<small>屈大夫歌。</small>

行殿秋未晚,水宫风初凉。谁言此中夜,得接朝宗行。灵鼍振冬冬,神龙耀煌煌。红楼压波起,翠幄连云张。玉箫冷吟秋,瑶瑟清含商。贤臻江湖叟,贵列川渎王。谅予衰俗人,无能振颓纲。分辞皆乱世,乐寐蛟螭乡。栖迟幽岛间,几见波成桑。尔来尽流俗,难与倾壶觞。今日登华筵,稍觉神扬扬。方欢沧浪侣,遽恐白日光。海人瑞锦前,岂敢言文章。聊歌灵境会,此会诚难忘。<small>申屠先生献境会夜宴诗。</small>

雪集大野兮血波汹汹,玄黄交战兮吴无全陇。既霸业之将坠,宜嘉谟之不从。国步颠蹶兮吾道遘凶,处鸱夷之大困,入渊泉之九重。上帝愍余之非辜兮,俾大江鼓其冤踪。所以鞭浪山而疾驱波岳,亦粗足展余拂郁之心胸。当灵境之良宴兮,谬尊俎之相容,击箫鼓兮撞歌钟。吴讴越舞兮欢未极,遽军城晓鼓之冬冬。愿保上善之柔德,何行乐之地兮难相逢。<small>鸱夷君歌。</small>

辅国将军

为刘洪作

<small>檀州太和废屯,任者辄死。有沛国刘洪,给事薛楚玉,性刚直,不畏妖,请为屯官。神附架屋匠人,自称吾辅国将军也,汝为人强直有才干,将任汝以职。因索纸作诗二章,书迹特妙,可方右军。洪未几果死。有人见洪紫衣,从骑甚壮,曰:"吾为辅国将军所用,大富贵矣。"</small>

乌乌在虚飞,玄驹遂野依。名今编户籍,翠过叶生稀。

个树枝条朽,三花五面啼。移家朝度日,谁觉<small>此下缺三字。</small>

太白山神

语

唐废帝初举兵，有客将房暠，素信瞽者张蒙，能下太白山神，盖魏崔浩也。暠使问之，神传语不能解。后即位受册，曰维应顺元年岁次甲午四月庚午朔。帝顾暠曰："神言不验哉。"由是暠益亲信，专以巫祝为事。

三珠并一珠，驴马没卜驱。岁月甲庚午，中兴戊己土。

瀵水神

月夜吟

冯翊之属县夏阳，有瀵泉。水清彻，毫缕无隐。太和中，有赵生者，尉于夏阳，与友步月泉上。见一人，貌甚黑，被绿袍，自水中流沿泳吟诗。久之，入水没。明日，又至泉所，有神祠曰瀵水神。入庙，见偶人被绿袍者，前所见水中人也。

夜月明皎皎，绿波空悠悠。

湘中蛟女

答郑生歌

垂拱中，太学进士郑生在洛下，有蛟女与之合，号为氾人，居数岁而别。和生登岳阳楼，望鄂渚，愁吟云云。忽见女出，舞波上，歌讫而逝。

溯青山兮江之隅，拖湘波兮袅袅绿裾。荷拳拳兮情未舒，匪同归兮将焉如。

风光词

隆佳秀兮昭盛时，播薰绿兮淑华归。故里—作室冀与处萼兮，潜重房以饰姿。见雅—作耀态之韶华兮，蒙长霭以为帏。醉融光兮渺渺弥弥，迷千里兮涵烟眉。晨陶陶兮暮熙熙，舞袅娜之稼条兮，娉盈盈以披迟。酲游颜兮倡蔓卉兮，流倩电兮石发髓施。以上二首沈亚之撰词。

附郑生诗

情无垠兮水汤汤，一作荡荡洋洋。怀佳期兮属三湘。

龙女

感怀诗

汝南许汉阳，贞元中舟行洪饶间，到一小湖中，亭宇甚盛，额曰夜明宫。女郎六七人，揖坐，命酒。一女郎曰："有感怀一章，请诵之。"别后，回顾饮所，无见。至瀍口，有人云："昨夜溺四人，一人得活，言龙王诸女洞庭宵宴，取四人血作酒。缘客少，不多饮，我却得来。"问客为谁，曰："一措大耳。"汉阳默自疑，吐出血数升，方平。

海门连洞庭，每去三千里。十载一归来，辛苦潇湘水。

广利王女

寄张无颇

长庆中，进士张无颇游番禺。有善易袁大娘者，与之玉龙一合，教其立标治疾，可获名姝。无颇依教，果有黄衣将广利王命，邀治贵主疾。出膏令吞之，立愈，贵主与之目成。辞归月余，遣青衣送红笺诗二首。顷之，主有疾如初，王复召无颇治，因以女归之。遣还人间，居韶阳。后恐人疑讶，去不知所适。无颇尝诘妻袁大娘何人，乃袁天纲女，程先生妻也。

羞解明珰寻汉渚，但凭春梦访天涯。红楼日暮莺飞去，愁杀深宫落砌花。

燕语春泥堕锦筵，情愁无意整花钿。寒闺毂枕不成梦，香炷金炉自袅烟。

湘妃庙

与崔渥冥会杂诗

万里同心别九重，定知涉历此相逢。谁人翻向群峰路，不得苍梧徇玉容。崔渥题湘妃庙

春鸟交交引思浓，岂期尘迹拜仙宫。鸾歌凤舞飘珠翠，疑是阳台一梦中。渥感会湘妃席上作

鸾舆昔日出蒲关，一去苍梧更有还。若是不留千古恨，湘江何事竹犹斑。湘妃赋

愁闻黄鸟夜关关，泛泛春来有梦还。遗美

代移刊勒绝,唯闻留得泪痕斑。

　　方承恩宠醉金杯,岂为干戈骤到来。亡国破家皆有恨,捧心无语泪苏台。西施同赋。

　　桃花流水两堪伤,洞口烟波月渐长。莫道仙家无别恨,至今垂泪忆刘郎。桃源仙子同赋。

　　泾阳平野草初春,遥望家乡泪滴频。当此不知多少恨,至今空忆在灵姻。洞庭龙女同赋。

　　目断魂销正悄然,九疑山际路漫漫。何人知得心中恨,空有湘江竹万竿。尤启中题二妃庙。

　　常说仙家事不同,偶陪花月此宵中。锦屏银烛皆堪恨,惆怅纱窗向晓风。启中湘妃席上。

又湘妃诗四首—作女仙题湘妃庙诗

　　渺渺三湘万里程,泪篁幽石助芳贞。孤云目断苍梧野,不得攀龙到玉京。

　　碧杜红蘅缥缈香,冰丝弹月弄—作梦清凉。峰峦一一俱相似,九处堪疑九断肠。

　　玉辇金根去不回,湘川秋晚楚弦哀。自从泣尽江蓠血,夜夜愁风怨雨来。

　　少将风月怨平湖,见尽扶桑水到枯。相约杏花坛上去,画阑红子斗拧捕。

明月潭龙女

与何光远赠答诗

　　檐上檐前燕语新,花开柳发自伤神。谁能将我相思意,说与江隈解佩人。何光远伤春吟。

　　坐久风吹绿绮寒,九天月照水精盘。不思却返沈潜去,为惜春光一夜欢。龙女赠光远。

　　澹荡春光物象饶,一枝琼艳不胜娇。若能许解相思佩,何羡星天渡鹊桥。光远答龙女。

　　玉漏涓涓银汉清,鹊桥新架路初成。催妆既要裁篇咏,凤吹鸾歌早会迎。催妆二首。

　　宝车辗驻彩云开,误到蓬莱顶上来。琼室既登花得折,永将凡骨逐风雷。

　　负妾当时寤寐求,从兹粉面阻绸缪。宫空月苦瑶云断,寂寞巴江水自流。龙女留别光远。

黄陵美人

寄紫盖阳居士

　　落叶栖鸦掩庙扉,菟丝金缕旧罗衣。渡头明月好携手,独自待郎郎不归。

吴兴神女

赠谢府君

　　玉钗空中堕,金钏色已歇。独泣谢春风,秋夜伤明月。

全唐诗卷八百六十五

鬼

慕容垂

冢上答太宗

太宗征辽,至定州。路侧有一鬼,衣黄衣,立高冢上,神彩特异。遣使问之,答以此诗,言讫不见。乃慕容垂墓也。

我昔胜君昔,君今胜我今。荣华各异代,何用苦追寻。

释明解

遗画工诗

明解姓姚,普光寺僧,颇具才学。龙朔中策第,脱袈裟。自云:"得脱此驴皮。"遂置酒赋诗,有"一乘本非有,三空何所归"之句。不久病卒。下梦于旧识智整及一画士,言大受苦报,求写经作功德。因遗此诗。

握手不能别,抚膺聊自伤。痛矣时阴短,悲哉泉路长。松林惊野吹,荒隧落寒霜。言离何以赠,留心内典章。

巴峡鬼

夜吟

调露中,有人巴峡夜泊舟,闻咏诗声甚厉,激昂而悲。如是通宵凡吟数十遍。访之,更无舟船,但空山石泉,溪谷幽绝。咏诗处有人骨一具。

秋径填黄叶,寒摧露草根。猿声一叫断,客泪数重痕。

河湄鬼

愧谢诗

开元六年,有人泊舟于河湄者。见岸边枯骨,因投食而与之。俄闻空中愧谢,并赠此诗。

我本邯郸士,祇役死河湄。不得家人哭,劳君行路悲。

介胄鬼

掷裴武公诗

开元末,裴武公军夜宿。武公帐前见一介胄者,掷一纸书而去。武公取视,乃四韵诗,大不悦。纸随手落为烬,信知鬼物所制也。出师大不利,武公射中臆下,病月余薨。

屡策羸骖历乱岣,丛岚映日昼如曛。长桥驾险浮天汉,危栈通岐触岫云。却念淮阴空得计,又嗟忠武不堪闻。废兴尽系前生数,休衒英雄勇冠军。

李叔霁

死后诗

御史李叔霁,与兄仲云俱擢第,有名当代。大历初,叔霁卒。经岁余,其妹夫与仲云同寝,忽梦叔霁,相见依依。曰:"我有一诗,可为诵呈大兄。"后数年,仲云亦卒。

忽作无期别,沈冥恨有余。长安虽不远,无信可传书。

窦裕

洋州馆夜吟

大历中,有进士窦裕,家寄进海。下第,将之成都,至洋州舍馆卒。尝与淮阴令吴兴沈某善,沈调补金堂,至洋州舍馆,中夜见一白衣丈夫,自门步来,且吟且嗟,似有恨而不舒者。久之,吟诗一首。沈见之,甚觉类窦裕,特起与语。未及,遂无见矣。乃叹曰:"吾与窦君别久矣,岂为鬼耶!"明日,行未数里,有殡其路前者,曰进士窦裕殡宫。驰还,问馆吏,曰裕自京游蜀,至此暴亡。太守命殡于馆南二里外道左,沈致奠拜泣而去。

门依楚水岸,身寄洋州馆。望月独相思,尘襟泪痕满。

书生

献元载

大历九年春,元载早入朝,有书生献诗,令左右收之。其人苦欲载读,载云:"候至中书,当为看。"又言:"若不能读,请自诵。"诵毕,因不见。载后竟破家,身及妻子被诛。

城东城西旧居处,城里飞花乱如絮。海燕衔泥欲下来,屋里无人却飞去。《通幽录》亦载此事,诗小异,云:城南路长无宿处,荻花纷纷如柳絮。海燕衔泥欲作窠,空屋无人却飞去。

虎丘山石壁鬼

诗二首

大历十三年,李道昌为苏州观察使。一日郡城外虎丘山有鬼题诗二首,隐于石壁之上。道昌异其事,奏闻于朝,准敕令致祭。道昌为文,其略云:万古丘陵,化无再出。君县何人,能闲诗笔。桃源三月,深草垂杨。黄莺百啭,猿声断肠。声悲怨兮泪沾巾,愿当生兮事明君。祭后数日,再有一诗见于石。后于寺山之地,果有二坟,极高大,荆榛丛茂。询诸耆艾,竟不知何姓氏,至今犹存。

高松多悲风,萧萧清且哀。南山接幽垄,幽垄空崔嵬。白日徒昭昭—作煦煦,不照长夜台。虽知生者乐,魂魄安能回。况复念所亲,恸哭心肝摧。恸哭更何言,哀哉复哀哉。

神仙不可学,形化空游魂。白日非我朝,青松为我门。虽复隔幽显—作生死,犹知念子孙。何以遣悲惋,万物归其根。寄语世上人,莫厌临芳尊。庄生问枯骨,三乐成虚言。

祭后见石上诗

幽明虽异路,平昔忝攻—作工文。欲知潜昧—作寐处,山北两孤坟。《通幽录》云:大历初,寺僧夜见二白衣人上楼,竟不下。寻之,无所见。明日,有诗三首。第一首,幽明虽异路云云。其二,处幽子示幽独君,高松多悲风云云。其三,幽独君答,神仙不可学云云。《松陵集》以幽明虽异路、高松多悲风二首为幽独君诗,神仙不可学为答诗,与《纪事》互异。

陆凭

咏浮云

吴郡陆凭,家湖州长城。性悦山水,未尝宁居。贞元乙丑,游永嘉殁。素与吴兴沈芬友善,托梦于芬,

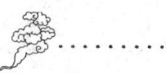

赠《浮云诗》一篇。曰:"凭船已发,明日午时到此。"如期,凭丧船至。词人杨丹为之志,具誌神感。铭曰:笃生府君,美秀而文。没而不朽,寄音浮云。

虚虚复空空,瞬息天地中。假合成此像,吾亦非吾躬。

韩弇

呈李续

浑城与西蕃会盟,蕃戎背信,掌书记韩弇遇害。弇素与栎阳尉李续友,忽梦弇被发拔衣,面目尽血,相劳勉如平生。以一诗呈续,悲吟而别。谓续曰:"吾久饥渴,君为置酒馔钱物,亦平生之分尽矣。"续如言祭之,忽有黑风自西来,旋转筵上,飘卷纸钱及酒食皆飞去。时贞元四年也。

我有敌国雠,无人可为雪。每至秦陇头,游魂自呜咽。

尉佗

和崔侍御

贞元中,有崔子向者,从事南海,登越王台。感其墓荒颓,题诗感慨。刺史徐绅读其诗,为之修葺。子向卒,子炜流落南中,偶失足坠井,从中行入尉佗墓室。佗和其父诗,赠之宝珠,以田夫人嫁之。后出穴,果送夫人至,盖田横女,佗所用为殉者也。

千岁荒台隳路隅,一烦太守重椒涂。感君拂拭意何极,赠尔美妇与明珠。

刘溉

赠窦丞

贞元中,韩城令刘溉卒官。家贫,侨寓县中佛寺。未半岁,其县丞窦暴死三日,云遇溉,问冥途事不语,久之,赠诗一首。

冥路杳杳人不知,不用苦说使人悲。喜得逢君传家信,后会茫茫何处期。

郑琼罗

叙幽冤

段文昌从弟某者,贞元末自信安还洛。舟宿瓜洲,闻有嗟叹声。是夜,梦一女,年二十余,自言姓郑名琼罗,居丹徒,来扬子。为市吏子王惟举逼辱,绞颈自杀,无人为雪冤。后此鬼随至洛北,有樊元则者作法遣之。鬼请纸笔书,若杂言七字,辞乎甚凄恨。元则复令具酒脯、纸钱,乘昏焚于道。有风旋灰直上数尺,及闻悲泣声。诗凡二百余字,止载其中二十八字。

痛填心兮不能语,寸断肠兮诉何处。春生万物妾不生,更恨香魂不相遇。

沈青箱

过台城感旧

元和初进士陆乔,家丹阳,好为歌诗。一夕,见一丈夫,自称沈约来候,命酒邀范仆射云,及召其子青箱至。青箱年可十岁余,约指谓乔:"此子好为诗,不幸先吾逝。近从吾与仆射同过台城,有感旧诗,甚可观也。"

六代旧山川,兴亡几百年。繁华今寂寞,朝市昔喧阗。夜月琉璃水,春风卵色天。伤时与怀古,垂泪国门前。

襄阳旅殡举人

诗

于顿镇襄阳时,选人刘某入京,逢一举人,年二十许。同行,意甚相得,因藉草倾数杯。日暮,举人指岐径曰:"某弊止从此数里,能左顾乎?"举人因赋此诗。明年,刘归襄阳,寻访举人,惟有殡宫存焉。

流水涓涓芹努—作吐,一作发,一作长芹芽,织乌西—作双飞客还家。荒村无人作寒食,殡宫空对棠梨花。

河中鬼

踏歌

长庆中,有人于河中舜城苑鹈鹕楼下见二鬼,各长三丈许,青衫白裤,连臂踏歌。歌竟而没。

河水流溷溷,山头种荞麦。两个胡孙门底来,东家阿嫂决一百。

萧微

题少陵别墅

微,太和中职方郎中。浙西团练副使韦齐休死后,屡见灵异。一日,呼其家人曰:"萧三郎来。"三郎者,即微也。是日,微正死。俄闻微叹曰:"仆数日前至少陵别墅,偶题诗一首,乃是生作鬼诗。"因吟之。齐休曰:"足下此诗,盖是自谶。"

新构茅斋野涧东,松楸交影足悲风。人间岁月如流水,何事频行此路中。

张省躬

梦张垂赠诗

省躬,枝江县令汀之子。父死,因住枝江。有张垂者,下第客死于蜀,省躬素未识。太和八年,省躬昼梦垂赠诗一首。惊觉,遽录其诗。数日而卒。

戚戚复戚戚,秋堂百年色。而我独茫茫,荒郊遇寒食。

商山三丈夫

秋月联句

开成中,长沙梁璟举孝廉。次商山馆,忽见三丈夫,衣冠甚古,自称萧中郎、王步兵、诸葛长史。取酒邀璟同饮,联句咏秋月。山光渐明,复为联句。中郎问璟举进士乎,璟以举孝廉对。中郎笑曰:"孝廉安知为诗哉!"璟怒叱之,惊散,失所在。

秋月圆如镜,王步兵。秋风利似刀。萧中郎。
秋云轻比絮,璟。秋草细如毛。诸葛长史。

天明联句

幽一作山树高高影,萧中郎。山花寂寂香。王步兵。山天遥历历,诸葛长史。山水急汤汤。璟。

郑适

赠张斑

咸通末,斑过圃田,遇金杯、玉带、枯树三精。邀至一儒流家,云是二十年前死者郑适秀才也。适命笔写诗一首赠斑,斑回顾,惟见一坏冢。

昔为吟风啸月人,今为吟风啸月身。冢坏路边吟啸罢,安知今日又劳神。

甘露寺鬼

西轩诗

吴王收复浙右之明年,甘露寺僧夏夜月明持课。俄见数鬼自西轩出,坐定,命酒。南向一人,衣南朝衣。西向一人,衣北房衣。北向一人,衣缝掖衣。东向一人,衣朱衣,清瘦多髯。相顾言曰:"朝代虽殊,古今一致。时世命也,知复何为?"各述朱衣者平生句,赞赏久之。房衣者曰:"请各征曩时临危一言,以代丝竹,可乎?"众曰可。于是各赋四句,吟罢,晨钟鸣,倏散。

赵壹能为赋,邹阳解献书。可惜西江水,不救辙中鱼。房衣者。

伟哉横海鳞,壮矣垂天翼。一旦失风水,翻为蝼蚁食。缝掖衣者。

功遂侔昔人,保退无智力。既涉太行险,兹路信难陟。南朝衣者。

握里龙蛇纸上鸾,逡巡千幅不将难。顾云已往罗隐耄,更有何人逞笔端。朱衣者。

邵谒

降巫诗

谒读书堂,距翁源县十余里。殁后,县民祀神,巫持幡自舞,忽自称邵先辈降。县民即曰:"邵先辈异时号工歌咏者,能强为我赋诗乎?"以为巫妄言,欲苦之耳。巫略不经思,即成二十八字。词韵凄苦,虽老笔不逮。乡老中晓声病者,至为感泣咨叹。

青山山下少年郎,失意当时别故乡。惆怅不堪回首望,隔溪遥见旧书堂。

石恪

赠雷殿直

恪,西蜀人。善画,亦工歌诗。孟蜀亡,入汴供奉。乞归,道卒。后殿直雷承昊任衡阳,遇属,与同宿，赠以诗。别去，始悟其已死。及到任，公宇一如恪言。

衡阳去此正三年，一路程途甚坦然。深邃门墙三楚外，清风池馆五峰前。西边市井来商客，东岸汀洲簇钓船。公退只应无别事，朱陵后洞看神仙。

富春沙际鬼

吟

吴越时，有人夜泊于富春间。月色澹然，见一人于沙际吟此。

隔江三十年，潮打形骸朽。家人都不知，何处奠杯酒。

又吟

舟人问曰："君是谁？可示姓名否？"又吟此诗。

莫问我姓名，向君言亦空。潮生沙骨冷，魂魄悲秋风。

赵奢

献高骈

骈筑罗城，多发掘古冢取砖。有一冢上鬼夜啸，自称冥司赵奢，献书，略曰：奢一介游魂，叨掌冥司，希于万雉，免此一抔。倘全马鬣之封，敢忘龙头之庇。并附一诗于后幅。

我昔胜君昔，君今胜我今。人生一世事，何用苦相侵。此诗与慕容垂冢上答太宗多同，以各载事迹，故两存之。

全唐诗卷八百六十六

鬼

九华山白衣

吟

晋昌唐燕士隐九华山,夜步林中。有白衣丈夫,戴纱巾,貌孤俊,年近五十,循涧而来。吟步自若,将与之言,未及而没。明日,燕士问里人。有识者曰:是吴氏子。举进士,善为诗,卒数年矣。

涧水潺潺声不绝,溪垄茫茫野花发。自去自来人不知,归时唯对空山月。《河东记》无名小鬼赠韦齐休诗,与此正同。云:涧水溅溅流不绝,芳草绵绵野花发。自去自来人不知,黄昏惟有青山月。

田达诚借宅鬼

诗

庐陵贾人田达诚,治第新城。有鬼自言居龙泉舍,欲修葺,借达诚厅事暂住,又借其后堂为子婚樟树神女。鬼善诗,达诚具酒,置纸笔。须臾,酒尽诗成。凡数十篇,笔作柳体。或问其姓字,不言。赋诗寄言,众亦不谕。后岁余,辞谢去。

天然与我一灵通,还与人间事不同。要识吾家真姓字,天地南头一段红。

长安中鬼

秋夜吟

长安秋夜,有人闻鬼吟,又有和者。相传务本门是鬼市,或风雨晦冥,皆闻其喧聚之声焉。

六街鼓歇行人绝,九衢茫茫室有月。吟。
九衢生人何劳劳,长安土尽槐根高。和。

隔窗鬼

题窗上诗

明经王绍,夜深读书。有人隔窗借笔,绍借之。于窗上题诗,题讫,寂然无声。乃知非人也。

何人窗下读书声,南斗阑干北斗横。千里

思家归不得,春风肠断石头城。

巴陵馆鬼

柱上诗

巴陵江岸古馆,有一厅,多怪物,扃锁已十年矣。山人刘方玄宿馆中,闻有妇人及老青衣言语,俄有歌者。歌讫,复吟诗,声殊酸切。明日,启其厅,见前间东柱上有诗一首,墨色甚新,乃知即夜来人也。复以此访于人,终不能知之。

爷娘送我青枫根,不记青枫几回落。当时手刺衣上花,今日为灰不堪著。

徐侃

留别安凤

寿春人徐侃,与安凤友善,相期同觅举长安。凤先行,侃以母老中止。十年后,侃忽至长安,仍约凤同归。凤辞以久漂泊,耻还故乡。各为诗赠答,然侃死于家已三年矣。

君寄长安久,耻不还故乡。我别长安去,切在慰高堂。不意与离恨,泉下亦难忘。

附安凤赠别徐侃

一自离乡国,十年在咸秦。泣尽卞和血,不逢一故人。今日旧友别,羞此漂泊身。离情吟诗处,麻衣掩泪频。泪别各分袂,且及来年春。

商山客死书生

述怀

祖咏之孙价,落第后尝游商山,夜宿空佛寺中。秋月甚明,忽有一人自殿后出,揖价共坐语笑,说经史。云:"今夕偶相遇,后会难期,辄赋三两篇以述怀。"赋讫,再三吟之。夜久,遂揖而退。至明日,问邻人,云:"此前后数里并无人居,但有书生客死者,葬在佛殿后南冈山上。"价为文吊之而去。

家住驿北路,百里无四邻。往来不相问,寂寂山家春。

南冈夜萧萧,青松与白杨。家人应有梦,远客已无肠。

白草寒露里,乱山明月中。是夕苦吟罢,寒烛与君同。

冢中人

续郑郊吟

郊,河北人。下第游陈蔡间,过一冢,上有竹二竿,青翠可爱。因吟诗二句,久不能续,忽闻冢中续此。郊惊问之,不复言矣。

冢上两竿竹,风吹常袅袅。郊。下有百年人,长眠不知晓。冢中人。

崇圣寺鬼

题壁

汉州崇圣寺,寒食日,忽有朱衣一人、紫衣一人驱殿,仆马极盛,各题一绝句于壁而去,失其所在。

禁烟佳节同游此,正值醺醲夹岸香。缅首一作想十年前往事,强吟风景乱愁肠。朱衣人。

策马暂寻原上路,落花芳草尚依然。家亡国破一场梦,惆怅又逢寒食天。紫衣人。

任彦思家鬼

血书诗

蜀昌州牧任彦思,家有鬼。空中奏乐,索食,食之无遗,凡七八年。一日不闻乐声,置食无所飨,厅舍划上血书一诗。彦思以刀划之,字已入木。

物类易迁变,我行人不见。珍重任彦思,相别日已远。

峡中白衣

赠马植

截竹为筒作笛吹,凤凰池上凤凰飞。劳君更向黔南去,即是陶钧万类时。

张仁宝

题芭蕉叶上

校书郎张仁宝,素有才学,年少而逝。自成都归葬阆中,权殡东津寺。其家寒食日,闻扣门甚急,出视无人,唯见门上有芭蕉叶诗。端午日,又闻扣门声,其父于门罅伺之,见其子身长三丈许,足不践地,门上题五月五日天中节。题未毕,其父开门,即失所在。

寒食家家尽禁烟,野棠风坠小花钿。如今空有孤魂梦,半在嘉陵半锦川。

崔常侍

官坡馆联句

有中官宿官坡馆,灯下见有三人至,皆古衣冠。相谓曰:"崔常侍来何迟!"俄有一人续至,凄凄然有离别之意,盖崔常侍也。举酒赋诗联句,末即崔常侍之词也。中官将起,四人相顾,哀啸而去。

床头锦衾班复班,架上朱衣殷复殷。空庭朗月闲复闲,夜长路远山复山。

李煜

亡后见形诗

贾魏公尹京日,忽有人来,展刺谒曰:"前江南国主李煜。"相见,则一清瘦道士尔。自言今为师子国王,偶思钟山而来。怀中取一诗授贾,读之,随身灰灭。

异国非所志,烦劳殊清闲。惊涛千万里,无乃见钟山。

庞德公

同鹿门少年马绍隆冥游诗

千年故国岁华奔,一柱高台已断魂。唯有岘亭清夜月,与君长啸学苏门。同望荆门。

高名宋玉遗闲丽,作赋兰成绝盛才。谁似辽东千岁鹤,倚天华表却归来。忆荆南。

朱均

贻常夷诗

建康常夷,家近清溪。一日,有人赍书至,称吴郡朱秀才均相闻。悉非生人语,末有一诗,夷克期书中,请与相见。秀才著角巾,葛单衣,曳履,可年五十许,风度闲和,雅有清致。自云梁朝朱异从子,本州举秀才高第,属四方多难,遂无宦情,陈永定末终此地。问梁陈间事,历历分明。后数相来往,谈宴赋诗。

平生游城郭,殂没委荒榛。自我辞人世,不知秋与春。牛羊久来牧,松柏几成薪。分绝车马好,甘随狐兔群。何处清风至,君子幸为邻。烈烈盛名德,依依仡良宾。千年何旦暮,一室动人神。乔木如在望,通衢良易遵。高门傥无隔,向与析龙津。

夷陵女郎

空馆夜歌

文明中,竟陵刘讽投夷陵空馆。夜见一女郎,命青衣紫绥邀刘家六姨姨、十四舅母、南邻翘翘小娘子、溢奴同歌咏。歌竟,有黄衫人奉婆提王命召去,因不见。

明月清风,良宵会同。星河易翻,欢娱不终。绿樽翠杓,为君斟酌。今夕不饮,何时欢乐。

杨柳杨柳,袅袅随风急。西楼美人春梦长,绣帘斜卷千条入。

玉户金缸,愿陪君王。邯郸宫中,金石丝簧。卫女秦娥,左右成行。纨绮缤纷,翠眉红妆。王欢顾盼,为王歌舞。愿得君欢,常无灾苦。

孔氏

赠夫诗三首

开元中,有幽州衙将姓张者,妻孔氏,生五子而卒。后娶妻李氏,悍妒,虐遇五子,日鞭箠之。五子不堪其苦,哭于其母墓前。母忽于冢中出,抚其子,悲恸久之。因以白布巾题诗赠张,令五子呈其父。连帅上闻,敕李氏决一百,流岭南,张停所职。

不忿成故人,掩涕每盈巾。死生今有隔,相见永无因。

匣里残妆粉,留将与后人。黄泉无用处,恨作冢中尘。

有意怀男女,无情亦任君。欲知肠断处,明月照孤坟。

唐晅妻张氏

答夫诗二首

晋昌唐晅,娶姑女张氏,颇有令德。开元十八年,晅入洛,妻卒于卫南庄。后数岁,得归,追感陈迹,赋诗悲吟。忽见张氏前来,曰:"感君纪念,冥司特放儿来。"因相拜欢语,下帘帏,申缱绻,宛如平生。晅以诗赠张氏。氏亦裂带题诗以答,天明别去。

不分殊幽显,那堪异古今。阴阳徒一作途自隔,聚散两难一作难为心。

兰阶兔月斜,银烛半含花。自怜长夜客,泉路以为家。

附唐晅悼妻诗

寝室悲长簟,妆楼泣镜台。独悲桃李节,不共夜泉开。魂兮若有感,仿佛梦中来。

常时华堂静,笑语度更筹。恍惚人事改,冥寞委荒丘。阳原歌薤露,阴壑惜一作悼藏舟。清夜妆台月,空想画眉愁。

赠妻诗

峄阳桐半死,延津剑一沈。如何宿昔内,空负百年心。

韦璜

赠姊

潞城县令周混妻韦璜,容色妍丽,性多黠慧。恒与其嫂、姊期,先死以幽冥事相报。乾元中卒,月余,忽至其家。空中灵语,谓家人曰:"本期相报,故以是来。"后复附婢灵语,又制五言诗,与姊、嫂、夫数首。

修短各有分,浮华亦非真。断肠泉壤下,幽忧难具陈。凄凄白杨风,日暮堪愁人。

赠夫二首题云泉台客韦璜

不得长相守,青春天蒌华。旧游今永已,泉路却为家。

早知离别切人心,悔作从来恩爱深。黄泉冥寞虽长逝,白日屏帷还重寻。

赠嫂序云阿嫂相疑留诗

赤心用尽为相知,虑后防前只定疑。案牍可申生节目一作日,桃符虽圣欲何为。

临淄县主

与独孤穆冥会诗

贞元中,河南独孤穆者,隋将独孤盛裔孙也。客游淮南,夜投大仪县宿。路逢青衣,引至一所,见门馆甚肃,酒食衾褥备具。有二女子出见,自称隋临淄县主,齐王之女,死于广陵之变。以穆隋将后裔,世禀忠烈,欲成冥婚。召来护儿歌人同至,赋诗就礼。且云死时浮瘗草草,嘱穆改葬洛阳北坂。穆于异日发地数尺,果得遗骸,因如言携葬。其夜县主复见,曰:"岁至己卯,当遂相见。"至贞元十五年己卯,穆果暴亡,与之合窆。

江都昔丧乱,阙下多构兵。豺虎恣吞噬,干戈日纵横。逆徒自外至,半夜开重城。膏血浸宫殿,刀枪倚檐楹。今知从逆者,乃是公与卿。白刃污黄屋,邦家遂因倾。疾风知劲草,世乱识忠臣。哀哀独孤公,临死乃结缨。天地既板荡,云雷时未亨。今者二百载,幽怀犹未平。山河风月古,陵寝露烟青。君子秉一作禀祖德,方垂忠烈名。华轩一惠顾,土室以为荣。丈夫立志操,存没感其情。求义若可托,谁能抱幽贞。县主赠穆。

皇天昔降祸,隋室若缀旒。患难在双阙,干戈连九州。出门皆凶竖,所向多逆谋。白日忽然暮,颓波不可收。望夷既结衅,宗社亦贻羞。温室兵始合,宫闱血已流。悯哉吹箫子,悲啼下凤楼。霜刃徒见逼,玉笋不可求。罗襦遗侍者,粉黛成仇雠。邦国已沦覆,余生誓不留。英英将军祖,独以社稷忧。丹血沾衣袂,丰肌染戈矛。今来见禾黍,尽日悲宗周。玉树已寂寞,泉台千万秋。感兹一顾重,愿以死节酬。幽显傥不昧,终焉契绸缪。穆答县主。

平阳县中树,久作广陵尘。不意何郎至,黄泉重见春。来家歌人诗。

金闺久无主,罗袂坐生尘。愿作吹箫伴,同为骑凤人。穆讽县主就礼。

朱轩下长路,青草启孤坟。犹胜阳台上,空看朝暮云。县主许穆诗。

露草芊芊,颓茔未迁。自我居此,于今几年。与君先祖,畴昔恩波。死生契阔,忽此相过。谁谓佳期,寻当别离。俟君之北,携手同归。县主请迁葬诗。

伊彼维扬,在天一方。驱马悠悠,忽来异乡。情通幽显,获此相见。义感畴昔,言存缱绻。清江桂洲,可以遨游。惟子之故,不遑淹留。穆答县主。

王氏妇

与李章武赠答诗

中山李章武,贞元三年,客游华州,于市北街见一妇甚美,遂赁舍其家。主人姓王,此则其子妇也,两相悦而私焉。月余,计用直三万余,子妇所供费亦倍之。情好弥切,章武告归,赠鸳鸯绮,子妇答以玉指环,各为诗别。至十一年,重游,则王氏长老舍业远游,室无一人,子妇殁已再周矣。有东邻妇杨,道其临殁相托语云:"李十八郎至此,乞暂留止,冀神会于仿佛中。"章武于是仍就其家借憩,具酒食呼祭,果见王氏从室北角冉冉至。迎拥共宿,叙平生欢。至五更,下床呜咽,仍各为诗叙别,自屋角去,不复见。

鸳鸯绮,知结几千丝。别后寻交颈,应伤未别时。章武赠王氏鸳鸯绮。

捻指环,相思见环重相忆。愿君永持玩,循环无终极。王氏答李章武白玉指环。

河汉已倾斜,神魂欲超越。愿郎更回抱,终天从此诀。王氏赠别李章武。

分从幽显隔,岂谓有佳期。宁辞重重别,所叹去何之。章武答王氏。

昔辞怀后会,今别便终天。新悲与旧恨,千古闭穷泉。王氏再赠章武。

后期杳无约,前恨已相寻。别路无行信,何因得寄心。章武再答王氏。

水不西归月暂圆,令人惆怅古城边。萧条明早分岐路,知更相逢何岁年。章武怀念王氏。

附李助为章武赋

章武与道友陇西李助话其事,助亦感而赋诗。

石沈辽海阔,剑别楚天长。会合知无日,离心满夕阳。

王丽真

与曾季衡冥会诗

太和四年,监州防御使曾孝安有孙季衡,居使宅西院。前使君王有女丽真,暴终于此。魂现,与季衡款合,近六十日。少年好色,不以为疑。偶泄之人,丽真责其负约,留诗为别。季衡不能诗,强为一篇酬之,遂绝。后询五原纫妇,云:"王使君女,归葬北邙山。阴晦,人多见其魂游于此。"则女诗所云"北邙空恨清秋月"也。

五原分袂真吴越,燕拆莺离芳草歇。年少烟花处处春,北邙空恨清秋月。丽真留别。

莎草青青雁欲归,玉腮珠泪洒临岐。云鬟飘去香风尽,愁见莺啼红树枝。季衡酬别。

客户里女子

赠段何

进士段何,太和八年,赁居客户里。卧疾,小愈,有美人径至阁中,从二青衣,皆绝色。说谕再三,何终不应,乃以红笺题诗一篇,置案上而去。书迹柔媚,纸末惟书一我字。何自此疾日退。

乐广清羸经几年,姹娘相托不论钱。轻盈妙质归何处,惆怅碧楼红玉钿。

密陀僧

湖城厅吟

大和中,阌乡主簿沈巷礼摄湖城尉。有人自称李忠义,江淮人,佣于此,客死,丐祈一食,兼一小帽。恭礼许之。忠义曰:"此厅人居多不安,有一女子,年可十七八,名曰密陀僧,来参,甚不可与交言。"少间,果有一女子来,微笑转盼自荐,恭礼不顾。女吟此诗,恭礼又不顾。逡巡而去。在湖城,每夜辄来。后归阌乡,亦隔夜至。一年余,方渐稀,终不能为患也。

黄帝上天时,鼎湖元在兹。七十二玉女,化作黄金芝。

西施

谢王轩

太和中进士王轩,少为诗,颇有才思。尝游西江,泊舟苎罗山下,题诗于石。俄见一女子,自称西施,振琼珰,扶石笋,以诗酬谢。欢会而别。

妾自吴宫还越国,素衣千载无人识。当时心比金石坚,今日为君坚不得。

附王轩题西施石诗

岭上千峰秀,江边细草春。今逢浣纱石,不见浣纱人。

附轩诗

佳人去千载,溪山久寂寞。野水浮白烟,岩花自开落。猿鸟旧清音,风月闲楼阁。无语立斜阳,幽情入天幕。

西施诗

高花岩外晓相鲜,幽鸟雨中啼不歇。红云飞过大江西,从此人间怨风月。

附轩诗

当时计拙笑将军,何事安邦赖美人。一自仙蓉入吴国,从兹越国更无春。

西施诗

云霞出没群峰外,鸥鸟浮沈一水间。一自越兵齐振地,梦魂不到虎丘山。

甄后

与萧旷冥会诗

太和处士萧旷,善琴。东游至洛水之上,见一美人,自称洛浦神女,即甄后也。性好鼓琴,愿一听君操。旷为弹《别鹤》及《悲风》。后又召龙王织绡女传觞叙语,各为诗而别。

玉箸凝腮忆魏宫,朱弦一作丝一弄洗清风。明晨追赏应愁寂,沙渚烟销翠羽空。_{甄后留别萧旷。}

织绡泉底少欢娱,更劝萧郎尽酒壶。愁见玉琴弹别鹤,又将清泪滴真珠。_{织绡女诗。}

红兰吐艳间夭桃,自喜寻芳数已遭。珠佩鹊桥从此断,遥天空恨碧云高。_{萧旷答诗。}

沙碛女子

五原夜吟

进士赵合,太和初游五原,夜卧沙碛中,闻沙中女子悲吟。起问之,自陈姓李,家奉天城南小李村。往省姊,道遭党羌挞杀于此,今已三年。倘能归骨,必有以报。合如言收骨,携至奉天,访得小李村,葬之。明日,见此女来谢曰:"吾大父有《演参同契》、《续混元经》,子能穷之,友虎之丹,不日成矣。"合受之,女子已没。合遂究其玄微,得度世。

云鬟消尽转蓬稀,埋骨穷荒_{一作乡}失_{一作无}所依。牧马不嘶沙月白,孤魂空逐雁南飞。

陈宫妃嫔

与颜濬冥会诗

会昌中,进士颜濬下第,游广陵。同载有青衣,年二十许,自云姓赵,名幼芳。临别,期之中元游瓦官阁,当一会神仙中人。濬如言果往,见美人及幼芳亦在。美人言家在清溪,邀濬过之,则陈朝张丽华也。须臾,孔贵嫔亦来,问幼芳,乃是丽华侍儿,后为隋炀御女,死于江都之乱者。命酒赋诗,濬因留与丽华同寝,达曙而别。寻其处,地近清溪,乃陈朝宫人墓。濬惨恻而返。

秋草荒台响夜蛩,白杨雕—作声尽减悲风。彩笺曾擘欺江总,绮阁尘消—作清玉树空。丽华赋。

宝阁排云称望仙,五云高艳拥朝天。清溪犹有当时月,应照琼花绽绮筵。贵嫔赋。

素—作皓魄初圆恨翠娥,繁华浓艳竟如何。南—作两朝唯有长江水,依旧门前作逝波。幼芳赋。

箫管清吟怨丽华,秋江寒月绮窗斜。惭非后主题笺—作诗客,得见临春阁上花。潘诗。

湘中女子

驿楼诵诗

郑仆射愚,尝游湘中,宿于驿楼。夜遇女子诵诗,顷刻不见。

红树醉秋色,碧溪弹夜弦。佳期不可再,风雨杳如年。

薛涛

赠杨蕴中

进士杨蕴中,得罪下成都府狱。夜梦一妇人曰:"吾即薛涛也,幽死此室。"因赠此诗。

玉漏声长灯耿耿,东墙西墙时见影。月明窗外子规啼,忍使孤魂愁夜永。

孟蜀妃张太华

葬后见形诗

孟昶,广政初与妃张太华同游青城山丈人观。太华死,即葬其地。数年后,道士李若冲忽见其现形,因吟一诗,恳若冲超拔幽魂。若冲于中元节黄箓斋会,为太华奠长生金简生神玉章得度。梦太华复吟一诗来谢,壁间有黄土书。

独卧经秋堕鬓蝉,白杨风起不成眠。寻思往日椒房宠,泪湿夜襟损翠钿。

谢李若冲

符吏匆匆叩夜扃,便随金简出幽冥。蒙师荐拔恩非浅,领得生神九过经。

安邑坊女

幽恨诗

上都安邑坊陆氏宅,人常谓为凶宅。有进士臧夏,僦居其中。昼寝,忽梦魇,见一女人,绿裙红袖,弱质纤腰,如雾蒙花,收泪而云:"听妾一篇幽恨之句。"良久方寤。

卜得上峡日,秋江—作天风浪多。巴陵一夜雨,肠断木兰歌。

韦检亡姬

和检诗

检举进士不第,有美姬捧心而卒,追痛不胜,举酒吟诗。一日忽梦姬,言有后期,遂和前诗。检终日悒悒,更梦姬曰:"即遂相见矣。"觉来,神魂恍惚,复题诗一首,未几,果即世,皆符兆。

春雨蒙蒙不见天,家家门外柳和烟。如今肠断空垂泪,欢笑重追别有年。

附检悼亡姬诗

宝剑化龙归碧落,嫦娥随月下黄泉。一杯酒向青春晚,寂寞书窗恨独眠。

梦后自题

白浪漫漫去不回,浮云飞尽日西颓。始皇陵上千年树,银鸭金凫也变灰。

苏检妻

与夫同咏诗

苏检登第归吴,行及澄城,止于县楼上。梦其妻限红笺,剪数寸题诗。检亦裁蜀笺而赋焉。诗成,俱送所卧席下。及卧,果于席下得其诗。视箧中红笺,亦有剪处。归家,妻死已葬矣。问其死日乃澄城所梦之日。谒其茔,四面多是海棠花也。一作钟辐事,互异。

楚水平如镜,周回白鸟飞。金陵几多地,一去不知归。检妻。

还吴东去过—作下澄城,楼上清风酒半醒。

想得到家春已暮,海棠千树已凋零。检。

宫嫔

冥会诗

争不逢人话此身,此身长夜不知春。自从国破家亡后,陇上惟添芳草新。京昭仪宝仙。

休说人间恨恋多,况逢佳客此相过。堂中纵有千般乐,争及阳春一曲歌。张夫人华国。

幽谷穷花似妾身,纵怀香艳吐无因。多情公子能相访,应解回风暂借春。景才人舜英。

恩情未足晓光催,数朵眠花未得开。却羡一双金扼臂,得随人世出将来一作随君此去出泉台。

金车美人

与谢翱赠答诗

陈郡谢翱,举进士,寓居长安升道里,庭中多植牡丹。一日,见有一美人,乘金车至门。年可十六七,风貌闲丽。谓翱曰:"闻此地有名花,故来与君一醉耳。"固问为何人,曰:"君但知非人则已,安用问耶!"夜阑辞归,乞诗为赠。翱怅然命笔,美人答之。翱明年下第东归,至新丰逆旅。步月长望,追感前事,赋诗朗吟。忽闻车音自西来,视之,乃前美人也。曰:"将之弘农,感君意,故一面耳。"呜咽不自胜,翱亦悲泣。诵所制诗,美人复酬一诗。翱别之去,虽知为怪,不能忘。枉道弘农,留数日,求之,竟绝影响。还洛阳不数月,以怨结卒。

阳台后会杳无期,碧树烟深玉漏迟。半夜香风满庭月,花前空赋别离诗一作花前竟发楚王悲。翱。

相思无路莫相思,风里花开只片时。惆怅金闺却归去一作处,晓莺啼断绿杨枝。美人。

一纸华笺洒一作丽碧云,余香犹在墨犹新。空添满目凄凉事,不见三山缥缈人。斜月照衣今夜梦,落花啼鸟去年春。红闺更有堪愁处,窗上虫丝几一作镜上尘。翱。

惆怅佳期一梦中,武陵春色尽成空。欲知离别偏堪恨,只为音尘两不通。愁态上眉凝浅绿,泪痕侵脸落轻红。双轮暂与王孙驻,明日西驰又向东。美人。

魏朋妻

赠朋诗

建州刺史魏朋,辞满后,客居南昌,素无诗思。后遇病,迷惑失心,如有人相引接。忽索笔书诗,诗意如其亡妻以赠朋也。后十余日,朋卒。

孤坟临清江,每睹白日晚。松影摇长风,蟾光落岩甸。故乡千里余,亲戚罕相见。望望空云山,哀哀泪如霰。恨为泉台客,复此异乡县。愿言敦畴昔,勿以弃疵贱。

刘氏亡妇

题明月堂二首

蝉鬓惊秋华发新,可怜红隙尽埃尘。西山一梦何年觉,明月堂前不见人。

玉钩风急响丁东,回首西山似梦中。明月堂前人不到,庭前一夜老秋风。

故台城妓

诗

金陵黄进士梦遇台城故妓,自云今为吴神乐部。其诗云:

歌罢玉楼月,舞残金缕衣。匀钿收进节,敛黛别重闱。网断蛛犹织,梁春燕不归。那堪回首处,江步野棠飞。

金陵词

宫中细草香红湿,宫内纤腰碧窗泣。唯有虹梁春燕雏,犹傍珠帘玉钩立。

无名女鬼

示宋善威

月落三株树,日映九重天。良夜欢宴罢,暂别庚申年。

无名鬼

诗

江上樯竿一百尺,山中楼台十二重。山僧楼上望江上,指点樯竿笑杀侬。

仙人未必便仙去,还在人间人不知。手把白须从两鹿,相逢却问姓名谁。

秾华

句

浚仪王氏,葬其母。有婿裴郎,醉卧棺后。家人不知,遂掩其圹。酒醒,见文柏为堂,群婢连臂踏歌。一婢名秾华,歌云:

柏堂新成乐未央,回来回去绕裴郎。

张守中

句

薄命苏秦频去国,多情潘岳旋兴悲。

今夜若栖芳草径,为传幽意达王孙。咏蝶。

无名鬼

句

芫花半落,松风晚清。

全唐诗卷八百六十七

怪

浑家门客联句

文明初,毗陵滕庭俊之洛调选,至荥水西,投道傍庄家。见二人,一称麻大,名来和。一称和且耶。言同作浑家门客,邀庭俊赴其馆,饮啖,各赋诗,题曰:"同在浑家平原门馆联句。"忽被主人觅唤,乃知坐厕屋下,傍有大苍蝇、秃扫帚而已。庭俊先患热疾,自此顿愈。

　　自与浑家邻,馨香遂满身。无心好清静,人用去灰尘。麻大赋。

　　终朝每去依烟火,春至还归养子孙。曾向苻王笔端坐,尔来求食浑家门。和且耶赋。

长须国驸马咏妻

大足初,有士人随新罗使泛海,风吹至一处,人皆长须,号长须国。其王拜士人为驸马,主甚美而有须,嫔姬亦然。士人每见之不悦,因赋此诗。王大笑曰:"驸马竟未能忘情于小女颐颔间乎?"忽一日,其君臣忧戚,士人怪问之,王泣曰:"吾国有难,非驸马不能救。"士人惊曰:"敢难可弭,性命不敢辞也。"王乃令具舟,命使随往。谓曰:"烦驸马一谒海龙王,但言东海第三汊第七岛长须国有难求救,我国绝微,须再三言之。"因涕泣执手而别。士人登舟,瞬息至岸,乃前求谒龙王。王降阶迎,访其来意,士人具说。龙王即命速勘。良久,一人入白,境内并无此国。士人复哀诉,龙王更敕使者细寻勘。食顷,使者返曰:"此岛虾,合供大王此月食料,前日已追到。"龙王笑曰:"客固为虾所魅耳。吾虽为王,所食皆禀天符,今为客减食。"乃令引客视之,见铁镬数十如屋,满中是虾。有五六头,色赤,大如臂,见客跳跃,似求救状。引者曰:"此虾王也。"士人不觉悲泣,龙王命赦虾王一镬,令使送客归中国。二夕,至登州。顾二使,乃巨龙也。

　　花无叶不妍,女无须亦丑。丈人试遣惚无,未必不如惚有。

原陵老翁吟

神龙中,庐江何让之赴洛,见原陵盘石上坐一翁,眉鬓皓然，著宾幨巾，襦裤，愤乌纱，抱膝南望吟诗。让之已讶其非人，翁忽又吟。让之遽欲前执，翁倏然跃入丘中。让之从焉，翁已复本形为一狐跳出。让之见几案上有一帖文书，题云应天狐超异科策，怀之跃出。后数日，有僧备三百缣购赎。让之纳缣，仍不与书帖。经月余，其弟至，问让之取书帖去，即化为一狐。未几，有敕捕内库被人盗绢三百匹，寻踪及让之。获其缣，让之不能雪，卒毙枯木。

野田荆棘春，闺阁绮罗新。出没头上日，生死眼前人。欲知我家在何处，北邙松柏正为邻。

洛阳女儿罗绮多，无奈孤翁老去何，奈尔何。

正色鸿焘，神思化伐。穿施后承，光负玄设。呕沦吐萌，垠倪散截。迷肠郁曲，霱音朦零霵噎入声。雀粿龟水，健驰御屈。拿尾研动，袜袜晧晧。溜用秘功，以岭穴。栴薪伐药，莽樸万苢。呕律则祥，佛伦惟萨。牡虚无有，颐咽蕊屑。肇素未来，晦明兴灭。狐书一。

五行七曜，成此闰余。上帝降灵，岁且涅徐。蛇蜕其皮，吾亦神摅。九九六六，束身天除。何以充喉，吐纳太虚。何以蔽踝，霞袂云裾。哀尔浮生，栴比荒墟。吾复丽气，还形之初。在帝左右，道济忽诸。狐书二。

严含质诗

景云初，萧志忠刺晋州，将以腊日畋游。先一日，有采薪者暴疾不能归，因止岩穴之下。夜将艾，似有人声，伏而窥之，有一人身长丈余，向谷长啸，俄而群兽俱至。长人宣言曰："余玄冥使者，奉北帝命，明日萧使君当顺时畋猎，尔等若干合死于箭，死于枪，死于网罟鹰犬。"言讫，有虎与麋皆屈膝求救。长人曰："余闻东谷严四兄善谋，尔等可就彼祈求。"群兽皆喜，使者东行，群兽毕从，时樵者疾少间，随行觇之。见茅屋中悬一虎皮，有黄冠者，名含质，即严四兄也。惊起，见使者曰："阔别已久，得非配群生猎日刑名而至此乎？"使者曰："然。然彼求救于四兄，四兄当为谋之。"虎、麋、狐、兔即屈膝哀请。严曰："萧使君每役人，必恤其饥寒。若祈滕六降雪，巽二起风，则不复猎矣。"又对使者云："向在仙都，岂意千年为兽身。"悒

悒不乐，因述怀一章。又云："我谪讁已满，行归紫府。题数行于壁，使后人知仆曾居此也。"

昔为仙子今为虎，流落阴崖足风雨。更将斑貌被余身，千载空山万般苦。述怀。

下玄八千亿甲子，丹飞先生严含质。谪下中天被斑革，六千甲子。血食涧饮厕猿狖，下浊界。景云元纪升太一。题壁。

李微诗

微，宗室子，家于虢略，博学善属文。天宝十五载，登进士第。后于汝坟逆旅，被狂疾，夜走出，变为虎。同年李俨以监察御史使岭南，至商於界。虎突出，欲擒食之。忽作人言曰："几伤我故人。"俨聆其音，似微，遂与之言。因具述变化之由，托其赈恤妻子。口诵文二十篇，令其传世。复为诗云：

偶因狂疾成殊类，灾患相仍不可逃。今日爪牙谁敢敌，当时声迹共相高。我为异物蓬茅下，君已乘轺气势豪。此夕溪山对明月，不成长啸但成嗥。

维扬空庄四怪联句

宝应中，维扬元无有行郊野。夜值风雨大至，时兵荒后，人户多逃。入一空庄避之，雨止月出。见四人衣冠各异，吟诗递相褒赏。及明，寻堂中，惟有故杵、灯台、水桶、破铛，乃知四人即此物也。

齐纨鲁缟如霜雪，寥亮高声予所发。故杵。

嘉宾良会清夜时，煌煌灯烛我能持。灯台。

清泠之泉候朝汲，桑绠相牵常出入。水桶。

爨薪贮泉相煎熬，充他口腹我为劳。破铛。

柳藏经二绝句

建中间，东都薛弘机隐渭河之隈。有客造门，自云姓柳，名藏经。歌一诗，与弘机谈论经典而别。明年又来，复歌一绝，情意搔然。竟失其踪。是夜恶风发屋，一枯柳拉折。其内不知谁人藏经百余卷，尽烂坏。

寒水停园沼，秋池满败荷。杜门穷典籍，所得事今多。

谁谓三才贵，余观万化同。心虚嫌蠹食，

年老怯狂风。

太白山魔诳道士诗

　　贞元中，韦自东以壮勇闻。有道士炼丹于太白山石洞中，数有妖魔入洞，击散药炉。邀自东仗剑相护。有巨虺及美女至，自东并以剑击退。后有道士驾鹤而来，劳自东曰："妖魔已尽，吾弟子丹将成矣，有诗志喜。"自东释剑礼之。俄而突入，药炉爆烈无遗。

　　三秋稽颡叩真灵，龙虎交时金液成。绛雪既凝身可度，蓬壶顶上彩—作有云生。

金缶魅诗

　　河东李员，居长安延寿里。元和初，室西隅有声若韵金石。俄有歌者，音清越，久不已。凡数夕闻焉。后至秋始六日，夜雨颓堂北垣。明日，得一缶，仅尺余，制用金，形状奇古，盖千百年之器。

　　色分蓝叶青，声比磬中鸣。七月初七夜，吾当示汝形。

东阳夜怪诗

　　元和中，彭城秀才成自虚就举东还，路出东陈驿。风雪，夜投佛寺，暗中有一老病僧。俄复有数人至，以自虚举子，各述所作诗，喧论达晓。自虚方欲自夸旧制，一无睹矣。及追寻，始知病僧自称安智高者，是病橐驼。称前河阴转运巡官卢倚马，是驴。称桃林客轻车将军朱中正，是牛。敬去文，是狗。奚锐金，是鸡。苗介立，是猫。胃藏瓠，是一刺猬藏瓠下者。

　　谁家扫雪满庭前，万壑千峰在一拳。吾心不觉侵衣冷，曾向此中居几年。安智高咏聚雪为山。

　　拥褐藏名无定踪，流沙千里度衰容。传得南宗心地后，此身应便老双峰。安智高病中自述二首。

　　为有阎浮珍重因，远离西国赴咸秦。自从无力休行道，且作头陀不系身。

　　长安城东洛阳道，车轮不息尘浩浩。争利贪前竞著鞭，相逢尽是尘中老。卢倚马寄同侣二首。

　　日晚长川不计程，离群独步不能鸣。赖有青青河畔草，春来犹得慰—作喂䩨—作饥情。

　　爱此飘飖六出公，轻琼冷絮舞长空。当时正逐秦丞相，腾踯川原喜北风。敬去文咏雪献曹州房。去文云：曹州房难仆，呼雪为公，余以古人呼竹为君证之。曹州房莫知所对。

　　事君同乐义同忧，那校糟糠满志休。不是守株空待兔，终当逐鹿出林丘。敬去文言志二首。

　　少年长负饥鹰用，内顾曾无宠鹤心。秋草驱除思去宇，平原毛血兴从禽。

　　舞镜争鸾彩，临场定鹖拳。正思仙仗日，翘首仰—作御楼前。奚锐金近作三首。

　　养斗形如木，迎春质似泥。信如风雨在，何惮迹卑栖。

　　为脱田文难，常怀纪渻恩。欲知疏野态，霜晓叫荒村。

　　乱鲁负虚名，游秦感宁生。候惊丞相喘，用识葛卢鸣。黍稷滋农具，轩车乏道情。近来筋力退，一志在归耕。朱中正诗。

　　为惭食肉主恩深，日晏蟠蜿卧锦衾。且学志人知白黑，那将好爵动吾心。苗介立诗。

　　鸟鼠是家川，周王昔猎贤。一从离子卯，鼠兔皆变为蝟也。应见海桑田。胃藏瓠题旧业诗。

田四郎求婚联句

　　元和十三年，江陵编户成叔弁有女兴娘，年十七。忽有人自称田四郎，偕媒氏求婚。叔弁不许，四郎笑一声，有二人自空下，曰："安有不可！"媒氏请为联句定婚，联句讫，媒与三人大绝倒，不复见。其女初若醉，人去后亦醒。

　　一点红裳出翠微，秋天云静月离离。田四郎。天曹使者徒回首，何不从他九族卑。田请叔弁继作，叔弁不知谁，固辞，闻堂上有人教其云云。

黑驹别卢传素诗

　　岭南从事卢传素，寓居江陵。元和中，有一黑驹，乘之甚劳苦，然未常有衔橛之失，颇爱之。一日。忽人语曰："阿马是丈人表甥贺兰家通儿也，丈人使通儿卖一别墅，得钱一百贯。通儿破用此钱，今作畜生。

在槽枥五六年，与丈人偿债。畜生寿已尽，当死，请速将阿马货卖。"兼有一篇留别，乃骧首朗吟云：

　　既食太人粟，又饱丈人刍。今日相偿了，永离三恶途。

笔精诗

　　元和中，博陵崔毂寓长安延福里，见人长不尽尺，自北垣下升榻，请寄砚席。袖出三诗投于毂，趋北垣下没。毂乃发其处，得一管笔，锋锐尚新。

　　昔荷蒙恬惠，寻遭仲叔投。夫君不指使，何处觅银钩。

　　学问从君有，诗书自我传。须知王逸少，名价动千年。

　　能令音信通千里，解致龙蛇运八行。惆怅江生不相赏，应缘自负好文章。

二斑与宁茵赋诗

　　大中年，秀才宁茵寓南山庄。夜有人，一称桃林斑特处士，一称南山斑寅将军，来访，谈论赋诗而别。及视其迹，乃知牛与虎也。

　　晓读云水静，夜吟山月高。焉能履虎尾，岂用学牛刀。宁茵。

　　但得居林啸，焉能当路蹲。渡河何所适，终是怯刘琨。斑寅。

　　无非悲宁戚，终是怯庖丁。若遇龚为守，蹄涔向北溟。斑特。

白田獭魅别村女诗

　　楚州白田村民沈某女，患魅，腹渐大，若妊。令巫设坛召魅，自陈准中老獭，愿自此屏迹。但痛腹中子未育，若生而不杀以还我，是望外也。言毕呜咽，遂作别诗。须臾患者释然。后旬月，产獭子三头，送湖中，有巨獭负而没之。

　　潮来逐潮上，潮落在空滩。有来终有去，情易复情难。肠断肠中子，明月秋江寒。

邢君才旧宅三怪诗

　　太原掌书记姚康成奉使汧陇，假邢君才旧宅休息。二更后，月色如练，廊房内闻饮乐之声。曰："今

三人可各赋一篇取乐。"康成推门求之，则皆失矣。寻其处，见有铁铫子一柄，破笛一管，一秃黍穰帚而已。康成不欲伤之，遂各埋于他处。

　　昔日炎炎徒自知，今无烽灶欲何为。可怜国柄全无用，曾见家人下第时。铁铫。

　　当时得意气填心，一曲君前直万金。今日不如庭下竹，风来犹得学龙吟。破笛。

　　头焦鬓秃但心存，力尽尘埃不复论。莫笑今来同腐草，曾经终日扫朱门。秃帚。

维扬少年与孟氏赠答诗

　　维扬万贞，娶寿春坊孟氏为妻，美容质，有词藻。贞商于外，孟氏游家园，独吟而泣。有少年貌甚秀丽，逾垣求偶。孟氏许而赋诗，少年亦以诗答之，遂私焉。同处逾年，而夫自外至，孟氏忧且泣。少年曰："勿尔，吾固知其不久也。"忽腾身而没，竟不知为何怪。

　　可惜春时节，依然独自游。无端两行泪，长只对花流。孟氏游家园作。

　　谁家少年儿，心中暗自欺。不道终不可，可即恐郎知。孟氏赠答少年。

　　神女得张硕，文君遇长卿。逢时两相得，聊足慰多情。少年答孟氏。

胡志忠题户

　　处州小将胡志忠，奉使之越，夜止山馆之东序。进膳之次，有异物，其状甚伟，当盘而立。志忠击之，连有伤痛，声如犬，语甚分明。曰："请止！请止！若不止，知谁死。"志忠运臂愈疾，异物又疾呼曰："斑儿何在！"续有一物自屏外来，志忠又击之，力不胜，仆夫曳之入东阁，颠仆之声如坏墙然。未久，志忠俨然而出，复命膳，卒无一言。明日行，封署其门，属馆吏勿启。旬余乃还，止于馆，索笔砚泣题其户。题讫，以笔掷地而失所在。启其户，志忠与斑黑二犬俱仆于西北隅矣。

　　恃勇祸必婴，恃强势必倾。胡为万金子，而与恶物争。休将逝魄趋府庭，止于此馆归冥冥。

高侍郎诗

　　草场官张立木，有女为物所魅，自称高侍郎。吟

诗一首。宅后有高偕侍郎墓,野狐窟穴其中。盖狐妖也。

　　危冠高袖楚宫妆,独步闲庭逐夜凉。自把玉簪敲砌竹,清歌一曲月如霜。

吕氏宅妖誓师词

　　汝南岑顺,旅陕州,居外族吕氏山宅。见壁下天那军与全家军各出兵会战,有军师致辞鼓之。会战数日,胜负不常。顺为鬼气所中,憔悴顿甚。因掘其下,得古墓明器,有甲胄数百,戏局列马满枰。乃悟军师之词,乃象戏行马之势也。

　　天马斜飞度三止,上将横行击四方。辎车直入无回翔,六甲次第不乖行。

袁少年诗

　　风波千里阔,台榭半天高。此兴将何比,身知插羽毛。赋君山。

　　峰峦多秀色,松桂足清声。自有山林趣,全忘城阙情。赋南岳庙。

　　罗浮南海外,昔日已闻之。千里来游览,幽情我自知。

东柯院妖谑杜令

　　陇城县有东柯僧院,甚有幽致,游人如市。忽一日,有妖异起空中,掷下瓦砾,扇扬灰尘,人莫敢正立。院僧召道士诵咒,衣褫带解,狠狈而窜。县令杜延范自往观之,曰:"安有此事!"妖于空中掷小书帖,多成绝句,凌谑杜令。觉之,亦遽还。

　　虽共蒿兰伍,南朝有宗祖。莫打绿袍人,空中且歌舞。

　　堪怜木边土,非儿不似女。瘦马上高山,登临何自苦。

嵩山小儿吟

　　嵩山内有老僧结茅以居,忽见一小儿参礼,求为弟子。僧乃问曰:"此处人迹甚稀,汝因何至此? 又因何求为弟子?"曰:"父母俱丧,身无所依,愿离尘俗,欲修来世福业也。"僧曰:"志愿虽嘉,能从道,心惟一乎?"小儿曰:"若心与言违,皇天后土自不容耳。"见其敏悟,遂与落发。精进勤劬,罕有伦等。居数年,

时值深秋,忽慨然朗吟,长啸良久。有一群鹿过,小儿跃然,脱却僧衣,化为鹿而去。

　　我本长生深山内,更何人他不二门。争如访取旧时伴,休更朝夕劳神魂。

鱼腹丹书

　　吴郡渔人张胡子,尝于太湖中钓得一巨鱼,腹上有丹书字。

　　九登龙门山,三饮太湖水。毕竟不成龙,命负张胡子。

鱼身字

　　金州洵阳县水南乡百姓柏君怀,于汉江勒漠潭采得鱼。长数尺,身上有字。

　　三度过海,两度上汉。行至勒漠,命属柏君。

马作人语

　　路岩自成都移镇渚宫,所乘马忽作人语,不久及祸。

　　芦荻花,此花开后路无家。

孙长史女与焦封赠答诗

　　开元初,浚仪令焦封罢任,丧妻,客蜀中。夜逢一青衣,邀入一甲第。有女子年十七八,仪貌殊常。自称孙长史女,夫丧,寡居于此。命酒赋诗,遂留匹偶。经月,封思入关,女赠玉环并诗为别,封亦以诗留赠。登前途,女忽奔至。疑讶间,有千余猩猩来。女喜跃曰:"君不顾我东归,我亦逐女伴归山耳。"化为一猩猩去。

　　妾失鸳鸯伴,君方萍梗游。少年欢醉后,只恐苦相留。赠封。

　　心常名宦外,终不耻狂游。误入桃源里,仙家争肯留。封酬。

　　鹊桥织女会,也是不多时。今日送君处,羞言连理枝。别封。

　　但保同心结,无劳织锦诗。苏秦求富贵,自有一回时。封留别。

石瓮寺灯魅诗

　　进士杨稹,家于渭桥,肄业昭应石瓮寺。有红裳

女子,既夕而至,容色姝丽,徐步帘外而歌,稹纳之。自称开元中明皇与杨妃建此寺,封我为西明夫人。乃西偏经幢中灯精也。晨去暮还,不止。家人潜伏佛榻窥之,扑灭灯,遂绝。

凉风暮起骊山空,长生殿锁霜叶红。朝来试入华清宫,分明忆得开元中。

金殿不胜秋,月斜石楼冷。谁是相顾人,褰帷吊孤影。

烟灭石楼空,悠悠永夜中。虚心怯秋雨,艳质畏飘风。向壁残花碎,侵阶坠叶红。还如失群鹤,饮恨在雕笼。前二首红裳女子歌。此首,风雨夜一婴儿为红裳歌。

洛下女郎歌

天宝中,洛下崔玄微夜见诸女郎李氏、陶氏、杨氏,衣服颜色各异,自言俱住苑中。邀封家十八姨,命席,各歌以送酒。仍言苑中多被恶风,乞玄微立朱幡,图日月五星文于苑东,免诸侣之患。女郎乃众花之精,封十八姨者,风神也。

皎洁玉颜胜白雪,况乃当年对风月。沈吟不敢怨春风,自叹容华暗消歇。红裳人。

绛衣披拂露盈盈,淡染胭脂一朵轻。自恨红颜留不住,莫怨春风道薄情。白衣人。

袁长官女诗

广德中,秀才孙恪于洛中魏王池畔,见一大第,有女子摘庭中萱草吟诗。诘之,是袁长官女,少孤,求适人未售。恪观其光容艳丽,遣媒纳为室。袁金缯赡足,治家甚严。生二子。后恪任幕职,挈过端州。袁云:"此去峡山寺,我家旧有门徒居之,欲赴彼设斋。"恪如言。抵寺斋罢,有野猿数十,连臂下生台悲啸。袁题诗僧壁,抚二子,咽泣数声,裂衣化为老猿,偕去。询老僧,乃知此猿寺中所养。开元中,高力士经过,怜其慧黠,携献上阳宫者。

彼见是忘忧,此看同腐草。青山与白云,方展我怀抱。摘萱草吟。

刚被恩情役此心,无端变化几湮沈。不如逐伴归山去,长笑一声烟雾深。题峡山僧壁。

真符女与申屠澄赠和诗

贞元中,什邡尉申屠澄赴官,至真符县东,投路傍茅舍中,有老父及姬,一女年十四五,姿甚闲丽,因与之订婚。后生一男一女。澄尝作赠内诗,其妻有和,然未尝出口。秩满将归秦,妻始以诗语澄,怅然若有慕者。澄曰:"傥忆贤尊,今则至矣,何用悲乎?"及过妻家,草舍不复有人,于故衣中见一虎皮。妻大笑曰:"此物尚在耶?"披之,即变为虎,哮吼而去。澄惊走避之,携二子望林大哭,竟不知所往。

一尉惭梅富,三年愧孟光。此情何所喻,川上有鸳鸯。澄赠。

琴瑟情虽重,山林志自深。常忧时节变,辜负百年心。女和。

夭桃诗

太和中,处士姚坤居东洛万安山。有女子自称夭桃,诣坤,云是富家女,误为年少诱出,失踪不可复还,愿持箕帚。坤纳之,妖丽冶容。至于篇什,俱能精至。后坤应制,挈入京,至盘豆馆,夭桃不乐。取笔题竹简,为诗一首,吟讽久之。忽有曹牧献良犬入馆,犬见夭桃,怒目掣锁上阶。夭桃亦化为狐,跳上犬背,抉其目。行数里,犬毙,狐即不知所之。

铅华久御向人间,欲舍铅华更惨颜。纵有青丘吟夜月,无因重照旧云鬟。

青衣春条诗

南阳张不疑,开成间宏词登科,授秘书。寓京国,市一青衣于胡司马,名春条。指使无不惬适,兼好学,善书录。潜为小诗,往往于户牖间之。居两月余,有昊天观尊师知其妖,作法噀水复本形,乃是一朽明器,背上题曰春条,劈腰颈间有血。不疑得疾,沈锢二年死。

幽室锁妖艳,无人兰蕙芳。春风三十载,不尽罗衣香。

明器婢诗

开成中,洛下学究卢涵赴山庄,路遇双鬟,甚有媚态。云是耿将军守茔青衣,邀涵饮,为诗送酒。涵愁词之不称,窥其室,见取蛇血变酒,惊走避归。率家人搜寻,于柏林中得一大明器婢子,有蛇毙于其傍。

独持巾帻掩玄关,小帐无人独影残。昔日罗衣今化尽,白杨风起陇头寒。

妙香词

唐郑继超遇田参军,赠妓曰妙香。数年告别,歌北邙月词送酒。翌日,同至北邙山下,化狐而去。田君亦狐也。

劝君酒莫辞,花落抛旧枝。只有北邙山下月,清光到死也相随。

庐山女赠朱朴

鲤鱼

但持冰洁心,不识风霜冷。任是怀礼容,无人顾形影。

知君久积池塘梦,遣我方思变动来。操执若同颜叔子,今宵宁免泪盈腮。

青萝帐女赠穆郎

榕树

团圆今夕色光辉,结了同心翠带垂。此后莫教尘点染,他年长照岁寒姿。

褰帐

揉蓝绿色曲尘开,静见三星入坐来。桂影已圆攀折后,子孙长作栋梁材。

题碧花笺

珠露素中书缱绻,青萝帐里寄鸳鸯。自怜孤影清秋夕,洒泪裴回滴冷光。

白蘋洲碧衣女子吟

张确尝游雪上白蘋洲,见二碧衣女子,携手吟此。确逐之,化为翡翠飞去。

碧水色堪染,白莲香正浓。分飞俱有恨,此别几时逢。藕隐玲珑玉,花藏缥缈容。何当假双翼,声影暂相从。

新林驿女吟示欧阳训

月明阶悄悄,影只腰身小。谁是骞翔人,愿为比翼鸟。生飞虫。

击盘歌送欧阳训酒

飞燕身轻未是轻,柱将弱质在岩扃。今来不得同鸳枕,相伴神魂入杳冥。

白衣女子木叶上诗

宁赏尝遇一衣白女子,倏不见。后于林杪见白獭猴,掷一木叶坠其前,上书二十字云:

桃花洞口开,香蕊落莓苔。佳景虽堪玩,萧郎殊未来。

席上歌

有少年于岩下逢女子,留与同居十日。于席上作歌赠少年云:

洞府深沈春日长,山花无主自芬芳。凭阑寂寂看明月,欲种桃花待阮郎。

凤凰台怪和歌四首

大历中,有士人独行凤凰台,见一男子与妇人相和而歌。追而观之,及二兽也。一类豕而高,一类龙而小。

深闺闲锁难成梦,那得同衾共绣床。一自与郎江上别,霜天更自觉宵长。

愁听黄莺唤友声,空闺曙色梦初成。窗间总有花笺纸,难寄妾心字字明。

寂静璇闺度岁年,并头莲叶又如钱。愁人独处那堪此,安得君来独枕眠。

卧病匡床香屡添,夜深犹有一丝烟。怀君无计能成梦,更恨砧声到枕边。

全唐诗卷八百六十八

梦

肃宗

梦丹书

肃宗初为皇太子,天宝十三载,观安禄山有悖逆之状,恐危宗庙,遂精诚祈梦。其夜梦故内侍普寂等二人舁一案,覆以黄帕,自天而下,直至帝前。素版丹书,文字甚多。既寤,所记者惟四句。

厥不云乎,惟其惟时。上天所保,福禄不亏。

代宗

梦黄衣童子歌

广德元年,吐蕃入寇,代宗幸陕。及回驾至潼关,夜梦黄衣童子歌云云。诘旦,上言其梦,侍臣贺曰:"此土得当王,吐蕃破灭之兆也。"

中五之德方峨峨,胡胡呼呼何奈何。

刘禹锡

梦扬州乐妓和诗

禹锡于扬州杜鸿渐席上,见二乐妓侑觞,醉吟一绝。后二年,之京,宿邸中,二妓和前诗,执板歌云:

花作婵娟玉作妆,风流争似旧徐娘。夜深曲曲湾湾月,万里随君一寸肠。

邢凤

梦中美人歌

泾原节度李汇说,贞元中,有帅家子邢凤,居长安平康里南,质一大第。即其寝,而昼偃,梦一美人,古装,高髻长眉,执卷而吟。凤发其卷,美人曰:"君必欲传之,无过一篇。"取彩笺传其《春阳曲》。问曲中弓弯何谓,美人云:"父母教妾为此舞。"乃起,整衣张袖舞数拍,为弓弯状,以示凤。既罢,辞去。凤觉,仍于襟袖得其词。

长安少女一作儿女踏一作玩春阳一作忙,何处

春阳—作归不断肠。舞袖弓弯—作腰浑忘却，罗衣空换—作罗帷空度，一作蛾眉空带九秋霜。

石季武

梦中诗

凉武公㮣，数年攻战，建殊勋。以仁恕为先，未尝枉杀一人。长庆元年，自魏博征还。将入洛，其衙门将石季武先在洛，梦公自北登天津桥，季武为导，有道士八人持绛节幡幢，从南欲上。导骑呵之，对曰："我迎仙公。可记我言，闻于相公。"因吟诗云云。后三日，凉公果自北登天津桥，季武为导，入憩天宫寺，月余死。

耸辔排金阙，乘轩上汉槎。浮名何足恋，高举入烟霞。

王炎

葬西施挽歌

元和初，太原王炎梦游吴，闻吴王宫中出辇，吹箫击鼓，言葬西施。诏词客作挽歌，炎进诗，王甚嘉之。

西望吴王国，云书凤字牌。连江起珠帐，择地—作土葬金钗。满—作铺地红心草，三层碧玉阶。春风无处所，凄恨不胜怀。

沈亚之

秦梦诗三首

太和初，亚之客橐泉邸舍。梦入秦，见穆公，尚始平公主弄玉。所居宫曰翠微宫，公主芳姝明媚，笔不可模画，每吹箫，声调远逸悲人，闻者莫不自废。约一年，公主卒，葬咸阳原，公命亚之作挽歌并墓铭。后公辞亚之令归，又为歌一章，仍至翠微宫，与公主侍人泣别。有《题宫门》诗。已而公命车驾送出函谷关，为别语未卒，惊觉。橐泉，秦穆公葬地也。

泣葬一枝红，生同死不同。金钿坠芳草，香绣满春风。旧日闻箫处，高楼当月中。梨花寒食夜，深闭翠微宫。挽公主。

击髆舞，恨满烟光无处所。泪如雨，欲拟著辞不成语。金风衔红旧绣衣，几度宫中同看舞。人间春日正欢乐，日暮东风何处去。别穆公。

君王多感放东归，从此秦宫不复期。春景似伤秦丧主，落花如雨泪燕脂。题宫门。以上三首又见本集。

卢献卿

梦中诗

献卿，范阳人。尝作《愍征赋》，时人以为庾子山《哀江南》之亚。大中时，连年不中第。游衡湘，至郴，梦人赠诗，旬日殁。郴守葬之近郊，果以夏初，皆符所梦者。

卜筑郊原古，青山无四邻。扶疏绕屋树，寂寞独归人。

刘景复

梦为吴泰伯作胜儿歌

吴郡泰伯祠，市人赛祭，多绘美女以献。岁乙丑，有以轻绡画侍婢捧胡琴者，名为胜儿，貌逾旧绘。巫方献舞，进士刘景复过吴，适置酒庙东通波馆。忽欠伸思寝，梦紫衣冠者言让王奉屈，随至庙，揖而坐。王语之曰："适纳一胡琴妓，艺精而色丽。知吾子善歌，奉邀作胡琴一曲以宠之。"因命酒为作歌，王召胜儿授之。刘寤，传其歌吴中云。

繁弦已停杂吹歇，胜儿调弄逻娑拨。四弦拢拈三五—作四声，唤起边风驻明月。大声嘈嘈奔溽溻，浪蹙波翻倒溟渤。小弦切切怨飔飔，鬼哭神悲秋—作任窸窣。倒腕斜挑挈流电，春雷直戛胜秋鹘。汉妃徒得端正名，秦女虚夸有仙骨。我闻天宝十年前，凉州未作西戎窟。麻衣右衽皆汉民，不省胡法暂蓬勃。太平之末狂胡乱，犬豕崩腾恣唐突。玄宗未到万里桥，东洛西京一时没。汉土民皆—作一朝汉民没为虏，饮恨吞声空喔咽。时看汉月望汉天—作民，怨气冲星成彗孛。国门之西八九镇，高坡深垒闭闲卒。河湟咫尺不能收，挽粟推车徒兀兀。今朝闻秦凉州曲，使我心神暗超忽。胜儿若向边塞弹，征人泪血应阑干。

郭仁表

梦中辞

伪吴春坊史郭仁表,居冶城北。甲寅岁,得疾沈痼,梦道士衣金花紫帔,入坐堂上。仁表初不甚敬,因问疾何时可愈,道士色厉曰:"甚则有之。"既寤,疾甚。复梦前道士至,因叩头逊谢。道士色解,索纸笔书授之,因尔疾愈。

飘风暴雨可思惟,鹤望巢门敛翅飞。吾道之宗正可依,万物之先数在兹,不能行此欲何为?

国邵南

梦崔嘏妻诗

崔嘏娶曹州刺史李续女,李令兵马使国邵南勾当障车。后邵南梦在一厅中,女立床西,嘏在床东。女执笔题诗一首授嘏,嘏朗吟之。梦后才一岁,崔妻卒。

莫以真留妾,从他理管弦。容华难久驻,知得几多年。

卢绛

梦白衣妇人歌词

绛,后主末年为宣州节度。宋平金陵,绛杀歙州刺史龚慎仪,谋奔岭表。不得,复降宋。慎仪侄颖诉之朝,坐斩。初绛未遇时,病痁且死,梦白衣妇人,颇有姿色,歌《菩萨蛮》劝绛酒。曰:"妾,玉真也。他日富贵,相见于固子坡。"至是临刑,有妇人姓耿名玉真者,坐淫乱与同斩。衣服姿貌,宛如前梦。其行刑地,即固子坡也。《南唐野史》、《翰府名谈》云:所梦者是诗,仃刑地名孟家坡。今并载。

玉京人去秋萧索,画檐鹊起梧桐落。欹枕悄无言,月和残梦圆。背灯惟暗泣,甚处砧声急。眉黛小山攒,芭蕉生暮寒。

清风明月夜深时,箕帚卢郎恨已迟。他日孟家坡上约,再来相见是佳期。

张生

梦舜抚琴歌

进士张生下第游蒲关,宿于舜庙,梦舜抚琴歌曰:

南风薰薰兮草芊芊,妙有之音兮归清弦。荡荡之教兮由自然,熙熙之化兮吾道全,薰薰兮思何传。

漳郡守

梦康仙示诗

康仙,乾符间卖药衢市,居员山琵琶坂。人为立庙,郡守欲移之山椒,梦示以诗,庙遂不复移焉。

卖药因循未得还,却因耽酒到人间。有心只恋琵琶坂,无意更登山上山。

独孤遐叔妻白氏

梦中歌

贞元中,遐叔游剑南归,至会光门外。天已暝,路隅有佛堂,止焉。至夜分,忽闻有公子、女郎十数辈携酒具赏会,中有一女郎,怃伤摧悴。乃其妻白氏也。少年举杯强之歌,转面挥涕。遐叔惊愤,扪一砖飞击,悄然一无所有。遐叔谓其妻死矣。至其居,妻梦魇方寤。说梦中,与遐叔所见并同。

今夕何夕,存耶没耶?良人却兮天之涯,园树伤心兮三见花。

张生妻

梦中歌

张生家汴州中牟县赤城坂,别妻游河朔,五年而还汴,出郑州门,已昏黑,忽于草莽中见灯火荧煌,有长须者、白面年少者、紫衣者,及黑衣胡人、绿衣少年,挟其妻宴饮。张扣得一瓦击之,中长须头。再发一瓦,中妻额。忽阒然无所见,张君谓其妻已死矣。归至家,妻在,问之,曰:"昨夜梦有六七人遍令饮酒,各请歌。饮次有发瓦来,中奴额。惊觉,尚头痛。"因知昨夜所见,乃妻梦也。

叹衰草,络纬声切切。良人一去不复还,今夕坐愁鬓如雪。为长须人歌。

劝君酒,君莫辞。落花徒绕枝,流水无返期。莫恃少年时,少年能几时。_{为白面少年歌}

怨空闺,秋日亦难暮。夫婿断音书,遥天雁空度。_{为紫衣人歌}。

切切夕风急,露滋庭草湿。良人去不回,焉知掩闱泣。_{为黑衣胡人歌}。

萤火穿白杨,悲风入荒草。疑是梦中游,愁迷故园道。_{为绿衣少年歌}。

花前始相见,花下又相送。何必言梦中,人生尽如梦。_{长须人歌答}。

张氏女

梦王尚书口授吟

会昌初,安西市张氏,有女国色,昼梦至一大宅,幕次女辈十许人,同妆饰,候紫绶天官来,为吏部沈公。俄呼尚书来,为并帅王公。群女进乐侍酒,并州尤属意张,口授为吟,谓曰:"归辞父母,异日复来。"惊寤,泣曰:"尚书命我矣,殆将死乎!"因卧病累日起,膏沐靓妆,拜父母而卒。

鬓梳闹扫学宫妆,独立闲庭纳夜凉。手把玉簪敲砌竹,清歌一曲月如霜。

病狂人

歌

周显德中,齐州有人病狂,每歌云云。自言梦见一红衣女子引入,宫殿皆红,一小姑令歌如此。有道士曰:"此犯大麦毒所致。女即心神。小姑,脾神也。"《医经》:萝卜治面毒。如此言,以药并萝卜食,遂愈。

踏阳春,人间三月雨和尘。阳春踏,秋风起,肠断人间白发人。

五灵华,晓玲珑,天府由来汝府中。惆怅此情言不尽,一丸萝卜火吾宫。

陈季卿

陈季卿,江南人。辞家十年,举进士无成,羁栖辇下。常访青龙寺僧不值,时有终南山翁亦伺僧归,揖季卿同坐。适东壁有寰瀛图,季卿乃寻江南路。因长叹曰:"安得自渭泛于河,游于洛,渡淮济江,而达于家,亦不悔无成而归。"翁笑曰:"此不难致。"乃命僧童折一竹叶作舟,置图中渭水上,曰:"公但注目此舟,则如公所愿耳。然至家慎勿久留。"季卿熟视之,觉渭水生波,叶舟渐大,席帆既张,恍若登舟。始自渭及河,维舟至禅窟兰若,题诗于南楹。明日,次潼关,登崖,题句于关门东普通院门。凡所经历,一如前愿。旬余至家,妻子兄弟拜迎于门侧,题《江亭晚望》诗于书斋。此夕谓妻曰:"吾试期近,不可久留,即当进棹。"乃吟一章,别其妻。又别诸兄弟。一更后,复登舟而逝,家人恸哭,谓其死矣。复遵旧路,至于渭滨,寺宇宛然,见山翁拥褐而坐。季卿谢曰:"归则归矣,得非梦乎?"翁曰:"不久当知。"各别去。后月余,妻子来访,始知果归作诗,非梦也。

题禅窟兰若

霜钟鸣时夕风急,乱鸦又望寒林集。此时辍棹悲且吟,独向莲华一峰立。

题潼关普通院门

度关悲失志,万绪乱心机。下坂马无力,扫门尘满衣。计谋多不就,心口自相违。已作羞归计,还胜羞不归。

江亭晚望题书斋

立向江亭满目愁,十年前事信悠悠。田园已逐浮云散,乡里半随逝水流。川上莫逢诸钓叟,浦边难得旧沙鸥。不缘齿发未迟暮,吟对远山堪白头。

别妻

月斜寒露白,此夕去留心。酒至添愁饮,诗成和泪吟。离歌凄凤管,别鹤怨瑶琴。明夜相思处,秋风吹半衾。

别兄弟

谋身非不早,其奈命来迟。旧友皆霄汉,此身犹路岐。北风微雪后,晚景有云时。惆怅清江上,区区趁试期。

周延翰

梦中句

南唐太子校书周延翰修服饵术,梦神人示以书,七言为句,其末句云云。延翰以为必得丹砂之效,甚喜。后死,葬于吴大帝陵侧。无妻子,惟一婢名丹砂,七字皆验。

紫髯之伴有丹砂。

任玠

梦中和句

蜀人任玠字温如,晚寓宁州府宅。一夕梦一山叟贻诗,玠和之。既觉,自笑曰:"吾其死乎?"数日,不疾而卒。

故国路遥归去来,山叟,春风天远望不尽。玠。

杜牧

梦中语

杜牧于宰执求小仪,不遂。请小秋,又不遂。梦人语之云云。后果得比部员外。

辞春不及秋,昆脚与皆头。

胥偃

梦中诗

胥偃应举时,梦徐将军斩下头项,作诗云云。以为不祥。明年,徐奭榜第二人及第。

昔作树头花,今为冢中骨。

曾崇范妻

梦中语

南唐曾崇范,其妻先许聘数人,皆死。后梦人得语云:"此是汝夫。"果嫁于曾也。

田头有鹿迹,由尾著日炙。

张孜

纪梦句

处士张孜写李白真,虔祷,忽梦白自天降。与语诗,因为歌以纪之,其略曰:

上天知我忆其人,使向人间梦中见。

全唐诗卷八百六十九

谐谑

高祖

嘲苏世长

世长尝事伪郑王世充,为行台右仆射。洛阳平,归国。高祖与之有旧,释之,授玉山屯监,恩礼殊厚。尝嘲之云云。世长对曰:"名长意短,实如圣旨。口正心邪,未敢奉诏。昔窦融以河西降汉,十世封侯。臣以山南归国,惟蒙屯监。"即日擢拜谏议大夫。

名长意短,口正心邪。弃忠贞于郑国,忘信义于吾家。

睿宗

戏题画

唤出眼,何用苦深藏。缩却鼻,何畏不闻香。

欧阳询

嘲萧瑀射

宋公萧瑀不解射。九月九日赐射。瑀箭俱不著垛,询咏之云云。

急风吹缓箭,弱手驭强弓。欲高翻复下,应西还更东。十回俱著地,两手并擎空。借问谁为此,乃应是宋公。

长孙无忌

与欧阳询互嘲

无忌见询姿形么陋,嘲之。询答云云。太宗闻之笑曰:"询此嘲曾不畏皇后邪?"无忌,皇后兄也。

耸膊成山字,埋肩不—作畏出头。谁家麟角上,画此—猕猴。无忌。

索头连背暖,漫—作祇裆畏肚寒。只因心浑浑,所以面团团。询。

裴略

为温仆射嘲竹

宿卫裴略试判落第,诣仆射温彦博披诉,不理。略自云能嘲戏,彦博回意与语,指厅前竹令嘲,应声云云。

竹,风吹青肃肃。凌冬叶不雕,经春子不熟。虚心未得待国士,皮上何须生节目。一作:竹,冬月不肯雕,夏月不肯熟。肚里不能容国士,皮外何劳生节目。

又嘲屏墙

彦博又令嘲屏墙,略云云。彦博曰:"此语似伤博。"略曰:"即扳公筋,何止伤膊。"博惭而与官。

高下八九尺,东西六七步。突兀当厅坐,几许遮贤路。

省吏

嘲崔左丞

武德中,清河崔善为为尚书左丞。诸曹吏恶其聪察,其人短伛,嘲之云云。高祖劳之曰:"齐末奸吏歌斛律明月,高纬昏不察,至灭其家。朕虽不德,幸免是。"下令求谤者,谤遂止。

崔子曲如钩,随例得封侯。髆上全无项,胸前别有头。

选人

嘲高士廉木屦

士廉掌选,有选人自云解嘲谑。士廉时著木屦,令嘲之,应声云云。士廉笑而引之。

刺鼻何曾嚏,蹋面不知嗔。高生两个齿,自谓得胜人。

裴玄智

书化度藏院壁

西京化度寺内有无尽藏院,施舍日盛。开国而后,其积至不可胜计,常使名僧监藏。一份供天下伽蓝修理之用,一分施天下饥饿,一分充旧供无遮之会。城中士女有大车载钱帛,舍之弃去,不知姓名者。贞观中,有道士裴玄智者,尝入寺洒扫十年有余。寺中观其戒行修谨,宛是修行高人,使之守藏。一日,潜走去不还,寺众惊异,于玄智寝房内看,壁上有诗四句。盗去黄金,不可知数,竟莫知所之矣。后武后移藏东都福光寺,日久渐耗,寻移归本院。至开元九年,以所余散京师诸寺,藏遂绝焉。

将肉遣狼守,置骨向狗头。自非阿罗汉,焉能免得偷。首二句一作放羊狼颔下,置骨狗前头。

窦昉

嘲许子儒

子儒旧任奉礼郎。永徽中,造国子学。子儒经纪,当有阶级,后不得阶,窦昉咏之云云。

不能专习礼,虚心强觅阶。一年辞爵弁,半岁履麻鞋。瓦恶频蒙㩲音国,墙虚屡被扠。映树便侧睡,过匦即放乖。岁暮良工毕,言是越朋侪。今日纶言降,方知愚计㕦口淮切。

梁宝

与赵神德互嘲

唐初,梁宝好嘲戏。因公行至贝州,问佐史,云:"此州赵神德甚能嘲。"令召之,宝甚黑,神德两眼俱赤,因互嘲。宝无以答,谢遣之。

赵神德,天上既无云,闪电何以无准则宝?向者入门来,案后惟见一挺墨神德。官里料朱砂,半眼供一国宝。磨公小拇指,涂得太社北神德。

释元康

与讲师互谑

元康入京,见一法师,盛集徒众讲经。与申问往返,戏之云云。讲师亦复之,盖讥康之无生徒也。康为之解词,理更焕然。太宗闻之,诏入安国寺讲。

甘桃不结实,苦李压低枝。元康。轮王千个子,巷伯勿孙儿。讲师。

李荣

咏兴善寺佛殿灾

京城流俗,僧道常争二教优劣,递相非斥。总章中,兴善寺为火灾所焚,尊像荡尽,东明观道士李荣因咏此。荣,巴西人也。

道善何曾善,言兴且不兴。如来烧赤尽,惟有一群僧。

张元一

叙可笑事

元一,则天朝为左司郎中,善滑稽。时蕃人上封事多加官赏,有为右台御史者。则天问元一在外,有何可笑事,元一云云。胡御史,胡元礼也。于是蕃人为御史者,寻改他官。

朱前疑著绿,逯仁杰著朱。阎知微骑马,马吉甫骑驴。将名作姓李千里,将姓作名吴栖梧。左台胡御史,右台御史胡。

嘲武懿宗

契丹寇幽州,武懿宗统兵御之。至邢,畏懦而遁。懿宗短陋,元一嘲云云。则天未晓,曰:"懿宗无马耶?"元一曰:"骑猪,夹豕也。"则天大笑。懿宗曰:"此元一宿构,不是卒辞。"则天曰:"以韵与之。"懿宗曰:"请以菶韵。"元一应声云云,则天大悦,懿宗极有惭色。

长弓短度箭,蜀马临阶骗。去贼七百里,隈墙独自战。忽然逢著贼,骑猪向南趣。

又嘲

裹头极草草,掠鬓不菶菶。未见桃花面皮,漫作杏子眼孔。

咏静乐县主

静乐县主,懿宗妹。懿宗短丑,武氏最长,时号大哥。县主与则天并马行,命元一咏云云。则天大笑,县主又极惭也。

马带桃花锦,裙衔绿草罗。定知帢帽底,仪容似大哥。

杜易简

嘲格辅元

格辅元,拜监察,迁殿中。充使,次龙门遇盗。行装都尽,袒被而坐。监察御史杜易简戏咏之云云。

有耻宿龙门,精彩先瞰浑。眼瘦呈近店,睡响彻遥林。坶囊将旧识,制被异新婚。谁言骢马使,翻作蛰熊蹲。

石抱忠 则天时检校天官郎中

始平谐诗

平明发始平,薄暮至何城。库塔朝云上,晁池夜月明。略彴桥头逢长史,棂星门外揖司兵。一群县尉驴骡骡,数个参军鹅鸭行。

梁载言

咏傅岩监祠

傅岩尝在左台,监察中雷。而中雷小祠,无牺牲之礼。比回,怅望曰:"初以为大祠,乃全疏薄。"殿中梁载言咏之云云。

闻道监中雷,初言是大祠。很傍索传马,偬动出安徽。卫司无帟幕,供膳乏鲜肥。形容消瘦尽,空往复空归。

刘行敏

嘲崔生

行敏,长安令。有崔生饮酒归,犯夜,被武候执缚,五更初犹未解。行敏向朝,至街逢之,与解缚,因咏之云云。

崔生犯夜行,武候正严更。幞头拳下落,高髻掌中擎。杖迹胸前出,绳文腕后生。愁人不惜夜,随意晓参横。

又嘲杨文瓘

武陵公杨文瓘任户部侍郎,以能饮,令宴蕃客浑王,遘错与延陀儿宴。行敏咏之云云。

武陵敬爱客,终宴不知疲。遣共浑王饮,错宴延陀儿。始被鸿胪识,终蒙御史知。精神既如此，长叹复何为。

嘲李叔慎、贺兰僧伽、杜善贤善贤，长安令。三人皆黑。

叔慎骑乌马，僧伽把漆弓。唤取长安令，共猎北山熊。

陆子

嘲父

尚书右丞陆余庆转洛川长史，善论事而谬于判决。其子嘲之，送案褥下。余庆得而读之，曰："必是那狗。"遂鞭之。

陆余庆，笔头无力觜头硬。一朝受辞讼，十日判不竟。先是，人有嘲陆者云：说事则喙长三寸，判事则手重五斤。

杨廷玉

则天表侄，为嘉兴令，贪猥无厌。御史康訾推奏，断死，敕免。

回波词

回波尔时廷玉，打獠取钱未足。阿姑婆见作天子，傍人不得枨触。

中宗朝优人

回波词

御史大夫裴谈，妻悍妒，谈畏之如严君。时韦庶人颇袭武后之风，中宗渐畏之。内宴互唱《回波词》，有优人云云。后意色自得，以束帛赐之。

回波尔时栲栳，怕妇也是大好。外边只有裴谈，内里无过李老。

崔日用

乞金鱼词

日用为御史中丞，赐紫。是时佩鱼须有特恩，因会宴，日用撰词云云，中宗以金鱼赐之。

台中鼠子直须谙，信足跳梁上壁龛。倚翻灯脂污张五，还来啮带报韩三。莫浪语，直王相。大家必若赐金龟，卖却猫儿相报赏。

又赐宴自歌

中宗宴，日用起舞自歌云云。其日，以日用兼修文馆学士。制曰："日用书穷万卷，学富三冬。"日用舞蹈拜谢。

东馆总是鹓鸾，南台自多杞梓。日用读书万卷，何忍不蒙学士。墨制帘下出来，微臣眼看喜死。

吴人

咏痴

郑愔曾骂选人为痴汉，选人曰："仆是吴，痴汉即是公。"愔令咏痴，吴人云云。愔本姓鄭，改姓郑，时人号为鄭郑。

榆儿复榆妇，造屋兼造车。十七八九夜，还书复借书。

封抱一

歇后

抱一任栎阳尉，有客过之。既短，又患眼及鼻塞，用千字文语嘲之。

面作天地玄，鼻有雁门紫。既无左达承，何劳罔谈彼。一说人有患侧眼及瞖，又有患鼻齆者，互嘲。一云眼能日月盈，为有陈根委。一云不别似兰斯，都由雁门紫。

曲崇裕

送司功入京

崇裕为冀州参军，尝有司功入京，以诗送之云云。司功曰："大才士。先生其谁？"曰："吴儿博士教此声韵。"司功曰："师明弟子哲。"

崇裕有幸会，得遇明流行。司士向京去，旷野哭声哀。

权龙褒 中宗时为瀛州刺史

岭南归后献诗

龙褒有何罪，天恩放岭南。敕知无罪过，追来与将军。龙褒初以亲累远贬，洎归，献此。一云无事向容山，今日向东都。陛下敕追来，今作右金吾。

初到沧州呈州官

遥看沧海城，杨柳郁青青。中央一群汉，聚坐打杯觥。州官见此诗，谓曰："公有逸才。"褒曰："不敢，趁韵而已。"

秋日述怀

檐前飞七百，雪日后园强。饱食房里侧，家粪集野螂。时有参军不晓其义，请释之。褒曰："鹞子檐前飞，直七百文。洗衫挂后园，干白如雪。饱食房中侧卧。家里便转，集得野泽蜣螂也。"

喜雨

暗去也没雨，明来也没云。日头赫赤出，地上绿氤氲。

皇太子夏日赐宴诗

严霜白浩浩，明月赤团团。太子援笔为赞曰：龙褒才子，秦州人士。明月昼耀，严霜夏起。如此诗章，趁韵而已。

崔泰之

哭李峤诗

台阁神仙地，衣冠君子乡。昨朝犹对坐，今日忽云亡。魂随司命鬼，魄遂见阎王。此时罢欢笑，天复向朝堂。

苏颋

咏尹字

颋幼年，有京兆尹过父瑰，命咏尹字。

丑虽有足，甲不全身。见君无口，知伊少人。

张敬忠

咏王主敬

武德、贞观以来，尚书郎，吏、兵部为前行，最为要剧。考功员外掌试贡举人，郎之最望者。司门、都、比、屯田、虞、水、膳部、主客，皆在后行，闲简。先天中，王主敬为侍御史，自以才望清雅，当入省，常望前行。忽除膳部员外郎，微有怅惋。吏部郎中张敬忠戏咏云云。膳部在省中最东北隅，故有此句。

有意嫌兵部，专心望考功。谁知脚踜蹬，却落省墙东。

韦铿

嘲邵景、萧嵩

邵景擢第，迁至右台监察考功员外。时神武即位，景与殿中御史萧嵩、韦铿，俱升殿行事。制出，景、嵩俱授朝散大夫，而铿无命。景、嵩貌皆类胡，景鼻高而嵩须多。同时服朱绂，对立于庭，铿独帘下窃窥而咏云云。

一双胡子著绯袍，一个须多一鼻高。相对厅前捺且去声立，自惭身品世间毛。

邵景

嘲韦铿

他日，睿宗御承天门，百僚备列，铿忽风眩而倒。铿肥而短，景咏之云云。

飘风忽起团团旋，倒地还如著脚镟。莫怪殿上空行事，却为元非五品才。

李休烈

咏毁天枢

长寿三年，则天征天下铜五十余万斤，铁一百三十余万斤，于定鼎门内铸八棱铜柱，高九十尺，径一丈二尺，题曰大周万国述德天枢，纪革命之功。下置铁山，铜龙负载，狮子麒麟围绕。上有云盖，施盘龙以托珠，高一丈，围三丈。金彩荧煌，光侔日月。开元中，诏毁天枢，发卒熔铄，弥月不尽。休烈为洛阳尉，赋诗以咏之。先是有讹言云，一条麻线挽天枢。言其不以久也。故休烈诗及之。士庶莫不咏讽。

天门街上倒天枢，火急先须卸火珠。计合一条麻线挽，何劳两县索人夫。

石惠泰 岐王府参军

与李全交诗 全交，监察御史

御史非常任，参军不久居。待君迁转后，

此职还到余。

黄幡绰 伶人

嘲刘文树

安西牙将刘文树,口辨,善奏对,明皇每嘉之。文树髭生领下,貌类猴,上令黄幡绰嘲之。文树切恶猿猴之号,乃密赂幡绰不言,幡绰许而进嘲云云。上知其遗赂,大笑。

可怜好个刘文树,髭须共颏颐别住。文树面孔不似猢狲,猢狲面孔强似文树。

祖咏

尚书省门吟

开元中,进士唱第尚书省。落第者至省门散去,咏吟云云。

落去他,两两三三戴帽子。日暮祖侯吟一声,长安竹柏皆枯死。

王昌龄

上马当山神

开元中,昌龄自吴抵京,舟行至马当山。先有祷神备,属风便不能驻。命使赍献于庙,及草履致于夫人,题诗云云。当市草履时,兼市金错刀一副,贮履内,忘取之,并将往。行数里,忽有赤鲤鱼长三尺,跃入舟中,剖腹得刀焉。

青骢一匹昆仑牵,奏上大王不取钱。直为猛风波滚骤,莫怪昌龄不下船。

张怀庆

窃李义府诗

枣强尉张怀庆,好偷窃名士文章。李义府尝赋诗云:镂月为歌扇,裁云作舞衣。自怜回雪影,好取洛川归。怀庆乃为诗云云。

生情镂月为歌扇,出性裁云作舞衣。照镜自怜回雪影,来时好取洛川归。时人因为怀庆语云:活剥王昌龄,生吞郭正一。

贺知章

答朝士

朝士以知章吴越人,戏云:"南金复生中土。"知章赋诗云云。

钑镂银盘盛蛤蜊,镜湖莼菜乱如丝。乡曲近来佳此味,遮渠不道是吴儿。

顾况

和知章诗

钑镂银盘盛炒鰕,镜湖莼菜乱如麻。汉儿女嫁吴儿妇,吴儿尽是汉儿爷。

续茅山秀才吟

顾著作在茅山,有一秀才行吟得句,久不得属,顾云云。秀才以其无礼,审知是况,惭愧而退。

驻马上山阿茅山秀才,风来屎气多况。

史思明

樱桃子诗

思明在东都,遇樱桃熟。其子在河北,寄之。因作诗同去,诗成,众皆赞美之。曰:"此诗大佳。若押作一半周至,一半怀王,即与黄字声势稍稳。"思明大怒曰:"我儿岂可居周至之下。"

樱桃子,半赤半已黄。一半与怀王,一半与周至。至当作贽。思明僭号,以子朝义为怀王,周贽为相。

全唐诗卷八百七十

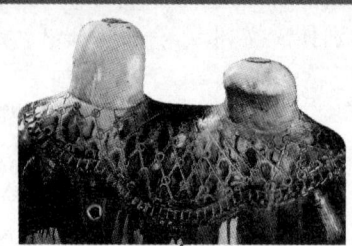

谐谑

高亭 一作云

讥元载诗

上元间,既平刘展,租庸使元载以吴越虽兵荒后,民产犹给,乃召豪吏分宰列邑,重敛之,时人谓之白著。言其役敛无名,所著者皆公然明白,无所嫌避。一云:世人谓酒酣为白著。既为刻薄之役,不堪其弊,则必颠沛酩酊如醉者之著也。渤海高亭有诗云云。

上元官吏务剥削,江淮之人皆白著。

贺遂涉

嘲赵谦光

唐省中诸郎中,不自员外郎拜者,谓之土山头果毅。言不历清资,便拜崇品,有似长征兵士,便授边远果毅也。时谦光自彭州司马入为大理正,迁户部郎中。

员外由来美,郎中望亦优。宁知粉署里,翻作土山头。

赵谦光

答贺遂涉 时遂涉为户部员外,谦光答此

锦帐随情设,金炉任意熏。唯愁员外置,不应列星文。

孔颙

上浙东孟尚书

浙东孟简尚书六衙按覆囚徒,其间一人,自曰鲁人孔颙,献诗启云:"偶寻长街柳阴吟咏,忽被虞侯拘缧数日,责以罪名。敢露血诚,伏请申雪。"孟公立以宾客待之,批其状曰:"薛陟不知典教,岂辨贤良。驱遣健徒,凭陵国士。殊无畏惮,辄恣威权。翻成刺许之宾,何异吠尧之犬。然以久施公效,尚息杖刑。退补散将,外镇收管。"

有个将军不得名,唯教健卒喝书生。尚书

近日清如镜,天子官街不许行。

吕温

嘲柳州柳子厚

柳州柳刺史,种柳柳江边。柳管依然在,千秋柳拂天。

嘲黔南观察南卓一云卓故人效吕温作

终南南太守,南郡在云南。闲向南亭醉,南风变俗谈。卓在黔南,大更风俗,凡是溪坞呼吸文字,皆同秦汉之音,故云。

张祜

戏简朱坛诗

祜客于丹徒,有朱坛者轻佻,侮慢祜之篇咏。后坛与祜卷,欲其润饰之。祜乃戏简二十字,欣而不悟,厚为饯别焉。

昔人有玉碗,击之千里鸣。今日睹斯文,碗有当时声。

戏颜郎官骑猎诗

温州颜郎中,儒士也,不知弧矢之能。张祜观其骑猎马上,以诗戏之。

忽闻射猎出军城,人著戎衣马带缨。倒把角弓呈一箭,满山狐兔当头行。

朱冲和

嘲张祜

白在东都元已薨,兰台凤阁少人登。冬瓜堰下逢张祜,牛屎堆边说我能。

崔涯

嘲妓

涯久游维扬,有诗名。每题诗倡肆,立时传诵。声价因之增减,无不畏之。

虽得苏方木。犹贪玳瑁皮。怀胎十个月,生下昆仑儿。

布袍披袄火烧毡,纸补筚篥麻接弦。更著一双皮屐子,纥梯纥榻出门前。

嘲李端端

黄昏不语不知行,鼻似烟窗耳似铛。独把象牙梳插鬓,昆仑山上月初明。

觅得黄骝鞁绣鞍,善和坊里取端端。扬州近日浑成差,一朵能行白牡丹。端端得前诗,忧之。候涯使院饮回,道傍再拜曰:"端端祇候几郎,伏望哀之。"乃重赠此饰之。于是豪富之士,复臻其门。或戏之曰:"李娘子才出墨池,便登雪岭。"红楼以为笑乐。

李宣古

咏崔云娘

沣州宴,酒纠崔云娘貌瘦瘠。每戏调,举罚众宾,兼恃歌声,自以为郢人之妙。李宣古当筵一咏,遂至箝口。

何事最堪悲,云娘只首奇。瘦拳抛令急,长啸出歌迟。只见一作怕肩侵鬓,唯忧骨透皮。不须当户立,头上有钟馗。只首,两头蛇也。

杜牧

嘲妓

牧罢宣州幕,经陕,有酒纠妓肥硕,牧赠此诗。一作崔立言诗。

盘古当时有远孙,尚令今日逞家门。一车白土将泥项,十幅红旗补破裈。瓦官寺里逢行迹,寺有大佛迹。华岳山前见掌痕。不须惆怅忧难嫁,待与将书问乐坤。

卢肇

嘲游使君

夔州游使符邀客看花而不饮,至今荆襄花下斟茶者,吟此戏焉。

白帝城头二月时,忍教清醒看花枝。莫言世上无袁许,客子由来是相师。

韦蟾

嘲李玚题名
蟾为左丞,至长乐驿,见李玚给事题名,走笔书其侧云云。

渭水秦山照眼明,希仁何事寡诗情。只因学得虞姬婿,书字才能记姓名。

严震

闻鹿鸣互谑
震,梓州盐亭县人。所居枕釜戴山,但有鹿鸣,即严氏一人必殒。一日,闻鹿鸣,有中表在坐,相谑云云。不日,严氏子一人果亡。

釜戴山中鹿又鸣,中表。此际多应到表兄。震。表兄不是严家子,合是三兄与四兄。中表。

章孝标

及第后寄李绅
及第全胜十政官,金鞍镀了出长安。马头渐入扬州郭,为报时人洗眼看。

李绅

答章孝标
假金只用真金镀,若是真金不镀金。十载长安得一第,何须空腹用高心。

杨汝士

戏柳棠
棠,东川人,才思优赡。应进士举,擢第后,对越巂军事。杨汝士镇东川,棠在席,一巨鱼饮之。棠不即饮,汝士以诗戏之。

文章漫道能吞凤,杯酒何曾解吃鱼。今日梓州张社会,应须遭这老尚书。

柳棠

答杨尚书
未向燕台逢厚礼,幸因社会接余欢。一鱼吃了终无愧,鲲化为鹏也不难。

又忤杨尚书诗
棠每于东川席上,狂纵日甚,以诗忤杨公云云。公怒,为书让其座主高锴侍郎曰:"柳棠者,凶悖嚣傲,识者恶之。狡过仲容,才非犬子。膺门之贵,岂宜有此生!"二公以书往返诘难,棠不任其忧惕。靖安,李相宗闵也,杨之中外昆弟。

莫言名位未相俦,风月何曾阻献酬。前辈不须轻后辈,靖安今日在衡州。

朱泽

嘲郭凝素
王轩尝泊舟苎萝山,题《浣纱石》诗。感西施见形,与欢会。萧山郭凝素,闻轩之遇,每过浣纱溪口,日夕长吟,屡题诗于石。寂尔无人,进士朱泽嘲之。凝素内耻,无复斯游。

三春桃李本无言,苦被残阳鸟雀喧。借问东邻效西子,何如郭素拟王轩。

郑光业

纪中表试案
光业中表间有同入试者,时举子率以白纸糊案子,光业潜纪之云云。

新糊案子,其白如银。入试出试,千春万春。

郑愚

醉题广州使院
数年百姓受饥荒,太守贪残似虎狼。今日海隅鱼米贱,大须惭愧石榴黄。

拟权龙褒体赠鄂县李令及寄朝右 李令因之休官
鄂县李长官,横琴膝上弄。不闻有政声,

但见手子动。

郑仁表

题沧浪峡榜

仁表经过沧浪峡，憩于长亭。驿吏坚进一板，仁表走笔云云。

分峡东西路正长，行人名利火然汤。路傍著板沧浪峡，真是将闲搅撩忙。

胡曾

戏妻族语不正

呼十却为石，唤针将作真。忽然云雨至，总道是天因。

李昌符

婢仆诗

咸通中，进士李昌符有诗名。久不登第，常岁卷轴，息于装修。因出一奇，乃作《婢仆诗》五十首，于公卿间行之。诸篇皆中婢仆之讳，浃旬，京域盛传。是年登第。

春娘爱上酒家楼，不怕归迟总不忧。推道那家娘子卧，且留教住待梳头。

不论秋菊与春花，个个能噇空腹茶。无事莫教频入库，一名闲物要些些。

孙子多

嘲郑傪妓

郑傪出妓宴赵纵，而舞者年老，伶人孙子多献口号云云。

相公经文复经武，常侍好今兼好古。昔人曾闻阿武婆，今日亲见阿婆舞。

薛能

嘲赵璘

璘仪质琐陋，成名后为婿，能为假相，为诗嘲谑。

巡关每傍抟蒲局，望月还登乞巧楼。第一莫教娇太过，缘人衣带上人头。

不知原在鞍轿里，将谓空驮席帽归。火炉床上平身立，便与夫人作镜台。

口号

许帅薛能方贵时，秦宗权为之吏。尝坐法笞背，薛口唱云云，乃命决。后宗权起兵，首捕薛。令举前诗，续之云云，遂害能。

素脊鸣秋杖，乌靴响暮厅。能。刃飞三尺雪，白日落文星。宗权。

皮日休

嘲归仁绍龟诗

日休谒仁绍，数往不得见，因作咏龟诗云。

硬骨残形知几秋，尸骸终是不风流。顽皮死后钻须遍，都为平生不出头。

咏螃蟹呈浙西从事

未游沧海早知名，有骨还从肉上生。莫道无心畏雷电，海龙王处也横行。

郑綮

题中书壁

綮为相，同列以为忝窃，每讪侮之。乃题诗于中书壁云云。

侧坡蛆蜢蛇，蚁子竞来拖。一朝白雨中，无钝无喽啰。

别庐州郡人

綮累官左司郎中，家贫求郡，为庐州刺史。黄巢掠淮南，移檄请无犯州境。巢笑为敛兵。满日，有赢钱千缗，寄州库。后他盗至，终不犯郑使君钱。及杨行密为刺史，郑还之。綮将去，有别郡人诗云云。

唯有两行公廨泪，一时洒向渡头风。

徐彦若

戏答成汭

荆南成汭，盗据渚宫，寻即贡命。宰相徐彦若出镇番禺，路由渚宫。汭以岭外黄茅瘴，患者发落，戏曰："黄茅瘴,望相公保重。"徐答以此,盖讥汭尝为僧也。汭终席耻之。

南海黄茅瘴,不死成和尚。

崔立言

醉中谑浙江廉使

山夫留意向丹梯,连帅邀来出药畦。常见浙东夸镜水,镜湖元在浙江西。

韦鹏翼

戏题盱眙邵明府壁

岂肯闲寻竹径行,却嫌丝管好蛙声。自从煮鹤烧琴后,背却青山卧月明。

姚崇

题大梁临汴驿

近日侯门不重才,莫将文艺拟为媒。相逢若要如胶漆,不是红妆即拨灰。

李日新

题仙娥驿

商山食店大悠悠,陈鹘馇锣古馎头。更有台中牛肉炙,尚盘数臠紫光球。

柳逢

嘲染家

莆田县有染家,家富,因醉殴兄,至高标十木。既归,乡亲为会,有秀才柳逢旅游掇席,主人不乐。柳生怒而题壁,染人遂与束帛,赎其诗。

紫绿终朝染,因何不识非。莆田竹木贵,背负十柴归。

黎瓘

赠漳州崔使君乡饮翻韵诗

麻衣黎瓘者,南海狂生也。游于漳州,频于席上喧酗。乡饮之日,诸宾悉赴,客司独不召瓘。瓘作翻韵诗赠崔使君,坐中皆大笑。崔使君驰骑迎之。

惯向溪边折柳杨,因循行客到州漳。无端触忤王衙押,不得今朝看饮乡。

张保胤

示妓榜子

岭南乐营子女席上戏宾客,量情三木。时保胤在幕府掌书记,乃书榜子示诸妓云云。

绿罗裙下标三棒,红粉腮边泪两行。叉手向前咨大使,这回不敢恼儿郎。

又留别同院

时谓张书记文彩纵横,比之何逊。人材瑰伟,有似明皇。及罢府北归,留诗戏诸同院,闻者莫不大哈。

忆昔当年富贵时,如今头脑尚依稀。布袍破后思宫内,锦袴穿时忆御衣。鹘子背钻高力士,婵娟翻画太真妃。如今憔悴离南海,恰似当时幸蜀时。

陆岩梦

桂州筵上赠胡予女

自道风流不可攀,却堪蹙额更颓颜。眼睛深却湘江水,鼻孔高于华岳山。舞态固难居掌上,歌声应不绕梁间。孟阳死后欲千载,犹在佳人觅往还。

李都

戏答朝士

都为荆南从事,时有朝士寓书,书踪甚恶。李戏答此。

华缄千里到荆门,章草纵横任意论。应笑钟张虚用力,却教羲献枉劳魂。惟堪爱惜为珍宝,不敢传留误子孙。深荷故人相厚处,天行时气许教吞。

荆人

嘲僧惟恭

荆州僧惟恭,常事酒博。暇则诵经,祈生安养。

同寺灵岿,迹颇类之,荆人嘲之云云。后恭感西方七人来迎,出莲花放异光而逝。岿亦悟,改行为高德云。

灵岿作尽业,惟恭继其迹。地狱千万重,莫厌排头人。

冯道幕客

题酒户修孔庙状

道镇南阳,郡中宣圣庙坏,有酒户十余辈投状乞修。道未及判,有幕客题状后云云。道遽罢其请,出己俸重修。

槐影参差覆杏坛,儒门子弟尽高官。却教酒户重修庙,觅我惭惶也不难。

李花开

孔庙口号

李相毂尝为陈州防御,谒夫子庙,见像在破屋中,叹息久之。伶人李花开趋进,献口号,毂遽出俸修之。

破落三间屋,萧条一旅人。不知负何事,生死厄于陈。

冯晖

答妻

晖与周太祖相善,微时,与太祖就一道士雕刺。以脐作瓮,中作雁数只,太祖项上作雀及谷。戒曰:"尔曹自爱。雀衔谷,雁出瓮,是尔曹通显时也。"后太祖登位,晖秉旄,所刺皆验。先是,晖贫,遇寒食,妻詈曰:"节到也,如何办得?"晖扪腹云云。

休说办不办,且看瓮里飞出雁。

李涛

题僧院

涛性滑稽,布衣之时,往来京洛间。泥水关有不动尊院,中有僧不出院十余载,每过必省之。未几,寺焚僧散,再过之,但有门扉而已。因题诗云云。

走却坐禅客,移将不动尊。世间颠倒事,八万四千门。

杨苎萝

咏垂丝蜘蛛嘲云辨僧

洛阳歌妇杨苎萝,聪慧有才思,杨凝式甚怜之。时有讲经僧云辨在座,忽檐前蜘蛛垂丝而下,正对苎萝与僧前。杨笑谓苎萝:"试嘲得著,师奉绢五匹。"苎萝应声成。辨体充肚大,故云。杨见诗绝倒,大叫:"和尚将绢来。"辨惭且笑,奉之如数。

吃得肚婴撑,寻思绕寺行。空中设罗网,只待杀众生。

冯涓

自嘲绝句

涓,蜀城析骸之际,几至殆殍。投鬻米家活,有绝句云。

取水郎中何日了,破柴员外几时休。早知蜀地区嫩与,乃训如此与也。悔不长安大比丘。即收足大坐也。

卢延让

哭亡将诗

自是砜砂发,非干骇石伤。牒高身上职,碗大背边创。

蒋贻恭

咏王给事

伪蜀给事王允光短小,贻恭嘲之云云。有刑院杖直官张进,尝诵之。允光以事奏置极法,后见进索命死。

厥父元非道郡奴,允光何事太傏儒。可中与个皮裩著,擎得天王左脚无?

咏金刚

扬眉斗目恶精神,捏合将来恰似真。刚被时流借拳势,不知身自是泥人。

咏伛背子

出得门来背拄天,同行难可与差肩。若教

倚向闲窗下，恰似箜篌不著弦。

咏安仁宰捣蒜

安仁县令好诛求，百姓脂膏满面流。半破磁缸成醋酒，死牛肠肚作馒头。帐生岁取餐三顿，乡老盘庚犯五瓯。半醉半醒齐出县，共伤涂炭不胜愁。

五门街望有题

我皇开国十余年，一辈超升炙手欢。闲向五门楼下望，衙官骑马使衙官。

谢郎中惠茶

三斤绿茗赐贻恭，一种颁沾事不同。想料肠怀无答处，披毛戴角谢郎中。

咏虾蟆

坐卧兼行总一般，向人努眼太无端。欲知自己形骸小，试就蹄涔照影看。

住名山日陈情上府主高太保

名山主簿实堪愁，难咬他家大骨头。米纳功南钱纳府，只看江面水东流。

李贞白

咏刺猬

行似针毡动，卧若栗球圆。莫欺如此大，谁敢便行拳。

谒贵公子，不礼，书格子屏风

道格何曾格，言糊又不糊。浑身总是眼，还解识人无？

咏月

当途当途见，芜湖芜湖见。八月十五夜，一似没柄扇。

咏狗蚤

与虱都来不较多，撅挑筋斗太喽啰。忽然管著一篮子，有甚心情那你何。

咏罂粟子

倒排双陆子，希插碧牙筹。既似牺牛乳，又如铃马兜。鼓捶并瀑箭，直是有来由。

咏蟹

建帅陈诲之子德诚，罢管沿江水军，入掌禁卫，颇患拘束。方宴客，贞白在坐，食蟹。德诚顾贞白曰："请咏之。"贞白云云，众客皆笑。

蝉眼龟形脚似蛛，未曾正面向人趋。如今钉在盘筵上，得似江湖乱走无？

郫城令

示女诗

陈瑄太师任西川，有爱姬徐氏，郫城令之女也。令欲求彭牧，以红绢数寸作二十八字，遣其妻私示其女云云。人皆鄙之。

深宫富贵事风流，莫忘生身老骨头。因与太师欢笑处，为吾方便觅彭州。

李令

寄女

渚宫有李令者，本狡猾之徒也。强为篇章，干谒时贵。有归评事任江陵醋院，常怀恤士之心。令累求救贷，皆允诺。又云："某欲寻亲湖外，辄假舍安家族。"归君亦敏诺之。李且乘舟而去，不二旬，其妻遣仆使告丐馈粮，主人拯其乏绝。李忽寄书于归，情况款密，且异寻常。书中有赠家室等诗一首，意欲组织归君。归快恨不能明，与牵武陵渠江之务以糊其口焉。

有人教我向衡阳，一度思归欲断肠。为报艳妻兼少女，与吾觅取朗州场。

太守 失其姓名

讽刘炎索贿诗

贪声太守行邑，有觊觎意。既行，以诗讽之云云。

未到桃源时，长忆出家景。及到桃源了，还似鉴中影。

刘炎

被按自悔诗

炎不悟太守意,空以诗和。后因民诉按以法,炎为诗云云。

早知太守如狼虎,猎取膏粱以啗之。

全唐诗卷八百七十一

谐谑

甘洽

与王仙客互嘲 二人相友善，互以姓相嘲

王，计尔应姓田。为你面拨獭，抽却你两边。洽。甘，计尔应姓丹。为你头不曲，回脚向上安。仙客。

阎敬爱

题濠州高塘馆 敬爱为御史，过宿处

借问襄王安在哉，山川此地胜阳台。今宵寓宿高塘馆，神女何曾入梦来。

李和风

题敬爱诗后

初阎为高塘馆时，轺轩往来，莫不吟讽，以为警绝。自和风题后，人更解颐。

高唐不是这高塘，淮畔荆南各异方。若向此中求荐枕，参差笑杀楚襄王。

归氏子

答日休皮字诗

时仁绍诸子修系，伺日休复至，乃至刺字皮姓之下，题诗授之。

八片尖裁浪作球，火中燖了火中揉。一包闲气如长在，惹踢招拳卒未休。

张鲁封

谑池亳二州宾佐兼寄宣武军掌书记李昼

池州杜少府悰、亳州韦中丞仕符，二君皆以长

年,精求释道。乐营子女,厚给衣粮,任其外住。若有宴饮,方一召来。柳际花间,任为娱乐。谯中举子张鲁封为诗谑其宾佐,兼寄李诗。

　　杜叟学仙轻蕙质,韦公事佛畏青娥。乐营却是闲人管,两地风情日渐多。

李昼

戏酬张鲁封

　　秋浦亚卿颜叔子,谯都中宪老桑门。如今柳巷通车马,唯恐他时立棘垣。

杨鸾

即事

　　白日苍蝇满饭盘,夜间蚊子又成团。每到更深人静后,定来头上咬杨鸾。

座客

嘲周颢

　　颢一作颉。奥学不中第,旅浙西。从事游饮,昧于章程,座中皆戏之,有赠诗云云。

　　龙津掉尾十年劳,声价当时斗月高。惟有红妆回舞手,似持霜刀向猿猱。

周颢

和座客

　　十载文场敢惮劳,宋都回鹢为风高。今朝甘被花枝笑,任道尊前爱缚猱。

张鷟

答或人

　　司门员外张鷟工俳谐,时大将军黑齿常之将出征,或人勉之曰:"公官卑,何不从行?"鷟答之云云。

　　宁可且将朱唇饮酒,谁能逐你黑齿常之。

施肩吾

嘲崔嘏

　　肩吾与嘏元和十五年同第,嘏旧失一目,以珠代之,施嘲之云云。

　　二十九人及第,五十七眼看花。

苏芸

岭南诗句

　　岭表多假吏,里巷目为使君,而贫窭,徒行者甚众。元和中,进士苏芸南北淹游,尝有诗云云。

　　郭里多榕树,街中足使君。

包贺

谐诗逸句

　　雾是山巾子,船为水鞃鞋。

　　棹摇船掠鬓,风动水槌胸。

　　苦竹笋抽青橛子,石榴树挂小瓶儿。

蔡押衙

题洞庭湖

　　洞庭湖诗,许棠题后无继者。诗僧齐己驻锡巴陵,欲吟一诗,竟未得意。有都押衙蔡姓者,戏谓己公曰:"题洞庭者某诗绝矣,诸人幸勿措词。"己公坚请之,押衙抑扬朗吟云云。

　　可怜洞庭湖,恰到三冬无髭须。湘江北流至岳阳,达蜀江。夏潦后,蜀江涨,势高,遏住湘波,让而退,溢为洞庭湖,阔数百里。秋水归壑,湖底渐出,唯一条湘川而已。此言其不成湖也。

温庭筠

戏令狐相

　　令狐绹为相,以姓氏少,族人有投者,不吝其力。由是远近皆趋之,至有姓胡冒令者,故庭筠戏之云云。

　　自从元老登庸后,天下诸胡悉带铃。

顾云

与罗隐互谑

隐与云同谒淮南相公高骈,高以云为人雅律,遂留云而远隐。隐欲归武陵,与宾幕酌饯于邮亭。盛暑,青蝇入坐,高公命扇驱之,云即以谑隐。隐顾见白泽图钉在门扇,应声答之。乃以讥云之独留,不能去也。

青蝇被扇扇离席,云。白泽遭钉钉在门。隐。

孙光宪

引自落便宜句

窗下有时留客宿,室中无事伴僧眠。

商则

嘲廪丘令丞

商则任廪丘尉,性廉。县令、丞多贪。因宴会舞,令、丞皆动手,尉则回身而已。令问其故,则曰:"长官动手,赞府亦动手,惟有一个,更动手,百姓何容活耶?"人皆大笑。

令丞俱动手,县尉止回身。

罗颖

题汉祖庙

颖,南昌人。应举下第,道经汉祖庙,题此。少顷,辄自免冠,鞠伏庙庭,口陈自咎之言。披而去,数日卒。

项羽英雄犹不惧—作媒侮群豪夸大度,可怜容得辟阳侯。

陈峤

自赋催妆诗

峤暮年仅获一名,还闽,近八十。以身后无依,强娶儒家女。合卺之夕,文士悉赋《催妆诗》,咸有生荑之讽。峤亦自成一章。其末云:

彭祖尚闻年八百,陈郎犹是小孩儿。

何承裕

戏为举子对句

承裕,曲江人。天福末,举进士,有逸才而善谑。知商州,一举人投卷,有"日暮猿啼旅思凄"之句。遽曰:"足下此句甚佳,但上句对属未称,奉为改之。"因云云,举人大惭而去。

晓来犬吠张三妇,日暮猿啼吕四妻。

李涛

答弟妇歇后语

涛弟澣,娶窦尚书女。年甲已高,出参,涛望尘拜曰:"只将谓亲家母。"又作歇后语云云,闻者莫不绝倒。

惭无窦建,愧作梁山。

程紫霄

与释惠江互谑

左街僧录惠江、威仪程紫霄,俱辨捷,每相嘲诮。

僧录琵琶腿,程。江素充肥,故云。先生髇栗头。江。

僧法轨

与李荣互谑

法轨形容短小,开讲时,李荣与论议,往复数番。轨有旧作诗咏荣,于高座上诵之,未及得道下句,荣应声接云云,四座伏其辨捷。

姓李应须礼,言荣又不荣。法轨。身长三尺半,头毛犹未生。李荣。

全唐诗卷八百七十二

谐谑

无名氏

广州三樵歌

曲江令朱随侯,张鳖目为臒乱土枭。女夫李逊、游客尔朱九,并姿相少媚,广州人号为三樵。人歌之云云。

奉敕追三樵,随侯傍道走。回头语李郎,唤取尔朱九。

三御史咏

元福庆拜右台监察,与韦虚名、任正名颇事轩昂。殿中监察汗之,咏曰:

韦子凝而密,任生直且狂。可怜元福庆,也学坐凝床。

台中里行咏

开元中置里行,无员数。或有御史里行、侍御史里行、殿中里行、监察里行,以未为正官,台中咏之云云。任端即侍御史任正名也。

柱下虽为史,台中未是官。何时闻必也,早晚见任端。

讥裴休

休性慕禅林,儿女多名师女、僧儿。李德裕性好玄门,修彭祖房中之术,时人讥之。

赵氏儿皆尼氏女,师翁儿即晋公儿。却教术士难推算,胎月分张与阿谁。

嘲四相

宣宗时,曹确、杨收、徐商、路岩同秉政。

确确无余事,钱财总被收。商人都不管,货赂几时休。

放榜诗

太和八年放榜,进士多贫士。

乞儿还有大通年,三十三人碗杖全。薛庶准前骑瘦马,范酂依旧盖番毡。

改魏扶诗

大中初，魏扶知礼闱，入贡院，题诗云："梧桐叶落满庭阴，锁闭朱门试院深。曾是昔年辛苦地，不将今日负前心。"及榜出，无名子削为五言诗以讥之。

叶落满庭阴，朱门试院深。昔年辛苦地，今日负前心。

嘲举子骑驴

咸通中，以进士车服僭差，不许乘马。时场中不减千人，虽势可热手，亦皆骑驴。或嘲之云云。

今年敕下尽骑驴，短轴长鞦一作紫轴绯毡满九衢。清瘦儿郎犹自可，就中愁杀郑昌图。昌图魁伟甚，故有此句。

嘲崔垂休

胤字垂休，变化年，惑妓人王小润，费甚广。尝题记于小润髀上，为为山所见，赠诗云云。为山名就，字袞求，失其姓。

慈恩塔下亲泥壁，滑腻光华玉不如。何事博陵崔四十，金陵腿上逞欧书。

嘲主司崔澹

主试以至仁伐不仁为赋题，时黄巢方炽，无名子嘲之。

主司何事伏吾王，解把黄巢比武王。

朝士戏任毂

毂有经学，居怀谷，望征命，而蒲轮不至。自入京师访问知己，有朝士戏赠诗云云。后至补衮。

云林应讶鹤书迟，自入京来探事宜。从此见山须合眼，被山相赚已多时。

题房鲁题名后

敬爱寺山亭院，画有雉尾若真，砂子上有进士房鲁题名处。后有人题诗云云。

姚家新婿是房郎，未解芳颜意欲狂。见说正调穿羽箭，莫教射破寺家墙。

洛阳人嘲跋异

刘道醇《五代名画记》云：异，汧阳人，善画佛像。梁龙德中，洛阳广爱寺僧邀之画三门两壁。时有张将军图，尤善丹青。异方用柎，图长揖而进，掷笔倏忽而成右堵。异睹迹惊让，听其成之。洛阳人因为谣嘲异。

赫赫洛下，唯说异画。张氏出头，跋异无价。

又嘲

后福先寺请异画大殿护法善神，有滑台人李罗汉来与角画。异恐如张图，让西壁与之。自竭思成一神象，平生所未能。李见之，愧甚，自缢死。时人复嘲之云云。

李生来，跋君怕。不意今日却增价，不画罗汉画驼马。

蜀选人嘲韩昭

蜀王衍时，韩昭为吏部侍郎，受赂徇私。选人诣鼓院诉之，并有此嘲。衍召问昭，昭曰："此皆太后、太妃国舅之亲，非臣之亲。"衍默然。

嘉眉邛蜀，侍郎骨肉。导江青城，侍郎情亲。果阆二州，侍郎自留。巴蓬集壁，侍郎不识。

嘲伛偻人

有人患腰曲伛偻，常低头而行。傍人咏之。

拄杖欲似乃，播笏还似及。逆风荡雨行，面干顶额湿。著衣床上坐，肚缓脊皮急。城门尔许高，故自匍匐入。

曲中唱语

张公吃酒李公颠，盛六生儿郑九怜。舍下雄鸡伤一德，南头小凤纳三千。南曲张住住，少与邻儿庞佛奴订结发之约。及笄，里南陈小凤权聘，求其元。住住先期梯就佛奴，以遂平生。后令佛奴髡鸡冠，取丹物诒小凤。小凤得之，献三缳于张氏。时北曲有王小福者，郑九郎主之，而私于曲中盛六子。及诞一子，郑抚之甚厚，曲中因有此唱。

改唱

张公吃酒李公颠，盛六生儿郑九怜。舍下雄鸡失一足，街头小福拉三拳。小凤微闻前唱，疑之。是日，佛奴家雄鸡偶被斗伤足，疑街头小福所伤，遂殴之。住住素有口，闻之，向小凤曰："街头以此事唱'舍下雄鸡失一足，街头小福拉三拳'。且雄鸡失德，是何谓也？"故噪弄小凤，小凤甚不自足，然亦不喻。

街中又唱

住住以前言告佛奴，佛奴因以生丝缠鸡足置街中，召群小儿，依住住言，共变其唱。小凤出街中，见鸡跛，又闻改唱，深恨向来误听。复之张舍，欢宴至旦。将归，街中又唱云云。小凤闻此唱，遂不复诣住住。后住住终归佛奴也。

莫将庞大作茇锦葵花也，音翘团，庞大皮中的不干。不怕凤皇当额打，更将鸡脚用筋缠。

吹火诗

有睦邻人夫妇相和谐者，夫自外归，见妇吹火，赠诗。其妻亦候夫归，告之曰："君岂不能学也？"夫曰："彼诗何语？"乃诵之，夫曰："君当吹火，为别制云。"妻效吹，夫亦效之，为诗焉。

吹火朱唇动，添薪玉腕斜。遥看烟里面，大似雾中花邻人。

吹火青唇动，添薪黑腕斜。遥看烟里面，恰似鸠盘荼效作。

刘黑闼解嘲人语

刘黑闼据相、洺日，尝访得解嘲人。有水恶鸟飞过，令嘲之。又令嘲骆驼，大悦，赐绢五十匹。此人置左膊负出，未至门，倒卧不起。黑闼令问何意。答云："为是偏担。"更命五十屯绵，置右膊将去。

水恶，头如镰杓尾如凿，河里搦鱼无僻错。嘲水恶鸟。

骆驼，项曲绿蹄，被他负物多。嘲骆驼。

村人学解嘲人语

前人受赐出，村路逢一人，问何处得此绵绢。具说之，大喜而归，语其妇："我朝日定得绵绢。"及晓，诣黑闼门，言极善解嘲。黑闼引入，有猕猴在庭，令嘲之。即云："猕猴，头如镰杓尾如凿，河里搦鱼无僻错。"黑闼已怪，犹未之责。又一鹎飞度，复令嘲之，又云："老鹎，项曲绿蹄，被他负物多。"于是大怒，令割一耳。走出，至庭，又即倒地。令问之，曰："偏担。"复令割一耳。还家，妇迎问绵绢何在。答曰：

绵绢，割两耳，只有面。

嘲刘师老

贞元中，韦渠牟为大府卿，与金吾李齐运皆承恩宠，荐人多得名位。时刘师老、穆寂皆应科目，渠牟主穆寂，齐运主师老。会齐运朝对，上嗟其羸弱，许以致仕，而师老失据。无名子嘲之云云。刘禹锡曰："名场儳嶮如此。"

大府朝天升穆老，尚书倒地落刘郎。

嘲郑薰

薰主文，举人中有颜标者，误谓鲁公之后。时徐方未宁，志在激忠烈，即以标为状元。及谢恩日，从容问及庙院，标曰："标寒进也，未尝有庙院。"薰始大悟，塞默而已。无名子嘲之云云。

主司头脑太冬烘，错认颜标作鲁公。

嘲蒋蟠金丹

光启中，蒋蟠以丹砂授韦中令。时吴人张鹄有文而贫，或为嘲语云云。

张鹄只消千驮绢，蒋蟠惟用一丸丹。

注苗张二进士题名

苗台符，六岁能属文，十六及第。张读亦幼擅词赋，十八及第。同年进士，又同佐郑董宣州幕，二人常列题于西明寺东廊。或窃注之云云。台符十七不禄，读位至礼部侍郎。

一双前进士，两个阿孩儿。

袁州人谑彭伉

彭伉、湛贲，俱袁州人。伉妻，湛姨也。伉举进士及第，湛犹为县吏。妻族为伉置贺，宴伉，居席之右，一坐尽倾。湛至，命饭于后阁，其妻忿然责之。湛感其言，孜孜学业。未数载，登第。时伉方跨驴纵游郊郭，忽有家僮驰报湛郎及第，伉失声而坠，袁人谑之云云。

湛贲及第，彭伉落驴。

洛中人语

汝南袁德师，故给事高之子。尝于东都买得娄师德故园地，起书楼。洛人语曰：

昔娄师德园，今袁德师楼。

嘲毛炳、彭会

丰城毛炳，好学不能自给。入庐山，与诸生曲讲，获锱即以市酒尽醉。时彭会好茶，而炳好酒，或嘲之云云。

彭生作赋茶三片，毛氏传诗酒半升。

右威卫嘲语

秘书省之东即右威卫,荒秽摧毁。其大厅逼校正院,南对御史台,人嘲之云云。

门缘御史塞,厅被校书侵。

南唐伶人献先主词

李先主以国用不足,税民间鹅卵出双子者,柳花为絮者。伶人献词云云。

惟愿普天多瑞庆,柳条结絮鹅双生。

闽伶官戏主延政语

王延政据建州,僭号大殷皇帝。后为南唐所俘。

只闻有泗州和尚,不见有五县天子。南唐伶人李家明亦尝谑之云:"大殷平天冠,今已无用,告乞为优服。"

言志

有客相从,各言所志。或愿为扬州刺史,或愿多赀财,或愿骑鹤上升。其一人云云。欲兼三者。

腰缠十万贯,骑鹤上扬州。

全唐诗卷八百七十三

题语　判

李兼

题洛阳县壁

李果迁洛阳令,民吏畏服。时有李兼,夜闻衢中有人语曰:"李令正人,此中不可久居。"启门视之,寂无影响,方知其妖。兼遂书其壁云云。

猾吏畏服,邑妖破胆。好录政声,闻于御览。

杜兼

题书卷后语

兼字处弘,洹水人。贞元、元和间,历濠、苏二州刺史,终河南尹。性豪侈,家聚书万卷,每卷后必自题云云。

倩一作清俸写来手自校,汝曹读之知圣道,坠之鬻之为不孝。

舒元舆

题李阳冰玉箸篆词

斯去千年,冰生唐时。冰复去矣,后来者谁?后千年有人,谁能待之。后千年无人,篆止于斯。呜呼主人,为吾宝之。附柳公权笔偈云:圆如锥,镂如凿。不得出,只得却。

裴谞

判误书纸背

谞好诙谐,为河南尹,有投牒误书纸背者,判云云。

这畔似那畔,那畔似这畔。我也不辞与你判,笑杀门前著靴汉。

又判争猫儿状

有妇人同投状争猫儿,状云:"若是儿猫儿,即是儿猫儿。若不是儿猫儿,即不是儿猫儿。"谞大笑,判其状云云,遂纳其猫儿,争者亦止焉。

猫儿不识主,傍家搦老鼠。两家不须争,将来与裴谐。

李翱

断僧通状

上岁童子,二十受戒。君王不朝,父母不拜。

口称贫道,有钱放债。量决十下,牒出东界。

韩滉

判僧云晏五人聚赌喧诤语

正法何曾执贝,空门不积余财。白日既能赌博,通宵必醉尊罍。强说天堂难到,又言地狱长开。并付江神收管,波中便是泉台。

皇甫大夫

判道士黄山隐

山隐以道服谒大夫,向竹而吟云:"古者有七贤,六个今何在?"意气甚傲。大夫试以钱绢投之,改儒服,陈谢甚卑。因判而刑之。

道士黄山隐,轻人复重财。太山将比甑,东海只容杯。绿绶藏云帔,乌巾换鹿胎。黄泉六个鬼,今夜待君来。

罗绍威

碾驴鞍判

绍威俊迈有词学,尤好戏判。有人向官街中鞴驴,置鞍于地,为驾牛车者碾破,相殴。判其状云云。

邺城大道甚宽,何故驾车碾鞍?领鞴驴汉子科决,待驾车汉子喜欢。

萧结

批州符

结,庐陵人。五代时为祁阳县令,性不畏强御。方暮春时,有州符下取竞渡船,刺史将临观。结怒,批其符云云,守为止。

秧开五叶,蚕长三眠。人皆忙迫,划甚闲船—作讵任渡船。

王鲁

判部民诉主簿牒

鲁为当涂宰,颇以资产为务。会部民连状诉主簿贪婪,鲁判云云,为好事者口实。

汝虽打草,吾已惊蛇。

伶人

戏为冥吏判

张崇帅庐州,索钱无厌。尝因燕次,一伶人假为死者,被谴作水族。冥司判云云,崇大惭。

焦湖百里,一任作獭。

张翱

自状

乾宁中,翱游徐宿。时宿州刺史陈璠,以军旅出身,擅行威断。翱恃才傲物,席上调其宠妓张小泰,怒付吏,责其无礼。翱状云云。璠益怒云:"据此合吃几下。"翱又云:"只此两句,合吃三下五下。切求一笑,宜费千金万金。"竟鞭背而卒。

有张翱兮,寓止淮阴。来绮席兮,放恣胸襟。

赵武建

刺左右膊诗

唐中叶,长安恶少年,多以诗句镂涅肌肤,夸诡力,剥夺坊闾,远近效之成习。其他更有取名贤诗中意,细刺树木人物,至有周身用白乐天诗意刺涅,人呼为白舍人行诗图者,名为札青云。

野鸭滩头宿,朝朝被鸭梢。忽惊飞入水,留命到今朝。

宋元素

刺左臂膊诗

昔日已前家未贫,苦将钱物结交亲。如今失路寻知己,行尽关山无一人。

张幹

刺左右膊句

生不怕京兆尹,左。死不畏阎罗王。右。

全唐诗卷八百七十四

歌

廉州人歌

武德初,颜游秦为廉州刺史。时承刘黑闼初平之后,风俗未安。游秦抚恤之,化大行。邑里歌之,高祖赐玺书勉劳。

廉州颜有道,性行同庄老。爱民如赤子,不杀非时草。

沧州百姓歌

贞观中,薛大鼎为沧州刺史。州界有无棣河,隋末填废。大鼎奏开之,引鱼盐于海。百姓歌之云:

新河得通舟楫利,直达沧海鱼盐至。昔日徒行今骋驷,美哉薛公德滂被。

薛将军歌

薛仁贵击九姓突厥于天山,贼遣骁健逆战,仁贵发三矢,射杀三人,自余一时下马请降,大捷而还。军中歌云云。于是九姓衰弱,不复为患。

将军三箭定天山,战士长歌入汉关。

鄌州人歌

永徽中,田仁会为鄌州刺史,有善政。属旱,自暴得雨,其年大稔,人歌之。

父母育我田使君,精神为人上天闻。田中致雨山出云,但愿常在不患贫。一作父母育我兮田使君,挺精诚兮上天闻。中田致雨兮山出云,仓廪实兮礼义申,愿君常在兮不患贫。

雉县舆人诵

雉县令张知古,为令绥亡固存,蠲虐去暴,与百姓更始。舆人斐然,为作诵云云。

我有圣帝抚令君,遭暴昏椓悍寡纷。民户流散日月曛,君去来兮惠我仁,百姓苏矣见阳春。

黄獐歌

如意年已来,始唱《黄獐歌》。俄而契丹反叛,总管曹仁师、张玄遇、麻仁节、王孝杰,前后百万众,败于硖石黄獐谷,罔有孑遗。

黄獐黄獐草里藏,弯弓射尔伤。

桑条歌

永徽以后,人唱《桑条歌》。神龙年中,韦后临朝,郑愔作《桑条歌》乐词十余首进之,逆韦大喜。

桑条韦也,女时韦也乐一作桑条韦也,女韦也。

景龙中嘲宰相歌

景龙中,洛下霖雨百余日,宰相不能调阴阳,乃闭坊市北门。卒无效,霪溢更甚。人歌云云。

礼贤不解开东阁,燮理惟能闭北门。

选人歌

姜晦为吏部侍郎,眼不识字,手不解书。滥掌铨衡,曾无分别。选人歌云云。

今年选数恰相当,都由座主无文章。案后一腔冻猪肉,所以名为姜侍郎。

鲁城民歌

姜师度好奇诡,为沧州刺史,开河筑堰,州县鼎沸。鲁城界内,种稻置屯,蟹食穗尽。又差夫打蟹,民苦之。歌曰:

鲁地抑种稻,一概被水沫。年年索蟹夫,百姓不可活。

王法曹歌

王熊为泽州都督府法曹,断略粮贼,惟各决杖一百。通判熊曰:"总略几人?"法曹曰:"略七人,合决七百。"法曹曲断,府司科罪,时人哂之,前尹正义为都督,公平。后熊来替,百姓歌云云。

前得尹佛子,后得王癞獭。判事驴咬瓜,唤人牛嚼沫一作铁。见钱满面喜,无镪从头喝。常逢饿夜叉,百姓不可活。

得体歌

天宝初,韦坚为陕郡太守、水陆转运使,于长安城东泸水傍,穿广运潭,以通吴会。数十郡舟楫,若广陵郡船,即堆积广陵所出锦镜铜器,余郡皆然。舟人大笠、宽衫、芒屦,如吴楚之制。先是,民间戏唱《得体歌》。至开元末,田同秀上言,见玄元皇帝云:"有宝符在陕州桃林县古关令尹喜宅。"遣中使求得之,以为殊祥,改县为灵宝。及坚凿新潭成,又致扬州铜器,陕县尉崔成甫乃翻其词为《得宝歌》,集两县官伎女子唱之。成甫又作歌词十章,自衣缺胯、绿衫、锦半臂、偏袒膊、红抹额,于第一船作号头唱之,和者女子百人,皆鲜服靓妆,齐声接影,鼓笛胡部以应之。明皇临观大悦,下诏褒赏。

得丁纥反体都董反纥那也,纥囊得体那。潭里船车闹,扬州铜器多。三郎当殿坐,听唱得体歌。

得宝歌

开元末,弘农古函谷关得宝符,因改元为天宝。其符白石赤文,正成桑字。解者云:"桑者,四十八,以示御历之数。"及帝幸蜀之来岁,正四十八年,得宝之时,天下歌之云云。

得宝耶,弘农耶?弘农耶,得宝耶?

崔成甫翻得宝歌

得宝弘农野,弘农得宝那。潭里船车闹,扬州铜器多。三郎当殿坐,听唱得宝歌。

袁仁敬歌

开元二十一年,大理卿袁仁敬暴卒。系囚闻之,皆恸哭,悲歌云云。

天不恤冤人兮,何夺我慈亲兮。有理无申兮,痛哉安诉陈兮。

京兆二尹歌

李仲通,天宝末为京兆尹。弟叔明,乾元中复为京兆。长安歌云云。

前尹赫赫,具瞻允若。后尹熙熙,具瞻允斯。

黄州左公歌

乾元二年,赞善大夫左震出为黄州刺史。黄人歌云:

我欲逃乡里,我欲去坟墓。左公今既来,谁忍弃之去。

又歌

肃宗尝遣女巫分行天下,祭名山大川祈福,巫所至因缘为奸。至黄州,震斩巫,阅其赃籍奏焉。

吾乡有鬼巫,惑人人不知。天子正尊信,左公能杀之。

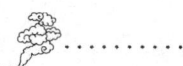

舒州人歌

宝应中,荥阳郑縠守舒州,蝗虫不入界。人歌之云云。

邻邑谷不登,我土丰粢盛。禾稼美如云,实系我使君。

建州人歌

陆长源,建中初为建州刺史,有惠政。百姓歌美之云:

令我州郡泰,令我户口裕,令我活计大,陆员外。

令我家不分,令我马成群,令我稻满囷,陆使君。

吴人歌

滕遂,贞元末登科,历大理评事、长洲令,摄吴县,时人歌之云。

朝判长洲暮判吴,道不拾遗人不孤。

汴州人歌

宣武节度董晋薨,汴州人歌之云云。

浊流洋洋,有辟其郛。阛道嚾呼,公来之初。今公之归,公在丧车。

公既来止,东人以完。今公殁矣,人谁与安?

建昌民歌

何易于,会昌中摄令,有惠政。民歌之云:

我有父,何易于。昔无储,今有余。

巴州薛刺史歌

日出而耕,日入而归。吏不到门,夜不掩扉。

有孩有童,愿以名垂。何以字之,薛孙薛儿。

高苑令歌

高苑令刘敬和,先为邹、淄二县令,后在高苑。岁饥,擅发仓施赈,民得全活。歌之云云。

高苑之树枯已荣,淄川之水浑已澄,邹邑之民仆已行。

九龙帐歌

闽王鏻以婢金凤为后,嬖吏归守明通之。鏻尝命工作九龙帐,国人歌云。

谁谓九龙帐,惟贮一归郎。

伪蜀鸳鸯树歌

蜀王孟昶说宫婢春燕,末年与遭杀,并命合葬。墓上有树生异花,似鸳鸯交颈,人名曰鸳鸯树。有歌云云。

愿作坟上鸳鸯,来作双飞,去作双归。

曲江游人歌

曲江贵家游赏,剪百花装成师子,系小连环,以蜀锦流苏牵之,互相送遗。送时唱歌云云。

春光且莫去,留与醉人看。

蜥蜴求雨歌

唐时求雨法,以土实巨瓮,作木蜥蜴。小童操青竹,衣青衣以舞,歌云云。

蜥蜴蜥蜴,兴云吐雾。雨若滂沱,放汝归去。

挽歌

红轮决定沈西去,未委魂灵往那方。

全唐诗卷八百七十五

谶记

唐受命谶

法律存,道德在,白旗天子出东海。太原童谣《创业起居注》云:隋主恒服白衣,幸江都,拟于东海以应之。后高祖起事,众请法周武,执白旗,帝兼绛杂半续之焉。

桃李子,莫浪语。黄鹄绕山飞,宛转花园里。《桃李子歌》,下三首同。

桃花园,宛转属旌幡。《起居注》云:李为国姓,桃若言陶唐也。帝起兵,旗幡赤白相映,若花园。帝每顾旗幡,笑而言曰:"花园可尔,不知黄鹄如何?吾当一举千里,以符冥谶。"

桃李子,鸿鹄绕阳山,宛转花林里。莫浪语,谁道许。隋《五行志》载此。以莫浪语为李密,谁道许为宇文化及国号。

桃李子,洪水绕杨山。唐《五行志》云:高祖讳渊,洪水也。

江南杨柳树,江北李花荣。杨柳飞绵何处去,李花结果自然成。李花谣。

劝进疏引谶

《创业起居注》:义宁二年,文武将佐裴寂等上疏高祖劝进。寂又依东汉赤伏符故事,奏神人慧化尼、卫元嵩等歌谣诗谶。遂择日正大位。

东海十八子,八井唤三军。手持双白雀,头上戴紫云。

丁丑语甲子,深藏八堂里。何意坐堂里,中央有天子。

西北天火照,龙山昭童子。赤光连北斗,童子木上悬白幓。胡兵纷纷满前后,拍手唱堂堂,驱羊向南走。

胡兵未济汉不整,治中都护有八井。

兴伍伍,仁义行武。得九九,得声名。童子木底百丈水,东家井里五色星。我语不可信,问取卫先生。

戌亥君臣乱，子丑破城隍。寅卯如欲定，龙蛇伏四方。十八成男子，洪水主刀傍。市朝义归政，人宁俱不荒。人言有恒性，也复道非常。为君好思量，何□□禹汤。桃源花□□，李树起堂堂。只看寅卯岁，深水没黄杨。《李花谣》，缺四字。

符凤引谶

武延秀尚安乐公主，恃恩放纵，有不臣之心。公主府仓曹符凤引谶云云，说之曰："今天下犹以武氏为念，驸马即神皇之孙，大周可再兴。"每劝令著皂袄子以应之。

黑衣神孙披天裳。

安禄山古谶

《刘宾客嘉话·宝志诗》有此。两角女子，安字。绿即禄也。太行，山也。一止，正月也。逆胡见弑于其子，果以至德二载之正月。

两角女子绿衣裳，端坐太行邀君王，一止之月必消亡。

普满题潞州佛舍

大历中，泽潞僧普满，不拘僧相，言事往往有验。建中初题此，人莫能知其解。及贼泚称兵，方悟此水者，泚字。泾水者，自泾州兵乱也。双珠者，泚与滔。青牛者，兴元二年乙丑岁。乙，木，青。丑，牛也。明年改元贞元，岁在丙寅。丙，火，赤。寅，虎也。至是，贼已平，故云云。

此水连泾水，双珠血满川。青牛将一作逐赤虎，还一作久号太平年。

南省北街人吟

监察御史李顾言，贞元末应举，岁暮，诣南省访知己。见省北街中有一人，挈小囊，以乌纱蒙首，北去，徐吟诗云云。策马逼之，失其人所在。明年，京师自冬雨雪甚，畿内不稔，停举。又明春，德宗晏驾，果三月下旬放进士榜。顾言至元和元年及第。

放榜只应三月暮，登科又校一年迟。

卢求榜谶

求，李翱子婿。有一道人诣翱言事甚异，求赴举，翱访之道人，手疏授翱曰："今秋有主司开此卷。"寻报杨嗣复主文，即开卷词云云。其年，裴求为状元，黄驾居榜末，次则卢求，又李求。凡三求，而李姓则六人也。

裴头黄尾，三求六李。

清僧示赵宗儒

清僧居兴元鹄鸣驿巴山之隈，有言未尝不中。宗儒节制兴元日，访之，作两句诗云云。求其解，曰："害风阿师取次语。"明年果除，郑余庆代其位。

梨花发后杏花初，甸邑南来庆有余。

又示段文昌

文昌客游成都，韦南康与奏，释褐为宾从。归阙，至鹄鸣驿，清公谓文昌云云。至京，屡擢至宰相。后拜剑南节度，西至鹄鸣，僧已物故，而杏花方盛。

去日既逢梅蕊绽，来时应见杏花开。

洛城五凤楼中歌

咸通四年秋，洛中大水，漂溺尤甚。先是，皇城闑者，白昼闻五凤楼中有人歌云云。时郑相国涯留守洛师，谓闑者为妖妄。经月余，有遗烛烬天津桥者，烧其半。未几，水灾，魏王与月波二堤俱坏。乃明闑者之言。

天津桥畔火光起，魏王堤上看洪水。

延和阁诗

高骈末年，惑于神仙之术，起延和阁于大庭之西，七间，高八丈，饰以珠玉。绮窗绣户，殆非人工。每旦，焚名香，祈王母之降。及毕师铎乱，人有登之者，于藻井垂莲之上，见二十八字云。

延和高阁上干云，小语犹疑太乙闻。烧尽降真无一事，开门迎得毕将军。

唐旧谶

唐旧有此谶语，董昌每引之。以为我卯生，来年岁在卯，二月二日亦卯，万世之业在于此。因于乾宁二年二月二日僭究冕，即伪位，改号罗平国，以迄诛灭。

兔子上金床。

越中狂生题旗亭

初董昌未败前，有狂生于越中旗亭题诗四句，人不晓其词。及昌败，方悟草重，董字。日日，昌字。素城者，越城，隋越公杨素所筑也。诸侯者，猴，乃钱镠。

申,生属也。白兔,昌卯生属也。夏满,六月也。镜湖者,越中也。

　　日日草重生,悠悠傍素城。诸侯逐兔白,夏满镜湖平。

清泰三年歌

　　先是,甲子歌有此,后清泰三年丙申,大军于太原南五楼村前大战。至九月,晋祖勾契丹至于城下,王师败绩。至十一月,戎王遣蕃军送晋祖洛阳,即胡虏乱中原之应也。

　　丙申年,数在五楼前。但看八九月,胡虏乱中原。

蜀王氏谶文

　　王建妻弟眉州刺史周德权,值梁祖篡唐,引谶文上表劝进云。李祐西王,言唐后王氏兴西方也。土德,坤维也。兑兴,亦西方也。丹者,朱也。丹莫当,亦朱梁不敢抗也。建大悦,遂即位,德权累中书令。

　　李祐西王逢吉昌,上德兑兴丹莫当。

黄万祐题蜀宫壁

　　万祐修道黔南无人之境,累世常在。每三二十年,一出成都卖药,言人灾祸,无不神验。蜀王建迎入宫,尽礼事之。后坚辞归山。初,万祐辞建归,于所居壁间题此。后至乙亥年,建师东取秦、凤诸州。报捷之际,宫内还火,乃知乙亥是青猪,为焚爇之期也。后三年,岁在戊寅。寅为鸷兽。干与纳音俱是土,土,黄色。故云鸷兽两头黄。是年建殂,云:"天下哭,不差毫发。"

　　莫交牵动青猪足,动即炎炎不可扑。鸷兽不欲两头黄,黄即其年天下哭。

孟蜀丐者语

　　孟知祥僭号,未几而殂。先是,有丐者自号醋头,手携一灯檠,所至卓之云云。至是人以为应。

　　不得登,登便倒。

孟蜀桃符诗

　　辛寅逊仕伪蜀孟昶为学士,王师将致讨之前,岁除,昶令作诗两句写桃符上,寅逊题云云。明年,蜀亡,吕余庆以参知政事知益州,长春乃太祖诞圣节名也。

　　新年纳余庆,嘉节号长春。

上蓝和尚晋汉二代谶

　　洪州上蓝院和尚,失其名,精于术数,自唐末著谶云云。石榴,晋、汉姓也。重言之,明晋祚俱不过二世也。

　　石榴花发石榴开。

又遗钟传偈

　　和尚在洪州,甚为钟传敬礼。疾笃,传省之,求一言相付。和尚起,索笔作偈以授,其末云云。明年春,淮帅引兵奄至,洪州果陷,江南遂为杨氏所有。

　　但看来年二三月,柳条堪作打钟槌。

又报王审知十字谶

　　杨行密方盛,常有吞东南之志。审知贲供豫章,问国休咎,以十字回报。审知叹曰:"腹者,福也。得非福州之患,不在杨行密,在钱氏乎?"至延羲之乱,江南来伐。两浙乘之,败江南兵。福州果为钱氏有焉。

　　不怕羊入屋,只怕钱入腹。

钱处士李氏谶

　　处士不知何许人,天祐末,尝游江淮,言李氏之祚云云。杨氏自称尊至禅代二十年,李氏三十九年。果应。

　　仿佛之间一倍杨。

孙咸题庐山神庙诗

　　《诗话总龟》云:咸出南唐末,善为诗,预知人祸福。后死,南昌人弃尸于江,溯流向上。尝题一诗于庐山九天使者庙。不数年后,金陵板荡,九江受围,人民涂炭。并应。

　　独入玄宫礼至真,焚香不为贱贫身。秦淮两岸沙埋骨,溢浦千家血染尘。庐阜烟霞谁是主,虎溪风月属何人。九江太守勤王室,好放天兵渡要津。

南唐江州风坠诗

　　南唐胡则守江州,宋师攻之,坚壁不下。忽有旋风吹片纸坠城中云云。后城陷,果屠戮殆尽。

　　由来秉节世无双,独守孤城死不降。何似知机早回首,免教流血满长江。

杭州还乡和尚唱

　　钱氏时,有和尚在街市唱此,人因名为还乡和尚。

问之,每云:"明年大家都去。"钱氏果纳地去归汴云。

还乡寂寂杳无踪,不挂征帆水陆通。蹋得故乡回地稳,更无南北与西东。

福州记
《五代史》:王潮据泉州,观察使陈岩表为刺史。岩卒,其婿范晖自称留后。潮遣弟审知攻晖,杀之。唐即以潮为观察使。潮卒,审知代立。《吴越备史》载福州先有僧为记云云,其验也。

潮水来,岩头没。潮水去,矢口出。

黄涅槃谶
闽王氏亡国,留从效继领留务,虽称藩南唐,实雄据一隅。先是,妙应大师黄涅槃有谶云云。既而清源果无干戈之扰,乃从效姓名所应。

先打南,后打北,留取清源作佛国。

陈智广谶
智广,留坡人,生元和初。居九座山,不茹荤,叩祸福必验。唐末,王氏入闽,语人云云。自光启丙午据闽,终保大丙午。

骑马来,骑马去。

又谶
智广遇留从效甚厚,又尝有谶云云。后从效果据泉州,如其言。后灭。

功下田,力交连。井底坐,二十年。

僧缄示王处厚
缄,大中进士。削发修道,至后周显德中犹在。伪蜀举子王处厚尝叩之,言其必捷。但泰山举为司命,当食幽府禄。留四句示之。后成名者八士,内处厚与王慎言策名为二王。而一百二十日后,处厚竟亡。皆验焉。

周士同成,二王殊名。王居一焉,百日为程。

任叟书授刘生
叟居汝州紫逻山,以樵为业。有刘生者,欲谒中表梁宋郑牧求济,遇叟于涂。语次,乞纸笔书此授刘,忽失所在。郑果为人所讼,黜官,不遂所诣。始知其为异人。

承欲往梁宋,梁宋灾方重,旦夕为人讼。承欲访郑生,郑生将有厄。即为千里客,兼亦变衫色。

昌明里中谶
绵州昌明县窦圌山,窦子明修道之所。临峭壁,笮桥以岁久朽绝,里中云云。后咸通初,山下居人有毛意欢得道术,布板椽于绳上而度焉。

欲知修续者,脚下是生毛。

宋善威诗
善威,瀛州人,任某县尉。尝昼坐,忽然走出门,若迎接人者。命酒馔乐饮,仍作诗云云。后威果至庚申年卒。

月落三株树,日映九重天。良夜欢宴罢,暂别庚申年。

田承嗣诳李宝臣伪谶
承嗣,安史旧将,降,授魏博节度。大历中,朝廷命幽州朱滔、恒定李宝臣及滑州李正己三镇兵讨之。承嗣求成于正己。又知宝臣生长范阳,欲得其地。乃勒石为谶,密瘗宝臣境内。使望气者云:"此中有王气。"宝臣掘得之,有文云云。二帝,指宝臣、正己也。因使客讽宝臣背滔,兴兵取范阳自效。宝臣以为事合符命,喜而许之,遂以兵袭滔。承嗣知其衅已成,乃旋军告宝臣曰:"河内有警急,不暇相从。石上谶文,吾戏为之耳。"宝臣惭怒而退。

二帝同功势万全,将田作伴入幽燕。

皮日休造黄巢谶
欲知圣人姓,田八二十一。欲知圣人名,果头三屈律。巢头丑,掠襲不尽,疑三屈律之言讥之,日休遂及祸。

附上元初嵩山石记
上元初,有洛州告成县民得石记于嵩山。县令献焉,高宗诏藏于内府。云是寇谦之所刻,文多奥不可解。

木子当天下,言唐氏受命。止戈龙。言武后临朝。李代代不移宗,言中宗复兴。中鼎显真容,中宗庙讳及睿宗徽谥。基千万岁。明皇御名基,谓历数久长也。

上阳铜器篆
上元中,韦弘机充使造上阳宫。掘地得铜器,似盆而浅,中有隐起双鲤之状,鱼间有四篆字云云。时人以为李氏再兴之符。

长宜子孙。

永安渠石铭

武后时,监察御史王守真乞出家为僧,名法成。于京兆西市疏凿池,支分永安渠水注之,以为放生之所。穿池之际,获古石,铭云云。自隋朝置都市,至其时正一百年矣。

百年为市后为池。

漳泉分地神篆

开元中,漳、泉二州分疆界不均,互讼于台,不能断。州官焚告山川以祈神应,俄而雷雨大至,崖壁中裂,所竞之地,拓为一径。高千尺,深五里,因为官道。壁中有古篆,六行,二十四字,皆广数尺。虽约此为界,人莫能识。贞元初,流人李协辨之。永安、龙溪者,两郡界首乡名也。

漳泉两州,分地太平。永安龙溪,山高气清。千年不惑,万古作程。

含元殿丹石隐语

开元末,含元殿火去,基下出丹石,上有隐语云云。

天汉二年,赤光生栗。木下有子,伤心遇酷。

长安空宅铭篆

天宝中,长安有凶宅。扶风苏遏赁居之,东墙下掘得一石,上有篆文,因改名有德,取其金,怪息。

夏天子紫金三十斤,赐有德者。

莆田石记

庆历中,张纬宰莆田,得一石,其文云云。有大历五年县令郑押字记。今人家用碑石书曰石敢当三字镇于门,亦此风也。

石敢当,镇百鬼,压灾殃。官吏福,百姓康。风教盛,礼乐昌。

符离树穴中石篆

延陵包照,挽舟过符离西。古树下有穴,一仆坠其中,得一石,广四寸,有小篆云云。其仆即名栲栳。元和三年事也。

旁有水,上有道,八百年中逢栲栳。

淮西池濠石铭

元和十三年,晋公裴度征淮西,命人深池濠。得一石,上有雕出文字为铭。持以献度,咸不能究。有一卒贺曰:"元济成擒矣。井底一竿竹,竹色深绿绿者,言吴少诚由行间一卒拥十万兵为一方帅,且喻其荣也。鸡未肥者无肉,以肥去肉,己字也。酒未熟者无水,以酒去水,酉字也。障车儿郎,谓兵革之士也。且须缩者,谓宜退守其所也。推是言之,则己酉日当克也。苟未及期,则可俟矣。"后冬十月,生得元济。校其日,果己酉焉。擢卒为裨将。

井底一竿竹,竹色深绿绿。鸡未肥,酒未熟,障车儿郎且须缩。

罗池石刻

柳子厚《龙城录》云:罗池北龙城,胜地也。役者得白石,上微辨刻书云云。

龙城柳,神所守。驱厉鬼,山左首。福土氓,制九丑。

道者遗记

太和中,有柳光者,南游入山崦中。至一石室,室有茵榻,若人居者。见一缶合于地,下有泉不尽尺。举卮以饮,若甘醴,尽十余卮而已醉,遂偃于榻。及晓方寤,视石壁有雕刻文字极多,遂写其字。归,望其室,尽亡见矣。光究之不得。有吕生者,解之曰:"此乃得道者语也。唐氏之初,建号武德。武德之二年,其岁己卯。则武之在卯也。尧者,高祖之号。八季者,亦二年也。我弃其寝,我去其宸者,言其去之时,乃武德二年也。深深然,高高然。人不吾知,人不吾谓者,言其隐而人不知也。由今之后,二百余祀,唐氏今果二百余矣。焰焰其光,谓岁在丁未也。丁,南方之火。未亦火之位也。和和其始,谓今天子建号曰太和,盖元年也。东方有兔,小首元尾者,叙君之名氏。东方,甲乙木也。兔者,卯也。卯以附木,是柳字也。小首元尾,是光字也。经吾道,来吾里,言君之来也。饮吾泉以醉,登吾榻而寐,言君之止也。刻于其壁,奥乎其义,谁人以辨,其东平子,谓其义奥而隐,独吾能辨之。东平,吾之邑也。即又信矣。"

武之在卯,尧王八季。我弃其寝,我去其宸。深深然,高高然。人不吾知,又不吾谓。由今之后,二百余祀。焰焰其光,和和其始。

东方有兔,小首元尾。经过吾道,来至吾里。饮吾泉以醉,登吾榻而寐。刻乎其壁,奥乎其义。人谁以辨,其东平子。

王璠石铭

太和中,王璠廉问丹阳,沟其城,得一石,铭文云云。数日,有一叟谒璠之吏,密谓曰:"是不祥也。公之先曰鉴,鉴生础,是山有石也。础生璠,是石有玉也。璠之子曰瑕休,是玉有瑕即休。休者,绝之兆。推是而辨,其绝绪乎?"至太和九年冬,璠卒夷其宗。果符叟之解。

山有石,石有玉。玉有瑕,即休也。

玄元观栋桁记

咸通元年,李相福居守东都,修玄元观。钟楼栋桁中空锹之内,有方寸木云云。福曰:"上语指御名,下即余之名也。"懿宗名漼。

山水谁无言,元年有福重修。

天台观石简记

咸通十三年,台州刺史姚鹄于天台山天台观观讲堂后创老君殿,得石函,中有玉简,上有文云云。具以上闻,敕宣付史馆,颁示四方。

海水竭,台山缺,皇家宝祚无休歇。

成都罗城北门石记

上有乾符三年高骈名衔,余字断缺,莫知其为何诗也。

五五复五五,五五逾重数。浮世若浮云,金石一如故。与君相见时,杳杳非今土。

青羊宫砖记

僖宗中和二年,成都行在青羊宫,忽见红光如球,入地。穿得砖,上有古篆六安。节度陈敬瑄以闻,宣付史官。贼平还京,敕翰林乐朋龟撰记。

太平平中元灾。

铜雀台玉板篆

《皇甫牧记》曰:故邺都齐村民王敬之,于铜雀台下得一石匣,长尺有咫,四傍及背隐起龙骧凤翥及花葩之状。雕镂奇诡,殆非人工。徐启之,中有白玉板,上刻大篆六行。献魏帅乐彦祯,费以束帛,亦无能洞达其隐词者。当曹氏、石氏、高氏之代,斯则邺之王气休运所钟,于是诸贤众矣,焉知不有阴睹后代,总括风云,幅裂山河之事,而瘗玉以识之?今石既出,其事将兆矣。

上土巴灰除虚除,伊尹东北八九余。秦赵多应分五玉,丝竹木子世世居。但看六六百中外,世主难留如国如。

显德道宫石记

显德中,世宗尝营一道宫于皇城之西。工人发得石一片,上有字云云,后题道士任守真记。帝读之叹异。

瑞云灵迹镇梁东,他日多应与古同。岁月迁移人事改,再来闲处又兴功。

南唐升元殿基下石记 江南将亡数年前掘得此

莫问江南事,江南事可凭。抱鸡升宝位,跨犬出金陵。子建司南位,安仁秉夜灯。东邻娇小女,骑虎渡河冰。其后李煜降于宋,好事者云:煜以丁酉年生,辛酉年袭位,即鸡也。开宝八年甲戌,江南国灭,是跨犬也。时曹彬为大将,列栅城南。潘美为副将,城陷,恐有伏兵,命卒纵火。子建,彬也。安仁,美也。东邻谓钱俶,俶以戊寅年入朝,尽税浙西土地人民,故末二句云也。末二句一作东邻家道阙,随虎遇明兴。识者云:家道阙,谓无钱。

马殷浚城石碣篆

唐末,刘建峰定长沙,遣马殷领众浚城濠,得石碣,有古篆十八,其文云云。解者以殷乾宁三年丙辰岁代立,乃龙举头也。至乾祐辛亥岁亡,乃猳掉尾也。殷子希范以己未岁生,又以开运丁未岁薨,乃羊归穴也。又子希崇壬申岁生,后为江南所俘,乃猴离次也。

龙举头,猳掉尾。羊为兄,猴作弟。羊归穴,猴离次。

王霸仙坛砖刻

黄滔撰《王审知福州造像碑》云:梁时,王霸于怡山上升,山在府城之西五里。光启丁未岁,衢之烂柯山道士徐景立,于仙坛东北隅取土,掘得瓷瓴七口。各可容一升水,其中悉有炭,上总盖一青砖,刻文字云云。其坛东南有皂荚树。古云:真君于此树上上升,其后枯矣。至咸通庚寅岁复荣茂,为我公开闽之祥也。

树枯不用伐,坛坏不须结。未满一千岁,

自有系孙列。后来是三皇,潮水荡祸殃。岩逢二年间,未免有消亡。子孙依吾道,代代封闽疆。《五代史补》云:潮荡祸殃,谓王潮除祸患开基也。岩逢二年间,谓连帅陈岩死,潮取闽也。代代,明封崇不过潮与审知两世也。

刘䶮石谶

䶮初开国,营构宫室,得石谶,有古篆十六,其文云云。

人人有一,山山值牛。兔丝吞骨,盖海承刘。人人有一,大人也。山山,出也。值牛者,䶮建汉国,岁在丑也。兔丝者,最褒位,岁在卯也。吞骨者,灭诸弟也。越人以天水为盖海,指宋国姓也。承刘者,言受刘氏降也。

南汉罗浮古剑篆文

南汉主刘䶮时,罗浮山掘得古剑,有篆文云云。

丁与水同宫,王将耳口同。尹来居口上,山岫获重重。解者云:宋太祖以丁亥年降诞,是丁水同宫也。于文,耳口王为圣,尹口为君,重山为出。盖丁亥年而圣君出也。

司马承祯含象鉴文

天地含象,日月贞明。写规万物,洞鉴百灵。

龟自卜,镜自照。吉可募,光不曜。

青盖作镜大吉昌,巧工刊之成文章。左龙右虎辟不祥,朱鸟玄武顺于旁,子孙富贵居中央。

景震剑文

挈雷电,运玄星。摧凶恶,亨利贞。

乾降精,坤应灵。日月象,丘渎形。

高丽镜文

梁末帝贞明三年,王建立为王。市有异人卖古镜,有文云云。文人宋含弘解之曰:三水中,四维下,上帝降子于辰马者,辰韩、马韩也。己年中,二龙见。一则藏身青木中,一则见形黑金东。青木,松也,谓松岳郡人以龙为名者之子孙,可为君王也。黑金,铁也,指铁圆。谓今王初盛于此,殆终灭于此乎!先操鸡,后搏鸭者,王侍中得国后,先得鸡林,后收鸭绿之意也。弓裔令物色求异人,东州勃飒寺有镇星塑像,如其状。

三水中,四维下,上帝降子于辰马。先操鸡,后搏鸭。己年中,二龙见。一则藏身青木中,一则见形黑金东。

京西市放生池墓铭

太平公主于京西市掘池,赎水族之失水者置其中,谓之放生池,得墓铭云云。

龟言市,蓍言水。

古墓卜地词

开元中,江南大水。明皇诏侍御史邬君载往巡,见道旁有古墓,水渍其穴,公命迁高原上。既发墓,得一石,有铭二十言。乃卜地者之词。

尔后一千岁,此地化为泉。赖逢邬侍御,移我向高原。

卫先生墓铭

卫先生大经,解梁人。以文学闻,常闭门绝人事。周知天文历象,穷冥索玄。后以寿终,墓于解梁之野。开元中大水,姜师度奉诏凿无咸河以溉盐田,划室庐,溃丘墓甚多。既至卫先生墓前,发其地,得一石,刻字为铭。盖先生之词也。师度异其事,命工人迁其河,远先生之墓数十步。

姜师度,更移向南三五步。

隐者瘗男铭

李泌少时,有隐者携一男六七岁来过云:"有故须南行,旬月当还。此男痫疾,愿且寄之。"又留一函曰:"若疾不起,望以此瘗之。"既许,乃问男曰:"不骄留此得乎?"曰可。遂去。泌疗之,终不愈而殂。即以此函瘗之。其人竟不来,发函视之,有一黑石,天然中方,上有字如锥画云云。

神真炼形年未足,化为我子功相续。丞相瘗之刻玄玉,仙路何长死何促。

乌氏葬碑

乌重胤葬先世,掘得石碑云云。重胤依而用之。

牛领冈头,红箫笼下。葬用两日,手板相亚。

岩腹棺铭

左卫将军王果被责,出为雅州刺史。于江中泊船,仰见岩腹中有一棺,临空半出,铭云云。果叹曰:"吾今葬此人,被责雅州,固其命也。"乃收窆而去。

  欲堕不堕逢王果,五百年中重收我。《录异记》亦载此,云地裂山崩水漂我,临及长江危欲堕。欲堕不堕遇王果,五百年后改葬我。

古棺石铭

  建州刺史熊博,初为建安津吏。岸崩,得一古冢,藤蔓缠其棺,旁有石铭云云。博时贫,为率钱葬之。

  欲陷不陷被藤缚,欲落不落被沙阁,五百年后遇熊博。

涟水古冢瓶文

  周显德乙卯岁,伪涟水军使秦进崇修城,发一古冢,棺椁皆腐,得一瓶,中更有一瓶,黄质黑文,成隶字云云。其明年,周师伐吴,进崇死之。

  一只青鸟子,飞来五两头。借问船轻重,寄信到扬州。

沈彬圹篆

  彬临终,指葬处以示家人。穴之,乃一冢,未尝葬人。石灯台上,有漆灯一盏。圹头有一铜碑,篆文云云。

  佳城今已开,虽开不葬埋。漆灯犹未灭,留待沈彬来。

广陵古冢石刻

  南唐保大中,广陵理城隍,因及古冢,得此。或云李白词也。

  日为箭兮月为弓,四时躬人兮无穷。但得天将明月死,不觉人随流水空。山川秀兮碧穹窿,崇夫人墓兮直其中。猿啼鸟啸烟蒙蒙,千年万年松柏风。

王承检掘得墓铭

  王蜀秦州节度使王承检筑防蕃城,至上邽。山下获瓦棺,内无尸,唯有一片舌。肉色红润,坚如铁石。舌上只有一髑髅,中有一古钱。有二蝇振然飞去。片石刻篆字,开皇二年渭州刺史张崇妻夫人王氏墓也,其铭云云。是岁,伪乾德六年丙子岁。合郎,即王承检小字。

  车道之北,邽山之阳。深深葬玉,郁郁埋香。刻斯贞石,焕乎遗芳。地变陵谷,崤列城隍。乾德丙年,坏者合郎。

马希振葬地碣

  希振亦殷之子,清泰中卒,葬长沙之陶浦,掘得石碣,其文云云。盖马氏诸王虽于周广顺辛亥岁迁于江南,然其国变,实在庚戌故也。

  乱石之壤,绝世之冈。谷变庚戌,马氏无王。

全唐诗卷八百七十六

语

二贺诗
越州贺德仁,少与从兄德基咸以词学见称。时人语曰:

学行可师贺德基,文质彬彬贺德仁。

四王语
江王元祥,性贪鄙,为人吏所患。时滕王元婴、蒋王恽、虢王凤亦称贪暴,有授得其官府者,以比岭南恶处,为之语曰:

宁向儋崖振白,不事江滕蒋虢。

时人为屈突语
屈突通,初事隋为右武侯车骑将军。奉公正直,虽亲戚犯法,无所纵舍。弟盖为长安令,亦以严整知名。时人为之语曰:

宁食三斗艾,不见屈突盖。宁服三斗葱,不逢屈突通。

杨刺史语
杨德幹历泽、齐、汴、相四州刺史,治有威名。郡人为之语曰:

宁食三斗蒜,不逢杨德幹。

万年人语
权怀恩为万年令,赏罚严明,见恶辄取。时语曰:

宁饮三斗尘,无逢权怀恩。

赞皇人语
赞皇李太冲,太宗时为礼部郎中。名冠宗族,乡人语云云。孝端,太冲族兄也。

太冲无兄,孝端无弟。

高宗时语
阎立本善画,为右相。姜恪以边将立功,为左相。时人语云:

左相宣威沙漠,右相驰誉丹青。三馆学生放散,五台令史经明。时以年饥,放国子学生归。又限令史通一经,人续之云云。

时人为李义甫语

义甫尚权,其子津、洽、洋,婿柳元贞,四人皆凭恃受赃。义甫败,并除名长流。时人为之语云云:

今日巨唐年,还诛四凶族。

洛州语

初高宗时,贾敦颐为洛州刺史,有政绩。神龙中,张仁愿为洛州长史,皆一时之最。故时人语曰:

洛州有前贾后张,可敌京兆三王。

江淮间语

安陆郝处俊,与其舅许圉早同州里,俱秉钧衡。又其乡人田氏、彭氏,以殖货见称。有彭志筠者,显庆中,尝上表请以家绢布二万段助军,授奉义郎。故江淮间语云云。

贵如许郝,富若田彭。

河北语

武懿宗封河内郡王,安抚河北。民陷契丹来归者,懿宗总杀之,流血盈前,不顾。初契丹别帅何阿小陷冀州,多屠害士女。至是人以懿宗暴忍似之,为之语曰:

唯此两何,杀人最多。

李昭德为王弘义语

则天时,王弘义告变,拜御史。尝于乡里求旁舍瓜,瓜主吝之,义乃状言瓜园中有白兔,奉敕捕逐,斯须苗尽。内史李昭德曰:

昔闻苍鹰狱吏,今见白兔御史。

京洛语

许钦明与郝处俊乡党亲族,两家子弟类多丑陋,而盛饰车马以游里巷,京洛为之语曰:

衣裳好,仪貌恶。不姓许,即姓郝。

台中语

则天时,夏官侍郎侯知一年老,敕放致仕。上表不伏,于朝堂踊跃驰走,以示轻便。张惊丁忧,自请起复。吏部主事高筠母丧,亲戚为举哀。筠曰:"我不能作孝。"员外郎张栖贞被讼,诈遭母忧,不肯起对。台中为之语曰:

侯如一不伏致仕,张惊自请起复。高筠不肯作孝,张栖贞情愿遭忧。

吏人语

尹思贞为司府少卿,清刚难犯。时卿侯知一亦厉威严,吏人语云:

不畏侯卿杖,惟畏尹卿笔。

选人语

石抱忠检校天官郎中,与侍郎刘奇、张询古同知选。抱忠素非静慎,奇久著清平,询古通婚名族。将分铨,时人语曰:

有钱石上好,无钱刘下好,士大夫张下好。

硕学师刘子,儒生用与言。抱忠复与许子儒同知选,奇以公清称。抱忠师范子儒,颇任令史勾直。每注官,呼曰:"勾直乎?"时人又为此语云:

今年柿子并遭霜,为语石榴须早摘。选人为奇与抱忠擯抑者,复为此语。后两人同弃市。

韦氏语

韦承庆罢相,除礼部尚书。嗣立继为鸾台侍郎平章事,时人语曰:

大郎罢相,小郎拜相。

益州人吏语

杜景俭为益州录事参军,时隆州司马房嗣业除益州司马,除书未到,即视事,笞僚吏示威。景俭规其未可,嗣业怒。景俭叱左右令罢散。俄有制除荆州,竟不如志,人吏为之语曰:

录事意,与天通,益州司马折威风。

天授中语

杜景俭为司刑丞,与徐有功及来俊臣、侯思止理刑狱,时人称之云:

遇徐杜者必生,遇来侯者必死。

时人为邹昉语

邹骆驼,长安人。先贫,卖蒸饼于胜业坊。锼得金数斗,于是巨富。其子昉与萧佺驸马游,时人语曰:

萧佺驸马子,邹昉骆驼儿。非关道德合,史为钱相知。

题张昌仪门语

昌仪恃易之、昌宗之宠,所居奢溢,逾于王者。末年,有人题其门云云。昌仪见之,命笔续其下曰:"一日即足。"未几及祸。

　　一两丝能得几时络。

时人号李知远语

　　知远知选,胥吏肃然敛迹,时人号云:

　　李下无蹊。

又号李义语

　　义典选事,请谒不行,时人又语云:

　　李下无蹊径。

窦仆射语

　　窦怀贞为御史大夫,谄附韦庶人。庶人乳母王氏,本蛮婢,嫁为情贞妻。俗谓乳母婿为阿爹,怀贞每疏列官位,必曰皇后阿爹。时人或以国爹呼之,了无惭色。庶人败,复附太平公主,累拜尚书左仆射。睿宗为金仙、玉真二公主创立两观,赞成其事,躬自监役,时人为之语曰:

　　窦仆射,前为韦氏国爹,后作公主邑丞。

时人为崔无诐语

　　崔无诐,韦后中表,为卫尉卿。时中书令萧至忠甚承中宗恩顾,无诐婚至忠女,后为女家,中宗为儿家,供拟甚厚。时人为之语曰:

　　皇后嫁女,天子娶妇。

神龙中语

　　崔日用、冉祖雍、郑愔、赵履温、李悛等,共托武三思权,熏炙中外。天下语曰:

　　崔冉郑,乱时政。

斜封官语

　　初,姚元之、宋璟知政事,奏请停中宗朝斜封官数千员。及元之等出为刺史,太平公主又特为之言,有敕总令复旧职。右率府参军柳泽上疏谏,引人语云:

　　姚宋为相,邪不如正。太平用事,正不如邪。

李处郁语

　　幽州都督孙佺五月北征,军师李处郁谏。不从,师果败。

　　飧若入咽,百无一全。飧音孙,山东人谓湿饭为飧。幽州以北并为燕地,故云。

景云初语

　　卢从愿为吏部侍郎,典选六年,颇有声称,时人语云云。裴即行俭,马谓戴,李谓朝隐也。

　　前有裴马,后有卢李。

先天时京中语

　　姜师度于长安城中穿渠堰水,授司农卿。于后水涨则奔突,水缩则竭涸,开黄河向棣州。所费不赀,仍苦淹渍。又役夫塞之以为功,官品益进。时有傅孝忠为太史令,自言明玄象,尚行矫谲,京中语云云。神武即位,并斩之。

　　姜师度一心看地,傅孝忠两眼相天。一作傅孝忠两眼看天,姜师度一心穿地。

时人号王丘、崔沔语

　　丘与沔并掌吏部,时人为之语曰:

　　丘山岌岌连天峻,沔水澄澄彻底清。

吏部过官语

　　侍中裴光庭以主事阎麟之为腹心,尚主吏部过官。每麟之裁定,光庭随口下笔。时人语曰:

　　麟之口,光庭手。

郇公厨语

　　韦陟袭父安石封郇国公,厨中饮食香味错杂。人或入其中,多饱饫而归。俗语云:

　　人欲不饭筋骨舒,夤缘须入郇公厨。

四俊语

　　开元时,张嘉贞为相,所荐中书舍人苗延嗣、吕太一,考功员外郎员嘉静、侍御史崔训,皆位清要,日与议政事。故当时语云云:

　　令君四俊,苗吕崔员。

八友语

　　赵骅少与殷寅、颜真卿、柳芳、陆据、萧颖士、李华、邵轸友,时为语云云。谓能全其交也。

　　殷颜柳陆,李萧邵赵。

罗吉口号

　　明皇朝,侍御史罗希奭、吉温附李林甫,相勖以虐。时号云:

罗钳吉网。

里间诅语
明皇时，御史王旭、李嵩、李全交并尚严酷，京师号黑、赤、白三豹。里间至相诅曰：

若违教，值三豹。

陕州语
卢奂为陕州刺史，以严毅闻。州民多有淫祀者，民相语云云。后明皇擢为兵部侍郎。

不须赛神明，不必求巫祝。尔莫犯卢公，立便有祸福。

真源邑语
真源多豪猾，大吏华南金树咸恣肆，邑中语云云。张巡调令真源，下车以法诛之。

南金口，明府手。

称二王语
王右丞维及弟缙，以科名文学，冠绝当代。时人云：

朝廷左相笔，天下右丞诗。

代宗朝京师语
元载专权，事以货成。及常衮为相，虽贿略不行，而介僻自专，失于分别。故是时京师语曰：

常无分别元好钱，贤者愚，愚者贤。

戏谏司语
李泌相德宗，奏请罢拾遗、补阙。上虽不从，亦不授人，谏司惟韩皋、归登而已。泌仍命收其署餐钱，令登等寓食于中书舍人。故时戏云：

韩谏议虽分左右，归拾遗莫辨存亡。

裴度语
度不信术数，不好服食，每语人云：

鸡猪鱼蒜，逢著则吃。生老病死，时至则行。

魏博语
魏牙军起田承嗣，募军中子弟为之。父子世袭，悍骄不顾法令。更易节帅，不嗛意辄害之。厚给廪，姑息不能制。时语云云。

长安天子，魏府牙军。

宝历宫中语
宝历二年，浙东贡舞女二人，一曰飞燕，一曰轻凤。修眉黟首，兰气融冶。带轻金之冠，琢玉芙蓉为顶，罗衣无缝而成。歌一发如鸾凤音，舞态艳逸，非人间所有。上藏之金屋宝帐。由是宫中语曰：

宝帐香重重，一双红芙蓉。

京师人号牛杨语
牛僧孺与杨虞卿兄弟驱驾轻薄，有不附己者，潜被疮痏。京师为之语云：

太牢笔，少牢口，东西南北何处走。太牢，僧孺。少牢，虞卿也。

又号牛李
门生故吏，不牛则李。李谓宗闵也。

荆南语
段文昌帅荆南州，或旱，禳解必雨。或久雨，遇出游必霁。民为语曰：

旱不苦，祷而雨。雨不愁，公出游。

郑仁表自语
仁表豪爽，以门阀文章自高，尝云：

天瑞有五色云，人瑞有郑仁表。

湖苏二郡语
《南部新书》：咸通末，郑浑之为苏州督邮，谭铢为醋院官，钟辐为院巡，皆广文生。时湖州牧李超、赵蒙为代，俱状元及第。二郡人为语曰：

湖接两头，苏联三尾。

广明初都人语
黄巢未入京师，都人以黄米及黑豆屑蒸食之。因有此语：

黄贼打黑贼。

吏部旧语
吏部故事放长榜，旧语云：

长名以前，选人属侍郎。长名以后，侍郎属选人。

省中语

后行祠屯，不博中行都门。中行礼部一作刑户，不博前行驾库。

郎吏语

尚书郎，吏、兵部为前行，司门、都、比、屯田、虞、水、膳部、主客，皆在后行，闲简无事。语曰：

司门水部，入省不数。

谏院台省语

谏院以章疏之故，忧患略同。台中则务纠举，省中多事，旨趣不一，故云：

遗补相惜，御史相憎，郎官相轻。

御史台语

御史故事，监察院长与同院礼隔。语曰：

事长如事端。

京兆府语

京兆府两县引马到府门，传门而报。两尹入厅，大尹亦到厅。不得候两尹坐后出，不得候两尹立后出。

不立两县令，不坐两少尹。

翰林谏议语

唐称翰林为坡，谏议大夫亦称坡。谏议大夫班本在给、舍上，其迁转则谏议岁满方迁给事中，自给事中迁舍人。故当时语云：

饶道斗上坡去，亦须却下坡来。

举子语

举子七月后即于诸州府拔解。人为语曰：

槐花黄，举子忙。

明经进士语

三十老明经，五十少进士。言其艰难也。

杂帖语

常衮为礼部，放杂文，过者常不百人。鲍防为礼部，帖经，落人亦甚。时谓云：

常杂鲍帖。

闽人语

欧阳独步，藻蕴横行。谓欧阳詹及林藻、林蕴相继登第也。

举场语

太和中，李宗闵、牛僧孺辅政，引杨虞卿为右司郎中、弘文馆学士，待之尤厚。岁举选者皆走门下，无不得所欲。当时其党有苏景胤、张元夫，而虞卿兄弟汝士、汉公尤为人所奔向。故语曰：

欲入举场，先问苏张。苏张犹可，三杨杀我。

大中后进士语

大中后，进士尤盛，李都、崔雍、孙瑝、郑嵎四君子，蒙其盼睐者多进升，故曰：

欲得命通，问瑝嵎都雍。

大中时语

宣宗朝，崔铉秉政，所善者，郑鲁、杨绍复、段瑰、薛蒙，颇参议论，时人语如此。帝闻，书之于扆。铉卒以此罢。

郑杨段薛，炙手可热。欲得命通，鲁绍瑰蒙。一作鲁绍瑰蒙，识即合通。

选举人语

大中、咸通中，盛传崔慎由相公常寓尺题于知闻，故选举人为此语。

王凝裴瓒，舍弟安潜。朝中无呼字，知闻厅里，绝脱靴宾客。

科目举人语

太平王崇、窦贤二家，率以科目为资，足以升沈、后进，故科目举人相谓曰：

未见王窦，徒劳漫走。

戏杜审权语

审权知举放卢处权。人戏语云：

座主审权，门生处权。

崔沆放榜时人语

沆放崔瀣，时人语云：

座主门生，沆瀣一家。

唐末五代人语

唐末五代,权臣执政,公然交赂,科第差除,各有等差。故当时语云:

及第不必读书,作官何须事业。

号沈宋语

建安后讫江左,诗律屡变。至沈约、庾信,以音韵相婉附,属对精密。及沈佺期、宋之问,又加靡丽。回忌声病,约句准篇。如锦绣成文,学者宗之,号为沈、宋,语云尔。举苏武、李陵与沈、宋并称也。

苏李居前,沈宋比肩。

号钱郎语

钱起能诗,与郎士元齐名。语云:

前有沈宋,后有钱郎。

潘何诗赋语

咸通中,湘南何涓《潇湘赋》、潘纬《古镜诗》,天下传之,曰:

潘纬十年吟古镜,何涓一夜赋潇湘。

魏薛草书语

魏徵之子叔瑜善草,以笔意传其子华及甥薛稷,世称之云:

前有虞褚,后有薛魏。

薛稷书语

稷善书,师褚河南,时语云:

买褚得薛不落节。

时人为刘毕语

刘商官为郎中,爱画松石树木,格性高迈。时有毕庶子,亦善画松树木石。时人云:

刘郎中松树孤标,毕庶子松根绝妙。

时人为黄筌语

筌善写花竹翎毛,于孟昶殿画六鹤,因目其殿为六鹤殿。当时称叹,为语曰:

黄筌画鹤,薛稷减价。

时人为杨惠之语

惠之不知何处人,唐开元中,与吴道子同师张僧繇笔迹,号为画友。巧艺并著,而道子声光独显。惠之遂都焚笔研,毅然发愤,专肆塑作,能夺僧繇画相,与道子争衡。时人语曰:

道子画,惠之塑,夺得僧繇神笔路。

道杰语

武德中,蒲州栖岩寺释道杰游并晋,讲肆难击,能令人流汗。并州人语曰:

大头杰,难杀人。

马周疏引俚语

贫不学俭,富不学奢。

杜甫引俚语

城南韦杜,去天尺五。

孙光宪《琐言》引古语

乘船走马,去死一分。

好事不出门,恶事行千里。

杜重威引俚语

逢贼得命,更望复子。

建安语

成都距长安才二千里,每岁随计求名者甚鲜。建安之贡,无岁无之。故曰:

龙门一半在闽川。

江陵语

江陵在唐世号衣冠薮泽,时人称云:

琵琶多于饭甑,措大多于鲫鱼。

汾晋间语

欲作千箱主,问取黄金母。谓多稼厚畜,耕土所致也。

秦中儿童语

颠当窠深如蚓穴,网丝其中。土盖与地平,大如榆荚,常仰捽其盖,伺蝇蠖过,辄翻盖捕之。才入复闭,与地一色,并无丝隙可寻。其形似蜘蛛,《尔雅》谓之王蛛蜴。《鬼谷子》谓之蚨母。秦中儿童语曰:

颠当牢守门,蝘蜓寇汝无处奔。蝘蜓即蠛蠃,衔虫子祝之,化为己子。

沧洲语

沧洲有金莲花,形似蝶,每微风则摇荡如飞,妇人采为首饰。乡语曰:

不戴金莲花,不得到仙家。

段成式《酉阳杂俎》引古语

三守庚申三尸伏,七守庚申七尸灭。

佛书引语二

停囚长智。

赤脚人趁兔,著靴人吃肉。

全唐诗卷八百七十七

谚谜

中宗引谚
景龙三年十一月十三日乙丑冬至,时有请改就十二月甲子为吉者。侍御史唐绍、太史令傅孝忠引历争,帝引谚以为不可,竟从绍等议。

冬至长于岁。

贾言忠引谚
高宗遣李勣伐高丽,侍御史贾言忠计事还。帝问军中云何言,忠以为男生兄弟阋墙,为我乡导,师必克。引此。

军无媒,中道回。一作贼无历底中道回。

李勣引谚别张文瓘
千里相送,终于一别。

路励行引谚
一人在朝,百人缓带。

郝南容引谚
三公后,出死狗。

员庄谚
员半千庄在焦戴川,北枕白鹿原、莲塘、竹径、茶醾架、海棠洞、会景堂、花坞、药畦、碾磨、麻稻,垄塍鳞次,里谚曰:

上有天堂,下有员庄。

娄师德引谚
卒客无卒主人。

台中谚
殿中侍御史,新入知右巡。已次知左巡,所主繁剧。及迁向上,则又入推,益为劳屑。惟其中间,则入清闲。故台中谚云:

免巡未推,只得自知。

宋守敬引谚
守敬清谨,老任龙门丞,竟登岳牧。每勉人但守清,勿忧不迁。引此,云仕宦亦无休势也。

双陆无休势。

雒谷谚
雒谷中有地，名白草、谩洞，皆难行。故谚云：
谩洞入黄泉。

三门谚
唐时漕经底柱入三门，每雇平陆人为门匠，执标指麾。一舟百日乃能上，覆者几半，故谚云云。谓皆溺死也。
古无门匠墓。

张果引谚
明皇欲以玉真公主降果，果先知之，引此以辞。
娶妇得公主，平地生公府。

哥舒翰引谚
初，翰与安禄山素不平，明皇令高力士和解之。翰引此语禄山，言己与禄山族类本同，不敢忘本也。
狐向窟嗥不祥。

代宗引谚
郭暧与升平公主琴瑟不调，父子仪拘暧待罪，代宗引谚慰之。
不痴不聋，不作阿家阿翁。家音姑。

鬼门关谚
容州北流县南三十里，有两石对立，相去三十步。迁谪至此者，罕得生还，俗号鬼门关。唐谚云：
鬼门关，十人去，九不还。

河北谚
梁将侍中葛从周有殊功，镇青社，人为语曰：
山东一条葛，无事莫撩拨。

李振引谚
百岁奴事三岁主。

王彦章引谚
人死留名，豹死留皮。

孙光宪《北梦琐言》引谚
小舅小叔，相追相逐。

谚
枣子塞鼻孔，悬栖阁却种。
蝉鸣蛞蟧唤，黍种糕糜断。

宁茵事谚
鹁鸠树上鸣，意在麻子地。一作意在麻畬里。

鸬鹚谚
鸬鹚不打脚下塘。鸬鹚能没水捕鱼，栖宿之处，虽水深鱼多，未尝犯。

盐铁谚
唐世监铁转运使在扬州，尽管利权，商贾如织。天下之盛，扬为首而蜀次之，故谚曰：
扬一益二。

冯翊谚
冯翊朝邑县许原下地有苦泉，羊饮之，肥而肉美，号为沙苑细肋羊。谚曰：
苦泉羊，洛水浆。

丹徒谚
生东吴，死丹徒。吴多产出，可摄生自奉养。丹徒土坚紧如蜡，可葬。

湖州里谚
唐末五代，天下皆被兵，独湖州获免。其时语云：
放尔生，放尔命，放尔湖州做百姓。

益阳谚
益阳在长沙郡界，去长沙三百里。县治东望，时见长沙城郭人物影。其土谚曰：
长沙益阳，　时相印。

昭潭谚
昭潭山下有潜穴，通洞庭，水深不测。谚云：
昭潭无底橘洲浮。

江右四郡谚
筠袁赣吉，脑后插笔。言好讼也。

徐闻谚
徐闻县冬耕夏收，名再熟，彼中谚云：

欲拔贫,诣徐闻。

陇西谚
郎驱女驱,十马九驹。安阳大角,十牛九犊。谓其地宜于畜牧也。

荆棺峡谚
峡壁有棺,以荆为之。相传人有九子,不能葬,女编荆为棺,庋之此。土人谚云:

九子不葬父,一女打荆棺。

南中谚
秋收稻,夏收头。谓妇人截发而货,岁以为常也。

事狐神谚
唐初以来,百姓多事狐神,房中祭祀以乞恩,食饮与人同之。事者非一主。当时有谚曰:

无狐魅,不成村。

李哲家怪引谚
一鸡死,一鸡鸣。

俗谚
白日无谈人,谈人则害生。昏夜无说鬼,说鬼则怪至。

李白名许云封谜
云封,任城人。工笛,是李谟外孙。天宝初,生一月,谟抱诣李白乞名。白方坐旗亭命酒,醉书儿胸前云云。谟不解,白曰:"树下人,是木子。木子,李字也。不语,是莫言。莫言,谟也。好,是女子。女子,外孙也。语及日中,是言午。言午,是许也。烟霏谢成宝,是云出封中,乃是云封也。即李谟外孙许云封也。"

树下彼何人,不语真吾好。语若及日中,烟霏谢成宝。

许氏碑阴谜
宜兴县有后汉许馘碑,开元中,许氏孙重立,刻八字碑阴。邑宰徐延休解之曰:"谈马为言午,许也。砺毕为石卑,碑也。王田乃千里,重字。数七乃六一,立字。言许碑重立也。"

谈马砺毕,王田数七。

大明寺壁语
令狐绹镇淮海日,支使班蒙与从事俱游大明寺,寺西廊前壁有题语。诸宾幕顾之莫能辨,独班蒙曰:"一人,岂非大字乎!二曜,日月,非明字乎!尺一者,十一寸,非寺字乎!点去冰,水字。二人相连,天字。不欠一边,下字。三梁四柱而列火然,無字。两日除双勾,比字。得非大明寺水,天下无比乎!"众皆恍然。

一人堂堂,二曜同光。泉深尺一,点去冰傍。二人相连,不欠一边。三梁四柱列火然,除却双勾两日全。

曹著与客谜
著有机辨,客欲试之,与作谜云云

一物坐也坐,卧也坐,行也坐。客。著应声曰:"在官地,在私地。"

一物坐也卧,立也卧,行也卧,走也卧,卧也卧。著。客不能对。著曰:"我谜吞得你谜。"客大惭。

客题青龙寺门
青龙寺有客,尝访知事僧。属遇有要地朝客,慢之,题其门云云。一沙弥解之曰:"龛字去龙,合字。时字隐日,寺字。敬文不在,苟字。碎石入沙,卒字。此不逊之言,辱我曹矣。"追访杳无迹。沙弥乃懿皇朝云皓供奉也。

龛龙去东海,时日隐西斜。敬文今不在,碎石入流沙。

陶穀谷题南唐官舍壁
穀使南唐题此。宋齐丘解云:"十二字包四字,云:独眠孤馆。"《摭遗》以为驿中女鬼所书。

西川狗,百姓眼。马包儿,御厨饭。

谢小娥梦盗姓名
洪州谢小娥同其夫随父行贾,为盗所杀。求盗不得,梦父及夫告以谜语二十字,遍叩人,不能解。元和八年,陇西李佐判洪州,过而闻其事。解之曰:"车中猴,禾中走,并申字。门东草,为兰。一日夫,为春。盗应申兰、申春也。"娥依言诡为男子,求得二人江上。備其家,侦得己家物而验,因杀兰,并擒春,告官抵法,还洪州为尼。

车中猴,门东草。禾中走,一日夫。

全唐诗卷八百七十八

谣

牛口谣
豆入牛口,势不得久。窦建德未败时有此谣,后果于牛口谷为太宗所擒。

高昌童谣
贞观十四年,交河道行军大总管侯君集伐高昌,灭之。先是,其国中有童谣如此。国王文泰使人捕其初唱者,不能得也。

高昌兵马如霜雪,汉家兵马如日月。日月照霜雪,回首一作几何自消灭。一本无二马字。

咸亨后谣
莫浪语,阿婆嗔,三叔闻时笑杀人。其验为则天即位,孝和嗣之。阿婆者,则天也。三叔者,孝和为第三也。

调露初京城民谣
侧堂堂,挠堂堂。堂,言唐也。侧者,不正。挠者,不安。再言堂者,唐再受命之象。

嵩岳童谣
调露中,高宗欲封中岳,属突厥叛而止。后欲封,吐蕃入寇,复停。永淳年,又幸嵩岳。至山下,未及行礼,遘疾还,至宫而崩。先是童谣云:

嵩山凡几层,不畏登不得,只畏不得登。三度征兵马,傍道打腾腾。

李敬玄谣
中书令李敬玄为元帅,讨吐蕃。闻前军没,狼狈而走,王杲、曹怀舜等并惊退。时军中谣曰:

洮河李阿婆,鄯州王伯母。见贼不敢斗,总由曹新妇。

永淳中童谣
永淳元年七月,东都大雨,人多殍殣。先是童谣曰:

新禾不入箱,新麦不入场。迨及八九月,狗吠空垣墙。

杨柳谣

杨柳杨柳漫头驼。永淳后，天下皆唱此。后徐敬业出为柳州司马，作伪敕，自授扬州司马，起兵讨武氏。李孝逸擒之，斩首，驿马驮入洛。

裴炎谣

炎为中书令时，徐敬业欲反，令骆宾王画计，取炎同起事，宾王乃为此谣。炎访学者令解之，宾王北面拜曰："此真人矣。"遂与敬业等合谋起兵，炎从内应，则天因诛炎。

一片火，两片火，绯衣小儿当殿坐。

武后长寿元年民间谣

则天时，选举大滥，天下有是谣，举人沈全交取而续之。御史纪先知劾其诽谤之罪，太后笑曰："但使卿辈不滥，何恤人言！"先知大惭。

补阙连车载，拾遗平斗量。𣏴槌待御史，𣏴，一作杷。齐鲁谓四齿杷曰𣏴。碗脱侍中郎。

续谣

评事不读律，博士不寻章。糊心宣抚使，眯目圣神皇。

天枢谣

一条麻索挽，天枢绝去也。长寿三年，天后于定鼎门内立述德天枢，民因作谣。明皇即位，敕令推倒，收铜入尚方。此其验也。

武后时谣

张公吃酒李公醉。张公者，斥易之兄弟也。李公者，言李氏也。

武后时童谣

红绿复裙长，千一作十里万一作五里犹香。

神龙后乌鹊窠谣

山南乌鹊窠，山北金骆驼。镰柯不凿孔，斧子不施柯。《五行志》云：山南，唐也。乌鹊窠者，人居寨也。山北，胡也。金骆驼者，房获而重载也。镰柯、斧子者，言突厥强盛，百姓不得斫桑、养蚕、种禾、刈谷也。

吏部谣

崔湜与岑羲、郑愔并为吏部，赃污狼藉。京中为之谣曰：

岑愔獠子后，崔湜令公孙。三人相比校，莫贺咄骨浑。

黄犊子谣景龙中民谣。时又有《阿韦娘歌》

黄特犊子挽纼断，两脚蹋地鞋𪗨断。一本此下又有城南黄特犊子韦一句。

安乐寺童谣

可怜安乐寺，了了树头悬。景龙中，安乐公主于洛州造安乐寺，制拟宫掖，用钱数百万，童谣云云。后诛逆韦，并杀安乐，斩首悬竿上。

鲤鱼儿谣

可怜圣善寺，身著绿毛衣。牵来河里饮，蹋杀鲤鱼儿。景龙中民谣。后谯王从均州入都作乱，败走，投洛川而死。

羊头山谣

山在潞州南六十里。景龙二年，明皇为别驾，临潞州，有童谣云：

羊头山北作朝堂。

金桥童谣

圣人执节度金桥。桥在潞州南二里。明皇于景龙三年十月二十五日由此桥朝京师。

天宝中京兆谣

天宝中，李岘为京兆尹，甚得人心。会连雨六十余日，杨国忠以其灾归咎岘，出为长沙太守。时京师米麦踊贵，百姓为谣云：

欲得米麦贱，无过追李岘。一作欲粟贱，追李岘。

天宝初语

天宝初，杨贵妃常以假鬓为首饰，而好服黄裙。时人为之语曰：

义髻抛河里，黄裙逐水流。

杨氏谣

天宝十载上元节，杨氏五宅夜游，与广宁公主骑从争西市门。杨氏奴挥鞭，致公主堕马。驸马程昌裔扶救，因及数挝。上令决杀杨氏奴一人，亦罪昌裔停官。于是杨家转横，京师长吏为之侧目。故当时谣曰：

男不封侯女作妃，君看女却是门楣。

神鸡童谣

贾昌七岁解鸟语音，明皇选为鸡坊五百小儿长，甚爱幸之。父死，县官为葬器丧车，乘传洛阳道。当时天下号神鸡童，为之语曰：

生儿不用识文字，斗鸡走马胜读书。贾家小儿年十三，富贵荣华代不如。能令金钜期胜负，白罗绣衫随软舆。父死长安千里外，差夫治道挽丧车。

燕燕谣 安禄山未反时有此二谣

燕燕，飞上天。天上妇儿铺白毡，毡处有千钱。

幽州谣

旧来夸戴竿，今日不堪看。但看五月里，清水河边见契丹。《青琐高议》又载一谣云：山上一群鹿，大鹿来相逐。啼杀涧下羊，却被猪儿触。

两京童谣

不怕上兰单，惟愁答辨难。无钱求案典，生死任都官。天宝逆胡之乱，士庶多投身于胡庭。先是，两京童谣有此。后克复之日，朝士系三司狱鞫问，家产罄尽，骨肉分散，生死无路。

两头朱童谣

一只箸，两头朱，五六月化为胆。此为朱泚谣也。后果于六月兵败而死。

打麦谣

打麦，麦打。三三三，既而旋其袖曰：舞了也。元和九年六月三日，盗杀宰相武元衡。先是，长安中有此谣。解者以为：打麦，刈麦时也。麦打，谓暗中突击也。三三三，谓六月三日也。舞了，谓元衡死也。

张权舆作裴度伪谣

长庆中，度为李逢吉所构，罢相。敬宗立，欲复用之。逢吉大惧，其党张权舆作伪谣，欲以倾度。天子明其诬，卒相度。

非衣小儿坦其腹，天上有口被驱逐。

马仆射谣

斋钟动也，和尚不上堂。马仆射既立功业，颇有陶侃之志。客有扬其意者，先著此谣于军中。因托言善相者云："公相非人臣，岂不闻谣乎？和尚，公之名。斋钟动，谓时至。不上堂，不自取也。"马因具宝物直数千万，令通田悦为用。客一去不知所之，马始悔焉。

咸通七年童谣

草青青，被严霜。鹊始巢，复看颠狂。

咸通十四年成都谣

咸通癸巳，出无所之。蛇去马来，道路稍开。头无片瓦，地有残灰。是岁岁阴在巳，明年在午。巳，蛇也。午，马也。

乾符六年童谣

八月无霜塞草青，将军骑马出空城。汉家天子西巡狩，犹向江东更索兵。

僖宗时童谣

金色虾蟆争努眼，翻却曹州天下反。王仙芝反于曹州，黄巢继之，此谣之应。

黄巢军中谣

逢儒则肉师必覆。初巢军中有此谣。巢入闽，俘民。给称儒者，皆释之。

中和初童谣

黄巢走，泰山东，死在翁家翁。黄巢未败前有此谣。后败走至泰山狼虎谷，为其下所杀。其死处民家果姓翁。

山阴老人伪谣

董昌时，有山阴县老人伪上言曰："愿大王帝于越。三十年前已闻谣言，故来献。"昌得之，大喜，因僭伪号。

欲识圣人姓，千里草青青。欲识圣人名，日从日上生。

胡楚宾谣

唐秋浦诗人有胡楚宾、顾云、张乔、伍乔、殷文圭诸人。楚宾文思甚敏，必酒中下笔。当时有谣云：

胡楚宾，李翰林。词同三峡水，字值双

南金。

后唐军士谣

除去菩萨,扶立生铁。潞王之入洛,许赏军士,人钱百缗。后不能给,赏钱二十缗,军士犹怨望,乃为此谣。以闵帝仁弱,潞王刚严,有悔心故也。

周显德中齐州谣

蹋阳春,人间二月雨和尘。阳春蹋尽西风起,肠断人间白发人。

天祐中江南童谣

东海鲤鱼飞上天。李昪初为徐温养子,冒徐姓,名知诰。后继温为南唐。东海,徐氏之望。鲤,李也。

真人谣 唐末民间有此谣。元宗因名其子为弘冀以应之

有一真人在冀川,开口持弓向外边。一本此下又有子子孙孙万万年一句。

李后主童谣

索得娘来忘却家,后园桃李不生花。猪儿狗儿都死尽,养得猫儿患赤瘕。《南唐近事》解此谣云:娘谓李主再娶周后,猪狗死谓祚尽戌亥年。赤瘕,目病。猫有目病,则不能捕鼠,谓不见丙子之年也。

秦人竹貓谣

貓貓引黑牛,天差不自由。但看戊寅岁,扬在蜀江头。《王氏见闻》云:竹貓,食竹之鼠,肉肥脆,生深山竹林人人境。岐梁睚眦之年,此物遍入人家房内,秦人口腹饫焉。忽有童谣云云,智者不能议之。庚午岁,梁刘知俊叛梁入秦,岐王以为泾州节度。知俊为人色黑,而其生岁在丑。貓者,刘也。始如貓貓引黑牛之应。后奔蜀,王建用之,令反攻岐。有功,竟忌而杀之。岁戊寅,建不豫。见刘为祟,因扮刘骨投之江。其言扬在蜀江头亦验云。

蜀人谣

建阴忌刘知俊材,蜀人亦共嫉之。建诸子皆以宗承为名,乃于里巷构为谣言云云。建虑为子孙害,益恶之,故杀知俊。

黑牛无系绊,棕绳一时断。一作黑牛出圈棕绳断。

秦城芭蕉谣

花开来里,花谢也里。天水地寒,不产芭蕉。戍

帅亭台有二本,入冬即埋藏于地窟,候春再植之。庚午、辛未间,有童谣云云。时节气变而不寒,芭蕉花开。蜀人犯封疆,年年一来,不失芭蕉开谢之候。自陇之西,竟为蜀有。盖剑外节气先布于秦城也。

蜀童谣

我有一帖药,其名曰阿魏,卖与十八子。蜀王衍时有此谣。乾德末,衍兄宗弼果卖国归唐,而宗弼乃王建养子,本姓魏氏。皆验。

蜀中扫地和尚

水行仙,怕秦川。王建据蜀之后,有一僧常持大帚,每过即汛扫,人以扫地和尚目之。扫毕,辄写二语。其后王衍果有秦川之祸。水行仙,衍字也。

福州谣

骑马来,骑马去。王潮以光启二年丙午拜泉州刺史,至晋开运三年丙午南唐灭王氏,谣之验也。

闽人谣

风吹杨菜鼓山下,不得钱郎戈不罢。王审知时有此谣。后延羲、延政兄弟相攻,国中大乱。忠献王钱佐时年十九,遣兵伐之,败淮将杨业、蔡遇等,尽取福州之地。鼓山,福州山名。

广州童谣

羊头二四,白天雨至。后宋师以辛未年二月四日平南汉。羊,未之神。天雨者,王师如时雨之义。

桂管童谣

大虫来。湖南马殷命其将李勋击南越,拔桂管十八城。勋勇壮绝伦,人号曰李老虎。先是,桂管儿童每聚,戏呼大虫来,至是果应。

湖南童谣

湖南城郭好长街,竟栽柳树不栽槐。百姓奔窜无一事,只是椎芒织草鞋。初,马氏城中街道多种槐树,柳无一二。希萼逐希广自代之初,皆变为种柳,无复有槐。又居人夜织草鞋,槌芒声闻郊野。俄有童谣四句,人无少长皆诵之。未几,国乱,民窜死者十七八,槐言怀,兄弟寻戈,失孔怀之义。草鞋,远行所用,言百姓之奔窜也。

长沙童谣

鞭打马,马急一作须走。楚王马希萼为其弟希崇所篡,希萼于衡山自立为王。希崇求救于吴,吴遣将边镐来

伐。希崇将拒之,或以童谣为谏。不得已降镐,马氏遂举族入吴。

湘中童谣

马去不用鞭,咬牙过今年。江南将边镐下长沙,既迁马氏之族,朗州衙将刘言复为乱。袭镐,镐遁归。谣言鞭,边也。

长沙童谣

三羊五马,马子离群,羊子无舍。或问庞巨昭湖南与淮南国祚长短,巨昭曰:"吾入长沙,闻童谣云云。自今以后,马氏当五主,杨氏当三主。"后皆如其言。

丹阳语

待钱来,待钱来。丹阳民常有此戏语。后钱镠授镇帅润州刺史,遂据有钱塘,乃其应也。

辽述律后谣

青牛妪,曾避路。辽太祖后述律氏,生而有雄略,尝至辽土二河之会。有女子乘青牛车,仓卒避路,忽不见。未几,童谣云云。谚谓地祇为青牛妪,后果配太祖,称地皇后云。

全唐诗卷八百七十九

酒令

招手令

亚其虎膺,谓手掌。曲其松根。谓指节。以蹲鸱间虎膺之下,蹲鸱,大指也。以钩戟差玉柱之旁。钩戟,头指。玉柱,中指也。潜虬阔玉柱三分,潜虬,无名指也。奇兵阔潜虬一寸。奇兵,小指也。死其三洛,谓搔其腕也。生其五峰。通呼五指也。

打令口号

送摇招,由三方。一圆分成四片,送在摇前。

龙朔中酒令

龙朔已来,百姓饮酒作令云云。俗谓杯盘为子母,又名盘为台。自后庐陵徙均州,子母相去离也。连台拗倒者,则天被废,诸武迁放之兆。

子母相去离,连台拗倒。

沈亚之

亚之尝客游,为小辈所试曰:"某改令,书俗各两句。"亚之答云云。

伐木丁丁,鸟鸣嘤嘤。东行西行,遇饭遇羹。人。

如切如磋,如琢如磨。欺客打妇,不当娄罗。亚之。

令狐楚顾非熊

楚与非熊饮,知其捷辨,改一字令试之,楚大奇焉。

水里取一鼍,岸上取一驼。将者驼,来驮者鼍,是为驼驮鼍。楚。

屋里取一鸽,水里取一蛤。将者鸽,来合者蛤,是谓鸽合蛤。非熊。

张祜

令狐绹镇维扬,祜尝预狎燕,因熟视祜改令,祜答云云。

上水船，风大急。帆下人，须好立。绚。

上水船，船底破。好看客，莫倚柁。祐。

卢发

白敏中镇荆南，杜蕴廉问长沙。发为从事，致聘焉。酒酣傲睨，白公不怿，改令，卢答云云。公极欢而罢。

十姓胡中第六胡，也曾金阙掌洪炉。少年从事夸门第，莫向尊前气色粗。白。

十姓胡中第六胡，文章官职胜崔卢。暂来关外分优寄，不称宾筵语气粗。发。

沈询

询，吴人，会昌进士第，咸通中为昭义节度。尝宴府中，宾友改令歌此。询有嬖妾，妻以配内竖归秦，而仍留侍内。秦耻恨，伺宴罢，杀询夫妻，如所歌也。

莫打同来雁，从他向北飞。打时双打取，莫遣两分离。

姚岩杰

岩杰投歙州卢肇，肇知其使酒，敬待之。岩杰日肆傲睨，肇渐不乐。会于江亭，肇改令，目前取一联云云。岩杰遽饮一器，凭阑呕哕，遂续之。

遥望渔舟，不阔尺八。肇。

凭阑一呕，已觉空喉。岩杰。

裴勋父子

勋容貌么麽，性尤率易，尝从其父坦饮客，坦飞盏属人，勋辄言状。坦付酒罚之，勋亦答盏云云。坦怒而答之。

矬人饶舌，破车饶楔。父属盏云："裴勋饮十分。"

蝙蝠不自见，笑他梁上燕。勋复父盏云："十一郎亦饮十分。"

方干李主簿改令

方干姿态山野，性好凌侮人。有龙丘李主簿者，偶于知闻处见干，与之传杯。龙丘目有翳，干改令以讥之。干缺唇，性嗜鲊，李答云云。一座大笑。

措大吃酒点盐，将军吃酒点酱。只见门外著篱，未见眼中安鄣。方。

措大吃酒点盐，下人吃酒点鲊。只见半臂著襕，不见口唇开袴。李。

高骈薛涛

骈镇成都，令酒佐薛涛改一字令，曰："须得一字象形，又须逐韵。"

口，有似没量斗。骈。没量一作无梁。

川，有似三条椽。涛。 高公云："奈一条曲何？"涛曰："相公为西川节度使，尚使一没量斗。至于穷酒佐，三条椽止有一条曲。又何足怪。"

南唐烈祖酒令

初李昪蓄异志，欲有江南。雪天会群寮，宋齐丘、徐融等出令，借雪取古人名以讽之，惟齐丘叶旨，融意欲挫昪，昪大怒，收而投之江。

雪下纷纷，便是白起。烈祖。

著履过街，必须雍齿。齐丘。

明朝日出，争奈萧何。融。

吴越王与陶穀酒令

穀使吴越，共举酒令云云：

白玉石，碧波亭上迎仙客。王。

口耳王，圣明天子要钱塘。穀。

附夷陵女郎鬼

唐夷陵有女郎鬼行酒令，述贺若弼造此，弄长孙鸾。鸾年老无发而口吃，故云云。

鸾老头脑好，好头脑鸾老。

全唐诗卷八百八十

占辞

城阳公主卜繇

太宗女城阳公主初降薛瓘,帝卜得繇云云。占者请昼婚为吉,帝不从。后主坐巫蛊,同瓘徙房州。咸亨中同卒,果以双枢还京云。

二火皆食,始同荣,末同戚。

冯存澄为明皇占

明皇初为临淄王,欲平逆韦之祸,与道士冯存澄占卦。初得合因,再得斩关,三得铸印乘轩。存澄曰:"此黄帝所以胜炎帝也。"其词云云。明皇掩其口,使勿言。后举事,果验。

合因斩关,铸印乘轩。始当果断,终得嗣天。

钱知微卜卖天津桥

知微,天宝末术士。尝至洛,居天津桥卖卜,云一卦须帛十四。有贵公子意其必异,取帛如数诣卜。卦成,曰:"君何戏焉!"为韵语云云。其人本意卖天津桥绐之,其精如此。

两头点土,中心虚悬。人足踏跋,不肯下钱。

王山人为李卫公按冥

李卫公为并州从事,有王山人者请谒,自称善按冥。公备几案、纸、笔、香、水,与山人偕坐以俟。顷之,纸上书八字甚大,曰:

位极人臣,寿六十四。

钟传客占历日包橘

传领江西日,客有以覆射之法求见。传以历日包橘置袖中,令射。客云:

太岁当头坐,诸神不敢当。其中有一物,常带洞庭香。

马重绩占随卦繇辞

重绩明于数术,晋高祖时为司天监。张从宾反,命筮之,遇随。重绩语其繇云:"岁将秋矣,无能为也。"七月而从宾果败。

南瞻析木，木不自续。虚而动之，动随其覆。

方龟精为钱元懿卜词

元懿，武肃王第五子。贞明中，自新定判东阳，累奏授宾、睦二州刺史、金华郡王，终年六十六。初元懿之为新定，有卜士方氏，时人号为龟精，常数卜以贻元懿。至是果如其言。

太乙接天河，金华宝贝多。郡侯六十六，别处不经过。

叶简占失牛

吴越时，有叶简者，剡人也，善卜筮。凡有盗贼，皆知其姓名，射覆无不奇中。

占失牛，已被家边载上州。欲知贼姓一斤求，欲知贼名十干头。果邻人丘甲盗之。

又射覆橘子

圆似珠，色如丹。倪能擘破同分吃，争不惭愧洞庭山。

射覆巾子

近来好裹束，各自竞尖新。秤无三五两，因何号一斤。

射覆二鸡子

此物不难知，一雄兼一雌。谁将打破看，方明混沌时。

天冲星占

天祐元年四月，有星状如人，首赤身黑，在北斗下紫微中。后三日，黑风晦冥，其星盖天冲也。占曰：

天冲抱极泣帝前，血浊雾下天下冤。

占月语

月如弯月，少雨多风。月如仰瓦，不求自下。

占雨

乾星照湿土，明日依旧雨。

云行西，星照泥。

朝霞不出门，暮霞行千里。云，朝霞，雨；暮霞，晴也。

天将雨，鸠逐妇。《埤雅》云：鹁鸠阴则屏逐其雌，晴则呼而返之。今人辨其声，以为无屋住也。

占四时甲子雨

春雨甲子，赤地千里。夏雨甲子，乘船入市。秋雨甲子，禾头生耳。冬雨甲子，牛羊冻死。鹊巢下地，其年大水。

占年 西北人谚也

要见麦，见三白。

正月三白，田公笑赫赫。

树稼谚

开元二十九年冬，京城寒甚，凝霜封树。春秋雨木冰，即此。亦名树介，言象介胄也。俗又谓之树稼。宁王宪见此，自叹必死，引谚云云。后果薨。

树稼，达官怕。

相书语 张璟藏论妇人相引此

目有四白，五夫守宅。

葬书语

葬压龙角，其棺必斫。书生相邹处俊葬地。

朱雀和鸣，子孙盛荣。

朱雀悲哀，棺中见灰。英公徐勣卜葬得前繇，张璟藏曰："非也。此所谓朱雀悲哀，棺中见灰。后果斫棺焚尸。"

安龙头，枕龙角。不三年，自消铄。张约相崔巽墓。

安龙头，枕龙耳。不三年，万乘至。巽遗言。后明皇微行至墓所，巽言验而约言不验。

阴阳书语

张鷟故宅有桑，高四五丈，无故枯死。寻而祖亡。阴阳书所云，此其验也。

乔木先枯，众了必孤。

本草采萍时日歌 唐高供奉作

不在山，不在岸，采我之时七月半。选甚瘫风与缓风，些小微风都不算。豆淋酒内下三丸，铁幞头上也出汗。

和剂方补骨脂丸方诗

宣宗朝,太尉张寿知广州,得补骨脂丸方于南蕃。人服之验,为诗纪之。补骨脂,神农《本草》不载。生广南诸州及海外诸国。衰年阳气衰绝,力能补之。

三年时节向边隅,人信方知药力殊。夺得春光来在手,青娥休笑白髭须。

李廷珪藏墨诀

《墨谱》。 廷珪精于制墨,本姓奚。从易水徙居南唐,赐国姓。

赠尔乌玉玦,泉清研须洁。避暑悬葛囊,临风度梅月。

全唐诗卷八百八十一

李瀚 唐末五代人

蒙求

王戎简要,裴楷清通。孔明卧龙,吕望非熊。杨震关西,丁宽易东。谢安高洁,王导公忠。匡衡凿壁,孙敬闭户。郄诜苍鹰,宁成乳虎。周嵩狼抗,梁冀跋扈。郄超颖参,王珣短簿。伏波标柱,博望寻河。李陵初诗,田横感歌。武仲不休,士衡患多。桓谭非谶,王商止讹。嵇吕命驾,程孔倾盖。剧孟一敌,周处三害。胡广补阙,袁安倚赖。黄霸政殊,梁习治最。墨子悲丝,杨朱泣岐。朱博乌集,萧芝雉随。杜后生齿,灵王出髭。贾谊忌鵩,庄周畏牺。燕昭筑台,郑庄置驿。瓘靖二妙,岳湛连璧。郤诜一枝,戴冯重席。邹阳长裾,王符逢掖。鸣鹤日下,士龙云间。晋宣狼顾,汉祖龙颜。鲍靓记井,羊祜识环。仲容青云,叔夜玉山。毛义捧檄,子路负米。江革忠孝,王览友弟。萧何定律,叔孙制礼。葛丰刺举,息躬历诋。管宁割席,和峤专车。时苗留犊,羊续悬鱼。樊哙排闼,辛毗引裾。孙楚漱石,郝隆晒书。枚皋诣阙,充国自赞。王衍风鉴,许劭月旦。贺循儒宗,孙绰才冠。太叔辨洽,挚仲辞翰。山涛识量,毛玠公方。袁盎却座,卫瓘抚床。于公高门,曹参趣装。庶女振风,邹衍降霜。范丹生尘,晏婴脱粟。诘汾兴魏,鳖灵王蜀。不疑诬金,卞和泣玉。檀卿沐猴,谢尚鸲鹆。泰初日月,季野阳秋。荀陈德星,李郭仙舟。王忳绣被,张氏铜钩。丁公遽戮,雍齿先侯。陈雷胶漆,范张鸡黍。周侯山嶷,会稽霞举。季布一诺,阮瞻三语。郭文游山,袁宏泊渚。黄琬对日,秦宓论天。孟轲养素,扬雄草玄。向秀闻笛,伯牙绝弦。郭槐自屈,南郡犹怜。鲁恭驯雉,宋均去兽。广客蛇影,殷师牛斗。元礼模楷,季彦领袖。鲁褒钱神,崔烈铜臭。梁竦庙食,赵温雄飞。枚乘蒲轮,郑均白衣。陵母伏剑,轲亲断机。齐后破环,谢女解围。凿齿尺牍，荀勖音律。胡威推缣，陆绩怀橘。罗含吞鸟，江淹梦笔。李廞清贞，刘骢高率。蒋诩三径，许由一瓢。杨仆移关，杜预建桥。寿王议鼎，杜林驳尧。西施捧心，孙寿折腰。灵辄扶轮，魏颗结草。逸少倾写，平子绝倒。澹台毁璧，子罕辞宝。东平为善，司马称好。公超雾市，鲁般云梯。田单火牛，江逌爇鸡。蔡裔殒盗，张辽止啼。陈平多辙，李广成蹊。陈遵投辖，山简倒载。渊客泣珠，交甫解佩。龚胜不屈，孙宝自劾。吕安题凤，子猷访戴。董宣强项，翟璜直言。纪昌贯虱，养由号猿。冯衍归里，张昭塞门。苏韶鬼灵，卢充幽婚。震畏四知，秉去三惑。柳下直道，叔敖阴德。张汤巧诋，杜周深刻。三王尹京，二鲍纠慝。孙康映雪，车胤聚萤。李充四部，井春五经。谷永笔札，顾恺丹青。戴逵破琴，谢敷应星。阮宣杖头，毕卓瓮下。文伯羞鳖，孟宗寄鲊。史丹青蒲，张湛白马。隐之感邻，王修辍社。阮放八隽，江象四凶。华歆忤旨，陈群謇容。王浚悬刀，丁固生松。姜维胆斗，卢植音钟。桓温奇骨，邓艾大志。杨修捷对，罗友默记。杜康造酒，苍颉制字。樗里智囊，边韶经笥。滕公佳城，王果石崖。买妻耻醮，泽室犯斋。马后大练，孟光荆钗。颜叔秉烛，宋弘不谐。邓通铜山，郭况金穴。秦彭攀辕，侯霸卧辙。淳于炙辀，彦国吐屑。太真玉台，武子金埒。巫马戴星，宓贱弹琴。郝廉留钱，雷义送金。逢萌挂冠，胡昭投簪。王乔双凫，华佗五禽。程邈隶书，史籀大篆。王承鱼盗，丙吉牛喘。贾琮褰帷，郭贺露冕。冯媛当熊，班女辞辇。王充阅市，董生下帷。平叔傅粉，弘治凝脂。杨生黄雀，毛子白龟。宿瘤采桑，漆室忧葵。韦贤满籝，夏侯拾芥。阮简旷达，袁耽俊迈。苏武持节，郑众不拜。郭巨将坑，董永自卖。仲连蹈海，范蠡泛湖。文宝缉柳，温舒截蒲。伯道无儿，嵇绍不孤。绿珠坠楼，文君当垆。伊尹负鼎，宁戚叩角。赵壹坎壈，颜驷塞剥。龚遂劝农，文翁兴学。晏御扬扬，五鹿岳岳。萧朱结绶，王贡弹冠。庞统展骥，仇览栖鸾。葛亮顾庐，韩信升坛。蒙恬制笔，蔡伦造纸。孔伋缊袍，祭遵布被。周公握发，蔡邕倒屣。王敦倾室，纪瞻出妓。屈原泽畔，渔父江滨。魏勃扫门，潘岳望尘。京房推律，翼奉观性。甘宁奢侈，陆凯贵盛。干木富义，於陵辞聘。元凯传癖，伯英草圣。冯异大树，千秋小车。漂母进食，孙钟设瓜。壶公谪天，苏训历家。刘玄刮席，晋惠闻蟆。伊籍一拜，郦生长揖。马安四至，应璩三入。郭解借交，朱家脱急。虞延克期，盛吉垂泣。豫让吞炭，钼麑触槐。阮孚蜡屐，祖约好财。初平起石，左慈掷杯。武陵桃源，刘阮天台。王俭坠车，褚渊落水。季伦锦障，春申珠履。甄后出拜，刘桢平视。胡嫔争樗，晋武伤指。石庆数马，孔光温树。翟汤隐操，许询胜具。优旃滑稽，落下历数。曼容自免，子平毕娶。师旷清耳，离娄明目。仲文照镜，临江折轴。栾巴噀酒，偃师舞木。德润傭书，君平卖卜。叔宝玉润，彦辅冰清。卫后发鬓，飞燕体轻。玄石深湎，刘伶解酲。赵胜谢躄，楚庄绝缨。恶来多力，飞廉善走。赵孟疵面，田骈天口。张凭理窟，裴頠谈薮。广汉钩距，弘羊心计。卫青拜幕，去病辞第。郦寄卖友，纪信诈帝。济叔不痴，周兄无慧。虞卿担簦，君章负笈。南风掷孕，商受斯涉。广德从桥，君章拒猎。应奉五行，安世三箧。相如题柱，终军弃繻。孙晨槁席，原宪桑枢。端木辞金，钟离委珠。季札挂剑，徐稚致刍。朱云折槛，申屠断鞅。卫玠羊车，王恭鹤氅。管仲随马，苍舒称象。丁兰刻木，伯瑜泣杖。陈遶豪爽，田方简傲。黄向访主，陈寔遗盗。庞俭凿井，阴方祀灶。韩寿窃香，王濛市帽。句践投醪，陆抗尝药。孔愉放龟，张颢堕鹊。田豫俭素，李恂清约。义纵攻剽，周阳暴虐。孟阳掷瓦，贾氏如皋。糜竺收赀，桓景登高。雷焕送剑，吕虔佩刀。老莱斑衣，黄香扇枕。王祥守柰，蔡顺分椹。淮南食时，左思十稔。刘惔倾酿，孝伯痛饮。女娲补天,长房缩地。季珪士首,长孺国器。陆玩无人,贾诩非次。何晏神伏,郭奕心醉。常林带经,高凤漂麦。孟嘉落帽,庾凯堕帻。龙逢板出,张华台坼。董奉活燮,扁鹊起虢。寇恂借一,何武去思。韩子孤愤,梁鸿五噫。蔡琰辨琴,王粲覆棋。西门投巫,何谦焚祠。孟尝还珠,刘昆反火。姜肱共被,孔融让果。端康相代,亮陟隔坐。赵伦鹩怪,梁孝牛祸。桓典避马,王尊叱驭。晁错峭直,赵禹廉倨。亮遗巾帼,备失匕箸。张翰适意,陶潜归去。魏储南馆,汉相东阁。楚元置醴,陈蕃下榻。广利泉涌,王霸冰合。孔融坐满,郑崇门杂。张堪折辕,周镇漏船。郭伋竹马,刘宽蒲鞭。许史侯盛,韦平相延。雍伯种玉,黄寻飞钱。王允千里,黄宪万顷。虞骎才望,戴渊锋颖。史鱼黜殡,子囊城郢。戴封积薪,耿恭拜井。汲黯开仓,冯驩折券。齐景驷千,何曾食万。顾荣锡炙,田文比饭。稚珪蛙鸣,彦伦鹤怨。廉颇负荆,须贾擢发。孔翊绝书,申嘉私谒。渊明把菊,真长望月。子房取履,释之结袜。郭丹约关,祖逖誓江。贾逵问事,许慎无双。娄敬和亲,白起坑降。萧史凤台,宋宗鸡窗。王阳囊衣,马援薏苡。刘整交质,五伦十起。张敞画眉,谢鲲折齿。盛彦感螬,姜诗跃鲤。宗资主诺,成瑨坐啸。伯成辞耕,严陵去钓。董遇三余,谯周独笑。将闾仰天,王凌呼庙。二疏散金,陆贾分橐。慈明八龙,祢衡一鹗。不占陨车,子云投阁。魏舒堂堂,周舍谔谔。无盐如漆,姑射若冰。郏子投火,王思怒蝇。符朗皂白,易牙淄渑。周勃织薄一作畚非,灌婴贩缯。马良白眉,阮籍青眼。黥布开关,张良烧栈。陈遗饭感,陶侃酒限。楚昭萍实,束晳竹简。曼倩三冬,陈思七步。刘宠一钱,廉范五袴。氾毓字孤,郗鉴吐哺。荀弟转酷,荀粲惑溺。宋女愈谨,敬姜犹绩。鲍照篇翰,陈琳书檄。浩浩万古,不可备甄。芟繁摭华,尔曹勉旃。

全唐诗卷八百八十二

补遗

褚亮诗一首

宗庙九德之歌辞 第七句、第十三句各缺一字

皇祖诞庆,于昭于天。积德斯远,茂攸绪先。维文应历,神武弘宣。肇迹□水,成功坂泉。道光覆载,声穆吉先。式备牺象,用□牲牷。礼终九献,乐展四悬。神贶景福,遐哉永年。

陈叔达诗一首

太庙裸地歌辞

清庙既裸,郁鬯推礼。大哉孝思,严恭祖祢。龙衮以祭,鸾刀思启。发德朱弦,升歌丹陛。遥享粢盛,堂斝况齐。降福穰穰,来仪济济。

王绩诗一首

阶前石竹

上天布甘雨,万物咸均平。自顾微且贱,亦得蒙滋荣。萋萋结绿枝,晔晔垂朱英。常恐零露降,不得全其生。叹息聊自思,此生岂我情。昔我未生时,谁者令我萌。弃置勿重陈,委化何所营。

崔善为诗一首

九月九日

九日重阳节,三秋季月残。菊花催晚气,萸房辟早寒。霜浓鹰击远,雾重雁飞难。谁忆龙山外,萧条边兴阑。

许敬宗 诗二首

奉和九月九日应制

爽气申时豫,临秋肆武功。太液荣光发,曾城佳气融。紫霄寒暑丽,黄山极望通。讲艺遵先执,睹德畅宸衷。鹫岭飞夏服,娥魄乱雕弓。汗浃镳流赭,尘生堁散红。饮羽惊开石,中叶遽雕丛。雁殚云路静,乌坠日轮空。九流参广宴,万宇抃恩隆。

奉和守岁应制

玉琯移玄序,金奏赏彤闱。祥鸾歌里转,春燕舞前归。寿爵传三礼,灯枝丽九微。运广薰风积,恩深湛露晞。送寒终此夜,延宴待晨晖。

卢照邻 诗一首

凌晨

日掩鸿都夕,河低乱箭移。虫飞明月户,鹊绕落花枝。兰襟帐北墅,玉匣鼓文漪。闻有啼莺处,暗幄晓云披。

宋之问 诗二首

登北固山

京镇周天险,东南作北关。埭横江曲路,戍入海中山。望越心初切,思秦鬓已斑。空怜上林雁,朝夕待春还。

陪群公登箕山赋得群字

许由去已远,冥莫见幽坟。世薄人不贵,兹山唯白云。宁知三千岁,复有尧为君。时佐激颓俗,登箕挹清芬。高节虽旦暮,邈与洪崖群。

苏颋 诗二首

人日兼立春小园宴

黄山积高次,表里望京邑。白日最灵朝,登攀尽原隰。年灰律象动,阳气开迎入。烟霭长薄含,临流小溪涩。宾朋莫我弃,词赋当春立。更与韶物期,不孤东园集。

和黄门舅十五夜作

闻君陌上来,歌管沸相催。孤月连明照,千灯合暗开。宝装游骑出,香绕看车回。独有归闲意,春庭伴落梅。

薛曜 诗三首

登绵州富乐山别李道士策

珠阙昆山远,银宫涨海悬。送君从此路,城郭几千年。云雾含丹景,桑麻覆细田。笙歌未尽曲,风驭独泠然。

九城寻山水

菊浦桃源瞰九城,鸾歌凤啸忽将迎。千岩杂树云霞色,百道流泉风雨声。上客由来轩盖重,幽人自觉薜萝轻。疑是昔年栖息地,山中日暮有余情。

邙山古意

昔掩佳城路,曾惊蛰易迁。今接宜都里,翻疑海作田。镂鼎名应大,生金字不传。风飙吹白日,罗绮拭黄泉。象凤笙留国,成龙剑上天。长乐移新垄,咸阳失旧阡。川流徒漫漫,神理竟绵绵。伫见飞来鹤,沈嗟不学仙。

李怀远 诗一首

凤阁南厅,槐树半生死。虽遇阳和,终呈枯朽。托根清禁,颇觉非宜。感物缘情,率尔为咏

庭槐岁月深,半死尚抽心。叶少宁障日,枝疏不碍禽。帷幄谅无取,栋梁非所任。愧在龙楼侧,羞处凤池阴。未能辞雨露,犹得款衣簪。惜悲生意尽,空余古木吟。

赵彦伯诗一首

和九月九日登慈恩寺浮图应制

出豫垂佳节,凭高陟梵宫。皇心满尘界,佛迹现虚空。日月宜长寿,天人得大通。喜闻题宝偈,受记莫由同。

乔备诗一首

秋夜巫山

巫峡裴回雨,阳台淡荡云。江山空窈窕,朝暮自纷氲。萤色寒秋露,猿啼清夜闻。谁怜梦魂远,肠断思纷纷。

孙逖诗一首

晦日与卢舍人同诣补阙城南林园 第六句缺一字

芳年正月晦,假日早朝回。欲尽三春赏,还钦二阮才。柳迎郊骑入,花近□庭开。宛是人寰外,真情寓物来。

卢象诗一首

赠刘蓝田 一作王维诗

篱中犬迎吠,出屋候柴扉。岁晏输井税,山村人暮归。晚田始家食,余布成我衣。对此能无事,劳君问是非。

刘长卿诗一首

清明日青龙寺上方 得多字

上方偏可适,季月况堪过。远近人都至,东西山色多。夕阳留径草,新叶变庭柯。已度清明节,春愁如客何。

萧颖士诗三首

羽山

九山方荡潏,三考仵良材。夏祖何屯否,迁殛此山隈。空余下泉客,谁复辨黄能。

游马耳山

兹山表东服,远近瞻其名。合沓尽溟涨,浑浑连太清。我来疑初伏,幽路无炎精。流水出溪尽,覆萝摇风轻。高深变气候,俯仰暮天晴。入谷烟雨润,登崖云日明。乾坤正含养,种植总滋荣。草树皆秀色,雏麛乱新声。攀岩挹桂髓,洞穴拾瑶英。此地隐微径,何人得长生。宿心尚葛许,弥愿栖蓬瀛。太息宦名路,迟回忠孝情。还丹昧远术,养素惭幽贞。安得从此去,悠然升玉京。

□□□赵载同游焦湖夜归作 题缺三字,诗缺八字

□□将泽国,溯腾迎淮甸。东江输大江,别流从此县。仙尉俯胜境,轻桡恣游衍。自公暇有余,微尚得所愿。拈引间翰墨,风流尽欢宴。稍移井邑闲,始悦登眺便。遥岫逢应接,连塘乍回转。划然气象分,万顷行可见。波中峰一点,云际帆千片。浩叹无端涯,孰知蕴虚变。往游信不厌,毕景方未还。兰□烟霭里,延缘蒲稗间。势随风潮远,心与□□闲。回见出浦月,雄光射东关。悠然蓬壶事,□□□衰颜。安得傲吏隐,弥年寓兹山。

王翰诗一首

龙兴观金箓建醮景龙二年 末句缺三字

泰山岩岩兮凌紫氛,中有群仙兮乘白云,陈金荐璧兮□□□。

张鼎诗一首

山中松

枝耸碧云端,根侵藓壁盘。几经良匠顾,犹作散材看。雪积花开少,风多子落干。空存后凋色,岁晚出林峦。

李白诗一首

庭前晚花开

西王母桃种我家,三千阳春始一花。结实

苦迟为人笑,攀折唧唧长咨嗟。

杜甫 诗一首

汉州王大录事宅作

南溪老病客,相见下肩舆。近发看乌帽,催莼煮白鱼。宅中平岸水,身外满床书。忆尔才名叔,含凄意有余。

皇甫冉 诗七首

田家作

卧见高原烧,闲寻空谷泉。土膏消腊后,麦陇发春前。药验桐君录,心齐庄子篇。荒村三数处,衰柳百余年。好就山僧去,时过野舍眠。汲流宁厌远,卜地本求偏。向子谙樵路,陶家置黍田。雪峰明晚景,风雁虐寒天。且复冠名鹖,宁知冕戴蝉。问津夫子倦,荷蓧丈人贤。顾物皆从尔,求心正傥然。嵇康懒慢性,只自恋风烟。

寄刘方平

十年不出蹊林中,一朝结束甘从戎。严子持竿心寂历,寥落荒蘺遮旧宅。终日碧湍声自喧,暮秋黄菊花谁摘。每望南峰如对君,昨来不见多黄云。石径幽人何所在,玉泉疏钟时独闻。与君从来同语默,岂是悠悠但相识。天畔三秋空复情,袖中一字无由得。世人易合复易离,故交弃置求新知。叹息青青长不改,岁寒霜雪贞松枝。

和中丞奉使承恩,还终南旧居

轩车寻旧隐,宾从满郊园。萧散烟霞兴,殷勤故老言。谢公山不改,陶令菊犹存。苔藓侵垂钓,松篁长闭门。风霜清吏事,江海谕君恩。祗召趋宣室,沈冥在一论。

送令狐明府

行当腊候晚,共惜岁阴残。闻道巴山远,如何蜀路难。荒林藏积雪,乱石起惊湍。君有亲人术,应令劳者安。

同韩给事观毕给事画松石

海峤微茫那得到,楚关迢递心空忆。夕郎善画岩间松,远意幽姿此何极。千条万叶纷异状,虎伏螭盘争劲力。扶疏半映晚天青,凝澹全和曙云黑。烟笼月照安可道,雨湿风吹未曾息。能将积雪辨晴光,每与连峰作寒色。龙楼不竞繁花吐,骑省偏宜遥夜直。罗浮道士访移来,少室山僧旧应识。披垣深沈昼无事,终日亭亭在人侧。古槐衰柳宁足论,还对罘罳列行植。

送从侄栖闲律师

能知出世法,讵有在家心。南院开门送,东山策杖寻。经年期故里,及夏到空林。念远长劳望,朝朝草色深。

舟中送李观

江南近别亦依依,山晚川长客伴稀。独坐相思计行日,出门临水望君归。

张彪 诗一首

敕移橘栽

南橘北为枳,古来岂虚言。徙植期不变,阴阳感君思。枝条皆宛然,本土封其根。及时望栽种,万里绕花园。滋味岂圣心,实以忧黎元。暂劳致力重,永感贡献烦。是嗟草木类,禀异于乾坤。愿为王母桃,千岁奉至尊。

全唐诗卷八百八十三

补遗

严维 诗一首

晚霁登王六东阁

试上江楼望,初逢山雨晴。连空青嶂合,向晚白云生。俊美要殊观,萧条见远情。情来不可极,日暮水流清。

顾况 诗四首

曲龙山歌

曲龙丈人冠藕花,其颜色映光明砂。玉绳金枝有通籍,五岳三山如一家。遥指丛霄沓灵岛,岛中晔晔无凡草。九仙傲倪折五芝,翠凤白麟回异道。石台石镜月长明,石洞石桥连上清。人间妻子见不识,拍云挥手升天行。摩天截汉何潇洒,四石五云更上下。下方小兆更手拜焉,愿得骑云作车马。

子欲居九夷,乘桴浮于海。圣人之意有所在,曲龙何在在海中。石室玉堂窅玲珑,其下琛怪之所产。其上灵栖复无限,无风浪顶高屋脊。有风天晴翻海眼,愿逐刚风骑吏旋。起居按摩参寥天,凤皇颊骨流珠佩。孔雀尾毛张翠盖。下看人界等虫沙,夜宿层城阿母家。

柳宜城鹊巢歌并序

俗传鹊巢在南,令人贫穷,多口舌。东西家者,已斫树枝,公独任其乳育。于鸟如此,于人可知。况承命歌曰:

相公宅前杨柳树,野鹊飞来复飞去。东家斫树枝,西家斫树枝。东家西家斫树枝,发遣野鹊巢何枝。相君处分留野鹊,一月生得三个儿。相君长命复富贵,口舌贫穷徒尔为。

道该上人院石竹花歌

道该房前石竹丛,深浅紫,深浅红。婵娟灼烁委清露,小枝小叶飘香风。上人心中如镜中,永日垂帘观色空。

耿沨 诗一首

九日

九日强游登藻井,发稀那敢插茱萸。横空过雨千峰出,大野新霜万壑铺。更望尊中菊花酒,殷勤能得几回沽。

窦叔向 诗一首

青阳馆望九子山

苍翠岩峣上碧天,九峰遥落县门前。毫芒映日千重树,涓滴垂空万丈泉。武帝南游曾驻跸,始皇东幸亦祈年。云祠绝迹终难访,唯有猿声到客边。

王季友 诗二首

青出蓝

芳蓝滋匹帛,人力半天经。浸润加新气,光辉胜本清。还同冰出水,不共草为萤。翻覆衣襟上,偏知造化灵。

皇帝移晦日为中和节

皇心不向晦,改节号中和。淑气同风景,嘉名别咏歌。湔裙移旧俗,赐尺下新科。历象千年正,醺醲四海多。花随春令发,鸿度岁阳过。天地齐休庆,欢声欲荡波。

刘商 诗一首

送刘南史往杭州拜觐别驾叔

兄弟飘零自长年,见君眉白转相怜。清扬似玉须勤学,富贵由人不在天。万里榛芜迷旧国,两河烽火复相连。林中若使题书信,但问漳滨访客船。

杨巨源 诗二首

和汴州令狐相公白菊

兔园春欲尽,别有一丛芳。直似穷阴雪,全轻向晓霜。凝晖侵桂魄,晶彩夺萤光。素萼迎风舞,银房泫露香。水晶帘不隔,云母扇韬铓。纳袖呈瑶瑟,冰容启玉堂。今来碧油下,知自白云乡。留此非吾土,须移凤沼傍。

赠陈判官求子花诗 魏府出此物

油地轻绡碧且红,须怜纤手是良工。能生丽思千花外,善点秾姿五彩中。子细传看临霁景,殷勤持赠及春风。若将江上迎桃叶,一帖何妨锦绣同。

欧阳詹 诗一首

同诸公过福先寺律院宣上人房

律座下朝讲,昼门犹掩关。叨同静者来,正值高云闲。寂尔方丈内,莹然虚白间。千灯智慧心,片玉清嬴颜。松色落深井,竹阴寒小山。晤言流曦晚,惆怅归人寰。

白居易 诗三首

城西别元九

城西三月三十日,别友辞春两恨多。帝里却归犹寂寞,通州独去又如何。

陈家紫藤花下赠周判官

藤花无次第,万朵一时开。不是周从事,何人唤我来。

游小洞庭

湖山上头别有湖,芰荷香气占仙都。夜含星斗分乾象,晓映雷云作画图。风动绿蘋天上浪,鸟栖寒照月中乌。若非神物多灵迹,争得长年冬不枯。

杨衡 诗一首

伤蔡处士

箧中遗草是琅玕,对此令人洒泪看。三径尚疑行迹在,数萤犹自映书残。晨光不借泉门晓,螟色空添陇树寒。欲问皇天天更远,有才无命说应难。

丘丹 诗二首

奉使过石门瀑布 并序

谢康乐,宋景平中为永嘉守,有《宿石门岩上》诗。予六代祖梁中书侍郎,天监中有过《石门瀑布》诗,后亦为此郡。小子大历中奉使,窃有继作。虽不足克绍祖德,追踪昔贤,盖造奇怀感之志也。

溪上望悬泉,耿耿云中见。披榛上岩岫,绝壁正东面。千仞泻联珠,一潭喷飞霰。嵯崄满山响,坐觉炎氛变。照日类虹蜺,从风似绡练。灵奇既天造,惜处穷海甸。吾祖昔登临,谢公亦游衍。王程惧淹泊,下磴空延眷。千里雷尚闻,峦回树葱蒨。奔波一作此来恭贱役,探讨愧前彦。永欲洗尘缨,终当惬兹愿。

秋夕宿石门馆

暝从石门宿,摇落四岩空。潭月漾山足,天河泻涧中。杉松寒似雨,猿鸟夕惊风。独卧不成寐,苍然想谢公。

张碧 诗三首

庐山瀑布

谁将织女机头练,贴出青山碧云面。造化工夫不等闲,剪破澄江凝一片。怪来洞口流呜咽,怕见三冬昼飞雪。石镜无光相对愁,漫漫顶上沈秋月。争得阳乌照山北,放出青天豁胸臆。黛花新染插天风,蓦吐中心烂银色。五月六月暑云飞,阁门远看澄心机。参差碎碧落岩畔,梅花乱摆当风散。

林书记蔷薇

东风折尽诸花卉,是个亭台冷如水。黄鹂舌滑跳柳阴,教看蔷薇吐金蕊。双成涌出琉璃宫,天香阔罩红熏笼。西施晓下吴王殿,乱抛娇脸新匀浓。瑶姬学绣流苏幔,绿夹殷红垂锦段。炎洲吹落满汀云,阮瑀庭前装一半。醉且书怀还复吟,蜀笺影里霞光侵。秦娥晚凭栏干立,柔枝坠落青罗襟。殷勤无波绿池水,为君作镜开妆蕊。

答友人新栽松 第十一句缺二字

石门新长青龙髯,虬身宛转云光粘。闻君爱我幽崖前,十株五株寒霜天。越溪老僧头削雪,曾云手植当庭月。三十年来遮火云,凉风五月生空门。愿君栽于清涧泉,贞姿莫迓夭桃妍。□□易开还易落,贞姿郁郁长依然。山童懒上孤峰巅,当窗划破屏风烟。

陈翥 诗二首

金钱花

袅露牵风夹瘦莎,一星星火遍寞寞。闲门永巷新秋里,幸不伤廉莫怕多。

古薛寒芜让品流,小斋多谢伴清幽。若教夷甫门前种,也是无多过一秋。

长孙佐辅 诗二首

山居雨霁即事

结茅苍岭下,自与喧卑隔。况值雷雨晴,郊原转岑寂。出门看反照,绕屋残溜滴。古路绝人行,荒陂响蝼蝈。篱崩瓜豆蔓,圃壤牛羊迹。断续古祠鸦,高低远村笛。喜闻东皋润,欲往未通屐。杖策试危桥,攀萝瞰苔壁。邻翁夜相访,缓酌聊跂石。新月出污尊,浮云在中舄。常鏖腐儒操,谬习经邦画。有待时未知,非关慕汩溺。

秋日登山

逐胜不怯寒,秋山闲独登。依稀小径通,深处逢来僧。侧石拥寒溜,欹松悬古藤。明书问知友,兴咏将谁能。

窦巩 诗一首

自京师将赴黔南

风雨荆州二月天,问人须雇峡中船。西南一望云和水,犹道黔南有四千。

姚合诗一首

中秋夜洞庭圆月

素月闲秋景,骚人泛洞庭。沧波正澄霁,凉叶未飘零。练彩凝霞焱,霜容静杳冥。晓栖河畔鹤,宵映渚边萤。圆彩含珠魄,微飚发桂馨。谁怜采蘋客,此夜宿孤汀。

李涉诗九首

潍阳行

黄昏日暮驱羸马,夜宿潍阳烽火下。此地新经杀戮来,墟落无烟空碎瓦。层冰塞断隋朝水,一道银河贯千里。愁心翻覆梦难成,病仆呻吟呼不起。泗水三千招义军,本是征战邀殊勋。十年麾下蓄壮气,一朝此地为愁人。昨日太阳回照烛,转见天心重含育。早晚东风的发生,古堤春草年年绿。

六叹集已载三首

蓬莱岛边采珠客,西望人寰星汉隔。千重叠浪耸云高,万里平沙连月白。海中洞穴寻难极,水底鲛人半相识。玄蚌初开影暂明,骊龙欲近威难逼。辛苦风涛白首期,得珠却恨求珠时。隋侯殁世几千载,只今薄俗空嗤嗤。

燕王爱贤筑金台,四方豪俊承风来。秦王烧书杀儒客,肘腋之中千里隔。去年八月幽并道,昭王陵边哭秋草。今年二月游函关,秦家城外悲河山。河上山边车马路,残日青烟五陵树。

关东病儒客梁城,五岁十回逢乱兵。烧人之家食人肉,狼虎炽心都未足。城里愁云不开城,城头野草春还绿。五十余年忠列臣,临难守节羞谋身。堂上英髦沈白刃,门前舆隶乘朱轮。千古伤心汴河水,阴天落日悲风起。

却归巴陵途中走笔寄唐知言

去年腊月来夏口,黑风白浪打头吼。橹声轧轧摇不前,看他撩乱张帆走。逾月始到鹦鹉洲,呜呜暮角喧城头。逡巡未得见官长,梦寐但觉生愁忧。军中贤倅李监察,人马晓来兼手札。教令参谒礼数全,头头要处相称挈。唐氏一门今五龙,声华殷殷皆如钟。就中十一最年少,别有俊气横心胸。巧缀五言才刮骨,却怕柱天身碑矾。后辈无劳续出头,坳塘不合窥溟渤。君家三兄旧山侣,方寸久来常许与。不觉淹留两月余,风光漫烂生洲渚。宇文文学儒家子,竹绕书斋花映水。醉舞狂歌此地多,有时酩酊扶还起。猥蒙方伯怜饥贫,假名许得陪诸宾。酒家债负有填日,恣意颇敢排青缗。余瞿二家同爱客,园蔬任遣奴人摘。野狐泉头银叶方,一别十年今再觌。更有风流歙奴子,能将盘帕来欺尔。白马青袍豁眼明,许他真是查郎髓。良会芳时难再来,隙光电影长相催。扁舟惆怅人南去,目断江天凡几回。

山中五无奈何诗一首见本集,题止山中二字

无奈落叶何,纷纷满衰草。疾来无气力,拥户不能扫。欲访云外人,都迷上山道。

无奈涧水何,喧喧夜鸣石。疏林透斜月,散乱金光滴。欲访涧底人,路穷潭水碧。

无奈阿鼎何,娇啼索梨栗。柴门正风雨,千向千回出。欲识老病心,赖渠将过日。

无奈梅花何,满岩光似雪。春风总未至,独自惊时节。欲见惆怅心,又看花上月。

张祜诗五首

江南杂题

积潦池新涨,颓坦址旧高。怒蛙横饱腹,斗雀堕轻毛。碧瘦三棱草,红鲜百叶桃。幽栖日无事,痛饮读离骚。

赋得福州白竹扇子探得轻字

金泥小扇谩多情,未胜南工巧织成。藤缕雪光缠柄滑,篾铺银薄露花轻。清风坐向罗衫起,明月看从玉手生。犹赖早时君不弃,每怜初作合欢名。

润州杨别驾宅送蒋侍御收兵归扬州

冷气清金虎,兵威壮铁冠。扬旌川色暗,吹角水风寒。人对辀轓醉,花垂睥睨残。羡归丞相阁,空望旧门阑。

观泗州李常侍打球

日出树烟红,开场画鼓雄。骤骑鞍上月,轻拨镫前风。斗转时乘势,旁捎乍迸空。等来低背手,争得旋分鬃。远射门斜入,深排马迥通。遥知三殿下,长恨出征东。

闲居

僻巷新苔遍,空庭弱柳垂。井栏防稚子,盆水试鹅儿。喜客加笾食,邀僧长路棋。未能抛世事,除此更何为。

全唐诗卷八百八十四

补遗

杜牧 诗一首

渡吴江

埭馆人稀夜更长,姑苏城远树苍苍。江湖潮落高楼迥,河汉秋归广殿凉。月转碧梧移鹊影,露低红草湿萤光。文园诗侣应多思,莫醉笙歌掩华堂。

厉玄 诗一首

元日观朝

玉座临新岁,朝盈万国人。火连双阙晓,仗列五门春。瑞雪销鸳瓦,祥光在日轮。天颜不敢视,称庆拜空频。

赵璜 诗一首

六月

六月火云散,蝉声鸣树梢。秋风岂便借,客思已萧条。倾国三年别,烟霞一路遥。行人断消息,更上灞陵桥。

喻凫 诗一首

樊川寒食 第一句缺一字

新松□绿草,古柏翳黄沙。珮珂客惊鸟,绮罗人间花。蹙尘南北马,碾石去来车。川晚悲风动,坟前碎纸斜。

潘咸 诗一首

芍药

闲来竹亭赏,赏极蕊珠宫。叶已尽余翠,花才半展红。媚欺桃李色,香夺绮罗风。每到春残日,芳华处处同。

刘得仁诗五首

晚步

野步晚悠悠,山光澹早秋。远空沦日脚,多稼没人头。古木蝉齐噪,深塍水慢流。幽居回不近,秋策却堪愁。

村晚闲步

缓步出居处,过原边雁行。夕阳投草木,远水映苍茫。野寺同蟾宿,云溪剧药尝。萧条霜景暮,极目尽堪伤。

冬日题兴善寺崔律师院孤松

为此疏名路,频来访远公。孤标宜雪后,每见忆山中。静影生幽藓,寒声入迥空。何年植兹地,晓夕动清风。

题新栽小松

满庭萧飒皆凡木,岂得飕飗似石溪。雪夜枝柯疑画出,月中长短共人齐。未知何日干天及,恐到秋来被鹤栖。却向旧山寻得处,白云根荄觅应迷。

栽松

翠色凛空庭,披衣独绕行。取从山顶崄,栽得道心生。未弱幽泉韵,焉论别木声。霜天残月在,转影入池清。

薛莹诗一首

十日菊

昨日尊前折,万人醻晓香。今朝篱下见,满地委残阳。得失片时痛,荣枯一岁伤。未将同腐草,犹更有重霜。

贾岛诗一首

赴南巴留别苏台知己

人过梅岭上,岁岁北风寒。落日孤舟去,青山万里看。猿声湘水静,草色洞庭宽。已料生涯事,只应持钓竿。

庄南杰诗四首

红蔷薇《才调集》作无名氏诗

九天碎霞明泽国,造化工夫潜剪刻。翠叶长眉约细枝,殷红短刺钩春色。明日当楼晚香歇,金带盘空已成结。谢豹声催麦陇秋,熏风吹落猩猩血。

晓歌

鹍鸡哭树星河转,海上金乌翅如电。嫦娥敛发绾云头,玉女舒霞织天面。九土厨烟满城邑,商洛陇头车马急。魏宫钟动绣窗明,梦娥惊对残灯立。

春草歌

漠漠绵绵几多思,无言领得春风意。花栽小锦绣晴空,叶抽碧簟铺平地。含芳吊影争芬敷,绕云恨起山蘼芜。离人不忍到此处,泪娥滴尽双真珠。

古松歌

山上山下松,森沈翠盖烟。龟鳞犀甲销支体,泉声雨脚洗春风。深碧麈尾扫冥蒙,浅黄龙腹盘穹崇。拿天攫地数千尺,恐作云雨归维嵩。维嵩成大厦,莫遣邂逅逢樵者。

薛能诗四首

蒲中霁后晚望

河边霁色无人见,身带春风立岸头。浊水茫茫有何意,日斜还向古蒲州。

龙门八韵

河浸华夷阔,山横宇宙雄。高波万丈泻,夏禹几年功。川进晴明雨,林生旦暮风。人看翻进退,鸟性断西东。气逐云归海,声驱石落空。近身毛乍竖,当面语难通。沸沫归何处,盘涡傍此中。从来化鬐者,攀去路应同。

新雪

细落粗和忽复繁,顿清朝市不闻喧。天迷皓色风何乱,地湿春泥土半翻。香暖会中怀岳寺,樵鸣村外想家园。闲吟只爱煎茶淡,斡破平光向近轩。

送判官赴京

阙下情偏已绝稀,天涯身远复相依。庭花每对从容落,夜烛多同笑语归。君子是行应柏署,鄙人何望即柴扉。青云若遇交亲话,白璧无心待发挥。

朱景玄诗一首

溪东岑望天都山

目望浮山丘,梯云上东岑。群峰争入冥,巉巉生太阴。昔贤此升仙,结构穷窅深。未晓日先照,当昼色半沈。风泉雪霜飞,云树琼玉林。大道非闭隔,无路不可寻。窥镜澄夙虑,望坛起敬心。一从呼子安,永绝金玉音。

许浑诗一首

夜行次东关—作行次潼关驿逢魏扶东归

南北断—作倦蓬飘,长亭酒一瓢。残云归太华,疏雨过中条。树色随关迥,河声入塞—作海遥。劳歌此分首—作手,风急马萧萧。

李频诗二首

南游湘汉寄友人

南去远三京,三湘五月行。巴江雪水下,楚泽火云生。向野聊中饮,乘凉探暮程。离怀不可说,已近峡猿声。

送刘山人归洞庭

却共孤云去,高眠最上峰。半湖乘早月,中路入疏钟。秋尽虫声急,夜深山雨重。当时同隐者,分得几株松。

李郢诗十首

早发

野店星河在,行人道路长。孤灯怜宿处,斜月厌新装。草色多寒露,虫声似故乡。清秋无限恨,残菊过重阳。

题惠山

乳洞阴阴碧涧连,杉松六月冷无蝉。黄昏飞尽白蝙蝠,茶火数星山寂然。

雨中看山榴落花

山榴逼砌栽,山火一团开。尽日风兼雨,春渠拥作堆。

寄友人乞菊栽第七句缺一字

药阑经雨正堪锄,白菊烦君乞数株。潘岳赋中芳思在,陶潜篱下绿英无。移来稍及蝉鸣树,种罢长教酒满壶。□子成仙纵难学,九秋思看集鸠雏。

江边柳

东风晴色挂阑干,眉叶初晴畏晓寒。江上别筵终日有,绿条春在长应难。

鹅儿

腊后闲行村舍边,黄鹅清水真可怜。何穷散乱随新草,永日淹留在野田。无事群鸣遮水际,争来引颈逼人前。风吹楚泽兼葭暮,看下寒溪逐去船。

酬友人春暮寄枳花茶

昨日东风吹枳花,酒醒春晚一瓯茶。如云正护幽人滗,似雪才分野老家。金饼拍成和雨露,玉尘煎出照烟霞。相如病渴今全校,不羡生台白颈鸦。

郢自街西醉归,马鞭坠失。崔员外、起秘书知其阙用,皆许见贻。俄顷之间,二信俱至,短长坚重,价不相饶。辄抒短章,仰酬珍锡蜀岩阴面冷冥冥,偃雪欺霜半露青。铦刃剪裁多鹊媚,细鞘挥拂带龙腥。崖垂万仞知无影,藓渍千年合有灵。兰省贵寮蓬阁吏,一时缄赠到云亭。

即日

自笑腾腾者,非憨又不狂。何为跧似鼠,而复怯于獐。落拓无生计,伶俜恋酒乡。冥搜得诗窟,偶战出文场。爱雪愁冬尽,怀人觉夜长。石楼多爽气,桎案有余香。运去非关拙,时来不在忙。平生两闲暇,孤趣满沧浪。

罗敷东馆亭下流泉,云至前山,拥咽经岁。移时掬弄,惆怅成章

看山亭下小鸣泉,鸣咽难通亦可怜。惆怅无人为疏凿,拥愁含恨过年年。

于武陵诗一首

白樱树

记得花开雪满枝,和蜂和蝶带花移。如今花落游蜂去,空作主人惆怅诗。

崔橹诗二十一首

过南城县麻姑山

似前如却玉堆堆,薄带轻烟翠好裁。斜倚兔钩孤影伴,校低仙掌一头来。盘疑虎伏形难写,展认龙拿势未回。惊讶昔人曾羽化,此中争不接瑶台。

诗手难题画手惭,浅青浓碧叠东南。尘愁世界忙心在,霞伴神仙稳梦酣。雨涕自悲看雪鬓,星冠无计整云篸。家风负荷须名宦,可惜千峰绿似蓝。

差烟危碧半斜晖,何代仙人此羽飞。高袖镇长寒柏暗,古祠时复彩云归。红尘鞭马颜将换,碧落骖鸾意有违。声利系身家系念,今生辜负六铢衣。

和友人题僧院蔷薇花三首

何人移得在禅家,瑟瑟枝条簇簇霞。争那寂寥埋草暗,不胜惆怅舞风斜。无缘影对金尊酒,可惜香和石鼎茶。看取老僧齐物意,一般抛掷等凡花。

忍委芳心此地开,似霞颜色苦低回。风惊少女偷香去,雨认巫娥觅伴来。今日独怜僧院种,旧山曾映钓矶栽。三清上客知惆怅,劝我春醪一两杯。

露香如醉态如慵,斜压危阑草色中。试问更谁过野寺,无憀徒自舞春风。兰缸尚惜连明在,锦帐先愁入夏空。一日几回来又去,不能容易舍深红。

春晚泊船江村

芳草青青古渡头,渔家住处暂维舟。残花半树悄无语,细雨满天风似愁。家信不来春又晚,客程难尽水空流。自怜爱失心期约,看取花时更远游。

柳

风慢日迟迟,拖烟拂水时。惹将千万恨,系在短长枝。骨软张郎瘦,腰轻楚女饥。故园归未得,多少断肠思。

莲花

影欹晴浪势欹烟,恨态缄言日抵年。轻雾晓和香积饭,片红时堕化人船。人间有笔应难画,雨后无尘更好怜。何限断肠名不得,倚风娇怯醉腰偏。

残莲花 第二首一作张林诗

倚风无力减香时,涵露如啼卧翠池。金谷楼前马嵬下,世间殊色一般悲。

不耐高风怕冷烟,瘦红欹委倒青莲。无人解把无尘袖,盛取残香尽日怜。

惜莲花

半塘前日染来红,瘦尽金方昨夜风。留样最嗟无巧笔,护香谁为惜熏笼。缘停翠棹沈吟看,忍使良波积渐空。魂断旧溪憔悴态,冷烟残粉楚台东。

岳阳云梦亭看莲花

　　似醉如慵一水心,斜阳欲暝彩云深。清明月照羞无语,凉冷风吹势不禁。曾向楚台和雨看,只于吴苑弄船寻。当时为汝题诗遍,此地依前泥苦吟。

村路菊花

　　袅风惊未定,溪影晚来寒。不得重阳节,虚将满把看。神仙谁采掇,烟雨惜凋残。牧竖樵童看,应教爱尔难。

题山驿新桐花

　　雨余烟腻暖香浮,影暗斜阳古驿楼。丹凤总巢阿阁去,紫花空映楚云愁。堪怜翠盖奇于画,更惜芳庭冷似秋。长日老春看落尽,野禽闲哢碧悠悠。

山路木芙蓉

　　不向横塘泥里栽,两株晴笑碧岩隈。枉教绝世深红色,只向深山僻处开。万里王孙应有恨,三年贾傅惜无才。缘花更叹人间事,半日江边怅望回。

新柳

　　无情柔态任春催,似不胜风倚古台。多少去年今日恨,御沟颜色洞庭来。

临川见新柳

　　不见江头三四日,桥边杨柳老金丝。岸南岸北往来渡,带雨带烟深浅枝。何处故乡牵梦想,两回他国见荣衰。汀洲草色亦如此,愁杀远人人不知。

南阳见柳

　　夜来风入最高枝,冒断愁肠几尺丝。楚塞曾吟烟午处,曲江长忆雪晴时。金衔细毂萦回岸,戍笛牛歌远近陂。还把旧年惆怅意,武安城下一吟诗。

别君山

　　点空夸黛妒愁眉,何必浮来结梦思。惭愧二年青翠色,惹窗粘枕伴吟诗。

宿寿安山阴馆闻泉

　　一支清急万山来,穿竹喧飞破石苔。梦在故乡临欲到,声闻孤枕却惊回。多愁鬓发余甘老,有限年光尔莫催。缘忆旧游相似处,月明山响子陵台。

刘绮庄 诗一首

共佳人守岁

　　桂华穷北陆,荆艳作—作下东邻。残妆欲送晓,薄衣已迎春。举袖争流雪,分歌竞绕—作晓尘。不应将共醉,年去远催人。

全唐诗卷八百八十五

补遗

皮日休诗五首

樱桃花

婀娜枝香拂酒壶,向阳疑是不融酥。晚来嵬峨浑如醉,惟有春风独自扶。

夜看樱桃花

纤枝瑶月弄圆霜,半入邻家半入墙。刘阮不知人独立,满衣清露到明香。

咏白莲

腻于琼粉白于脂,京兆夫人未画眉。静婉舞偷将动处,西施嚬效半开时。通宵带露妆难洗,尽日凌波步不移。愿作水仙无别意,年年图与此花期。

细嗅深看暗断肠,从今无意爱红芳。折来只合琼为客,把种应须玉甃塘。向日但疑酥滴水,含风浑讶雪生香。吴王台下开多少,遥似西施上素妆。

赤门堰白莲花

缟带与纶巾,轻舟漾赤门。千回紫萍岸,万顷白莲村。荷露倾衣袖,松风入髻根。潇疏今若此,争不尽余尊。

司空图诗十首

丙午岁旦

鸡报已判春,中年抱疾身。晓催庭火暗,风带寺幡新。多虑无成事,空休是吉人。梅花浮寿酒,莫笑又移巡。

丁巳元日 第三十八句缺一字

禀朔华夷会,开春气象生。日随行阙近,岳为寿觞晴。作睿由稽古,昭仁事措刑。上玄劳眷佑,高庙保忠贞。星变当移幸,人心喜奉迎。传呼清御道,雪涕识臣诚。鼎饪和方济,台阶润欲平。扶天咨协力,并日召延英。金跃洪炉动,云驱众蛰惊。关中留王气,席上纵奇兵。累降搜贤诏,兼持进善旌。短辕收骥步,直路发鹏程。自乏匡时略,非沽矫俗名。鹤笼何足献,蜗舍别无营。羸带漳滨病,吟哀越客声。移居荒药圃,耗志在棋枰。醉忘身空老,书怜眼尚明。偶能甘蹇分,岂是薄浮荣。虑戒防微浅,□知近利轻。献陵三百里,窸寐祷时清。

光启三年人日逢鹿

浮世仍逢乱,安排赖佛书。劳生中寿少,抱疾上升疏。日暖人逢鹿,园荒雪带锄。知非今又过,蘧瑗最怜渠。

浙上重阳 第二句缺一字

登高唯北望,菊助可□明。离恨初逢节,贫居只喜晴。好文时可见,学稼老无成。莫叹关山阻,何当不阻兵。

乙巳岁愚春秋四十九,辞疾拜章,将免左掖,重阳独登上方

雪鬓不禁镊,知非又此年。退居还有旨,荣路免妨贤。落落鸣蛩鸟,晴霞度雁天。自无佳节兴,依旧菊篱边。

重阳山居

此身逃难入乡关,八度重阳在旧山。篱菊乱来成烂熳,家僮常得解登攀。年随历日三分尽,醉伴浮生一片闲。满目秋光还似镜,殷勤为我照衰颜。

旅中重阳

乘时争路只危身,经乱登高有几人。今岁节唯南至在,旧交坟向北邙新。当歌共惜初筵乐,且健无辞后会频。莫道中冬犹有闰,蟾声才尽即青春。

南至日 第一句缺二字

年年山□□来频,莫强孤危竞要津。吉卦偶成开病眼,暖檐还葺寄羸身。求仙自躁非无药,报国当材别有人。鬓发堪伤白已遍,镜中更待白眉新。

五月九日

金石皆销铄,贤愚共网罗。达从诗似偈,狂觉哭胜歌。高燕凌鸿鹄,枯槎压芰荷。此中无别境,此外是闲魔。

庚子腊月五日

复道朝延火,严城夜涨尘。骅骝思故第,鹦鹉失佳人。禁漏虚传点,妖星不振辰。何当回万乘,重睹玉京春。

罗隐诗一首

中元夜看月

朦胧南溟月,汹涌出云涛。下射长鲸眼,遥分玉兔毫。势来牛斗动,路越宵冥高。竟夕瞻光影,昂头把白醪。

唐彦谦诗十一首

木兰

众花摇落正无憀,脉脉芳丛契后凋。舒卷绿苞临小槛,剪裁檀的缀长条。独当春尽情何限,尚有秋期别未遥。桃叶近来消息绝,见君长忆渡江桡。

玉蕊

玉蕊两高树,相辉松桂旁。向来尘不杂,此夜月仍光。秀掩丛兰色,艳吞秋李芳。世人嫌具美,何必更清香。

莲

新莲映多浦,迢递绿塘东。静影摇波日,寒香映水风。金尘飘落蕊,玉露洗残红。看著余芳少,无人问的中。

望岳时贼据华夏

长路风埃隔楚氛,忽惊神岳映朝曛。削成

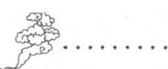

绝壁五千仞,高揭泥金七十君。祝史秘辞今莫睹,从臣嘉颂久无闻。幽人闲望封中地,好为吾皇起白云。

片石

小斋庐阜石,寄自沃洲僧。山客劳携笈,幽人自得朋。瘦云低作段,野浪冻成云。便可同清话,何须有物凭。

柳

春风向杨柳,能事尽风流。有意疑张绪,无情见莫愁。依然金谷在,宁免武昌偷。前路难回首,何须苦映楼。

垂柳

垂柳碧髶茸,楼昏带雨容。思量成昼梦,来去发春慵。梳洗凭张敞,乘骑笑稚恭。碧虚从转笠,红烛近高舂。怨脸明秋水,愁眉淡远峰。小园花尽蝶,静院酒醒蛩。旧作琴台凤,今为药店龙。宝奁抛掷久,一任景阳钟。

紫薇花

素秋寒露重,芳事固应稀。小槛临清沼,高丛见紫薇。温馨终有思,暗淡岂无辉。见欲迷交甫,谁能状宓妃。妆新犹倚镜,步缓不胜衣。恍似新相得,恹如久未归。又疑神女过,犹佩七香帏。还似星娥织,初临五彩机。庆云今已集,威凤莫惊飞。绮笔题难尽,烦君白玉徽。

望中条 第四句缺三字

虞乡县西郭,改观揖中条。第蓄终南小,交□□□遥。崦深应有寺,峰近恐通桥。为语前村叟,他时寄采樵。

蒙穀山

蒙穀山低碧海枯,仲君闲坐说麻姑。遥天鹤语知虚实,长夜神光竟有无。秘祝斋心开九转,侍臣回首听三呼。交朋漫信文成术,短烛瑶坛漏满壶。

菊

雪菊金英两断肠,蝶翎蜂鼻带清香。寒村宿雾临幽径,废苑斜晖傍短墙。近取松筠为伴侣,远将桃李作参商。年来病肺疏杯酒,每忆龙山似故乡。

方干 诗一首

山中

爱山却把图书卖,嗜酒空教僮仆赊。只向阶前便渔钓,那知枕上有云霞。暗泉出石飞仍咽,小径通桥直复斜。窗竹未抽今夏笋,庭梅曾试当年花。姓名未及陶弘景,髭鬓白于姜子牙。松月水烟千古在,未知终久属谁家。

王驾 诗一首

次韵和卢先辈避难寺居看牡丹

乱后寄僧居,看花恨有余。香宜闲静立,态似别离初。朵密红相照,栏低画不如。狂风任吹却,最共野人疏。

杜荀鹤 诗一首

春宫怨

早被婵娟误,欲妆临镜慵。承恩不在貌,教妾若为容。风暖鸟声碎,日高花影重。年年越溪女,相忆采芙蓉。

翁承赞 诗一首

晨兴

鼓绝天街冷雾收,晓来风景已堪愁。槐无颜色因经雨,菊有精神为傍秋。自爱鲜飙生户外,不教闲事住心头。披襟徐步一潇洒,吟绕盆池想狎鸥。

王贞白 诗十二首

江上吟晓

一叶野人舟,长将载酒游。夜来吟思苦,

江上月华秋。晓露满红蓼,轻波飐白鸥。渔翁似有约,相伴钓中流。

过商山

一宿白云根,时经采麝村。数峰虽似蜀,当昼不闻猿。马立溪沙浅,人争阁道喧。明朝弃襦罢,步步入金门。

泛镜湖□□题缺二字

我泛镜湖日,未生千里莼。时无贺宾客,谁识谪仙人。吟对四时雪,忆游三岛春。恶闻亡越事,洗耳大江滨。

太湖石

谁怜孤峭质,移在太湖心。出得风波外,任他池馆深。不同花逞艳,多愧竹垂阴。一片至坚操,那忧岁月侵。

依韵和斡公题庭中太湖石二首

山立只盈寻,高奇药圃阴。风涛打欲碎,岩穴蛰方深。藓点晴偏绿,蛩藏晓竞吟。岁寒终不变,堪比古人心。

徒劳水府寻,宛在玉堂阴。兰圃安虽窄,盆池映转深。山僧来尽爱,诗客见先吟。若是买花者,年年不计心。

书陶潜醉石

片石陶真性,非为曲糵昏,争如累月醉,不笑独醒人。积叠莓苔色,交加薜荔根。至今重九日,犹待白衣魂。

看天王院牡丹

前年帝里探春时,寺寺名花我尽知。今日长安已灰烬,忍随南国对芳枝。

芍药

芍药承春宠,何曾羡牡丹。麦秋能几日,谷雨只微寒。妒态风频起,娇妆露欲残。芙蓉浣纱伴,长恨隔波澜。

独芙蓉

方塘清晓镜,独照玉容秋。蠹芰不相采,敛蘋空自愁。日斜还顾影,风起强垂头。芳意羡何物,双双鸂鶒游。

冯氏书斋小松二首

孤根生远岳,移植翠枝添。自秉雪霜操,任他蜂蝶嫌。微阴连迥竹,清韵入疏帘。耸势即空碧,时人看莫厌。

得地已经岁,清音昼夜闻。根涵旧山土,叶间近溪云。野鹤望长远,庭花笑不群。须知摇落后,众木始能分。

张蠙诗一首

社日村居 一作张演诗

鹅湖山下稻粱肥,豚栅鸡栖对掩扉。桑柘影斜春社散,家家扶得醉人归。

卢延让诗三首

八月十六夜月

十六胜三五,中天照大荒。只讹些子缘,应号没多光。桂老犹全在,蟾深未煞忙。难期一年事,到晓泥诗章。

冬除夜书情

兀兀坐无味,思量谁与邻。数星深夜火,一个远乡人。雁叠天微雪,风号树欲春。愁章自难过,不觉苦吟频。

观新岁朝贺

龙墀初立仗,鸳鹭列班行。元日燕脂色,朝天桦烛香。表章堆玉案,缯帛满牙床。三百年如此,无因及我唐。

全唐诗卷八百八十六

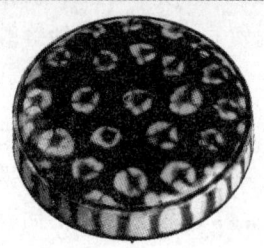

补遗

曹松 诗九首

中秋月

九十日秋色,今秋已十分。孤光吞列宿,四面绝微云。众木排疏影,寒流叠细纹。遥遥望丹桂,心绪更纷纷。

寄方干 以下皆见元人录本《唐人诗赋》

桐庐江水闲,终日对柴关。因想别离处,不知多少山。钓舟春岸阔一作泊,庭树晚烟一作莺还。莫便求栖隐,桂枝堪恨颜。

宿山寺

溪山尽日行,方听远钟声。入院逢僧定,登楼见月生。露垂群木润,泉落一岩清。此景关吾事,通宵寐不成。

冬日登江楼

高楼临古岸,野步晚来登。江水因寒落,山云为雪凝。远村虽入望,危槛不堪凭。亲老未归去,乡愁徒自兴。

寄李处士

僧话磻溪叟,平生重赤松。夜堂悲蟋蟀,秋水老芙蓉。吟坐倦垂钓,闲行多倚筇。闻名来已久,未得一相逢。塔见移来影,钟闻过去声。一斋唯默坐,应笑我营营。

客中立春

玉烛传佳节,阳和应此辰。土牛呈岁稔,彩燕表年春。腊尽星回次,寒余月建寅。梅花将柳色,偏思越乡人。

南塘暝兴

水色昏犹白,霞光暗渐无。风荷摇破扇,波月动连珠。蟋蟀啼相应,鸳鸯宿不孤。小僮频报夜,归步尚踟蹰。

送郑谷归宜春

无成归故国,上马亦高歌。况是飞鸣后,殊为喜庆多。暑消嵩岳雨,凉吹洞庭波。莫使闲吟去,须期接盛科。

送曾德迈归宁宜春

湘东山川有清辉,袁水词人得意归。几府争驰毛义檄,一乡看侍老莱衣。筵开灞岸临清浅,路去蓝关入翠微。想到宜阳更无事,并将欢庆奉庭闱。

李洞 诗一首

山泉

半空飞下水,势去响如雷。静彻啼猿寺,高凌坐客台。耳同经剑阁,身若到天台。溅树吹成冻,凌祠触作灰。深中试榔栗,浅处落莓苔。半夜重城闭,潺湲枕上—作底来。

卢士衡 诗二首

松

云外千寻好性灵,伴杉陪柏事孤贞。招呼暑气终无分,应和凉风别有声。细雨洒时花旋落,道人食处叶重生。如逢郢匠垂搜采,为栋为梁力不轻。

再游紫阳洞重题小松

仙家种此充朝食,叶叶枝枝造化力。去年见时似鹤高,今年萧骚八九尺。不同矮桧终委地,定向晴空倚天碧。好期逸士统贞根,昂枝点破秋苔色。寻思凡眼重花开,宁知此木超尘埃。只是十年五年间,堪作大厦之宏材。

熊皎 诗六首

湘江晓望

笙歌欢罢散离筵,水色朦胧醮宿烟。山响疏钟何处寺,火光收钓下滩船。微云过岛侵微月,古岸平江浸远天。归梦已阑风色动,孤帆仍要住无缘。

早行

结束何妨早,将行四顾频。山前犹见月,陌上未逢人。远树动宿鸟,危桥怯病身。渐明恒自慰,应免复迷津。

游嵩山

独背焦桐访洞天,暂攀灵迹弃尘缘。深逢野草皆疑药,静见樵人恐是仙。翠木入云空自老,古碑横水莫知年。可怜幽景堪长往,一任人间岁月迁。

九华望庐山

九江山势尽峥嵘,惟有匡庐最得名。万叠影遮残雪在,数峰岚带夕阳明。冷侵醉榻铺秋色,高亚吟龙送水声。只待丹霄酬志了,白云深处是归程。

道傍松 第五句缺一字

偃盖当衢莫记年,独含苍翠鹤应怜。垂阴独向笙歌地,有韵自成风雨天。尘□路岐分夜月,烧侵根脚起残烟。论功只合行人赏,销得烦蒸古道边。

月中桂

断破重轮种者谁,银蟾何事便相随。莫言望夜无攀处,却是吟人有得时。孤影不凋清露滴,异香常在好风吹。几回目断云霄外,未必姮娥惜一枝。

孙鲂 诗二十八首

湖上望庐山

辍棹南湖首重回,笑青吟翠向崔嵬。天应不许人全见,长把云藏一半来。

题梅岭泉

梅岭旧闻传,林亭势嵼然。登临真不易,幽胜恐无先。楚野平千里,吴江曲一边。标形都大别,洞府岂知焉。飞阁横空去,征帆落面前。南雄雉堞峻，北壮凤台连。烂熳三春媚，参差百卉妍。风桃诸处锦，洛竹半溪烟。燕入晴梁语，莺从暖谷迁。石根朝霭碧，帘际晚霞鲜。径柳行难约，庭莎醉好眠。清明时更异，造化意疑偏。不独宜韶景，尤须看暑天。药苗繁似结，萝蔓猛如编。珠亚垂枝果，冰澄汲井泉。粉墙蜩蜕落，丹槛雀雏颠。炎气微茫觉，清飙左右穿。云峰从勃起，葵叶岂劳扇。又见秋天丽，浑将夏日悬。红颢著霜树，香老卧池边。菱芡谁铺绣，莓苔自学钱。暗虫依砌响，明月逗帘圆。小砌滋新菊，高轩噪暮蝉。雨声寒飒飒，雁影晓联联。释此何堪玩，深冬更可怜。窗中看短景，树里见重川。冈阜分明出，杉松气概全。讴成白雪曲，吟是早梅篇。创制谁人解，根基太守贤。或时留皂盖，尽日簇华筵。谁咏忧黎庶，狂游泥管弦。交加丰玉食，来去迸金船。侍从非常客，俳谐像列仙。画旗张赫奕，妖妓舞婵娟。罢宴心犹恋，将归兴尚牵。只应愁逼夜，宁厌赏经年。孤贱今何幸，跻攀奈有缘。展眉惊豁达，徐步喜周旋。讽咏虽知苦，推功靡极玄。聊书四十韵，甘责未精专。

庐山瀑布

有山来便有，万丈落云端。雾喷千岩湿，雷倾九夏寒。图中僧写去，湖上客回看。却羡为猿鹤，飞鸣近碧湍。

牡丹

意态天生异，转看看转新。百花休放艳，三月始为春。蝶死难离槛，莺狂不避人。其如豪贵地，清醒复何因。

主人司空后亭牡丹

佳卉挺芳辰，夭容乃绝伦。望开从隔岁，愁过即无春。体物真英气，余花似庶人。蜂攒知眷恋，鸟语亦殷勤。况在豪华地，宁同里巷尘。酷怜应丧德，多赏奈怡神。忌秽栽时土，尝甜折处津。绕行那识倦，围坐岂辞频。入梦殊巫峡，临池胜洛滨。乐喧丝杂竹，露渍卯连寅。饮兴尤思满，吟情自合新。怕风惟怯夜，忧雨不经旬。栏槛为良援，亭台是四邻。虽非能伐性，争免碍还淳。斗艳何惭蜀，矜繁未让秦。私心期一日，许近看逡巡。

看牡丹二首

莫将红粉比秾华，红粉那堪比此花。隔院闻香谁不惜，出栏呈艳自应夸。北方有态须倾国，西子能言亦丧家。输我一枝和晓露，真珠帘外向人斜。

看花长到牡丹月，万事全忘自不知。风促乍开方可惜，雨淋将谢可堪悲。闲年对坐浑成偶，醉后抛眠恐负伊。也拟便休还改过，迢迢争奈一年期。

题未开牡丹

青苞虽小叶虽疏，贵气高情便有余。浑未盛时犹若此，算应开日合何如。寻芳蝶已栖丹槛，衬落苔先染石渠。无限风光言不得，一心留在暮春初。

主人司空见和未开牡丹，辄却奉和

把笔临芳不自怡，首征章句促妖期。已惊常调言多鄙，遽捧高吟愧可知。绝代贞名应愈重，千金方笑更难移。狂歌狂醉犹堪羡，大拙当时是老时。

又题牡丹上主人司空

一年芳胜一年芳，爱重贤侯意异常。手辟红房看阔狭，自张青幄盖馨香。白疑美玉无多润，紫觉灵芝不是祥。只恐梦征他日去，又须疑向凤池傍。

牡丹落后有作

未发先愁有一朝，如今零落更魂销。青丛别后无多色，红线穿来已半焦。蓄恨绮罗犹眷眷，薄情蜂蝶去飘飘。明年虽道还期在，争奈凭栏乍寂寥。

柳絮咏

年年三月里，随处自悠扬。雨过浑疑尽，风来特地狂。入花蜂有碍，遮水燕无妨。苦是添离思，青门道路长。

甘露寺紫薇花

蜀葵鄙下兼全落，菡萏清高且未开。赫日迸光飞蝶去，紫薇擎艳出林来。闻香不称从僧舍，见影尤思在酒杯。谁笑晚芳为贱劣，便饶春丽已尘埃。牵吟过夏惟忧尽，立看移时亦忘回。惆怅寓居无好地，懒能分取一枝栽。

芳草

何处不相见，烟苗捧露心。萋萋绿远水，苒苒在空林。野吹闲摇阔，游人醉卧深。南朝古城里，碑石又应沈。

春苔

底物最牵吟，秋苔独自寻。何时连夜雨，叠翠满松阴。湘岸荒祠静，吴宫古砌深。侯门还可惜，长被马蹄侵。

老松 第三句缺一字

郁郁复苍苍，秋风韵更长。空心应有□，老叶不知霜。子落生深涧，阴清背夕阳。如逢东岱雨，犹得覆秦王。

柳十一首

茏葱二月初，青软自相纤。意态花犹少，风流木更无。影繁晴陌上，烟重古城隅。炀帝河声里，几番荣又枯。

数树新栽在画桥，春来犹自长长条。东风多事刚牵引，已解纤纤学舞腰。

金堤堤上一林烟，况近清明二月天。别有数枝遥望见，画桥南面拂秋千。

春物牵情不奈何，就中杨柳态难过。也知是处无花去，争奈看时未觉多。

小眉初展绿条樃，露压烟蒙不自由。莫是折来偏属意，依稀相似是风流。

九衢春霁湿云凝，着地毵毵碍马行。拟折无端抛又恋，乱穿来去羡黄莺。

千树阴阴盖御沟，雪花金穗思悠悠。先朝事后应无也，惟是荒根逐碧流。

摇荡和风恃赖春，蘸流遮路逐年新。颠狂絮落还堪恨，分外欺凌寂寞人。

暖催春促吐芳芽，伴雨从风处处斜。莫道玄功无定配，不然争得见桃花。

小池前后碧江滨，翠窣抛青烂熳春。不是和风为抬举，可能开眼向行人。

深绿依依配浅黄，两般颜色一般香。到头袅娜成何事，只解年年断客肠。

看桑

簇簇互相遮，闲看实可嗟。藉多虽是叶，栽盛不如花。春绿暗连麦，秋干暮立鸦。旧乡曾种得，经乱属谁家。

刘昭禹 诗五首

仙都山留题

林下事无非，尘中竟不知。白云深拥我，青石合眠谁。山静捣灵药，夜闲论古诗。此来亲羽客，何日变枯髭。

晚霁望岳麓

湘西斜日边，峭入几寻天。翠落重城内，屏开万户前。崖崚危溅瀑，林罅静通仙。谁肯功成后，相携扫石眠。

石笋

千古海门石，移归吟叟居。窍胼蛟出后，形瘦浪冲余。工语宁无玉，僧知忽有书。好期仙者叱，变化向庭隅。

伤雨后牡丹

废功看不已，醉起又持杯。数日帘常卷，中宵雨忽来。凄凉无戏蝶，零落在苍苔。造化根难问，令人首可回。

送人红花栽

世上红蕉异，因移万里根。艰难离瘴土，

潇洒入朱门。叶战青云韵,花零宿露痕。长安多未识,谁想动吟魂。

刘乙 诗二首

晓望

地祇逃秀境,神化或殷雷。裂汉娲补合,高峰剑跃开。即今新定业,何世不遗才。若是浮名道,须言有祸胎。

山中早起

鸡调扶桑枝,秋空隐少微。阔云霞并曜,高日月争辉。若厥开天道,同初发帝机。以言当代事,闲辟紫宸扉。

姚揆 诗二首

晚步

陋巷贫疑本姓颜,晚来闲步出林间。数声长笛吹沈日,一片残云点破山。岛寺渐疏敲石磬,渔家方半掩柴关。迟回从此搜吟久,待得溪头月上还。

秋日江东晚行

迢迢驱马过江东,此际令人恨莫穷。一撮秋烟堤上白,半轮残日岭头红。路岐滋味犹如旧,乡曲声音渐不同。含思看看到梁苑,画楼丝竹彻遥空。

陈光 诗二首

题陶渊明醉石

片石露寒色,先生遗素风。醉眠芳草合,吟起白云空。道出乾坤外,声齐日月中。我知彭泽后,千载与谁同。

长安新柳

九陌云初霁,皇衢柳已新。不同天苑景,先得日边春。色浅微含露,丝轻未惹尘。一枝方欲折,归去及兹晨。

杨凝式 诗一首

雪晴

春来冰未泮,冬至雪初晴。为报方袍客,丰年瑞已成。

全唐诗卷八百八十七

补遗

卢言 一作颜。诗一首

上安禄山 禄山入洛阳,大雪盈尺,言上诗

象曰云雷屯,大君理经纶。马上取天下,雪中朝海神。

裴谞

字士明,闻喜人。擢明经,累官至兵部侍郎、河南尹。诗一首。

储潭庙 大历三年戊申岁季夏闰月壬子日感应,至大历五年庚戌岁夏六月甲午建

江水上源急如箭,潭北转急令目眩。中间十里澄漫漫,龙蛇若见若不见。老农老圃望天语,储潭之神可致雨。质明斋服躬往奠,牢醴丰洁精诚举。女巫纷纷堂下儛,色似授兮意似与。云在山兮风在林,风云忽起潭更深。气霾祠宇连江阴,朝日不复照翠岑。回溪口兮棹清流,好风带雨送到州。吏人雨立喜再拜,神兮灵兮如献酬。城上楼兮危架空,登四望兮暗濛濛。不知兮千万里,惠泽愿兮与之同。我有言兮报匪徐,车骑复往礼如初。高垣墉兮大其门,洒扫丹臒壮神居。使过庙者之加敬,酒食货财而有余。神兮灵,神兮灵。匪享慢,享克诚。

任要 兖州团练使。诗一首

腊月中与韦户曹游发生洞,裴回之际,见双白蝙蝠三飞洞门。时多异之,同为口号 贞元十四年。第八句缺二字

山翠幂灵洞,洞深玄想微。一双白蝙蝠,三度向明飞。虽然有两翅,了自无毛衣。若非饱石髓,那得凌□□。偶见归堪说,殊胜不见归。

韦洪

京兆人,官户曹。诗一首。

腊月中游发生洞,裴回之际,见双白蝙蝠三飞洞门。时多异之,同为口号 第九句缺一字

欲验发生洞,先开冰雪行。窥临见二翼,色素飞无声。状类白蝙蝠,幽感腾化精。应知五马来,启蛰迎春荣。露冕□之久,鸣驺还慰情。

马乂

宣宗时人。诗一首。

蜀中经蛮后寄陶雍

酋马渡泸水,北来如鸟轻。几年期凤阙,一日破龟城。此地有征战,谁家无死生。人悲还旧里,鸟喜下空营。弟侄意初定,交朋心尚惊。自从经难后,吟苦似猿声。

张绍

南唐人。诗一首。

冲佑观

大始未形,混沌无际。上下开运,乾坤定位。日月丽天,山川镇地。万汇犹屯,三才始备。肇有神化,初生蒸民。上惟立德,下无疏亲。皇风荡荡,黔首淳淳。天下有道,谁非圣人。开源嗜欲,浇漓俗盛。贤者避世,真人华命。八极神乡,十州异境。翠阜丹丘,潜伏灵圣。惟彼武夷,实曰洞天。峰峦黛染,岩岫霞鲜。金房玉室,羽盖云軿。葬日风雨,会有神仙。国步多艰,皇纲中绝。四海九州,瓜分幅裂。稔祸陬隅,阻兵瓯越。寂寞玄风,荒凉绛阙。赫赫烈祖,再造丕基。拱揖高让,神人乐推。明明我后,允协昌基。功崇下武,德茂重熙。睿哲英断,雄略神智。拓土开疆,经天纬地。五岭来庭,三湘清彻。四海震威,群生怀惠。犹劳宵旰,犹混马车。贪狼俟静,害焉方除。淹留骏驭,想像鹓居。心悬真洞,梦到华胥。乃眷名山,追惟圣迹。内库颁金,元侯奉职。三境求规,五灵取则。跨谷弥冈,张霄架极。珠宫宝殿,璇台玉堂。凤翔高甍,龙转回廊。错落金碧,玲珑璧珰。云生林楚,雷绕藩墙。七圣斯严,三君如在。八景灵舆,九华神盖。清霄莫胥,明霜匪对。彷佛壶中,依稀物外。众真之宇,拟之无伦。会仙之类,名之惟新。高峰为銎,区谷成坰。皇献颂声,永绝淄磷。

郑露

字思叟,号南湖,莆田人。太府卿。诗一首。

彻云涧

延绵不可穷,寒光彻云际。落石早雷鸣,溅空春雨细。

林披

字茂则,号师道,官刺史。诗一首。

秋气尚高凉

秋气尚高凉,寒笛吹万木。故人入我庭,相照不出屋。出川虽远观,高怀不能掬。

公孙杲

承宣郎,行博城县丞。诗一首。

五言赠诸法师

驾鹤排朱雾,乘鸾入紫烟。凌晨味潭菊,薄暮玩峰莲。玉叶低梁下,金颸引窗前。啸傲云霞际,留情鳞羽年。

李夐

定州司马。诗一首。

恒岳晨望有怀

二仪均四序,五岳分九州。灵造良难测,神功匪易酬。恒山北临岱,秀崿东跨幽。颍洞镇河朔,嵯峨冠嵩丘。禋祠彰旧典,坛庙列平畴。古树侵云密,飞泉界道流。从官叨佐理,衔命奉珍羞。荐玉申诚效,锵金谅有由。郊原照初日,林薄委徂秋。塞近风声厉,川长雾气收。他乡饶感激,归望切祈求。景福如光愿,私门当复侯。

畅甫 诗一首

偶宴西蜀摩诃池

珍木郁清池,风荷左右披。浅觞宁及醉,慢舸不知移。荫林箪光冷,照流簪影攲。胡为独羁者,雪涕向涟漪。

吴士矩 诗一首

饮后献时相 士矩牧大郡,因时相论置军卒,献此

一夕心期一种欢,那知疏散负杯盘,尊前数片朝云在,不许冯公子细看。

吴黔 诗一首

失题

故国海云端,归宁便整鞍。里荣身上蒨,省罢手中兰。烧急平芜广,风悲古木寒。谢公山色在,朝夕共谁观。

崔融

乾宁中吴郡人。诗一首。

题惠聚寺

苏州昆山县惠聚寺殿基,乃鬼神一夕砌成。殿中有僧繇画龙,每因风雨夜,腾趠波涛,伤田害稼,乡人患之。僧繇再画一锁锁之,仍画一钉钉其锁,至今人扣其钉头隐隐。融因题寺壁。

人莫嫌山小,僧还爱寺灵。殿高神气力,龙活客丹青。

钱信 诗一首

平望赠蚊

安得神仙术,试为施康济。使此平望村,如吾江子汇。

胡传美 诗一首

武康碧落观

仙宫碧落太微书,遗迹依然掩故居。幢节不归天杳邈,烟霞空锁日幽虚。不逢金简扳云洞,可惜瑶台叠藓除。欲脱儒衣陪羽客,伤心齿发已凋疏。

许宏 诗一首

白云寺

踏破苔痕一径斑,白云飞处见青山。不知浮世尘中客,几个能知物外闲。

文丙 诗五首

罗浮山

罗浮多胜境,梦到固无因。知有长生药,谁为不死人。根虽盘地脉,势自倚天津。未便甘休去,须栖老此身。

牡丹

万物承春各斗奇,百花分贵近亭池。开时若也姮娥见,落日那堪公子知。诗客筵中金盏满,美人头上玉钗垂。不同寒菊舒重九,只拟清香泛酒卮。

藓花

寂寞人偏重,无心愧牡丹。秋风凋不得,流水泛应难。怪石纵教遍,幽庭一任盘。若逢公子顾,重叠是朱栏。

新栽松

可怜同百草,况负雪霜姿。歌舞地不尚,岁寒人自移。阶除添冷淡,毫末入思惟。尽道生云洞,谁知路崄巇。

柳 第二句缺一字

何事动吟哦,长□翠色和。垂阴千树少,送别一枝多。带雾笼彭泽,摇风舞汴河。只因

隋帝植，民力几销磨。

路应诗一首

仙岩四瀑布即事，寄上秘书包监、侍郎七兄、吏部李侍郎十七兄、婺州赵中丞、处州齐谏议、明州李九郎十四韵

绝境久蒙蔽，芰萝方迨兹。樵苏尚未及，冠冕谁能知。缘崖开径小，架木度空危。水激千雷发，珠联万贯垂。阴晴状非一，昏旦势多奇。井识轩辕迹，坛余汉武基。猿声响深洞，岩影倒澄池。想像虬龙去，依稀羽客随。玩奇目岂倦，寻异神忘疲。干云松作盖，积翠薜成帷。含意攀丹桂，凝情顾紫芝。芸香蔼芳气，冰镜彻圆规。胥念沧波远，徒怀魏阙期。征黄应计日，莫鄙北山移。

李缜诗一首

奉和郎中游仙岩四瀑布寄包秘监、李吏部、赵婺州中丞、齐处州谏议十四韵

符守分珪组，放情在丘峦。悠然造云族，忽尔登天坛。求古理方赜，玩奇物不殚。晴光散崖壁，瑞气生芝兰。中有四瀑水，奔流状千般。风云隐岩底，雨雪霏林端。晶晶含古色，飕飕引晨寒。澄潭见猿饮，潜穴知龙盘。坐憩苔石遍，仰窥杉桂攒。幽蹊创高躅，灵药余仙餐。携赏喜康乐，示文惊建安。缥缃炳珠宝，中外贻同官。末调亦何为，辄陪高唱难。惭非御徒者，还得依门栏。

戴公怀诗一首

奉和郎中游仙山四瀑泉，兼寄李吏部、包秘监、赵婺州、齐处州

今日永嘉守，复追山水游。因寻莽苍野，遂得轩辕丘。访古事难究，览新情屡周。溪垂绿篆暗，岩度白云幽。过石奇不尽，出林香更浮。凭高拥虎节，搏险窥龙湫。淙濯泻三四，奔腾千万秋。寒惊殷雷动，暑骇繁霜流。沫溅群鸟外，光摇数峰头。丛崖散滴沥，近谷藏飕飗。况此特形胜，自余非等俦。灵光掩五岳，仙气均十洲。书以谢群彦，永将叙徽猷。当思共攀陟，东南看斗牛。

孟翔诗一首

奉和郎中游仙山四瀑布，兼寄李吏部、包秘监判官

昔人恣探讨，飞流称石门。安知郡城侧，别有神泉源。疏凿意大禹，勤求闻轩辕。悠悠几千岁，翳荟群木繁。奇状出蔽蔓，胜概毕讨论。沿崖百丈落，奔注当空翻。下如散雨足，上拟屯云根。变态凡几处，静神竟朝昏。渴贤寄珠玉，受馥寻兰荪。萝茑冒紫绶，岩限驻朱轓。方思谢康乐，好事名空存。

崔耿诗一首

晚眺

江溶流落景，山色凝暮烟。衰发照秋日，壮心减昔年。愁吟长抱膝，孰诉高高天。

宇文鼎诗一首

山下泉

可致清川广，难量利物功。涓流此山下，谁识去无穷。

郭密之诗一首

永嘉经谢公石门山作

绵境经耳目，未尝旷跻登。一窥石门险，再涤心神懵。洞壑閟金涧，敧崖盘石棱。阴潭下幂幂，秀岭上层层。千丈瀑流寒，半溪风雨恒。兴余志每惬，心远道自弘。乘轺广储峙，祗命愧才能。辍棹周气象，扪萝历骞崩。忽如生羽翼，恍若将起腾。谢客今已矣，我来谁与朋。

扈载诗一首

芳草

幽芳无处无，幽处恨何如。倦客伤归思，春风满旧居。晚烟迷杳霭，朝露健扶疏。省傍灵光看，残阳少睥区。

薛光谦诗一首

任阆中下乡检田,登艾萧山北望

观农巡井邑，长望历山川。拥涧开新耨，缘崖指火田。荒村无径陌，古戍有风烟。瓠叶紫篱长，藤花绕架悬。岸高攒树石，水净写云天。回首乡关路，行歌犹喟然。

尉迟汾

朝散大夫，守卫尉少卿。诗一首。

府尹王侍郎准制拜岳,因状嵩高灵胜,寄呈三十韵

雄雄天之中，峻极闻维嵩。作镇盛标格，出云为雨风。瑞时物不疠，顺泽年多丰。加高冠四方，《白武通》云：中央之岳，独加高字者何？中央居四方之中，可高，故曰嵩高。视秩居三公。明朝虔昭报，颁祀岁严恭。署祝纤御札，诏贤导宸衷。皇皇三川守，馨德清明躬。肃徒奉兰沐，竟夕玉华东。星汉耿斋户，松泉寒寿宫。具修谅蠲吉，曙色犹葱昽。端仪大圭立，兴俯声玲珑。挹擥椒桂馥，奏金岩壑空。灵歆若有答，仿佛传祝工。卒事不遑偃，胜奇纷四从。朝霞破灵嶂，错落间苍红。动息形似蚁，玄黄气如笼。奔倾千万状，群岳安比崇。日月襟袖捧，人天道路通。冥搜必殚竭，跻览忘崎穹。踏翠遍诸刹，趣绵步难终。浮丘仙袂接，谢公屐齿穷。龙潭应下瞰，九曲当骇容。又有九龙潭在寺侧，崇崖对峰，壁立千仞，九曲分蓄。黬黑不测。龙门计东豁，三台有何踪。《杂道书》云：自岳庙东二十里至一山，名曰东龙门。其东有三台山，昔汉武东巡过此山，睹三学仙女，遂以为名焉。金象语奚应，《仙经》云：嵩高大岩下，有佛图音妙，有大金像在中，来语寺僧密公。密公时在嵩高寺，寺在嵩脚下，闻之，欣然披林求索。时白雾，昏迷失路，一往看之，即入山水。维睹一麞香，去人三四步，侧足双跳，步步若有所引。良久，回顾去。十步中，忽有焰青色。就视之，得自然天池。玉人光想融。卢元明《嵩山记》：岳庙画为神像，有一玉人长五寸，玉色甚光润，制作亦佳，莫知早晚所造，盖岳神之像，相传谓明公。山中人悉云尝失之，经旬乃睹。瑶浆与石髓，清骨宜遭逢。世说嵩山北有大穴，中睹二人围棋。有一杯白饮与堕者饮，气力十倍。棋者问蹔停否，堕者云不愿。棋者曰："从此西行，天井中多蛟龙。但投身入井，自当得出。若饥，取井物食之。"堕者如言，可半年，乃出蜀中。问张华，华曰："此仙馆丈夫。所饮者玉浆，所食者龙穴石髓。"况是降神处，迹惟申甫同。周翰已洽论，伊衡亦期功。诚富东山兴，须陟中台庸。勉促旋骓辂，未可恋云松。散材事即异，期为卜一峰。

马令

失名，守博城县令。诗一首。

早春陪敕使麻先生慈力祭岳久视二年。第八句、十一句、十二句各缺一字

我皇盛文物，道化天地先。鞭挞走神鬼，玉帛礼山川。忽下袁州使，来游紫洞前。青羊得处所，白鹤□时年。虔恳飞龙记，昭彰化鸟篇。□风半山水，□气总云烟。光抱升中日，霞明五色天。山横翠微外，室在绿潭边。缇幕灰初胲，焚林火欲然。年光著草树，春色换山泉。伊水来何日，嵩岩去几千。山疑小天下，人是会神仙。叶令乘凫入，浮丘驾鹤旋。麻姑几年岁，三见海成田。

全唐诗卷八百八十八

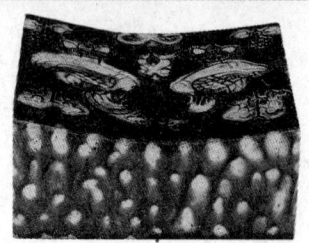

补遗

灵澈诗一首

奉和郎中题仙岩瀑布十四韵

致闲在一郡,民安已三年。每怀贞士心,孙许犹差肩。采异百代后,得之古人前。扪险路坱圠,临深闻潺湲。上有千岁树,下飞百丈泉。清谷长雷雨,丹青凝霜烟。遥将大壑近,暗与方壶连。白石颜色寒,老藤花叶鲜。轩皇自兹去,乔木空依然。碧山东极海,明月高升天。平野生竹柏,虽远地不偏。永愿酬国恩,自将布金田。穆穆早朝人,英英丹陛贤。谁思沧洲意,方欲涉巨川。

贯休诗一首

过商山

吟缘横翠忆天台,啸狖啼猿见尽猜。四个老人何处去,一声仙鹤过溪来。皇城宫阙回头尽,紫阁烟霞为我开。天际峰峰尽堪住,红尘中去大悠哉。

齐己诗一首

过西塞山

空江平野流,风岛苇飕飕。残日衔西塞,孤帆向北洲。边鸿渡汉口,楚树出吴头。终日高云里,身依片石休。

可朋诗一首

中秋月

登楼仍喜此宵晴,圆魄才观思便清。海面

乍浮犹隐映,天心高挂最分明。片云想有神仙出,回野应无鬼魅形。曾向洞庭湖上看,君山半雾水初平。

修睦 诗七首

僧院泉
澄澈照人胆,深山只一般。来难穷处所,心去助波澜。砌曲夜声苦,窗虚客梦阑。无心谁肯爱,时有老僧看。

题僧院泉
何处云根新布得,归仍半日在烟萝。莫轻竹引经窗小,须信更深入耳多。绕砌虽然清自别,出门长恐浊相和。从此无心恋沧海,沧海无风亦起波。

岳上作
始好步青苔,蝉声且莫催。辛勤来到此,容易便言回。远水月未上,四方云正开。更堪逢道侣,特地话天台。

望西山
积翠异诸岳,令人看莫休。有时经暮雨,独得倚高楼。云外僧应老,林间水正秋。到头归隐处,岂在问嵩丘。

题虎掊泉
一自虎掊得,清声四远流。众人怜尔处,长夜洗心头。出谷花随去,背岩猿下偷。林边落江徼,风起雨飕飕。

松
细韵飕飕入骨凉,影兼巢鹤过高墙。盘根一种依平地,自是梧桐不久长。

岳阳对柳
谁此种秋色,令人看莫穷。正垂云梦雨,不奈洞庭风。昔出长安道,独游隋苑东。当时今日思,须信苦相同。

清豁

陈洪进表奏,赐号性空禅师。诗一首。

归山吟
聚如浮沫散如云,聚不相将散不分。入郭当时君是我,归山今日我非君。

吴筠 诗六首

游倚帝山二首
山间非吾心,物表翼所托。振衣超烦浊,策杖追岑崿。绝地穷岭岈,造天究磐礴。迤临烟霞积,逖睇宇宙廓。俯惊白云涌,仰骇飞泉落。苔浓鲜翠屏,松古丽丹崿。目冀睹乔羡,心希驭龙鹤。乃知巢由情,岂伊猿鸟乐。

兹山何独秀,万仞倚昊苍。晨跻烟霞趾,夕憩灵仙场。俯观海上月,坐弄浮云翔。松风振雅音,桂露含晴光。不出六合外,超然万累忘。信彼古来士,岩栖道弥彰。

翰林院望终南山
窃慕隐沦道,所欢岩穴居。谁言忝休命,遂入承明庐。物情不可易,幽衷未尝摅。幸见终南山,岧峣凌太虚。

青霭长不灭,白云闲卷舒。悠然相探讨,延望空踌躇。迹系心无极,神超兴有馀。何当解维絷,永托逍遥墟。

秋日彭蠡湖中观庐山
泛舟太湖上,回瞰兹山隈。万顷沧波中,千峰郁崔嵬。凉烟发炉峤,秋日明帝台。绝巅凌大漠,悬流泻昭回。穿崇石梁引,岈壑天门开。飞鸟屡隐见,白云时往来。超然契清赏,目醉心悠哉。董氏出六合,工君刂九垓。谁言旷遐祀,庶可相追陪。从此永栖托,拂衣谢浮埃。

秋日望倚帝山
楚服多奇山,灵表先倚帝。孤秀白云里,

青冥何崇丽。秋天已晴朗,晚日更澄霁。远峰列在目,杳与神襟契。倏忽遗世间,宛如再登诣。伊予抱斯志,代处人烟闭。何事牵俗网,悠然负芝桂。竭来从隐沦,式保羡门计。

李冶 诗二首

蔷薇花

翠融红绽浑无力,斜倚栏干似诧人。深处最宜香惹蝶,摘时兼恐焰烧春。当空巧结玲珑帐,著地能铺锦绣裀。最好凌晨和露看,碧纱窗外一枝新。

柳

最爱纤纤曲水滨,夕阳移影过青蘋。东风又染一年绿,楚客更伤千里春。低叶已藏依岸棹,高枝应闭上楼人。舞腰渐重烟光老,散作飞绵惹翠裀。

全唐诗卷八百八十九

词

词,唐人乐府,元用律绝等诗杂和声歌之。其并和声作实字,长短其句以就曲拍者,为填词。开元、天宝肇其端,元和、太和衍其流。大中、咸通以后,迄于南唐二蜀,尤家工户习,以尽其变。凡有五音二十八调,各有分属。今皆失传。

明皇帝 一首

好时光

宝髻偏宜宫样,莲脸嫩,体红香。眉黛不须张敞画,大教人鬓长。　莫倚倾国貌,嫁取个,有情郎。彼此当年少,莫负好时光。

昭宗皇帝 四首

巫山一段云

缥缈云间质,盈盈波上身。袖罗斜举动埃尘,明艳不胜春。　翠鬟晚妆烟重,寂寂阳台一梦。冰眸莲脸见长新,巫峡更何人。

蝶舞梨园雪,莺啼柳带烟。小池残日艳阳天,苎萝山又山。　青鸟不来愁绝,忍看鸳鸯双结。春风一等少年心,闲情恨不禁。

菩萨蛮 一名子夜歌,一名巫山一片云,一名重叠金

登楼遥望秦宫殿,茫茫只见双飞燕。渭水一条流,千山与万丘。　远烟笼碧树,陌上行人去。安得有英雄,迎归大内中。一作何处是英雄,迎侬归故宫。

飘飘且在三峰下,秋风往往堪沾洒。肠断忆仙宫,朦胧烟雾中。　思梦时时睡,不语长如醉。早晚是归期,苍穹知不知。

后唐庄宗

名存勖,在位四年,谥曰光圣神闵。词四首。

一叶落

一叶落,褰朱箔,此时景物正萧索。画楼月影寒,西风吹罗幕。吹罗幕,往事思量著。

如梦令 一名忆仙姿,一名宴桃源,一名比梅

曾宴桃源深洞,一曲清歌舞凤。长记别伊时,和泪出门相送。如梦,如梦,残月落花烟重。

阳台梦

薄罗衫子金泥缝,困纤腰怯铢衣重。笑迎移步小兰丛,䩮金翘玉凤。　娇多情脉脉,羞把同心拈弄。楚天云雨却相和,又入阳台梦。

歌头

赏芳春,暖风飘箔。莺啼绿树,轻烟笼晚阁。杏桃红,开繁萼。灵和殿,禁柳千行,斜金丝络。夏云多,奇峰如削。纨扇动微凉,轻绡薄,梅雨霁,火云烁。临水槛,永日逃繁暑,泛觥酌。露华浓,冷高梧,凋万叶。一霎晚风,蝉声新雨歇。惜惜此光阴,如流水。东篱菊残时,叹萧索。繁阴积,岁时暮,景难留。不觉朱颜失却,好容光。且且须呼宾友,西园长宵。宴云谣,歌皓齿,且行乐。

南唐嗣主李璟 三首

浣溪纱 一作浣纱溪,一名小庭花

风压轻云贴水飞,乍晴池馆燕争泥,沈郎多病不胜衣。　沙上未闻鸿雁信,竹间时听鹧鸪啼,此情惟有落花知。

摊破浣溪沙 一名山花子

菡萏香销翠叶残,西风愁起绿波间。还与韶光共憔悴,不堪看。　细雨梦回鸡塞远,小楼吹彻玉笙寒。多少泪珠何限恨,倚阑干。

手卷真珠上玉钩,依前春恨锁重楼。风里落花谁是主,思悠悠。　青鸟不传云外信,丁香空结雨中愁。回首渌波三峡暮,接天流。

后主煜 三十四首

渔父 一名渔歌子

浪花有意千里雪,桃花无言一队春。一壶酒,一竿身,快活如侬有几人。

一棹春风一叶舟,一纶茧缕一轻钩。花满渚,酒满瓯,万顷波中得自由。

忆江南 一名望江南,一名梦江南,一名江南好,一名梦江口,一名望江梅,一名归塞北,一名谢秋娘,一名春去也

多少恨,昨夜梦魂中。还似旧时游上苑,车如流水马如龙。花月正春风。

多少泪,沾袖复横颐。心事莫将和泪滴,凤笙休向月明吹。肠断更无疑。

闲梦远,南国正芳春。船上管弦江面绿,满城飞絮混轻尘。愁杀看花人。

闲梦远,南国正清秋。千里江山寒色暮,芦花深处泊孤舟。笛在月明楼。

捣练子 一名深院月

深院静,小庭空,断续寒砧断续风。无奈夜长人不寐,数声和月到帘栊。

云鬟乱,晚妆残,带恨眉儿远岫攒。斜托香腮春笋懒,为谁和泪倚阑干。

相见欢 一名乌夜啼,一名上西楼,一名西楼子,一名月上瓜洲,一名秋夜月,一名忆真妃

林花谢了春红,太匆匆。无奈朝来寒雨,晚来风。　胭脂泪,相留醉,几时重。自是人生长恨,水长东。

无言独上西楼,月如钩。寂寞梧桐深院,锁清秋。　剪不断,理还乱,是离愁。别是一般滋味,在心头。

长相思—名双红豆，一名山渐青，一名忆多娇

一重山，两重山。山远天高烟水寒，相思枫叶丹。　菊花开，菊花残。塞雁高飞人未还，一帘风月闲。

云一緺，玉一梭。澹澹衫儿薄薄罗，轻颦双黛螺。　秋风多，雨如和。帘外芭蕉三两窠，夜长人奈何。

浣溪沙

红日已高三丈透，金炉次第添香兽，红锦地衣随步皱。　佳人舞点金钗溜，酒恶时拈花蕊嗅，别殿遥闻箫鼓奏。

转烛飘蓬一梦归，欲寻陈迹怅人非，天教心愿与身违。　待月池台空逝水，荫花楼阁漫斜晖，登临不惜更沾衣。

采桑子—名丑奴儿，一名罗敷媚，一名罗敷艳歌

辘轳金井梧桐晚，几树惊秋。昼雨如愁，百尺虾须上玉钩。　琼窗春断双蛾皱，回首边头。欲寄鳞游，九曲寒波不溯流。

亭前春逐红英尽，舞态徘徊。细雨霏微，不放双眉时暂开。　绿窗冷静芳音断，香印成灰。可奈情怀，欲睡朦胧入梦来。

菩萨蛮

花明月暗笼轻雾，今宵好向郎边去。刬袜步香阶，手提金缕鞋。　画堂南畔见，一晌偎人颤。好为出来难，教君恣意怜。

蓬莱院闭天台女，画堂昼寝无人语。抛枕翠云光，绣衣闻异香。　潜来珠锁动，惊觉鸳鸯梦。慢脸笑盈盈，相看无限情。

铜簧韵脆锵寒竹，新声慢奏移纤玉。眼色暗相钩，秋波横欲流。　雨云深绣户，未便谐衷素。宴罢又成空，梦迷春睡中。

人生愁恨何能免，消魂独我情何限。故国梦重归，觉来双泪垂。　高楼谁与上，长记秋晴望。往事已成空，还如一梦中。

清平乐—名忆萝月

别来春半，触目愁肠断。砌下落梅如雪乱，拂了一身还满。　雁来音信无凭，路遥归梦难成。离恨却如春草，更行更远还生。

喜迁莺—名鹤冲天，一名燕归来

晓月坠，宿云微，无语枕频欹。梦回芳草思依依，天远雁声稀。　啼莺散，余花乱，寂寞画堂深院。片红休扫尽从伊，留待舞人归。

阮郎归—名醉桃源，一名碧桃春

东风吹水日衔山，春来长是闲。落花狼藉酒阑珊，笙歌醉梦间。　春睡觉，晚妆残，无人整翠鬟。留连光景惜朱颜，黄昏独倚阑。

锦堂春—名乌夜啼

昨夜风兼雨，帘帏飒飒秋声。烛残漏滴频欹枕，起坐不能平。　世事漫随流水，算来一梦浮生。醉乡路稳宜频到，此外不堪行。

应天长

一钩初月临妆镜，蝉鬓凤钗慵不整。重帘静，层楼迥，惆怅落花风不定。　柳堤芳草径，梦断辘轳金井。昨夜更阑酒醒，春愁过却病。

望远行

碧砌花光照眼明，朱扉长日镇长扃。余寒欲去梦难成，炉香烟冷自亭亭。　辽阳月，秣陵砧，不传消息但传情。黄金台下忽然惊，征人归日二毛生。

浪淘沙—名卖花声

帘外雨潺潺，春意阑珊。罗衾不耐五更寒。梦里不知身是客，一晌贪欢。　独自暮凭阑，无限江山。别时容易见时难。流水落花春去也，天上人间。

往事只堪哀，对景难排。秋风庭院藓侵阶。一桁珠帘闲不卷，终日谁来？　金剑已沈埋，壮气蒿莱。晚凉天净月华开。想得玉楼

瑶殿影,空照秦淮。

木兰花一名玉楼春,一名春晓曲,一名惜春容

晚妆初了明肌雪,春殿嫔娥鱼贯列。凤箫声断水云闲,重按霓裳歌遍彻。　临风谁更飘香屑,醉拍阑干情未切。归时休放烛花红,待踏马蹄清夜月。

虞美人

风回小院庭芜绿,柳眼春相续。凭阑半日独无言,依旧竹声新月似当年。　笙歌未散尊罍在,池面冰初解。烛明香暗画楼深,满鬓清霜残雪思难禁。

春花秋月何时了,往事知多少。小楼昨夜又东风,故国不堪回首月明中。　雕阑玉砌应犹在,只是朱颜改。问君能有几多愁,恰似一江春水向东流。

一斛珠一名醉落魄

晚妆初过,沈檀轻注些儿个。向人微露丁香颗。一曲清歌,暂引樱桃破。　罗袖裛残殷色可,杯深旋被香醪涴。绣床斜凭娇无那。烂嚼红茸,笑向檀郎唾。

临江仙

樱桃落尽春归去,蝶翻轻粉双飞。子规啼月小楼西。玉钩罗幕,惆怅暮烟垂。　别巷寂寥人散后,望残烟草低迷。炉香闲袅凤皇儿。空持罗带,回首恨依依。

蝶恋花一名一箩金,一名黄金缕,一名明月生南浦,一名凤栖梧,一名鹊踏枝,一名卷珠帘,一名鱼水同欢

遥夜亭皋闲信步,才过清明,渐觉伤春暮。数点雨声风约住,朦胧澹月云来去。　桃李依依香暗度。谁在秋千,笑里轻轻语。一片芳心千万绪,人间没个安排处。

破阵子一名十拍子

四十年来家国,三千里地山河。凤阙龙楼连霄汉,玉树琼枝作烟萝,几曾识干戈。　一旦归为臣虏,沈腰潘鬓销磨。最是苍黄辞庙日,教坊独奏别离歌,垂泪对宫娥。

蜀主王衍二首

醉妆词

者边走,那边走,只是寻花柳。那边走,者边走,莫厌金杯酒。

甘州曲

画罗裙,能解束,称腰身。柳眉桃脸不胜春。薄媚足精神,可惜沦落在风尘。

后蜀主孟昶诗一首

木兰花

冰肌玉骨清无汗,水殿风来暗香满。绣帘一点月窥人,欹枕钗横云鬓乱。　起来琼户启无声,时见疏星渡河汉。屈指西风几时来,只恐流年暗中换。苏轼《洞仙歌》即檃括此词。

全唐诗卷八百九十

词

李景伯 一首

回波乐

回波尔时酒卮,微臣职在箴规。侍宴既过三爵,喧哗窃恐非仪。

沈佺期 一首

回波乐

回波尔时佺期,流向岭外生归。身名已蒙齿录,袍笏未复牙绯。

裴谈 一首

回波乐

回波尔时栲栳,怕妇也是大好。外边只有裴谈,内里无过李老。

张说 六首

舞马词

万玉朝宗凤扆,千金率领龙媒。眄鼓凝骄蹀躞,听歌弄影徘徊。

天鹿遥征卫叔,日龙上借羲和。将共两骖争舞,来随八骏齐歌。

彩旄八佾成行,时龙五色因方。屈膝衔杯赴节,倾心献寿无疆。

帝皂龙驹沛艾,星闲骥子权奇。腾倚骧洋应节,繁骄接迹不移。

二圣先天合德,群灵率土可封。击石骖騑紫燕,拟金顾步苍龙。

圣君出震应箓,神马浮河献图。足蹋天庭鼓舞,心将帝乐踟蹰。

崔液 二首

蹋歌词

此词五言六句，与抛球乐相似，惟于第五句用韵不同。或将第二首末二句作上七言，下三言读，改入词调者，误。

彩女迎金屋，仙姬出画堂。鸳鸯裁锦袖，翡翠贴花黄。歌响舞分行，艳色动流光。

庭际花微落，楼前汉已横。金壶催夜尽，罗袖舞寒轻。乐笑畅欢情，未半著天明。

李白 十四首

桂殿秋

仙女下，董双成，汉殿夜凉吹玉笙。曲终却从仙宫去，万户千门惟月明。

河汉女，玉炼颜，云軿往往在人间。九霄有路去无迹，袅袅香风生佩环。

清平调

云想衣裳花想容，春风拂槛露华浓。若非群玉山头见，会向瑶台月下逢。

一枝红艳露凝香，云雨巫山枉断肠。借问汉宫谁得似，可怜飞燕倚新妆。

名花倾国两相欢，常得君王带笑看。解得春风无限恨，沈香亭北倚阑干。

连理枝

雪盖宫楼闭，罗幕昏金翠。斗压阑干，香心澹薄，梅梢轻倚。喷宝猊香烬、麝烟浓，馥红绡翠被。

浅画云垂帔，点滴昭阳泪。咫尺宸居，君恩断绝，似遥千里。望水晶帘外、竹枝寒，守羊车未至。

菩萨蛮

平林漠漠烟如织，寒山一带伤心碧。暝色入高楼，有楼上愁。　玉阶空伫立，宿鸟归飞急。何处是归程，长亭更短亭。

忆秦娥 一名秦楼月，一名碧云深，一名双荷叶

箫声咽，秦娥梦断秦楼月。秦楼月，年年柳色，灞陵伤别。　乐游原上清秋节，咸阳古道音尘绝。音尘绝，西风残照，汉家陵阙。

清平乐 一名忆萝月

禁庭春昼，莺羽披新绣。百草巧求花下斗，只赌珠玑满斗。　日晚却理残妆，御前闲舞霓裳。谁道腰肢窈窕，折旋笑得君王。

禁闱秋夜，月探金窗罅。玉帐鸳鸯喷兰麝，时落银灯香炧。　女伴莫话孤眠，六宫罗绮三千。一笑皆生百媚，宸衷教在谁边。

烟深水阔，音信无由达。惟有碧天云外月，偏照悬悬离别。　尽日感事伤怀，愁眉似锁难开。夜夜长留半被，待君魂梦归来。

鸾衾凤褥，夜夜常孤宿。更被银台红蜡烛，学妾泪珠相续。　花貌些子时光，抛人远泛潇湘。欹枕悔听寒漏，声声滴断愁肠。

画堂晨起，来报雪花坠。高卷帘栊看佳瑞，皓皓远迷庭砌。　盛气光引炉烟，素草寒生玉佩。应是天仙狂醉，乱把白云揉碎。

元结 五首

欸乃曲

偶存名迹在人间，顺俗与时未安闲。来谒大官兼问政，扁舟却入九疑山。

湘江二月春水平，满月和风宜夜行。唱桡欲过平阳戍，守吏相呼问姓名。

千里枫林烟雨深，无朝无暮有猿吟。倚桡静听曲中意，好似云山韶濩音。

零陵郡北湘水东，浯溪形胜满湘中。溪口石颠堪自逸，谁能相伴作渔翁。

下泷船似入深渊，上泷船似欲升天。泷南始到九疑郡，应绝高人乘兴船。

张志和 五首

渔父

西塞山前白鹭飞,桃花流水鳜鱼肥。青箬笠,绿蓑衣,斜风细雨不须归。

钓台渔父褐为裘,两两三三舴艋舟。能纵棹,惯乘流,长江白浪不曾忧。

雪溪湾里钓鱼翁,舴艋为家西复东。江上雪,浦边风,笑著荷衣不叹穷。

松江蟹舍主人欢,菰饭莼羹亦共餐。枫叶落,荻花干,醉宿渔舟不觉寒。

青草湖中月正圆,巴陵渔父棹歌连。钓车子,橛头船,乐在风波不用仙。

张松龄 一首

渔父

乐是风波钓是闲,草堂松桧已胜攀。太湖水,洞庭山,狂风浪起且须还。

韩翃 一首

章台柳 寄柳氏

章台柳,章台柳,往日依依今在否?纵使长条似旧垂,也应攀折他人手。

韦应物 四首

三台 或加令字,一名翠华引,一名开元乐

一年一年老去,明日后日花开。未报长安平定,万国岂得衔杯。

冰泮寒塘水绿,雨余百草皆生。朝来衡门无事,晚下高斋有情。

调笑令 一名宫中调笑,一名转应曲,一名三台令

胡马,胡马,远放燕支山下。跑沙跑雪独嘶,东望西望路迷。迷路,迷路,边草无穷日暮。

河汉,河汉,晓挂秋城漫漫。愁人起望相思,塞北江南别离。离别,离别,河汉虽同路绝。

王建 十首

三台 宫中二首,江南四首

鱼藻池边射鸭,芙蓉苑里看花。日色柘袍相似,不著红鸾扇遮。

池北池南草绿,殿前殿后花红。天子千秋万岁,未央明月清风。

扬州桥边小妇,长干市里商人。三年不得消息,各自拜鬼求神。

青草湖边草色,飞猿岭上猿声。万里三湘客到,有风有雨人行。

树头花落花开,道上人去人来。朝愁暮愁即老,百年几度三台。

斗身疆健且为,头白齿落难追。准拟百年千岁,能得几许多时。

调笑令 即宫中调笑

团扇,团扇,美人并来遮面。玉颜憔悴三年,谁复商量管弦。弦管,弦管,春草昭阳路断。胡蝶,胡蝶,飞上金枝玉叶。君前对舞春风,百叶桃花树红。红树,红树,燕语莺啼日暮。

罗袖,罗袖,暗舞春风依旧。遥看歌舞玉楼,好日新妆坐愁。愁坐,愁坐,一世虚生虚过。

杨柳,杨柳,日暮白沙渡口。船头江水茫茫,商人少妇断肠。肠断,肠断,鹧鸪夜飞失伴。

戴叔伦 一首

调笑令 即转应曲

边草,边草,边草尽来兵老。山南山北雪晴,千里万里月明。明月,明月,胡笳一声

愁绝。

刘禹锡 八首

纥那曲 二首

杨柳郁青青,竹枝无限情。同郎一回顾,听唱纥那声。

蹋曲兴无穷,调同词不同。愿郎千万寿,长作主人翁。

忆江南 即春去也

春去也,多谢洛城人。弱柳从风疑举袂,丛兰裛露似沾巾。独坐亦含嚬。

春去也,共惜艳阳年。犹有桃花流水上,无辞竹叶醉尊前。惟待见青天。

潇湘神

湘水流,湘水流,九疑云物至今愁。若问二妃何处所,零陵芳草露中秋。

斑竹枝,斑竹枝,泪痕点点寄相思。楚客欲听瑶瑟怨,潇湘深夜月明时。

抛球乐

五色绣团圆,登君玳瑁筵。最宜红烛下,偏称落花前。上客如先起,应须赠一船。

春早见花枝,朝朝恨发迟。及看花落后,却忆未开时。幸有抛球乐,一杯君莫辞。

白居易 九首

花非花

花非花,雾非雾。夜半来,天明去。来如春梦不多时,去似朝云无觅处。

忆江南

江南好,风景旧曾谙。日出江花红胜火,春来江水绿如蓝。能不忆江南。

江南忆,最忆是杭州。山寺月中寻桂子,郡亭枕上看潮头。何日更重游。

江南忆,其次忆吴宫。吴酒一杯春竹叶,吴娃双舞醉芙蓉。早晚得相逢。

如梦令

前度小花静院,不比寻常时见。见了又还休,愁却等闲分散。肠断,肠断,记取钗横鬓乱。

落月西窗惊起,好个匆匆些子。鬓鬖髽轻松,凝了一双秋水。告你,告你,休向人间整理。

频日雅欢幽会,打得来来越暾。说著暂分飞,蹙损一双眉黛。无奈,无奈,两个心儿总待。

长相思

汴水流,泗水流。流到瓜洲古渡头,吴山点点愁。　思悠悠,恨悠悠。恨到归时方始休,月明人倚楼。

深画眉,浅画眉。蝉鬓鬅鬙云满衣,阳台行雨回。　巫山高,巫山低。暮雨潇潇郎不归,空房独守时。

刘长卿 一首

谪仙怨 集作律诗,题云苕溪酬梁耿别后见寄

晴川落日初低,惆怅孤舟解携。鸟向平芜远近,人随流水东西。　白云千里万里,明月前溪后溪。独恨长沙谪去,江潭春草萋萋。

窦弘余

常之子,官至台州刺史。词一首。

广谪仙怨 并序

天宝十五载正月,安禄山反,陷没洛阳。王师败绩,关门不守。车驾幸蜀,途次马嵬驿,六军不发,赐贵妃自尽,然后驾行。次骆谷,上登高下马望秦川,遥辞陵庙,再拜,呜咽流涕,左右皆泣。谓力士曰:"吾听九龄之言,不到于此。"乃命中使往韶州,以太牢祭之。因上马索长笛,吹笛,曲成,潸然流涕,伫立久之。时有司旋录成谱,及銮驾至成都,乃进此谱,请名曲。帝

谓:"吾因思九龄,亦别有意,可名此曲为《谪仙怨》。"其旨属马嵬之事。厥后以乱离隔绝,有人自西川传得者,无由知,但呼为《剑南神曲》。其音怨切,诸曲莫比。大历中,江南人盛为此曲。随州刺史刘长卿左迁睦州司马,祖筵之内,长卿遂撰其词。吹之为曲,意颇自得。盖亦不知本事。余既备知,聊因暇日撰其辞,复命乐工唱之,用广其不知者。

胡尘犯阙冲关,金辂提携玉颜。云雨此时萧散,君王何日归还? 伤心朝恨暮恨,回首千山万山。独望天边初月,蛾眉犹自弯弯。

康骈

字驾轻,池州人。登第,为崇文馆校书郎。后为田颀客,荐授中羽舍人。所著有《剧谈录》。词一首。

广谪仙怨并序

窦使君序《谪仙怨》云:刘随州之辞,未知本事。及详其意,但以贵妃为怀。盖明皇登骆谷之时,实有思贤之意,窦之所制,殊不述焉。骈因更广其辞,盖欲两全其事。虽才情浅拙,不逮二公,而理或可观,贻诸识者。

晴山碍目横天,绿叠君王马前。銮辂西巡蜀国,龙颜东望秦川。 曲江魂断芳草,妃子愁凝暮烟。长笛此时吹罢,何言独为婵娟。

全唐诗卷八百九十一

词

杜牧 一首

八六子

洞房深,画屏灯照,山色凝翠沈沈。听夜雨,冷滴芭蕉,惊断红窗好梦。龙烟细飘绣衾,辞恩久归长信。凤帐萧疏,椒殿闲扃。 辇路苔侵,绣帘垂,迟迟漏传丹禁。蕣华偷悴,翠鬟羞整。愁坐望处,金舆渐远,何时彩仗重临。正消魂,梧桐又移翠阴。

崔怀宝

河南司隶。词一首。

忆江南

平生愿,愿作乐中筝。得近玉人纤手子,砑罗裙上放娇声。便死也为荣。

郑符 一首

闲中好

闲中好,尽日松为侣。此趣人不知,轻风度僧语。

段成式 一首

闲中好

闲中好,尘务不萦心。坐对当窗木,看移三面阴。

张希复

闲中好

闲中好,幽磬度声迟。卷上论题肇,画中僧姓支。

温庭筠 五十九首

南歌子 歌或作柯，一名春宵曲

手里金鹦鹉，胸前绣凤凰。偷眼暗形相，不如从嫁与，作鸳鸯。

似带如丝柳，团酥握雪花。帘卷玉钩斜，九衢尘欲暮，逐香车。

倭堕低梳髻，连娟细扫眉。终日两相思，为君憔悴尽，百花时。

脸上金霞细，眉间翠钿深。欹枕覆鸳衾，隔帘莺百转，感君心。

扑蕊添黄子，呵花满翠鬟。鸳枕映屏山，月明三五夜，对芳颜。

转盼如波眼，娉婷似柳腰。花里暗相招，忆君肠欲断，恨春宵。

懒拂鸳鸯枕，休缝翡翠裙。罗帐罢炉熏，近来心更切，为思君。

荷叶杯

一点露珠凝冷，波影，满池塘。绿茎红艳两相乱，肠断，水风凉。

镜水夜来秋月，如雪，采莲时。小娘红粉对寒浪，惆怅，正思惟。

楚女欲归南浦，朝雨，湿愁红。小船摇漾入花里，波起，隔西风。

忆江南

千万恨，恨极在天涯。山月不知心里事，水风空落眼前花。摇曳碧云斜。

梳洗罢，独倚望江楼。过尽千帆皆不是，斜晖脉脉水悠悠。肠断白蘋洲。

蕃女怨

万枝香雪开已遍，细雨双燕。钿蝉筝，金雀扇，画梁相见。雁门消息不归来，又飞回。

碛南沙上惊雁起，飞雪千里。玉连环，金镞箭，年年征战。画楼离恨锦屏空，杏花红。

遐方怨

凭绣槛，解罗帏。未得君书，断肠潇湘春雁飞，不知征马几时归，海棠花谢也，雨霏霏。

花半拆，雨初晴。未卷珠帘，梦残惆怅闻晓莺，宿妆眉浅粉山横，约鬟鸾镜里，绣罗轻。

诉衷情 一名一丝风

莺语，花舞，春昼午，雨霏微。金带枕，宫锦，凤凰帷。柳弱燕交飞，依依。辽阳音信稀，梦中归。

定西番

汉使昔年离别，攀弱柳，折寒梅，上高台。
千里玉关春雪，雁来人不来。羌笛一声愁绝，月裴回。

海燕欲飞调羽，萱草绿，杏花红，隔帘栊。
双鬓翠霞金缕，一枝春艳浓。楼上月明三五，琐窗中。

细雨晓莺春晚，人似玉，柳如眉，正相思。
罗幕翠帘初卷，镜中花一枝。肠断塞门消息，雁来稀。

思帝乡

花花，满枝红似霞。罗袖画帘肠断，卓香车。回面共人闲语，战篦金凤斜。惟有阮郎春尽，不归家。

酒泉子 四首

花映柳条，闲向绿萍池上。凭栏干，窥细浪，雨萧萧。　近来音信两疏索，洞房空寂寞。掩银屏，垂翠箔，度春宵。

日映纱窗，金鸭小屏山碧。故乡春，烟霭隔，背兰釭。　宿妆惆怅倚高阁，千里云影薄。草初齐，花又落，燕双飞。

楚女不归，楼枕小河春水。月孤明，风又起，杏花稀。　玉钗斜篸云鬟重，裙上金缕凤。八行书，千里梦，雁南飞。

罗带惹香,犹系别时红豆。泪痕新,金缕旧,断离肠。　　一双娇燕语雕梁,还是去年时节。绿杨浓,芳草歇,柳花狂。

玉蝴蝶

秋风凄切伤离,行客未归时。塞外草先衰,江南雁到迟。　　芙蓉凋嫩脸,杨柳堕新眉。摇落使人悲,断肠谁得知。

女冠子二首

含娇含笑,宿翠残红窈窕。鬓如蝉,寒玉簪秋水,轻纱卷碧烟。　　雪胸鸾镜里,琪树凤楼前。寄语青娥伴,早求仙。

霞帔云发,钿镜仙容似雪。画愁眉,遮语回轻扇,含羞下绣帏。　　玉楼相望久,花洞恨来迟。早晚乘鸾去,莫相遗。

归国遥 国一作自,遥一作谣

香玉,翠凤宝钗垂䍐䍏。钿筐交胜金粟,越罗春水绿。　　画堂照帘残烛,梦余更漏促。谢娘无限心曲,晓屏山断续。

双脸,小凤战篦金飐艳。舞衣无力风敛,藕丝秋色染。　　锦帐绣帏斜掩,露珠清晓簟。粉心黄蕊花靥,黛眉山两点。

菩萨蛮

小山重叠金明灭,鬓云欲度香腮雪。懒起画蛾眉,弄妆梳洗迟。　　照花前后镜,花面交相映。新帖绣罗襦,双双金鹧鸪。

水精帘里颇黎枕,暖香惹梦鸳鸯锦。江上柳如烟,雁飞残月天。　　藕丝秋色浅,人胜参差剪。双鬓隔香红,玉钗头上风。

蕊黄无限当山额,宿妆隐笑纱窗隔。相见牡丹时,暂来还别离。　　翠钗金作股,钗上蝶双舞。心事竟谁知,月明花满枝。

翠翘金缕双䴔䴖,水文细起春池碧。池上海棠梨,雨晴红满枝。　　绣衫遮笑靥,烟草粘飞蝶。青琐对芳菲,玉关音信稀。

杏花含露团香雪,绿杨陌上多离别。灯在月胧明,觉来闻晓莺。　　玉钩褰翠幕,妆浅旧眉薄。春梦正关情,镜中蝉鬓轻。

玉楼明月长相忆,柳丝袅娜春无力。门外草萋萋,送君闻马嘶。　　画罗金翡翠,香烛销成泪。花落子规啼,绿窗残梦迷。

凤凰相对盘金缕,牡丹一夜经微雨。明镜照新妆,鬓轻双脸长。　　画楼相望久,阑外垂丝柳。音信不归来,社前双燕回。

牡丹花谢莺声歇,绿杨满院中庭月。相忆梦难成,背窗灯半明。　　翠钿金压脸,寂寞香闺掩。人远泪阑干,燕飞春又残。

满宫明月梨花白,故人万里关山隔。金雁一双飞,泪痕沾绣衣。　　小园芳草绿,家住越溪曲。杨柳色依依,燕归君不归。

宝函钿雀金䴔䴖,沈香阁上吴山碧。杨柳又如丝,驿桥春雨时。　　画楼音信断,芳草江南岸。鸾镜与花枝,此情谁得知。

南园满地堆轻絮,愁闻一霎清明雨。雨后却斜阳,杏花零落香。　　无言匀睡脸,枕上屏山掩。时节欲黄昏,无憀独倚门。

夜来皓月才当午,重帘悄悄无人语。深处麝烟长,卧时留薄妆。　　当年还自惜,往事那堪忆。花露月明残,锦衾知晓寒。

雨晴夜合玲珑日,万枝香袅红丝拂。闲梦忆金堂,满庭萱草长。　　绣帘垂䍐䍏,眉黛远山绿。春水渡溪桥,凭阑魂欲消。

竹风轻动庭除冷,珠帘月上玲珑影。山枕隐浓妆,绿檀金凤凰。　　两蛾愁黛浅,故国吴宫远。春恨正关情,画楼残点声。

玉纤弹处真珠落,流多暗湿铅华薄。春露浥朝花,秋波浸晚霞。　　风流心上物,本为风流出。看取薄情人,罗衣无此痕。

清平乐

上阳春晚,宫女愁蛾浅。新岁清平思同

辇,争奈长安路远。　　凤帐鸳被徒熏,寂寞花琐千门。竞把黄金买赋,为妾将上明君。

洛阳愁绝,杨柳花飘雪。终日行人争攀折,桥下水流呜咽。　　上马争劝离觞,南浦莺声断肠。愁杀平原年少,回首挥泪千行。

更漏子

柳丝长,春雨细,花外漏声迢递。惊塞雁,起城乌,画屏金鹧鸪。　　香雾薄,透帘幕,惆怅谢家池阁。红烛背,绣帘垂,梦长君不知。

星斗稀,钟鼓歇,帘外晓莺残月。兰露重,柳风斜,满庭堆落花。　　虚阁上,倚阑望,还似去年惆怅。春欲暮,思无穷,旧欢如梦中。

金雀钗,红粉面,花里暂时相见。知我意,感君怜,此情须问天。　　香作穗,蜡成泪,还似两人心意。山枕腻,锦衾寒,觉来更漏残。

相见稀,相忆久,眉浅淡烟如柳。垂翠幕,结同心,待郎熏绣衾。　　城上月,白如雪,蝉鬓美人愁绝。宫树暗,鹊桥横,玉纤初报明。

背江楼,临海月,城上角声呜咽。堤柳动,岛烟昏,两行征雁分。　　京口路,归帆渡,正是芳菲欲度。银烛尽,玉绳低,一声村落鸡。

玉炉香,红蜡泪,偏照画堂秋思。眉翠薄,鬓云残,夜长衾枕寒。　　梧桐树,三更雨,不道离情正苦。一叶叶,一声声,空阶滴到明。

河渎神

河上望丛祠,庙前春雨来时。楚山无限鸟飞迟,兰棹空伤别离。　　何处杜鹃啼不歇,艳红开尽如血。蝉鬓美人愁绝,百花芳草佳节。

孤庙对寒潮,西陵风雨潇潇。谢娘惆怅倚兰桡,泪流玉箸千条。　　暮天愁听思归乐,早梅香满山郭。回首两情萧索,离魂何处飘泊。

铜鼓赛神来,满庭幡盖裴回。水村江浦过风雷,楚山如画烟开。　　离别橹声空萧索,

玉容惆怅妆薄。青麦燕飞落落,卷帘愁对珠阁。

河传

江畔,相唤。晓妆鲜,仙景个女采莲。请君莫向那岸边。少年,好花新满船。　　红袖摇曳逐风软,垂玉腕。肠向柳丝断。浦南归,浦北归。莫知,晚来人已稀。

湖上,闲望。雨萧萧,烟浦花桥路遥。谢娘翠蛾愁不销。终朝,梦魂迷晚潮。　　荡子天涯归棹远,春已晚。莺语空肠断。若耶溪,溪水西。柳堤,不闻郎马嘶。

同伴,相唤。杏花稀,梦里每愁依违。仙客一去燕已飞。不归,泪痕空满衣。　　天际云鸟引情远,春已晚。烟霭渡南苑。雪梅香,柳带长。小娘,转令人意伤。

木兰花 即春晓曲。集作古诗

家临长信往来道,乳燕双双拂烟草。油壁车轻金犊肥,流苏帐晓春鸡早。　　笼中娇鸟暖犹睡,帘外落花闲不扫。衰桃一树近前池,似惜容颜镜中老。

皇甫松 十八首

竹枝 一名巴渝辞

槟榔花发 竹枝 鹧鸪啼 女儿,雄飞烟瘴 竹枝 雌亦飞 女儿。

木棉花尽 竹枝 荔支垂 女儿,千花万花 竹枝 待郎归 女儿。

芙蓉并蒂 竹枝 一心连 女儿,花侵槅子 竹枝 眼应穿 女儿。

筵中蜡烛 竹枝 泪珠红 女儿,合欢桃核 竹枝 两人同 女儿。

斜江风起 竹枝 动横波 女儿,劈开莲子 竹枝 苦心多 女儿。

山头桃花 竹枝 谷底杏 女儿,两花窈窕 竹枝 遥相映 女儿。

摘得新

酌一卮，须教玉笛吹。锦筵红蜡烛，莫来迟。繁红一夜经风雨，是空枝。

摘得新，枝枝叶叶春。管弦兼美酒，最关人。平生都得几十度，展香茵。

采莲子

菡萏香连十顷陂举棹，小姑贪戏采莲迟年少。

晚来弄水船头湿举棹，更脱红裙裹鸭儿年少。

船动湖光滟滟秋举棹，贪看年少信船流年少。

无端隔水抛莲子举棹，遥被人知半日羞年少。

抛球乐

红拨一声飘，轻裘坠越绡。带翻金孔雀，香满绣蜂腰。少少抛分数，花枝正索饶。

金蹙花球小，真珠绣带垂。几回冲蜡烛，千度入香怀。上客终须醉，觥盂且乱排。

忆江南

兰烬落，屏上暗红蕉。闲梦江南梅熟日，夜船吹笛雨潇潇。人语驿边桥。

楼上寝，残月下帘旌。梦见秣陵惆怅事，桃花柳絮满江城。双髻坐吹笙。

天仙子

晴野鹭鸶飞一只，水葓花发秋江碧。刘郎此日别天仙，登绮席，泪珠滴，十二晚峰青历历。

踯躅花开红照水，鹧鸪飞绕青山觜。行人经岁始归来，千万里，错相倚，懊恼天仙应有以。

怨回纥二首

白首南朝女，愁听异城歌。收兵颉利国，饮马胡卢河。毳布腥膻久，穹庐岁月多。雕窠城上宿，吹笛泪滂沱。

祖席驻征棹，开帆候信潮。隔筵桃叶泣，吹管杏花飘。船去鸥飞阁，人归尘上桥。别离惆怅泪，江路湿红蕉。

司空图 一首

酒泉子

买得杏花，十载归来方始坼。假山西畔药阑东，满枝红。旋开旋落旋成空，白发多情人更惜。黄昏把酒祝东风，且从容。

韩偓 三首

生查子

侍女动妆奁，故故惊人睡。那知本未眠，背面偷垂泪。

懒卸凤凰钗，羞入鸳鸯被。时复见残灯，和烟坠金穗。

浣溪沙

拢鬓新收玉步摇，背灯初解绣裙腰，枕寒衾冷异香焦。深院不关春寂寂，落花和雨夜迢迢，恨情残醉却无聊。

宿醉离愁慢髻鬟，六铢衣薄惹轻寒，慵红闷翠掩青鸾。罗袜兼金菡萏，雪肌仍是玉琅玕，骨香腰细更沈檀。

张曙

小字阿灰，侍郎祎子。词一首。

浣溪沙

枕障熏炉隔绣帷，二年终日苦相思，杏花明月始应知。天上人间何处去，旧欢新梦觉来时，黄昏微雨画帘垂。

钟辐

江南人。咸通末，以广文生为苏州院巡。词一首。

卜算子慢

桃花院落,烟重露寒,寂寞禁烟晴昼。风拂珠帘,还记去年时候。惜春心,不喜闲窗绣。倚屏山,和衣睡觉,醺醺暗消残酒。　　独倚危阑久。把玉笋偷弹,黛蛾轻斗。一点相思,万般自家甘受。抽金钗,欲买丹青手。写别来,容颜寄与,使知人清瘦。

全唐诗卷八百九十二

词

韦庄五十二首

诉衷情

烛烬香残帘半卷,梦初惊。花欲谢,深夜,月笼明。何处按歌声,轻轻。舞衣尘暗生,负春情。

碧沼红芳烟雨静,倚兰桡。垂玉佩,交带,袅纤腰。鸳梦隔星桥,迢迢。越罗香暗销,坠花翘。

天仙子

怅望前回梦里期,看花不语苦寻思。露桃宫里小腰肢,眉眼细,鬓云垂,惟有多情宋玉知。

深夜归来长酩酊,扶入流苏犹未醒。醺醺酒气麝兰和,惊睡觉,笑呵呵,长笑人生能几何。

蟾彩霜华夜不分,天外鸿声枕上闻。绣衾香冷懒重熏,人寂寂,叶纷纷,才睡依前梦见君。

梦觉云屏依旧空,杜鹃声咽隔帘栊。玉郎薄幸去无踪,一日日,恨重重,泪界莲腮两线红。

金似衣裳玉似身,眼如秋水鬓如云。霞裙月帔一群群,来洞口,望烟分,刘阮不归春日曛。

江城子 城一作神。一名水晶帘

恩重娇多情易伤,漏更长,解鸳鸯。朱唇未动,先觉口脂香。缓揭绣衾抽皓腕,移凤枕,枕檀郎。

髻鬟狼藉黛眉长,出兰房,别檀郎。角声呜咽,星斗渐微茫。露冷月残人未起,留不住,泪千行。

定西番
挑尽金灯红烬,人灼灼,漏迟迟,未眠时。斜倚银屏无语,闲愁上翠眉。闷杀梧桐残雨,滴相思。

芳草丛生缕结,花艳艳,雨蒙蒙,晓庭中,塞远久无音问,愁销镜里红。紫燕黄鹂犹至,恨何穷。

思帝乡
云髻坠,凤钗垂。髻坠钗垂无力,枕函欹。翡翠屏深月落,漏依依。说尽人间天上,两心知。

春日游,杏花吹满头。陌上谁家年少,足风流。妾拟将身嫁与,一生休。纵被无情弃,不能羞。

上行杯
芳草灞陵春岸,柳烟深,满楼弦管。一曲离声肠寸断。　　今日送君千万,红缕玉盘金缕盏。须劝!珍重意,莫辞满。

白马玉鞭金辔,少年郎,离别容易。迢递去程千万里。　　惆怅异乡云水,满酌一杯劝和泪。须愧!珍重意,莫辞醉。

酒泉子
月落星沈,楼上美人春睡。绿云欹,金枕腻,画屏深。　　子规啼破相思梦,曙色东方才动。柳烟轻,花露重,思难任。

女冠子二首
四月十七,正是去年今日。别君时,忍泪佯低面,含羞半敛眉。　　不知魂已断,空有梦相随。除却天边月,没人知。

昨夜夜半,枕上分明梦见。语多时,依旧桃花面,频低柳叶眉。　　半羞还半喜,欲去又依依,觉来知是梦,不胜悲。

浣溪沙
清晓妆成寒食天,柳球斜袅间花钿,卷帘直出画堂前。　　指点牡丹初绽朵,日高犹自凭朱阑,含嚬不语恨春残。

欲上秋千四体慵,拟交人送又心忪,画堂帘幕月明风。　　此夜有情谁不极,隔墙梨雪又玲珑,玉容憔悴惹微红。

惆怅梦余山月斜,孤灯照壁背红纱,小楼高阁谢娘家。　　暗想玉容何所似,一枝春雪冻梅花,满身香雾簇朝霞。

绿树藏莺莺正啼,柳丝斜拂白铜鞮,弄珠江上草萋萋。　　日暮饮归何处客,绣鞍骢马一声嘶,满身兰麝醉如泥。

夜夜相思更漏残,伤心明月凭阑干,想君思我锦衾寒。　　咫尺画堂深似海,忆来惟把旧书看,几时携手入长安。

归国遥
春欲暮,满地落花红带雨。惆怅玉笼鹦鹉,单栖无伴侣。　　南望去程何许,问花花不语。早晚得同归去,恨无双翠羽。

金翡翠,为我南飞传我意。罨画桥边春水,几年花不醉。　　别后只知相愧,泪珠难远寄。罗幕绣帏鸳被,旧欢如梦里。

春欲晚,戏蝶游蜂花烂熳。日落谢家池馆,柳丝金缕断。　　睡觉绿鬟风乱,画屏云雨散。闲倚博山长叹,泪流沾皓腕。

菩萨蛮
红楼别夜堪惆怅,香灯半卷流苏帐。残月出门时,美人和泪辞。　　琵琶金翠羽,弦上黄莺语。劝我早归家,绿窗人似花。

人人尽说江南好,游人只合江南老。春水碧于天,画船听雨眠。　　垆边人似月,皓腕凝双雪。未老莫还乡,还乡须断肠。

如今却忆江南乐,当时年少春衫薄。骑马

倚斜桥,满楼红袖招。　　翠屏金屈曲,醉入花丛宿。此度见花枝,白头誓不归。

　　劝君今夜须沈醉,尊前莫话明朝事。珍重主人心,酒深情亦深。　　须愁春漏短,莫诉金杯满。遇酒且呵呵,人生能几何。

　　洛阳城里春光好,洛阳才子他乡老。柳暗魏王堤,此时心转迷。　　桃花春水渌,水上鸳鸯浴。凝恨对残晖,忆君君不知。

更漏子

　　钟鼓寒,楼阁暝,月照古桐金井。深院闭,小庭空,落花香露红。　　烟柳重,春雾薄,灯背水窗高阁。闲倚户,暗沾衣,待郎郎不归。

谒金门 一名花自落,一名垂杨碧,一名出塞

　　春雨足,染就一溪新绿。柳外飞来双羽玉,弄晴相对浴。　　楼外翠帘高轴,倚遍阑干几曲。云淡水平烟树簇,寸心千里目。

　　春漏促,金烬暗挑残烛。一夜帘前风撼竹,梦魂相断续。　　有个娇饶如玉,夜夜绣屏孤宿。闲抱琵琶寻旧曲,远山眉黛绿。

　　空相忆,无计得传消息。天上嫦娥人不识,寄书何处觅。　　新睡觉来无力,不忍把君书迹。满院落花春寂寂,断肠芳草碧。

清平乐

　　春愁南陌,故国音书隔。细雨霏霏梨花白,燕拂画帘金额。　　尽日相望王孙,尘满衣上泪痕。谁向桥边吹笛,驻马西望销魂。

　　野花芳草,寂寞关山道。柳吐金丝莺语早,惆怅香闺暗老。　　罗带悔结同心,独凭朱阑思深。梦觉半床斜月,小窗风触鸣琴。

　　何处游女,蜀国多云雨。云解有情花解语,窣地绣罗金缕。　　妆成不整金钿,含羞待月秋千。住在绿槐阴里,门临春水桥边。

　　莺啼残月,绣阁香灯灭。门外马嘶郎欲别,正是落花时节。　　妆成不画蛾眉,含愁独倚金扉。去路香尘莫扫,扫即郎去归迟。

　　琐窗春暮,满地梨花雨。君不归来情又去,红泪散沾金缕。　　梦魂飞断烟波,伤心不奈春何。空把金针独坐,鸳鸯愁绣双窠。

　　绿杨春雨,金线飘千缕。花拆香枝黄鹂语,玉勒雕鞍何处。　　碧窗望断燕鸿,翠帘睡眼溟蒙。宝瑟谁家弹罢,含悲斜倚屏风。

喜迁莺 即鹤冲天

　　人汹汹,鼓鼕鼕,襟袖五更风。大罗天上月朦胧,骑马上虚空。　　香满衣,云满路,鸾凤绕身飞舞。霓旌绛节一群群,引见玉华君。

　　街鼓动,禁城开,天上探人回。凤衔金榜出云来,平地一声雷。　　莺已迁,龙已化,一夜满城车马。家家楼上簇神仙,争看鹤冲天。

应天长

　　绿槐阴里黄莺语,深院无人春昼午。画帘垂,金凤舞,寂寞绣屏香一炷。　　碧天云,无定处,空有梦魂来去。夜夜绿窗风雨,断肠君信否。

　　别来半岁音书绝,一寸离肠千万结。难相见,易相别,又是玉楼花似雪。　　暗相思,无处说,惆怅夜来烟月。想得此时情切,泪沾红袖黦。

荷叶杯

　　绝代佳人难得,倾国,花下见无期。一双愁黛远山眉,不忍更思惟。　　闲掩翠屏金凤,残梦,罗幕画堂空。碧天无路信难通,惆怅旧房栊。

　　记得那年花下,深夜,初识谢娘时。水堂西面画帘垂,携手暗相期。　　惆怅晓莺残月,相别,从此隔音尘。如今俱是异乡人,相见更无因。

河传

　　何处,烟雨,隋堤春暮。柳色葱茏,画桡金缕,翠旗高飐香风,水光融。　　青娥殿脚春妆媚,轻云里,绰约司花妓。江都宫阙,清淮月

映迷楼，古今愁。

　　春晚，风暖，锦城花满。狂杀游人，玉鞭金勒寻胜，驰骤轻尘，惜良辰。　　翠蛾争劝临邛酒，纤纤手，拂面垂丝柳。归时烟里钟鼓，正是黄昏，暗销魂。

　　锦浦，春女，绣衣金缕。雾薄云轻，花深柳暗，时节正是清明，雨初晴。　　玉鞭魂断烟霞路，莺莺语，一望巫山雨。香尘隐映，遥望翠槛红楼，黛眉愁。

怨王孙 与河传、月照梨花二词同调

　　锦里，蚕市，满街珠翠。千万红妆，玉蝉金雀，宝髻花簇鸣珰，绣衣长。　　日斜归去人难见，青楼远，队队行云散。不知今夜，何处深锁兰房，隔仙乡。

木兰花

　　独上小楼春欲暮，愁望玉关芳草路。消息断，不逢人，却敛细眉归绣户。　　坐看落花空叹息，罗袂湿斑红泪滴。千山万水不曾行，魂梦欲教何处觅。

小重山

　　一闭昭阳春又春。夜寒宫漏永，梦君恩。卧思陈事暗消魂。罗衣湿，红袂有啼痕。　　歌吹隔重阍。绕庭芳草绿，倚长门。万般惆怅向谁论？凝情立，宫殿欲黄昏。

望远行

　　欲别无言倚画屏，含恨暗伤情。谢家庭树锦鸡鸣，残月落边城。　　人欲别，马频嘶，绿槐千里长堤。出门芳草路萋萋，云雨别来易东西。不忍别君后，却入旧香闺。

牛峤 二十七首

忆江南

　　衔泥燕，飞到画堂前。占得杏梁安稳处，体轻惟有主人怜。堪羡好因缘。

　　红绣被，两两间鸳鸯。不是鸟中偏爱尔，为缘交颈睡南塘。全胜薄情郎。

西溪子

　　捍拨双盘金凤，蝉鬓玉钗摇动。画堂前，人不语，弦解语。弹到昭君怨处。翠蛾愁，不抬头。

江城子

　　鵁鶄飞起郡城东，碧江空，半滩风。越王宫殿，蘋叶藕花中。帘卷水楼鱼浪起，千片雪，雨蒙蒙。

　　极浦烟消水鸟飞，离筵分手时，送金卮。渡口杨花，狂雪任风吹。日暮空江波浪急，芳草岸，柳如丝。

定西番

　　紫塞月明千里，金甲冷，戍楼寒，梦长安。

　　乡思望中天阔，漏残星亦残。画角数声呜咽，雪漫漫。

望江怨

　　东风急，惜别花时手频执，罗帏愁独人。马嘶残雨春芜湿。倚门立，寄语薄情郎，粉香和泪泣。

女冠子 四首

　　绿云高髻，点翠匀红时世。月如眉，浅笑含双靥，低声唱小词。　　眼看惟恐化，魂荡欲相随。玉趾回娇步，约佳期。

　　锦江烟水，卓女烧春浓美。小檀霞，绣带芙蓉帐，金钗芍药花。　　额黄侵腻发，臂钏透红纱。柳暗莺啼处，认郎家。

　　星冠霞帔，住在蕊珠宫里。佩丁当，明翠摇蝉翼，纤珪理宿妆。　　醮坛春草绿，药院杏花香。青鸟传心事，寄刘郎。

　　双飞双舞，春昼后园莺语。卷罗帏，锦字书封了，银河雁过迟。　　鸳鸯排宝帐，豆蔻绣连枝。不语匀珠泪，落花时。

酒泉子

记得去年,烟暖杏园花正发,雪飘香。江草绿,柳丝长。　　钿车纤手卷帘望,眉学春山样。凤钗低袅翠鬟上,落梅妆。

菩萨蛮

舞裙香暖金泥凤,画梁语燕惊残梦。门外柳花飞,玉郎犹未归。　　愁匀红粉泪,眉剪春山翠。何处是辽阳,锦屏春昼长。

柳花飞处莺声急,晴街春色香车立。金凤小帘开,脸波和恨来。　　今宵求梦想,难到青楼上。赢得一场愁,鸳衾谁并头。

玉钗风动春幡急,交枝红杏笼烟泣。楼上望卿卿,窗寒新雨晴。　　熏炉蒙翠被,绣帐鸳鸯睡。何处有相知,羡他初画眉。

画屏重叠巫阳翠,楚神尚有行云意。朝暮几般心,向他情谩深。　　风流今古隔,虚作瞿塘客。山月照山花,梦回灯影斜。

风帘燕舞莺啼柳,妆台约鬓低纤手。钗重髻盘珊,一枝红牡丹。　　门前行乐客,白马嘶春色。故故坠金鞭,回头应眼穿。

绿云鬓上飞金雀,愁眉敛翠春烟薄。香阁掩芙蓉,画屏山几重。　　窗寒天欲曙,犹结同心苣。啼粉涴罗衣,问郎何日归。

玉炉冰簟鸳鸯锦,粉融香汗流山枕。帘外辘轳声,敛眉含笑惊。　　柳阴烟漠漠,低鬓蝉钗落。须作一生拚,尽君今日欢。

更漏子

星渐稀,漏频转,何处轮台声怨。香阁掩,杏花红,月明杨柳风。　　挑锦字,记情事,惟愿两心相似。收泪语,背灯眠,玉钗横枕边。

春夜阑,更漏促,金烬暗挑残烛。惊梦断,锦屏深,两乡明月心。　　闺草碧,望归客,还是不知消息。孤负我,悔怜君,告天天不闻。

南浦情,红粉泪,争奈两人深意。低翠黛,卷征衣,马嘶霜叶飞。　　招手别,寸肠结,还是去年时节。书托雁,梦归家,觉来江月斜。

感恩多

两条红粉泪,多少香闺意。强攀桃李枝,敛愁眉。　　陌上莺啼蝶舞,柳花飞。柳花飞,愿得郎心,忆家还早归。

自从南浦别,愁见丁香结。近来情转深,忆鸳衾。　　几度将书托烟雁,泪盈襟。泪盈襟,礼月求天,愿君如我心。

应天长

玉楼春望晴烟灭,舞衫斜卷金条脱。黄鹂娇转声初歇,杏花飘尽龙山雪。　　凤钗低赴节,筵上王孙愁绝。鸳鸯对衔罗结,两情深夜月。

双眉澹薄藏心事,清夜背灯娇又醉。玉钗横,山枕腻,宝帐鸳鸯春睡美。　　别经时,无限意,虚道相思憔悴。莫信彩笺书里,赚人肠断字。

木兰花

春入横塘摇浅浪,花落小园空惆怅。此情谁信为狂夫,恨翠愁红流枕上。　　小玉窗前嗔燕语,红泪滴穿金线缕。雁归不见报郎归,织成绵字封过与。

全唐诗卷八百九十三

词

毛文锡

字平珪。登进士第。后事蜀,为翰林学士,迁内枢密使,历文思殿大学士、司徒。词三十一首。

西溪子

昨夜西溪游赏,芳树奇花千样。锁春光,金尊满,听弦管。娇妓舞衫香暖。不觉到斜晖,马驮归。

何满子 何一作河

红粉楼前月照,碧纱窗外莺啼。梦断辽阳音信,那堪独守空闺。恨对百花时节,王孙绿草萋萋。

诉衷情 一名桃花水

桃花流水漾纵横,春昼彩霞明。刘郎去,阮郎行,惆怅恨难平。　愁坐对云屏,算归程。何时携手洞边迎,诉衷情。

鸳鸯交颈绣衣轻,碧沼藕花馨。偎藻荇,映兰汀,和雨浴浮萍。　思妇对心惊,想边庭。何时解佩掩云屏,诉衷情。

中兴乐

豆蔻花繁烟艳深,丁香软结同心。翠鬟女,相与,共淘金。　红蕉叶里猩猩语。鸳鸯浦,镜中鸾舞。丝雨,隔荔枝阴。

醉花间 二首

休相问,怕相问,相问还添恨。春水满塘生,鸂鶒还相趁。　昨夜雨霏霏,临明寒一阵。偏忆戍楼人,久绝边庭信。

深相忆,莫相忆,相忆情难极。银汉是红墙,一带遥相隔。　金盘珠露滴,两岸榆花白。风摇玉佩清,今夕为何夕。

酒泉子

绿树春深,燕语莺啼声断续,惠风飘荡入芳丛,惹残红。　　柳丝无力袅烟空。金盏不辞须满酌,海棠花下思朦胧,醉春风。

纱窗恨

新春燕子还来至,一双飞。垒巢泥湿时时坠,涴人衣。　　后园里、看百花发,香风拂、绣户金扉。月照纱窗,恨依依。

双双蝶翅涂铅粉,咂花心。绮窗绣户飞来稳,画堂阴。　　二三月、爱随风絮,伴落花、来拂衣襟。更剪轻罗片,傅黄金。

恋情深

滴滴铜壶寒漏咽,醉红楼月。宴余香殿会鸳衾,荡春心。　　真珠帘下晓光侵,莺语隔琼林。宝帐欲开慵起,恋情深。

玉殿春浓花烂漫,簇神仙伴。罗裙窣地缕黄金,奏清音。　　酒阑歌罢两沈沈,一笑动君心。永愿作鸳鸯伴,恋情深。

浣溪沙

七夕年年信不违,银河清浅白云微,蟾光鹊影伯劳飞。　　每恨蟪蛄怜婺女,几回娇妒下鸳机,今宵嘉会两依依。

摊破浣溪沙

春水轻波浸绿苔,枇杷洲上紫檀开。晴日眠沙䴔鹊稳,暖相偎。　　罗袜生尘游女过,有人逢著弄珠回。兰麝飘香初解佩,忘归来。

赞浦子

锦帐添香睡,金炉换夕薰。懒结芙蓉带,慵拖翡翠裙。　　正是柳夭桃媚,那堪暮雨朝云。宋玉高唐意,裁琼欲赠君。

巫山一段云

雨霁巫山上,云轻映碧天。远风吹散又相连,十二晚峰前。　　暗湿啼猿树,高笼过客船。朝朝暮暮楚江边,几度降神仙。

貌掩巫山色,才过濯锦波。阿谁提笔上银河,月里写嫦娥。　　薄薄施铅粉,盈盈挂绮罗。菖蒲花役梦魂多,年代属元和。

柳含烟

隋堤柳,汴河旁。夹岸绿阴千里,龙舟凤舸木兰香,锦帆张。　　因梦江南春景好,一路流苏羽葆。笙歌未尽起横流,锁春愁。

河桥柳,占芳春。映水含烟拂路,几回攀折赠行人,暗伤神。　　乐府吹为横笛曲,能使离肠断续。不如移植在金门,近天恩。

章台柳,近垂旒。低拂往来冠盖,朦胧春色满皇州,瑞烟浮。　　直与路边江畔别,免被离人攀折。最怜京兆画蛾眉,叶纤时。

御沟柳,占春多。半出宫墙婀娜,有时倒景醮轻罗,曲尘波。　　昨日金銮巡上苑,风亚舞腰纤软。栽培得地近皇宫,瑞烟浓。

更漏子

春夜阑,春恨切,花外子规啼月。人不见,梦难凭,红纱一点灯。　　偏怨别,是芳节,庭下丁香千结。宵雾散,晓霞晖,梁间双燕飞。

喜迁莺

芳春景,暖晴烟,乔木见莺迁。传枝偎叶语关关,飞过绮丛间。　　锦翼鲜,金毳软,百转千娇相唤。碧纱窗晓怕闻声,惊破鸳鸯暖。

应天长

平江波暖鸳鸯语,两两钓船归极浦。芦洲一夜风和雨,飞起浅沙翘雪鹭。　　渔灯明远渚,兰棹今宵何处。罗袂从风轻举,愁杀采莲女。

月宫春

水晶宫里桂花开,神仙探几回。红芳金蕊绣重台,低倾玛瑙杯。　　玉兔银蟾争守护,姮娥姹女戏相偎。遥听钧天九奏,玉皇亲看来。

虞美人

鸳鸯对浴银塘暖,水面蒲梢短。垂杨低拂曲尘波,蛛丝结网露珠多,滴圆荷。　　遥思桃叶吴江碧,便是天河隔。锦鳞红鬣影沈沈,相思空有梦相寻,意难任。

宝檀金缕鸳鸯枕,绶带盘宫锦。夕阳低映小窗明,南园绿树语莺莺,梦难成。　　玉炉香暖频添炷,满地飘轻絮。珠帘不卷度沈烟,庭前闲立画秋千,艳阳天。

临江仙

暮蝉声尽落斜阳,银蟾影挂潇湘。黄陵庙侧水茫茫。楚山红树,烟雨隔高唐。　　岸泊渔灯风飐碎,白蘋远散浓香。灵娥鼓瑟韵清商。朱弦凄切,云散碧天长。

接贤宾

香鞯镂襜五色骢,值春景初融。流珠喷沫躞蹀,汗血流红。　　少年公子能乘驭,金镞玉辔珑璁。为惜珊瑚鞭不下,骄生百步千踪。信穿花,从拂柳,向九陌追风。

赞成功

海棠未坼,万点深红,香包缄结一重重。似含羞态,邀勒春风。蜂来蝶云,任绕芳丛。

昨夜微雨,飘洒庭中,忽闻声滴井边桐。美人惊起,坐听晨钟。快教折取,戴玉珑璁。

甘州遍

春光好,公子爱闲游。足风流。金鞍白马,雕弓宝剑,红缨锦襜出长楸。　　花蔽膝,玉衔头。寻芳逐胜欢宴,丝竹不曾休。美人唱、揭调是甘州,醉红楼。尧年舜日,乐圣永无忧。

秋风紧,平积雁行低。阵云齐。萧萧飒飒,边声四起,愁闻戍角与征鼙。　　青冢北,黑山西。沙飞聚散无定,往往路人迷。铁衣冷、战马血沾蹄,破蕃奚。凤皇诏下,步步蹑丹梯。

和凝 二十四首

渔父

白芷汀寒立鹭鸶,蘋风轻剪浪花时。烟幂幂,日迟迟,香引芙蓉惹钓丝。

天仙子

柳色披衫金缕凤,纤手轻拈红豆弄。翠蛾双敛正含情,桃花洞,瑶台梦,一片春愁谁与共。

洞口春红飞蔌蔌,仙子含愁眉黛绿。阮郎何事不归来？懒烧金,慵篆玉,流水桃花空断续。

江城子

初夜含娇入洞房,理残妆,柳眉长。翡翠屏中,亲爇玉炉香。整顿金钿呼小玉,排红烛,待潘郎。

竹里风生月上门,理秦筝,对云屏。轻拨朱弦,恐乱马嘶声。含恨含娇独自语,今夜约,太迟生。

斗转星移玉漏频,已三更,对栖莺。历历花间,似有马蹄声。含笑整衣开绣户,斜敛手,下阶迎。

迎得郎来入绣闼,语相思,连理枝。鬓乱钗垂,梳堕印山眉。婭妠含情娇不语,纤玉手,抚郎衣。

帐里鸳鸯交颈情,恨鸡声,天已明。愁见街前,还是说归程。临上马时期后会,待梅绽,月初生。

何满子

正是破瓜年儿,含情惯得人饶。桃李精神鹦鹉舌,可堪虚度良宵。却爱蓝罗裙子,羡他长束纤腰。

写得鱼笺无限,其如花锁春晖。目断巫山云雨,空教残梦依依。却爱熏香小鸭,羡他长在屏帏。

望梅花
春草全无消息,腊雪犹余踪迹。越岭寒枝香自折,冷艳奇芳堪惜。何事寿阳无处觅,吹入谁家横笛。

薄命女 一名长命女
天欲晓,宫漏穿花声缭绕,窗里星光少。

冷露寒侵帐额,残月光沈树杪。梦断锦帏空悄悄,强起愁眉小。

春光好 一名愁倚栏令
纱窗暖,画屏闲,婵云鬟。睡起四肢无力,半春闲。　玉指剪裁罗胜,金盘点缀酥山。窥宋深心无限事,小眉弯。

蘋叶软,杏花明,画船轻。双浴鸳鸯出绿汀,棹歌声。　春水无风无浪,春天半雨半晴。红粉相随南浦晚,几含情。

采桑子
蟾蜍领上诃梨子,绣带双垂。椒户闲时,竞学摴蒲赌荔支。　从头鞋子红编细,裙窣金丝。无事嚬眉,春思翻教阿母疑。

菩萨蛮
越梅半拆轻寒里,冰清澹薄笼蓝水。暖觉杏梢红,游丝狂惹风。　闲阶莎径碧,远梦犹堪惜。离恨又迎春,相思难重陈。

喜迁莺
晓月坠,宿云披,银烛锦屏帏。建章钟动玉绳低,宫漏出花迟。　春态浅,来双燕,红日渐长一线。严妆欲罢转黄鹂,飞上万年枝。

山花子
莺锦蝉縠馥麝脐,轻裾花草晓烟迷。鸂鶒战金红掌坠,翠云低。　星靥笑偎霞脸畔,蹙金开襜衬银泥。春思半和芳草嫩,碧萋萋。

银字笙寒调正长,水文簟冷画屏凉。玉腕重,金扼臂,淡梳妆。　几度试香纤手暖,一回尝酒绛唇光。伴弄红丝绳拂子,打檀郎。

临江仙
海棠香老春江晚,小楼雾縠空蒙。翠鬟初出绣帘中,麝烟鸾佩惹苹风。　碾玉钗摇鸂鶒战,雪肌云鬓将融。含情遥指碧波东,越王台殿蓼花红。

披袍窣地红宫锦,莺语时转轻音。碧罗冠子稳犀簪,凤凰双飐步摇金。　肌骨细匀红玉软,脸波微送春心。娇羞不肯入鸳衾,兰膏光里两情深。

小重山
春入神京万木芳,禁林莺语滑、蝶飞狂。晓花擎露妒啼妆,红日永、风和百花香。　烟锁柳丝长,御沟澄碧水、转池塘。时时微雨洗风光,天衢远、到处引笙篁。

正是神京烂熳时,群仙初折得、郄诜枝。乌犀白纻最相宜,精神出、御陌袖鞭垂。　柳色展愁眉,管弦分响亮、探花期。光阴占断曲江池,新榜上、名姓彻丹墀。

麦秀两岐
凉簟铺斑竹,鸳枕并红玉。脸莲红,眉柳绿,胸雪宜新浴。淡黄衫子裁春縠,异香芬馥。

羞道交回烛,未惯双双宿。树连枝,鱼比目,掌上腰如束。娇娆不争人拳跼,黛眉微蹙。

牛希济 十二首

生查子
春山烟欲收,天澹星稀小。残月脸边明,别泪临清晓。　语已—本无此字多情未了,回首犹重道。记得绿罗裙,处处怜芳草。

新月曲如眉,未有团圞意。红豆不堪看,满眼相思泪。　终日劈桃穰,人在心儿里。两朵隔墙花,早晚成连理。

中兴乐 即湿罗衣

　　池塘暖碧浸晴晖，蒙蒙柳絮轻飞。红蕊凋来，醉梦还稀。　春云空有雁归，珠帘垂。东风寂寞，恨郎抛掷，泪湿罗衣。

酒泉子

　　枕转簟凉，清晓远钟残梦。月光斜，帘影动，旧炉香。　梦中说尽相思事，纤手匀双泪。去年书，今日意，断人肠。

谒金门

　　秋已暮，重叠关山岐路。嘶马摇鞭何处去，晓禽霜满树。　梦断禁城钟鼓，泪滴枕檀无数。一点凝红和薄雾，翠蛾愁不语。

临江仙

　　峭碧参差十二峰，冷烟寒树重重。瑶姬宫殿是仙踪。金炉珠帐，香霭昼偏浓。　一自楚王惊梦断，人间无路相逢。至今云雨带愁容。月斜江上，征棹动晨钟。

　　谢家仙观寄云岑，岩萝拂地成阴。洞房不闭白云深。当时丹灶，一粒化黄金。　石壁霞衣犹半挂，松风长似鸣琴。时闻唳鹤起前林。十洲高会，何处许相寻。

　　渭阙宫城秦树凋，玉楼独上无拽。含情不语自吹箫。调清和恨，天路逐风飘。　何事乘龙人忽降，似知深意相招。三清携手路非遥。世间屏障，彩笔画娇娆。

　　江绕黄陵春庙闲，娇莺独语关关。满庭重叠绿苔斑。阴云无事，四散自归山。　箫鼓声稀香烬冷，月娥敛尽弯环。风流皆道胜人间。须知狂客，判死为红颜。

　　素洛春光潋滟平，千重媚脸初生。凌波罗袜势轻轻。烟笼日照，珠翠半分明。　风引宝衣疑欲舞，鸾回凤翣堪惊。也知心许恐无成。陈王辞赋，千载有声名。

　　柳带摇风汉水滨，平芜两岸争匀。鸳鸯对浴浪痕新。弄珠游女，微笑自含春。　轻步暗移蝉鬓动，罗裙风惹轻尘。水精宫殿岂无因。空劳纤手，解佩赠情人。

　　洞庭波浪飐晴天，君山一点凝烟。此中真境属神仙。玉楼珠殿，相映月轮边。　万里平湖秋色冷，星辰垂影参然。橘林霜重更红鲜。罗浮山下，有路暗相连。

全唐诗卷八百九十四

词

薛昭蕴

蜀侍郎。词十九首。

相见欢

罗襦绣袂香红,画堂中。细草平沙蕃马、小屏风。　卷罗幕,凭妆阁,思无穷。暮雨轻烟魂断、隔帘栊。

醉公子 一名四换头

慢绾青丝发,光砑吴绫袜。床上小熏笼,韶州新退红。　叵耐无端处,捻得从头污。恼得眼慵开,问人闲事来。

女冠子

求仙去也,翠钿金篦尽舍。入岩峦,雾卷黄罗帔,云雕白玉冠。　野烟溪洞冷,林月石桥寒。静夜松风下,礼天坛。

云罗雾縠,新授明威法箓。降真函,髻绾青丝发,冠抽碧玉篸。　往来云过五,去住岛经三。正遇刘郎使,启瑶缄。

浣溪沙

红蓼渡头秋正雨,印沙鸥迹自成行,整鬟飘袖野风香。　不语含嚬深浦里,几回愁煞棹船郎,燕归帆尽水茫茫。

钿匣菱花锦带垂,静临兰槛卸头时,约鬟低珥算归期。　花茂草青湘渚阔,梦余空有漏依依,二年终日损芳菲。

粉上依稀有泪痕,郡庭花落欲黄昏,远情深恨与谁论。　记得去年寒食日,延秋门外卓金轮,日斜人散暗销魂。

握手河桥柳似金,蜂须轻惹百花心,蕙风兰思寄清琴。　意满便同春水满,情深还似酒杯深,楚烟湘月两沈沈。

帘外三间出寺墙,满街垂柳绿阴长,嫩红轻翠间浓妆。 瞥地见时犹可可,却来闲处暗思量,如今情事隔仙乡。

江馆清秋缆客船,故人相送夜开筵,麝烟兰焰簇花钿。 正是断魂迷楚雨,不堪离恨咽湘弦,月高霜白水连天。

倾国倾城恨有余,几多红泪泣姑苏,倚风凝睇雪肌肤。 吴主山河空落日,越王宫殿半平芜,藕花菱蔓满平湖。

越女淘金春水上,步摇云鬓佩鸣珰,渚风江草又清香。 不为远山凝翠黛,只应含恨向斜阳,碧桃花谢忆刘郎。

谒金门

春满院,叠损罗衣金线。睡觉水精帘未卷,帘前双语燕。 斜掩金铺一扇,满地落花千片。早是相思肠欲断,忍教频梦见。

喜迁莺

残蟾落,晓钟鸣,羽化觉身轻。乍无春睡有余醒,杏苑雪初晴。 紫陌长,襟袖冷,不是人间风景。回看尘土似前生,休羡谷中莺。

金门晓,玉京春,骏马骤轻尘。桦烟深处白衫新,认得化龙身。 九陌喧,千户启,满袖桂香风细。杏园欢宴曲江滨,自此占芳辰。

清明节,雨晴天,得意正当年。马骄泥软锦连干,香袖半笼鞭。 花色融,人竞赏,尽是绣鞍朱鞅。日斜无计更留连,归路草和烟。

小重山

春到长门春草青,玉阶华露滴、月胧明。东风吹断紫箫声,宫漏促、帘外晓啼莺。 愁极梦难成,红妆流宿泪、不胜情。于挪裙带绕花行,思君切、罗幌暗尘生。

秋到长门秋草黄,画梁双燕去、出宫墙。玉箫无复理霓裳,金蝉坠、鸾镜掩休妆。 忆昔在昭阳,舞衣红绶带、绣鸳鸯。至今

犹惹御炉香,魂梦断、愁听漏更长。

离别难

宝马晓鞴雕鞍,罗帏乍别情难。那堪春景媚,送君千万里。半妆珠翠落,露华寒。红蜡烛,青丝曲,偏能钩引泪阑干。 良夜促,香尘绿,魂欲迷,檀眉半敛愁低。未别心先咽,欲语情难说。出芳草,路东西,摇袖立。春风急,樱花杨柳雨凄凄。

顾敻 五十五首

荷叶杯

春尽小庭花落,寂寞,凭槛敛双眉。忍教成病忆佳期,知摩知,知摩知。

歌发谁家筵上,寥亮,别恨正悠悠。兰釭背帐月当楼,愁摩愁,愁摩愁。

弱柳好花尽拆,晴陌,陌上少年郎。满身兰麝扑人香,狂摩狂,狂摩狂。

记得那时相见,胆战,鬓乱四肢柔。泥人无语不抬头,羞摩羞,羞摩羞。

夜久歌声怨咽,残月,菊冷露微微。看看湿透缕金衣,归摩归,归摩归。

我忆君诗最苦,知否,字字尽关心。红笺写寄表情深。吟摩吟,吟摩吟。

金鸭香浓鸳被,枕腻,小髻簇花钿。腰如细柳脸如莲,怜摩怜,怜摩怜。

曲砌蝶飞烟暖,春半,花发柳垂条。花如双脸柳如腰,娇摩娇,娇摩娇。

一去又乖期信,春尽,满院长莓苔。手挪裙带独裴回,来摩来,来摩来。

甘州子

一炉龙麝锦帷傍,屏掩映,独荧煌。禁楼刁斗喜初长,罗荐绣鸳鸯。山枕上,私语口脂香。

每逢清夜与良晨,多怅望,足伤神。云迷水隔意中人,寂寞绣罗茵。山枕上,几点泪痕新。

曾如刘阮访仙踪,深洞客,此时逢。绮筵散后绣衾同。款曲见韶容。山枕上,长是怯晨钟。

露桃花里小楼深,持玉盏,听瑶琴。醉归青琐入鸳衾,月色照衣襟。山枕上,翠钿镇眉心。

红炉深夜醉调笙,敲拍处,玉纤轻。小屏古画岸低平,烟月满闲庭。山枕上,灯背脸波横。

遐方怨

帘影细,簟文平。象纱笼玉指,缕金罗扇轻。嫩红双脸似花明,两条眉黛远山横。
凤箫歇,镜尘生。辽塞音书绝,梦魂长暗惊。玉郎经岁负娉婷,教人争不恨无情。

诉衷情

香灭帘垂春漏永,整鸳衾。罗带重,双凤,缕黄金。窗外月光临,沈沈。断肠无处寻,负春心。

永夜抛人何处去,绝来音。香阁掩,眉敛,月将沈。争忍不相寻,怨孤衾。换我心,为你心,始知相忆深。

杨柳枝 即柳枝

秋夜香闺思寂寥,漏迢迢。鸳帏罗幌麝烟销,烛光摇。 正忆玉郎游荡去,无寻处。更闻帘外雨潇潇,滴芭蕉。

醉公子二首

漠漠秋云澹,红藕香侵槛。枕倚小山屏,金铺向晚扃。 睡起横波慢,独望情何限。衰柳数声蝉,魂销似去年。

岸柳垂金线,雨晴莺百转。家住绿杨边,往来多少年。 马嘶芳草远,高楼帘半卷。敛袖翠蛾攒,相逢尔许难。

酒泉子

杨柳舞风,轻惹春烟残雨。杏花愁,莺正语,画楼东。 锦屏寂寞思无穷,还是不知消息。镜尘生,珠泪滴,损仪容。

罗带缕金,兰麝烟凝魂断。画屏欹,云鬓乱,恨难任。 几回垂泪滴鸳衾,薄情何处去?月临窗,花满树,信沈沈。

小槛日斜,风度绿窗人悄悄。翠帏闲掩舞双鸾,旧香寒。 别来情绪转难判,韶颜看却老。依稀粉上有啼痕,暗销魂。

黛薄红深,红掠绿鬟云腻。小鸳鸯,金翡翠,称人心。 锦鳞无处传幽意,海燕兰堂春又去。隔年书,千点泪,恨难任。

掩却菱花,收拾翠钿休上面。金虫玉燕锁香奁,恨厌厌。 云鬟半坠懒重簪,泪侵山枕湿。银灯背帐梦方酣,雁飞南。

水碧风清,入槛细香红藕腻。谢娘敛翠恨无涯,小屏斜。 堪憎荡子不还家,谩留罗带结。帐深枕腻炷沈烟,负当年。

黛怨红羞,掩映画堂春欲暮。残花微雨隔青楼,思悠悠。 芳菲时节看将度,寂寞无人还独语。画罗襦,香粉污,不胜愁。

浣溪沙

春色迷人恨正赊,可堪荡子不还家,细风轻露著梨花。 帘外有情双燕飏,槛前无力绿杨斜,小屏狂梦极天涯。

红藕香寒翠渚平,月笼虚阁夜蛩清,寒鸿惊梦两牵情。 宝帐玉炉残麝冷,罗衣金缕暗尘生,小窗孤烛泪纵横。

荷芰风轻帘幕香,绣衣鸂鶒泳回塘,小屏闲掩旧潇湘。 恨入空帏鸾影独,泪凝双脸渚莲光,薄情年少悔思量。

惆怅经年别谢娘,月窗花院好风光,此时相望最情伤。 青鸟不来传锦字,瑶姬何处锁兰房,忍教魂梦两茫茫。

庭菊飘黄玉露浓,冷莎偎砌隐鸣蛩,何期良夜得相逢。 背帐风摇红蜡滴,惹香暖梦绣衾重,觉来枕上怯晨钟。

云澹风高叶乱飞,小庭寒雨绿苔微,深闺人静掩屏帷。 粉黛暗愁金带枕,鸳鸯空绕画罗衣,那堪孤负不思归。

雁响遥天玉漏清,小纱窗外月胧明,翠帏金鸭炷香平。　　何处不归音信断,良宵空使梦魂惊,簟凉枕冷不胜情。

露白蟾明又到秋,佳期幽会两悠悠,梦牵情役几时休。　　记得泥人微敛黛,无言斜倚小书楼,暗思前事不胜愁。

更漏子

旧欢娱,新怅望,拥鼻含颦楼上。浓柳翠,晚霞微,江鸥接翼飞。　　帘半卷,屏斜掩,远岫参迷眼。歌满耳,酒盈尊,前非不要论。

应天长

瑟瑟罗裙金线缕,轻透鹅黄香画袴。垂交带,盘鹦鹉,袅袅翠翘移玉步。　　背人匀檀注,慢转娇波偷觑。敛黛春情暗许,倚屏慵不语。

渔歌子

晓风清,幽沼绿,倚阑凝望珍禽浴。画帘垂,翠屏曲,满袖荷香馥郁。　　好摅怀,堪寓目,身闲心静平生足。酒杯深,光影促,名利无心较逐。

河传

燕飏晴景。小窗屏暖,鸳鸯交颈。菱花掩却翠鬟欹,慵整,海棠帘外影。　　绣帏香断金鸂鶒。无消息,心事空相忆。倚东风,春正浓,愁红,泪痕衣上重。

曲槛,春晚。碧流纹细,绿杨丝软。露华鲜,杏枝繁。莺转,野芜平似剪。　　直是人间到天上,堪游赏,醉眼疑屏障。对池塘,惜韶光,断肠,为花须尽狂。

棹举,舟去。波光渺渺,不知何处。岸花汀草共依依,雨微,鹧鸪相逐飞。　　天涯离恨江声咽,啼猿切,此意向谁说?倚兰桡,独无憀,魂销,小炉香欲焦。

木兰花 即玉楼春

月照玉楼春漏促,飒飒风摇庭砌竹。梦惊鸳被觉来时,何处管弦声断续。　　惆怅少年游冶去,枕上两蛾攒细绿。晓莺帘外语花枝,背帐犹残红蜡烛。

柳映玉楼春日晚,雨细风轻烟草软。画堂鹦鹉语雕笼,金粉小屏犹半掩。　　香灭绣帏人寂寂,倚槛无言愁思远。恨郎何处纵疏狂,长使含啼眉不展。

月皎露华窗影细,风送菊香粘绣袂。博山炉冷水沈微,惆怅金闺终日闭。　　懒展罗衾垂玉箸,羞对菱花篸宝髻。良宵好事枉教休,无计那他狂耍婿。

拂水双飞来去燕,曲槛小屏山六扇。春愁凝思结眉心,绿绮懒调红锦荐。　　话别情多声欲战,玉箸痕留红粉面。镇长独立到黄昏,却怕良宵频梦见。

虞美人

晓莺啼破相思梦,帘卷金泥凤。宿妆犹在酒初醒,翠翘慵整倚云屏,转娉婷。　　香檀细画侵桃脸,罗袂轻轻敛。佳期堪恨再难寻,绿芜满院柳成阴,负春心。

触帘风送景阳钟,鸳被绣花重。晓帏初卷冷烟浓,翠匀粉黛好仪容,思娇慵。　　起来无语理朝妆,宝匣镜凝光。绿荷相倚满池塘,露清枕簟藕花香,恨悠扬。

翠屏闲掩垂珠箔,丝雨笼池阁。露沾红藕咽清香,谢娘娇极不成狂,罢朝妆。　　小金鸂鶒沈烟细,腻枕堆云髻。浅眉微敛注檀轻,旧欢时有梦魂惊,悔多情。

碧梧桐映纱窗晚,花谢莺声懒。小屏屈曲掩青山,翠帏香粉玉炉寒,两蛾攒。　　颠狂年少轻离别,孤负春时节。画罗红袂有啼痕,魂销无语倚闺门,欲黄昏。

深闺春色劳思想,恨共春芜长。黄鹂娇转泥芳妍,杏枝如画倚轻烟,锁窗前。　　凭阑愁立双蛾细,柳影斜摇砌。玉郎还是不还家,教人魂梦逐杨花,绕天涯。

少年艳质胜琼英,早晚别三清。莲冠稳簪钿篦横,飘飘罗袖碧云轻。画难成。迟迟少转腰身袅,翠眉眉心小。醮坛风急杏枝香,此时恨不驾鸾皇,访刘郎。

临江仙

碧染长空池似镜,倚楼闲望凝情。满衣红藕细香清。象床珍簟,山障掩,玉琴横。暗想昔时欢笑事,如今赢得愁生。博山炉暖澹烟轻。蝉吟人静,残日傍,小窗明。

幽闺小槛春光晚,柳浓花澹莺稀。旧欢思想尚依依。翠颦红敛,终日损芳菲。何事狂夫音信断,不如梁燕犹归。画堂深处麝烟微。屏虚枕冷,风细雨霏霏。

月色穿帘风入竹,倚屏双黛愁时。砌花含露两三枝。如啼恨脸,魂断损容仪。香烬暗销金鸭冷,可堪孤负前期。绣襦不整鬓鬟欹。几多惆怅,情绪在天涯。

献衷心

绣鸳鸯帐暖,画孔雀屏欹。人悄悄,月明时,想昔年欢笑,恨今日分离。银釭背,铜漏永,阻佳期。　　小炉烟细,虚阁帘垂。几多心事,暗地思惟。被妖娥牵役,魂梦如痴。金闺里,山枕上,始应知。

鹿虔扆

蜀永泰军节度使,加太保。词六首。

女冠子

凤楼琪树,惆怅刘郎一去。正春深,洞里愁空结,人间信莫寻。　　竹疏斋殿迥,松密醮坛阴。倚云低首望,可知心。

步虚坛上,绛节霓旌相向。引真仙,玉佩摇蟾影,金炉袅麝烟。　　露浓霜简湿,风紧羽衣偏。欲留难得住,却归天。

思越人

翠屏欹,银烛背,漏残清夜迢迢。双带绣窠盘锦荐,泪侵花暗香销。　　珊瑚枕腻鸦鬟乱,玉纤慵整云散。苦是适来新梦见,离肠争不千断。

虞美人

卷荷香澹浮烟渚,绿嫩擎新雨。琐窗疏透晓风清,象床珍簟冷光轻,水文平。　　九疑黛色屏斜掩,枕上眉心敛。不堪相望病将成,钿昏檀粉泪纵横,不胜情。

临江仙

金锁重门荒苑静,绮窗愁对秋空。翠华一去寂无踪。玉楼歌吹,声断已随风。　　烟月不知人事改,夜阑还照深宫。藕花相向野塘中。暗伤亡国,清露泣香红。

无赖晓莺惊梦断,起来残酒初醒。映窗丝柳袅烟青。翠帘慵卷,约砌杏花零。　　一自玉郎游冶去,莲凋月惨仪形。暮天微雨洒闲庭。手挪裙带,无语倚云屏。

全唐诗卷八百九十五

词

魏承班

蜀太尉。词二十首。

诉衷情五首

高歌宴罢月初盈,诗情引恨情。烟露冷,水流轻,思想梦难成。　罗帐袅香平,恨频生。思君无计睡还醒,隔层城。

春深花簇小楼台,风飘锦绣开。新睡觉,步香阶,山枕印红腮。　鬟乱坠金钗,语檀偎。临行执手重重属,几千回。

银汉云情玉漏长,蛩声悄画堂。筠簟冷,碧窗凉,红蜡泪飘香。　皓月泻寒光,割人肠。那堪独自步池塘,对鸳鸯。

金风轻透碧窗纱,银釭焰影斜。欹枕卧,恨何赊,山掩小屏霞。　云雨别吴娃,想容华。梦成几度绕天涯,到君家。

春情满眼脸红消,娇妒索人饶。星靥小,玉珰摇,几共醉春朝。　别后忆纤腰,梦魂劳。如今风叶又萧萧,恨迢迢。

生查子三首

烟雨晚晴天,零落花无语。难话此时心,梁燕双来去。　琴韵对薰风,有恨和情抚。肠断断弦频,泪滴黄金缕。

寂寞画堂空,深夜垂罗幕。灯暗锦屏欹,月冷珠帘薄。　愁恨梦难成,何处贪欢乐。看看又春来,还是长萧索。

离别又经年,独对芳菲景。嫁得薄情夫,长抱相思病。　花红柳绿间晴空,蝶舞双双影。羞看绣罗衣,为有金鸾并。

菩萨蛮

罗裾薄薄秋波染,眉间画得山两点。相见

绮筵时，深情暗共知。　　翠翘云鬓动，敛态弹金凤。宴罢入兰房，邀人解佩珰。

　　罗衣隐约金泥画，玳筵一曲当秋夜。声颤觑人娇，雪鬟裛翠翘。　　酒醺红玉软，眉翠秋山远。绣幌麝烟沈，谁人知两心。

　　玉容光照菱花影，沈沈脸上秋波冷。白雪一声新，雕梁起暗尘。　　宝钗摇翡翠，香惹芙蓉醉。携手入鸳衾，谁人知此心。

渔歌子

　　柳如眉，云似发，鲛绡雾縠笼香雪。梦魂惊，钟漏歇，窗外晓莺残月。　　几多情，无处说，落花飞絮清明节。少年郎，容易别，一去音书断绝。

满宫花

　　雪霏霏，风凛凛，玉郎何处狂饮？醉时想得纵风流，罗帐香帏鸳寝。　　春朝秋夜思君甚，愁见绣屏孤枕。少年何事负初心，泪滴缕金双衽。

　　寒夜长，更漏永，愁见透帘月影。王孙何处不归来，应在倡楼酩酊。　　金鸭无香罗帐冷，羞更双鸾交颈。梦中几度见儿夫，不忍骂伊薄幸。

谒金门

　　烟水阔，人值清明时节，雨细花零莺语切，愁肠千万结。　　雁去音徽断绝，有恨欲凭谁说？无事伤心犹不彻，春时容易别。

　　春欲半，堆砌落花千片。早是潘郎长不见，忍听双语燕。　　飞絮晴空扬远，风送谁家弦管？愁倚画屏凡事懒，泪洎金缕线。

　　长思忆，思忆佳辰轻掷。霜月透帘澄夜色，小屏山凝碧。　　恨恨君何太极，记得娇娆无力。独坐思量愁似织，断肠烟水隔。

木兰花

　　小芙蓉，香旖旎，碧玉堂深情似水。闭宝匣，掩金铺，倚屏拖袖愁如醉。　　迟迟好景烟花媚，曲渚鸳鸯眠锦翅。凝然愁望静相思，一双笑靥攒香蕊。

玉楼春

　　寂寂画堂梁上燕，高卷翠帘横数扇。一庭春色恼人来。满地落花红几片。　　愁倚锦屏低雪面，泪滴绣罗金缕线。好天凉月尽伤心，为是玉郎长不见。

　　轻敛翠蛾呈皓齿，莺转一枝花影里。声声清迥遏行云，寂寂画梁尘暗起。　　玉斝满斟情未已，促坐王孙公子醉。春风筵上贯珠匀，艳色韶颜娇旖旎。

黄钟乐

　　池塘烟暖草萋萋，惆怅闲宵含恨，愁坐思堪迷。遥想玉人情事远，音容浑似隔桃溪。　　偏记同欢秋月低，帘外论心花畔，和醉暗相携。何事春来君不见，梦魂长在锦江西。

尹鹗

蜀参卿。词十六首。

江城子

　　裙拖碧，步飘香，织腰束素长。鬓云光，拂面珑璁，腻玉碎凝妆。宝柱秦筝弹向晚，弦促雁，更思量。

何满子

　　云雨常陪胜会，笙歌惯逐闲游。锦里风光应占，玉鞭金勒骅骝。戴月潜穿深曲，和香醉脱轻裘。　　方喜正同鸳帐，又言将往皇州。每忆良宵公子伴，梦魂长挂红楼。欲表伤离情味，丁香结在心头。

醉公子

　　暮烟笼藓砌，戟门犹未闭。尽日醉寻春，归来月满身。　　离鞍偎绣袂，坠巾花乱缀。何处恼佳人，檀痕衣上新。

女冠子

　　双成伴侣，去去不知何处。有佳期，霞帔

金丝薄,花冠玉叶危。　　懒乘丹凤子,学跨小龙儿。叵耐天风紧,挫腰肢。

菩萨蛮

　　陇云暗合秋天白,俯窗独坐窥烟陌。楼际角重吹,黄昏方醉归。　　荒唐难共语,明日还应去。上马出门时,金鞭莫与伊。

　　呜呜晓角调如语,画楼三会喧雷鼓。枕上梦方残,月光铺水寒。　　蛾眉应敛翠,咫尺同千里。宿酒未全消,满怀离恨饶。

　　锦茵闲衬丁香枕,银釭烬落犹慵寝。颤坐遍红炉,谁知情绪孤。　　少年狂荡惯,花曲长牵绊。去便不归来,空教骏马回。

杏园芳

　　严妆嫩脸花明,教人见了关情。含羞举步越罗轻,称娉婷。　　终朝咫尺窥香阁,迢遥似隔层城。何时休遣梦相萦,入云屏。

清平乐

　　偎红敛翠,尽日思闲事。髻滑凤皇钗欲坠,雨打梨花满地。　　绣衣独倚阑干,玉容似怯春寒。应待少年公子,鸳帏深处同欢。

　　芳年妙妓,淡拂铅华翠。轻笑自然生百媚,争那尊前人意。　　酒倾琥珀杯时,更堪能唱新词。赚得王孙狂处,断肠一搦腰肢。

满宫花

　　月沈沈,人悄悄,一炷后庭香袅。风流帝子不归来,满地禁花慵扫。　　离恨多,相见少,何处醉迷三岛？漏清宫树子规啼,愁锁碧窗春晓。

临江仙

　　一番荷芰生池沼,槛前风送馨香。昔年于此伴萧娘。相偎伫立,牵惹叙衷肠。　　时逞笑容无限态,还如菡萏争芳。别来虚遣思悠扬。慵窥往事,金锁小兰房。

　　深秋寒夜银河静,月明深院中庭。西窗幽梦等闲成。逡巡觉后,特地恨难平。　　红烛半条残焰短,依稀暗背银屏。枕前何事最伤情？梧桐叶上,点点露珠零。

拨棹子

　　风切切,深秋月,十朵芙蓉繁艳歇。小槛细腰无力,空赢得,目断魂飞何处说。　　寸心恰似丁香结,看看瘦尽胸前雪。偏挂恨,少年抛掷。羞睹见,绣被堆红闲不彻。

　　丹脸腻,双髇媚,冠子缕金装翡翠。将一朵,琼花堪比。窸窣绣,鸾风衣裳香窣地。　　银台蜡烛滴红泪,醁酒劝人教半醉。帘幕外,月华如水。特地向,宝帐颠狂不肯睡。

秋夜月

　　三秋佳节,罥晴空,凝碎露,茱萸千结。菊蕊和烟轻拈,酒浮金屑。征云雨,调丝竹,此时难辍。欢极、一片艳歌声揭。　　黄昏慵别,炷沈烟,熏绣被,翠帷同歇。醉并鸳鸯双枕,暖偎春雪。语丁宁,情委曲,论心正切。夜深、窗透数条斜月。

金浮图

　　繁华地,王孙富贵。玳瑁筵开,下朝无事。压红茵、凤舞黄金翅。玉立纤腰,一片揭天歌吹。满目绮罗珠翠。和风淡荡,偷散沈檀气。　　堪判醉,韶光正媚。折尽牡丹,艳迷人意,金张许史应难比。贪恋欢娱,不觉金乌坠。还惜会难别易,金船更劝,勒住花骢辔。

毛熙震

蜀秘书监。词二十九首。

定西番

　　苍翠浓阴满院,莺对语、蝶交飞,戏蔷薇。

　　斜日倚阑风好,余香出绣衣。未得玉郎消息,几时归。

何满子

　　寂寞芳菲暗度,岁华如箭堪惊。缅想旧欢

多少事,转添春思难平。曲槛丝垂金柳,小窗弦断银筝。　　深院空闻燕语,满园闲落花轻。一片相思休不得,忍教长日愁生。谁见夕阳孤梦,觉来无限伤情。

　　无语残妆澹薄,含羞弹袂轻盈。几度香闺眠过晓,绮窗疏日微明。云母帐中偷惜,水精枕上初惊。　　笑靥嫩疑花拆,愁眉翠敛山横。相望只教添怅恨,整鬟时见纤琼。独倚朱扉闲立,谁知别有深情。

女冠子二首

　　碧桃红杏,迟日媚笼光影。彩霞深,香暖熏莺语,风清引鹤音。　　翠鬟冠玉叶,霓袖捧瑶琴。应共吹箫侣,暗相寻。

　　修蛾慢脸,不语檀心一点。小山妆,蝉鬓低含绿,罗衣澹拂黄。　　闲来深院里,闲步落花傍。纤手轻轻整,玉炉香。

酒泉子

　　闲卧绣帏,慵想万般情宠。锦檀偏,翘股重,翠云欹。　　暮天屏上春山碧,映香烟雾隔。蕙兰心,魂梦役,敛蛾眉。

　　钿匣舞鸾,隐映艳红修碧。月梳斜,云鬓腻,粉香寒。　　晓花微敛轻呵展,袅钗金燕软。日初升,帘半卷,对妆残。

浣溪沙

　　春暮黄莺下砌前,水精帘影露珠悬,绮霞低映晚晴天。　　弱柳万条垂翠带,残红满地碎香钿,蕙风飘荡散轻烟。

　　花榭香红烟景迷,满庭芳草绿萋萋,金铺闲掩绣帘低。　　紫燕一双娇语碎,翠屏十二晚峰齐,梦魂消散醉空闺。

　　晚起红房醉欲消,绿鬟云散袅金翘,雪香花语不胜娇。　　好是向人柔弱处,玉纤时急绣裙腰,春心牵惹转无憀。

　　一只横钗坠髻丛,静眠珍簟起来慵,绣罗红嫩抹酥胸。　　羞敛细蛾魂暗断,困迷无语思犹浓,小屏香霭碧山重。

　　云薄罗裙绶带长,满身新裹瑞龙香,翠钿斜映艳梅妆。　　佯不觑人空婉约,笑和娇语太猖狂,忍教牵恨暗形相。

　　碧玉冠轻袅燕钗,捧心无语步香阶,缓移弓底绣罗鞋。　　暗想欢娱何计好,岂堪期约有时乖,日高深院正忘怀。

　　半醉凝情卧绣茵。睡容无力卸罗裙,玉笼鹦鹉厌听闻。　　慵整落钗金翡翠,象梳欹鬓月生云,锦屏绡幌麝烟薰。

后庭花 或加玉树二字

　　莺啼燕语芳菲节,瑞庭花发。昔时欢宴歌声揭,管弦清越。　　自从陵谷追游歇,画梁尘黦。伤心一片如珪月,闲锁宫阙。

　　轻盈舞伎含芳艳,竞妆新脸。步摇珠翠修蛾敛,腻鬟云染。　　歌声慢发开檀点,绣衫斜掩。时将纤手匀红脸,笑拈金靥。

　　越罗小袖新香茜,薄笼金钏。倚阑无语摇轻扇,半遮匀面。　　春残日暖莺娇懒,满庭花片。争不教人长相见,画堂深院。

菩萨蛮

　　梨花满院飘香雪,高楼夜静风筝咽。斜月照帘帷,忆君和梦稀。　　小窗灯影背,燕语惊愁态。屏掩断香飞,行云山外归。

　　绣帘高轴临塘看,雨翻荷芰真珠散。残暑晚初凉,轻风渡水香。　　无憀悲往事,争那牵情思。光影暗相催,等闲秋又来。

　　天含残碧融春色,五陵薄幸无消息。尽日掩朱门,离愁暗断魂。　　莺啼芳树暖,燕拂回塘满。寂寞对屏山,相思醉梦间。

清平乐

　　春光欲暮,寂寞闲庭户。粉蝶双双穿槛舞,帘卷晚天疏雨。　　含愁独倚闺帷,玉炉烟断香微。正是销魂时节,东风满院花飞。

更漏子

　　秋色清,河影淡,深户烛寒光暗。绡幌碧,锦衾红,博山香炷融。　　更漏咽,蛩鸣切,满院霜华如雪。新月上,薄云收,映帘悬玉钩。

　　烟月寒,秋夜静,漏转金壶初永。罗幕下,绣屏空,灯花结碎红。　　人悄悄,愁无了,思梦不成难晓。长忆得,与郎期,窃香私语时。

南歌子一名望秦川,一名风蝶令

　　远山愁黛碧,横波慢脸明。腻香红玉茜罗轻,深院晚堂人静,理银筝。　　鬟动行云影,裙遮点屐声。娇羞爱问曲中名,杨柳杏花时节,几多情。

　　惹恨还添恨,牵肠即断肠。凝情不语一枝芳,独映画帘闲立,绣衣香。　　暗想为云女,应怜傅粉郎。晚来轻步出闺房,髻慢钗横无力,纵猖狂。

木兰花

　　掩朱扉,钩翠箔,满院莺声春寂寞。匀粉泪,恨檀郎,一去不归花又落。　　对斜晖,临小阁,前事岂堪重想著。金带冷,画屏幽,宝帐慵熏兰麝薄。

小重山

　　梁燕双飞画阁前,寂寥多少恨、懒孤眠。晓来闲处想君怜,红罗帐、金鸭冷沈烟。谁信损婵娟,倚屏啼玉箸、湿香钿。四支无力上秋千,群花谢、愁对艳阳天。

临江仙

　　南齐天子宠婵娟,六宫罗绮三千。潘妃娇艳独芳妍。椒房兰洞,云雨降神仙。　　纵态迷欢心不足,风流可惜当年。纤腰婉约步金莲。妖君倾国,犹自至今传。

　　幽闺欲曙闻莺转,红窗月影微明。好风频谢落花声。隔帏残烛,犹照绮屏筝。　　绣被锦茵眠玉暖,炷香斜袅烟轻。淡蛾羞敛不胜情。暗思闲梦,何处逐行云。

全唐诗卷八百九十六

词

李珣五十四首

渔父

水接衡门十里余,信船归去卧看书。轻爵禄,慕玄虚,莫道渔人只为鱼。

避世垂纶不记年,官高争得似君闲。倾白酒,对青山,笑指柴门待月还。

棹警鸥飞水溅袍,影随潭面柳垂绦。终日醉,绝尘劳,曾见钱塘八月涛。

南乡子

烟漠漠,雨凄凄,岸花零落鹧鸪啼。远客扁舟临野渡,思乡处,潮退水平春色暮。

兰桡举,水文开,竞携藤笼采莲来。回塘深处遥相见,邀同宴,渌酒一巵红上面。

归路近,扣舷歌,采真珠处水风多。曲岸小桥山月过,烟深锁,豆蔻花垂千万朵。

乘彩舫,过莲塘,棹歌惊起睡鸳鸯。带香游女偎伴笑,争窈窕,竞折团荷遮晚照。

倾绿蚁,泛红螺,闲邀女伴簇笙歌。避暑信船轻浪里,闲游戏,夹岸荔支红蘸水。

云带雨,浪迎风,钓翁回棹碧湾中。春酒香熟鲈鱼美,谁同醉?缆却扁舟篷底睡。

沙月静,水烟轻,芰荷香里夜船行。绿鬟红脸谁家女,遥相顾,缓唱棹歌极浦去。

渔市散,渡船稀,越南云树望中微。行客待潮天欲暮,送春浦,愁听猩猩啼瘴雨。

拢云髻,背犀梳,焦红衫映绿罗裙。越王台下春风暖,花盈岸,游赏每邀邻女伴。

相见处,晚晴天,刺桐花下越台前。暗里回眸深属意,遗双翠,骑象背人先过水。

携笼去,采菱归,碧波风起雨霏霏。趁岸

小船齐棹急,罗衣湿,出向桄榔树下立。

　　云髻重,葛衣轻,见人微笑亦多情。拾翠采珠能几许,来还去,争及村居织机女。

　　登画舸,泛清波,采莲时唱采莲歌。拦棹声齐罗袖敛,池光飐,惊起沙鸥八九点。

　　双髻坠,小眉弯,笑随女伴下春山。玉纤遥指花深处,争回顾,孔雀双双迎日舞。

　　红豆蔻,紫玫瑰,谢娘家接越王台。一曲乡歌齐抚掌,堪游赏,酒酌嬴杯流水上。

　　山果熟,水花香,家家风景有池塘。木兰舟上珠帘卷,歌声远,椰子酒倾鹦鹉盏。

　　新月上,远烟开,惯随潮水采珠来。棹穿花过归溪口,酤春酒,小艇缆牵垂岸柳。

西溪子

　　金缕翠钿浮动,妆罢小窗圆梦。日高时,春已老,人来到。满地落花慵扫。无语倚屏风,泣残红。一作离思正难缄,燕喃喃。

　　马上见时如梦,认得脸波相送。柳堤长,无限意,夕阳里。醒把金鞭欲坠。归去想娇娆,暗魂销。

女冠子 二首

　　星高月午,丹桂青松深处。醮坛开,金磬敲清露,珠幢立翠苔。　　步虚声缥缈,想像思徘徊。晓天归去路,指蓬莱。

　　春山夜静,愁闻洞天疏磬。玉堂虚,细雾垂珠佩,轻烟曳翠裾。　　对花情脉脉,望月步徐徐。刘阮今何处,绝来书。

中兴乐

　　后庭寂寂日初长,翩翩蝶舞红芳。绣帘垂地,金鸭无香。谁知春思如狂,忆萧郎。等闲一去,程遥信断,五岭三湘。　　休开鸾镜学宫妆,可能更理笙簧。倚屏凝睇,泪落成行。手寻裙带鸳鸯,暗思量。忍孤前约,教人花貌,虚老风光。

酒泉子

　　寂寞青楼,风触绣帘珠碎撼。月朦胧,花暗澹,锁春愁。　　寻思往事依稀梦,泪脸露桃红色重。鬓欹蝉,钗坠凤,思悠悠。

　　雨渍花零,红散香凋池两岸。别情遥,春歌断,掩银屏。　　孤帆早晚离三楚,闲理钿筝愁几许。曲中情,弦上语,不堪听。

　　秋雨连绵,声散败荷丛里,那堪深夜枕前听,酒初醒。　　牵愁惹思更无停,烛暗香凝天欲曙。细和烟,冷和雨,透帘旌。

　　秋月婵娟,皎洁碧纱窗外,照花穿竹冷沈沈,印池心。　　凝露滴,砌蛩吟。惊觉谢娘残梦,夜深斜傍枕前来,影徘徊。

浣溪沙

　　入夏偏宜澹薄妆。越罗衣褪郁金黄,翠钿檀注助容光。相见无言还有恨,几回判却又思量,月窗香径梦悠扬。

　　晚出闲庭看海棠,风流学得内家妆,小钗横戴一枝芳。　　镂玉梳斜云鬓腻,缕金衣透雪肌香,暗思何事立残阳。

　　访旧伤离欲断魂,无因重见玉楼人,六街微雨镂香尘。　　早为不逢巫峡梦,那堪虚度锦江春,遇花倾酒莫辞频。

　　红藕花到槛频,可堪闲忆似花人,旧欢如梦绝音尘。　　翠叠画屏山隐隐,冷铺文簟水潾潾,断魂何处一蝉新。

巫山一段云

　　有客经巫峡,停桡向水湄。楚王曾此梦瑶姬,一梦杳无期。　　尘暗珠帘卷,香销翠幄垂。西风回首不胜悲,暮雨洒空祠。

　　古庙依青嶂,行宫枕碧流。水声山色锁妆楼,往事思悠悠。　　云雨朝还暮,烟花春复秋。啼猿何必近孤舟,行客自多愁。

菩萨蛮

　　回塘风起波文细,刺桐花里门斜闭。残日

照平芜,双双飞鹧鸪。　　征帆何处客,相见还相隔。不语欲魂销,望中烟水遥。

　　等闲将度三春景,帘垂碧砌参差影。曲槛日初斜,杜鹃啼落花。　　恨君容易处,又话潇湘去。凝思倚屏山,泪流红脸斑。

　　隔帘微雨双飞燕,砌花零落红深浅。捻得宝筝调,心随征棹遥。　　楚天云外路,动便经年去。香断画屏深,旧欢何处寻。

渔歌子

　　楚山青,湘水渌,春风澹荡看不足。草芊芊,花簇簇,渔艇棹歌相续。

　　信浮沈,无管束,钓回乘月归湾曲。酒盈尊,云满屋,不见人间荣辱。

　　荻花秋,潇湘夜,橘洲佳景如屏画。碧烟中,明月下,小艇垂纶初罢。

　　水为乡,蓬作舍,鱼羹稻饭常餐也。酒盈杯,书满架,名利不将心挂。

　　柳垂丝,花满树,莺啼楚岸春天暮。棹轻舟,出深浦,缓唱渔郎归去。

　　罢垂纶,还酌醑,孤村遥指云遮处。下长汀,临深渡,惊起一行沙鹭。

　　九疑山,三湘水,芦花时节秋风起。水云间,山月里,棹月穿云游戏。

　　鼓清琴,倾渌蚁,扁舟自得逍遥志。任东西,无定止,不议人间醒醉。

望远行

　　春日迟迟思寂寥,行客关山路遥。琼窗时听语莺娇,柳丝牵恨一条条。　　休晕绣,罢吹箫,貌逐残花暗凋。同心犹结旧裙腰,忍孤风月度良宵。

　　露滴幽庭落叶时,愁聚萧娘柳眉。玉郎一去负佳期,水云迢递雁书迟。　　屏半掩,枕斜欹,蜡泪无言对垂。吟笺断续漏频移,入窗明月鉴空帏。

河传

　　去去,何处,迢迢巴楚,山水相连。朝云暮雨,依旧十二峰前,猿声到客船。　　愁肠岂异丁香结,因离别,故国音书绝。想佳人花下,对明月春风,恨应同。

　　春暮,微雨,送君南浦,愁敛双蛾。落花深处,啼鸟似逐离歌,粉檀珠泪和。　　临流更把同心结,情哽咽,后会何时节?不堪回首相望,已隔汀洲,橹声幽。

虞美人

　　金笼莺报天将曙,惊起分飞处。夜来潜与玉郎期,多情不觉酒醒迟,失归期。　　映花避月遥相送,腻髻偏垂凤。却回娇步入香闺,倚屏无语拈云篦,翠眉低。

临江仙

　　帘卷池心小阁虚,暂凉闲步徐徐。芰荷经雨半凋疏。拂堤垂柳,蝉噪夕阳余。　　不语低鬟思远,玉钗斜坠双鱼。几回偷看寄来书。离情别恨,相隔欲何如。

　　莺报帘前暖日红,玉炉残麝犹浓。起来闺思尚疏慵。引愁春梦,谁解此情悰?　　强整娇姿临宝镜,小池一朵芙蓉。旧欢无处再寻踪。更堪回顾,屏画九疑峰。

定风波五首

　　志在烟霞慕隐沦,功成归看五湖春。一叶舟中吟复醉,云水,此时方认自由身。　　花岛为邻鸥作侣,深处,经年不见市朝人。已得希夷微妙旨,潜喜,荷衣蕙带绝纤尘。

　　十载逍遥物外居,白云流水似相于。乘兴有时携短棹,江岛,谁知求道不求鱼。　　到处等闲邀鹤伴,春岸,野花香气扑琴书。更饮一杯红霞酒,回首,半钩新月贴清虚。

　　又见辞巢燕子归,阮郎何事绝音徽。帘外西风黄叶落,池阁,隐莎蛩叫雨霏霏。　　愁坐算程千万里,频跂,等闲经岁两相违。听鹊凭龟无定处,不知,泪痕流在画罗衣。

雁过秋空夜未央,隔窗烟月锁莲塘。往事岂堪容易想,惆怅,故人迢递在潇湘。　　纵有回文重叠意,谁寄?解鬟临镜泣残妆。沈水香消金鸭冷,愁永,候虫声接杵声长。

帘外烟和月满庭,此时闲坐若为情。小阁拥炉残酒醒,愁听,寒风叶落一声声。　　惟恨玉人芳信阻,云雨,屏帷寂寞梦难成。斗转更阑心杳杳,将晓,银釭斜照绮琴横。

欧阳炯 四十八首

南歌子

锦帐银灯影,纱窗玉漏声。迢迢永夜梦难成,愁对小庭秋色,月空明。

渔父

摆脱尘机上钓船,免教荣辱有流年。无系绊,没愁煎,须信船中有散仙。

风浩寒溪照胆明,小君山上玉蟾生。荷露坠,翠烟轻,拨刺游鱼几个惊。

巫山一段云

绛阙登真子,飘飘御彩鸾。碧虚风雨佩光寒,敛袂下云端。　　月帐朝霞薄,星冠玉蕊攒。远游蓬岛降人间,特地拜龙颜。

春去秋来也,愁心似醉醺。去时邀约早回轮,及去又何曾。　　歌扇花光点,衣珠滴泪新。恨身翻不作车尘,万里得随君。

春光好 九首

天初暖,日初长,好春光。万汇此时皆得意,竞芬芳。　　笋迸苔钱嫩绿,花偎雪坞浓香。谁把金丝裁剪却,挂斜阳。

花滴露,柳摇烟,艳阳天。雨霁山樱红欲烂,谷莺迁。　　饮处交飞玉斝,游时倒把金鞭,风飐九衢榆叶动,簇青钱。

胸铺雪,脸分莲,理繁弦。纤指飞翻金凤语,转婵娟。　　嘈囋如敲玉佩,清泠似滴香泉。曲罢问郎名个甚,想夫怜。

磧香散,渚冰融,暖空蒙。飞絮悠扬遍虚空,惹轻风。　　柳眼烟来点绿,花心日与妆红。黄雀锦鸾相对舞,近帘栊。

鸡树绿,凤池清,满神京。玉兔宫前金榜出,列仙名。　　叠雪罗袍接武,团花骏马娇行。开宴锦江游烂熳,柳烟轻。

芳丛绣,绿筵张,两心狂。空遣横波传意绪,对笙簧。　　虽似安仁掷果,未闻韩寿分香。流水桃花情不已,待刘郎。

垂绣幔,掩云屏,思盈盈。双枕珊瑚无限情,翠钗横。　　几见纤纤动处,时闻款款娇声。却出锦屏妆面了,理秦筝。

金璇响,玉鞭长,映垂杨。堤上采花筵上醉,满衣香。　　无处不携弦管,直应占断春光。年少王孙何处好,竞寻芳。

蘋叶嫩,杏花明,画船轻。双浴鸳鸯出绿汀,棹歌声。　　春水无风无浪,春来半雨半晴。红粉相随南浦晚,莫辞行。

西江月 一名白蘋香,一名步虚词

月映长江秋水,分明冷浸星河。浅沙汀上白云多,雪散几丛芦苇。　　扁舟倒影寒潭,烟光远罩轻波。笛声何处响渔歌,两岸蘋香暗起。

水上鸳鸯比翼,巧将绣作罗衣。镜中重画远山眉,春睡起来无力。　　细雀稳簪云髻,含羞时想佳期。脸边红艳对花枝,犹占凤楼春色。

赤枣子

夜悄悄,烛荧荧,金炉香尽酒初醒。春睡起来回雪面,含羞不语倚云屏。

莲脸薄,柳眉长,等闲无事莫思量。每一见时明月夜,损人情思断人肠。

女冠子二首

薄妆桃脸,满面纵横花靥。艳情多,绶带盘金缕,轻裙透碧罗。　　含羞眉作敛,微语笑相和。不会频偷眼,意如何?

秋宵秋月,一朵荷花初发。照前池,摇曳熏香夜,婵娟对镜时。　　蕊中千点泪,心里万条丝。恰似轻盈女,好风姿。

更漏子

玉阑干,金瓮井,月照碧梧桐影。独自个,立多时,露华浓湿衣。　　一向,凝情望,待得不成模样。虽叵耐,又寻思,争生嗔得伊。

三十六宫秋夜永,露华点滴高梧。丁丁玉漏咽铜壶,明月上金铺。　　红线毯,博山炉,香风暗触流苏。羊车一去长青芜,镜尘鸾彩孤。

定风波

暖日闲窗映碧纱,小池春水浸晴霞。数树海棠红欲尽,争忍,玉闺深掩过年华。　　独凭绣床方寸乱,肠断,泪珠穿破脸边花。邻舍女郎相借问,音信,教人羞道未还家。

木兰花

儿家夫婿心容易,身又不来书不寄。闲庭独立鸟关关,争忍抛奴深院里。　　闷向绿纱窗下睡,睡又不成愁已至。今年却忆去年春,同在木兰花下醉。

日照玉楼花似锦,楼上醉和春色寝。绿杨风送小莺声,残梦不成离玉枕。　　堪爱晚来韶景甚,宝柱秦筝再品。青蛾红脸笑来迎,又向海棠花下饮。

春早玉楼烟雨夜,帘外樱桃花半谢。锦屏香冷绣衾寒,怊怅忆君无计舍。　　侵晓鹊声来砌下,鸾镜残妆红粉罢。黛眉双点不成描,留待玉郎归日画。

清平乐

春来街砌,春雨如丝细。春地满飘红杏蒂,春燕舞随风势。　　春幡细缕春缯,春闺一点春灯。自是春心撩乱,非干春梦无凭。

菩萨蛮

晓来中酒和春睡,四支无力云鬟坠。斜卧脸波春,玉郎休恼人。　　日高犹未起,为恋鸳鸯被。鹦鹉语金笼,道儿还是慵。

红炉暖阁佳人睡,隔帘飞雪添寒气。小院奏笙歌,香风簇绮罗。　　酒倾金盏满,兰烛重开宴。公子醉如泥,天街闻马嘶。

翠眉双脸新妆薄,幽闺斜卷青罗幕。寒食百花时,红繁香满枝。　　双双梁燕语,蝶舞相随去。肠断正思君,闲眠冷绣茵。

画屏绣阁三秋雨,香唇腻脸偎人语。语罢欲天明,娇多梦不成。　　晓街钟鼓绝,嗔道如今别。特地气长吁,倚屏弹泪珠。

浣溪沙

落絮残莺半日天,玉柔花醉只思眠,惹窗映竹满炉烟。　　独掩画屏愁不语,斜欹瑶枕髻鬟偏,此时心在阿谁边?

天碧罗衣拂地垂,美人初著更相宜,宛风如舞透香肌。　　独坐含嚬吹凤竹,园中缓步折花枝,有情无力泥人时。

相见休言有泪珠,酒阑重得叙欢娱,凤屏鸳枕宿金铺。　　兰麝细香闻喘息,绮罗纤缕见肌肤,此时还恨薄情无。

三字令

春欲尽,日迟迟,牡丹时。罗幌卷,翠帘垂。彩笺书,红粉泪,两心知。　　人不在,燕空归,负佳期。香烬落,枕函欹。月分明,花澹薄,惹相思。

南乡子

嫩草如烟,石榴花发海南天。日暮江亭春影渌,鸳鸯浴,水远山长看不足。

画舸停桡,槿花篱外竹横桥。水上游人沙

上女,回顾,笑把芭蕉林里住。

　　岸远沙平,日斜归路晚霞明。孔雀自怜金翠尾,临水,认得行人惊不起。

　　洞口谁家,木兰船系木兰花。红袖女郎相引去,游南浦,笑倚春风相对语。

　　二八花钿,胸前如雪脸如莲。耳坠金镮穿瑟瑟,霞衣窄,笑倚江头招远客。

　　路入南中,桄榔叶暗蓼花红。两岸人家微雨后,收红豆,树底纤纤抬素手。

　　袖敛鲛绡,采香深洞笑相邀。藤杖枝头芦酒滴,铺葵席,豆蔻花间趖晚日。

　　翡翠鵁鶄,白蘋香里小沙汀。岛上阴阴秋雨色,芦花扑,数只渔船何处宿。

献衷心

　　见好花颜色,争笑东风。双脸上,晚妆同。闭小楼深阁,春景重重。三五夜,偏有恨,月明中。　　情未已,信曾通,满衣犹自染檀红。恨不如双燕,飞舞帘栊。春欲暮,残絮尽,柳条空。

贺明朝

　　忆昔花间初识面,红袖半遮妆脸。轻转石榴裙带,故将纤纤玉指,偷拈双凤金线。　　碧梧桐锁深深院,谁料得两情,何日教缱绻。羡春来双燕,飞到玉楼,朝暮相见。

　　忆昔花间相见后,只凭纤手,暗抛红豆。人前不解,巧传心事,别来依旧,孤负春昼。　　碧罗衣上蹙金绣,睹对对鸳鸯,空裹泪痕透。想韶颜非久,终是为伊,只凭偷瘦。

江城子

　　晚日金陵岸草平,落霞明,水无情。六代繁华,暗逐逝波声。空有姑苏台上月,如西子镜照江城。

凤楼春

　　凤髻绿云丛,深掩房栊。锦书通,梦中相见觉来慵。匀面泪,脸珠融。因想玉郎何处去,对淑景谁同?　　小楼中,春思无穷,倚阑凝望,暗牵愁绪,柳花飞起东风。斜日照帘,罗幌香冷粉屏空。海棠零落,莺语残红。

欧阳彬

　　蜀左丞。词一首。

生查子

　　竟日画堂欢,入夜重开宴。剪烛蜡烟香,促席花光颤。　　待得月华来,满院如铺练。门外簇骅骝,直待更深散。

全唐诗卷八百九十七

词

阎选

后蜀处士。词十首。

虞美人

粉融红腻莲房绽,脸动双波慢。小鱼衔玉鬓钗横,石榴裙染象纱轻,转娉婷。　偷期锦浪荷深处,一梦云兼雨。臂留檀印齿痕香,深秋不寐漏初长,尽思量。

楚腰蛴领团香玉,鬓叠深深绿。月蛾星眼笑微频,柳夭桃艳不胜春,晚妆匀。　水纹簟映青纱帐,雾罩秋波上。一枝娇卧醉芙蓉,良宵不得与君同,恨忡忡。

临江仙

雨停荷芰逗浓香,岸边蝉噪垂杨。物华空有旧池塘。不逢仙子,何处梦襄王?　珍簟对欹鸳枕冷,此来尘暗凄凉。欲凭危槛恨偏长。藕花珠缀,犹似汗凝妆。

十二高峰天外寒,竹梢轻拂仙坛。宝衣行雨在云端。画帘深殿,香雾冷风残。　欲问楚王何处去,翠屏犹掩金鸾。猿啼明月照空滩。孤舟行客,惊梦亦艰难。

浣溪沙

寂寞流苏冷绣茵,倚屏山枕惹香尘,小庭花露泣浓春。　刘阮信非仙洞客,嫦娥终是月中人,此生无路访东邻。

八拍蛮

云锁嫩黄烟柳细,风吹红蒂雪梅残。光影不胜闺阁恨,行行坐坐黛眉攒。

愁锁黛眉烟易惨,泪飘红脸粉难匀。憔悴不知缘底事,遇人推道不宜春。

河传
　　秋雨秋雨,无昼无夜,滴滴霏霏。暗灯凉簟怨分离,妖姬,不胜悲。　　西风稍急喧窗竹,停又续,腻脸悬双玉。几回邀约雁来时,违期。雁归,人不归。

谒金门
　　美人浴,碧沼莲开芬馥。双髻绾云颜似玉,素娥辉淡绿。　　雅态芳姿闲淑,雪映钿装金斛。水溅青丝珠断续,酥融香透肉。

定风波
　　江水沈沈帆影过,游鱼到晚透寒波。渡口双双飞白鸟,烟袅,芦花深处隐渔歌。　　扁舟短棹归兰浦,人去,萧萧竹径透青莎。深夜无风新雨歇,凉月,露迎珠颗入圆荷。

孙光宪 八十首

竹枝
　　门前春水*竹枝*白蘋花*女儿*,岸上无人*竹枝*小艇斜*女儿*。商女经过*竹枝*江欲暮*女儿*,散抛残食*竹枝*饲神鸦*女儿*。　　乱绳千结*竹枝*绊人深*女儿*,越罗万丈*竹枝*表长寻*女儿*。杨柳在身*竹枝*垂意绪*女儿*,藕花落尽*竹枝*见莲心*女儿*。

浣溪沙
　　蓼岸风多橘柚香,江边一望楚天长,片帆烟际闪孤光。　　目送征鸿飞杳杳,思随流水去茫茫,兰红波碧忆潇湘。

　　桃杏风香帘幕闲,谢家门户约花关,画梁幽语燕初还。　　绣阁数行题了壁,晓屏一枕酒醒山,却疑身是梦云间。

　　花渐凋疏不耐风,画帘垂地晚堂空,堕阶萦藓舞愁红。　　腻粉半粘金靥子,残香犹暖绣薰笼,蕙心无处与人同。

　　揽镜无言泪欲流,凝情半日懒梳头,一庭疏雨湿春愁。　　杨柳只知伤怨别,杏花应信损娇羞,泪沾魂断轸离忧。

　　半踏长裾宛约行,晚帘疏处见分明,此时堪恨昧平生。　　早是锁魂残烛影,更愁闻著品弦声,杳无消息若为情。

　　兰沐初休曲槛前,暖风迟日洗头天,湿云新敛未梳蝉。　　翠袂半将遮粉臆,宝钗长欲坠香肩,此时模样不禁怜。

　　风递残香出绣帘,团窠金凤舞襜襜,落花微雨恨相兼。　　何处去来狂太甚,空推宿酒睡无厌,争教人不别猜嫌。

　　轻打银筝坠燕泥,断丝高胃画楼西,花冠闲上午墙啼。　　粉篆半开新竹径。红苞尽落旧桃蹊,不堪终日闭深闺。

　　乌帽斜欹倒佩鱼,静街偷步访仙居,隔墙应认打门初。　　将见客时微掩敛,得人怜处且生疏,低头羞问壁边书。

　　风撼芳菲满院香,四帘慵卷日初长,鬟云垂枕响微锽。　　春梦未成愁寂寂,佳期难会信茫茫,万般心,千点泪,泣兰堂。

　　碧玉衣裳白玉人,翠眉红脸小腰身,瑞云飞雨逐行云。　　除却弄珠兼解佩,便随西子与东邻,是谁容易比真真。

　　何事相逢不展眉,苦将情分恶猜疑,眼前行止想应知。　　半恨半嗔回面处,和娇和泪泥人时,万般饶得为怜伊。

　　落絮飞花满帝城,看看春尽又伤情,岁华频度想堪惊。　　风月岂惟今日恨,烟霄终待此身荣,未甘虚老负平生。

　　静想离愁暗泪零,欲栖云雨计难成,少年多是薄情人。　　万种保持图永远,一般模样负神明,到头何处问平生。

　　试问于谁分最多,便随人意转横波,缕金衣上小双鹅。　　醉后爱称娇姐姐,夜来留得好哥哥,不知情事久长么?

　　叶坠空阶折早秋,细烟轻雾锁妆楼,寸心双泪惨娇羞。　　风月但牵魂梦苦,岁华偏感别离愁,恨和相忆两难酬。

月淡风和画阁深,露桃烟柳影相侵,敛眉凝绪夜沈沈。　　长有梦魂迷别浦,岂无春病入离心,少年何处恋虚襟。

自入春来月夜稀,今宵蟾彩倍凝辉,强开襟抱出帘帷。　　啮指暗思花下约,凭阑羞睹泪痕衣,薄情狂荡几时归?

十五年来锦岸游,未曾行处不风流,好花长与万金酬。　　满眼利名浑信运,一生狂荡恐难休,且陪烟月醉红楼。

河传

太平天子,等闲游戏,疏河千里。柳如丝,偎倚。绿波春水,长淮风不起。　　如花殿脚三千女,争云雨,何处留人住?锦帆风,烟际红,烧空,魂迷大业中。

柳拖金缕,著烟笼雾,蒙蒙落絮。凤皇舟上楚女,妙舞,雷喧波上鼓。　　龙争虎战分中土。人无主,桃叶江南渡。襞花笺,艳思牵,成篇,宫娥相与传。

花落,烟薄。谢家池阁,寂寞春深。翠蛾轻敛意沈吟,沾襟,无人知此心。　　玉炉香断霜灰冷,帘铺影,梁燕归红杏。晚来天,空悄然。孤眠,枕檀云髻偏。

风飐,波敛。团荷闪闪,珠倾露点。木兰舟上,何处吴娃越艳?藕花红照脸。　　大堤狂杀襄阳客,烟波隔,渺渺湖光白。身已归,心不归。斜晖,远汀鸂鶒飞。

菩萨蛮

月华如水笼香砌,金镮碎撼门初闭。寒影堕高檐,钗垂一面帘。　　碧烟轻袅袅,红战灯花笑。即此是高唐,掩屏秋梦长。

花冠频鼓墙头翼,东方澹白连窗色。门外早莺声,背楼残月明。　　薄寒笼醉态,依旧铅华在。握手送人归,半拖金缕衣。

小庭花落无人扫,疏香满地东风老。春晚信沈沈,天涯何处寻。　　晓堂屏六扇,眉共湘山远。争奈别离心,近来尤不禁。

青岩碧洞经朝雨,隔花相唤南溪去。一只木兰船,波平远浸天。　　扣船惊翡翠,嫩玉抬香臂。红日欲沈西,烟中遥解觿。

木绵花映丛祠小,越禽声里春光晓。铜鼓与蛮歌,南人祈赛多。　　客帆风正急,茜袖偎樯立。极浦几回头,烟波无限愁。

河渎神

汾水碧依依,黄云落叶初飞。翠娥一去不言归,庙门空掩斜晖。　　四壁阴森排古画,依旧琼轮羽驾。小殿沈沈清夜,银灯飘落香灺。

江上草芊芊,春晚湘妃庙前。一方卵色楚南天,数行斜雁联翩。　　独倚朱阑情不极,魂断终朝相忆。两桨不知消息,远汀时起鸂鶒。

虞美人

红窗寂寂无人语,暗淡梨花雨。绣罗纹地粉新描,博山香炷旋抽条,睡魂销。　　天涯一去无消息,终日长相忆。教人相忆几时休?不堪枨触别离愁,泪还流。

好风微揭帘旌起,金翼鸾相倚。翠檐愁听乳禽声,此时春态暗关情,独难平。　　画堂流水空相翳,一穗香摇曳。教人无处寄相思,落花芳草过前期,没人知。

后庭花

景阳钟动宫莺转,露凉金殿。轻飙吹起琼花绽,玉叶如剪。　　晚来高阁上,珠帘卷,见坠香千片。修蛾慢脸陪雕辇,后庭新宴。

石城依旧空江国,故宫春色。七尺青丝芳草绿,绝世难得。　　玉英凋落尽,更何人识,野棠如织。只是教人添怨忆,怅望无极。

生查子

寂寞掩朱门,正是天将暮。暗澹小庭中,

滴滴梧桐雨。　　绣工夫，牵心绪，配尽鸳鸯缕。待得没人时，偎倚论私语。

　　暖日策花骢，弹鞚垂杨陌。芳草惹烟青，落絮随风白。　　谁家绣毂动香尘，隐映神仙客。狂杀玉鞭郎，咫尺音容隔。

　　金井堕高梧，玉殿笼斜月。永巷寂无人，敛态愁堪绝。　　玉炉寒，香烬灭，还似君恩歇。翠辇不归来，幽恨将谁说？

　　春病与春愁，何事年年有。半为枕前人，半为花间酒。　　醉金尊，携玉手，共作鸳鸯偶。倒载卧云屏，雪面腰如柳。

　　为惜美人娇，长有如花笑。半醉倚红妆，转语传青鸟。　　眷方深，怜恰好，唯恐相逢少。似这一般情，肯信春光老。

　　清晓牡丹芳，红艳凝金蕊。乍占锦江春，永认笙歌地。　　感人心，为物瑞，烂熳烟花里。戴上玉钗时，迥与凡花异。

　　密雨阻佳期，尽日凝然坐。帘外正淋漓，不觉愁如锁。　　梦难裁，心欲破，泪逐檐声堕。想得玉人情，也合思量我。

临江仙

　　霜拍井梧干叶堕，翠帏雕槛初寒。薄铅残黛称花冠。含情无语，延伫倚阑干。　　杳杳征轮何处去？离愁别恨千般。不堪心绪正多端。镜奁长掩，无意对孤鸾。

　　暮雨凄凄深院闭，灯前凝坐初更。玉钗低压鬓云横。半垂罗幕，相映烛光明。　　终是有心投汉佩，低头但理秦筝。燕双鸾偶不胜情。只愁明发，将逐楚云行。

酒泉子

　　空碛无边，万里阳关道路。马萧萧，人去去，陇云愁。　　香貂旧制戎衣窄，胡霜千里白。绮罗心，魂梦隔，上高楼。

　　曲槛小楼，正是莺花二月。思无抌，愁欲绝，郁离襟。　　展屏空对潇湘水，眼前千万里。泪掩红，眉敛翠，恨沈沈。

　　敛态窗前，袅袅雀钗抛颈。燕成双，鸾对影，偶新知。　　玉纤澹拂眉山小，镜中嗔共照。翠连娟，红缥缈，早妆时。

清平乐

　　愁肠欲断，正是青春半。连理分枝鸾失伴，又是一场离散。　　掩镜无语眉低，思随芳草凄凄。凭仗东风吹梦，与郎终日东西。

　　等闲无语，春恨如何去？终是疏狂留不住，花暗柳浓何处？　　尽日目断魂飞，晚窗斜界残晖。长恨朱门薄暮，绣鞍骢马空归。

更漏子

　　听寒更，闻远雁，半夜萧娘深院。扃绣户，下珠帘，满庭喷玉蟾。　　人语静，香闺冷，红幕半垂清影。云雨态，蕙兰心，此情江海深。

　　今夜期，来日别，相对只堪愁绝。偎粉面，拈瑶簪，无言泪满襟。　　银箭落，霜华薄，墙外晓鸡咿喔。听付属，恶情悰，断肠西复东。

　　烛荧煌，香旖旎，闲放一堆鸳被。慵就寝，独无抌，相思魂欲销。　　不会得，这心力，判了依前还忆。空自怨，奈伊何，别来情更多。

　　掌中珠，心上气，爱惜岂将容易。花下月，枕前人，此生谁更亲。　　交颈语，合欢身，便同比目金鳞。连绣枕，卧红茵，霜天似暖春。

　　对秋深，离恨苦，数夜满庭风雨。凝想坐，敛愁眉，孤心似有违。　　红窗静，画帘垂，魂消地角天涯。和泪听，断肠窥，漏移灯暗时。

　　求君心，风韵别，浑似一团烟月。歌皓齿，舞红筹，花时醉上楼。　　能婉媚，解娇羞，王孙忍不攀留。惟我恨，未绸缪，相思魂梦愁。

女冠子二首

　　蕙风芝露，坛际残香轻度。蕊珠宫，苔点分圆碧，桃花践破红。　　品流巫峡外，名籍紫微中。真侣墉城会，梦魂通。

淡花瘦玉,依约神仙妆束。佩琼文,瑞露通宵贮,幽香尽日焚。　　碧纱笼绛节,黄藕冠浓云。勿以吹箫伴,不同群。

风流子

茅舍槿篱溪曲,鸡犬自南自北。菰叶长,水蓁开,门外春波涨渌。听织,声促,轧轧鸣梭穿屋。

楼倚长衢欲暮,瞥见神仙伴侣。微傅粉,拢梳头,隐映画帘开处。无语,无绪,慢曳罗裙归去。

金络玉衔嘶马,系向绿杨阴下。朱户掩,绣帘垂,曲院水流花谢。欢罢,归也,犹在九衢深夜。

定西番

鸡禄山前游骑,边草白,朔天明,马蹄轻。　　鹊面弓离短帐,弯来月欲成。一只鸣髇云外,晓鸿惊。

帝子枕前秋夜,霜幄冷,月华明,正三更。　　何处戍楼寒笛,梦残闻一声。遥想汉关万里,泪纵横。

何满子

冠剑不随君去,江河还共恩深。歌袖半遮眉黛惨,泪珠旋滴衣襟。惆怅云愁雨怨,断魂何处相寻。

玉胡蝶

春欲尽,景仍长,满园花正黄。粉翅两悠扬,翩翩过短墙。　　鲜飙暖,牵游伴,飞去立残芳。无语对萧娘,舞衫沈麝香。

八拍蛮

孔雀尾拖金线长,怕人飞起入丁香。越女沙头争拾翠,相呼归去背斜阳。

思帝乡

如何,遣情情更多?永日水堂帘下,敛羞蛾。六幅罗裙窣地,微行曳碧波。看尽满池疏雨,打团荷。

上行杯

草草离亭鞍马,从远道、此地分襟。燕宋秦吴千万里,无辞一醉。野棠开,江草湿,伫立,沾泣,征骑骎骎。

离棹逡巡欲动,临极浦、故人相送。去住心情知不共,金船满捧。绮罗愁,丝管咽,回别,帆影灭,江浪如雪。

谒金门

留不得,留得也应无益。白纻春衫如雪色,扬州初去日。　　轻别离,甘抛掷,江上满帆风疾。却羡彩鸳三十六,孤鸾还一只。

思越人

古台平,芳草远,馆娃宫外春深。翠黛空留千载恨,教人何处相寻。　　绮罗无复当时事,露花点滴香泪。惆怅遥天横渌水,鸳鸯对对飞起。

渚莲枯,宫树老,长洲废苑萧条。想像玉人空处所,月明独上溪桥。　　经春初败秋风起,红兰绿蕙愁死。一片风流伤心地,魂销目断西子。

望梅花

数枝开与短墙平,见雪萼,红跗相映。引起谁人边塞情。　　帘外欲三更,吹断离愁月正明。空听隔江声。

渔歌子

草芊芊,波漾漾,湖边草色连波涨。沿蓼岸,泊枫汀,天际玉轮初上。

扣舷歌,联极望,桨声伊轧知何向。黄鹄叫,白鸥眠,谁似侬家疏旷?

泛流萤,明又灭,夜凉水冷东湾阔。风浩浩,笛寥寥,万顷金波重叠。

杜若洲,香郁烈,一声宿雁霜时节。经雪水,过松江,尽属侬家日月。

定风波

帘拂疏香断碧丝,泪衫还滴绣黄鹂。上国献书人不在,凝黛,晚庭又是落红时。　春日自长心自促,翻覆,年来年去负前期。应是秦云兼楚雨,留住,向花枝夸说月中枝。

南歌子

艳冶青楼女,风流似楚真。骊珠美玉未为珍,窈窕一枝芳柳,入腰身。　舞袖频回雪,歌声几动尘。慢凝秋水顾情人,只缘倾国,著处觉生春。

映月论心处,假花见面时。倚郎和袖抚香肌,遥指画堂深院,许相期。　解佩君非晚,虚襟我未迟。愿如连理合欢枝,不似五陵狂荡,薄情儿。

应天长

翠凝仙艳非凡有,窈窕年华方十九。鬓如云,腰似柳,妙对绮弦歌酒。　醉瑶台,携玉手,共燕此宵相偶。魂断晚窗分首,泪沾金缕袖。

遐方怨

红绶带,锦香囊。为表花前意,殷勤赠玉郎。此时更役心肠,转添秋夜梦魂狂。　思艳质,想娇妆。愿早传金盏,同欢卧醉乡。任人猜妒恶猜防,到头须使似鸳鸯。

全唐诗卷八百九十八

词

张泌二十七首

浣溪沙

钿毂香车过柳堤,桦烟分处马频嘶,为他沈醉不成泥。　花满驿亭香露细,杜鹃声断玉蟾低,含情无语倚楼西。

马上凝情忆旧游,照花淹竹小溪流,钿筝罗幕玉搔头。　早是出门长带月,可堪分袂又经秋,晚风斜日不胜愁。

独立寒阶望月华,露浓香泛小庭花,绣屏愁背一灯斜。　云雨自从分散后,人间无路到仙家,但凭魂梦访天涯。

依约残眉理旧黄,翠鬟抛掷一簪长,暖风晴日罢朝妆。　闲折海棠看又拈,玉纤无力惹余香,此情谁会倚斜阳。

翡翠屏开绣幄红,谢娥无力晓妆慵,锦帷鸳被宿香浓。　微雨小庭春寂寞,燕飞莺语隔帘栊,杏花凝恨倚东风。

花月香寒悄夜尘,绮筵幽会暗伤神,婵娟依约画屏人。　人不见时还暂语,令才抛后爱微嚬,越罗巴锦不胜春。

偏戴花冠白玉簪,睡容新起意沈吟,翠钿金缕镇眉心。　小槛日斜风悄悄,隔帘零落杏花阴,断香轻碧锁愁深。

晚逐香车入凤城,东风斜揭绣帘轻,慢回娇眼笑盈盈。　消息未通何计是,便须佯醉且随行,依稀闻道太狂生。

小市东门欲雪天,众中依约见神仙,蕊黄香画贴金蝉。　饮散黄昏人草草,醉容无语立门前,马嘶尘烘一街烟。

临江仙
　　烟收湘渚秋江静，蕉花露泣愁红。五云双鹤去无踪。几回魂断，凝望向长空。　　翠竹暗留珠泪怨，闲调宝瑟波中。花鬟月鬓绿云重。古祠深殿，香冷雨和风。

女冠子
　　露花烟草，寂寞五云三岛。正春深，貌减潜销玉，香残尚惹襟。　　竹疏虚槛静，松密醮坛阴。何事刘郎去，信沈沈。

河传
　　渺莽云水，惆怅暮帆，去程迢递。夕阳芳草，千里万里，雁声无限起。　　梦魂悄断烟波里。心如醉，相见何处是？锦屏香冷无睡，被头多少泪。

　　红杏，交枝相映，密密蒙蒙。一庭浓艳倚东风，香融，透帘栊。　　斜阳似共春光语，蝶争舞，更引流莺妒。魂销千片玉樽前，神仙，瑶池醉暮天。

酒泉子
　　春雨打窗，惊梦觉来天气晓。画堂深，红焰小，背兰缸。　　酒香喷鼻懒开缸，惆怅更无人共醉。旧巢中，新燕子，语双双。

　　紫陌青门，三十六宫春色，御沟辇路暗相通，杏园风。　　咸阳沽酒宝钗空，笑指未央归去，插花走马落残红，月明中。

生查子
　　相见稀，喜相见，相见还相远。檀画荔支红，金蔓蜻蜓软。　　鱼雁疏，芳信断，花落庭阴晚。可惜玉肌肤，消瘦成慵懒。

思越人
　　燕双飞，莺百转，越波堤下长桥。斗钿花筐金匣恰，舞衣罗薄纤腰。　　东风澹荡慵无力，黛眉愁聚春碧。满地落花无消息，月明肠断空忆。

满宫花
　　花正芳，楼似绮，寂寞上阳宫里。钿笼金锁睡鸳鸯，帘冷露华珠翠。　　娇艳轻盈香雪腻，细雨黄莺双起。东风惆怅欲清明，公子桥边沈醉。

柳枝
　　腻粉琼妆透碧纱，雪休夸。金凤搔头坠鬓斜，发交加。　　倚著云屏新睡觉，思梦笑。红腮隐出枕函花，有些些。

南歌子
　　柳色遮楼暗，桐花落砌香。画堂开处远风凉，高卷水精帘额，衬斜阳。

　　岸柳拖烟绿，庭花照日红。数声蜀魄入帘栊，惊断碧窗残梦，画屏空。

　　锦荐红鸂鶒，罗衣绣凤皇。绮疏飘雪北风狂，帘幕尽垂无事，郁金香。

江城子
　　碧阑干外小中庭，雨初晴，晓莺声。飞絮落花，时节近清明。睡起卷帘无一事，匀面了，没心情。

　　浣花溪上见卿卿，脸波秋水明。黛眉轻，绿云高绾，金簇小蜻蜓。好事问他来得么？和笑道，莫多情。

　　窄罗衫子薄罗裙，小腰身，晚妆新。每到花时，长是不宜春。早是自家无气力，更被你，恶怜人。

河渎神
　　古树噪寒鸦，满庭枫叶芦花。昼灯当午隔轻纱，画阁珠帘影斜。　　门外往来祈赛客，翩翩帆落天涯。回首隔江烟火，渡头三两人家。

胡蝶儿
　　胡蝶儿，晚春时。阿娇初著淡黄衣，倚窗学画伊。　　还似花间见，双双对对飞。无端和泪拭燕脂,惹教双翅垂。

冯延巳 七十八首

如梦令

尘拂玉台鸾镜,凤髻不堪重整。绡帐泣流苏,愁掩玉屏人静。多病,多病,自是行云无定。

三台令

春色,春色,依旧青门紫陌。日斜柳暗花嫣,醉卧春色少年。年少,年少,行乐直须及早。

明月,明月,照得离人愁绝。更深影入空床,不道帷屏夜长。长夜,长夜,梦到庭花阴下。

南浦,南浦,翠鬟离人何处。当时携手高楼,依旧楼前水流。流水,流水,中有伤心双泪。

归国谣

何处笛?深夜梦回情脉脉,竹风檐雨寒窗隔。　离人几岁无消息,今头白,不眠特地重相忆。

春艳艳,江上晚山三四点,柳丝如剪花如染。　香闺寂寂门半掩,愁眉敛,泪珠滴破胭脂脸。

江水碧,江上何人吹玉笛,扁舟远送潇湘客。　芦花千里霜月白,伤行色,来朝便是关山隔。

长相思

红满枝,绿满枝,宿雨厌厌睡起迟,闲庭花影移。　忆归期,数归期。梦见虽多相见稀,相逢知几时。

相见欢

晓窗梦到昭华,向琼家。欹枕残妆一朵,卧枝花。　情极处,却无语,玉钗斜。翠阁银屏回首,已天涯。

抛球乐

酒罢歌余兴未阑,小桥清水共盘桓。波摇梅蕊伤心白,风入罗衣贴体寒。且莫思归去,须尽笙歌此夕欢。

逐胜归来雨未晴,楼前风重草烟轻。谷莺语软花边过,水调声长醉里听。款举金觥劝,谁是当筵最有情?

梅落新春入后庭,眼前风物可无情?曲池波晚冰还合,芳草迎船绿未成。且上高楼望,相共凭阑看月生。

霜积秋山万树红,倚岩楼上挂朱栊。白云天远重重恨,黄叶烟深淅淅风。仿佛梁州曲,吹在谁家玉笛中。

尽日登高兴未残,红楼人散独盘桓。一钩冷雾悬珠箔,满面西风凭玉阑。归去须沈醉,小院新池月乍寒。

坐对高楼千万山,雁飞秋色满阑干。烧残红烛暮云合,飘尽碧梧金井寒。咫尺人千里,犹忆笙歌昨夜欢。

点绛唇

荫绿围红,梦琼家在桃源住。画桥当路,临水开朱户。　柳径春深,行到关情处。颦不语,意凭风絮,吹向郎边去。

酒泉子

庭下花飞。月照妆楼春事晚,珠帘风,兰烛烬,怨空闺。　迢迢何处寄相思。玉箸零零肠断,屏帏深,更漏永,梦魂迷。

芳草长川。柳映危桥桥下路,归鸿飞,行人去,碧山边。　风微烟淡雨萧然。隔岸马嘶何处?九回肠,双脸泪,夕阳天。

青色融融。飞燕乍来莺未语,小桃寒,垂柳晚,玉楼空。　天长烟远恨重重。消息燕鸿归去,枕前灯,窗外月,闭朱笼。

深院空帏。廊下风帘惊宿燕，香印灰，兰烛灺，觉来时。　　月明人自捣寒衣。刚爱无端惆怅，阶前行，阑外立，欲鸡啼。

采桑子

小庭雨过春将尽，片片花飞。独折残枝，无语凭阑只自知。　　玉堂香暖珠帘卷，双燕来归。君约佳期，肯信韶华得几时。

马嘶人语春风岸，芳草绵绵。杨柳桥边，落日高楼酒旆悬。　　旧愁新恨知多少，目断遥天。独立花前，更听笙歌满画船。

西风半夜帘栊冷，远梦初归。梦过金扉，花谢窗前夜合枝。　　昭阳殿里新翻曲，未有人知。偷取笙吹，惊觉寒蛩到晓啼。

酒阑睡觉天香暖，绣户慵开。香印成灰，独背寒屏理旧眉。　　朦胧却向灯前卧，窗月徘徊。晓梦初回，一夜东风绽早梅。

小堂深静无人到，满院春风。惆怅墙东，一树樱桃带雨红。　　愁心似醉兼如病，欲语还慵。日暮疏钟，双燕归栖画阁中。

画堂灯暖帘栊卷，禁漏丁丁。雨罢寒生，一夜西窗梦不成。　　玉娥重起添香印，回倚孤屏。不语含情，水调何人吹笛声。

笙歌放散人归去，独宿江楼。月上云收，一半珠帘挂玉钩。　　起来检点经游地，处处新愁。凭仗东流，将取离心过橘州。

昭阳记得神仙侣，独自承恩。水殿灯昏，罗幕轻寒夜正春。　　如今别馆添萧索，满面啼痕。旧约犹存，忍把金环别与人。

微风帘幕清明近，花落春残。尊酒留欢，添尽罗衣怯夜寒。　　愁颜恰似烧残烛，珠泪阑干。也欲高拚，争奈相逢情万般。

画堂昨夜愁无睡，风雨凄凄。林鹊争栖，落尽灯花鸡未啼。　　年光往事如流水，休说情迷。玉箸双垂，只是金笼鹦鹉知。

寒蝉欲报三秋候，寂静幽居。叶落闲阶，

月透帘栊远梦回。　　昭阳旧恨依前在，休说当时。玉笛才吹，满袖猩猩血又垂。

洞房深夜笙歌散，帘幕重重。斜月朦胧，雨过残花落地红。　　昔年无限伤心事，依旧东风。独倚梧桐，闲想闲思到晓钟。

花前失却游春侣，极目寻芳。满眼悲凉，纵有笙歌亦断肠。　　林间戏蝶帘间燕，各自双双。忍更思量，绿树青苔半夕阳。

菩萨蛮

金波远逐行云去，疏星时作银河渡。花影卧秋千，更长人不眠。　　玉筝弹未彻，凤髻黄钗脱。忆梦翠蛾低，微风吹绣衣。

画堂昨夜西风过，绣帘时拂朱门锁。惊梦不成云，双蛾枕上颦。　　金炉烟袅袅，烛暗纱窗晓。残日尚弯环，玉筝和泪弹。

梅花吹入谁家笛，行云半夜凝空碧。敧枕不成眠，关山人未还。　　声随幽怨绝，空断澄霜月。月影下重檐，轻风花满帘。

回廊远砌生秋草，梦魂千里青门道。鹦鹉怨长更，碧笼金锁横。　　罗帏中夜起，霜月清如水。玉露不成圆，宝筝悲断弦。

娇鬟堆枕钗横凤，溶溶春水杨花梦。红烛泪阑干，翠屏烟浪寒。　　锦壶催画箭，玉佩天涯远。和泪试严妆，落梅飞夜霜。

西风袅袅凌歌扇，秋期正与行云远。花叶脱霜红，流萤残月中。　　兰闺人在否，千里重楼暮。翠被已销香，梦随寒漏长。

沈沈朱户横金锁，纱窗月影随花过。烛泪欲阑干，落梅生晚寒。　　宝钗横翠凤，千里香屏梦。云雨已荒凉，江南春草长。

敧鬟堕髻摇双桨，采莲晚出清江上。顾影约流萍，楚歌娇未成。　　相逢颦翠黛，笑把珠珰解。家住柳阴中，画桥东复东。

谒金门

风乍起，吹皱一池春水。闲引鸳鸯芳径

里,手挼红杏蕊。　　斗鸭阑干独倚,碧玉搔头斜坠。终日望君君不至,举头闻鹊喜。

　　杨柳陌,宝马嘶空无迹。新著荷衣人未识,年年江海客。　　梦觉巫山春色,醉眼飞花狼藉。起舞不辞无气力,爱君吹玉笛。

清平乐

　　深冬寒月,庭户凝霜雪。风雁过时魂断绝,塞管数声呜咽。　　披衣独立披香,流苏乱结愁肠。往事总堪惆怅,前欢休更思量。

　　雨晴烟晚,绿水新池满。双燕飞来垂柳院,小阁画帘高卷。　　黄昏独倚朱阑,西南新月眉弯,砌下落花风起,罗衣特地春寒。

　　西园春早,夹径抽新草。冰散漪澜生碧沼,寒在梅花先老。　　与君同饮金杯,饮余相取徘徊。次第小桃将发,轩车莫厌频来。

更漏子

　　风带寒,枝正好,兰蕙无端先老。情悄悄,梦依依,离人殊未归。　　褰罗幕,凭朱阁,不独堪悲摇落。月东出,雁南飞,谁家夜捣衣?

　　夜初长,人近别,梦觉一窗残月。鹦鹉卧,蟋蟀鸣,西风寒未成。　　红蜡烛,弹棋局,床上画屏山绿。褰绣幌,倚瑶琴,前欢泪滴襟。

　　玉炉烟,红烛泪,偏对画堂秋思。眉翠薄,鬓云残,夜长衾枕寒。　　梧桐树,三更雨,不道离情最苦。一叶叶,一声声,空阶滴到明。

喜迁莺

　　宿莺啼,乡梦断,春树晓朦胧。残灯和烬闭朱栊,人语隔屏风。　　香已寒,灯已绝,忽忆去年离别。石城花雨倚江楼,波上木兰舟。

　　雾蒙蒙,风淅淅,杨柳带疏烟。飘飘轻絮满南园,墙下草芊绵。　　燕初飞,莺已老,拂面春风长好。相逢携酒且高歌,人生得几何?

阮郎归

　　南园春半踏青时,风和闻马嘶。青梅如豆柳如丝,日长蝴蝶飞。　　花露重,草烟低,人家帘幕垂。秋千慵困解罗衣,画梁双燕栖。

　　角声吹断陇梅枝,孤窗月影低。塞鸿无限欲惊飞,城乌休夜啼。　　寻断梦,掩深闺,行人去路迷。门前杨柳绿阴齐,何时闻马嘶。

贺圣朝

　　金丝帐暖牙床稳,怀香方寸。轻颦轻笑,汗珠微透,柳沾花润。　　云鬟斜坠,春应未已,不胜娇困。半欹犀枕,乱缠珠被,转羞人问。

应天长

　　石城山下桃花绽,宿雨初晴云未散。南去棹,北飞雁,水阔山遥肠欲断。　　倚楼情绪懒,无限春心无限。燕度兼葭风晚,欲归愁满面。

醉花间

　　独立阶前星又月,帘栊偏皎洁。霜树尽空枝,肠断丁香结。　　夜深寒不寐,疑恨何曾歇。凭阑干欲折,两条玉箸为君垂,此宵情,谁共说。

　　月落霜繁深院闭,洞房人正睡。桐树倚雕檐,金井临瑶砌。　　晓风寒不霁,独立成憔悴。闲愁浑未已,离人心绪自无端,莫思量,休退悔。

芳草渡

　　梧桐落,蓼花秋。烟初冷,雨才收,萧条风物正堪愁。人去后,多少恨,在心头。　　燕鸿远,羌笛怨,渺渺澄波一片。山如黛,月如钩。笙歌散,梦魂断,倚高楼。

南乡子

　　细雨湿流光,芳草年年与恨长。烟锁凤楼无限事,茫茫。鸾镜鸳衾两断肠。　　魂梦任悠扬,睡起杨花满绣床。薄幸不来门半掩,斜阳。负你残春泪几行。

　　细雨泣秋风,金凤花笺满地红。闲促黛眉

慵不语,情绪。寂寞相思知几许。　　玉枕拥孤衾,抱恨还闻岁月深。帘卷曲房谁共醉,憔悴。惆怅秦楼弹粉泪。

舞春风一名瑞鹧鸪

严妆才罢怨春风,粉墙画壁宋家东。蕙兰有恨枝尤绿,桃李无言花自红。　　燕燕巢儿罗幕卷,莺莺啼处凤楼空。少年薄幸知何处,每夜归来春梦中。

虞美人

玉钩鸾柱调鹦鹉,宛转留春语。云屏冷落画堂空,薄晚春寒、无奈落花风。　　搴帘燕子低飞去,拂镜尘鸾舞。不知今夜月眉弯,谁佩同心双结、倚阑干。

春风拂拂横秋水,掩映遥相对。只知长作碧窗期,谁信东风、吹散彩云飞。　　银屏梦与飞鸾远,只有珠帘卷。杨花零落月溶溶,尘掩玉筝弦柱、画堂空。

临江仙

冷红飘起桃花片,青春意绪阑珊。高楼帘幕卷轻寒。酒余人散,独自倚阑干。　　夕阳千里连芳草,风光愁杀王孙。徘徊飞尽碧天云。凤城何处,明月照黄昏。

蝶恋花

窗外寒鸡天欲曙,香印成灰,坐起浑无绪。庭际高梧凝宿雾,卷帘双鹊惊飞去。　　屏上罗衣闲绣缕,一晌关情,忆遍江南路。夜夜梦魂休谩语,已知前事无情处。

萧索清秋珠泪坠,枕簟微凉,展转浑无寐。残酒欲醒中夜起,月明如练天如水。　　阶下寒声啼络纬,庭树金风,悄悄重门闭。可惜旧欢携手地,思量一夕成憔悴。

几度凤楼同饮宴,此夕相逢,却胜当时见。低语前欢频转面,双眉敛恨春山远。　　蜡烛泪流羌笛怨,偷整罗衣,欲唱情犹懒。醉里不辞金爵满,阳关一曲肠千断。

几日行云何处去,忘了归来,不道春将暮。百草千花寒食路,香车系在谁家树?　　泪眼倚楼频独语,双燕飞来,陌上相逢否?撩乱春愁如柳絮,悠悠梦里无寻处。

六曲阑干偎碧树,杨柳风轻,展尽黄金缕。谁把钿筝移玉柱,穿帘海燕双飞去。　　满眼游丝兼落絮,红杏开时,一霎清明雨。浓醉觉来莺乱语,惊残好梦无寻处。

谁道闲情抛弃久,每到春来,惆怅还依旧。日日花前常病酒,不辞镜里朱颜瘦。　　河畔青芜堤上柳,为问新愁,何事年年有。独立小楼风满袖,平林新月人归后。

寿山曲

铜壶滴漏初尽,高阁鸡鸣半空。催启五门金锁,犹垂三殿帘栊。阶前御柳摇绿,仗下宫花散红。鸳瓦数行晓日,鸾旗百尺春风。侍臣舞蹈重拜,圣寿南山永同。

思越人与本调不同

酒醒情怀恶,金缕褪,玉肌如削。寒食过却,海棠零落。　　乍倚遍,阑干烟淡薄,翠幕帘栊画阁。春睡著,觉来失,秋千期约。

上行杯与本调不同

落梅著雨消残粉,云重烟深寒食近。罗幕遮香,柳外秋千出画墙。　　春山颠倒钗横凤,飞絮入帘春睡重。梦里佳期,只许庭花与月知。

薄命妾

春日宴,绿酒一杯歌一遍。再拜陈三愿。
一愿郎君千岁,二愿妾身长健。三愿如同梁上燕,岁岁长相见。

金错刀一名醉瑶瑟

双玉斗,百琼壶,佳人欢饮笑喧呼。麒麟欲画时难偶,鸥鹭何猜兴不孤。　　歌婉转,醉模糊,高烧银烛卧流苏。只销几觉憎腾睡,身外功名任有无。

日融融,草芊芊,黄莺求友啼林前。柳条袅袅拖金线,花蕊茸茸簇锦毡。　　鸠逐妇,燕穿帘,狂蜂浪蝶相翩翩。春光堪赏还堪玩,恼杀东风误少年。

忆江南二首,与本调不同

去岁迎春楼上月,正是西窗,夜凉时节。玉人贪睡坠钗云,粉消妆薄见天真。　　人非风月长依旧,破镜尘筝一梦经年瘦。今宵帘幕扬花阴,空余枕泪独伤心。

今日相逢花未发,正是去年,别离时节。东风次第有花开,恁时须约却重来。　　重来不怕花堪折,只恐明年花发人离别。别离若向百花时,东风弹泪有谁知?

徐昌图

莆田人,入宋,终殿中丞。词三首。

木兰花

沈檀烟起盘红雾,一箭霜风吹绣户。汉宫花面学梅妆,谢女雪诗栽柳絮。　　长垂夹幕孤鸾舞,旋炙银笙双凤语。红窗酒病嚼寒冰,冰损想思无梦处。

临江仙

饮散离亭西去,浮生常恨飘蓬。回头烟柳渐重重。淡云孤雁远,寒日暮天红。　　今夜画船何处,潮平淮月朦胧。酒醒人静奈愁浓。残灯孤枕梦,轻浪五更风。

河传

秋光满目,风清露白,莲红水绿。何处梦回,弄珠拾翠盈盈,倚阑桡,眉黛蹙。　　采莲调稳,吴侣声相续,倚棹吴江曲。鹭起暮天,几双交颈鸳鸯,入芦花深处宿。

徐铉二首

抛球乐

歌舞送飞球,金觥碧玉筹。管弦桃李月,帘幕凤皇楼。一笑千场醉,浮生任白头。

灼灼傅花枝,纷纷充画旗。不知红烛下,照见彩球飞。借势因期克,巫山暮雨归。

全唐诗卷八百九十九

词

庾传素 一首

木兰花

木兰红艳多情态,不似凡花人不爱。移来孔雀槛边栽,折向凤皇钗上戴。　是何芍药争风彩,自共牡丹长作对。若教为女嫁东风,除却黄莺难匹配。

刘侍读 一首

生查子

深秋更漏长,滴尽银台烛。独步出幽闺,月晃波澄绿。　菱荷风乍触,一对鸳鸯宿。虚棹玉钗惊,惊起还相续。

许岷 二首

木兰花

小庭日晚花零落,倚户无聊妆脸薄。宝筝金鸭任生尘,绣画工夫全放却。　有时觑著同心结,万恨千愁无处说。当初不合尽饶伊,赢得如今长恨别。

江南日暖芭蕉展,美人折得亲裁剪,书成小简寄情人,临行更把轻轻拈。　其中拈破相思字,却恐郎疑踪不似。若还猜妾倩人书,误了平生多少事。

林楚翘 一首

菩萨蛮

画堂春昼垂珠箔,卧来揉惹金钗落。簟滑枕头移,鬓蝉狂欲飞。　笑拖娇眼慢,罗袖笼花面。重道好郎君,人前莫恼人。

无名氏九首

一片子
柳色青山映,梨花雪鸟藏。绿窗桃李下,闲坐叹春芳。

塞姑
昨日卢梅塞口,整见诸人镇守。都护三年不归,折尽江边杨柳。

醉公子
门外猧儿吠,知是萧郎至。刬袜下香阶,冤家今夜醉。 扶得入罗帏,不肯脱罗衣。醉则从他醉,还胜独睡时。

菩萨蛮
牡丹含露真珠颗,美人折向庭前过。含笑问檀郎,花强妾貌强? 檀郎故相恼,须道花枝好。一面发娇嗔,碎挼花打人。

贺圣朝
白露点,晓星明灭,秋风落叶。故址颓垣,冷烟衰草,前朝宫阙。 长安道上行客,依旧利深名切。改变容颜,消磨今古,陇头残月。

虞美人
帐中草草军情变,月下旌旗乱。褪衣推枕怆离情,远风吹下楚歌声,正三更。 抚骓欲下重相顾,艳态花无主。手中莲锷凛秋霜,九泉归去是仙乡,恨茫茫。

后庭宴
千里故乡,十年华屋,乱魂飞过屏山簇。眼重眉褪不胜春,菱花知我销香玉。 双双燕子归来,应解笑人幽独。断歌零舞,遗恨清江曲。万树绿低迷,一庭红扑簌。

撷芳词
风摇荡,雨蒙茸,翠条柔弱花头重。春衫窄,香肌湿。记得年时,共伊曾滴。 都如梦,何曾共,可怜孤似钗头凤。关山隔,晚云碧,燕儿来也,又无消息。

鱼游春水
秦楼东风里,燕子还来寻旧垒。余寒犹峭,红日薄侵罗绮。嫩草方抽碧玉茵,媚柳轻窣黄金缕。莺转上林,鱼游春水。 几曲阑干遍倚,又是一番新桃李。佳人应怪归迟,梅妆泪洗。凤箫声绝沈孤雁,望断清波无双鲤。云山万重,寸心千里。

杨贵妃

阿那曲
罗袖动香香不已,红蕖袅袅秋烟里。轻云岭下乍摇风,嫩柳池塘初拂水。

闽后陈氏
名金凤,闽嗣主王廷钧之后。词二首。

乐游曲
龙舟摇曳东复东,采莲湖上红更红。波淡淡,水溶溶,奴隔荷花路不通。

西湖南湖斗彩舟,青蒲紫蓼满中洲。波渺渺,水悠悠,长奉君王万岁游。

柳氏

杨柳枝
杨柳枝,芳菲节,可恨年年赠离别。一叶随风忽报秋,纵使君来岂堪折。

王丽真女郎

字字双
床头锦衾斑复斑,架上朱衣殷复殷。空庭明月闲复闲,夜长路远山复山。

耿玉真

菩萨蛮
玉京人去秋萧索,画檐鹊起梧桐落。欹枕

悄无言,月和残梦圆。　　背灯唯暗泣,甚处砧声急。眉黛远山攒,芭蕉生暮寒。一作独自倚阑干,衣襟生暮寒。

句

　　庭空客散人归后,画堂半掩朱帘。林风淅淅夜厌厌,小楼新月,回首自纤纤。

　　春光镇在人空老,新愁往恨何穷。金窗力困起还慵。一声羌笛,惊起醉怡容。李后主《临江仙》。前后两调,各逸其半。

　　寻春须是阳春早,看花莫待花枝老。后主《菩萨蛮》。

　　帝乡烟雨锁春愁,故国山川空泪眼。吴越王钱俶《木兰花》。

　　金凤欲飞遭掣搦,情脉脉。看即玉楼云雨隔。钱俶

　　桃李不须夸烂熳,已输了风吹一半。韩熙载《咏梅》。

　　学著荷衣还可喜,年少多来有几?自古闲愁无际。冯延巳《谒金门》。

　　初离蜀道心将碎,离恨绵绵。春日如年,马上时时闻杜鹃。花蕊夫人《采桑子》。

全唐诗卷九百

词

吕岩 三十首

梧桐影

落日斜,秋风冷。今夜故人来不来,教人立尽梧桐影。

忆江南

淮南法,秋石最堪夸。位应乾坤白露节,象移寅卯紫河车。子午结朝霞。

王阳术,得秘是黄牙。万蕊初生将此类,黄钟应律始归家。十月定君夸。

黄帝术,玄妙美金花。玉液初凝红粉见,乾坤覆载暗交加。龙虎变成砂。

长生术,玄要补泥丸。彭祖得之年八百,世人因此转伤残。谁是识阴丹。

阴丹诀,三五合玄图。二八应机堪采运,玉琼回首免荣枯。颜貌胜凡姝。

长生术,初九秘潜龙。慎勿从高宜作客,丹田流注气交通。耆老反婴童。

修身客,莫误入迷津。气术金丹传在世,象天象地象人身。不用问东邻。

还丹诀,九九最幽玄。三性本同一体内,要烧灵药切寻铅。寻得是神仙。

长生药,不用问他人。八卦九宫看掌上,五行四象在人身。明了自通神。

学道客,修养莫迟迟。光景斯须如梦里,还丹粟粒变金姿。死去莫回归。

治生客,审细察微言。百岁梦中看即过,劝君修炼保尊年。不久是神仙。

瑶池上,瑞雾霭群仙。素练金童锵凤板,青衣玉女啸鸾弦。身在大罗天。

沈醉处,缥缈玉京山。唱彻步虚清燕罢,

不知今夕是何年。海水又桑田。

西江月

著意黄庭岁久,留心金碧年深。为忧白发鬓相侵,仙诀朝朝讨论。　秘要俱皆览过,神仙奥旨重吟。至人亲指水中金,不负平生志性。

任是聪明志士,常迷东灶黄庭。参同大易事分明,不晓醉眠难醒。　若遇高人指引,都来不费功程。北方坎子是金精,认得黄牙方盛。

沁园春

七返还丹,在我先须,炼已待时。正一阳初动,中宵漏永,温温铅鼎,光透帘帏。造化争驰,虎龙交媾,进火功夫牛斗危。曲江上,看月华莹净,有个乌飞。　当时,自饮刀圭,又谁信无中就养儿。辨水源清浊,木金间隔,不因师指,此事难知。道要玄微,天机深远,下手忙修犹太迟。蓬莱路,待三千行满,独步云归。

火宅牵缠,夜去明来,早晚担忧。奈今日茫然,不知明日,波波劫劫,有甚来由?人世风灯,草头珠露,我见伤心眼泪流。不坚久,似石中迸火,水上浮沤。　休休,及早回头,把往日风流一笔钩。但粗衣淡饭,随缘度日,任人笑我,我又何求?限到头来,不论贫富,著甚干忙日夜忧。劝年少,把家缘弃了,海上来游。

诗曲文章,任汝空留,数千万篇。奈日推一日,月推一月,今年不了,又待来年。有限光阴,无涯火院,只恐蹉跎老却贤。贪痴汉,望成家学道,两事双全。　凡间,只恋尘缘,又谁信壶中别有天。这道本无情,不亲富贵,不疏贫贱,只要心坚。不在劳神,不须苦行,息虑忘机合自然。长生事,待明公放下,方可相传。

卜算子

心空道亦空,风静林还静。卷尽浮云月自明,中有山河影。　供养及修行,旧话成重省。豆爆生莲火里时,痛拨寒灰冷。

步蟾宫

坎离乾兑逢子午,须认取,自家根祖。地雷震动山头雨,要洗濯黄牙土。捉得金精牢闭锢,炼甲庚,要生龙虎。待他问汝甚人传,但说道,先生姓吕。

满庭芳

大道渊源,高真隐秘,风流岂可知闻。先天一气,清浊自然分。不识坎离颠倒,谁能辨、金木浮沈?幽微处,无中产有,洞畔虎龙吟。

壶中,真造化,天精地髓,阴魄阳魂。运周天水火,变理寒温。十月脱胎丹就,除此外、皆是傍门。君知否,尘寰走遍,端的少知音。

酹江月

仙风道骨,颠倒运乾坤,平分时节。金木相交坎离位,一粒刀圭凝结。水虎潜形,火龙伏体,万丈毫光烈。仙花朵秀,圣男灵女扳折。

宵汉此夜中秋,银蟾离海,浪卷千层雪。此是天关地轴,谁解推穷圆缺。片响功夫,霎时丹聚,到此凭何诀?倚天长啸,洞中无限风月。

水龙吟

目前咫尺长生路,多少愚人不悟。爱河浪阔,洪波风紧,舟船难渡。略听仙师语,到彼岸,只消一句。炼金丹换了,凡胎浊骨。免轮回,三涂苦。　万事澄心定意,聚真阳、都归一处。分明认得,灵光真趣,本来面目。此个幽微理,莫容易,等闲分付。知蓬莱自有,神仙伴侣。同携手,朝天去。

豆叶黄

二月江南山水路,李花零落春无主。一个鱼儿无觅处,风和雨,玉龙生甲归天去。

浪淘沙

我有屋三椽,住在灵源。无遮四壁任萧然。万象森罗为斗拱,瓦盖青天。　无漏得多年,结就因缘。修成功行满三千。降得火龙伏得虎，陆路神仙。

苏幕遮

天不高，地不大。惟有真心，物物俱含载。不用之时全体在。用即拈来，万象周沙界。

虚无中，尘色内。尽是还丹，历历堪收采。这个鼎炉解不解。养就灵乌，飞出光明海。

雨中花

三百年间，功标青史，几多俱委埃尘。悟黄粱弃事，厌世藏身。将我一枝丹桂，换他千载青春。岳阳楼上，纶巾羽扇，谁识天人。

蓬莱愿应仙举，谁知会合仙宾。遥想望，吹笙玉殿，奏舞鸾裀。风驭云辁不散，碧桃紫奈长新。愿逢一粒，九霞光里，相继朝真。

促拍满路花

西风吹渭水，落叶满长安。茫茫尘世里，独清闲。自然炉鼎，虎绕与龙盘。九转丹砂就，一粒刀圭，便成陆地神仙。　任万钉宝带貂蝉，富贵欲熏天。黄粱炊未熟，梦惊残。是非海里，直道作人难。袖手江南去，白蘋红蓼，又寻滟浦庐山。

六么令

东与西，眼与眉。偃月炉中运坎离，灵砂且上飞。最幽微，是天机，你休痴，你不知。

汉宫春

横笛声沉，倚危楼红日，江转天斜。黄尘边火颒洞，何处吾家。胎禽怨夜，来乘风、玄露丹霞。先生笑、飞空一剑，东风犹自天涯。

情知道山中好，早翠嚣含隐，瑶草新芽。青溪故人信断，梦逐飙车。乾坤星火，归来了、煮石煎沙。回首处，幅巾蒲帐，云边独是桃花。

伊用昌

忆江南

江南鼓，梭肚两头栾。钉著不知侵骨髓，打来只是没心肝。空腹被人谩。

句

暂游大庾，白鹤飞来谁共语？岭畔人家，曾见寒梅几度花。　　春来春去，人在落花流水处。花满前蹊，藏尽神仙人不知。吕岩《求斋不得》，失注调名。无考。

全唐诗逸卷上

日本上毛河世宁纂辑

明皇帝

送日本使

《日本高僧传》云:天平胜宝四年,藤原清河为遣唐大使,至长安见元宗。元宗曰:"闻彼国有贤君,今观使者趋揖有异。"乃号日本为礼仪君子国。命晁衡导清河等视府库及三教殿,又图清河貌纳于蕃藏中。及归赐诗。

日下非殊俗,天中嘉会朝。念余怀义远,矜尔畏途遥。涨海宽秋月,归帆驶夕飙。因惊彼君子,王化远昭昭。

赐新罗王

《东国通鉴·新罗纪》:唐天宝十五年,遣使朝帝于蜀。帝亲制十韵诗,手札赐王曰:"嘉新罗王岁修朝贡,克践礼乐名义,赐诗一首。"其诗曰:

四维分景纬,万象含中枢。玉帛遍天下,梯杭归上都。缅怀阻青陆,岁月勒黄图。漫漫穷地际,苍苍连海隅。兴言名义国。岂谓山河殊。使去传风教,人来习典谟。衣冠知奉礼,忠信识尊儒。诚矣天其鉴,贤哉德不孤。拥旄同作牧,厚贶比生刍。益重青青志,风霜恒不渝。

德宗皇帝

句

见大江维时《千载佳句》,家藏《千载佳句》,二百年前誊本,误谬脱落甚多,而无他本可比校。今所分注,旦存其疑。后效此。

玉殿笙歌宜此夜,更看明月照高楼。《秋夜》。

杨师道

采莲 见《千载佳句》

采莲江浦觅同心,日暮风生江水深。莫言花重船应没,自解凌波不畏沈。

上官仪

句 以下并见释空海《文镜秘府论》

曙色随行漏,早吹入繁笳。旗文萦桂叶,骑影拂桃华。碧潭写春照,青山笼雪花。论云:此六句犯长撷腰病。

池牖风月清,闲居游客情。兰泛樽中色,松今弦上声。此四句犯长解镫病。

张谔

句 以下并见《千载佳句》

天上姮娥遥解意,偏教月向踏歌明。《月夜看美人踏歌》。

共待山头明月上,照君行棹出长川。《玩山月送百九》。

丁仙芝

句

雨鸣鸳瓦收炎气,风卷珠帘送晓凉。《陪岐王宅宴》。

殷遥

句

归心静对萤飞月,远梦长惊角满楼。《夏晚怀归》。

王维

句

自恨开迟还落早,纵横只是怨春风。《牡丹花》。

李颀

句

巴路千山秋水上,江村独树夕阳时。《归至旧任,酬袁赞府见赠》。

王昌龄

旅次盩厔过韩士别业 以下并见《秘府论》引王昌龄《诗格》

春烟桑柘林,落日隐荒墅。泱漭平原夕,清吟久延伫。故人家于此,招我渔樵所。格云:此第五句入作势。

上侍御士兄

天人俟明路,益稷分尧心。利器必先举,非贤安可任。吾兄执严宪,时佐能钧深。同上。

上同州使君伯

大贤本孤立,有时起丝纶。伯父自天禀,元功载生人。此第三句入作势。

留别

桑林映陂水,雨过宛城西。留醉楚山别,阴云暮凄凄。同上。

赠李侍御

青冥孤云去,终当暮归山。志士杖苦节,何时见龙颜。比兴入作势。

又

渺然客子魂,倏铄川上晖。还云惨知暮,九月仍未归。同上。

送别

春江愁送君,蕙草生氤氲。醉后不能语,乡山雨雰雰。含思落句势。

失题

时与醉林壑,因之堕农桑。槐烟渐含夜,楼月深苍茫。理入景势。

又

桑叶下墟落,鹍鸡鸣渚田。物情每衰极,吾道方渊然。景入理势。

句

与君远相知,不道云海深。《寄驩洲》。

得罪由己招,本性易然诺。《见谴至伊水》。

黄叶乱秋雨,空斋愁暮心。《客舍秋霖呈席姨夫》。

通经彼上人,无迹任勤苦。《题上人房》。

枫桥延海岸,客帆归富春。《送邬贲觐省江东》。

寒江映村林,亭上纳高洁。《宴南亭》。

陵薮寒苍茫,登城遂怀古。《登城怀古》。

孤烟曳长林,春水聊一望。以下失题。

河口饯南客,进帆清江水。

迁客又相送,风悲蝉更号。

微雨随云收,蒙蒙傍山去。

海客时独飞,永然沧洲意。

日夕辨灵药,空山松桂香。

墟落有怀县,长烟溪树边。

青桂花未吐,江中独鸣琴。

还家望炎海,楚叶下秋水。

刘长卿

句见《千载佳句》

春苔满地无行处,深映桃花独闭门。《题张山人所居》。

崔曙

句见《秘府论》

夜台一闭无时尽,逝水东流何处还。失题。
田家收已尽,苍苍只白茅。失题。

李白

句见《千载佳句》

玉阶一夜留明月,金殿三春满落花。《瑞雪》。

张谓

题故人别业见《秘府论》

平子归田处,园林接汝濆。落花开户入,

啼鸟隔窗闻。池净流春水,山明敛霁云。昼游仍不厌,乘月夜寻君。

李嘉祐

句见《千载佳句》

巴峡猿声催客泪,铜梁山翠入江楼。《江晚望陪杨园》。

千峰鸟路含梅雨,五月蝉声送麦秋。《发青泥店至长余县西涯山口》。

钱起

失题见《秘府论》按下二句即郭震《塞上》诗中语。此以为钱起诗,未详何据

胡风迎马首,汉月学蛾眉。久成人将老,长征马不肥。

顾况

句以下至卷末二十九人并见《千载佳句》

野人误向人闲老,为谢金华洞里云。《寄婺州赵使君》。

莫言归去无人伴,自有中天月正明。《送朱拾遗》。

陈润

句

两岸杨花风作雪,一池荷叶雨成珠。《题山阴朱征君隐居》。

暮猿啼处三声绝,寒雁归时一叶秋。《客舍石己山渡行》。

一双泪滴黄河水,愿得东流入汉宫。《王昭君》。

崔膺 一作应

句

不随暮雨苍江去,且向朝云白雪歌。《歌妓》。

欲于北阙辞苍海,却望东山愧白云。《别山居》。

冯宿

句

九衢车马传佳句,万户莺花接胜游。《酬宣上人》。

于鹄

句

曾读列仙王母传,九天未胜此中游。《上阳宫》。

杨巨源

句

鸣鞭秋色诗情远,拂匣寒花剑力多。《和刘员外赴阙次潼关作》。

籍通莲阙秋光遍,诗答蓬山晚思遥。《永平里酬卢洪》。

青门日暖尘光动,紫陌花晴风色来。《春日》。

艳欺藤蔓莺无限,香压荆花蝶不飞。《紫薇》。

内史旧山空日暮,南朝古木向人秋。《将赴岭外留别》。

梦中乡信惊秋雁,窗下林声带夜蝉。《寓居》。

独向晓山知露湿,远临秋水爱云明。《送王秀才》。

新河柳色千株暗,故国云帆万里归。《送杨松陵归宋汴州》。

一院绿钱童子拂,千竿青玉主人栽。《寄宣供奉》。

露凝丹地初疑雨,烟著红楼半是霞。《赠红楼院宣供奉》。

空门水定埃尘远,真偈金书世界稀。《题金字经供养□上人》。

刘禹锡

句

烟波半落新沙地,鸟雀群飞欲雪天。《初冬》。

樱桃带雨胭脂湿,杨柳当风绿线低。《题裴令公亭》。

山似屏风江似簟,叩舷来往月明中。《泛舟》。

晴日碧空云脚断,一条如练挂山尖。《瀑布泉》。

飞文斗疾敲铜器,陪宴会欢吐锦茵。《酬李校事》。

周元范

奉和白舍人游镜湖夜归

风前酒醒看山笑,湖上诗成共客吟。画烛满堤烧月色,澄江绕树浸城阴。

句

路出胥门深浅浪,月残吴苑两三星。《和白舍人泛湖早发洞庭诗》。

石桥路上千峰月,山殿云中半夜钟。《寄白舍人兼鹤林招隐二长老》。

王鲁复

水楼

山衔落日溪光动,岸转回风槛影浮。座内数声来远鹤,烟中一派辨孤舟。

句

清泉绕屋澄心远,曙月衔山出定迟。《赠僧惟勋》。

陆畅

句

满手香传金菊酒,漏声遥滴上阳宫。《九

日》。

鲍溶

句

径草渐生长短绿,庭花欲绽浅深红。《春日》。

夜瑟弦惊绿流水,暖松花放碧香烟。《春日》。

窗间夜学凝残烛,轩下朝吟向暖风。《春日贫居》。

幽客携琴好归去,七丝闲和百泉声。《送友人归山》。

野寺访僧归带月,芳林携客醉眠花。《赠东郊》。

张萧远

句

须臾满寺泉声合,百尺飞檐挂玉绳。《兴善寺看雨》。

座客醉来云雨散,一行高鸟万山秋。《宴》。

绮罗香里春长在,丝管声中水暗流。《西山涯口宴韦贤大夫亭》。

何事不归巫峡云,故来人世断人肠。《歌人》。

身居晓嶂红霞外,书读秋窗紫竹间。《借山观读书》。

瀑布水高清汉冷,莓苔桥滑碧烟虚。《送道器上人游吴江》。

日月在天常照耀,了无尘垢污清光。《礼道宽禅师》。

殷尧藩

句

云收碧海连天水,风运红蕉滴露光。《送韩协律胜起客府幕》。

施肩吾

句

空岩雨暴泉声乱,幽径苔深鸟迹重。《幽居》。

章孝标

送张孝廉归吴

吴将勤苦见高科,艺至春官不奈何。想得江南诸父老,因君鞭鞑子孙多。

夜笛词

皎洁西楼月未斜,笛声寥亮入东家。顿令灯下裁衣妇,误剪同心一片依。

题碧山寺塔

六时佛火明珠缀,午后茶烟出翠微。紫砌乳泉梳石发,滴松银露洗墙衣。

玩月遇云

无端玉叶连天起,不放金波到晓流。暗惜蚌胎沉海面,仰思鹏翼破风头。

句

钱塘去国三千里,一道风光任意看。《及第》。

珠呈夜浦萤无影,鹊坐秋林鸟失行。《奉酬朱二十四见寄诗》。

昨日见君亲下笔,五花笺上黑龙飞。《观草书》。

何人枉折教狼藉,孤负春风长养情。《杨柳枝》。

梅花带雪飞琴上,柳色和烟入酒中。《早春初晴野宴》。

阮籍啸场人步月,子猷看处鸟栖烟。《竹词》。

白练鸟迷山芍药,红妆妓妒水林檎。《宴渔州》。

今日华山秋顶上，闻天长叫在长空。《独鹤谣》。

天风更送新声出，不放行云过凤楼。《梨园调》。

昨日天宫吹乐府，六官弦管一时新。《赠盐屋陆少府》。

通传胜事因风月，打破愁肠是酒杯。《游檀溪》。

姑苏台上烟花月，宁负春风箫管声。《送陆二十一及第归》。

玉轮低月中天晓，金铎纵风上界秋。《登总持寺塔》。

萧洒竹房尘境外，满天云月共清虚。《题灵初禅师院》。

言若浚川流巨海，戒如秋月挂长空。《赠言枢法师》。

金殿月中看捣药，玉楼风里听吹笙。《宿天柱观》。

陈标

句

长把酒杯凭夜月，每将诗思泥春风。《赠祝元膺》。

襄阳乐事经过尽，岘首烟花倒泻空。《叙旧》。

犹疑波底鲛人泪，滴在衣裳半欲零。《露荷》。

春明门外襄阳路，落日秋风送客归。《送人归襄阳》。

杨收

入洞庭望岳阳

飞鸥撒浪三千里，暮草摇风一万畦。黛色浅深山远近，碧烟浓淡树高低。

许浑

句

兼葭水暗萤知夜，杨柳风高雁送秋。《常州留与杨给事》。

露滴晓花疑锦绣，风吹寒竹认笙簧。《题歌者》。

喻凫

句

虹横布水台南雨，雁返炉峰顶北霞。《送欧阳孝廉及第归彭泽》。

闲卧东风灯渐晓，溪南花气雨中来。《溪居雨夜》。

一别山阴诗酒客，水风花片梦兰亭。《寄山阴李处士》。

祝元膺

句

却觅终南山色看，倚天横展玉屏风。《喜晴见山雪》。

杜甫一生怜李白，应绿孔圣道才难。《书怀奉放诸从事》。

终南山脚盘龙势，紫阁云心望鹤归。《曲亭》。

赵嘏

句

池上昔游夫子凤，云间初起武侯龙。《述怀上令狐相公》。

亭分楚寺依依树，水应公台夜夜琴。《送李仲赴任》。

鸲鹆舞酣人自醉，琵琶声缓客初来。《与杜陵客同醉□氏庄》。

高鸟过时秋色动，征帆落处暮烟生。《齐安晚秋》。

夜吟孤枕潮声近，晚过千山雪气寒。《江夜岁暮》。

望腊早花缘路见，随岩寒水隔林闻。《成名年贺扬岩别业圣将擢第》。

宿处客尘随夜静,坐中烟水向人闲。《登华岩寺》。

崔澹 一作胆

句

九重城里春来早,百尺楼头日落迟。《古意》。

贾岛

句

莫是上天宫里唱,歌声飘下玉梁尘。《惊雪》。

温庭筠

句

沿涧水声喧户外,卷帘山色入窗来。《山居》。

自有晚风推楚浪,不劳春色染湘烟。《次洞庭南》。

卓氏垆前金线柳,隋家堤畔锦帆风。《题池亭》。

门外白云何处雨,一条清涧绕溪流。失题

方干

句

岩溜喷空晴似雨,林萝碍日夏多寒。《题报恩寺上方》。

罗隐

句

庚楼宴罢三更月,宏阁谈时一座风。《寄主客张员外》。

罗虬

过友人故居

堤草袅空垂露眼,渚蒲穿浪凑烟芽。晴楼谈罢山横黛,夜局棋酣烛坠花。

句

雪中放马朝寻迹,云外闻鸿夜射声。《和扶风老人诗》。

龙鳞柳弱垂朝露,尘尾松高挥夜风。《五华宫》。

猿隔乱云啼暮岭,雁和微雨下寒湖。《江行》。

夜渡酒酣千顷月,昼楼棋罢一窗山。《效卧》。

杜荀鹤

句

千嶂雪消溪影绿,几家梅绽酒波清。《酬湖州杜员外春至日见忆》。

风拂乱灯山磬曙,露沾仙杏石坛春。《紫极宫上元斋次呈诸道流》。

神颖 僧

句

手边云起何时雨,笔下波生不待风。《山水屏》。

全唐诗逸卷中

日本上毛河世宁纂辑

惠文太子

太子名范,睿宗第四子。好学工书,爱儒士,无贵贱为尽礼。与阎朝隐、刘廷琦、张谔、郑繇等善,常饮酒赋诗相娱乐。初王郑,改封卫,俄降封巴陵。从诛太平公主,以功赐封岐。薨,册书赠太子及谥。

句见《千载佳句》

渭水桥边春已渡,灞陵原上雨初晴。《同李士怀长安》。

清冷池里冰初合,红粉楼中月未圆。《宴大哥宅》。

可惜韶年三日暮,风光由绕碧燕舫。《三月三日》。

晚日半衔西苑树,晴云直卷上天风。《洛河山亭初晴》。

离筵风日三晡晚,归路云霞一道开。《送植功还京》。

元兢

元兢,龙朔中官周王府参军,著《古今诗人秀句》二卷及《诗格》一卷。诗一首。

蓬州野望《秘府论》引元兢《诗格》

飘飘宕渠域,旷望蜀门限。水共三巴远,山随八阵开,桥形疑汉接,石势似烟回。欲下他乡泪,猿声几处催。

马总

马总,字会元,扶风人。少孤贫,好学,性刚直,不妄交游。贞元中,姚南仲镇滑台,辟为从事。坐事贬泉州别驾。元和中,迁检校刑部尚书。诗一首。

赠日本僧空海离合诗

释空海《性灵集》序云:和尚昔在唐日,作《离合

诗》赠土僧惟上。泉州别驾马总,一时大才也,览则惊怪,因赠诗云:

何乃万里来,可非衔其才。增学助元机,士人如子稀。

胡伯崇 号毗陵子

赠释空海歌 又见《性灵集》序中

说四句,演毗尼,凡夫听者尽归依。天假吾师多伎术,就中草圣最狂逸。

高鹤林

官都虞侯、冠军大将军、试太常卿、上柱国。

因使日本,愿谒鉴真和尚。既灭度,不觐尊颜,嗟而述怀

见《鉴真和尚传》。按鉴真示寂在天平宝字六年,鹤林奉使未详何年。

上方传佛灯,名僧号鉴真。怀藏通邻国,真如转付民。早嫌居五浊,寂灭离器尘。禅院从今古,青松绕塔新,斯法留千载,名记万年春。

朱千乘

延历中,空海归自唐,表上所赉书籍中有《朱千乘诗集》一卷。

句 见《千载佳句》

锦缆扁舟花岸静,玉壶春酒管弦清。《新移镜中别业》。

清观 台州国清寺僧

句 见《智证大师传》。大师乃释圆珍也

睿山新月冷,台峤古风清。《赠圆珍和尚》。

陈闰

以下二人并见《秘府论》,盖唐中叶人。

罢官后却归旧居

不归江畔久,旧业已凋残。露草虫丝湿,湖泥鸟迹干。买山开客舍,选竹作渔竿。何必劳州县,驱驰效一官。

李堪

句

此心复何已,新月清江长。失题。

云归石壁尽,月照霜林清。失题。

崔致远

崔致远,高丽人。宾贡及第,高骈淮南从事。《艺文志》有《崔致远四六》一卷,《桂林笔耕》二十卷。

兖州留献李员外 见《千载佳句》

芙蓉零落秋池雨,杨柳萧疏晓岸风。神思只劳书卷上,年光任过酒杯中。

句

画角声中朝暮浪,青山影里古今人。《登慈和山》。《东人诗话》云:崔文昌、侯致远入唐登第,以文章著名。题润州慈和寺,有画角云云之句。后鸡林贾客入唐购诗,有以此句书示者。

烟低紫陌千行柳,日暮朱楼一曲歌。《长安柳》。

洛水波声新草树,嵩山云影旧楼台。《留赠洛中友人》。

云布长天龙势逸,风高秋月雁行齐。《送舍弟严府》。

风递莺声喧座上,日移花影倒林中。《春日》。

芳园醉散花盈袖,幽径吟归月在帷。《成名后酬进士田仁义见赠》。

极日远山烟外暮,伤心归棹月边迟。《江上春怀》。

金立之

金立之,新罗人,宪德王七年,从金昕入唐。

句见《千载佳句》

烟破树头惊宿鸟,露凝苔上暗流萤。《秋夜望月》。

山人见月宁思寝,更掬寒泉满手霜。《峡山寺玩月》。

绀殿雨晴松色冷,禅林风起竹声余。《赠青龙寺僧》。

风过古殿香烟散,月到前林竹露清。《宿丰德寺》。

更有闲宵清净境,曲江澄月对心虚。《赠僧》。

寒露已催鸿北去,火云渐散月西流。《秋夕》。

园梅坼甲迎春笑,庭草抽心待节芳。《早春》。

金可纪 一作记。按章孝标有《送金可纪归新罗》诗,恐其人。

句见《千载佳句》

波冲乱石长如雨,风激疏松镇似秋。《题游仙寺》。

庄翱

以下六十八人并见《千载佳句》。履历俱无考。

寻幽居不遇

满庭花落迷行路,绕院泉声写半山。向暮此中回首去,洞门深处鸟关关。

句

天外夜深风渐远,高松长似水流声。《宿松门》。

焚香暮入翻花殿,净手秋开贝叶经。《赠惠雅上人》。

野性本怜松下月,幽情唯爱洞中春。《欲归山》。

殷勤笑喻人间事,遥指庭花对夕阳。《偈雷禅和尚》。

陆翚

春日

莺归树顶繁声转,雁去天边细影斜。雨拂青青行处草,烟含灼灼望中花。

句

三尽寒光冰在手,一张弓势月当心。《赠李都使》。

岩下光阴生户牖,洞边形势入池台。《松》。

孤帆影入江烟尽,百舌声流浦树新。《送胡八弟》。

何元

看花

莫怪出门先骤马,暮年常怨看花迟。可怜尽日春山下,似雪如云一万枝。

句

一望白云千万断,筝声日暮出花林。《听筝》。

门外夕阳寒映竹,洞中秋水暗连山。《过山居》。

钟声半夜香山雨,散入前林枫叶秋。《宿多宝寺》。

寺临飞鸟青山远,径转幽萝白日长。《题白鹤寺》。

黄昏人到钟声里,云起龙池不见山。《游三觉寺上方》。

客来惆怅僧禅后,月出松门满地霜。《题衡禅师房》。

朔风寒日笳声急,万里辽城一段云。《咏军前突骑》。

满山月色连溪下,林叶萧萧一夜霜。《月夜山居》。

秦客访花惊出洞,庾公看月误登楼。《玩雪》。

斐公衍

春夜宿云际寺

境静闻钟声易响,庭高见月影难沈。青山解隔尘中事,流水能清物外心。

句

碧涧水流高殿影,青萝风散晚钟声。《游碧涧寺》。

数片残云归洞口,孤轮晴月挂山头。《题咸中丞客厅》。

苏替

听琴

弦中恨起湘山远,指下情多楚峡流。危槛曲终云影曙,高楼风定烛光秋。

路半千

赏春

暖日当头催展菜,和风次第遣开花。呼童远取溪心水,待客来煎柳眼茶。

句

苍翠暗消三暑热,孤高能锁四时烟。《松》。

绿杨近浦堪垂钓,翠竹当轩好韵琴。《题别业》。

百舌乍啼莺学语,分明听在指头边。《弹筝》。

贺兰遄 一作遥

句

玉貌自宜双黛翠,桃花独笑一枝春。《赠所思妓女》。

秋水未鸣游女佩,寒云空满望夫山。《寄所思佳人》。

黄阁暮虫罗户牖,紫庭春草遍阶墀。《观北城宫殿》。

绿耳半蔓湘浦竹,骊文乱点武陵花。《文马》。

辽阳客路千峰引,蓟北乡心片月知。《宿羽宿仰恋阙庭》。

山云渺渺川程远,木叶萧萧雁过初。《客怀》。

回雁不传乡信去,秋风偏向客衣寒。《赠朱功曹》。

千峰黛色因晴出,百谷泉声欲暮寒。《望大宝山》。

黛色迥临沧海上,泉声遥落白云中。《百丈山》。

喜遇近臣杨得意,渐非词客马相如。《赠朱功曹》。

秋迎晓月鸿声早,日映深山水气寒。《喜到家》。

傅温

句

霜坠中天衣觉冷,月临虚牖纸偏明。《冬夜宿僧院》。

春风暗剪庭前树,夜雨偷穿石上苔。《山居》。

曲水两行排雁齿,斜桥一道蹈龙鳞。《溪桥》。

山深野客如禅客,夜久松声似雨声。《宿僧院》。

花疑汉女啼妆泪,水似吴娃笑弄筝。《访山居遇雨》。

曹甗

句

化映昼大当户日,树摇晴暮上阶烟。《供洞县东亭》。

惊飞沙鸟纷纷雪,候信云帆片片风。《过洞庭湖》。

凤唱一抛琴瑟韵,霓裳长谢绮罗春。《赠陀

律师》。

秋澄上水无藏影,春泛游云不系心。《赠道者》。

老松不见千年鹤,残雪犹疑六月花。《商山行》。

陈素风

句

三行故柳藏鸦树,一带长波灌竹泉。《观承福园》。

千门竹影联春色,一段和光彻翠微。《寒食日游行》。

西陵古木年年老,南阳风光日日新。《寒食》。

百宝镜轮金翡翠,五云丝网玉蜘蛛。《七夕》。

唐枢

句

窗竹闲阴秋水薄,砌苔新色晓岚鲜。《题法华院》。

不待江口移入座,便开三峡水来声。《赠琴僧》。

芳字八行清露重,珠笺一片碧云轻。《酬书问》。

温达

句

三春种树梅兼李,十月看书雪替萤。《幽居》。

原公旧路唯三径,潘岳新年已二毛。《题潘岳六城南店,店是源赞善处》。

山底采薇云不厌,洞中栽树鹤先知。《山中》。

卢条

句

三径雨来烟草合,一邱琴后浊醪倾。《早秋即事》。

共话世情尘蔼蔼,每嗟人事水潺潺。《逢友》。

崔行检

句

紫箨粉成应渐密,白云岑起未全高。《云梦亭追凉》。

惭愧交亲问生事,一溪云鸟满床书。《即事》。

陈上卿

句

门前萧索青松老,云里逍遥白鹤闲。《归旧山》。

波澜晴泛三春色,桃李争开两岸芳。《和宁国吕护少府新开石渠》。

王幹

句

莫惊此地逢春早,只为长安近日边。《长安春日》。

樊寔

句

仍怜一夜春风急,开尽瑶池万树花。《步虚词》。

张殷衡

句

已被夭桃欢来醉,曲尘丝树恨何人。《清明日》。

殷穆

句

藤拂石溪流水净,风来云寺过钟微。《题郑

士林亭》。

解叔禄

句

千花苑外韶芳暖,一鸟山边翠色寒。《长安登望》。

石严

句

炎气拥为衣上火,汗光流出腹中汤。《苦热》。

张野人

句

铜街陌柳条条翠,金谷园花片片燃。《上巳寓洛中》。

卫填

句

明日开时山夜白,暖泉流处草冬青。《题水亭》。

虞㩦

句

寒光乍退风犹切,春色新行柳未知。《元日》。

崔幢

句

寒气乍凝空有露,秋风不动水无波。《八月十五夜》。

李淮一作钜

句

撩乱客心眠不得,秋庭一夜月中行。《听弹沉湘怨》。

金云卿

句

秋月夜闲闻桉曲,金风吹落玉箫声。《秦楼仙》。

杨郁伯

句

帘前对酒闲无事,待得分明似镜时。《待月》。

李伯良

句

风向银灯花烬落,月临珠箔玉钩垂。《静女怨》。

林逢

句

白玉飞泉千仞雪,青松蔽日一林风。《严大夫新开泉》。

长孙镒

句

霜沾云梦千岩雪,雁度吴江万木秋。《浙江逢楚老》。

戴寥

句

蛾绕灯轮千焰动,鹤飞云路一声长。《宿报恩寺》。

豆卢岑一作峰

句

隔门借问人谁在,一树桃花笑不应。《寻人

不遇》。

沈宁

句

黄纸远承新诏命,青袍遥谢旧山峰。《寄上洛阳刘明府》。

李许

句

澹荡和风催去袖,摇扬淑景照离樽。《送舍弟》。

顾劾古

句

孤舟发处沙鸥起,明月落时江水寒。《送王逸人归海上》。

卢邕

句

杯浮绿酒邀君醉,笔落红笺写我心。《送江十二山人南游》。

李潭

句

人过远村秋日晚,鸟飞平野暮天空。《秋暮》。

郑明

句

山头落日催归马,河畔垂杨缆醉船。《寒食陪诸公宴坡中》。

王有初

句

频醉管弦三月暮,远寻花柳五湖来。《赠在贺先辈》。

周存孺

句

指下黄金星未曙,七条弦上夜乌啼。《弹台》。

张牙

句

看看舞罢轻云去,应赴襄王梦里期。《柘枝歌》。

郑师冉

句

烟消门外青山近,露重窗前绿竹低。《题戴李廉别业》。

章嶙

句

闻说静中偏爱竹,自看疏密种秋烟。《赠宋山人》。

崔建

句

回风向晓平湖上,引得荷花隔浦香。《夏日》。

朴昂

句

明主十征何谢病,烟霞不许作尧臣。《寻太乙山人,路次云际寺》。

郢展

句

秋水涨来舟去速,夜云收尽月行迟。《汴水

东归诗》。

韦振

句

林外雪消山色静,窗前春浅竹声泉。《奉酬见赠》。

汉皓

句

西风暮雨惊残梦,应是巫山寄恨来。《对雨》。

道彦

句

风起竹间萤影乱,月明江上笛声多。《秋夜旅泊》。

夜静槛前调绿绮,日高窗下戴乌纱。《贫居自遣》。

渔艇远飘沧海上,草堂深锁白云间。《途中偶题》。

柴门半掩潮光里,野径斜分草色中。《湖上闲居》。

冀金

句

千里放心随野鹤,五湖乘兴狎沙鸥。《沧浪》。

子泰

句

风资艳态应无比,烂熳当春一树芳。《醉后寄上官媛》。

绍伯

句

远声历历风和水,近色青青竹映松。《题福昌馆》。

郁回

句

破暗衣珠明有焰,照窗心月净无尘。《题照上人院》。

季方

句

林间纵有残花在,留到明朝不是春。《三月晦》。

李侍御 以下失名

句

尽日不归花路晚,绿杨楼下醉如泥。《杨柳枝词》。

月上西陵千里阔,渔舟夜火隔沙明。《浪淘沙词》。

陆侍御

句

今年闰在春三月,剩见金陵一月花。《送淮南李中丞》。

卢秀才

句

长醉金陵前殿酒,偏闻玉树后庭花。《殷淑妃》。

真元 以下僧

句

精明合浦珠相似,断割昆吾剑不如。《上李尚书》。

真幹 真一作直

句

鹰隼风高随草去,旌旗日晚傍山来。《驾幸

华清宫》。

久则

句

湖上青山今欲买,白云无主问何人。《旅寓越中》。

去奢

句

骑骖春风离汉苑,心悬秋月照吴关。《德征词》。

良乂

句

千点暮山三楚尽,一涨寒水九江斜。《题江州宝历寺阁》。

宋休

句

借问夜来丹灶畔,几多风水落丝桐。《寄江山人》。

清闲

句

五色云中鸣玉磬,千花台上礼金仙。《题浮槎寺》。

灵业

句

洞中仙草严冬绿,江外灵山腊月青。《游灵隐寺上方》。

大闲

句

霜沾草径寒风急,雁度秋林落叶频。《代雷孝廉送经州李判官》。

奉蚌

句

绿萝剪作三春柳,红锦裁成二月花。《思故乡》。

全唐诗逸卷下

日本上毛河世宁纂辑

无名氏

海阳泉

以下十三首得之藤原佐理真迹中。佐理任天历、安和朝,时与五代宋初相接。且味其声调,流畅通快,必是唐中叶人所作。

人谁无耽爱,各亦有所偏。于吾喜尚中,不厌千万泉。诚知湟水曲,远在南海壖。自从得海阳,便欲终老焉。怪石状五岳,旋回枕深渊。激繁似涌云,静同冰镜悬。吾欲以海阳,跨于河洛间。使彼云林客,来游皆忘还。

曲石凫 第五、第八句俱缺一字

为爱水石奇,不厌湖畔行。每登曲石凫,则有远兴生。欹差半湖□,宛若龙象形。又如琅玡台,□盘枕沧溟。醉人入岛来,将醉强为醒。扣船复摇棹,学歌渔父声。呼我上酒船,更深江海情。

望远亭 第五、第十二句俱缺一字

泛湖劳水戏,饮漱厌清澜。来登望远亭,心目又不闲。孤峰入座□,高岭横前轩。更复欢长风,萧寥窗户间。外物能扰人,吾将息其端。归来湖中馆,□户聊自安。

石上阁

水石引我去,南湖复东壑。不厌随竹阴,来登石上阁。磴道通石门,攲崖断如凿。飞梁架峰头,夭矫虹霓若。下视竹木杪,仰见悬泉落。水声兼松吹,音响参众乐。时时为雾雨,飘洒湿帘箔。吾欲弃簪缨,于兹守寂寞。

同前 第三、第四、第十五句俱缺一字

石上构层阁,便以石为柱。千载□栋梁,岂有倾危惧。苔壁绝人踪,虹桥横鸟路。攀涉慊所怀,幽奇未尝遇。迥然半空里,物象竞相助。云外见孤峰,林端悬瀑布。引望无不通,

兹焉倍多趣。徒□欲忘归,衣裳湿烟雾。

海阳湖

吾涨海阳泉,以为海阳湖。千峰在水中,状类皆自殊。有如三神山,苍苍海上孤。又似洲岛中,忽然见龙鱼。引船过石间,随兴得所如。每有惬心处,沉吟复踌躇。吾恐天地间,怪异如此无。

同前 缺第四句

闲游爱湖广,湖广丛怪石。回合万里势,□□□□□。绿动若无底,波澄涵云碧。熔水复何如,昆池吾不易。兹境多所尚,亲邻道与释。外望虽异门,中间不相隔。开凿尽天然,智者留奇迹。我愿长此游,谁言一朝夕。

盘石

海阳泉上山,巉巉尽殊状。忽然有平石,盘薄千峰上。寒泉匝石流,悬注几千丈。有时厌泉湖,爱临一长望。意出天地间,因为逸民唱。

同前 第四句缺二字,第十句缺四字

下山复上山,山势凌云空。有石圆且平,疑是□□功。清浅绕细泉,阴森倚长松。幕幕生青苔,亭亭对远峰。朝来暮未归,爱□□□□。

湖下溪 第三句缺三字,第五句缺一字

海阳湖下溪,夹峰多异石。数步□□□,溶溶似云白。竹阴入□里,更觉溪已碧。吾欲漱斯流,长为避时客。

同前

湖水下为溪,溪小趣更幽。窈窕林中回,清冷石上流。掩映成碧潭,游戏见白鸥。岸傍古树根,往往疑潜虬。野情随所适,世事何沉浮。

夕阳洞

顺山高几许,亭亭似人蹲。左右自回抱,抱中有清源。异石匝阶墀,巉巉快四轩。凭几见城邑,一峰当石门。自从得兹洞,爱之忘朝昏。吾欲老于此,便为海阳人。谁为高世者,与我能修邻。

游海门峡 第九句缺一字,篇末缺数句

沿流二十里,始到海门山。仰视见两崖,有如万盖悬。逐上几千仞,犹未究绝颠。上有外士家,半岩得湖泉。湖□昏且来,意其通海焉。忽此见灵怪,踟蹰不能旋。开襟当海风,目送归海船。恨不到罗浮,丹溪寻列仙。遗恨常。

句 台下并见《千载佳句》

月知溪静寻常入,云爱山高且暮归。《怀旧》。

风吹帆席随云卷,鸟压花枝覆水低。《送李端游岭中》。

匹马路傍乘月别,孤帆波上入云飞。《别》。

蹴鞠场边芳草短,秋千树下落花多。《寒食书情即事》。

看树只愁花落尽,听莺不觉马行迟。《途中即事》。

携樽藉草情无极,对水看云兴有余。《诸公等江上初晴》。

文战不曾眉得白,酒酣长觉面先红。《宴乐》。

风里一声天上落,世人皆向五云看。《咏鹤》。

仙花又别三千岁,暮雨已迷十二峰。《想王溪先生》。

满枝带露将何似,曾见琼楼素面啼。《白芍药》。

翠叶偃风如剪彩,红花含露似啼妆。《蔷薇》。

青萝带雾依松古,绿竹含烟泛水光。《夏晚题东郊别业》。

书吏优游山色里,琴堂闲冷水声中。《赠临安辛少府》。

钟鸣月下长洲苑,露湿残花鸟乱啼。《春日过吴门》。

花攒屋上红珠颗,笋满篱根紫玉簪。《怀旧》。

花舞野塘铺地锦,鸟鸣江树送春声。《清明后喜晴》。

游仙窟诗 旧载诗七十八首。猥亵淫靡,几乎伤雅。今录稍可采览者一十九首

赠崔十娘　张文成

今朝忽见渠姿首,不觉殷勤著心口。令人频作许叮咛,渠家太剧难求守。端坐剩心凉,愁来益不平。看时未必相看死,难时那许太难生。沈吟处幽室,相思转成疾。自恨往还疏,谁肯交游密。夜夜空知心失眠,朝朝无便投胶漆。园里花开不避人,闺中面子翻羞出。如今寸步阻天津,伊处留心更觅新。莫言长有千金面,终归变作一抄尘。生前有日但为乐,死后无春更著人。只可徜徉一生意,何须负持百年身。

又赠十娘

薰香四面合,光色两边披。锦障划然卷,罗帷垂半欹。红颜杂绿黛,无处不相宜。艳色浮妆粉,含香乱口脂。鬓欹蝉鬓非成鬓,眉笑蛾眉不是眉。见许实娉婷,何处不轻盈。可怜娇里面,可爱语中声。婀娜腰支细细许,瞵眄眼子长长馨。巧儿旧来携未得,画匠迎生模不成。相看未相识,倾城复倾国。迎风帔子郁金香,照日裙裾石榴色。口上珊瑚耐拾取,颊里芙蓉堪摘得。闻名腹肚已猖狂,见面精神更迷惑。心肝恰欲摧,踊跃不能栽。徐行步步香风散,欲语时时梅子开。靥疑织女留星去,眉似姮娥送月来。含娇窈窕迎前出,忍笑婪媷返却回。

咏崔五嫂

奇异妍雅,貌特惊新。眉间月出疑争夜,颊上花开似斗春。细腰偏爱转,笑脸特宜嚬。真成物外奇稀物,实是人间断绝人。自然能举止,可念无方比。能令公子百重生,巧使王孙千回死。黑云裁两鬓,白雪分双齿。织成锦绣骐骥儿,判绣裙腰鹦鹉子。触处尽开怀,何曾有不佳。机关大雅妙,行步绝姌娃。傍人一一丹罗袜,侍婢三三绿线鞋。黄龙透入黄金钏,白燕飞来白玉钗。

咏双树

新华发两树,分香遍一林。迎风转细影,向日动轻阴。戏蜂时隐见,飞蝶远追寻。承闻欲采摘,若个动君心。

同前答文成　崔十娘

暂游双树下,遥见两枝芳。向日俱翻影,迎风并散香。戏蝶扶丹萼,游蜂入紫房。人今总摘取,各著一边箱。

咏花　张文成

风吹遍树紫,日照满地丹。若为交暂折,擎就掌中看。

同前　崔十娘

映水俱知笑,成蹊竟不言,即今无自在,高下任渠攀。

游后园　张文成

昔时过小苑,今朝戏后园。两岁梅花匝,三春柳色繁。水明鱼影静,林翠鸟歌喧。何须古树岭,即是桃花源。

同前　崔十娘

梅蹊命道士,桃涧伫神仙。旧鱼成大剑,新龟类小钱。水湄唯见柳,池曲且生莲。欲知赏心处,桃花落眼前。

同前　崔五娘

极目游芳苑,相将对花林。露净山光出,池鲜树影沉。落花时泛酒,歌乌或鸣琴。是时日将夕,携樽就树阴。

代蜂子答十娘　张文成

触处寻芳树,都虑少物华。试从香处觅,正值可怜花。

别文成　崔十娘

别时终是别，春心不值春。羞见孤鸾影，悲看一骑尘。翠柳开眉色，红桃乱脸新。此时君不在，娇莺弄杀人。

同前　崔五嫂

此时经一去，谁知隔几年。双凫伤别绪，独鹤惨离弦。怨起移醒后，愁生落醉前。若使人心密，莫惜马蹄穿。

别十娘　张文成

忽然闻道别，愁来不自禁。眼下千行泪，肠悬一寸心。两剑俄分匣，双凫忽异林。殷勤惜玉体，勿使外人侵。

扬州青铜镜留与十娘

仙人好负局，隐士屡潜观。映水菱花散，临风竹影寒。月下时惊鹊，池边独舞鸾。若道人心变，从渠照胆看。

手中扇赠文成　崔十娘

合欢游璧水，同心侍华阙。飒飒似朝风，团团如夜月。鸾姿侵雾起，鹤影排空发。希君掌中握，勿使恩情歇。

送张郎　香儿

丈夫存行迹，殷勤为数来。莫作浮萍草，逐浪不知回。

赠十娘　张文成

人去悠悠隔两天，未审迢迢度几年。纵使身游万里外，终归意在十娘边。

答文成　崔十娘

天涯地角知何处，玉体红颜难再遇。但令翅羽为人生，会些高飞共君去。

李峤

杂咏诗百二十首。《全唐诗》所载缺文颇多，今照此邦所传古本补书之，以附此。

原　旧缺朊朊二字，下苺作苦

王粲销忧日，江淹起恨年。带川遥绮错，分隰迥阡眠。朊朊横周甸，苺苺阙晋田。方知急难响，长在鹡鸰篇。

河　旧缺第八句。生作来

河出昆仑中，长波接汉空。桃花生马颊，竹箭入龙宫。德水千年变，荣光五色通。若披兰叶检，远沐土皇风。

檄　旧缺数字。通作至

羽檄本宣明，由来敷木声。联翩通汉国，迢递入燕营。毛义持书去，张仪韫璧行。曹风虽觉愈，陈草始知名。

戈　旧缺彗字

富父春喉日，殷辛漂杵年。晓霜含白刃，落影驻雕铤。夕摈金门侧，朝提玉塞前。愿随龙影度，横阵彗云边。

萧　旧缺下四句。猿吟作人心

虞舜调清管，王褒赋雅音。参差横凤翼，搜索动猿吟。灵鹤时来到，仙人幸见寻。为听杨柳曲，行役几伤心。

素　旧缺濯手天津鱼肠六字

濯手天津女，纤腰洛浦妃。鱼肠远方至，雁足上林飞。妙夺鲛绡色，光腾月扇辉。非君下路去，谁赏故人机。

全唐诗逸跋

《全唐诗逸》三册，日本国河世宁所辑。余得之海商舶中，以赠鲍渌饮先生。先生有知不足斋丛书之刻，欲以此册附入焉，未付梓，而归道山。今其长君清溪能成父志，属余校雠。余惟日本去中华仅三十六，更其得被国朝文命之敷者久矣，故其人皆耽著述，就余所见如山井神鼎之《七经》、《孟子考文》，其师物茂卿之补遗。茂卿自著有《辨名》二卷、《论语征》十卷，林罗山有《补群书治要》三卷，天瀑山人有《校刊佚存丛书》五集，颇渊博而有考据。其诗集则熊版邦与其子熊版秀之《南游稛》，载录戌亥游囊西川珋之《蓬蒿诗集》，皆有斐然可观之处，兹又得此三册，则日本之文学固非海外他邦所可并也。夫《全唐诗》多至数万篇，必平时尽熟于胸中而后博览群书方知某人某篇某句为搜罗未尽者，乃摘录而纂成之，此岂易事哉。然则河世宁之好学深思，从可知矣。余前撰《吾妻镜补》一书，凡日本著述多所采录，是书亦曾采入艺文志，且幸清溪之能成父志，使吾党得见所未见之书，诚大快事也。遂识数语于其后。

道光三年癸未立夏后十日吴江翁广平海琛氏跋

索 引

A

安凤　3921
安鸿渐　3919
安锜　3911
安守范　4004
安邑坊女　4377

B

巴陵馆鬼　4372
巴峡鬼　4366
白居易　2127,2136,2144,2149,2155,2161,
2168,2174,2180,2186,2194,2200,2207,2215,
2222,2230,2238,2246,2253,2261,2268,2275,
2283,2291,2299,2306,2314,2321,2328,2335,
2341,2348,2354,2362,2369,2376,2385,2390,
2393,3988,4455,4488
白敏中　2621
白衫举子　3965
白田獭魅别村女诗　4383
白行简　2415
白衣女子木叶上诗　4386
白蘋洲碧衣女子吟　4386
包何　998
包贺　4407
包佶　984
包融　534
包颖　3863
宝历宫人　4022
宝月　4085
鲍防　1575
鲍家四弦　4038
鲍溶　2505,2512,2519,4545
鲍氏君徽　32
笔精诗　4383
毕乾泰　508
毕耀　1305
卞震　4016
辨才　4084
病狂人　4390

布燮	3756		常沂	1488
步非烟	4037		畅当	1485
			畅甫	4475

C

			畅诸	1486
蔡孚	377		晁采	4036
蔡瑰	3929		朝衡	3756
蔡京	2442		陈黯	3146
蔡昆	3946		陈标	2619,4546
蔡文恭	3944		陈昌言	2403
蔡希寂	536		陈乘	3585
蔡希周	536		陈琡	3105
蔡押衙	4407		陈璀	3949
蔡隐丘	536		陈存	1588
蔡允恭	228		陈德诚	4014
沧浩	4298		陈璠	3757
曹汾	2845		陈甫	4014
曹甗	4551		陈复休	4355
曹生	3963		陈讽	1877
曹松	3689,3694,4468		陈宫妃嫔	4376
曹唐	3296,3301		陈寡言	4303
曹文姬	4045		陈光	3737,4472
曹脩古	3920		陈沆	3864
曹邺	3083,3088		陈祜	3950
曹著	2413		陈季	981
岑参	937,949,955,966		陈季卿	4390
岑文本	207		陈嘉言	365
岑羲	464		陈峤	4016,4408
柴夔	2671		陈京	1597
柴宿	3949		陈九流	1762
长安中鬼	4371		陈贶	3790,4014
长屋	3756		陈凝	3940
长须国驸马咏妻	4380		陈蓬	4355
常楚老	2622		陈去疾	2529
常达	4155		陈闰	4549
常非月	979		陈润	1391,4543
常衮	1302		陈上美	2827
常浩	4047		陈上卿	4552
常建	672		陈师穆	1876
常理	3930		陈叔达	194,4450
常雅	4298			

陈述	3916	褚朝阳	1303
陈素风	4552	褚亮	202,4450
陈孙	1315	褚遂良	207
陈陶	3800,3806	褚琇	517
陈通方	1876	褚载	3584
陈蜕	4011	处默	4293
陈希烈	561	春台仙	4350
陈嶰	3920	慈恩寺沙门	4299
陈秀才	4017	慈恩塔院女仙	4358
陈彦	3864	崔安潜	3104
陈彦博	2523	崔备	1620
陈翊	1566	崔邠	1667
陈咏	4013	崔常侍	4373
陈羽	1763	崔成甫	1325
陈玉兰	4032	崔琮	1446
陈元初	1576	崔澹	2951,4547
陈元光	255	崔道融	3680
陈元裕	3866	崔涤	307
陈政	3920	崔峒	1509
陈至	2504	崔藩	3955
陈中师	3954	崔亘	678
陈羲	2413,4456	崔耿	4476
陈子昂	410,417	崔公信	2503
陈子良	230	崔公远	4041
成都醉道士	4353	崔公佐客	3966
成辅端	3756	崔恭	1870
成粤	3953	崔瓘	1589
成彦雄	3870	崔珪	557
成真人	4341	崔国辅	554
程长文	4034	崔灏	609
程贺	3432	崔何	1295
程洛宾	4035	崔护	1878
程弥纶	978	崔怀宝	4490
程行谌	517	崔惠童	1312
程紫霄	4317,4408	崔绩	1488
崇圣寺鬼	4372	崔季卿	1514
储光羲	634,639,645,651	崔建	4554
储嗣宗	3092	崔江	3935
楚儿	4048	崔郊	2609

4565

崔居俭	3774	崔禹锡	526
崔珏	3081	崔元范	2942
崔李二生	4017	崔元翰	1593
崔立言	4402	崔元略	2828
崔立之	1761	崔知贤	363
崔橹	2956,4462	崔致远	4549
崔璐	3253	崔仲容	4041
崔沔	518	崔幢	4553
崔敏童	1312	崔子向	1600
崔璞	3253	崔紫云	4037
崔翘	569	崔宗	3957
崔日用	259,4395	崔宗之	1325
崔日知	456		
崔融	352,4475	**D**	
崔善为	228,4450	大闲	4556
崔尚	518	大易	4092
崔少玄	4356	大愚	4162
崔湜	304	代宗	4387
崔氏	4032	戴察	3949
崔枢	1625	戴公怀	4476
崔曙	737,4543	戴寥	4553
崔颂	533	戴衢	3936
崔素娥	4038	戴叔伦	1393,1405,4487
崔泰之	457,4396	戴司颜	3556
崔涂	3490	戴休珽	3923
崔信明	227	戴偃	4015
崔兴宗	606	耽章	4157
崔行检	4552	淡然	4300
崔轩	2880	澹交	4157
崔萱	4041	道恭	4084
崔玄亮	2414	道会	4084
崔玄童	351	道彦	4555
崔铉	2849	德宗宫人	4022
崔庸	3704	德宗皇帝	19,4541
崔涯	2607,4399	邓洵美	3762
崔郾	2618	邓倚	3950
崔液	307,4485	邓陟	3954
崔莺莺	4037	狄归昌	3550
崔膺	1414,3704,4543	狄焕	3912
		狄仁杰	258

第五琦	4011	独孤绶	1447
丁居晦	3954	独孤遐叔妻白氏	4389
丁棱	2879	独孤铉	2532
丁位	1488	杜常	3753
丁仙芝	535,4542	杜甫	1034,1044,1052,1060,1073,1082,1092,1100,1108,1119,1127,1136,1143,1152,1163,1170,1176,1182,3979,4453
丁元和	3878	杜羔	1626
丁泽	1448	杜光庭	4313
东方虬	496	杜鸿渐	4011
东柯院妖谑杜令	4384	杜兼	4413
东阳夜怪诗	4382	杜建徽	3886
董初	3918	杜牧	2687,2693,2699,2705,2711,2719,2723,2729,3997,4391,4399,4459,4490
董思恭	341	杜审言	337
洞庭龙君	4361	杜诵	1392
豆卢岑	4553	杜颁	677
豆卢复	978	杜伟	4010
豆卢回	3943	杜荀鹤	3558,3567,3578,4466,4547
豆卢荣	1762	杜淹	196
窦参	1598	杜俨	976
窦常	1379	杜易简	255,4394
窦昉	4393	杜奕	1575
窦巩	1385,4456	杜元颖	2403
窦弘余	4488	杜正伦	206
窦冀	982	杜之松	228
窦梁宾	4033	杜周士	3952
窦蒙	1327	段成式	3043,3997,4490
窦牟	1381	段穀	4348
窦群	1382	段弘古	2439
窦叔向	1378,4455	段怀然	1314
窦威	196	段文昌	1670
窦希玠	506	段义宗	4017

E

窦庠	1384
窦洵直	2619
窦裕	4367
独孤及	1259,1264
独孤良弼	2414
独孤良器	1594
独孤申叔	2434
独孤实	1621
独孤授	1449

萼岭书生	4352
尔鸟	4300
二斑与宁茵赋诗	4383

F

法轮	4298

法宣	4082	封彦卿	2952
法照	4093	冯待征	3930
法振	4095	冯道	3773
樊忱	508	冯道幕客	4403
樊晃	539	冯道之	3938
樊寔	4552	冯衮	3105
樊骧	2880	冯晖	4403
樊珣	1577	冯涓	3873,4403
樊阳源	1761	冯戢	4011
樊宗师	1880	冯伉	1668
繁知一	2399	冯少吉	3919
范朝	679	冯宿	1414,4544
范传正	1766	冯涯	2828
范传质	2523	冯延巳	3778,4530
范灯	1576	冯渚	3947
范氏子	4017	冯著	1032
范尧佐	4303	凤凰台怪和歌四首	4386
范夜	3936	奉蚌	4556
范元凯	1589	芙蓉古丈夫 毛女	4351
方干	3342,3346,3351,3356,3361,3367,4466,4547	符蒙	4013
		符载	2439
方壶居士	4354	符子珪	3915
方愚	3946	辅国将军	4363
方棫	3936	傅温	4551
方泽	3934	富春沙际鬼	4370
房白	1001	富嘉谟	467
房琯	520		

G

房千里	2672	甘露寺鬼	4369
房融	496	甘洽	4406
房孺复	1391	高弁	1877
斐公衍	4550	高蟾	3435
斐廷裕	3550	高崇文	1594
费冠卿	2555	高鹤林	4549
濆水神	4364	高峤	366
丰干	4081	高瑾	364
封敖	2483	高力士	3755
封抱一	4395	高骈	3775
封孟绅	2402	高骈	3107
封行高	206	高球	364

高璩	3103	顾云	3282,4408
高衢	3731	顾在镕	3432
高若拙	4015	顾甄远	3945
高绍	365	关盼盼	4046
高侍郎诗	4383	观梅女仙	4360
高适	1006,1012,1019,1023	管雄甫	3954
高僧	1295	贯休	4165,4170,4176,4182,4187,4193,
高亭	4398		4198,4203,4208,4210,4214,4218,4478
高退之	2879	光威裒	4044
高湘	3103	广利王女	4364
高元矩	4014	广陵道士	4352
高元裕	4012	广宣	4151
高越	3791	归登	1600
高拯	1449	归仁	4161
高正臣	363	归氏子	4406
高铢	2525	郭燮	2953
高宗皇帝	9	郭恭	3915
高祖	4392	郭利贞	499
戈牢	2882	郭良	976
纥干讽	3953	郭良骥	2608
纥干著	3916	郭密之	4476
葛氏女	4044	郭求	3948
葛鸦儿	4042	郭仁表	4389
隔窗鬼	4371	郭泭	3942
耿沣	1356,1364,3985,4455	郭绍兰	4030
耿玉真	4536	郭受	1326
弓嗣初	364	郭思	4016
公乘亿	3118	郭廷谓	4010
公孙杲	4474	郭向	976
宫嫔	4378	郭鄩	3953
古之奇	1328	郭圆	2849
故台城妓	4378	郭郧	1588
顾朝阳	570	郭震	348
顾非熊	2624	郭正一	251
顾封人	3119	郭周藩	2524
顾劾古	4554	郭子仪	521
顾况	1335,1341,1346,1350,4397,4454,4543	郭遵	1761
顾伟	3961	郭澹	1295
顾复	3874,4507	国邵南	4389

H

海顺	4083
海印	4061
含曦	4153
韩察	1870
韩常侍	3962
韩垂	3864
韩琮	2948
韩定辞	3863
韩溉	3912
韩翃	1244,1249,1254,4487
韩滉	1327,4414
韩濬	1447
韩思复	528
韩思彦	253
韩泰	4011
韩王从善	35
韩王元嘉	29
韩偓	3497,3502,3509,3516,4494
韩熙载	3778
韩熙载客	4017
韩湘	4342
韩襄客	4050
韩雄	3919
韩休	524
韩续姬	4039
韩弇	4368
韩仪	3434
韩屿	3911
韩愈	1700,1707,1714,1719,1725,1732,1736,1741,1747,1753,3990
韩昭	3873
韩昭裔	3775
韩仲宣	364
寒山	4063
汉皓	4555
浩虚舟	2442
何昌龄	3863
何承裕	4408
何扶	2671
何敬	3927
何涓	4010
何鸾	351
何频瑜	1596
何希尧	2609
何象	3909
何元	4550
何元上	2439
何赞	3917
何兆	1514
何仲举	3880
何仲宣	209
和凝	3765,4503
河北士人	3965
河湄鬼	4366
河中鬼	4368
贺岑	257
贺朝	546
贺朝清	3918
贺公	4017
贺兰进明	745
贺兰朋吉	2435
贺兰遑	4551
贺遂亮	253
贺遂涉	4398
贺知章	529,4397
黑驹别卢传素诗	4382
恒超	4162
横吹曲辞	81,87
衡州舟子	3967
红绡妓	4035
洪州将军	3964
洪子舆	499
侯道华	4342
侯冽	2524
侯氏	4033
后蜀嗣主孟昶	37
后蜀主孟昶	4484

后唐庄宗	4481
后王钱俶	37
后主衍	36
后主煜	33,4482
胡伯崇	4549
胡传美	4475
胡玢	3911
胡杲	2398
胡皓	518
胡令能	3733
胡骈	3704
胡权	3953
胡宿	3752
胡雄	470
胡幽贞	3912
胡元范	251
胡元龟	4013
胡曾	3333,4401
胡证	1871
胡直钧	2403
胡志忠题户	4383
虎丘山石壁鬼	4367
护国	4094
扈载	4477
花蕊夫人徐	4023
华山老人	3967
怀楚	4157
怀浚	4162
怀浦	4297
怀素	4086
皇甫澈	1594
皇甫大夫	4414
皇甫冉	1274,1282,4453
皇甫湜	1880
皇甫曙	2529
皇甫松	1881,4493
皇甫镛	1621
皇甫曾	1002,3983
黄巢	3760

黄崇嘏	4033
黄幡绰	4397
黄冠野夫	4352
黄可	4014
黄麟	976
黄陵美人	4365
黄颇	2881
黄山隐	3965
黄损	3762
黄滔	3630,3635,3642
黄文	3926
惠文太子	4548
慧侣	4083
慧净	4083
慧宣	4082
浑家门客联句	4380
霍总	3104

J

击盘歌送欧阳训酒	4386
吉皎	2398
吉师老	3932
吉王从谦	35
吉中孚	1513
纪唐夫	2825
纪元皋	2532
季方	4555
季广琛	4011
冀金	4555
贾驰	3731
贾㽔	1312
贾岛	2978,2984,2992,3001,3996,4460,4547
贾棱	1760
贾谟	2523
贾弇	1574
贾彦璋	3939
贾邕	1000
贾曾	351
贾至	1187
贾宗	3944

建业卜者	3967		景审	2623
江妃	28		景云	4086
江陵士子	3966		净显	4162
江为	3790		敬括	1033
姜皎	377		九华山白衣	4371
姜晞	377		久则	4556
蒋防	2616		酒肆布衣	4351
蒋肱	3733		剧燕	4012
蒋涣	1314		车纾	1626

K

蒋吉	3924			
蒋钧	4013		开元宫人	4021
蒋冽	1314		康骈	4489
蒋密	4013		康庭芝	533
蒋氏	4034		康翊仁	3954
蒋挺	351		柯崇	3686
蒋维翰	678		可隆	4300
蒋贻恭	3874,4403		可朋	4292,4478
郊庙歌辞	40,46,51,59,65,69,74		可止	4160
焦郁	2608		客户里女子	4375
皎然	4108,4115,4121,4127,4133,4138,4144		孔德绍	3758
介胄鬼	4366		孔绍安	227
金昌绪	3913		孔氏	4373
金车美人	4378		孔温业	2619
金地藏	4086		孔颙	4398
金缶魅诗	4382		寇泚	499
金厚载	2882		寇坦	559
金可纪	4550		寇埴	3947
金立之	4549		蒯希逸	2880
金云卿	4553			

L

金真德	4022			
京兆女子	4044		来鹄	3305
京兆韦氏子	3963		来济	232
荆冬倩	978		蓝采和	4348
荆浩	3736		郎大家宋氏	4040
荆人	4402		郎士元	1269
荆叔	3933		郎馀令	365
荆州僧	4301		乐伸	3952
景池	3934		冷朝光	3930
景龙文馆学士	3964		冷朝阳	1568
			骊山游人	3967

黎逢	1488	李公佐仆	4353
黎瓘	4402	李肱	2826
李昂	558	李观	1624
李翱	1879,4414	李归唐	3945
李白	769,774,779,783,787,791,795,799,804,808,813,817,821,824,829,833,837,841,846,851,855,860,864,870,876,3979,4452,4486,4543	李澣	3922
		李瀚	3776,4447
		李浩	4348
		李浩弼	3873
李百药	247	李何	3915
李宾	3939	李和风	4406
李播	2531	李贺	1991,1996,2001,2007,2013
李播	3931	李恒	509
李伯良	4553	李弘茂	4013
李伯鱼	490	李宏皋	3880
李渤	2444	李毅	3253
李搏	3432	李祜	3911
李岑	1295,1313	李花开	4403
李昌符	3120,4401	李华	729
李昌邺	3731	李怀远	259,4451
李程	1877	李淮	4553
李憕	540	李回	2622
李澄之	499	李吉甫	1618
李赤	2440	李季何	1876
李崇嗣	496	李季华	3945
李从远	509	李家明	3865
李聪	3937	李嘉祐	988,994,4543
李得	3920	李兼	4413
李德裕	2454	李建枢	3936
李洞	3709,3713,3718,4469	李建勋	3780
李都	4402	李建业	3920
李端	1464,1469,1479	李绛	1625,3988
李范	4016	李峤	316,319,323,328,333,4560
李昉	3779	李节	2952
李峰	1315	李节度姬	4038
李逢吉	2443	李谨言	3921
李福业	256	李京	3762
李甘	2622	李景	2826
李缟	3731	李景伯	498,4485
李昌	516	李景俭	3985

李景让	2941	李衢	2825
李景遂	4013	李群玉	2958,2965,2973
李敬伯	1671	李日新	4402
李敬方	2621	李日知	4010
李敬玄	250	李荣	4394
李岘	1031	李嵘	3105
李迥秀	506	李如璧	499
李九龄	3750	李山甫	3309
李玖	2938	李善夷	2943
李君房	1626	李商隐	2779,2794,2809
李君何	2413	李韶	3919
李堪	4549	李涉	2469,4457
李康成	980	李绅	2485,2490,2496,2500,4400
李伉	3935	李深	1592
李克恭	3432	李升	4303
李夔	351	李士元	3937
李廓	2483	李侍御	4555
李谅	2400	李适	358
李林甫	560	李适之	520
李令	4404	李收	977
李伦	3921	李纾	1295
李茂复	3911	李叔霁	4367
李梦符	4345	李叔卿	3939
李泌	521	李舜弦	4022
李秘	2441	李竦	1446
李密	3758	李损之	2825
李明远	2942	李太玄	4354
李溟	2435	李潭	4554
李穆	1032	李涛	3774,4012,4403,4408
李讷	2942	李体仁	2947
李沛	3953	李廷璧	3431
李朋	2945	李微诗	4381
李频	3061,3066,3071,4461	李蔚	4012
李平	4013	李汶儒	2946
李栖筠	1031	李渥	2947
李顾	617,4542	李沇	3550
李琪	3687	李希仲	747
李潜	2882	李习	3916
李清	981	李遐周	4342

李暇　3931	李玉箫　4022
李咸　507	李郁　4012
李咸用　3316,3321,3327	李煜　4373
李行敏　1877	李元操　570
李行言　498	李元纮　515
李复　4474	李远　2684
李休烈　559,4396	李愿　1599
李许　4554	李约　1581
李旭　3704	李赞华　3756
李序　4362	李章　3931
李续　2946	李章武　2672
李宣古　2881,4399	李昭象　3553
李宣远　2412	李贞白　4404
李勋　3955	李真　4345
李询　3864,4516	李缜　4476
李珣　3874	李徵古　3778
李延陵　3919	李拯　3119
李彦远　1589	李正辞　1625
李阳冰　1329	李正封　1760
李尧夫　4015	李质　2942
李曜　3911	李挚　4011
李冶　4060,4480	李鹫　3145
李邺　2946	李中　3813,3820,3827,3832
李晔　1033	李胄　3959
李夷简　1580	李昼　4407
李嶷　677	李主簿姬　4044
李乂　459	李子昂　3958
李义府　215	李子卿　1569
李益　1450,1456,3984	李宗闵　2446
李逸　3921	理莹　4086
李应　1876	厉玄　2670,4459
李郢　3076,4461	吏部选人　3966
李邕　540	利涉　4084
李幼卿　1591	莲花妓　4050
李馀　2621	廉氏　4043
李虞　2617	良人　4556
李虞仲　2482	良义　4155
李屿　3433	梁宝　4393
李羽　3863	梁补阙　3963

梁德裕	978	令狐楚	1692
梁锽	974	令狐德棻	206
梁洽	978	令狐绹	2940
梁琼	4040	令狐挺	3946
梁升卿	569	令狐峘	1301
梁献	3915	刘辟	3760
梁铉	2610	刘斌	3759
梁载言	4394	刘采春	4046
梁藻	3863	刘沧	3053
梁震	3883	刘叉	2016
梁知微	490	刘长川	1588
梁陟	3946	刘长卿	684,694,703,711,718,4452,4488,4543
廖匡图	3788	刘崇龟	3688
廖凝	3788	刘崇鲁	3688
廖融	3882	刘道昌	4354
廖有方	2529	刘得仁	2834,2841,4460
邻道场人	4354	刘洞	3790
林楚才	4016	刘蕃	1577
林楚翘	4535	刘方平	1291
林藩	3941	刘复	1567
林逢	4553	刘溉	4368
林杰	2441	刘皋	2942
林宽	3142	刘耕	2880
林琨	3943	刘公兴	3957
林梦	3944	刘谷	3730
林披	4474	刘怀一	254
林氏	4030	刘郇伯	2672
林嵩	3557	刘晃	528
林无隐	4015	刘洎	207
林藻	1624	刘驾	3047
林滋	2880	刘兼	3897
临川小吏	4017	刘戬	3914
临淄县主	4374	刘景复	4388
伶人	4414	刘敬之	4012
灵澈	4091,4478	刘迥	1591
灵业	4556	刘轲	2533
灵一	4087	刘朘	2946
灵准	4301	刘廓	3936
泠然	4162		

刘鲁风	2609	刘幽求	492
刘璐	2947	刘友贤	366
刘猛	2400	刘禹锡	1796,1803,1811,1818,1825,1831,
刘绮庄	2941,4463		1838,1844,1849,1854,1858,1861,3988,4387,
刘三复	2618		4488,4544
刘山甫	3887	刘元叔	3930
刘商	1557,1562,4455	刘元载妻	4043
刘眘虚	1307	刘媛	4042
刘升	516	刘云	4041
刘氏妇	4044	刘允济	342
刘氏亡妇	4378	刘赞	3735
刘侍读	4535	刘皂	2441
刘淑柔	4043	刘章	3883
刘损	3104	刘昭禹	3879,4471
刘太冲	1001	刘真	2398
刘太真	1294	刘知几	470
刘坦	3776	刘舟	1000
刘畋	3704	刘庄物	2846
刘庭琦	523	刘遵古	1760
刘湾	931	柳藏经二绝句	4381
刘望	3935	柳郴	1569
刘威	2936	柳道伦	1762
刘希夷	406	柳逢	4402
刘羲叟	3877	柳公绰	1619
刘宪	360	柳公权	2480
刘象	3686	柳珪	2953
刘孝孙	208	柳浑	932
刘行敏	4394	柳泌	2609
刘虚白	2556	柳明献	3946
刘言史	2423	柳氏	4035,4536
刘炎	4405	柳棠	2672,4400
刘晏	557	柳曾	3940
刘瑶	4042	柳中庸	1310
刘邺	3145	柳宗元	1775,1780,1785,1791
刘祎之	250	龙护老人	4361
刘夷道	3914	龙女	4364
刘乙	3886,4472	楼颖	979
刘义度	3877	卢钲	3923
刘瑰	3949	卢并	4011

4577

卢藏用	463	卢邕	4554
卢崇道	533	卢栯	2947
卢储	1880	卢载	4016
卢从愿	526	卢照邻	237,242,4451
卢拱	2000	卢肇	2876,4399
卢鸿一	566	卢贞	2400
卢怀慎	507	卢真	2399
卢绛	4389	卢征	3961
卢景亮	2444	卢注	3912
卢钧	2523	卢僎	493
卢纶	1416,1423,1429,1435,1441	卢子发	3921
卢骈	3119	卢宗回	2528
卢频	3704	庐山女赠朱朴	4386
卢求	2652	鲁收	982
卢群	1599	陆翱	3550
卢群玉	3936	陆瀍	1870
卢汝弼	3551	陆长源	1414
卢尚卿	3432	陆畅	2477,4544
卢尚书	3962	陆复礼	1625
卢尚书	3963	陆肱	2951
卢士衡	3774,4469	陆龟蒙	3192,3196,3201,3205,3210,3215,
卢士政	1621		3218,3222,3227,3231,3236,3240,3244,
卢顺之	2943		3249,4003
卢嗣立	2911	陆海	569
卢嗣业	3431	陆弘休	3911
卢条	4552	陆翚	4550
卢仝	1977,1983,1988	陆坚	517
卢文纪	3774	陆景初	507
卢渥	2953	陆敬	208
卢献卿	4388	陆凭	4367
卢象	563,4452	陆侍御	4555
卢携	3431	陆希声	3552
卢休	4016	陆岩梦	4402
卢秀才	4555	陆宸	3549
卢延让	3685,4403,4467	陆羽	1579
卢言	4473	陆禹臣	4345
卢邺	2951	陆贞洞	3730
卢殷	2433	陆贽	1487
卢溵	2943	陆子	4395

鹿虔扆	4510	马戴	2895,2901
路半千	4551	马逢	3927
路德延	3703	马怀素	465
路贯	2850	马令	4477
路洵美	3883	马冉	3735
路应	4476	马湘	4344
闾丘均	469	马乂	4474
闾丘晓	746	马异	1881
吕敞	3960	马彧	3863
吕炅	3956	马植	2483
吕价	3954	马致恭	3779
吕牧	1390	马周	231
吕群	2607	马总	4548
吕氏宅妖誓师词	4384	马作人语	4384
吕太一	496	毛炳	4014
吕渭	1576	毛明素	229
吕温	1883,1886,4399	毛女正美	4360
吕岩	4319,4323,4328,4334,4538	毛文锡	4501
栾清	4342	毛熙震	4513
罗衮	3761	眉娘	4357
罗炯	3919	孟翱	3957
罗立言	2415	孟宾于	3787
罗虬	3426,4547	孟不疑	4016
罗让	1596	孟迟	2908
罗绍威	3761,4414	孟贯	3867
罗泰	3955	孟浩然	748,755
罗维	3920	孟简	2445
罗珦	1594	孟郊	1892,1897,1901,1906,1911,1916,1921,1926,1931,1936,3996
罗邺	3371	孟匡明	3958
罗隐	3381,3385,3389,3393,3397,3401,3404,3407,3411,3415,3419,4465,4547	孟球	2879
		孟氏	4038
罗颖	4408	孟守	2882
洛川仙女	4357	孟蜀妃张太华	4377
洛下女郎歌	4385	孟翔	4476
洛中举子	3966	孟彦深	931
骆宾王	383,389,394	孟云卿	742
骆浚	1596	米都知	4017

M

麻温其	3927	密陀僧	4376

苗发	1513	欧阳彬	4015,4521
苗晋卿	1312	欧阳衮	2652
苗仲方	3920	欧阳瑾	3939
妙女	4360	欧阳炯	3875,4519
妙香词	4386	欧阳玭	3116
缪岛云	4011	欧阳澥	3146
缪氏子	3963	欧阳询	232,4392
闽后陈氏	4536	欧阳詹	1768,4455
闽王王继鹏	37		
明皇帝	12,4481,4541	**P**	
明器婢诗	4385	潘存实	2529
明月潭龙女	4365	潘孟阳	1669
冥吏	4361	潘求仁	3930
莫宣卿	2952	潘唐	2939
牟融	2417	潘天锡	4013
慕容垂	4366	潘图	3921
慕容韦	3926	潘纬	3117
慕幽	4297	潘咸	2827,4459
穆寂	3950	潘炎	1389
		潘雍	3946
N		潘佑	3778
南巨川	3954	潘佐	3921
南溟夫人	4357	庞德公	4373
南唐失名僧	4299	庞季子	4016
南唐嗣主李璟	4482	庞蕴	4093
南唐先主李昇	33	裴澈	3116
南诏骠信	3755	裴澄	2415
南卓	2942	裴次元	2412
聂夷中	3279	裴潾	515
牛丛	2826	裴达	1489
牛凤及	494	裴大章	3957
牛峤	3431	裴迪	605
牛僧孺	2410	裴度	1697,3986
牛殳	3940	裴翻	2880
牛希济	3872,4504	裴光庭	518
牛徵	3115	裴航	4343
秋华	4379	裴皞	3686
女学士宋氏若华	31	裴交泰	2441
		裴垍	1489
O		裴潾	2617
欧阳宾	3926		

裴略 4393
裴杞 3950
裴虔 3105
裴土淹 570
裴守真 252
裴淑 4031
裴说 3705
裴思谦 2825
裴谈 4485
裴诚 2943
裴翛然 4303
裴谐 3688
裴铏 3104
裴休 2940
裴谞 4413,4473
裴玄智 4393
裴延 3916
裴瑶 3927
裴耀卿 532
裴夷直 2654
裴羽仙 4042
裴元 3952
裴贽 3551
彭蟾 2846
彭伉 1624
彭晓 4317
捧剑仆 3757
皮光业 4015
皮日休 3148,3153,3159,3164,3169,3173,
3179,3185,3189,4002,4401,4464
郫城令 4404
平康妓 4049
平曾 2623
濮阳瓘 3960
朴昂 4554

Q

七岁女子 4029
栖白 4154
栖蟾 4290

栖一 4293
戚逍遥 4357
齐镐 4014
齐浣 469
齐己 4225,4231,4237,4243,4249,4255,
4261,4268,4275,4281,4478
綦毋诚 1390
綦毋潜 631
契盈 4300
谦光 4164
钱可复 2846
钱起 1191,1200,1209,1217,4543
钱信 4475
钱戬 3922
钱珝 3673
钱众仲 3960
乾康 4295
乔备 405,4452
乔侃 405
乔琳 932
乔氏 4029
乔舜 3866
乔知之 403
樵夫 4353
秦尚运 3919
秦韬玉 3441
秦系 1320
琴曲歌辞 134
青城丈人 4353
青萝帐女赠穆郎 4386
青童 4359
青衣春条诗 4385
卿云 4161
清观 4549
清豁 4479
清江 4097
清尚 4295
清闲 4556
清远道士 4350

清昼	4005
丘丹	1573,4456
丘光庭	3909
丘上卿	2882
丘为	607
丘悦	470
曲崇裕	4395
曲龙山仙	4354
屈同仙	978
麹瞻	508
麹信陵	1623
去奢	4556
权彻	3943
权德舆	1627,1631,1635,1640,1644,1648,1652,1655,1659,1663
权龙褒	4395
权审	2845

R

任翻	3735
任华	1323
任玠	4391
任生	3963
任氏	4033
任涛	4012
任希古	252
任彦思家鬼	4372
任要	4473
戎昱	1369
芮挺章	979
睿宗	4392
睿宗皇帝	11
若水	4298
若虚	4163
若耶溪女子	4044

S

僧法轨	4408
僧凤	4084
僧鸾	4156
沙碛女子	4376

善生	4153
商山客死书生	4372
商山三丈夫	4369
商则	4408
上官仪	234,4542
上官昭容	27
上元夫人	4358
尚宫宋氏若宪	31
尚宫宋氏若昭	31
尚能	4298
尚颜	4287
尚志	4297
邵楚苌	2402
邵大震	343
邵景	4396
邵升	357
邵士彦	3933
邵偃	1762
邵谒	3139,4369
邵真	1595
邵拙	4014
绍伯	4555
库狄履温	559
申欢	4341
申堂构	4011
神迥	4300
神龙从臣	3964
神颖	4156,4547
沈彬	3795
沈传师	2414
沈东美	1306
沈徽	3943
沈迥	1489
沈麟	3921
沈宁	4554
沈鹏	3961
沈千运	1316
沈青箱	4368
沈佺期	471,475,481,4485

沈如筠	538
沈叔安	209
沈颂	973
沈韬文	3886
沈廷瑞	4346
沈亚之	2541,4388
沈颜	3687
沈宇	972
沈仲昌	1574
沈祖仙	3933
慎氏	4033
省吏	4393
盛小丛	4049
施肩吾	2544,4407,4545
石抱忠	4394
石贯	2882
石惠泰	4396
石季武	4388
石恪	4369
石文德	4015
石瓮寺灯魅诗	4384
石严	4553
石倚	3957
石殷士	3948
石召	3944
拾得	4078
史凤	4049
史俊	378
史青	542
史思明	4397
史虚白	4013
史延	1447
史瑜	4017
释彪	4298
释泚	4093
释明解	4366
释元康	4393
书生	4367
叔孙玄观	3954
舒道纪	4317
舒元舆	2526,4413
蜀高祖王建	35
蜀宫群仙	4359
蜀太妃徐氏	39
蜀太后徐氏	38
蜀中酒阁道人	4352
蜀主王衍	4484
谁氏女	4044
水府君	4362
水神	4362
水心寺僧	4299
司空曙	1497,1503
司空图	3256,3263,3269,4464,4494
司马承祯	4302
司马都	3119
司马退之	4302
司马逸客	495
司马扎	3099
嗣主璟	33
嵩山女	4359
嵩山小儿吟	4384
嵩岳诸仙	4351
宋迪	3959
宋鼎	532
宋华	1309
宋济	2439
宋璟	345
宋齐丘	3777
宋务光	498
宋休	4556
宋雍	3923
宋昱	561
宋元素	4415
宋之问	286,292,298,4451
苏广文	3963
苏涣	1306
苏瑰	261
苏检妻	4377

4583

苏晋	525	太白山神	4363
苏替	4551	太白山玄士	4354
苏颋	367,372,4451,4396	太上隐者	3965
苏绾	533	太守	4404
苏味道	346	太乙真君	4353
苏郁	2442	太原妓	4047
苏寓	1295	太宗皇帝	1
苏源明	1304	昙翼	4296
苏芸	4407	昙域	4292
苏拯	3700	谈戭	537
肃宗	4387	谭峭	4346
肃宗皇帝	19	谭用之	3888
孙昌胤	932	谭铢	2911
孙长史女与焦封赠答诗	4384	汤悦	3865
孙处玄	538	汤洙	3950
孙定	3688	唐备	3936
孙逖	549,4452	唐扶	2524
孙鲂	3794,4469	唐廪	3582
孙革	2446	唐末朝士	3965
孙顾	3949	唐末僧	4300
孙光宪	3883,4408,4523	唐求	3724
孙郃	3584	唐枢	4552
孙翃	533	唐思言	2882
孙棨	3734	唐温如	3926
孙佺	509	唐暄	3918
孙氏	4032	唐暄妻张氏	4374
孙叔向	2441	唐彦谦	3445,3453,4465
孙蜀	3146	唐尧臣	3940
孙思邈	4340	唐尧客	3944
孙纬	3116	唐怡	3929
孙頠	3949	唐远悊	357
孙偓	3549	韬光	4153
孙咸	3922	桃花夫人	4360
孙岘	3866	陶拱	3949
孙欣	979	陶翰	681
孙元晏	3904	陶岘	570
孙子多	4401	陶雍	2524
		滕白	3754

T

太白山魔诳道士诗	4382	滕传胤	4362

滕迈 2534	王公亮 2413
滕倪 2534	王毂 3582
滕潜 3946	王观 1589
滕珦 1301	王光庭 527
天宝宫人 4021	王龟 4012
天宝时人 3964	王珪 194
天峤游人 3967	王翰 739,4452
天澄 1305	王宏 228
田达诚借宅鬼 4371	王涣 3555
田娥 4043	王绩 221,4450
田四郎求婚联句 4382	王季文 3118
田游岩 350	王季友 1317,4455
田章 2946	王季友 3954
庭实 4300	王季则 2531
同谷子 3966	王勣 3915
童翰卿 3147	王继勋 3886
屠瑰智 4015	王驾 3555,4466
	王建 1518,1524,1531,1536,1544,1552,
W	1555,4487
	王鉴 2403
万楚 678	王缙 604
万俟造 3960	王景 508
万齐融 547	王景中 3950
万彤云 2400	王迥 1033
汪极 3557	王琚 489
汪万於 2446	王巨仁 3756
汪遵 3123	王俊 4016
王表 1449	王晙 491
王播 2414	王锴 3872
王勃 308,311	王揆 3922
王昌龄 656,661,665,667,4397,4542	王丽真 4375
王初 2532	王丽真女郎 4536
王储 1449	王良会 3755
王传 2951	王良士 1621
王绰 1328	王镣 3119
王德真 253	王烈 1513
王涤 3730	王璘 4012
王铎 2909	王泠然 542
王福娘 4047	王鲁 4414
王感化 3864	
王幹 4552	

王鲁复	2435,4544	王延彬	3887
王履贞	1624	王严	2946
王茂时	365	王言史	3922
王梦周	3922	王崏	3754
王勔	315	王炎	2402
王起	2401	王炎	4388
王乔	977	王偃	3931
王丘	525	王彦威	2670
王仁裕	3770	王沂	3866
王镕	3762	王易从	492
王睿	2608	王易简	3762
王若岩	3960	王諲	679
王邵	3920	王邕	981
王绍宗	495	王颙	982
王沈	3931	王有初	4554
王甚夷	2883	王元	3881
王氏	4031	王约	3948
王氏妇	4375	王岳灵	679
王氏女	4360	王越宾	3755
王适	469	王韫秀	4030
王枢	2846	王瓒	3926
王硕	3731	王贞白	3615,4466
王苏苏	4048	王正己	3882
王损之	2402	王之涣	1298
王廷珪	4015	王枳	4012
王铤	1389	王质	2524
王湾	541	王智兴	1599
王维	571,585,592,597,4542	王仲舒	2446
王纬	1295	王周	3892
王无竞	350	王祝	3730
王武陵	1415	王卓	3957
王希羽	3686	王濯	1447
王霞卿	4033	韦安石	506
王仙仙	4360	韦澳	4012
王羡门	979	韦表微	2447
王熊	489	韦冰	3730
王玄	3945	韦蟾	2952,4400
王训	3934	韦承庆	259
王涯	1756	韦承贻	3116

韦处厚	2481	卫万	3931
韦丹	746	卫象	1514
韦道逊	3922	卫叶	3944
韦鼎	3789	卫准	4011
韦皋	1599	尉迟汾	4477
韦璀	2618	尉迟匡	4010
韦洪	4473	尉佗	4368
韦璜	4374	魏承班	4511
韦济	1305	魏璀	982
韦检亡姬	4377	魏奉古	456
韦建	1310	魏扶	2671
韦抗	516	魏兼恕	3939
韦铿	4396	魏峦	3946
韦鹏翼	3919,4402	魏谟	2941
韦青	4010	魏朋妻	4378
韦渠牟	1597	魏朴	3254
韦式	2399	魏求己	253
韦绶	4011	魏氏	4029
韦纾	1761	魏万	1324
韦述	517	魏元忠	258
韦式	2399	魏徵	198
韦嗣立	455	温达	4552
韦迢	1325	温会	1671
韦同则	1580	温庭皓	3106
韦夏卿	1390	温庭筠	3008,3012,3016,3020,3025,
韦镒	3927		3027,3030,3033,3037,4407,4491,4547
韦应物	879,883,889,894,900,906,912,	温宪	3434
918,924,927,4487		文丙	4475
韦元旦	356	文德皇后	23
韦元甫	1389	文鉴	4298
韦振	4555	文秀	4157
韦执中	1595	文益	4163
韦庄	3586,3591,3596,3602,3607,3609,4496	文宗皇帝	21
韦遵	3776	翁承赞	3627,4466
惟审	4297	翁宏	3882
维扬空庄四怪联句	4381	翁绶	3116
维扬少年与孟氏赠答诗	4383	翁洮	3432
卫光一	3941	邬载	1001
卫填	4553	无可	4100,4104

4587

无闷	4296	伍乔	3797
无名鬼	4379	伍唐珪	3734
无名女鬼	4378	武昌妓	4047
无名氏	3968,3972,3975,4018,4354,	武瓘	3117
	4409,4536,4557	武后宫人	4021
无名释	4299	武平一	501
无则	4163	武三思	399
无作	4295	武少仪	1669
吴霭	4013	武翊黄	3910
吴彩鸾	4360	武元衡	1603,1609,3985
吴大江	3933	舞曲歌辞	130
吴丹	2402	舞柘枝女	4047
吴公	3963	悟清	4300
吴巩	569	婺州山中人	3966
吴涵虚	4345		
吴晃	2532	**X**	
吴兢	500	西鄙人	3965
吴筠	4304,4479	西施	4376
吴秘	3950	希道	4352
吴黔	4475	息夫牧	1309
吴清妻	4358	奚贾	1514
吴人	4395	僖宗朝北省官	3964
吴仁璧	3556	僖宗宫人	4022
吴融	3524,3531,3537,3543	席夔	1877
吴商浩	3932	席上歌	4386
吴少微	467	席豫	528
吴士矩	4475	席元明	364
吴叔达	3957	峡中白衣	4372
吴武陵	2480	夏宝松	4013
吴象之	3943	夏方庆	1762
吴兴神女	4365	夏鸿	3886
吴英秀	3940	夏侯楚	3953
吴圆	3911	夏侯审	1513
吴越僧	4299	夏侯孜	2940
吴越失姓名人	3967	夏侯子云	3946
吴越王钱镠	36	先汪	2440
吴烛	3921	相和歌辞	95,109,121
吴子来	4303	湘妃庙	4364
伍彬	3881	湘驿女子	4044
		湘中蛟女	4364

湘中女子 4377	新林驿女吟示欧阳训 4386
襄阳妓 4047	信安王祎 29
襄阳旅殡举人 4368	邢凤 4387
项斯 2888	邢巨 548
萧楚材 253	邢君才旧宅三怪诗 4383
萧德言 226	邢群 2845
萧仿 2672	邢象玉 3942
萧妃 32	幸夤逊 3878
萧遘 3115	熊皎 3775,4469
萧祜 1620	熊皦 3775
萧华 1313	熊孺登 2466
萧建 2556	熊曜 3939
萧结 4414	修睦 4293,4479
萧静 3933	修雅 4162
萧嵩 516	胥偃 4391
萧微 4369	虚中 4289
萧项 3732	徐安期 3916
萧昕 747	徐安贞 568
萧意 3929	徐璧 3916
萧翼 232	徐昌图 4534
萧颖士 733,4452	徐敞 1622
萧彧 3865	徐钓者 4348
萧缜 2943	徐放 1620
萧至忠 505	徐光溥 3875
谢勮 1592	徐浩 1032
谢良辅 1574	徐皓 365
谢邈 3936	徐珩 253
谢太虚 3927	徐坚 513
谢陶 3917	徐介 3937
谢偃 227	徐晶 378
谢仲宣 3866	徐九皋 977
解叔禄 4553	徐侃 4372
解琬 509	徐铉 3862
解彦融 3917	徐灵府 4303
辛常伯 343	徐牧 2414
辛弘智 3931	徐凝 2448
辛宏 3954	徐谦 3938
辛替否 508	徐仁嗣 3961
辛学士 3962	徐仁友 533

徐融	4014	许尧佐	1626
徐商	3103	许瑶	983
徐希仁	2435	许圉师	256
徐贤妃	26	许昼	3688
徐玄之	3942	轩辕弥明	4303
徐铉	3836,3839,3844,3847,3851,3857,4534	宣宗宫人	4022
		宣宗皇帝	22
徐延寿	538	玄宝	4297
徐彦伯	379	选人	4393
徐彦若	4401	薛存诚	2411
徐夤	3650,3657,3663,3670	薛逢	2851
徐元鼎	3956	薛光谦	4477
徐月英	4050	薛沆	4016
徐振	3933	薛稷	464
徐之才	3929	薛据	1299
徐知仁	527	薛克	253
徐至	3952	薛令之	1032
徐仲雅	3880	薛蒙	2946
许彬	3488	薛能	2912,2918,2923,2930,4401,4460
许潭	2826	薛奇童	973
许大	4353	薛琼	4043
许鼎	3762	薛戎	1592
许宏	4475	薛少殷	3961
许浑	2731,2735,2739,2743,2747,2751,2755,2760,2765,2772,2775,4461,4546	薛昚惑	256
		薛涛	4051,4377
许稷	1761	薛寻	2441
许坚	3864,4347	薛瑶	4033
许景先	524	薛曜	401,4451
许敬宗	213,4451	薛业	548
许康佐	1625	薛宜僚	2849
许玫	2670	薛莹	2827,4460
许孟容	1668	薛媪	4031
许岷	4535	薛元超	232
许碏	4347	薛媛	4032
许三畏	3431	薛昭纬	3549
许棠	3127,3133	薛昭蕴	4506
许天正	256	薛准	3688
许宣平	4341		
许学士	4353	乐府杂曲	81

Y

亚栖	4297	杨鼎夫	3873
严公弼	2434	杨发	2673
严公贶	2434	杨玢	3873
严郭	3921	杨炅	4016
严含质诗	4381	杨贵妃	28,4536
严巨川	3956	杨汉公	2671
严识玄	3909	杨衡	2405,3918,4455
严维	1330,3983,4454	杨鸿	2827
严武	1325	杨厚	2441
严休复	2399	杨郇伯	1391
严郾	3733	杨徽之	3881
严恽	2845	杨谏	973
严震	4400	杨敬述	401
阎朝隐	355	杨敬之	2481
阎德隐	3930	杨炯	282
阎防	1298	杨巨源	1680,4455,4544
阎济美	1448	杨浚	557
阎敬爱	4406	杨濬	209
阎宽	977	杨逵	3938
阎立本	232	杨夔	3885
阎选	4522	杨莱儿	4047
颜粲	1622	杨牢	2945
颜令宾	4048	杨廉	506
颜荛	3734	杨凌	1495
颜仁郁	3887	杨鸾	4407
颜师古	196	杨凝	1492
颜舒	3916	杨凝式	3687,4472
颜萱	3254	杨凭	1490
颜允南	4011	杨齐哲	3914
颜真卿	727,3979	杨奇鲲	3756
颜胄	3941	杨容华	4029
羊士谔	1672	杨汝士	2503,4400
羊滔	1592	杨师道	210,4541
羊昭业	3254	杨收	2674,4546
杨贲	981	杨思玄	252
杨乘	2674	杨嗣复	2403
杨持	3937	杨损	4360
杨达	3938	杨廷玉	4395
杨德麟	4032	杨希道	3914

杨系	1488	义净	4085
杨行敏	3937	易思	3935
杨续	208	易重	2908
杨洵美	2652	懿宗朝举子	3965
杨炎	560	阴行先	489
杨颜	679	殷琮	3950
杨彝	3927	殷穆	4552
杨义方	4015	殷七七	4345
杨於陵	1668	殷潜之	2846
杨虞卿	2503	殷少野	1001
杨郁伯	4553	殷陶	3919
杨昭俭	3776	殷文圭	3647
杨知至	2942	殷尧	2441
杨志坚	747	殷尧藩	2535,4545
杨重玄	490	殷遥	538,4542
杨苎萝	4403	殷益	3920
夭桃诗	4385	殷寅	1310
姚崇	344	尹鹗	4512
姚发	1001	尹懋	489
姚鹄	2884	尹璞	2675
姚合	2557,2564,2572,2579,2583,2587,2592,4456	隐峦	4162
		隐求	4296
姚康	1671	隐者	4352
姚揆	3934,4472	应物	4155
姚伦	1390	郢展	4554
姚嵘	4402	庸仁杰	4014
姚偓	3936	雍陶	2676
姚系	1300	雍裕之	2436
姚向	1670	油蔚	3911
姚岩杰	3434	于敖	1621
姚月华	4037	于頔	2444,3111
叶法善	4340	于濆	3111
叶季良	2411	于瑰	2946
叶元良	3957	于鹄	1582,4544
伊璠	3115	于季子	401
伊梦昌	3940,4355,4540	于结	1390
伊用昌	4346,4540	于经野	507
夷陵女郎	4373	于良史	1413
宜芬公主	31	于邵	1296

于逖	1318	元幽	4301
于武陵	3095,4462	元友让	1313
于兴宗	2945	元友直	1488
于邺	3727	元载	561
于尹躬	1569	元稹	2019,2023,2027,2031,2035,2039,
于志宁	206		2043,2047,2051,2055,2059,2063,2067,
鱼腹丹书	4384		2071,2075,2079,2082,2086,2089,2092,
鱼身字	4384		2095,2098,2101,2105,2110,2114,2118,2123
鱼玄机	4056	员半千	468
鱼又玄	4318	员南溟	3959
俞简	2403	袁不约	2620
虞搆	4553	袁长官女诗	4385
虞世南	217	袁高	1599
虞有贤	4317	袁瓘	558
虞羽客	3934	袁皓	3118
宇文鼎	4476	袁晖	527
宇文融	518	袁傪	1294
庾抱	231	袁郊	3105
庾承宣	1875	袁朗	195
庾传素	4535	袁求贤	3958
庾光先	746	袁少年诗	4384
庾敬休	2670	袁恕己	492
郁回	4555	袁邕	1295
喻凫	2829,4459,4546	原陵老翁吟	4380
喻坦之	3678	源光裕	514
元础	4300	源乾曜	513
元淳	4061	苑诅	3955
元德昭	4015	苑咸	607
元孚	4154	越王贞	29
元和举子	3965	越溪杨女	4045
元晦	2849	云表	4161
元季川	1319	云容	4301
元寂	4163	云台峰五女仙	4358

Z

杂歌谣辞	189
杂曲歌辞	142,151,160,170,179
则天皇后	23
曾崇范妻	4391
曾麻几	3913

元结	1227,1233,4486
元兢	4548
元凛	3933
元万顷	251
元晟	1001
元希声	499

查文徽	3863	张果	4341
詹敦仁	3877	张何	3960
詹玤	3877	张弘靖	1870
詹雄	4012	张纮	496
湛贲	2411	张鸿	3934
张安石	3924	张祜	2630,2641,3997,4399,4457
张翱	4414	张怀	3937
张白	4348	张怀庆	4397
张保嗣	3921	张汇	1876
张保胤	4402	张𪮶	537
张贲	3252	张浑	2399
张碧	2431,4456	张蠙	3620,4467
张抃	745	张籍	1941,1948,1953,1963,1970
张彪	1318,4453	张季略	1489
张灿	2416	张垍	453
张昌宗	400	张继	1240
张潮	536	张嘉贞	526
张俦	1315	张贾	1871
张炽	3934	张柬之	492
张楚金	496	张建封	1413
张辞	4344	张荐	1667
张丛	3105	张渐	561
张大安	251	张景源	509
张道符	2882	张敬徽	3942
张道古	3582	张敬忠	378,4396
张登	1595	张迥	3734,4015
张顶	2442	张九龄	262,269,275
张鼎	972,4452	张莒	1447
张谔	522,4542	张均	453
张夫人	4030	张立	3878
张复	2556	张立本女	4032
张复元	3950	张良璞	979
张幹	4415	张良器	2911
张格	3872	张林	4016
张公义	3960	张陵	3929
张固	2942	张令问	3874,4345
张观	3883	张鲁封	4406
张光朝	2609	张鹭	2846
张衮	3763	张濛	1487

张泌	3792,4528	张希复	2846,4490
张南容	3943	张昔	1488
张南史	1515	张锡	509
张齐贤	470	张萧远	2531,4545
张起	3920	张省躬	4369
张绮	3731	张修之	3915
张乔	3284,3291	张旭	546
张钦敬	3953	张宣明	533
张仁表	3146	张烜	3915
张仁宝	4373	张巡	745
张仁溥	3776	张循之	491
张若虚	548	张牙	4554
张少博	1448	张俨	2440
张绍	4474	张琰	4042
张生	4389	张演	3116
张生妻	4389	张窈窕	4048
张胜之	2556	张野人	4553
张氏	4031	张祎	3431
张氏女	4390	张颐	4016
张守中	4379	张义方	3779
张叔良	1390	张易之	400
张叔卿	1391	张殷衡	4552
张署	1600	张隐	3757
张曙	3557,4494	张瑛	4043
张说	423,426,434,442,449,4485	张莹	4013
张嗣初	1625	张瀛	2432
张松龄	1579,4487	张友正	3734
张随	3960	张又新	2482
张伾	3934	张聿	1623
张彤	2399	张元	2826
张万顷	973	张元一	4394
张为	3735	张元正	3961
张惟俭	1446	张盈	4302
张谓	933,4543	张云容	4356
张文琮	233	张昭	3887
张文恭	232	张轸	3943
张文规	1871	张震	3909
张文姬	4034	张正一	1620
张文收	229	张正元	1623

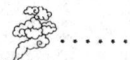

张直	3737	赵吞	4370
张志和	1578,4486	赵居贞	1313
张仲方	2413	赵良器	976
张仲谋	3919	赵鸾鸾	4049
张仲素	1872	赵牧	2943
张众甫	1415	赵起	3926
张鹫	256,4407	赵谦光	256,4398
张濯	1327	赵庆	4013
张孜	3146,4391	赵仁奖	4010
张子明	3921	赵氏	4030,4031,4038
张子容	544	赵叔达	3756
张佐	1448	赵抟	3923
章八元	1446	赵武建	4414
章怀太子	29	赵湘	3937
章江书生	4352	赵休	4014
章碣	3438	赵虚舟	4043
章孝标	2611,4400,4545	赵骅	608
章嶰	4554	赵延寿	3775
章玄同	492	赵彦昭	503,4452
漳郡守	4389	赵彦伯	507,4452
长孙翱	2652	赵徵明	1318
长孙无忌	196,4392	赵中虚	209
长孙铸	4553	赵自然	4348
长孙正隐	365	赵宗儒	1619
长孙铸	1000	贞元文士	3965
长孙佐辅	2429,4456	真符女与申屠澄赠和诗	4385
长孙佐转妻	4043	真幹	4555
昭宗皇帝	22,4481	真元	4555
赵存约	2619	甄后	4376
赵冬曦	487	郑遨	4009,4316
赵铎	3956	郑翱	4017
赵蕃	2504	郑璧	3254
赵防	3936	郑常	1588
赵嘏	2859,2869,4546	郑巢	2604
赵光逢	3763	郑钣	3915
赵光远	3731	郑賨	4012
赵鸿	3146	郑丹	1392
赵璜	2827,4459	郑德玄	3943
赵惠宗	4342	郑愕	1001

郑昉	3957
郑蕡	3952
郑符	4490
郑馥	3957
郑概	1576
郑谷	3463,3470,3477,3486
郑冠卿	4355
郑光业	4400
郑轨	3914
郑袞	3960
郑颢	2941
郑合	3432
郑洪业	3116
郑还古	2532
郑浣	1875
郑缙	3940
郑据	2398
郑旷	1392
郑立之	2442
郑良士	3731
郑露	4474
郑明	4554
郑南金	507
郑仆射	3962
郑启	3433
郑綮	3105,4401
郑虔	1305
郑琼罗	4368
郑仁表	3146,4401
郑孺华	1390
郑善玉	470
郑绍	978
郑审	1589
郑师冉	4554
郑师贞	3948
郑史	2826
郑世翼	226
郑适	4369
郑蜀宾	497

郑述诚	3959
郑说	4017
郑遂初	495
郑损	3430
郑畋	2910
郑颋	3759
郑惟忠	256
郑渥	3934
郑锡	1328
郑薰	2850
郑严	3940
郑繇	523
郑义真	253
郑絪	1618
郑愔	510
郑余庆	1619
郑俞	2402
郑嵎	2954
郑愚	3104,4400
郑玉	3927
郑辕	1447
郑中丞	3962
郑准	3585
知玄	4154
知业	4300
织锦人	3966
织女	4359
志定	4301
智亮	4155
智远	4296
中寤	4084
中宗朝优人	4395
中宗皇帝	10
终南山翁	3967
钟辐	4494
钟离权	4343
钟辂	2672
钟谟	3863
钟蒨	3866

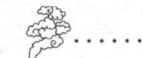

钟元章	4015		朱晦	3944
冢中人	4372		朱绛	3916
仲子陵	1448		朱景玄	2848,4461
周彻	1449		朱均	4373
周墀	2941		朱可名	2911
周存	1488		朱逵	982
周存孺	4554		朱琳	3916
周渍	3925		朱千乘	4549
周贺	2597		朱庆馀	2658,2664
周弘亮	2413		朱使欣	490
周匡物	2528		朱宿	1415
周利用	509		朱湾	1570
周朴	3459		朱翱	4014
周思钧	366		朱休	3953
周昙	3738,3745		朱延	3946
周万	680		朱延龄	3951
周渭	1449		朱元	3757
周庠	3872		朱泽	4400
周延翰	4391		朱仲晦	228
周彦晖	366		朱昼	2533
周彦昭	364		朱子奢	229
周繇	3277		朱子真	3920,4341
周镛	3735		祝钦明	469
周瑀	537		祝元膺	2846,4546
周元范	2399,4544		庄翱	4550
周愿	4011		庄南杰	2434,4460
周岳秀	3927		庄若讷	982
周仲美	4034		卓英英	4357
周颢	4407		子兰	4158
周祚	3704		子泰	4555
朱褒	3762		紫微孙处士	4353
朱彬	1589		曾崇范妻	4391
朱斌	978		宗楚客	260
朱长文	1392		邹绍先	1032
朱冲和	2609,4399		邹象先	1310
朱存	3864		祖咏	614,4397
朱放	1601		左偃	3789
朱光弼	3945		座客	4407
朱华	3949			

图书在版编目(CIP)数据

全唐诗/(清)彭定求等编. —郑州:中州古籍出版社,2018.1(2020.1重印)
ISBN 978-7-5348-7451-2

Ⅰ.①全… Ⅱ.①彭… Ⅲ.①唐诗-诗集 Ⅳ.①I222.742

中国版本图书馆 CIP 数据核字(2017)第 277562 号

出版社:中州古籍出版社
(地址:郑州市郑东新区祥盛街 27 号 6 层　邮编:450016)
发行单位:新华书店
承印单位:山东齐鲁古籍印务有限公司
开本:787mm×1092mm　1/16　　**印张**:290
字数:7400 千字
版次:2018 年 1 月第 1 版　　**印次**:2020 年 2 月第 2 次印刷

(全八卷)定价:790.00 元
本书如有印装质量问题,由承印厂负责调换。